KB240193

조선 시대 시가의
역사적 이해와 전망

지은이 최현재(崔顯載) 서울대 국어국문학과를 졸업하고, 동 대학원에서 석사학위와 박사학위를 받았다. 현재 국립군산대 국어국문학과 교수로 재직하고 있다. 저서로『조선 중기 재지사족의 현실인식과 시가문학』,『동아시아의 타자인식』(공저),『우리 고전 캐릭터의 모든 것』(공저),『전북의 재발견·문학』(공저),『조선 전기 사대부가사』등이 있다.

조선시대 시가의 역사적 이해와 전망

1판1쇄발행 2012년 10월 30일 **1판2쇄발행** 2013년 8월 31일
지은이 최현재 **펴낸이** 박성모 **펴낸곳** 소명출판 **출판등록** 제13-522호
주소 서울시 서초구 서초동 1621-18 란빌딩 1층
전화 02-585-7840 **팩스** 02-585-7848 **전자우편** somyong@korea.com

값 30,000원
ISBN 978-89-5626-756-2 93810

조선시대 시가의
역사적 이해와 전망

The Historical Understanding and Outlook of the Joseon Poetry

최현재

이 책은 조선시대 당대의 현실과 문학적 형상화의 관련 양상이라는 관점에서 조선시대 시가 작품들을 검토한 논고들을 엮은 것이다. 이 책의 제목을 '조선시대 시가의 역사적 이해와 전망'이라 붙인 것은 바로 이러한 관점을 드러내기 위해서이다. 총 13편의 글들을 크게 넷으로 나누어 싣고 있지만, 미리 마련된 기획 의도가 아니라 그때그대의 세부적 관심에 따라 학술지에 발표한 것이어서 내용이 중복되고 번잡스럽다. 용어를 통일하고 표현을 수정하는 선에서 그치고, 전반적인 체제는 발표 당시의 것을 그대로 유지하였다. 몇몇 글들은 발표 이후에 축적된 학계의 연구 성과를 반영하지 못해 아쉽기도 하다. 학문적 열정과 의욕만 앞세우고 실질은 따르지 못해 많이 부족하지만, 앞으로의 연구에 반성과 성찰의 계기로 삼기 위해 그동안의 공부 흔적을 고스란히 드러내기로 하였다.

제1부는 박인로의 시가 작품들을 대상으로 한 박사논문을 준비하면서 발표한 글들을 모은 것이다. 이 글들은 박사논문의 밑거름이 된 것으로서 큰 흐름은 박사논문과 다를 바 없지만, 박사논문의 구상과 취지를 오롯이 보여주고 있기에 이 책에 싣기로 하였다. 제2부의 글들은 정철의 〈사미인곡〉·〈속미인곡〉을 위시하여 조위의 〈만분가〉, 긷춘택의 〈별사

미인곡〉, 이진유의 〈속사미인곡〉, 조우인의 〈자도사〉 등의 연군가사 작품들을 조명한 것들이다. 연구가사 작품들을 총망라하여 시대적 흐름과 경향을 살펴보려는 의도에서 마련한 것들인데, 힘에 부치고 게으른 탓에 각론만 보여주고 말았다. 훗날 연군가사 작품들에 대한 이론적 틀과 분석 시각을 더 다듬어 보다 거시적이고 종합적인 이해를 도모하도록 할 것이다. 제3부는 석사논문과 기타 가사 작품에 대한 관심의 결과를, 제4부는 잡가와 민요에 대해 고찰한 것을 담은 것이다.

이렇게 모아 놓고 보니 분량만 많고 내용이 성글지 못해 낯이 화끈거릴 뿐이다. 연구자들의 날카로운 비판을 겸허히 받아들이면서도, 다만 이 책이 조선시대 시가 연구에 조금이라도 도움이 되기를 바라는 마음 또한 간절하다.

이 책의 머리말을 쓰노라니 지나간 일들이 주마등같이 스쳐 지나간다. 학부 4학년 졸업을 앞두고 진로에 대한 고민으로 밤잠을 설쳤던 기억이 새삼 떠오른다. 벌써 20년쯤 전의 일이다. 적당한 기업에 취직을 할 것인지, 아니면 대학원에 진학하여 국문학 공부를 더 할 것인지 결정해야 했다. 내심 대학원에 진학하는 것으로 마음을 굳히게 된 것은 지금처럼 취업난이 심각하지 않았던 사정도 영향을 주었다. 대학원 공부가 내 뜻대로 잘 되지 않는다면, 언제라도 진로를 수정해서 취업을 할 수 있을 것이라는, 그야말로 막연하면서도 안일한 대책도 나름대로 세웠다. 게다가 그 무렵 자주 접촉했던 대학원 선배님들의 권유와 입김도 조금은 작용한 듯하다.

고전문학을 전공하기로 결심하고 학부 동기생 몇몇과 대학원 진학을 준비하며 함께 어울렸던 기억도 어렴풋이 남아 있다. 캠퍼스에서 밤이 이슥하도록 공부하다가 집으로 향하는 우리들 머리 위에 총총하게 빛나던 별들도 추억거리이다. 그때 대학원 진학의 꿈을 이루지 못하고 지금은 언론인의 길을 걷고 있는 동기생에 대한 추억은 더욱 각별하다. 언론사의 기자와 대학원 진학 중에서 선뜻 결정을 못하고서 머뭇거리다 뒤

늦게 대학원 진학을 택한 나와 달리, 그이는 애초부터 대학원 진학을 위해 차근차근 준비를 해 왔다. 어쩌면 그이와 나의 운명이 그때 엇갈렸을 수도 있겠다는 생각에, 지금도 신문의 기사 말미에 또렷이 적혀 있는 그이의 이름을 가끔씩 볼 적마다 마음이 일렁거린다. 그이의 꿈을 내가 가로챘다는 마음의 빚일 수 있을 터인데, 분야가 다르긴 하지만 둘 다 글쓰기를 업으로 한다는 동류의식에 마음이 적잖이 누그러지기도 하였다.

대학원에 진학하여 수업 준비로 끙끙대며 도서관을 드나들던 일, 연구실 모임에 처음 참석해 어색하고 겸연쩍어 하던 모습, 그중에서도 대학원에 진학하여 고전시가를 전공하답시고 지도교수이신 권두환 선생님을 뵙고 인사드렸던 것은 잊혀지지 않고 눈앞에 생생하기만 하다. 항상 엄격하면서도 자상하게 지도해 주신 지도교수의 은덕에 고개 숙여 감사드리면서도, 한편으론 그러한 은덕에 제대로 보답하지 못하였다는 죄책감이 어깨를 짓누르기도 한다. 그나마 대학에서 학생들을 가르치고 공부할 수 있게 된 것은 여러 은사님들과 동학들 덕분이라 생각하며 감사의 말씀을 올린다.

아울러 지난 해 원주에서 처음 만나 식사하는 자리에서 이 책의 출간을 선뜻 승낙해 주신 소명출판 사장님과 원고를 잘 손질해 주신 편집부 직원 여러분께도 이 자리를 빌려 깊은 감사의 뜻을 표한다.

2012년 9월
최현재

차례

제1부

박인로의 삶과 노래

노계 박인로의 선가자로서의 면모와 그 의의

1. 머리말

어느 시대를 막론하고 문학작품에 대한 온전한 평가와 이해를 위해서는 그 작품을 생산해 낸 작가의 생애와 의식에 대한 이해가 선행되어야 한다. 이것이 비록 지극히 원론적이고 상식적인 진술에 불과하다 하더라도, 작품 연구는 일차적으로 작품의 당대적 가치를 정확히 인식하고 판단해야 한다. 작품의 당대적 가치는 당대 작가들의 일반적인 사상이나 의식과 함께 한 작가의 특수한 상황과 작가 의식에 대한 충분한 검토와 작품의 분석으로 판단할 수 있다. 이때 작가의 의식이나 특수한 상황 등은 삶의 구체적인 공간인 당대 사회의 정치적, 사회적, 경제적 실상과 긴밀히 연결되어 있으리라는 사실은 익히 알려진 바이다.

이러한 점을 염두에 두고서 蘆溪 朴仁老(1561~1642)를 대상으로 이루어진 기존 연구를 살펴보도록 한다. 박인로에 대한 연구는 이은상[1]이 대

---

1   李殷相, 「詩人 蘆溪와 그의 藝術」, 『鷺山文選』, 永昌書館, 1947.

략적으로 소개하고 연구의 필요성을 언급한 이후 수십 편의 논문 및 저서가 축적되어 있다.[2] 이렇듯 많은 양의 연구 성과가 축적된 사실 그 자체가 곧 박인로와 그의 작품이 지니고 있는 다양한 특성과 면모를 반증해 준다고 할 수 있다. 그러나 상당량에 달하는 연구 성과의 이면에는 忠・孝와 같은 양반 사대부 의식 또는 '躬耕 意識' 내지 '耕田 意識'에 따른 작품해설이 주종을 이루고 있거나, 아니면 〈陋巷詞〉와 같은 작품에 보이는 궁핍한 생활에 주목하여 조선 전기 가사의 관념성을 탈피하여 조선 후기 가사의 새로운 방향을 제시했다는 해석이 대부분을 차지하고 있다.

박인로가 살았던 시대가 관념적인 양반 사대부의 재도적 문학관에 기반을 둔 조선 전기와 사실적이고 서민적인 의식을 드러내고 있는 조선 후기를 이어주는 교량적 역할을 한다는 문학사적 의의, 松江 鄭澈이나 孤山 尹善道와 같은 정통 사대부와는 다른 한미한 鄕班이라는 작가의 특별한 신분[3] 그리고 궁핍한 현실에 대한 사실적이고 노골적인 서술을 담고 있어 조선 후기 가사의 새로운 방향을 제시했다고 평가받는 〈누항사〉 등은 분명 크게 주목받아 마땅하며 이러한 점을 조명하고 있는 기존 연구의 대부분은 그 나름의 의의와 가치가 있음은 분명하다. 그러나 박인로의 신분적 처지를 몰락한 양반 또는 한미한 향반으로 규정짓고 작가의 이러한 신분적 처지에 바탕을 두고 고안한 儒家 意識 또는 耕田 意識이라는 기존 연구의 단일 잣대[4]로써 박인로의 작품을 바라볼 때 석연치 않은 몇 가지가 여전히 남아 있음을 감출 수가 없다.

---

2   주로 작품의 서지 문제, 작가의 생애 문제, 개별 작품에 대한 해석, 鄭澈・尹善道・鄭勳 등과의 비교를 중심으로 이루어져 있다. 자세한 연구 논저에 대한 소개는 생략하기로 한다.

3   박인로의 신분과 처지에 대해서는 다음 절에서 상세히 논할 것이다.

4   한창훈은 박인로의 신분과 처지에 대해 '鄕班'이라는 용어로써 설명하고 있다. 이에 따르면 향반은 '조선 중기 在地士族 중에서도 점점 그 정치적 경제적 사회적 지위를 잃어가는 한미한 일군의 사족'을 지칭하며 박인로와 정훈이 그 대표적인 예라고 하였다. 한창훈, 「박인로・정훈 시가의 현실인식과 지향」, 고려대 석사논문, 1993, 12~16면 참조.

첫 번째로 들 수 있는 것은 旅軒 張顯光, 漢陰 李德馨, 寒岡 鄭逑와 같은 당대의 巨儒들이 궁벽한 영천 땅에서 '몰락한 양반' 또는 '한미한 향반'으로 살고 있는 박인로와의 교유를 용납한 이유를 단순히 박인로가 그의 신분적 처지를 극복하려고 보인 남다른 '양반 의식'이나 '유가 의식'으로만 설명할 수 있는가 하는 점이다. 물론 박인로는 주로 거유들에게 영향을 받는 입장이었겠지만, 그의 문집이나 관련 자료에는 이러한 단순한 영향 관계 또는 상하 관계 이상의 면모가 보이고 있어 다른 각도에서 더욱 자세한 설명이 필요하다고 할 수 있다.[5]

다음으로는 이와 동일한 관점에서 볼 때, 몇몇 작품에서 보이는 궁핍한 현실에 대한 갈등과 토로를 어떻게 해석할 것인가 하는 점이다. 특히 〈누항사〉는 이덕형의 물음에 대하여 박인로가 술회하여 지은 작품인데, 빈곤의 참상에 대한 노골적 토로가 당대 명문거족인 이덕형과 비록 한미하기는 하지만 강한 양반 의식을 보이고 있다는 박인로 두 사람에게 용납할 수 있는 정도를 사실상 벗어나고 있는 것이다. 양반으로서의 체면과 위신을 깨면서까지 자신의 빈궁함을 비참한 일화와 함께 표현할 수 있었던 이유가 양반이지만 양반으로서의 구실을 제대로 하지 못하는 작가의 시대에 대한 한탄이며, 당위와 실제의 엇갈림에서 나온 고민이라고 하는 기존 연구의 견해[6]가 과연 타당한가는 의문이다.

마지막으로 박인로는 상당량의 가사와 시조를 남긴 다작의 작가라고 할 수 있는데, 이렇듯 그로 하여금 많은 수의 작품을 짓게 한 궁극적인 원동력은 무엇인가 하는 점이다. 38세에 처음 지은 가사 〈太平詞〉를 비

---

5   박인로의 문집에 〈中庸誠圖〉, 〈大學敬圖〉와 같은 도식 외에 性理學에 대한 論究는 1편도 수록되어 있지 않다는 점에서 유학자로서의 수준이 그다지 높지 않다는 점은 쉽게 파악할 수 있다. 이에 대해서는 성범중, 「노계문학의 전개양상과 그 의미」, 『국어국문학』 94, 국어국문학회, 1985, 220~223면 참조. 그럼에도 이덕형이나 장현광과 같은 당대의 거유들이 박인로에게 노래 짓기를 命하고, 이덕형이 박인로의 조부 묘소에 참배했다는 사실은 단순히 '유가 의식'만으로는 설명될 수 없는 성질의 것이다.

6   최상은, 「노계가사의 작품구조와 현실인식」, 『반교어문연구』 1, 반교어문연구회, 1988, 184~187면; 성범중, 위의 글, 234면 참조.

롯하여 76세 말년에 지은 가사 〈蘆溪歌〉에 이르기까지 쉬지 않고 끊임 없이 시조와 가사 등의 국문시가 작품을 지어낸 동인을 단순히 그의 신 분적 처지에서 말미암은 남다른 유가 의식에서만 찾을 수는 없다는 것 이다. 이에 덧붙여 박인로의 작품들은 '代作'이나 '命作'이 상당수를 차 지하고 있는데, 이러한 '代作'과 '命作'이 의미하는 바가 구체적으로 무엇 인지도 고찰할 필요가 있다.

이러한 의문에 답하기 위해 먼저 문집과 관련 자료에 나타난 그의 생 애와 교유관계를 다시 면밀히 검토할 필요가 있다.

2. 박인로의 생애와 교유관계

박인로의 생애와 교유관계에 대해서는 그의 문집인 『蘆溪先生文集』에 수록된 〈行狀〉을 중심으로 간략히 살펴볼 수 있다.[7] 이를 간략히 정리하 면 다음과 같다.

박인로는 承議副尉 碩의 아들로 영천군 북안면 도천리에서 1561년에 태어나 82세의 삶을 살았다. 그의 성장과 수학 과정을 알려주는 자료는 별로 없으나 〈행장〉에 "밝게 통달함이 신과 같아 글자를 가르치지 않았 는데 스스로 능히 통하여 이해하였다[明達如神不敎字而自能通解]"는 기록 으로 볼 때, 어려서부터 총명하고 재능이 뛰어났음을 알 수 있다. 32세 되던 1592년에 임진왜란이 일어나자 영천의 의병장 鄭世雅의 別侍衛가

---

7   『蘆溪先生文集』은 김문기 역주, 『國譯 蘆溪集』, 역락, 1999에 영인되어 있다. 앞으로 본
     고에서는 『國譯 蘆溪集』에 영인되어 있는 『蘆溪先生文集』을 주로 이용하기로 한다. 박
     인로의 생애와 교유관계에 대해서는 이미 기존 연구에서 상세히 고찰한 것을 참조하여
     본고의 논점에 따라 정리하여 제시한다.

되어 활약한다. 38세 때에는 慶尙道 左兵使 成允文의 막하에 들어가 많은 공을 세웠으며 이때 成允文의 命에 의하여 〈태평사〉를 지어 士卒을 위로한 바 있다. 39세 때에는 무과에 급제하여 守門將, 宣傳官을 잠깐 지낸 뒤, 助羅浦 萬戶가 되어 전쟁으로 도탄에 빠진 민생들을 정성껏 撫恤하고 善政을 베푼다. 임무를 마치고 귀향하자 사졸들이 그의 청렴결백하고 고고한 인품과 은덕에 감사하여 송덕비를 세운다. 또한 41세 때 이덕형이 보낸 '早紅柿'에 촉발되어 시조 〈早紅柿歌〉 4수를 짓고, 45세 때에는 統舟師로 선임되어 활동하면서 〈船上嘆〉을 지어 전쟁의 비애를 술회하고 그의 武夫다운 기백을 드러낸다.

의병활동과 여러 관직을 마치고 귀향한 박인로는 漢陰 李德馨(1561~1613), 寒岡 鄭逑(1543~1620), 旅軒 張顯光(1554~1637), 芝山 曺好益(1545~1609) 등과 같은 당대의 巨儒들과 교유하면서 성리학에 심취하게 된다. 51세 때에 龍津에 있는 莎堤로 이덕형을 찾아가 從遊하면서 그를 대신하여 〈莎堤曲〉을 짓고 이덕형이 '山居窮苦之狀'을 묻자 그에 대한 대답으로 〈누항사〉를 짓는다. 57세 때에는 정구가 동래 온천에 갔다가 돌아오는 길에 대구 금호강변의 小有亭에 들른 적이 있는데, 이때 〈小有亭歌〉를 노래 부른다. 59세 때에는 울산 椒井으로 溫浴하러 가는 정구를 따라가 시조 2수를 짓는다. 69세 때에는 장현광을 따라 立嚴에 노닐면서 시조 〈立嚴〉 29수를 짓고 장현광으로부터 "無何翁은 늙고 병들었으나 發憤忘食하며 뜻을 大人의 道에 두었으니 東方을 떨칠 일찍이 없었던 人豪이다無何翁老且病 而能發憤忘食 有志大人之道 宜其爲振東方未也"라는 칭찬을 받기도 한다. 70세 때에 龍讓衛副護軍으로 優老를 받았으며 按察使 相國 李溟이 박인로를 '獨行特立之士'로 啓를 올리자 仁祖가 米肉을 내리고 그 자손을 도와주도록 하였다. 75세 때에는 嶺南 按節使의 덕치를 찬양하는 〈嶺南歌〉를 짓고 76세 때에는 蘆溪에 幽居하면서 〈蘆溪歌〉를 지은 뒤 향년 82세로 인조 20년인 1642년에 세상을 마친다.

이상은 박인로의 생애와 교유관계에 대한 개괄적 설명인데, 여기에서 분명히 드러나고 있는 것은 그가 무인으로 임진왜란에 직접 참여하여 많은 공을 세웠다는 점, 이덕형, 장현광, 정구 등 당대의 거유들과 교유하면서 성리학에 진력하였다는 점, 그리고 장현광의 칭찬과 이명이 올린 啓로 보건대 그가 충·효라는 유가 이념에 독실하였다는 점 등이다.[8] 이러한 점들로 보건대 박인로는 비록 현실적으로는 향촌의 사족으로 환로에서 크게 성공하지 못하였지만 다른 어느 누구보다도 더욱 철저한 유가 의식을 지니고 실천하려고 했던 인물이라고 할 수 있다. 이러한 유가 의식의 발로가 곧 그의 초기 가사 〈태평사〉나 〈선상탄〉으로 형상화되었다고 할 수 있다.

한편, 박인로의 생애와 교유관계에서 특히 주목을 끄는 점이 몇 가지 있는데, 그중 하나는 이덕형과 박인로의 교유이다. 이덕형은 명종 16년에 태어난 것으로 보아 박인로와는 동갑이다. 광해군 5년에 53세를 일기로 세상을 마칠 때까지 그는 이조좌랑(26세), 좌의정(38세)을 거쳐 영의정까지 역임한 당대의 현달한 사대부이며, 향촌의 사족으로 크게 영달하지 못한 박인로와는 그 처지가 사뭇 달랐다. 그러나 이렇듯 신분적 처지가 서로 다름에도 불구하고 이덕형은 박인로와 여러 번 만나게 된다. 박인로가 이덕형과 처음 만난 것은 선조 34년(1601)에 이덕형이 始祖墓에 祭를 지내러 영천에 갔을 때이며, 이 무렵에 시조 〈조홍시가〉 4수가 지어진 것으로 보인다. 이후 박인로와는 각별한 사이로 이덕형이 그를 조정에 천거하기도 하였다. 또한 이덕형이 벼슬길에서 물러난 51세 때에는 박인로가 그를 찾아와 〈사제곡〉과 〈누항사〉를 짓는다. 이러한 점에서도 보듯이 이덕형과 박인로는 각별한 사이를 유지하였음을 알 수 있다. 박인로의 작품 중에서 〈조홍시가〉 4수와 〈사제곡〉, 〈누항사〉 등이 모두 이덕형과 교유한 데서 비롯된 것이라는 점은 박인로와 이덕형의 교유가 단순한 학문적 차원 이상의 것임을 암시하는 대목이기도 하다.

---

[8] 이러한 점은 이미 기존 연구에서 여러 번 언급된 바 있고, 또한 본고의 관심이 박인로의 유가 의식을 살펴보는 데 있는 것이 아니므로 자세한 논의는 생략하기로 한다.

박인로가 이덕형 외에도 여러 거유들과 종유하였지만, 이덕형과는 더욱 특별한 관계를 맺고 있었음을 다음의 자료에서도 엿볼 수 있다.

〈사제곡〉은 어떻게 하여 지은 것인가? 지난 辛亥年(1611) 봄에 曾祖考 漢陰 相公께서 은퇴하시어 노계 박인로와 더불어 회포를 펼친 노래이다. 세대가 이미 멀어져서 이 노래가 전하지 못하고 후에 없어져 버릴까 두려워서 은근히 애달프게 생각한 지 오래였다. 不肖 孫 允文이 庚午年(1690) 봄에 영천군수로 제수되었는데, 蘆溪公은 곧 이곳 사람이라. 그 노래가 아직도 전해지고 그 후손도 또한 살아 있었다. 公事의 여가에 달 밝은 저녁이면 蘆溪公의 손자 進善으로 하여금 노래를 부르게 하여 들었다. 황차 후손이 외람되이 龍津의 산수 사이에서 발자취를 뵈오매 서글픈 마음이 더욱 넘치어 눈물이 저절로 흘러내리는지라 〈누항사〉, 短歌 四章과 함께 각판하여 널리 전하기를 꾀하였다. 때는 이해 삼월 삼일이다. 판은 본군에 있었는데 지금은 잃어버렸다.

莎堤曲, 何爲而作也. 昔在辛亥春, 曾祖考漢陰相公退老, 與朴蘆溪仁老述懷之曲也. 世代旣遠, 此曲無傳, 恐其泯沒於後, 竊嘗慨然於心者稔矣. 不肖孫允文是歲庚午春除永川郡守, 公卽茲土人也. 其曲尙今流傳, 其孫亦且生存. 公餘月夕以其孫進善命歌而聽之. 怳若後生叨陪杖屨於龍津山水之間, 愴懷盆激感淚自零, 幷與陋巷及短歌四章, 而付諸剞劂氏以圖廣傳焉. 時是年三月三日也. 板在本郡而今失.[9]

위에 제시한 자료는 이덕형이 보낸 早紅枾로 인하여 느낀 바가 있어 박인로가 지은 〈조홍시가〉의 발문으로, 그 실질적 내용은 〈조홍시가〉에만 국한된 것이 아니라 이덕형과 교유하면서 박인로가 지은 〈사제곡〉, 〈누항사〉까지 포괄하고 있다.[10] 이 발문은 이덕형의 증손인 李允文

---

9 김문기 역주, 앞의 책, 360~361면. 기타『樂府』(李用基 編)에도 동일한 발문이 실려 있으며,『진본 청구영언』과『해동가요』에는 이를 약간 수정한 발문이 실려 있다.
10 박인로의 문집에 〈莎堤曲〉, 〈陋巷詞〉, 〈早紅枾歌〉의 순서로 작품이 수록되어 있고, 그 말미에 위의 발문이 실려 있다.

이 1690년에 〈사제곡〉, 〈누항사〉, 〈조홍시가〉 세 작품만을 모아 1차 가집을 간행하면서 쓴 것인데, 후에 박인로의 문집이 간행되면서 이 발문역시 수록된 것으로 보인다.[11] 이윤문이 박인로의 작품 세 편을 모아 발문을 쓰고 가집을 간행한 일차적 의도는 물론 이 작품들이 자신의 曾祖考인 이덕형과 관련되기 때문일 것이며, 또한 이에는 이덕형과 박인로둘 사이의 돈독한 관계도 크게 작용하였으리라 생각한다. 이윤문이 우연찮게도 영천 군수로 오게 된 것을 기회로 박인로의 후손을 수소문하여 찾아 그로 하여금 노래 부르게 하고, 박인로의 후손 역시 마다하지 않고 이에 응하여 노래 불렀다는 것은 그들의 조상인 이덕형과 박인로가각별한 사이였음이 이미 두 집안의 내력으로 전해져 왔기 때문에 가능한 일이 아니었는가 한다. 이러한 점을 뒷받침하는 기록으로 이덕형이體察使를 할 때 박인로와 '매우 친했다[甚相善]'는 『漢陰文稿』의 〈연보〉를 참조할 수도 있다.[12]

다음으로 살펴볼 점은 박인로의 신분과 처지에 관한 것이다. 기존 연구에서는 그가 정치적 경제적으로 몰락한 향반으로 규정하고 있다.[13] 그런데, 그의 가문이 대대로 큰 벼슬을 하지 못하였으며 박인로 본인 역시助羅浦 萬戸만을 역임한 향촌의 사족으로 환로생활에서 크게 성공하지못하였다는 점에서는 정치적으로 영달하지 못하였다고 할 수 있을지 모르겠으나,[14] 경제적인 면에서 〈누항사〉에 그려지고 있는 것처럼 "설데

---

11 박인로의 가집은 박인로의 문집이 간행되기 전에 두 차례 간행되었는데, 이에 대해서는
    김문기, 「松江·蘆溪·孤山의 歌集 板本 및 冊板 硏究」, 『국어교육연구』 21, 경북대 국어
    교육연구회, 1989에서 자세히 논한 바 있다.
12 이에 대해서는 김용철, 「〈누항사〉의 자영농 형상과 17세기 자영농 시가의 성립」, 『한국
    가사문학연구』, 정재호 편, 태학사, 1996, 269~270면 참조.
13 대표적으로 한창훈, 앞의 글; 김용철, 위의 글 등을 들 수 있다.
14 박인로가 정치적으로도 미관말직만을 역임한 몰락한 향반이었는지는 재론의 여지가
    있다. 기존 연구의 대부분이 박인로가 萬戸 벼슬을 역임한 점을 들어 미관말직의 무인
    으로 규정하고 있는데, 사실 '만호'는 그 品秩이 종4품(조선 초에는 3품 이상)의 西班 외
    관직으로 일선 요해처를 전담하는 그다지 낮은 벼슬은 결코 아니다(『한국민족문화대백
    과사전』, 한국정신문화연구원, 1991). 그러므로 박인로가 환로 생활에서 크게 영달하지

인 熟冷애 뷘 비 쇡일 뿐"이고 직접 농사를 짓기 위해 소를 빌리려다가 온갖 수모를 당할 정도로 궁핍하였는지는 의문이다. 〈행장〉에 의하면 박인로는 '수백 이랑의 밭을 경작[治田數百畝]'한 것으로 서술되고 있다.[15] 이것은 토지의 등급에 따라 다르긴 하지만 이 기록에 근거하여 평균적으로 보면 그가 소유한 토지는 약 1만 평에서 2만 평 사이로 추정된다고 한다.[16] 또한 이미 기존 연구에서 언급한 바와 같이 박인토는 정구, 장현광, 이덕형 등을 만나보러 자주 여행을 하는데, 이것은 박인로가 적어도 자신의 노동력이 없으면 농사일 자체가 차질을 빚거나 불가능한 자영농은 아니라는 것을 반증하는 예라고 할 것이다.[17] 결국 박인로는 영천 지방에서 어느 정도 영향력을 행사할 정도의 땅을 가진 소지주이며 그 지방의 유지였다고 할 수 있다. 비록 정치적으로는 크게 영달하지 못한 가문이지만, 경제적으로 곤궁하지는 않았다고 할 수 있다.

이러한 점으로 볼 때 박인로는 직접 농사를 지을 정도르 궁핍하지 않았다는 것은 분명한 사실인 듯하다. 그렇다면 그의 신분과 처지를 어떻게 규정할 것인가의 문제가 대두된다. 박인로처럼 지방에서 世居하던 양반으로 그 지역의 유지 노릇을 할 정도의 경제적 지위를 가졌으나 그다지 번창하지 못한 가문의 양반을 지칭하기 위해서는 '在地士族'이라는 용어가 적합하리라고 본다.[18] 재지사족으로 박인로를 일단 규정할 수 있다면, 그다음으로 가사 〈누항사〉에서 서술하고 있는 궁핍한 참상에 대한 시적 화자의 노골적 토로는 어떻게 해석해야 할 것인가 하는 문제

는 못했지만, 그렇다고 미관말직을 역임한 것도 아니다.

15 鄭葵陽, 〈行狀〉, 『蘆溪先生文集』 卷二, 김문기 역주, 앞의 책, 413면. 한편 한창훈, 앞의 글; 김용철, 앞의 글에서도 이러한 사실을 분명히 지적하고 있다.

16 한창훈, 앞의 글, 54면 참조.

17 김용철, 앞의 글, 253면 참조. 이 논문에서 김용철은 박인로가 직접 농사를 지은 자영농은 아니라고 하면서도, 〈누항사〉에 등장하고 있는 시적 화자는 자영농의 모습이 우의적으로 표현된 것이라고 서술하고 있어 다소 설득력이 떨어진다.

18 학계에서는 박인로와 비슷한 처지에 놓인 계층을 일컫는 말로 '鄕班', '鄕村士族' 등의 용어를 사용하는데, 각각 미묘한 개념의 차이가 존재한다.

가 대두된다. 이 문제를 포함하여 머리말에서 제기한 문제에 답하기 위해서는 기존 연구에서 그다지 크게 주목하지 않은 박인로의 '善歌者'로서의 면모를 자세히 살펴보아야 할 것이다.

3. 선가자로서 박인로의 면모

앞에서는 박인로의 생애와 교유관계를 중심으로 그의 유가로서의 면모와 몇 가지 주목할 부분에 대해 간략히 살펴보았다. 그런데, 독실한 유가로서 익히 알려진 그의 행적과는 다른 면모를 단편적이지만 그의 문집과 관련 자료에서 어렵지 않게 찾아볼 수 있다. 그것은 곧 박인로의 '선가자'로서의 면모라고 할 수 있다. 앞서 살펴보았듯이 그는 성윤문의 명에 의하여 〈태평사〉를 지어 사졸들을 위로한 바 있는데, 이때 그가 단순히 작품을 짓는 데에 그친 것이 아니라 직접 사졸들을 대상으로 하여 노래 불렀을 것이라고 추정할 수 있다. 또한 그의 가사 작품 대부분이 이덕형이나 장현광 등을 대신하여 또는 그들의 명에 의하여 지어진 것이라는 점은 이들 거유들과의 교유가 단순히 박인로의 '유가 의식'만을 매개로 한 것이 아니라는 점을 말해준다고 할 수 있다. 독실한 유가로서뿐만 아니라 선가자였다는 점 역시 이덕형, 장현광, 정구 등 당대 거유들과의 교유에 크게 작용하였을 것이다.[19]

---

[19] 박인로가 선가자라는 사실은 기존 연구에서 여러 번 지적된 바 있다. 그러나 이에 대해 크게 주목한 논의는 거의 찾아볼 수가 없다. 다만, 최상은, 앞의 글에서 박인로가 가객이라는 점에 주목하고 있으나 일관되고 심도 있는 작품 해석에는 이르지 못한 한계를 지니고 있음을 지적해둔다. 실제 작품 해석에서는 기존 연구와 마찬가지로 유가 의식에 대부분 의거하고 있어 아쉬울 뿐이다. 본고는 단순히 박인로가 선가자이며 가객이라는 점을 지적하는 데 그치는 것이 아니라 그의 이러한 면모가 구체적으로 그의 작품에서 어떻

박인로가 '선가자'로 이름났다는 점은 다음의 자료에서 분명히 확인
할 수 있다.

① 궁하게 사는 땅은 숲이 깊고 골짜기 그윽하여
　어떻게 옛 벗 만나길 바라리오?
　蕭灑한 淸風은 客榻에 불어오고
　은근한 明月은 幽人을 비추네.
　웅장한 노래 소리 음률에 조화되고
　기묘한 詩想은 귀신을 울리네.
　이 늙은이 심정을 알고자 하는데
　우국 충정이오 가난은 근심하지 않네.
　林深谷邃窮居地　豈意逢迎昔所親
　蕭灑淸風來客榻　慇懃明月照幽人
　歌聲激壯諧音律　詩思宏奇泣鬼神
　欲識此翁心上事　憂君憂國不憂貧[20]

② (공은) 노래를 잘 지었는데 시원한 나무 그늘을 만나면 문득 팔짱을 끼고 단
정히 앉아 노래를 불러 회포를 푸니 대저 모두 교훈되고 경계되는 말들이었
다. 공은 가슴이 상쾌하고 시정이 솟아오르면 장편의 대문장을 붓을 잡고 단
숨에 완성했다. (…중략…) 일찍이 말하기를 "시는 뜻을 말한 것이고 노래는
말을 길게 하는 것인데 사람의 착한 마음을 감발하게 하는 데는 노래가 으뜸
이니 二南 또한 노래이다" 하고 드디어 君臣·父子·夫婦·兄弟·朋友의
다섯 조목 백여 편의 시를 짓고 시경을 모방하여 이름을 '正風'이라 하였는데
세상에서는 모두 귀중하게 여겨 외웠고 왕왕 관현에 올리기도 하였다.

게 발현되어 형상화되고 있는가를 규명하는 데 궁극적인 목적이 있음을 밝혀둔다.
20　鄭好信, 〈又呈七言律詩〉 三首 중 두 번째, 『蘆溪先生文集』 卷二, 김문기 역주, 앞의 책,
　424면.

善歌什, 遇一樹梢淸陰處, 輒高拱趺坐, 朗詠以遣懷, 大抵皆箴戒語也. 公胸次
爽曠意思水涌, 卽長篇大章把筆便成. (…중략…) 嘗曰 詩言志, 歌永言, 而感
發人之善心, 歌爲最, 二南亦歌也. 遂叙君臣父子夫婦兄弟朋友五目凡百餘篇,
以倣周詩名曰正風, 世皆寶誦, 往往被諸管絃.[21]

　　자료 ①은 鄭好信(1605~1650)이 박인로에게 준 〈又呈七言律詩〉 세 수
중 한 수이다. "웅장한 노래 소리 음률에 조화되고 기묘한 詩想은 귀신
을 울리네"라는 구절이 다소 과장된 표현이긴 하지만, 이 구절에서 보듯
이 박인로가 노랫말을 잘 지었으며 또한 노래 역시 잘 불렀음을 알 수 있
다. 이 자료 외에 앞서 소개한 이덕형의 증손인 이윤문이 쓴 발문 중에
'〈사제곡〉이 아직도 전하고 있었으며, 노계의 손자로 하여금 〈사제곡〉
을 노래 부르게 하였다'는 부분을 보아도 이러한 점은 쉽게 짐작할 수 있
다.[22]

　　다음으로 제시한 자료 ②는 鄭葵陽(1667~1732)이 1704년에 쓴 박인로
의 〈행장〉에 나오는 한 대목이다. 비록 정규양이 박인로 생존시의 인물
이 아니며 〈행장〉 역시 박인로 사후 60여 년이 지난 뒤 쓰여진 것이긴
하지만, 이 〈행장〉에서도 박인로가 노래를 잘 불러 이름을 떨쳤다는 것
을 분명히 파악할 수 있다. 특히 "시는 뜻을 말한 것이고 노래는 말을 길
게 하는 것인데 사람의 착한 마음을 감발하게 하는 데는 노래가 으뜸이
니 二南 또한 노래이다"라는 박인로의 언급에 주목할 필요가 있다. 이러

21　鄭葵陽, 〈行狀〉, 『蘆溪先生文集』 卷二, 김문기 역주, 위의 책, 410~411면.
22　박인로가 노래를 잘 불렀다는 사실은 그의 문집 외에 이덕형의 문집에도 나타나 있다.
　　"仁老善歌, 遂令作莎堤曲, 極敍投閑, 致養之樂, 江湖退憂之情, 以述懷焉. 至今聽者, 尙可
　　見其眷眷忠愛之誠(『漢陰文稿』 附錄 卷二)"에서 보듯이 박인로는 노래를 잘 불렀으며,
　　이덕형이 命하자 〈사제곡〉을 지었는데, 지금도 그 노래를 듣는 자는 그 忠愛의 마음을
　　볼 수 있다고 하였다. 또한 김일근이 발굴하여 소개한 가사 〈立巖別曲〉의 말미에 "立巖
　　別曲 朴萬戶所唱"이라는 기록에서도 박인로가 이 가사 작품을 직접 노래로 불렀다는 것
　　을 확인할 수 있다. 이에 대해서는 김일근, 「朴萬戶 所唱의 立巖別曲 考察」, 『국어국문학』
　　81, 국어국문학회, 1979 참조.

한 언급이 비록 전대의 효용론적 시가관에 입각한 것이긴 하지만, 무엇보다도 박인로가 노래의 효용성을 분명히 인식하고 있었음을 알 수 있다. 다시 말해 이러한 언술이 해석하기에 따라서는, 박인로가 노래를 짓고 부르는 것을 단순한 여기로만 여기지는 않았다고 해석할 수도 있을 것이다. 또한 박인로는 시를 짓고 노랫말을 짓는 데에도 남다른 재능을 보였으며, 이러한 재능을 시조 〈五倫歌〉를 지음으로써 유감없이 발휘했다고 할 수 있다. 현재 남아 전하는 시조 〈오륜가〉는 25수만 전하고 있어 다섯 조목에 걸쳐 백여 편의 노랫말을 지었다는 위의 기록과는 상당한 격차가 있지만,[23] 중요한 것은 시조 〈오륜가〉가 단순히 눈으로 보고 암송하는 데 그치지 않고 종종 管絃에 올려져 노래로 불렸다는 점일 것이다. 이러한 기록으로 본다면, 박인로는 가사뿐만 아니라 시조 역시 노래로 불렀음을 알 수 있다.

　이러한 사실은 "長歌와 短詠 지어 스스로 즐기니 진실로 劉君의 아름다운 명망을 알겠도다[長歌短詠以自娛 固知劉君令望]"[24]라는 기록에서도 확인할 수 있다. 박인로가 長歌와 短詠을 지어 스스로 즐겼다고 하였는데, 그가 '長歌'와 '短歌'를 지어 스스로 즐겼다는 것은 곧 스스로 노래 불렀음을 뜻한다고 볼 수 있다.[25]

23　〈행장〉에 "공은 평생에 저술이 매우 많았으나 집의 화재로 잃어버렸다(公平日著述甚多, 其家失之灰燹)"라고 하였으며, 〈蘆溪先生文集序〉에도 이와 유사한 내용이 있는 것으로 보아 〈오륜가〉가 지금 전하는 25수보다 더 많았을 가능성이 있다.

24　李德玄, 〈道溪祠宇上樑文〉, 『蘆溪先生文集』, 김문기 역주, 앞의 책, 408면. 여기서 말하는 '長歌'는 가사를 가리키며 '短詠'은 곧 '短歌'인 시조를 말함인 듯하다.

25　최상은이 지적하였듯이 박인로의 가사와 시조 작품들은 1930년대에 발간된 李用基의 『樂府』에도 실려 전하고 있다(최상은, 앞의 글, 188면). 『樂府』下卷 말미에 '蘆溪先生文集'이란 題名에 이어 〈太平詞〉, 〈莎堤曲〉, 〈陋巷詞〉, 〈早紅枾歌〉 4수, 〈船上嘆〉, 〈獨樂堂〉, 〈嶺南歌〉, 〈蘆溪歌〉, 〈五倫歌〉 25수 외 다수의 시조 작품들이 별도로 실려 있는데, 그 작품의 배열 순서와 작품명 아래에 부기된 주의 내용이 『蘆溪先生文集』의 그것과 동일한 것으로 보아 문집을 토대로 전사한 것으로 보인다. 또한 『樂府』의 編者인 李用基가 장안의 기생들과 사귀며 가요를 즐겼던 풍류인이라는 점과 주로 당시까지 많이 불리던 시조, 가사, 잡가 등을 실은 이 가집에 박인로의 시조, 가사 작품들 중 〈소유정가〉와 〈입암별곡〉 두 작품을 제외하고 모두 실려 있다는 점에서 박인로의 시조와 가사 작품들이 노래

　앞서 살펴보았듯이 박인로가 비록 재지사족이지만 남달리 양반 사대부 이념에 실천적으로 충실하려고 했던 '儒者'라는 점[26]과 함께 시조나 가사의 노랫말을 잘 지을 뿐만 아니라 나아가 시조나 가사를 노래로도 잘 불러 '선가자'로 이름났다는 사실이 이덕형, 장현광, 정구 등의 당대 거유들이 박인로와 許交한 동인이 된 것이 아닌가 하는 추측을 할 수 있다. 이러한 추측은 다음을 통해 볼 때 더욱 확실시된다고 생각한다.

　③ 옹의 지혜와 생각은 높고 멀며 시국을 분별함은 넓고 깊으며, 노래를 잘 불러 여러 사람에게 칭송을 들었다.
　　翁智慮高遠, 辦局宏深, 善爲歌什, 稱美於衆.[27]

　④ 중용과 대학을 도모함이 있었고 의로움에 精深하셨네.
　　말이 부족하여 노래와 시를 읊으셨네.
　　명망은 덕문에 들어가고 용기는 귀신의 관문에서 나온다네.
　　이로써 선배들이 기꺼이 사귀기를 허락했네.
　　寒岡 선생이 자주 칭찬하시고 旅軒 선생이 仁을 양보하셨네.
　　저 漢陰과 같은 이는 공경과 예를 더욱 폈다네.
　　庸學有圖　　於義精深
　　言之不足　　發諸歌吟
　　望投德門　　勇出鬼關
　　是以先輩　　推許交歡
　　岡師亟稱　　旅老讓仁
　　若夫漢陰　　敬禮愈伸[28]

로 많이 불렸다는 것을 알 수 있게 해준다.

26　박인로가 성리학에 대한 철학적 논구보다는 오히려 실천적인 면에 중점을 두고 있었다는 사실에 대해서는 성범중, 앞의 글, 220~223면에서 자세히 논한 바 있다.

27　張顯光, 〈無何翁傳九仞山記跋〉, 『蘆溪先生文集』 卷二, 김문기 역주, 앞의 책, 429면.

28　李復仁, 〈奉安文〉, 『蘆溪先生文集』, 김문기 역주, 위의 책, 405면.

앞에서 이미 언급하였듯이 박인로는 성윤문의 명에 의하여 〈태평사〉를 지어 사졸을 위로한 바 있는데, 이것은 곧 박인로가 사졸들 앞에서 〈태평사〉를 노래로 불렀음을 의미한다고 추측할 수 있다. 이러한 추측을 뒷받침하는 기록이 곧 위에 인용한 장현광의 〈無何翁傳九仞山記跋〉의 한 대목이다. 여기서 장현광은 박인로가 노래를 잘 불러 여러 사람에게 칭송을 들었다고 하였는데, 이것은 장현광과 같은 사대부들 앞에서 박인로가 직접 노래를 불렀음을 말함이고, 이로 미루어 본다면 〈태평사〉 역시 사졸들을 일차적 청자로 하여 직접 노래 불렀다고 말할 수 있을 것이다. 자료 ④는 李復仁이 쓴 〈奉安文〉의 한 부분인데, 박인로가 당대의 거유들과 사귀게 된 상황을 간략하게 보여주고 있다. 정구, 장현광, 이덕형과 같은 당대 거유들이 박인로와 교유하게 된 데에는 그의 남달리 철저한 유자로서의 면모뿐만 아니라 '선가자'로서의 면모도 크게 작용하였다고 할 수 있다.

그렇다면, 박인로의 작품 중에 유달리 '代作'이나 '命作'이 많은 이유를 그가 노랫말을 잘 지을 뿐만 아니라 노래 역시 잘 부른 선가자라는 데에서 찾을 수 있을 것이다. 임진왜란 당시에 성윤문의 명에 따라 〈태평사〉를 지어 불렀으며, 이덕형을 대신하여 〈사제곡〉을 짓고, 장현광의 〈立巖記〉를 토대로 하여 시조 〈입암〉 29수와 가사 〈입암별곡〉을 지어 노래 부르고, 정구를 從遊하는 길에 〈소유정가〉를 노래 불렀다는 사실들은 결국 그가 선가자이기 때문에 나타난 현상이라 할 수 있다. '장편의 대문장도 붓을 잡고 단숨에 완성했다'는 〈행장〉의 기록을 보더라도 박인로는 이덕형이나 장현광이 제시한 소재를 곧잘 노랫말로 완성하여 노래로 부른 선가자인 것이다. 또한 이덕형이 '山居窮苦之狀'을 묻자 그에 대한 대답으로 〈누항사〉를 지은 것이나 이덕형이 보낸 즈홍시로 인하여 느낀 바가 있어 시조 〈조홍시가〉를 지어 부른 것도 모두 이와 동일한 차원에서 비롯된 것이다.

이상으로 박인로의 선가자로서의 면모에 대하여 간략하게 고찰하였다. 그는 당대의 거유들과 종유하면서 노랫말을 잘 지어 시조, 가사 등의 작품들을 다수 창작하였을 뿐만 아니라 노래 역시 잘 부른 선가자였음을 그의 생애와 교유관계를 통하여 검토하였다. 다음은 박인로에게서 확인된 ‘선가자’로서의 면모가 지니는 의의와 가치에 대하여 살펴보고, 이러한 의의와 가치가 구체적으로 작품에서 어떻게 발현되고 형상화되고 있는지에 대하여 고찰하도록 하겠다.

4. 선가자 박인로의 문학사적 의의

‘선가자’로서 박인로가 보여주고 있는 특징과 그 의의를 이전 시기의 그것과 비교한다면, 세 가지 측면에서 살펴볼 수 있을 것이다. 즉 ‘선가자’라는 평은 첫째 노랫말을 잘 짓는다는 作詞의 측면, 둘째 노래를 잘 부른다는 歌唱의 측면, 셋째 노랫말을 얹어 부를 수 있는 樂曲의 창안이라는 作曲의 측면이 그것이다. 박인로가 노랫말을 잘 짓고 노래 역시 잘 불렀다는 점에서 ‘선가자’라는 평을 받은 것은 여러 기록에서 분명히 드러나고 있으나, 그가 새로운 악곡을 창안하여 그러한 악곡에 맞춰 자신이 지은 노랫말을 얹어 불렀는지에 대한 언급은 거의 찾아볼 수가 없다. 지금으로서는 악곡을 창안하였는지의 여부에 대해 분명히 답할 수가 없다. 다만, 그가 지은 시조와 가사 작품들이 거의 대부분 題名을 가지고 있고, 그러한 제명이 ‘~歌’(〈嶺南歌〉, 〈蘆溪歌〉, 〈小有亭歌〉, 〈五倫歌〉, 〈早紅枾歌〉), ‘~曲’(〈莎堤曲〉), ‘~別曲’(〈立巖別曲〉), ‘~詞’(〈太平詞〉, 〈陋巷詞〉), ‘~嘆’(〈船上嘆〉), ‘~堂’(〈獨樂堂〉) 등 다양하게 나타나고 있다는 점에 대해서는 한번 숙고할 필요가 있다.

시대 제목 끝 자	15~16세기	17세기	18세기	19세기	20세기
曲	11(36%)	12(29%)	22(27%)	24(11%)	3(0.4%)
歌	18(58%)	22(55%)	49(61%)	163(73%)	49(7%)
詞	—	5(12%)	9(11%)	9(4%)	1(0.1%)
嘆	—	1(2%)	—	7(3%)	13(2%)
吟	2(6%)	—	—	—	—
謠	—	—	—	—	2(0.3%)
기타	—	1(2%)	1(1%)	19(9%)	631(90%)
합계	31(100%)	41(100%)	81(100%)	222(100%)	699(100%)

위에 보인 도표는 가사 작품만을 대상으로 각 시대별로 가사의 향유 방식이 변함에 따라 작품 제명이 어떻게 변화하고 있는지를 간략하게 보여주고 있는 예이다.[29] 이 도표에 의하면, 가사 작품의 제명의 변화가 15~16세기에는 '曲'과 '歌'가 절대 다수를 차지하다가 '曲'은 점차 그 비율이 줄어들어 20세기에 이르면 겨우 명맥만을 유지할 뿐이며, '歌'는 19세기까지는 그 비율이 점차 증대하다가 역시 20세기에는 상당히 줄어드는 경향을 보인다. 이러한 변화는 곧 가사의 향유방식에 나타난 변화에 기인한 바가 크다고 할 수 있다. 일반적으로 조선 전기의 가사는 대부분 가창의 방식으로 향유되었으며, 후대로 올수록 가창은 사라지고 음영이나 율독의 방식으로 그 향유방식이 변화한다고 하는데, 이러한 향유방식의 변화가 곧 가사 작품의 제명에 반영되었을 것이라고 할 수 있다.[30] 그렇다면 15~16세기는 '歌'와 '曲'의 시대라고 할 수 있으며, 그 대부분

---

29 위에 제시한 도표는 임재욱, 「가사의 형태와 향유방식 변화의 관련양상 연구」, 서울대 석사논문, 1998, 39면에서 인용한 것이다. 이 도표에서는 박인로의 가사 작품들을 모두 17세기에 귀속시켜 논하고 있다.

30 이러한 제명은 노래로 부르기는 도저히 불가능한 초장편들인 〈農家月令歌〉, 〈日東壯遊歌〉, 〈燕行歌〉처럼 한편으로는 관용적인 것일 수도 있다. 이에 대해서는 성호경, 『조선 전기 시가론』, 새문사, 1988, 55면 참조. 그러나 이러한 관용적 제명의 작품들이 주로 18세기 이후에 나타나고 있다는 점에서 적어도 17세기 이전 시대에까지 적용하기는 무리라고 본다.

이 가창의 방식으로 향유되었을 것이다.[31] 그런데 17세기에 접어들면 기존의 '歌'와 '曲' 외에 다른 題名들이 가사 작품에 속속 나타난다. 즉, 전대에 전혀 보이지 않던 '詞'나 '嘆', 그리고 기타에 속하는 '堂'이 처음으로 등장하게 된다. 이러한 변화를 주도한 작가가 곧 박인로인 것이다. 앞에서 보았듯이 그가 지은 가사 작품은 그 제명이 다양하게 나타나는데, 전대의 전통인 '歌', '曲'의 제명을 계승하면서도 자신만의 독특한 면모를 보여주는 다양한 제명의 작품을 지었다는 점과 그가 선가자로 이름났다는 점에 비춰볼 때 그가 악곡을 창안하는 데까지 나아갔을 가능성은 충분히 있는 것이다. 적어도 그가 노래를 잘 불러 칭송을 받았다면 음악에 대해 어느 정도 조예가 깊었을 것이라는 점도 간과할 수 없는 중요한 점이기도 하다.

다음으로 노래를 잘 부른다는 가창의 측면에서 박인로와 이전 시기 인물들의 경우를 비교 고찰하도록 하겠다. 가창의 측면에서 주목할 것은 박인로가 직접 노래를 불렀으며, 또한 혼자서 자족적으로 즐긴 것이 아니라 적어도 그 노래를 들어줄 대상을 의식적으로 겨냥해서 노래를 불렀다는 점이다. 이 점이 바로 다른 양반 사대부의 경우와 구별되는 박인로의 독특한 특징일 것이다.

⑤ 또 〈無等長歌〉 등과 같은 歌曲을 짓고, 술이 오를 때면 歌兒, 舞女 등에게 그것을 노래 부르게 하였다.

---

31 물론 성호경이 지적한 바와 같이 이 시기의 가사 작품들이 모두 가창되었다고 확신할 수는 없다. 이 시기에 가창된 것으로 확인할 수 있는 작품은 송강의 작품들(〈관동별곡〉, 〈성산별곡〉, 〈사미인곡〉, 〈속미인곡〉, 〈장진주사〉)과 송순이나 백관홍 등의 몇몇 작품들뿐이다. 또한 가창되었다고 해서 모두 일정한 악곡에 맞춰 노래 부르는 작곡에 의한 방법이라고 단언할 수는 없다. 일정한 악곡에 맞추지 않는 徒歌 및 그 특수한 한 유형인 가락맞추기의 방법에 의한 것도 있을 수 있다. 이에 대해서는 성호경, 「한국 고전시가의 존재방식과 노래」, 『고전문학연구』 12, 한국고전문학회, 1997 참조. 다만 본고에서는 작곡에 의한 방법, 도가의 방법 및 가락 맞추기의 방법 모두를 가창의 방식으로 포괄하여 논하기로 한다.

且作歌曲如無等長歌等, 酒酣輒使歌兒舞女等唱之.[32]

⑥ 헛된 이름 좇느라 세간에 떨어졌으니

　仙壇에 기약한 이 몸 언제나 돌아갈꼬.

　그대 만나 관동곡 노래를 들으니

　금강 만첩산을 대략 알겠도다.

　我逐浮名落世間　　仙壇有約幾時還

　逢君聽唱關東曲　　領畧金剛萬疊山[33]

⑦ 장가 여섯 작품과 단가 두 작품을 지어 혹은 벗들과 더불어 노래하고, 혹은
　밤에 노래하고 춤을 추었다.

　謹作長歌六章短歌二章, 或與朋友歌詠, 或夜歌且舞.[34]

⑧ 『同春堂別集』의 遺事에 다음과 같은 말이 있다. "同春은 退溪의 〈漁父詞〉를
　책 중에 베껴 두고는 노래를 잘 하는 洪柱石으로 하여금 창하게 하였다. '松
　江의 〈關東別曲〉 같은 것은 역시 절조이다. 너는 그 뜻을 아느냐?'라고 묻고
　는 다시 〈關東別曲〉을 노래하게 했다."

　宋同春堂別集遺事云, 同春以退溪漁父詞謄置冊中, 使善歌者洪柱石唱之. 曰
　如鄭松江關東別曲亦是絶調, 汝知其意否. 仍使更唱關東別曲.[35]

⑨ 그러므로 대략 이별의 노래를 본떠 陶山六曲 둘을 지었다. 그 하나는 '言志'
　요 그 둘은 '言學'인데 아이들로 하여금 스스로 노래하게 하고 스스로 춤추
　게 하면 거의 더럽고 인색한 마음을 씻어 내고 感發融通할 수 있으니 노래하

32　『溪陰漫筆』卷之二.

33　〈權石洲輓贈楊理一詩〉, 『校註歌曲集』, 正陽社, 225면. 제목 아래에 "양은 〈관동별곡〉을
　　잘 불렀다[楊也善唱關東別曲]"라는 주가 부기되어 있다.

34　『成宗實錄』122, 11년 10월 26일(壬申).

35　『校註歌曲集』, 正陽社, 224면.

는 자 듣는 자 모두에게 보탬이 없을 수 없다.

故嘗畧倣李歌, 而作陶山六曲者二焉. 其一言志, 其二言學, 欲使兒輩朝夕習
而歌之, 憑几而聽之, 亦令兒輩自歌而自舞蹈之, 庶幾可以蕩滌鄙吝感發融通,
而歌者與聽者不能無交有益焉.[36]

자료⑤는 宋純의 〈俛仰亭歌〉에 대한 尹昕(1564~1638)의 기록으로 "歌
兒, 舞女 등에게 그것을 노래 부르게 하였다"고 하였다. 그다음 자료⑥
은 楊理가 〈關東別曲〉을 부르는 것을 듣고 權韠(1569~1612)이 지은 한시
이다. 주에 의하면 楊理는 〈關東別曲〉을 잘 불렀으며 그가 부른 노래를
들었다고 하였다. 자료⑦은 丁克仁의 〈賞春曲〉과 관련한 작가 자신의
기록으로 "벗들과 더불어 노래하고 춤을 추었다"는 대목은 문면에 드러
나는 바에 의하면 사대부들 자신이 직접 노래한 것으로 나타난다. 그러
나 앞의 자료⑤, ⑥에 나타난 상황에 비춰볼 때 정극인을 포함한 사대부
들 자신이 직접 노래를 불렀다기보다는 풍류현장에 합석한 다른 歌兒들
에 의한 창이었을 가능성이 많으며, 그들의 존재가 문면에 드러나지 않
았을 뿐인 것으로 파악된다. 그러므로 가창의 연행을 지니는 경우 풍류
현장에서 歌兒나 善歌者 등과 같은 이들을 시켜 노래하게 하고 그것을
듣는 형태였던 것으로 보인다. 이와 같이 전기가사가 상당수 가창되었
다고 할 때 가창의 실질적인 내용은 작가 자신이 직접 노래하여 향유하
는 형태라기보다는 노래 부르는 이로 하여금 그것을 대신 부르게 하는
형태가 주였다고 할 수 있다.[37]

이러한 점은 그다음의 자료⑧과 ⑨에서도 그대로 드러나고 있다. 자
료⑧에 의하면 同春堂 宋浚吉(1606~1672)이 선가자로 이름난 洪柱石으

---

[36] 李滉, 〈陶山十二曲跋〉, 「退溪先生全書(續內集)」 卷60・跋, 『陶山全書 三』, 한국정신문
화연구원, 1980, 294면.

[37] 자료 5~7과 이에 대한 해석은 고순희, 「歌辭文學의 口碑的 性格」, 『고전문학연구』 15,
한국고전문학회, 1999, 90면을 인용한 것이다.

로 하여금 退溪 李滉의 〈漁父詞〉나 松江 鄭澈의 〈關東別曲〉을 歌唱하
게 하였음을 알 수 있다. 또한 자료 ⑨에서 보듯이 李滉(1501~1570) 역시
〈陶山十二曲〉을 지어 兒輩들로 하여금 노래 부르게 하고 춤추게 하면
風敎에 어느 정도 도움이 될 것이라고 하였다.

이상의 자료들에 나타난 가창 상황을 박인로의 경우와 대비해 보면,
그가 이들 사대부들과는 분명히 다르다는 점을 알 수 있다. 위의 기록에
등장하고 있는 사대부들은 박인로와 거의 동시대 인물이거나 조금 앞선
시대의 인물들이다. 박인로가 이덕형, 장현광 등의 사대부들이나 사졸
들과 같은 여러 청자들을 대상으로 하여 직접 노래 부른 '선가자'인 것과
는 달리 이들 사대부들은 歌兒나 선가자로 하여금 노래 부르게 하고 본
인들은 그러한 노래를 듣고 감상하는 향유자의 위치에 있을 뿐이다. 즉
사대부들이 하나의 여기로 여겼던 노래 짓고 부르기가 박인로에게 와서
는 단순한 여기나 장기가 이미 아님을 알 수 있다.

이렇게 놓고 본다면 박인로가 상당히 많은 시조와 가사 작품들을 짓고
노래 부르게 된 원동력은 분명해진 셈이라고 할 수 있다. 재지사족으로
그가 보인 유자로서의 유가 의식과 더불어 '장편의 대문장도 붓을 잡고
단숨에 완성'할 정도로 노랫말을 잘 지어 노래 부른 선가자로서의 가객
의식이 그를 국어시가의 다작 작가로 이끌었다고 할 수 있다.[38] 이 중에
서도 특히 '선가자' 또는 '가객'으로서의 역할이 크게 작용하였다고 본다.

일반적으로 '선가자' 또는 '가객'이라고 하면 주로 풍류현장이나 연행
현장에서 분위기를 돋우거나 흥을 자아내는 역할이 주된 소임이지 자신
의 개인적 의견이나 고민을 노래 부를 수는 없는 것이다. 그러므로 철저
한 유가 의식을 지니고 있는 당대의 사대부 거유들과 교유하면서 그들
을 대신하여 또는 그들의 명으로 많은 작품들을 지어 노래 부른 박인로

---

[38] 박인로가 양반으로서 지니고 있는 유가 의식과 선가자로서 지니고 있는 가객 의식은 서
로 상반되거나 모순된 의식이 아니다. 다시 말해 이 둘은 대척점에 놓인 두 의식이 아니
라 유가 의식의 근저에 가객 의식이 놓여 있다고 봄이 온당하다.

가 그 작품들 속에 자신의 개성적 삶이나 고민들을 감히 투영할 수는 없는 것이다. 어디까지나 상대방의 생각과 입장을 반영하는 선가자로서의 역할에 충실할 뿐이다. 그 결과 命作이나 代作으로 지은 대부분의 작품들에서 현실 긍정적이고 보수적인 경향을 강하게 느낄 수밖에 없으며 대부분의 연구자들로부터 고사성어와 한문 어구를 많이 사용하여 참신성이 다소 떨어지고 관념적이고 사변적인 성향을 짙게 드리우고 있다는 평을 받을 수밖에 없는 것이다. 이러한 작품들을 통해 접할 수 있는 것은 기껏해야 대사회적 가면을 쓴 박인로의 모습일 뿐이다. 물론 대사회적 가면을 그에게 씌운 이는 그 자신과 그가 교유했던 당대의 사대부들임은 두말할 필요가 없다.

그러나 이러한 가면 속에 감추어진 박인로의 본모습은 〈누항사〉라는 작품에서 뚜렷이 감지할 수 있다.

헌 먼덕 수기 스고 측 업슨 집신에 설피설피 물너오니

風彩 저근 形容애 기 즈츨 뿐이로다

蝸室에 드러간둘 잠이 와사 누어시랴

北窓을 비겨 안자 시비롤 기다리니

無情호 戴勝은 이니 恨을 도우느다

終朝惆悵 호며 먼 들흘 바라보니

즐기는 農歌도 興업서 들리느다

世情 모론 한숨은 그칠 줄을 모르느다

〈누항사〉

이 작품은 박인로의 문집에 따르면 '이덕형이 박인로에게 산촌생활의 곤궁한 형편을 묻자 이에 자신의 회포를 풀어 지은'[39] 것이다. 즉 〈누항

39　"公從遊漢陰相公 相公問公山居窮苦之狀 公乃述己懷作此曲." 김문기 역주, 앞의 책, 368 면. 한편 古寫本에는 "漢陰相公命作"이라 하여 이덕형의 命作으로 나타나 있으나, 목판

사〉는 代作이나 命作이 아니라 이덕형의 물음에 촉발되어 자발적으로
지은 작품인 것이다. 〈누항사〉의 전반부에서 박인로는 선가자로서의
대사회적 가면을 과감히 벗어버리고 자신이 생각하고 느낀 곤궁한 삶에
대해 이야기하고 있는 것이다. 이러한 곤궁한 삶이 임진왜란 후 피폐해
진 농촌생활에서 자신이 몸소 체험한 것이든 다른 사람의 곤궁을 우의적
으로 형상화한 것이든 간에 여기서 박인로는 약속과는 달리 소를 빌려주
지 않는 야박한 농촌 인심을 담은 일화를 통해 자신의 '회포'를 직접 서술
하고 있다. 이러한 모습은 곧 그의 다른 작품들에서 쉽게 만날 수 없는 그
자신의 본모습인 것이다. 박인로가 자신의 솔직한 생각을 드러내게 된
데는 물론 이덕형과의 각별한 관계가 크게 작용했을 것이다. 그러나 그
의 솔직한 본모습을 담고 있는 전반부와는 달리 결말에서는 다시 양반이
자 선가자라는 대사회적 가면을 쓴 박인로의 모습이 등장하고 있다.

> 貧而無怨을 어렵다 ᄒ건마는
> 닉 生涯 이러호디 설온 뜻은 업노왜라
> 簞食瓢飮을 이도 足히 너기로라
> 平生 혼 뜻이 溫飽애는 업노왜라
> 太平天下애 忠孝를 일을 삼아
> 和兄弟 信朋友 외다 ᄒ리 뉘 이시리
> 긔 밧기 남은 일이야 삼긴디로 살렷노라

〈누항사〉

그 이전까지 곤궁한 삶에 대한 한탄을 표출하다가 '簞食瓢飮', '忠孝',
'和兄弟 信朋友' 등의 유가 이념을 들먹이면서 황급히 작품을 마무리한
것은 박인로가 양반이면서 또한 선가자라는 사회적 처지에서 결코 자유

본의 것이 더 자세하고 사실에 부합하다고 판단되어 목판본을 따르기로 한다.

로울 수 없음을 말해주는 한 예증이 될 것이다. 세상의 부귀영화나 입신 양명을 다 떨쳐버리고 초연한 삶을 살던 만년에 박인로에 幽居하면서 지은 〈노계가〉에서도 전반부에서는 자연에 묻혀 사는 것이 즐겁다고 하면서도 작품의 결말은 충성을 다짐하는 내용으로 마무리짓고 있는데, 이것 역시 〈누항사〉의 경우와 동일한 예에 속할 것이다. 결국 〈누항사〉 나 〈노계가〉에서 보이는 양면성 내지 부조화는 기존 연구에서 내세운 ‘유가 의식’만으로는 온전히 설명될 수 없으며, 그의 생애와 교유관계에 서 드러나고 있는 선가자라는 측면까지 함께 고려해야 깊이 있고 의미 있는 작품 해석을 이룰 수 있는 것이다.

이상에서 보듯이 노계 박인로는 17세기 전반을 양반으로서 또한 선가 자로서 충실하게 삶을 살았던 인물인 것이다. 지방의 재지사족으로서 당대의 여러 거유들과 교유하면서 유가 이념을 몸소 실천하려고 노력했 던 양반이며, 노랫말을 잘 짓고 노래 역시 잘 부른 선가자로서 나름대로 주어진 삶에 충실했던 인물이라고 할 수 있다.

5. 맺음말

노계 박인로의 신분적 처지를 정치적 경제적으로 몰락한 향반이라고 간단히 규정하여 의식의 측면에서는 사대부에 속하지만 현실 생활의 측 면에서는 한미한 향반으로 이상과 현실 사이에서 심적 갈등을 일으켰다 는 평가만으로는 그의 전모를 온당하게 드러낼 수가 없다. 오히려 이보 다는 유가 의식에 바탕을 둔 선가자라는 측면에서 박인로에게 접근할 때만이 그에 대한 평가가 정당성을 확보할 수 있다고 생각한다. 본고는 박인로를 대상으로 이루어진 기존 연구에서 소홀히 취급했던 그의 선가자로서의 면모에 주목하여 이를 부각시키는 데 역점을 두고 논의를 하였다. 그러다 보니 그의 작품 개개에 대해서는 정치하게 논의하지 못한 한계가 있음을 밝혀 둔다. 선가자로서의 면모가 구체적으로 개별 작품들에서 어떻게 형상화되어 나타나고 있으며, 그 의의와 가치가 무엇인지, 나아가 17세기 시가사에서 노계 박인로가 점하고 있는 위상은 구체적으로 어떠한지에 대한 자세한 논의는 다음의 숙제로 남겨두고자 한다.

『우리말글』 25, 우리말글학회, 2002

재지사족으로서 박인로의 삶과 〈누항사〉

1. 머리말

　조선시대의 시가사를 서술하는 데 있어서 대체로 임진왜란을 경계로 하여 조선 전기와 후기로 시대를 양분하여 고찰하는 것이 통례이다.[1] 이러한 시대 구분에 따라 각 시대의 대체적인 경향을 살펴볼 때, 조선 전기의 시가는 주로 사대부가 중심이 되어 강호자연의 흥취와 성리학적 이념을 정연한 형식적 틀에 담아낸 것이 대다수를 차지한다. 이에 반해 임진왜란 이후 조선 후기의 시가는 대체로 조선 전기와는 달리 성리학적 이념에서 서서히 벗어나면서 구체적이고 현실적인 경험의 세계까지 담아낼 정도로 그 외연이 확장되고 있다고 할 수 있다.

　이러한 전환의 과정에서 蘆溪 朴仁老(1561~1642)는 조선 후기 시가사의 첫머리를 장식하는 작가로 크게 주목받아 왔는데, 그것은 그의 생애와 작품들이 보여주고 있는 새로운 특징과 경향 때문일 것이다. 이러한

---

[1]　정병욱, 『한국고전시가론』, 신구문화사, 1979, 196~212면; 김흥규, 『한국문학의 이해』, 민음사, 1986, 118~125면; 조동일, 『한국문학통사(3판)』 3, 지식산업사, 1994, 9~12면.

이유 때문에 박인로의 생애와 작품에 대한 연구는 양적으로 상당히 많이 이루어져 있는 편이다. 박인로에 대해 처음으로 이은상[2]이 개략적으로 소개하고 연구의 필요성을 언급한 이후, 작품의 서지 사항,[3] 작가의 생애,[4] 개별 작품에 대한 해석 및 평가,[5] 정철 · 윤선도 · 정훈 등과의 비교[6] 등에 이르기까지 다방면에 걸쳐 고찰되었다.

그런데, 박인로를 대상으로 한 대부분의 연구가 〈陋巷詞〉에 집중되어 있음은 주지의 사실이기도 하지만 한편으로는 흥미로운 점이기도 하다. 그는 보기 드물 정도로 많은 수의 시조와 가사 작품을 남긴 다작의 작가이다. 그가 남긴 작품들 중에서 유독 〈누항사〉라는 작품에 연구가

---

2   李殷相,「詩人 蘆溪와 그의 藝術」,『鷺山文選』, 永昌書館, 1947.
3   황충기,「노계가사 문제점 고찰」,『국어국문학』58~60, 국어국문학회, 1972; 강전섭,
    「蘆溪集의 形成」,『국어국문학』62 · 63, 국어국문학회, 1973; 김창규,「蘆溪歌辭에 對한
    諸問題」,『淸溪 金思燁博士 頌壽紀念論叢』, 동간행위원회, 1973; 김문기,「松江 · 蘆溪 ·
    孤山의 歌集 板本 및 冊板 硏究」,『국어교육연구』21, 경북대 국어교육연구회, 1989.
4   이상보,『노계시가연구』, 이우출판사, 1978; 정재호,「박인로론」,『한국문학작가론』, 형
    설출판사, 1977(정재호,『한국가사문학론』, 집문당, 1984에 재수록); 황충기,「노계 박인
    로론」,『어문연구』38, 1983; 이상보,「박인로」,『고시조작가론』, 백산출판사, 1986; 원용
    문,「노계 박인로론」,『어문논집』35, 고려대, 1996.
5   최웅,「한국고전시론으로 본 노계 시가」,『관악어문연구』2, 1977; 성범중,「노계문학의
    전개양상과 그 의미」,『국어국문학』94, 국어국문학회, 1985; 우응순,「박인로의 '안빈낙
    도' 의식과 자연」,『한국학보』41, 1985; 구수영,「노계 박인로의 시가 연구」, 동국대 박사
    논문, 1987; 최상은,「노계가사의 작품구조와 현실인식」,『반교어문연구』1, 반교어문연
    구회, 1988; 김성룡,「〈陋巷詞〉와 江湖의 意味」,『한국고전시가작품론』, 집문당, 1992; 김
    용철,「〈누항사〉의 자영농 형상과 17세기 자영농 시가의 성립」, 정재호 편,『한국가사문
    학연구』, 태학사, 1996; 한창훈,「박인로의 '오륜가'에 드러난 작가의식과 그 사회적 성
    격」,『한국시가연구』2, 한국시가학회, 1997; 박기석,「노계 문학의 자연추구 양상과 의
    미」,『태릉어문연구』8, 서울여대, 1999; 김용철,「'사제곡'에서 강호구성의 원리와 철학
    적 기반」,『어문논집』40, 고려대 안암어문학회, 1999; 원용문,「노계의 시조작품 연구」,
    『대전어문학』16, 대전대 국어국문학회, 1999; 김용철,「박인로 강호가사 연구」, 고려대
    박사논문, 2001.
6   박성의,『송강 · 노계 · 고산의 시가문학』, 현암사, 1966; 나병호,「정훈 · 박인로의 시가
    대비 연구」, 한남대 석사논문, 1990; 김용직,「鄭澈과 朴仁老의 文學意識 對比硏究」,『한
    국문화』13, 서울대 한국문화연구소, 1992; 한창훈,「박인로 · 정훈 시가의 현실인식과
    지향」, 고려대 석사논문, 1993; 동달,『조선 삼대 시가인 작품과 중국 시가문학과의 상관
    성 연구』, 탐구당, 1995.

집중되는 것은 그의 다른 작품들에 비해 이 작품이 작가의 생애를 이해하는 데 있어서뿐만 아니라 나아가 17세기 시가사의 전개를 파악하는 데 긴요한 토대 역할을 하기 때문일 것이다. 정병욱[7]과 최원식[8]이 가사의 발전 과정에서 〈누항사〉가 보여 주고 있는 현실성과 사실성에 주목하여 근대로의 이행을 드러내기 시작한 정신의 징후로 파악한 이후 이러한 관점은 여러 연구자들에게 큰 영향을 미친 것이 사실이다. 조동일은 이 작품에 대해 "사대부로서의 지위가 보장되어 있지 않고, 농민으로 살아가는 데 만족할 수 있는 여건도 갖추지 못했으므로, 양쪽에서 소외되어 있는 괴로움을 절실하게 그렸다"[9]라고 평가하고 있다. 대부분의 연구자들 역시 이러한 관점의 연장선상에서 〈누항사〉를 해석하고 있다. 이들은 임진왜란 이후 경제적으로 몰락한 향반인 박인로가 지향하려 했던 안빈낙도 의식과 관련지으면서 결국 현실에서의 패배는 박인로와 같은 향반들을 더욱더 이념적으로 경화된 모습, 즉 엄숙한 유자의 추구로 몰아갔다고 지적하고 있다.

요컨대 최근의 연구에서 공통적으로 보이고 있는 관점은 〈누항사〉에서 궁핍한 삶을 살아가고 있는 화자를 곧바로 작가 박인로에 대입시켜 그를 몰락한 향반으로 이해하고 있다는 것이다. 그러나 이러한 연구에 기대어 박인로의 삶과 그의 작품들을 살펴보더라도 몇 가지 쉽게 수긍하기 어려운 점들이 있는 것도 사실이다. 그것은 〈누항사〉의 화자가 토로하고 있는 궁핍상이 실제로 박인로가 체험한 것인지, 만약 그러하다면 이것을 어떻게 이해할 것인가 하는 문제이다. 이러한 문제에 답하기 위해서는 우선 이 작품의 창작 배경 및 창작 시기에 대한 이해가 선행되어야 한다. 왜냐 하면 〈누항사〉는 그 창작 시기와 창작 배경의 여하에 따라 달리 해석될 수 있는 여지가 충분히 있기 때문이다. 기존 연구에서

---

7   정병욱, 「이조 후기 시가의 변이과정고」, 『창작과 비평』 31, 창작과비평사, 1974.
8   최원식, 「가사의 소설화 경향과 봉건주의의 해체」, 『민족문학의 논리』, 창작과비평사, 1982.
9   조동일, 앞의 책, 340면.

는 이 작품의 창작 시기가 1611년이며, 창작 배경 역시 이때에 벼슬길에
서 물러난 한음 이덕형을 박인로가 從遊하면서 '山居窮苦之狀'이라는
이덕형의 물음에 답하여 지은 것으로 설명하고 있다. 그렇지만 박인로
의 문집이나 관련 자료의 어디에도 〈누항사〉의 창작시기를 구체적으로
언급한 것은 찾아볼 수가 없으며, 이 작품의 창작 동기 또는 창작 배경
역시 문면에 드러난 그대로만 단순히 이해할 성질의 것이 아니다.

　앞에서 제기한 문제점들은 각각 개별적인 차원에서 제기된 것이 아니
라 서로 밀접하게 관련을 맺고 있는 것들이다. 박인로의 정치적·경제
적 지위와 관련된 그의 신분에 대한 해명이 곧 〈누항사〉의 창작 배경과
시기를 이해하는 단초가 될 것이며, 창작 배경과 시기에 대한 정확한 이
해에 근거하였을 때에야 비로소 〈누항사〉에 대해 깊이 있는 새로운 해
석을 할 수 있으리라고 생각한다.

2. 임진왜란 후 현실과 재지사족으로서 박인로의 삶

　앞서도 언급하였듯이 기존 연구의 대부분이 박인로를 '몰락 향반'으
로 규정하고 있다. 〈누항사〉에 그려지고 있는 모습을 그의 실제 삶의 한
단면으로 이해한다면 그는 경제적으로 궁핍한 삶을 살아가는 지방의 한
양반일 뿐이다. 이렇듯 그가 경제적으로 몰락한 데에는 무엇보다도 그
전대에서부터 벼슬다운 벼슬을 하지 못한 정치적 몰락이 가장 크게 작
용하였다고 보는 것이 기존 연구의 일반적인 견해이다. 따라서 기존 연
구에서 지적한 '몰락 향반'은 조선 후기에 관직에서 소외된 시골 양반이
라는 의미로 주로 사용하고 있음을 알 수 있다. 조선 후기 대부분의 지방
양반은 바로 이러한 존재에 불과한 것이 사실이다. 그러나 이들을 간단

히 몰락 향반이라 할 수는 없다. '몰락'이란 정치적 의미보다는 경제적인 의미를 더 강하게 지니고 있기 때문이다. 이 시기 향촌사회에서 정치적으로 환로에 나아가지 못했다 하더라도 결코 몰락 양반으로 인식되지 않은 다수의 사람들이 있었다. 이들은 학문적인 소양 등 개인적 능력에 따른 경우도 있었겠지만, 보다 일반적으로는 동성촌락의 혈연적인 기반을 견고하게 유지한 문벌가문의 구성원인 경우가 대부분이다. 이 시기 양반의 경제적 기반과 사회적 권위는 곧 그 구성원 모두의 대표성을 가지는 것으로 인식되었던 것이다. 적어도 17세기까지는 양반의 신분과 사회적 지위는 개별적인 것이라기보다는 가문이라는 집단적인 것으로 이해되어야 할 것이다.[10] 그러므로 박인로가 미관말직만을 역임하여 환로에서 성공하지 못한 결과 경제적으로도 궁핍을 면하기 어려웠다는 기존 연구의 견해는 다시 면밀하게 검토할 필요가 있다. 본고에서는 경제적인 측면과 정치적인 측면으로 구분하여 그의 지위와 처지를 살펴볼 것이다.

1) 박인로의 생애 소개

박인로의 생애는 그의 문집에 실려 있는 〈行狀〉과 단편적인 몇 가지 자료들을 기본적으로 참조하여 이해할 수 있다.[11] 그러나 〈행장〉을 비롯한 문집 소재의 자료들은 지극히 소략하고 다소 상투적으로 서술되어 있어 좀 더 구체적인 사항을 파악하는 데에는 한계가 있다. 이러한 자료들에 의거하여 재구된 박인로의 생애에는 상당히 크고 많은 틈이 생겨

---

10   이상 '몰락 양반'에 대한 개괄적 설명은 정진영, 『조선시대 향촌사회사』, 한길사, 1998, 23~24면 참조.

11   박인로의 문집 『蘆溪先生文集』은 김문기 역주, 『國譯 蘆溪集』, 역락, 1999에 영인되어 있다. 앞으로 이 자료를 이용하도록 한다.

날 수밖에 없다. 이러한 틈을 메우기 위해서는 박인로가 살았던 당대, 즉 16세기 말에서 17세기 전반의 시대적 흐름과 경향을 참고할 필요가 있다. 먼저 문집의 〈행장〉과 단편적 자료들을 참고하여 그의 생애를 간략하게 살펴하면 다음과 같다.

박인로의 본관은 密陽으로 중시조 晉祿의 10세 손이며 承議副尉 碩의 아들로 영천군 북안면 도천리에서 1561년에 태어났다. 박인로의 성장과 수학 과정에 대해 남아 있는 자료는 별로 없으나 그의 〈행장〉에 "밝게 통달함이 신과 같아 글자를 가르치지 않았는데 스스로 능히 통하여 이해하였다明達如神不敎字而自能通解"는 기록이 전한다. 32세(1592) 되던 해에 임진왜란이 일어나자 영천의 의병장 鄭世雅의 別侍衛가 되어 활약한다. 38세(1598) 때에는 慶尙道 左兵使 成允文의 막하에 들어가 많은 공을 세웠으며 이때 성윤문의 命에 의하여 〈太平詞〉를 지어 士卒을 위로한 바 있다. 39세(1599) 때에는 무과에 급제하여 守門將, 宣傳官을 잠깐 지낸 뒤, 助羅浦 萬戶가 되어 전쟁으로 도탄에 빠진 민생들을 정성껏 撫恤하고 선정을 베풀자 사졸들이 그의 청렴결백하고 고고한 인품과 은덕에 감사하여 송덕비를 세운다. 또한 41세(1601) 때 李德馨이 보낸 早紅柿에 촉발되어 시조 〈早紅柿歌〉 4수를 짓고, 45세(1605) 때에는 統舟師로 선임되어 활동하면서 〈船上嘆〉을 짓는다.

의병활동과 여러 관직을 마치고 귀향한 박인로는 漢陰 李德馨, 寒岡 鄭逑, 旅軒 張顯光, 芝山 曺好益 등과 같은 당대의 顯官 및 巨儒들과 交遊하면서 성리학에 심취하게 된다. 51세(1611) 때에 龍津에 있는 莎堤로 이덕형을 찾아가 종유하면서 그를 대신하여 〈莎堤曲〉을 짓는다. 57세(1617) 때에는 정구가 동래 온천에 갔다가 돌아오는 길에 대구 금호강변의 小有亭에 들른 적이 있는데, 이때 〈小有亭歌〉를 노래 부른다. 59세(1619) 때에는 울산 椒井으로 溫浴하러 가는 정구를 따라가 시조 2수를 짓는다. 69세(1629) 때에는 장현광을 따라 立巖에 노닐면서 시조 〈立巖〉 29수를 짓고 장현광으로부터 "無何翁은 늙고 병들었으나 發憤忘食하며

뜻을 大人의 道에 두었으니 東方을 떨칠 일찍이 없었던 人豪이다(無何翁
老且病, 而能發憤忘食, 有志大人之道, 宜其爲振東方未也)"라는 칭찬을 받기도
한다. 70세(1630) 때에 龍讓衛副護軍으로 優老를 받았으며 按察使 相國
李溟이 박인로를 '獨行特立之士'로 啓를 올리자 仁祖가 米肉을 내리고
그 자손을 도와주도록 하였다. 75세(1635) 때에는 嶺南 按節使의 덕치를
찬양하는 〈嶺南歌〉를 짓고 76세(1636) 때에는 蘆溪에 幽居하면서 〈蘆溪
歌〉를 지은 뒤 향년 82세로 인조 20년(1642)에 세상을 마친다.[12]

　위에 제시한 박인로의 행적에서 본고의 논의와 관련하여 주목할 만한
사항으로는 첫째 그가 임진왜란 때 적극적으로 의병 활동을 하였다는
점, 둘째 임진왜란이 끝난 직후 무과에 급제하였다는 점, 셋째 守門將·
宣傳官·助羅浦 萬戶 등의 벼슬을 역임하였다는 점, 넷째 귀향하여 이
덕형, 정구, 장현광, 조호익 등의 당대 현관 및 거유들과 종유하며 성리
학에 심취하였다는 점, 다섯째 이들과 종유하면서 '代作' 또는 '命作'의
성격을 띤 여러 편의 시조와 가사 작품을 지었다는 점 등을 지적할 수 있
다. 이러한 점들은 모두 박인로 개인의 특별한 행적이기도 하지만 한편
으로는 다섯째를 제외한 나머지가 임진왜란 이후 지방의 양반들에서 어
렵지 않게 볼 수 있는 전형적 특징들이기도 하다. 곧 그의 이러한 행적이
단순히 한 개인의 유별난 체험에 머무는 것이 아니라 그 당시 지방 양반
들이 전형적으로 보여 주고 있는 궤적을 그대로 따르고 있다는 것이다.
이에 대해서는 절을 달리하여 자세히 살펴보도록 한다.

12　이상 박인로의 생애에 대해서는 졸고, 「蘆溪 朴仁老의 善歌者으로서의 면모와 그 의의」,
　　『우리말글』 25, 우리말글학회, 2002, 346~347면에 제시한 것을 수정·보완하여 인용한
　　것이다.

2) 박인로의 정치적 지위

　박인로의 행적 중에서 먼저 임진왜란 때 의병으로 활동한 사항에 대해 구체적으로 살펴보도록 한다. 〈행장〉에서는 그의 의병 참여 동기를 "임진년에 의분을 느껴 붓을 던지고 융마 사이를 출입하였다壬辰慷慨投筆出入戎馬間"라고 하여 유가적 대의명분에서 찾고 있다. 〈행장〉이라는 양식적 특성에 기인한 나머지 상투성을 다분히 지니고 있는 언술임에는 분명하지만, 유가적 이념에 남달리 투철하고자 했던 그의 일관된 평소 행적에 비춰볼 때 충분히 납득할 수 있는 사실이기도 하다. 그러나 그가 오로지 이러한 대의명분 때문에 의병에 참여한 것은 아닐 것이다. 그 이면에는 임진왜란을 접한 대다수의 지방 양반들이 몸소 느껴 공감했던 현실적인 이유도 크게 작용하였으리라 생각한다. 그것은 우선적으로 조선을 침략한 왜군의 공격에 대한 자기방어의 필요성에서 비롯되었으며, 또한 노비를 포함한 일반 상민 등 아래로부터의 위협과 보복에 대한 대응의 필요성도 크게 작용하였다.

　이 당시 왜군의 침략을 누구보다도 먼저 전해들은 양반들은 향후 대책을 논의하는 등 신속하게 대응하고 있었다. 그러나 일반 상민들은 왜군의 침략 소식을 늦게 접했을 뿐만 아니라 상당수가 전란에 징발, 동원되었으므로 신속하게 피난할 수가 없었다. 그리하여 대다수의 조선 민중들은 왜군의 점령을 순순히 수용하는 한편, 국가와 양반으로부터 받은 평소의 고통을 보상이나 하려는 듯이 무차별적인 보복을 자행하였으며, 심지어는 왜군을 새로운 주인으로 섬기기까지 하였다.[13] 왜군이 점령한 상황하에서 양반들은 왜군보다도 평소의 신분적·계급적 적개심을 노골적으로 표출하는 민중들로부터 더 큰 위협을 받고 있었던 것이다. 왜군과 附倭 民衆의 공격에 대해 양반들이 생존권 보호 차원에서 수

13　임진왜란 초기 민중의 동향에 대해서는 이장희, 「임란 전후 한국의 사회동태」, 『아시아 문화』 8, 한림대 아시아문화연구소, 1992 참조.

행했던 최소한의 자구노력은 피난처 방어였으며, 지방 양반층이 주도한 의병 활동은 이러한 목적 아래 개시된 것이다.[14]

임진왜란이 발발하자 지방 양반들이 대대적으로 의병을 일으킨 또 다른 목적은 향촌 사회에서 점하고 있는 자신들의 지위와 관련된다. 임진왜란 전 조선의 기본 신분 정책은 '良賤制'에 입각한 지배 정책이었다. 이러한 '양천제' 아래에서는 양반 역시 일반 상민들과 함께 國役에 참여하여야 하고, 지방 양반의 지위는 어디까지나 국가의 지배를 받는 대상으로서 국한되었다. 따라서 지방 수령과 갈등을 빚을 때는 '武斷土豪'로 지목되어 엄중한 법적 처벌을 받기도 하였을 정도로 향촌에서의 자치권은 상당히 제약을 받았다.[15] 그러나 이러한 제약도 임진왜란을 계기로 하여 급격하게 완화되기 시작한다. 전란에서 지방 양반들이 거둔 의병 활동의 공적을 인정하게 된 국가는 점차 지방 양반들의 지위를 인정하게 되며, '양천제'는 급속하게 그 기능을 상실하고 지주제를 바탕으로 한 '班常制'라는 사회통념적인 신분 정책이 그것을 대신하기에 이른다.

이렇게 변화된 신분 정책에 따라 지방 양반들은 임진왜란 이후 급속하게 성장하게 된다. 즉 국가의 신분 정책이 지방 양반에 대한 특수 지위를 용인해 주는 방향으로 전환하게 된 결정적 계기가 바로 임진왜란인

---

14 김성우, 「朝鮮中期 士族層의 성장과 身分構造의 변동」, 고려대 박사논문, 1997, 164~169
　　면 참조.
15 유향소·사마소와 같은 지방 양반들의 향촌자치기구는 어디까지나 수령권과 충돌하지
　　않는 범위 내에서만 그 활동을 보장받았다. 비록 수령이 해당 읍에서 불법을 저지른다
　　고 해도, 양반들이 수령의 불법을 비판할 수는 없었다. 수령의 불법이 인정되더라도 수
　　령의 통치행위를 지적한 지방 양반들은 '部民告訴禁止' 규정에 의해 수령 처벌에 앞서
　　징치되었다. 따라서 지방 양반들의 자치권은 수령과 국가의 용인 아래 행사될 뿐이었
　　다. 이에 대해서는 김인걸, 「조선 후기 재지사족의 거향관 변화」,『역사와 현실』11, 역
　　사비평사, 1994; 김성우, 위의 글, 134~139면 참조. 또한 임진왜란 초기 의병 활동이 국
　　가로부터 용인되지 않고 '武斷行爲'로 간주되어 처벌을 받았던 것은 군인 징발과 전투
　　수행의 임무라는 지방 수령의 고유 권한을 침범하였기 때문이다. 실제로 임진왜란 초기
　　의병을 일으켰던 곽재우는 무단토호로 간주되어 처벌받고 의병을 해산하게 된다. 이에
　　대해서는 김강식, 「임진왜란기 경상좌도의 의병활동」, 부산대 박사논문, 1998 참조.

것이다. '양천제'에서 '반상제'로의 전환은 임진왜란에서 지방 양반들은 의병을 조직하여 전란에 임하는 등 국가를 위해 큰 공을 세우지만, 일반 상민들은 오히려 왜군에 협조·순응하고 신분적·계급적 대립과 갈등을 분출시키는 등 반국가적인 행위를 서슴지 않은 사실에서 비롯된 것이다. 따라서 이후 지방 양반들은 국가와 운명을 같이하는 존재로서의 가치를 인정받고 상민층과 동일하게 그들을 처리할 수 없다는 점이 인정되기에 이른 것이다. 이러한 과정에서 지방 양반들이 획득한 향촌지배권은 적어도 17세기까지는 유지된 것으로 파악된다.[16]

지금까지 논한 의병 활동과 관련된 당대의 현실을 참조하여 박인로의 경우를 살펴본다면, 그 역시 의병에 참여하여 많은 공을 세웠음을 〈행장〉을 통해 파악할 수 있다. 그가 의병으로 임진왜란 7년 동안 활동한 것을 단순히 개인적인 기질로 설명할 것이 아니라 그 당시 지방 양반들이 보여준 전형성에 비춰 이해해야 할 것이다. 이러한 점은 임진왜란이 끝난 직후인 1599년에 그가 무과에 급제한 데에서도 확인할 수 있다. 일반적으로 대다수의 양반들은 정기적으로 시행된 문·무과의 경우 합격이 쉽지 않았다. 제한된 선발 인원과 까다로운 시험 과목으로 인해 자질을 갖춘 소수 정예만 합격할 수 있었을 뿐이다. 그러나 임진왜란 중이나 임진왜란 이후 여러 차례에 걸쳐 시행된 이른바 '廣取武科'는 시험 과목이 어렵지 않은 데다가 선발 인원도 많아 합격이 쉬웠다. 이때 시행된 무과의 경우 그 응시 자격이 양반뿐만 아니라 일반 상민층에게도 주어졌지만, 실제로 무과 합격자의 다수는 의병 활동에 주도적으로 참여한 지방 양반들이었다는 데서 의병으로 활동한 지방 양반들을 위로하고 포상하기 위한 차원에서 이루어졌음을 알 수 있다.[17]

박인로 역시 '광취무과'를 통해 여러 벼슬을 역임하게 된다. 〈행장〉에 의하면 그는 임진왜란이 끝난 직후인 1599년에 무과에 급제한 후 守門

---

16 이에 대해서는 정진영, 앞의 책의 1부 3·5장; 김성우, 위의 글, 261~270면 참조.
17 광취무과에 대해서는 김성우, 위의 글, 180~184면 참조.

將, 宣傳官을 잠깐 지낸 뒤 助羅浦 萬戶까지 나아가게 된다. 〈행장〉에는 助羅浦 萬戶를 언제까지 역임하였는지에 대한 구체적 언급이 없지만, 최근의 연구에 따르면 그는 1612년 삼남어사로 내려온 최현의 탄핵을 받고 助羅浦 萬戶를 그만두게 되었다고 한다.[18] 결국 그는 1599년부터 1612년까지 14년 동안 벼슬을 역임한 셈이 된다. 그런데 문제는 '만호'가 어느 정도의 벼슬인지 한번 살펴볼 필요가 있다. 기존 연구에서는 박인로가 만호를 역임하게 된 사실을 두고 미관말직이라고 평가하여 그를 몰락 향반이라 규정지었지만, 과연 그러한지 의문이다. '만호'는 그 品秩이 종4품(조선 초에는 3품 이상)의 西班 外官職으로 일선 요해처를 전담하는 벼슬로서 실제로는 낮은 벼슬이 아님을 알 수 있다.[19] 물론 박인로가 종유하였던 이덕형이나 조호익 등에 비할 바는 아니지만, 당시 대부분의 지방 양반들이 벼슬길에 나아가지 못한 사정을 감안한다면 상당히 높은 관직에까지 이르렀다고 할 수 있다.

게다가 박인로는 임진왜란이 끝난 후 그 공적을 인정받아 직접적인 포상을 받았음을 〈행장〉이나 다른 자료에서 확인할 수 있다. 〈행장〉에서 "原從의 末錄에 참여하였다[參原從末錄]"라고 한 것이나 『益陽誌』의 〈列傳〉에서 '宣祖壬辰倡義錄原從勳'이라고 한 것이 바로 그것이다.[20]

---

18 이러한 사실은 『광해군실록』에 전한다. 이에 대해서는 김용철, 「박인로 강호가사 연구」, 고려대 박사논문, 2000, 24면 참조. 박인로가 조라포 만호에서 물러나게 된 데에는 그와 친분이 두터웠던 이덕형의 몰락이 크게 작용하였을 듯하다. 이덕형은 1611년에 벼슬에서 물러나며 1613년에 죽는다. 박인로가 조라포 만호에서 물러난 1612년이 공교롭게도 이덕형이 벼슬에서 물러난 그다음 해라는 점을 감안한다면 충분히 타당한 견해가 아닐까 한다.

19 『經國大典』「兵典」의 '外官職'; 『한국민족문화대백과사전』, 한국정신문화연구원, 1991의 '萬戶' 항목 참조.

20 "朴仁老 副尉碩子 宣祖壬辰倡義錄原從勳 己亥登武科 官宣傳歷助羅浦萬戶 晩入蘆洲專心性理 與寒岡鄭述旅軒張顯光 爲道義交 漢陰李德馨以國士薦 芝山曹好益挽稱奇才輨 巡使李溟以忠孝淸白特立獨行啓 仁祖嘉之復其戶官其子 肅宗丁亥享道溪祠 有文集行于世 號蘆溪."『益陽誌』권4, 〈列傳〉. 한편『益陽誌』에는 박인로의 아우 朴仁曳 역시 실려 있다. "朴仁曳 蘆溪仁老弟 號愚溪 以文學者名 自兄勤王獨奉老母極志體之養 人謂是兄是弟."『益陽誌』권4, 〈文行〉.

여기서 말하는 '原從'은 아마도 임진왜란 후 宣祖가 그 공과에 따라 포상을 한 '宣武原從功臣'을 가리키는 듯하다. 宣祖는 '宣武原從功臣'이란 이름으로 모두 9,060명에게 옥새가 찍힌 '功臣錄券'과 함께 그 명단을 수록한 책을 엮어 각 개인에게 지급하고, 이들에게는 특별한 혜택을 부여하였다.[21] 특히 임진왜란 이후 포상자의 선정 논의를 각 지방 양반들이 주도하고 있었기 때문에 포상 대상자로 추천된 자들 역시 유력 양반층이 대부분이었다.[22]

이러한 사실들로 미루어 보아 박인로는 적어도 영천 지방에서는 상당한 지위를 확보한 지방 양반으로 행세하였다고 말할 수 있다. 조선시대 영천 지방 사족세력은 永川 李氏, 延日 鄭氏, 昌寧 曺氏, 密陽 朴氏 등을 중심으로 발전하였다. 이들은 서원이나 동계를 조직하여 사족세력을 결집하였는데, 17세기 후반에는 이러한 현상이 두드러졌다. 그리고 이와 같은 결집의 바탕이 되었던 것은 임진왜란 전부터 퇴계 학통의 계승과 발전이 지속되면서이며, 여기에는 장현광과 조호익이 지대한 공헌을 하였다.

장현광은 본래 仁同 출신인데 영천의 立巖에 자주 들러 은거하면서 이 지방 양반들에게 많은 영향을 미쳤고 만년에는 입암에 은거하다가 일생을 마친 인물이다. 그는 당대 영남 사림의 宗匠으로서 그의 문하에는 많은 인물들이 몰려들었으며, 더욱이 정구의 姪女壻가 되면서 서로 학문적 인연을 맺게 된다.

조호익은 창원에 거주하던 중 평안도로 귀양을 가게 되는데, 임진왜란이 발생하자 귀양지에서 의병장으로 맹활약을 한 인물이다. 임진왜란 후에는 대구부사, 성주목사 등을 지내다가 영천에 내려와 芝山村에 寓居하면서 많은 문인들을 양성하게 된다. 이처럼 16세기에서 17세기까지

---

21   이에 대해서는 최효식, 『경주부의 임진항쟁사』, 경주시문화원, 1993, 375~387면 참조. 이들에게는 官爵이 부여되었고, 그 자손에게도 蔭官의 혜택이 주어지는 등 많은 혜택이 주어졌다.

22   김성우, 앞의 글, 234~235면 참조.

영천 지방 양반들의 학맥은 장현광과 조호익을 통해 이어지고 있다.

18세기에 들어와서는 李玄逸의 제자인 鄭萬陽과 鄭葵陽 형제로 이어져 명맥을 유지하는데, 이들은 다름 아닌 延日 鄭氏로서 박인로가 의병 활동에 참여한 鄭世雅의 5대손들이다. 특히 정규양은 박인로의 문집에 〈행장〉을 지은 인물이다. 한편 密陽 朴氏의 경우 임진왜란 때 의병으로도 활동하고 17세기 초에 영천 지방의 서원 운영에 주도적으로 참여하고 있음을 볼 때 이 역시 영천의 사족임을 알 수 있다.[23] 또한 영천 의병장 정세아의 별시위로 활약한 박인로의 지위가 결코 낮은 직급이 아니라 지도자급 의병으로 거론되고 있음을 보더라도 이러한 점은 충분히 짐작할 수 있다.[24]

그렇다면 박인로가 조라포 만호를 끝으로 벼슬에서 물러나고 귀향하여 장현광, 정구, 조호익 등의 당대 거유들과 종유하면서 성리학에 잠심하게 된 맥락도 쉽게 이해할 수 있다. 이들 성리학의 거유들이 박인로와의 종유를 용납한 것은 그가 영천 지방의 사족으로 상당한 지위를 차지하고 있음을 말해주는 징표가 될 것이다. 영천 지방의 사족으로 어느 정도 확고한 지위를 유지한 박인로이기에 〈행장〉의 기록처럼 장현광이 "無何翁은 늙고 병들었으나 발분하여 먹는 것도 잊어버린 채 뜻을 대인의 도에 두었으니 동방을 떨칠 일찍이 없었던 호걸이다無何翁老且病 而能發憤忘食 有志大人之道 宜其爲振東方未有也"라고 칭찬하고, 또한 이덕형이 그를 國士로 대우하고 그의 조부 묘소에 배알하였을 것이다.

23　이 당시 밀양 박 씨로 영천의 대표적 사족으로는 朴點을 들 수 있다. 그는 임진왜란 의병의 지도자급으로 활동하였고, 17세기 초엽에는 영천 지방에서 서원의 원장을 두 차례나 역임하였다. 영천 지방 사족들에 대해서는 김문택, 「17~18세기 영천지방의 사족동향과 임고서원」, 『조선시대의 사회와 사상』, 조선사회연구회, 1998 참조.

24　의병 활동에서 박인로의 지위에 대해서는 최효식, 앞의 글, 220~224면 참조.

3) 박인로의 경제적 처지

　다음으로 박인로의 경제적 처지에 대해 살펴보도록 한다. 그의 경제적 처지와 관련하여 분명한 것은 1599년 무과에 급제하여 여러 벼슬을 역임하고 국가의 포상을 받은 이후에는 그의 삶이 결코 궁핍하지 않았다고 할 수 있다. 이러한 사정은 그가 말년에 지은 가사 〈노계가〉를 통해서도 확인할 수 있다. 이 작품은 그의 나이 76세 때 蘆溪에 幽居하면서 평생 원하던 바를 이루어낸 기쁨을 읊은 것인데, 이 작품에서 그는 "無盡ᄒᆞᆫ 江山과 許多ᄒᆞᆫ 閑田은 分給子孫 ᄒᆞ려이와 明月淸風은 ᄂᆞᆫᄒᆞ듀기 어려올시"라고 하여 그의 경제적 기반이 대단함을 드러내고 있다. 또한 〈행장〉에 의하면 그는 '수백 이랑의 밭을 경작[治田數百畝]'한 것으로 서술되고 있다.[25] 이것은 토지의 등급에 따라 다르긴 하지만 이 기록에 근거하여 평균적으로 보면 그가 소유한 토지는 약 1만 평에서 2만 평 사이로 추정된다고 한다.[26] 또한 이미 기존 연구에서 언급한 바와 같이 박인로는 정구, 장현광, 이덕형 등을 만나보러 자주 여행을 하는데, 이것은 박인로가 적어도 자신의 노동력이 없으면 농사일 자체가 차질을 빚거나 불가능한 자영농은 아니라는 것을 말해주는 예증이라고 할 것이다.[27] 이러한 점은 16~17세기 지방 양반들이 일반적으로 보여주고 있는 광대한 농장 경영의 모습과 상통한다. 이 시기에 이르면 대부분의 지방 양반들은 정도의 차이는 있지만 대체로 중소 지주로서의 경제적 기반을 확보하고 있었다고 한다.[28]

25　한창훈과 김용철도 이러한 점은 분명히 지적하고 있다.

26　한창훈, 앞의 글, 1993, 54면 참조.

27　김용철, 앞의 글, 1996, 253면 참조. 이 논문에서 김용철은 박인로가 직접 농사를 지은 자영농은 아니라고 하면서도, 〈누항사〉에 등장하고 있는 시적 화자는 자영농의 모습이 우의적으로 표현된 것이라고 서술하고 있어 다소 설득력이 떨어진다.

28　이 시기 지방 양반의 경제적 기반에 대해서는 정진영, 앞의 책, 157~158면; 김성우, 앞의 글 참조.

이상의 여러 사항을 고려할 때 박인로의 경제적 처지는 이 당시 농장을 경영하는 중소 지주로서의 지방 양반과 크게 다르진 않다고 본다. 또한 1599년 무과에 급제하여 벼슬을 하기 전 박인로의 경제적 상황은 단언할 수는 없지만 크게 궁핍한 정도는 아니었을 듯하다. 그것은 궁핍상이 노골적으로 드러나고 있는 〈누항사〉 외에는 그의 궁핍한 처지를 언급한 기록을 거의 찾아볼 수가 없다는 점에서도 확인되는 사항이다.[29]

이러한 점에서 1611년에 지었다고 하는 〈누항사〉에 나타난 궁핍한 삶은 결코 작가의 모습이 아님을 알 수 있다. 왜냐 하면 1611년에 박인로는 조라포 만호라는 벼슬을 하고 있었으며, 임진왜란 후 국가로부터 포상도 받아 상당한 경제적 부를 누리고 있었기 때문이다. 이외에 문집에 실려 전하는 몇몇 한시 작품들에서 躬耕하는 모습을 드러내고 있기는 하지만 이것 역시 어느 정도 경제적 부를 갖춘 중소 지주의 측면에서 충분히 이해할 수 있는 성질의 것이라 할 수 있다.[30] 또한 〈행장〉에는 노비를 거느리고 말을 타고 다니는 박인로의 모습이 드러나 있는데, 이러한 모습만으로도 그의 경제적 처지를 어렵지 않게 가늠할 수 있다.

지금까지의 논의를 바탕으로 하여 박인로의 신분을 규정한다면 영천 지방에서 어느 정도의 정치적 지위와 경제적 기반을 확보한 '在地士族'이라 할 수 있다. '在地士族'이란 '在京'에 대칭되는 지역적인 범위로서의 '在地'와, '吏族'에 대칭되는 신분으로서의 '士族'을 지칭한다. 이들은 麗末鮮初의 정치적 격변기에 本鄕·妻鄕·外鄕을 따라 낙향하여 재지적 기반을 확보하고 있던 계층이다. 따라서 이들은 대체로 향촌사회에서 중소 지주로서의 경제적 기반과 사족으로서의 신분적 배경을 가지며, 점차 향리로부터 향촌사회 운영권을 장악하여 16세기 중·후반부터

---

29 지금까지의 논의에서 어느 정도 암시하였듯이 기존 연구의 견해와 달리 〈누항사〉의 창작 시기는 1611년이 아니라 그보다 훨씬 이전이라고 할 수 있다. 이에 대해서는 다음 절에서 논의할 것이다.

30 대표적으로 〈耕田歌十韻〉을 들 수 있다. 그러나 이 한시 작품들에서도 궁핍한 모습은 찾아볼 수가 없다.

그들 중심의 지배체제를 구축해 나갔다고 할 수 있다.[31] 이러한 재지사족의 경제적 기반과 사족으로서의 신분에 대해 정약용은 다음과 같이 설명하고 있어 크게 참고가 된다.

> 전국에서 莊墅의 미관은 오직 영남이 최고이다. 그런 까닭에 사대부가 수백 년 동안 관직에서 막혀 있어도 尊富를 잃지 않았다. 그 풍속이 집집마다 각기 한 조상을 떠받들고 一莊을 점하여 종족이 흩어져 살지 않으므로 견고하게 유지되고 근본이 뽑히지 않았다.
>
> 國中莊墅之美, 唯嶺南爲最. 故士大夫阨於時數百年, 而其尊富不衰. 其俗 家各戴一祖占一莊, 族居而不散處, 所以維持鞏固, 而根本不拔也.[32]

이제 남은 문제는 박인로가 언제 어떤 상황에서 〈누항사〉를 지었는가 하는 점이다. 특히 이 작품이 언제 어떤 상황에서 지어졌는가에 따라 작품에 대한 해석과 평가는 상당히 달라질 수 있다. 이에 대해서는 다음 절에서 상세히 논할 것이다.

3. 재지사족의 측면에서 살펴본 〈누항사〉

기존 연구에서 〈누항사〉를 1611년에 지은 것으로 파악한 것은 아마도 다음의 기록을 오독한 데서 비롯된 결과일 것이다.

> 〈사제곡〉은 어떻게 하여 지은 것인가? 지난 辛亥年(1611) 봄에 曾祖考 漢陰 相

公께서 은퇴하시어 노계 박인로와 더불어 회포를 펼친 노래이다. 세대가 이미 멀어져서 이 노래가 전하지 못하고 후에 없어져 버릴까 두려워서 은근히 애달프게 생각한 지 오래였다. 不肖 孫 允文이 庚午年(1690) 봄에 영천군수로 제수되었는데, 蘆溪公은 곧 이곳 사람이라. 그 노래가 아직도 전해지고 그 후손도 또한 살아 있었다. 公事의 여가에 달 밝은 저녁이면 蘆溪公의 손자 進善으로 하여금 노래를 부르게 하여 들었다. 황차 후손이 외람되이 龍津의 산수 사이에서 발자취를 뵈오매 서글픈 마음이 더욱 넘치어 눈물이 저절로 흘러내리는지라 〈누항사〉, 短歌 四章과 함께 각판하여 널리 전하기를 꾀하였다. 때는 이해 삼월 삼일이다. 판은 본郡에 있었는데 지금은 잃어버렸다.

> 莎堤曲, 何爲而作也. 昔在辛亥春, 曾祖考漢陰相公退老, 與朴蘆溪仁老述懷之曲也. 世代旣遠, 此曲無傳, 恐其泯沒於後, 竊嘗慨然於心者稔矣. 不肖孫允文是歲庚午春除永川郡守, 公卽玆土人也. 其曲尙今流傳, 其孫亦且生存. 公餘月夕以其孫進善命歌而聽之. 悅若後生叨陪杖屨於龍津山水之間, 愴懷益激感淚自零, 幷與陋巷及短歌四章, 而付諸剞劂氏以圖廣傳焉. 時是年三月三日也. 板在本郡而今失.[33]

위에 제시한 자료는 이덕형이 보낸 早紅枾로 인하여 느낀 바가 있어 박인로가 지은 시조 〈조홍시가〉 4수의 말미에 붙어 있는 발문인데, 그 실질적 내용은 〈조홍시가〉에만 국한된 것이 아니라 이덕형과 교유하면서 박인로가 지은 〈사제곡〉, 〈누항사〉까지 포괄하고 있다.[34] 이 발문은 이덕형의 증손인 이윤문이 1690년에 〈사제곡〉, 〈누항사〉, 〈조홍시가〉 세 작품만을 모아 1차 가집을 간행하면서 쓴 것인데 후에 박인로의 문집이 간행되면서 이 발문 역시 수록된 것으로 보인다.[35] 이윤문이 박인로

---

[33] 김문기 역주, 앞의 책, 360~361면. 기타 『樂府』(李用基 編)에도 동일한 발문이 실려 있으며, 『진본 청구영언』과 『해동가요』에는 이를 약간 수정한 발문이 실려 있다.

[34] 박인로의 문집에 〈莎堤曲〉, 〈陋巷詞〉, 〈早紅枾歌〉의 순서로 작품이 수록되어 있고, 그 말미에 위의 발문이 실려 있다.

[35] 박인로의 가집이 그의 문집이 간행되기 전에 두 차례 간행되었음은 김문기, 「松江·蘆溪·孤山의 歌集 板本 및 冊板 硏究」, 『국어교육연구』 21, 경북대 국어교육연구회, 1989

의 작품 세 편을 모아 발문을 쓰고 가집을 간행한 일차적 의도는 물론 이 작품들이 자신의 曾祖考인 이덕형과 관련되기 때문일 것이며, 또한 이에는 이덕형과 박인로 둘 사이의 돈독한 관계도 크게 작용하였으리라 생각한다. 이윤문이 영천 군수로 오게 된 것을 기회로 박인로의 후손을 수소문하여 찾아 그로 하여금 노래 부르게 하고, 박인로의 후손 역시 마다하지 않고 이에 응하여 노래 불렀다는 것은 그들의 조상인 이덕형과 박인로가 각별한 사이였음이 이미 두 집안의 내력으로 전해져 왔기 때문에 가능한 일이 아니었는가 한다. 또한 이 두 가문이 서로 상당한 긴밀한 관계를 유지하고 있었음도 엿볼 수 있다. 이러한 점을 뒷받침하는 기록으로 이덕형이 영남 지방에서 체찰사를 할 때 박인로와 매우 친했다는 『漢陰文稿』의 연보를 참조할 수 있다.[36]

그런데 〈사제곡〉은 辛亥年, 즉 1611년에 박인로가 벼슬에서 물러난 이덕형과 함께 어울릴 때 지은 것임을 분명히 밝히고 있지만, 〈누항사〉의 창작 시기에 대해서는 구체적으로 언급하지 않고 있다.[37] 단지 1690년에 영천 군수로 부임한 이윤문이 자신의 조상 이덕형과 관련된 박인로의 작품들을 모아 가집을 편찬한 경과를 기록하고 있을 뿐이다.[38] 박인로의 다른 작품들처럼 〈누항사〉 역시 題名 아래에 "公이 漢陰 相公을 좇아 놀 때에, 漢陰 相公이 公에게 산촌 생활의 곤궁한 형편을 물었다. 이에 公이 자신의 회포를 풀어 이 곡을 지었다[公從遊漢陰相公, 相公問公山

에서 자세히 논한 바 있다.

36 『漢陰文稿』의 〈年譜〉에 "三十九年, 辛亥(公五十一歲)春, 在龍津, 作莎堤曲"이라고 기록되어 있으며 그 註에 "莎堤, 別墅村名也. 時朴萬戶仁老從公遊, 仁老始武擧爲萬戶, 晚從張旅軒學性理語, 折節爲學. 公體察嶺南時, 甚相善. 仁老善歌, 遂令作莎堤曲, 極敍投閑, 致養之樂, 江湖退憂之情, 以述懷焉. 至今聽者, 尙可見其眷眷忠愛之誠"라고 하였다.

37 『漢陰文稿』에도 〈사제곡〉에 대해서는 언급하고 있지만, 〈누항사〉에 대한 언급은 찾아볼 수가 없다.

38 참고로 〈조홍시가〉는 제명 아래에 "辛丑年 9월 초에 漢陰 相公이 公에게 早紅柿를 보내었다. 公이 홍시로 인하여 느낀 바가 있어서 노래를 지었다[辛丑九月初, 漢陰相公饋公早紅柿. 公因時物有感而作]"라는 註가 있어 1601년에 지은 것임을 알 수 있다.

居窮苦之狀, 公乃述己懷作此曲"라는 註가 부기되어 있긴 하지만, 구체적 창작 시기에 대해서는 아무런 언급이 없다. 다만 '公이 漢陰 相公을 좇아 놀 때' 지었다고 하지만, 그때가 기존 연구에서 말하는 1611년에 해당하는지는 의문이다.

그렇다면 문제는 이 작품을 박인로가 언제 어떤 상황에서 지었느냐 하는 것이다. 이러한 문제에 답하기 위해 먼저 〈누항사〉가 지니고 있는 개략적인 성격을 짚어 보도록 한다. 박인로가 말년에 자족적인 상황에서 자신의 감흥을 읊은 〈노계가〉를 제외하면 그의 대부분의 가사 작품들은 이덕형이나 정구, 장현광 등의 당대 현관이나 거유들과 종유하면서 '代作'이나 '命作'의 형식으로 지은 작품들이다. 비록 〈행장〉에서 언급되진 않았지만 〈누항사〉 역시 이덕형의 물음에 답하여 지었다는 작품의 주석을 통해 볼 때 이러한 '代作'이나 '命作'의 성격을 크게 벗어난 것은 아니라고 할 수 있다.[39] 이러한 점을 염두에 두고 작품을 살펴보도록 한다.

> 어리고 迂濶홀산이 니 우히 더니 업다
> 吉凶禍福을 하날긔 부쳐 두고
> 陋巷 깁푼 곳의 草幕을 지어 두고
> 風朝雨夕에 석은 딥히 셥히 되야
> 셔홉 밥 닷홉 粥에 烟氣도 하도 할샤
> 설데인 熟冷애 뷘 비 쇡일 ᄯᆞ름이로다
> 生涯 이러ᄒᆞ다 丈夫 ᄯᅳᆺ을 옴길넌가
> 安貧一念을 젹을망졍 품고 이셔
> 隨宜로 살려 ᄒᆞ니 날로조차 齟齬ᄒᆞ다
> ᄀᆞ올히 不足거든 봄이라 有餘ᄒᆞ며

주머니 뷔엿거든 甁의라 담겨시랴

貧困훈 人生이 天地間의 나뿐이라

飢寒이 切身호다 一丹心을 이질논가

奮義忘身호야 죽어야 말녀 너겨

于橐于囊의 줌줌이 모와 녀코

兵戈五載예 敢死心을 가져 이셔

履尸涉血호야 몃 百戰을 지닉연고

〈누항사〉

〈누항사〉의 화자는 작품의 첫 부분부터 자신의 궁핍함을 절실하게 토로하고 있다. '安貧一念'과 '一丹心'을 내세우는 것으로 보아 이 작품의 화자는 양반일 듯한데, "양반은 굶주림을 참고 추위를 견뎌 궁핍함을 말하지 않는다[忍餓而寒, 口不說貧]"[40]는 금기를 깨면서까지 자신의 궁핍을 토로하는 이유가 과연 무엇인지 궁금하지 않을 수 없다.[41] 이러한 의문은 작품이 전개될수록 풀리지 않고 더욱 증폭되기만 한다. 다음에서 보듯이 화자는 몸소 농사짓기를 결심하고 이웃에 農牛를 빌리러 간다.

一身이 餘暇잇사 一家를 도라보랴

一奴長鬚는 奴主分을 이젓거든

告余春及을 어늬 사이 싱각호리

耕當問奴ㄴ들 눌드려 물롤논고

躬耕稼穡이 닉 分인 줄 알리로다

莘野耕叟와 壟上耕翁을 賤타 호리 업것마는

---

40   朴趾源, 〈兩班傳〉, 『燕巖集』(성범중, 앞의 글, 234면에서 재인용).
41   이에 대해 기존 연구에서는 "양반이지만 양반으로서의 구실을 제대로 하지 못하는 작가 박인로의 시대에 대한 한탄이며, 당위와 실제의 엇갈림에서 나온 고민"이라고 해석하고 있지만, 과연 그런지는 의문이다.

아모려 갈고젼둘 어늬 쇼로 갈로손고

早旣太甚ᄒ야 時節이 다 느즌 졔

西疇 놉흔 논애 잠싼 긴 널비예

道上 無源水을 반만싼 디혀 두고

쇼 ᄒᆞᆫ 젹 듀마 ᄒᆞ고 엄섬이 ᄒᆞᄂᆞᆫ 말

親切호라 너긴 집의 달 업슨 黃昏의 허위허위 다라가셔

구디 다둔 門 밧긔 어득히 혼자 셔셔

큰 기츔 아함이를 良久토록 ᄒᆞ온 後

어화 긔 뉘신고 廉恥업산 니옵노라

初更도 거읜디 긔 엇지 와 겨신고

年年에 이러ᄒᆞ기 苟且ᄒᆞᆫ 줄 알건만ᄂᆞᆫ

쇼 업슨 窮家애 혜염 만하 왓삽노라

〈누항사〉

　　궁핍함을 견디다 못한 화자는 '躬耕稼穡'할 결심을 하지만, 여러 주변 상황은 농사를 짓기가 힘들 정도로 열악하다. 노비는 '奴主分'을 잊어 제 역할을 제대로 하지 못하고, 가뭄이 극심하여 겨우 길에 고여 있는 물을 논에 댈 정도이며, 계절은 농사를 시작하기에 너무 늦은 때이다. 설상가 상으로 화자는 농우조차 없어 이웃집에 빌리러 무거운 발걸음을 옮겨 놓고 있다. 그렇지만 화자는 생각과는 달리 농우를 빌리지 못하고 자포 자기의 심정으로 돌아와서는 이내 자신의 신세를 한탄하면서 밤을 지낸 다. 농우를 빌리지 못한 화자는 밤새도록 자신의 신세를 한탄하는 등 깊 은 상실감에 빠져 버린 것이다.[42] 이렇듯 믿기 어려울 정도로 궁핍한 상 황을 작가 박인로는 이덕형의 앞에서 감히 읊조리고 있는 것이다. 마침

---

[42] "北窓을 비겨 안자 식비롤 기다리니 / 無情ᄒᆞᆫ 戴勝은 이늬 恨을 도우ᄂᆞ다 / 終朝惆悵ᄒᆞ 며 먼 들홀 바라보니 / 즐기ᄂᆞᆫ 農歌도 興업서 들리ᄂᆞ다 / 世情 모론 한숨은 그칠 줄을 모 ᄅᆞᄂᆞ다." 〈누항사〉

내 이 작품의 화자는 다음에 인용한 부분에서 보듯이 농사짓기를 포기하고 자연에 묻혀 안빈낙도하며 살아갈 것을 다짐하는 것으로 끝을 맺는다.

아ᄉᆞ온 져 소뷔는 벗 보님도 됴홀셰고
가시 엉귄 묵은 밧도 容易케 갈련마는
虛堂半壁에 슬듸업시 걸려고야
春耕도 거의거다 후리쳐 더뎌 두쟈
江湖 혼 꿈을 꾸언지도 오리러니
口腹이 爲累ᄒᆞ야 어지버 이져쩌다
(…중략…)
貧而無怨을 어렵다 ᄒᆞ건마는
니 生涯 이러호디 설온 쯧은 업노왜라
簞食瓢飮을 이도 足히 너기로라
平生 혼 쯧이 溫飽애는 업노왜라
太平天下애 忠孝를 일을 삼아
和兄弟 信朋友 외다 ᄒᆞ리 뉘 이시리
긔 밧기 남은 일이야 삼긴디로 살렷노라

〈누항사〉

'簞食瓢飮'을 만족스럽게 생각하고 '忠孝'와 '和兄弟', '信朋友'를 행하면서 강호에 묻혀 살겠다는 이 부분의 화자의 모습은 전대의 강호가도에서 흔히 볼 수 있는 전형적인 유가의 모습이다. 전반부에서 나타난 궁핍한 모습의 화자가 결말에 이르러서는 강호에 묻혀 안빈낙도하며 지내는 유가의 모습으로 변모하고 있는 것이다. 결국 〈누항사〉는 곤궁한 화자가 농사짓기 위해 애를 쓰다가 그 뜻을 이루지 못한 나머지 신세 한탄을 하는 전반부와 강호에 묻혀 안빈낙도하며 살겠다고 다짐하는 후반부가 결합된 독특한 구조의 작품이라 할 수 있다. 다시 말해 이 작품의 화자는 전반부와 후반부로 나뉘어 각기 매우 상반된 성격을 보여 주고 있는 것이다. 이에 대해 기존의 연구에서는 현실적으로 몰락한 향반의 분열된 의식을 보여주는 것으로 해석하고 있다. 다름 아닌 작가 박인로의 직접적 체험과 분열된 향반 의식의 반영이 곧 〈누항사〉라는 것이다.

그러나 이 작품의 전반부에서 사실적으로 그려지고 있는 궁핍한 참상을 작가 개인에게만 해당되는 특이한 상황으로 해석할 것이 아니라 임진왜란 직후 피폐한 조선의 전반적 상황이라는 점에서 이해할 필요가 있다. 1592년 조선을 침략한 왜군은 파죽지세로 북상하다가 1593년 명나라의 원군으로 인해 점차 물러나게 되어 전란은 소강상태에 접어든다. 1593년 10월 환도한 선조는 곧바로 전란으로 피폐한 농경지를 복구하고 민심을 안정시키는 데 전력을 다한다. 그러나 이때부터 시작한 전후 복구 사업은 여러 가지 난관에 봉착하게 되는데, 그중 하나가 1592~1594년에 걸쳐 대대적으로 닥친 대기근이다. 이러한 대기근에는 비록 사족일지라도 가까운 친척이나 향우들로부터 양식을 구걸하여 살아가는 형편이었으므로, 사족이 자신이 보유한 노비에 대해서까지 생계를 책임질 만한 여력이 없었다. 보유하고 있던 노비들을 내보내거나 보호를 바라고 사족에게 몰려드는 노비들까지 밀어내는 상황이 벌어졌던 것이다. 이러한 상황에서 사족층의 노비에 대한 통제력은 크게 약화될 수밖에 없었다.[43] 아마도 〈누항사〉에서 '奴主分'을 잊은 노비나 '旱旣太甚'은 이러한 임진왜란과 함께 닥친 대기근의 때에 벌어진 전반적 상황을 가리키는 듯하다. 이러한 추측이 가능한 것은 작품에 나타나 있는 '농우'의 부족으로 인한 농경의 어려움이 실제로 이 당시의 전후 복구 사업에 큰 걸림돌로 작용하여 조정에서 공론화되고 있다는 점에서이다. 이 당시의 사정을 엿볼 수 있는 기록이 몇 남아 있어 크게 참조가 된다.

43　김성우, 앞의 글, 222~223면; 이장희, 『임진왜란사 연구』, 아세아문화사, 2007, 79~82면 참조.

다음은 정유재란 발발 이후 덕유산 일대와 전라도 익산 지역을 전전하던 경상도 함양의 재지사족 鄭慶雲이 1599년 3월에 고향으로 돌아온 이후에 남긴 기록이다.

河子明과 金成仲을 방문하여 農牛를 빌리려 했지만 얻을 수 없었다. (1599.3.17)

雲峰에 거주하는 通政 吳戭에게서 種租 1石을 얻어 가지고 왔다. (1599.4.8)

비로소 早稻를 뿌렸다. 파종이 너무 늦었으니 한스럽다. (1599.4.15)

정경운의 예에서 보듯이 파종이 이처럼 늦어진 데에는 농우와 종자 부족이 주원인으로 작용한 것이다. 실제로 정경운은 임진왜란 동안 대부분의 노비들이 사망하거나 도망하여 제초시에 투입할 노동력이 없어 애써 가꾼 한 해의 농사를 망칠 뻔한 적이 한두 번이 아니었다고 한다.[44] 또한 이와 비슷한 시기인 1601년에 경상도 암행어사 趙守翼이 復命한 기록에도 이러한 농우 부족으로 인한 파종의 어려움이 나타나 있다. 그는 전란 기간 동안 가장 극심한 피해를 입은 영남지방을 둘러보고 나서 선조 임금에게 "도내에는 농우가 희귀하여 농사철이 되었는데도 백성들이 起耕하지 못한다. 종종 논밭에서 사람이 쟁기를 끄는데, 10인의 힘이 소 한 마리만도 못하니 농사가 매우 염려된다"[45]라고 보고하고 있다. 이당시 농사짓는 데 없어서는 안 될 '농우'가 이처럼 부족하게 된 것은 상당수가 전란 동안 왜군에게 약탈당했거나 명나라 원군을 위해 식용으로 도살되었기 때문이다.[46] 전후 복구 사업에서 농우의 부족으로 인해 겪은 애로는 선조가 還都하여 본격적으로 복구 사업을 펼치기 시작한 1594년

---

44 鄭慶雲, 『孤臺日錄』. 이상 鄭慶雲의 기록과 행적은 김성우, 앞의 글, 203면에서 재인용.
45 『宣祖實錄』 136(宣祖 34年 4月 戊辰).
46 이러한 사정은 이장희, 앞의 책, 274면; 김성우, 앞의 글, 231~233면.

부터 1600년 초까지는 지속된 듯하다. 그것은 다음의 기록에서 뚜렷이 확인할 수 있다.

> 전일 李德馨이 都監堂上으로 있을 때 明年에 砲手 등에게 둔전을 널리 개간하게 하기 위하여 空名告身을 黃海道 總攝僧 義嚴에게 보내 耕牛를 모으게 하였습니다. 이번에 義嚴이 밭갈이하는 소 33두를 보냈는데, 그중 1두를 바친 자가 影職 參奉을 요구하는데 내려 보낸 告身 중에는 參奉 職名이 없다고 합니다. 參奉告身帖을 該曹로 하여금 만들어 보내게 하소서.[47]

위 기록은 1594년에 훈련도감이 선조에게 아뢴 것으로, 농우 부족 현상에 대해 이덕형 역시 대책 마련에 부심하고 있었음을 알 수 있다. 이 기록에서 이덕형이 黃海道 總攝僧 義嚴에게 空名告身帖을 주어 농우를 모으게 한 것을 보면 이때부터도 소를 구하기가 매우 어려웠음을 알 수 있다. 선조 32년(1599) 9월에 승정원이 "空名告身으로 모집한 牛隻을 경기의 각 고을과 여러 둔전에 나누어 준 것이 700~800두가 된다"고 아뢴 것을 보아도 상당히 오랫동안 농우의 부족으로 곤란을 겪었음을 알 수 있다.

한편 박인로가 종유하였던 이덕형은 전후 복구 사업에서 중책을 맡고 있었는데, 다음의 기록에서 이를 알 수 있다.

> 오늘날의 계책은 농사를 권장하고 군사를 훈련시키는 것이 가장 시급한 일이다. 권농하는 것은 반드시 그 실상을 자세히 조사하여 특별히 상벌을 내린 뒤에야 생산이 증가할 수 있다. (…중략…) 各官으로 하여금 各面 墾田의 수효를 보고하도록 하여, 개간을 많이 한 자는 특별히 그 고을의 貢役을 경감해 주어 농사에 힘쓴 공로를 우대하는 뜻을 보이도록 하고, 戶口도 아울러 조사하여 原居 戶口가 얼

47　『宣祖實錄』53(宣祖 27年 7月 甲申).

마이고 流民 來接者가 얼마인지 사실대로 보고하도록 해서 일체 상벌을 내린다 면 유익하게 될 것이다.[48]

1601년 이덕형은 下四道都體察使라는 직책을 맡아 전후 복구 사업에 매진하면서, 복구 사업의 시급한 과제로서 권농 정책을 들고 있다. 이를 위해 그는 우선 그 실상을 자세히 조사할 것을 주장하고 있다. 都體察使 라는 직책에 있는 이덕형에게 무엇보다 중요한 것은 민심의 안정일 것이며, 그렇다면 당연히 그 당시 백성들의 실상을 파악하여 권농 정책을 수립하는 일이 급선무라고 생각하였을 것이다.

이러한 여러 기록들과 당시 상황을 감안할 때 〈누항사〉의 창작 시기 는 이덕형이 벼슬길에서 물러나 용진에 은거하고 있을 때인 1611년이 아니라 임진왜란 직후 이덕형이 전후 복구 사업에서 중책을 맡아 활동 하고 있던 때의 어느 시기라고 할 수 있다. 이렇게 추측할 수 있는 것은 〈누항사〉에 나타나 있는 여러 상황이 전후 복구 사업이 꽤 진척되어 어 느 정도 안정된 모습을 보이고 있는 시기(1611년)의 현실이라기보다는 오 히려 임진왜란 직후 전후 복구 사업이 한창이던 때의 정황과 상당히 부 합하고 있다는 점 때문이다.

또한 李德馨이 體察使를 할 때인 1601년에 박인로와 '매우 친했다(甚 相善]'는 『漢陰文稿』의 연보 역시 이러한 점을 뒷받침해 준다. 즉 이러한 연보의 기록은 1601년 이전부터 이덕형과 박인로 사이에 교류가 있었음 을 암시해 주는 대목이기 때문이다. 특히 〈누항사〉의 "兵戈五載예 敢死 心을 가져 이셔 / 履尸涉血ㅎ야 몃 百戰을 지니연고"라는 구절은 이 작 품이 5년간의 임진왜란이 끝나고 정유재란이 발발하기 직전인 1596~ 1597년 무렵에 지어진 것임을 알게 해 준다.

이 점은 정유재란이 거의 끝날 무렵인 戊戌年(1598) 늦겨울에 박인로

48　『宣祖實錄』136(宣祖 34年 4月 乙酉).

가 左兵使 成允文의 막하에서 활동할 때 지은 〈태평사〉의 한 구절과 견주어 보면 더욱 확실시된다. 〈태평사〉에서 화자는 1592년 발발하여 7년 동안이나 계속된 전란이 바야흐로 끝나가는 데 대한 감회를 "七載를 奔走터가 太平 오놀 보완디고 / 投兵息戈ᄒ고 細柳營 도라들 제 / 太平簫 노픈 솔의예 鼓角이 섯겨시니 / 水營 깁흔 곳의 魚龍이 다 우는 듯"이라고 읊고 있다. 여기서 '七載'는 다름 아닌 임진왜란과 정유재란을 모두 합친 7년 전란을 가리키며, 〈태평사〉의 창작 시기와도 일치하는 시어이다. 7년간의 전란을 전쟁터에서 몸소 체험한 작가이기에 〈태평사〉의 '七載'나 〈누항사〉의 '兵戈五載'는 함부로 쓰인 것이 아님을 알 수 있다. 그러므로 〈누항사〉는 '兵戈五載'라는 시어만을 놓고 보더라도 임진왜란이 끝난 직후인 1596~1597년경에 지어진 것임을 알 수 있다.

〈누항사〉의 창작 시기가 앞에서 논의한 대로 임진왜란 직후의 어느 때라면, 박인로가 이 작품에서 양반임에도 불구하고 궁핍한 참상을 사실적으로 묘사한 연유를 이제 어느 정도 짐작할 수 있을 것이다. '奴主分'을 잊은 노비와 농사지을 농우의 부족으로 인해 春耕을 제때에 하지 못하는 상황을 그리고 있는 〈누항사〉의 전반부는 몰락 향반 박인로의 개인적인 체험을 서술한 것이 아니라 전란 직후 나라 전체가 피폐한 상황에서 영천 지방의 한 재지사족이 느낀 바를 서술한 것이라 할 수 있다. 다시 말해 이덕형이 박인로에게 '山居窮苦之狀'을 물은 것은 단순히 박인로 개인의 궁핍한 삶을 엿보기 위한 개인적인 차원에서 비롯된 것이 아니라, 임진왜란 직후 전후 복구 사업의 중책을 맡은 이덕형이 중앙의 관리로서 영천 지방 전체의 실상을 파악하기 위한 의도에서 비롯된 것이라 할 수 있다.

이 무렵 이덕형은 앞의 기록에서 보듯이 권농 정책을 수립하기 위해 백성들의 실상을 파악하고 있던 중이었고, 이러한 실상 파악의 일환으로 박인로와 대면하게 된 것으로 보인다. 이러한 대면이 가능한 것은 물론 이 당시 박인로는 영천 지방의 대표적 중소지주이며 재지사족으로 누구보다도 그 지역의 실상을 대변할 수 있는 지위에 있었기에 당대의 현관인 이덕형을 만날 수 있었을 것으로 생각한다. 그러므로 〈누항사〉는 이덕형과 박인로 둘 사이의 사적인 차원에서 이루어진 작품이 아니라 전후 복구 사업의 직책을 맡은 중앙 관리와 영천 재지사족 사이라는 공적인 차원에서 창작된 작품이라 할 수 있다.[49]

그러므로 〈누항사〉에서 궁핍상을 토로하는 전반부의 화자와 상반된 모습을 보이고 있는 후반부의 화자 역시 이러한 측면에서 접근한다면 설명이 가능하다. 그것은 단순히 현실과 당위의 괴리에서 몰락 향반으로서 보이는 분열된 의식이 아니라 전후의 피폐상이라는 당면한 현실에 대해 이덕형과 박인로라는 사족이 공통적으로 견지하고 있는 태도의 한 단면이라 할 수 있다. 현실이 비록 곤궁하고 어렵더라도 이러한 현실에서도 사족들은 유교적 도의를 굳건히 지키면서 감내하며 살겠다는 당위를 드러낸 것이 바로 〈누항사〉의 후반부인 것이다.

그리고 이에 덧붙여 작품의 화자가 일관되지 못한 것처럼 보이는 데는 박인로의 독특한 서술기법도 어느 정도 작용을 한 것으로 보인다. 박인로는 굳이 자신의 직접적 체험이 아니더라도 마치 자신의 일인 것처럼 서술하는 상당히 독특한 서술기법을 보여주고 있는데, 그 대표적인 예로 〈사제곡〉을 들 수 있다.

> 먹고 못 남아도 긋지나 아니ᄒ면
> 내 집의 내 밥이 그 맛시 엇더ᄒ뇨
> 採山釣水ᄒ니 水陸品도 잠깐 ᄀ자다
> 甘旨奉養을 足다사 홀가마는
> 烏鳥含情을 벱고야 말넛노라
> 私情이 이러ᄒ야 아직 믈러 나와신둘

---

49 古寫本에는 〈누항사〉가 "한음이 命해서 지은 작품이다[漢陰相公命作]"라고 하였는데, 이것 역시 이러한 측면에서는 충분히 이해할 수 있다고 본다.

罔極혼 聖恩을 어너 刻애 이질넌고

犬馬微誠은 白首에야 더옥 깁다

時時로 머리 드러 北辰을 브라보니

눔 모르는 눈물이 두 사미예 다 졋느다

이 눈물 보건딘 참아 물너날까모는

ᄌᆞ득혼 不才예 病 혼나 디터 가고

萱堂老親은 八旬이 거의거든

湯藥을 그치며 定省을 뷔울넌가

이지야 어너 ᄉᆞ예 이 山 밧긔 날오소냐

許由의 시슨 귀예 老萊子의 오술 입고

압뫼예 져 솔이 플은 쇠 되도록 혼긔 뫼셔 늘그리라

〈사제곡〉

　〈사제곡〉은 題名 아래에 부기된 註로 보건대 이덕형이 벼슬에서 물러나 용진의 사제에 은거하고 있을 때 박인로가 찾아가 이덕형을 대신하여 지은 노래이다. 곧 이 작품은 박인로가 이덕형의 입장에서 서술한 ‘代作’인 셈이다. 위에 인용한 부분에서 보듯이 시적 화자로 등장하고 있는 ‘나’는 박인로가 아니라 이덕형이다. 이러한 점은 이미 이때에 박인로는 부모를 다 여윈 상태인데, 이 작품에서는 “萱堂老親은 八旬이 거의거든”이라고 한 것으로 보아서도 알 수 있다. 중요한 것은 박인로의 서술기법이 〈사제곡〉에서 보듯이 다른 사람의 체험이나 심정을 자신의 것으로 쉽게 바꾸어 서술하고 있다는 점이다. 그렇다면 〈누항사〉에서 궁핍상을 절실하게 토로하며 자신의 신세를 한탄하고 있는 화자 역시 이러한 서술기법에서 연유한 탓도 크다고 할 수 있다. 다시 말해 〈누항사〉 전반부에서 궁핍함에 대해 절실하게 토로하고 있는 화자는 박인로가 가탁한 화자이며, 후반부에서 유가 이념을 드러내고 있는 화자가 바로 재지사족으로서 박인로가 견지하고 있는 모습인 것이다.

4. 맺음말

이상으로 재지사족으로서 박인로의 삶과 이러한 삶이 반영된 〈누항사〉에 대해 살펴보았다. 지금까지의 논의를 요약하는 것으로 결론을 대신하고자 한다. 박인로가 〈누항사〉에 나타난 것처럼 궁핍한 몰락 향반인가 하는 의문에서 출발한 본고는 〈누항사〉의 창작 시기와 배경에 대해 새로이 해석함으로써 결국 그가 영천의 중소지주로서 정치적 · 경제적인 면에서 어느 정도의 지위를 누린 재지사족이라는 결론을 도출하게 되었다. 이 작품에 대해 이덕형이 벼슬에서 물러나 용진에서 은거하던 1611년에 박인로가 그를 종유하면서 자신의 곤궁함을 토로하여 지은 작품이라고 한 기존 연구는 이덕형의 후손 이윤문이 쓴 발문을 잘못 해석한 결과임을 본고에서 지적하였다. 〈누항사〉는 다름 아닌 임진왜란 직후의 피폐한 현실에 대해 재지사족으로서의 인식과 태도가 반영된 작품인 것이다. 이 작품이 비록 궁핍하고 피폐한 현실을 반영하고는 있지만, 그것은 어디까지나 사족의 입장에서 바라본 현실일 뿐이라는 것이 본고의 기본 입장이다.

박인로의 정치적 · 경제적 지위와 처지에 대한 본고의 논의는 앞으로 더욱 많이 보완을 해야겠지만, 17세기 시가사에서 박인로가 차지하고 있는 위치와 그 의의에 대해 새롭게 해석할 수 있는 단서를 마련하였다는 점에서 본고는 가치가 있다고 할 것이다. 박인로를 단순히 몰락 향반이라고 자리매김하고 그의 작품을 평가하는 데서 벗어나 그의 실상과 가치를 다각적으로 살펴볼 수 있는 계기가 되었으면 하는 것이 본고의 바람이다.

『국문학연구』 9, 국문학회, 2003

교훈시조의 전통과 박인로의 〈오륜가〉

1. 서론

敎訓時調[1]는 조선시대 지배 이념의 전파와 윤리의식의 함양을 위해 유교윤리를 작품의 중요한 시적 제재로 삼은 일군의 연시조 작품들로서 주로 16~17세기에 걸쳐 집중적으로 창작되었다. 이에 속하는 작품들은

---

[1] 敎訓時調는 '訓民時調', '五倫時調', '五倫歌' 등으로 불리기도 하는데, 그 개념과 적용 대상 작품은 각각 조금씩 차이를 보인다. '五倫'이라는 주제에 주목하여 명명한 '오륜시조' 또는 '오륜가'는 鄭澈의 〈訓民歌〉, 李叔樑의 〈汾川講好歌〉, 金尙容의 〈訓戒子孫歌〉처럼 '오륜'을 벗어난 내용을 담고 있거나 '오륜'을 다 갖추지 않은 작품들을 포함하지 못하는 난점이 있다. 이에 대해서는 김선호, 「오륜가 연구」, 건국대 석사논문, 1981; 최삼남, 「오륜가 연구」, 조선대 석사논문, 1983 참조. '訓民時調'라는 용어 역시 '民'을 '일반 대중', '일반 백성', '사족과 농민을 아우르는 개념' 등으로 다양하게 해석하고 있어 일치된 견해를 보이고 있지는 않다. 이에 대해서는 윤성근, 「훈민시조 연구」, 『한메 김영기 선생 고희기념 논문집』, 형설출판사, 1971; 조태흠, 「훈민시조 연구」, 부산대 박사논문, 1989; 김용철, 「훈민시조 연구」, 고려대 석사논문, 1990 참조. 한편 '오륜시조'의 상위 개념으로 '교훈시조'를 설정하여 논의한 박연호, 「조선 후기 교훈가사 연구」, 고려대 박사논문, 1996가 있는데, 본고는 이를 이어받아 '교훈시조'라는 용어를 사용하도록 한다. '교훈시조'는 〈오륜가〉가 주종을 이루고 있지만, '훈민시조'나 '오륜가'에서 거의 제외시킨 李叔樑의 〈汾川講好歌〉나 金尙容의 〈訓戒子孫歌〉를 포함시켜 논의할 필요가 있기에 설정한 개념이다.

周世鵬(1495~1554)의 〈五倫歌〉, 宋純(1493~1583)의 〈五倫歌〉, 鄭澈(1536~
1593)의 〈訓民歌〉 등 地方行政官僚의 작품들과 李叔樑(1519~1592)의 〈汾川
講好歌〉, 金尙容(1561~1637)의 〈五倫歌〉와 〈訓戒子孫歌〉, 朴善長(1557~
1616)의 〈五倫歌〉, 朴仁老(1561~1642)의 〈五倫歌〉 등 在地士族의 작품들로
대별할 수 있다.[2] 이들 중 전자는 16세기에, 후자는 주로 17세기에 창작
되었으며, 형식 면에서는 대체적으로 오륜의 항목을 따라 이루어진 연
시조라는 점을 주요한 특징으로 지적할 수 있다.

　　이러한 특징으로 인해 교훈시조에 대한 연구는 크게 두 가지 측면에
서 이루어져 왔다. 16~17세기라는 시대사적 흐름에 따른 사족의 동향
과 사회경제적 변화에 초점을 두고 작품을 이해하려는 통시적 고찰[3]과
연시조라는 장르적 특성에 중점을 두고 개별 작품들을 해석하려는 장르
론적 관심[4]이 그것이다.

　　이러한 기존 연구의 성과에 의해 16~17세기 교훈시조의 전개과정과
문학적 특징 및 의의에 대해서는 대강이나마 그 윤곽이 드러난 셈이다.
그런데 박인로의 〈오륜가〉에 대해서는 개별 연구자들마다 서로 조금씩

2　'地方行政官僚'와 '在地士族'이라는 용어는 김용철, 앞의 글, 1990에서 사용한 것을 따른
　　다. 특히 '재지사족'은 지방에 거주하는 중소지주인 사족을 지칭하며, 한양에 거주하는
　　사족인 '在京士族'에 대칭되는 개념으로 쓰고 있다(김용철, 앞의 글, 1990, 8면). 정진영(『조
　　선시대 향촌사회사』, 한길사, 1998, 21면)의 논의에 의하면 '재지사족'이란 '在京'에 대칭
　　되는 지역적인 범위로서의 '在地'와, '吏族'에 대칭되는 신분으로서의 '士族'을 지칭한다.
　　이들은 대체로 향촌사회에서 중소 지주로서의 경제적 기반과 사족으로서의 신분적 배
　　경을 가지며, 점차 향리로부터 향촌사회 운영권을 장악하여 16세기 중·후반부터 그들
　　중심의 지배체제를 구축해 나갔다고 한다.
3　대표적으로 윤성근, 앞의 글; 이동영, 「오륜가고」, 『어문교육논집』 8, 부산대, 1984; 조태
　　흠, 앞의 글; 김용철, 앞의 글 등을 들 수 있다. 한편 교훈시조를 주 대상으로 한 것은 아
　　니지만 박연호, 앞의 글에서는 조선 후기의 교훈가사를 중점적으로 다루면서 그 前史로
　　16~17세기의 교훈시조에 대해서 통시적으로 고찰하고 있다.
4　임주탁, 「연시조의 발생과 특성에 관한 연구」, 서울대 석사논문, 1989; 조성래, 「연시조
　　〈오륜가〉의 문체론적 연구」, 청주대 박사논문, 1995; 김상진, 「조선 중기 연시조의 연구」,
　　한양대 박사논문, 1996. 그 외 개별 작가의 작품들을 대상으로 하여 작품의 창작동기, 작
　　품의 구조와 어법, 작품의 문체적 특징, 작가의식 등에 대해 고찰한 성과들이 여럿 제출
　　된 바 있다.

다른 관점을 취하고 있음을 확인할 수 있다. 그것은 구체적으로 박인로가 어떠한 동기와 목적 아래 〈오륜가〉를 지었는가 하는 물음에 대해 각 연구자들이 제시한 답변에서 드러나고 있다.

박인로를 그 전대의 작가들처럼 목민관을 역임한 양반 사대부로 파악하고 그 자제들이나 일반 백성을 교화할 목적으로 〈오륜가〉를 지은 것으로 이해한 논의가 있는가 하면,[5] 이와는 달리 재지사족의 입장에서 주변의 재지사족들을 교화하고 결속하기 위해 박인로가 〈오륜가〉를 지었지만, 그의 한미한 신분적 처지로 인해 기존 윤리를 확인하는 정도에 그침으로써 그 사회적 기능이 제한받은 것으로 파악한 논의도 있다.[6] 결국 박인로의 〈오륜가〉에 대한 기존 연구는 목민관으로서 지었다는 견해와 몰락한 사족이 개인적 처지의 극복차원에서 지었다는 견해로 나뉘고 있음을 알 수 있다. 특히 후자는 박인로의 작품을 다른 작가의 그것과 구분지어 설명하고 있는데, 그것은 아마도 박인로를 그 처지나 지위 면에서 다른 작가보다 격이 떨어지는 '몰락 향반'으로 파악한 데다가 이 시기 교훈시조의 마지막 작가라는 사실을 염두에 둔 데서 비롯된 결과일 것이다.

이처럼 여러 연구자들의 상반된 견해를 한 마디로 요약하면 결국 오륜이라는 유교윤리를 작품화한 박인로의 〈오륜가〉에서 그 교화력의 근거를 어디에서 찾을 것인가 하는 점으로 귀착된다고 할 것이다. 즉 교훈시조가 본래 양반 관료라는 지배 계층이 유교윤리인 오륜으로써 피지배

5 　조태흠, 앞의 글.
6 　김용철, 앞의 글, 1990, 59～61면. 한창훈과 박연호 역시 이러한 관점의 연장선상에서 박인로의 〈오륜가〉를 이해하고 있다. 한창훈은 박인로의 〈오륜가〉를 몰락 향반이라는 작가의 정치·경제적 처지로 인해 사회개혁을 위해 지배구조에 접근할 수 있는 길을 잃어버리고 개인의 윤리적 관심을 토로하는 개인적 차원으로 떨어진 작품으로 해석하고 있다. 박연호는 경제적으로 몰락한 박인로가 〈오륜가〉를 지은 것은 사족집단의 결속보다는 정치·경제적 기반이 열악한 상황에서 가족이나 가문 내의 구성원들을 교화할 목적 때문이라는 견해를 제시하고 있다. 한창훈, 「박인로의 〈오륜가〉에 드러난 작가의식과 그 사회적 성격」, 『한국시가연구』 2, 한국시가학회, 1997, 242～246면; 박연호, 앞의 글, 14～19면.

계층을 교화하려는 목적으로 지어낸 연시조이며 박인로가 전대에서 확립한 〈오륜가〉의 형식적 전통을 어느 정도 계승하고 있다는 점에서 볼 때, 그의 〈오륜가〉는 그 권위와 교화력을 구체적으로 어디에 기대고 있는가 하는 것이 문제이다. 전자는 그것을 목민관이라는 공적인 지위에서 찾고 있으며, 후자는 주로 '몰락 향반'이라는 박인로 개인의 처지에 보다 많은 비중을 두고 있음을 알 수 있다. 이에 따라 작품의 교화대상 역시 일반 백성에서 향촌의 재지사족이나 가족 구성원으로 그 범위가 각각 달라지고 있는 것이다.

그러나 박인로의 〈오륜가〉에 대해 그 어느 관점을 취해 접근하더라도 쉽사리 납득할 수 없는 점이 존재한다. 임진왜란 이후 무과에 급제하여 조라포 만호까지 역임한 박인로를 주세붕이나 정철과 같은 목민관으로 볼 수 있는지도 의심스럽지만, 설령 목민관이라 하더라도 실제 작품에서 그러한 요소를 변별해 낼 수 있는가 하는 것이 난점이다. 이와 달리 교화라는 사회적 기능보다는 개인적인 위기의식의 극복차원에서 개인의 윤리적 관심을 토로하는 데 몰두하는 몰락 향반의 입장에서 살펴볼 때에는 작품의 교화력 역시 현저히 약화될 터인데, "세상에서는 모두 귀중하게 여겨 외웠고 왕왕 관현에 올리기도 하였다"[7]는 작품 향유의 실상과 어긋나는 문제점이 있다. 또한 여러 연구자들이 공통적으로 지적하고 있듯이 박인로의 지위나 처지가 딱히 '몰락 향반'이라고 규정지을 정도로 정치적·경제적으로 한미하고 궁핍했는지도 의문이다. 그의 문집이나 관련 자료에는 이와 상반된 기록 역시 함께 전하기 때문이다. 결국 박인로의 〈오륜가〉에 대한 올바른 평가와 이해는 과연 그를 '몰락 향반'으로 단정할 수 있는가 하는 것과 그의 작품을 다른 재지사족의 작품들과 굳이 구별할 필요가 있는가 하는 것의 두 가지 문제에 대한 해결에 달

---

7   "世皆寶誦往往被諸管絃." 〈行狀〉, 『蘆溪先生文集』卷2. 박인로의 문집 『蘆溪先生文集』은 김문기 역주, 『國譯 蘆溪集』, 역락, 1999에 영인되어 있다. 앞으로 이 자료를 이용하도록 한다.

려 있다고 할 수 있다.

본고는 이러한 문제에 대한 해결의 단서를 제시하기 위해 마련된 것이다. 이를 위해 먼저 박인로가 살았던 당대 전체 재지사족의 동향을 개략적으로 살펴보도록 한다. 특히 이 시기 재지사족의 처지가 구체적으로 어떠한 양상을 띠고 있는가 하는 점을 중점적으로 논의할 것이다. 이를 바탕으로 하여 박인로 개인의 생애를 당대 재지사족의 일반적인 처지와 관련하여 검토한 후 그 도출된 결과를 그의 〈오륜가〉에 적용하여 해석하고자 한다.

2. 임진왜란 후 재지사족의 동향과 교훈시조 작가층의 전환

교훈시조의 작가층이 전대의 지방행정 관료에서 후대의 재지사족으로 전환된다는 사실에 대해 재지사족의 향촌지배와 관련하여 논의한 김용철의 논문을 제외하면 기존 연구에서는 특별한 관심을 기울이지 않은 것이 사실이다. 그는 교훈시조의 작가층이 전환하게 된 요인으로 임진왜란으로 인한 향촌사회의 변동을 들면서 임진왜란 전에 향촌개혁운동이 주로 수령이나 관찰사 등 관료에 의해 주도된 반면, 임진왜란 후에는 향촌의 전직관료나 유생 등 재지사족에 의해 주도되었기 때문이라고 설명하고 있다.[8] 이에 덧붙여 본고에서는 교훈시조의 작가층이 전환하게 된 데에는 임진왜란 후 재지사족에 대한 국가의 인식 변화도 어느 정도 작용하였으리라 생각한다.

---

[8]　김용철, 앞의 글, 1990, 53~54면.

임진왜란으로 인해 조선이 정치, 경제, 사상 등 여러 분야에 걸쳐 막대한 피해를 입어 왕조 체제에 심각한 동요가 일어났다는 것은 주지의 사실이다. 그중에서도 사회의 기강이 무너지고 국가에 대한 불신감이 팽배하고 성리학적 위계질서가 붕괴되는 등 사상적인 면에서의 피해가 더욱 심했던 것으로 보인다. 임진왜란이 끝난 후 조선 정부는 전후 복구사업을 펼치면서 국가기강의 붕괴와 성리학적 위계질서의 동요를 극복하기 위해 다각적인 대처방안을 모색한다. 이러한 대처방안의 하나로 국가는 피지배계급의 불신감을 불식하고 통치체제를 강화하기 위해 지배계급에 대해 치안 강화라는 직접적인 통제정책을 펼친다.[9]

그러나 치안 강화책이라는 직접적 통제는 그다지 큰 성과를 거두지 못한 것으로 보인다. 따라서 국가는 신분질서 혹은 유교이념의 보급에 의한 통치체제의 정비라는 간접적 통제에도 주력하게 된다. 간접적 통제 정책으로 먼저 통치이념에 충실한 피지배계급의 사례를 적극 발굴하여 포상하는 방법을 실시한다. 이른바 忠臣·孝子·烈女에 해당하는 사례를 발굴하고 포상하는 정책은 전란의 피해자인 피지배계급에 대한 국가의 정책적 배려임과 동시에 이를 통해 무너진 통치 질서를 회복한다는 이중의 목적을 담고 있는 것이다. 그런데 이 시기 행해진 포상책은 일반 백성들이 아닌 재지사족에 의해 주도되었기 때문에 결국 재지사족의 입지를 강화시켜 준 결과를 낳고 말았다. 그러므로 포상책의 시행이 표면적으로는 국가와 개별 피지배계급 간의 대응 과정으로 이해될 수도

---

[9]　치안 강화책은 어디까지나 피지배계급을 겨냥한 조치에 지나지 않았다고 할 수 있다. 즉, 치안 강화책의 이면에는 일종의 '先 士大夫 團束 後 民 團束'이라는 논리가 내재되어 있으며, 그에 따라 지배계급과 피지배계급에 대한 처벌은 이중의 기준이 적용되었다. 피지배계급에 대해서는 綱常罪를 적용하여 극형으로까지 몰아넣는 경우가 허다한 데 반해 지배계급에 대한 처벌은 사실 형식적인 정도에 그치고 만 것이다. 이하 서술하는 임진왜란 이후 국가의 통치체제 정비과정과 재지사족의 동향에 대해서는 정홍준, 「임진왜란 직후 통치체제의 정비과정」, 『규장각』 11, 서울대 규장각, 1988; 정진영, 앞의 책, 1부 4장과 2부 1·2장; 김성우, 「朝鮮中期 士族層의 성장과 身分構造의 변동」, 고려대 박사논문, 1997을 참조하여 정리한 것이다.

있지만, 그 이면에는 엄연히 재지사족의 입지를 강화시켜 준 역할이 내재되어 있는 것이다.

이외에 국가는 유교이념과 관련된 서적을 편찬하고 학교교육을 강화하는 등의 간접적 통제 정책도 병행한다. 그런데 임진왜란 후 국가는 四學의 재건과 鄕校 復設에 주력하지만 만만치 않은 비용으로 인하여 지방의 향교는 결국 재지사족에 의하여 復設 또는 重建 작업이 추진된다. 또한 향교의 복설 추진과 관련하여 전란 후 祠宇의 건립 역시 국가의 재정적 지원 없이 순전히 그 지역 사족이 중심이 되어 추진되었다. 이렇듯 재지사족에 의한 향교의 복설과 사우의 건립은 표면적으로는 전란으로 인하여 실추된 정부의 권위와 무너진 국가 기강을 복원하려는 것처럼 보이지만, 실질적으로는 재지사족이 향촌사회에서의 입지를 강화시켜 주고 향촌의 피지배계급을 지배하는 데 힘을 실어준 결과가 된 것이다.

여기에서 특히 주목할 것은 이 당시 재지사족에 대한 국가의 인식 변화이다. 이 당시 국가는 일차적으로 재지사족을 대상으로 통치이념의 교육을 향교와 서원을 중심으로 실현시키고, 이념교육을 완수한 재지사족은 다시 일반 피지배계급의 사고와 행위를 통제하는 행태로 유교이념교육을 강화하려고 하였다. 즉 국가가 통치 이념을 교육하는 직접적 대상으로 일반 피지배계급이 아닌 재지사족을 겨냥하고 있다는 것이다. 그러므로 임진왜란이 끝난 17세기 전반기 국가의 통치체제는 '국가―민'의 구조라기보다는 '국가―재지사족―민(피지배계급)'의 구조로 파악되어야 한다는 것이다.[10] 결국 전란 후 통치체제의 정비에 주도적으로 참여하게 된 재지사족은 국가로부터 그 존재 의의를 인정받게 되고 나아가 향촌에서의 지배구조를 강화하고 입지를 확고히 하게 되는 부산물을 얻게 된 셈이다.

이러한 점을 염두에 두고 교훈시조의 작가층을 살펴보면, 그 작가층

---

10 정홍준, 앞의 글, 45면.

전환의 배경 및 맥락을 어느 정도 파악할 수 있다. 교훈시조 작가층의 전환에는 전란 이후 전개된 통치체제의 정비 과정에서 격상된 재지사족의 입지와 변화된 국가의 인식이 크게 작용하였을 것이라 생각한다. 특히 '국가–민'의 구조에서 '국가–재지사족–민'의 구조로 전환한 교화정책이 전란 후 재지사족이 교훈시조의 주된 작가층으로 부상하는 데 큰 역할을 한 것이다. 전란 후 통치체제를 정비하고 복구사업이라는 책무에 매진하느라 여념이 없었던 정부와 지방행정관료에 비해 다소 여유가 있었으리라 생각되는 재지사족은 향촌에서 자신들의 입지를 강화하고 향촌지배를 공고히 하는 데 이 시기야말로 더할 나위 없이 좋은 기회로 여겼던 것이다. 그 결과 전란이 끝난 16세기 후반~17세기 전반에 재지사족은 국가로부터 지배계급임을 재확인 받게 되고, 나아가 국가로부터 공인된 이념의 체득자로서 피지배계급에 대한 지배력 행사의 정당성을 부여받게 된 것이다. 이러한 사정으로 인해 재지사족은 자신의 교화력이 미치는 범위 내에서 통용되고 향유될 수 있는 교훈시조를 짓게 되었다고 할 수 있다.

3. 박인로의 생애와 지위

본고의 논의 대상인 박인로의 〈오륜가〉를 포함한 그의 전체 작품에 대해서 기존 연구는 대체로 '몰락 향반'의 처지가 반영된 작품들로 이해하려는 경향이 짙은 것이 사실이다. 박인로의 작품세계에 대한 기존 연구는 대체로, 임진왜란 이후 경제적으로 몰락한 향반인 박인로가 지향하려 했던 안빈낙도 의식에 근거하여, 결국 현실에서의 패배는 박인로와 같은 향반들을 더욱더 이념적으로 경화된 모습, 즉 엄숙한 유자의 추구로 몰아갔다는 해석이 지배적이다. 사정이 이렇게 된 데에는 무엇보다도 그의 가사 작품 〈누항사〉에 그려진 궁핍상과 그의 문집이나 기타 관련 자료에서 그의 가난함에 대해 단편적으로 언급한 대목들이 크게 작용한 듯하다. 그러나 〈누항사〉에서 곤궁한 삶을 살아가고 있는 화자를 실제 작가인 박인로로 곧바로 치환하여 이해할 수 있는가 하는 것은 쉽사리 판단할 수 없는 문제이다. 이에 대해 저자는 〈누항사〉의 창작시기가 기존연구에서 지적한 것처럼 1611년이 아니라 임진왜란이 끝나고 정유재란이 시작하기 전인 1596~1597년이며, 그 창작배경 역시 '山居窮苦之狀'이라는 李德馨의 물음에 박인로가 자신의 곤궁함을 개인적인 차원에서 서술한 것이 아니라 임진왜란 직후의 일반적 궁핍상을 재지사족의 입장에서 토로한 것임을 주장한 바 있다.[11] 이에 본고에서는 〈누항사〉를 제외한 나머지 기록들을 대상으로 하여 그의 처지를 검토하도록 한다.

먼저 '몰락 향반'이라는 용어부터 살펴본다. 조선시대의 지배층을 지칭하는 용어로 세속에서는 '兩班'이라는 용어를 많이 사용하였지만, 지식층들은 이보다는 '士族'이라는 용어를 많이 사용하였다.[12] 이것 외에도 士大夫, 士夫 등이 쓰였으며, 지방의 사족을 지칭할 때는 鄕班, 鄕族, 儒鄕이라는 용어도 자주 쓰였다. 이 중 '사족'이라는 용어가 가장 보편적으로 쓰였을 뿐만 아니라 조선 전기에 법제적으로 규정된 용어이기도 하다. 중종대 법제적으로 마련된 정의를 빌리자면, 사족의 범위는 자신

---

11 문집이나 기타 관련 자료 어디에도 〈누항사〉가 1611년에 창작되었다는 기록은 없다. 1611년 창작설은 이덕형의 후손 李允文이 쓴 跋文을 오독한 결과라고 할 수 있다. 1598년에 창작된 〈태평사〉의 "七載를 奔走터가 太平 오늘 보완디고"(밑줄은 인용자)라는 구절과 〈누항사〉의 "兵戈五載예 敢死心을 가져 이셔"(밑줄은 인용자)라는 구절을 대비시켜 판단하건대, 〈누항사〉는 임진왜란 발발 후 5년째인 1596년경에 창작되었다고 할 수 있다. 또한 〈누항사〉에 묘사된 곤궁상은 전란 중의 일반적인 사항에 해당하는 것으로 볼 수 있으며, '나'라는 시적 화자를 실제 작가와 동일시할 수 없음을 논의하였다. 이에 대해서는 졸고, 「在地士族으로서 朴仁老의 삶과 〈陋巷詞〉」, 『국문학연구』9, 국문학회, 2003 참조.
12 '사족'의 개념에 대해서는 김현영, 『조선시대의 양반과 향촌사회』, 집문당, 1999, 38~44면; 김성우, 앞의 글, 49~59면 참조.

이 생원·진사인 자, 內外에 顯官이 있는 자, 文武科 及第者 및 그 자손으로 제한되고 있다. 여기에서 다시 顯官의 범위가 문제가 되어 東西班의 正職 5品 이상, 監察, 六曹郎官, 部將, 宣傳官, 縣監까지를 顯官으로 규정하여 『各司受敎』에 수록하여 법제화하였다. 이러한 법제적 규정은 물론 향촌사회에서 사족인가의 여부를 가리는 데 절대적인 기준이 될 수는 없으며, 또한 시대적 차이로 인해 박인로에게 직접적으로 적용할 수는 없지만 그의 지위를 가늠하는 데 어느 정도 참조할 수는 있다. 박인로는 임진왜란에 의병으로 참여한 후 전란이 끝난 직후인 1599년에 무과에 급제하여 守門將, 宣傳官을 지낸 뒤 助羅浦 萬戶(종4품)까지 나아가게 되는데, 위의 기준으로 판단할 때 그는 엄연히 사족이라 할 수 있다.

다음으로 '몰락'의 의미에 대해 살펴본다. 〈누항사〉에 형상화된 모습을 그의 실제 삶의 한 단면으로 이해한다면 그는 경제적으로 궁핍한 삶을 살아가는 지방의 한 사족일 뿐이다. 이렇듯 그가 경제적으로 몰락한 데에는 무엇보다도 그 전대에서부터 벼슬다운 벼슬을 하지 못한 정치적 몰락이 가장 크게 작용하였다고 보는 것이 기존 연구의 일반적인 견해이다. 따라서 기존 연구에서 지적한 '몰락 향반'은 조선 후기에 관직에서 소외된 시골 양반이라는 의미로 주로 사용하고 있음을 알 수 있다. 조선 후기 대부분의 지방 사족은 바로 이러한 존재에 불과한 것이 사실이다. 그러나 이들을 간단히 몰락 향반이라 할 수는 없다. 이 시기 향촌사회에서 정치적으로 환로에 나아가지 못했다 하더라도 결코 몰락한 것으로 인식되지 않은 다수의 사람들이 있었다. 이들은 학문적인 소양 등 개인적 능력에 따른 경우도 있었겠지만, 보다 일반적으로는 동성촌락의 혈연적인 기반을 견고하게 유지한 문벌가문의 구성원인 경우가 대부분이다. 이 시기 사족의 경제적 기반과 사회적 권위는 곧 그 구성원 모두의 대표성을 가지는 것으로 인식되었던 것이다. 적어도 17세기까지는 사족의 신분과 사회적 지위는 개별적인 것이라기보다는 가문이라는 집단적인 것으로 이해되어야 할 것이다.[13]

　이러한 점을 염두에 두고 박인로의 생애를 살펴보면, 그가 임진왜란 때 적극적으로 의병활동을 하였으며, 전란이 끝난 직후 무과에 급제하여 수문장, 선전관, 조라포 만호 등의 벼슬을 역임하였고, 벼슬에서 물러난 후에는 李德馨(1561~1613), 鄭逑(1543~1620), 張顯光(1554~1637), 曹好益(1545~1609) 등 당대 顯官 및 巨儒들과 종유하며 성리학에 심취하였으며, 鄕里의 儒生, 巡相 李溟, 郡守 沈之源 등이 그를 위해 포상을 청하는 글을 올린 점 등에 주목하지 않을 수 없다.

　이러한 사항들은 모두 박인로 개인의 특별한 행적이기도 하지만 한편으로는 임진왜란 이후 재지사족들에서 어렵지 않게 볼 수 있는 전형적 특징들이기도 하다. 곧 그의 이러한 행적이 단순히 한 개인의 유별난 체험에 머무는 것이 아니라 그 당시 재지사족들이 전형적으로 보여 주고 있는 궤적을 그대로 따르고 있다는 것이다.

　먼저 임진왜란 때 박인로가 의병으로 활동한 사항에 대해 살펴보겠다. 임진왜란 때 재지사족들이 대대적으로 의병을 일으킨 궁극적인 목적은 향촌 사회에서 점하고 있는 자신들의 지위와 무관하지 않다. 임진왜란 전 조선의 기본 신분 정책은 '良賤制'에 입각한 지배 정책이었다. '良賤制' 아래에서는 사족 역시 일반 상민들과 함께 國役에 참여하여야 하고, 사족의 지위는 어디까지나 국가의 지배를 받는 대상으로서 국한되었다. 따라서 지방 수령과 갈등을 빚을 때는 '武斷土豪'로 지목되어 엄중한 법적 처벌을 받기도 하였을 정도로 향촌에서의 자치권은 상당히 제약을 받았다. 그러나 이러한 제약도 임진왜란을 계기로 하여 급격하게 완화되기 시작한다. 전란에서 재지사족들이 거둔 의병 활동의 공적을 인정하게 된 국가는 점차 그들의 지위를 용인하게 되며, '良賤制'는 급속하게 그 기능을 상실하고 지주제를 바탕으로 한 '班常制'라는 사회 통념적인 신분 정책이 그것을 대신하기에 이른다. 이렇게 변화된 신분

13　'몰락 양반'에 대한 개괄적 설명은 정진영, 앞의 책, 23~24면 참조.

정책에 따라 재지사족들은 임진왜란 이후 급속하게 성장하게 된다. 즉 국가의 신분 정책이 재지사족에 대한 특수 지위를 용인해 주는 방향으로 전환하게 된 결정적 계기가 바로 임진왜란인 것이다.[14]

지금까지 논한 의병 활동과 관련하여 박인로를 살펴본다면, 그 역시 의병에 참여하여 많은 공을 세웠음을 〈행장〉을 통해 파악할 수 있다. 그가 의병으로 임진왜란 7년 동안 활동한 것을 단순히 개인적인 기질로 설명할 것이 아니라 그 당시 재지사족들이 보여준 전형성에 비춰 이해해야 할 것이다. 이것은 임진왜란이 끝난 직후인 1599년에 그가 무과에 급제한 데에서도 확인할 수 있다. 일반적으로 이 당시 대다수의 사족들은 정기적으로 시행된 문·무과의 경우 합격이 쉽지 않았다. 제한된 선발 인원과 까다로운 시험 과목으로 인해 자질을 갖춘 소수 정예만 합격할 수 있었을 뿐이다. 그러나 임진왜란 중이나 그 이후 여러 차례에 걸쳐 시행된 소위 '廣取武科'는 응시 자격이 사족뿐만 아니라 일반 상민층에게도 주어졌지만, 실제로 무과 합격자의 다수는 의병 활동에 주도적으로 참여한 재지사족들이었다는 데서 의병으로 활동한 사족들을 위로하고 포상하기 위한 차원에서 이루어졌음을 알 수 있다.[15]

박인로 역시 '광취무과'를 통해 여러 벼슬을 역임하게 된다. 그는 임진왜란이 끝난 직후인 1599년에 무과에 급제한 후 수문장, 선전관을 잠깐 지낸 뒤 조라포 만호까지 나아가게 된다.[16] 그런데 '萬戶'는 그 品秩이 종4품(조선 초에는 3품 이상)의 西班 外官職으로 일선 요해처를 전담하는 벼슬로서 결코 낮은 벼슬이 아니다.[17] 물론 이덕형이나 조호익 등에 비할

---

14 정진영, 앞의 책의 1부 3·5장; 김성우, 앞의 글, 261~270면 참조.
15 광취무과에 대해서는 김성우, 위의 글, 180~184면 참조.
16 〈행장〉에는 助羅浦 萬戶를 언제까지 역임하였는지에 대한 구체적 언급이 없지만, 최근의 연구에 따르면 그는 1612년 삼남어사로 내려온 최현의 탄핵을 받고 助羅浦 萬戶를 그만두게 되었다고 한다. 이에 대해서는 김용철, 「박인로 강호가사 연구」, 고려대 박사논문, 2000, 24면 참조.
17 『經國大典』〈兵典〉의 '外官職'과 『한국민족문화대백과사전』(한국정신문화연구원, 1991)의 '萬戶' 항목.

바는 아니지만, 당시 대부분의 재지사족들이 벼슬길에 나아가지 못한 사정을 감안한다면 상당히 높은 관직에까지 이르렀다고 할 수 있다.

게다가 박인로는 임진왜란이 끝난 후 그 공적을 인정받아 포상을 받았음도 확인할 수 있다.[18] 앞서도 언급하였듯이 임진왜란 이후 포상자의 선정 논의를 각 지방의 사족들이 주도하고 있었기 때문에 포상 대상자로 추천된 자들 역시 유력 사족층이 대부분이었다. 또한 그의 사후에 재지사족들이 주도하여 그를 모시는 道溪祠宇를 1707년에 건립한 것도 다름 아닌 이 시기 재지사족의 향촌에서의 지배권 강화와 관련하여 이해할 성질의 것이다.

이러한 사실들로 미루어 보아 박인로는 적어도 영천 지방에서는 어느 정도 지위를 인정받은 재지사족으로 행세하였다고 할 수 있다. 이러한 판단을 뒷받침해 주는 자료로 官撰 邑誌 소재 기록을 들 수 있다. 조선 후기 영조 때 국가에서 편찬한 『輿地圖書』 慶尙道 永川의 人物條에 그는 장현광이나 조호익 등과 함께 등재되어 있는데, 그 내용은 무과에 급제하였다는 사실과 장현광에게 깊이 허여되어 성리학설 중 어려운 것을 자주 물었다는 것, 청백리로 이름났으며 향인들이 敬服하여 祠宇를 세워 모신다는 점 등으로 이루어져 있다.[19]

다음으로 박인로의 경제적 처지에 대해 살펴본다. 그의 문집이나 관련 자료에는 그가 가난하였다는 기록도 보이지만 이와 상반된 기록도 함께 나타나 있어 주목할 필요가 있다. "그 마음과 행동이 이와 같아, 곧 구체적 사실과 행적을 일일이 들어서 말할 필요가 없으나 평소 집에 양

---

18 〈행장〉에서 "原從의 末錄에 참여하였다[參原從末錄]"라고 한 것이나 『盆陽誌』의 〈列傳〉에서 '宣祖壬辰倡義錄原從勳'이라고 한 것이 바로 그것이다. 여기서 말하는 '原從'은 임진왜란 후 宣祖가 그 공과에 따라 포상을 한 '宣武原從功臣'을 가리킨다.

19 "朴仁老, 萬曆己亥, 登武科; 性恭謹, 篤學, 事親之孝. 文康公張顯光, 所深許, 多有問難性理之說. 及居宦以淸白著名, 鄕人敬服立祠祭之『輿地圖書』慶尙道 永川 人物條" 한편 『嶠南誌』永川郡의 人物條에는 박인로 외에도 그의 祖父 朴允淸과 그의 次男 朴敬立 등이 함께 실려 있다. 박인로에 대해서는 "장현광이 師友로 그를 대했으며 士林들이 祠宇를 세워 제사를 지냈다[張顯光, 以師友待之, 士林立祠祭之]"라고 적혀 있다.

식이 거의 없는데도 노모를 모시고 맛있는 음식으로 극진히 봉양하였다"[20]라는 구절과 "공의 성품은 지극히 효성스러웠는데 모부인 朱氏가 노년에 살아 계실 때 공이 매양 근심스러워 하며 날을 아끼어 부지런히 봉양을 하였고 가난 때문에 혹 소홀히 하지는 않았다"[21]라는 구절, 그리고 "외물에 초탈함이 이와 같을 때가 많았다. 이 때문에 집은 더욱 퇴락하고 거처는 비바람도 가릴 수가 없었다. 흉년이 드는 해에는 끼니도 잇지 못할 때가 있었으나 거처함을 편안히 하였다"[22]라는 구절 등이 박인로의 가난함을 언급한 대표적인 기록들인데, 이 기록들에서 보이는 가난함은 그 자체를 드러내기 위한 것이 아니라 주로 효성, 안빈낙도, 청렴과 같은 그의 품성을 두드러지게 강조하기 위해 수사적 차원에서 거론된 것들이라 할 수 있다. 특히 "평소 집에 양식이 거의 없다[平居家無甔石]"는 표현은 포상을 청하는 글에서 거의 상투적으로 쓰이고 있으며, 또한 양식이 없는데도 맛있는 음식으로 봉양을 하였다는 것은 논리적으로 모순된다는 점에서 이를 문면 그대로 해석하여 박인로가 끼니도 거의 잇지 못할 정도로 가난하였다고 단정하기는 곤란하다.[23]

이와는 달리 박인로는 '수백 이랑의 밭을 경작[治田數百畝]'하였으며, 향리가 보이는 곳에서는 문득 말에서 내려 걸어 들어왔다든가, 어두운 밤에 남들이 보지 않는 데도 비복의 만류에도 불구하고 말에서 내려 걸어갔다든지, 젊은 날 가지고 있던 귀한 말채찍을 술 취한 광부에게 빼앗겼다고 하는 등의 기록이 〈행장〉에 전하고 있다. 이러한 기록들은 앞서 살펴본 가난 관련 기록들처럼 단순한 수사적 표현에 머무는 것이 아니

---

20   "其爲心行如是, 則不必以某事某蹟枚擧, 而平居家無甔石, 侍養老母, 極其滋味." 〈鄕儒請褒賞呈文〉, 『蘆溪先生文集』.

21   "公性至孝, 母朱氏臨年在堂, 公每瞿然愛日瀡滫之供, 不以貧窶或闕." 〈行狀〉, 『蘆溪先生文集』.

22   "其脫略外物, 多類此, 以此家益落, 所居不蔽風雨, 歲儉蔬糲, 或不繼, 處之晏如也." 〈行狀〉, 『蘆溪先生文集』.

23   예를 들면 巡使 李溟이 포상을 청한 장계에서도 "家無甔石之資, 而侍養偏母, 極其滋味"(〈巡相請褒啓狀〉, 『蘆溪先生文集』)라고 하여 '家無甔石'이라는 표현이 관용적으로 쓰이고 있다."

라 사실에 근거한 실제 행적을 보여주고 있는 것들이라 할 수 있다. 즉, 가난 관련 기록들에서 박인로의 효성과 안빈낙도를 애써 두드러지게 보이기 위해 그의 가난함이 관용적·수사적 표현의 성격을 띠며 대비되고 있는데 비해, 수백 이랑의 밭을 경작하고 비복을 대동하고 말을 타는 등의 행적은 실제 박인로의 행적을 가감 없이 그대로 보여주고 있는 사실적 성격을 띤다는 것이다. 그러므로, 박인로는 그 당시 영천 지역에서 적어도 종을 거느리고 말을 타고 다니며 양반 행세를 할 정도의 경제수준은 유지하고 있었다고 할 수 있다. 또한 이미 기존 연구에서 언급한 바와 같이 박인로는 정구, 장현광, 이덕형 등을 만나보러 자주 여행을 하는데, 이것은 그가 적어도 자신의 노동력이 없으면 농사일 자체가 차질을 빚거나 불가능한 자영농은 아니라는 것을 말해주는 예증이라고 할 것이다.[24] 이러한 점은 16~17세기 재지사족들이 일반적으로 보여주고 있는 광대한 농장 경영의 모습과 상통한다. 이 시기에 이르면 대부분의 재지사족들은 정도의 차이는 있지만 대체로 중소 지주로서의 경제적 기반을 확보하고 있었다고 한다.[25]

이상의 여러 사항을 고려할 때 박인로의 경제적 처지는 이 당시 농장을 경영하는 중소 지주로서의 재지사족의 수준과 크게 다르진 않다고 본다. 즉, 그의 삶은 끼니도 제대로 못 이을 정도로 궁핍하지는 않았을 것이며 향촌에서 어느 정도 사회적 지위를 인정받은 사족으로 행세하였을 것이라 생각한다. 그렇기 때문에 장현광이 〈無何翁傳九仞山記跋〉에서 그에 대한 찬사를 아끼지 않았고 이덕형이 그를 國士로 대우하고 그의 조부 묘소에 배알하였으며, 임진왜란 때 의병장 鄭世雅(?~1612)의 別侍衛로 활약하고 鄭延吉과 한시를 주고받는 등 영천의 유력 가문인 延日 鄭氏 집안과 끊이지 않는 접촉을 할 수 있었을 것이다.[26]

24 　김용철, 「〈누항사〉의 자영농 형상과 17세기 자영농 시가의 성립」, 『한국가사문학연구』, 정재호 편, 태학사, 1996, 253면 참조.
25 　정진영, 앞의 책, 157~158면; 김성우, 앞의 글 참조.

4. 교훈시조의 전개 양상과 박인로 〈오륜가〉의 특징

1) 교훈시조의 전개 양상

　기존 연구는 대체적으로 교훈시조 작품들을 연속선상에서 이해하려는 경향이 강하였다. 앞서 언급하였듯이 조태흠은 교훈시조의 작가층을 목민관으로 이해하고 교훈시조의 작품성에 대해 "사회교화의 측면을 중시한 훈민시조는 그 내용에 있어서 인간으로서 마땅히 해야 할 도리, 즉 초역사적이고 보편적인 도덕적 당위의 세계를 구현하고 있으며, 이를 위하여 선험적이고 규범적인 언어에 의존함으로써, 작품에서 작가의 개성이 추상화되어 몰개성적인 시가 되었다"[27]라고 평가하고 있다. 그러나 교훈시조의 작가층이 목민관이며 그 작품이 몰개성적이라는 지적은 주세붕의 〈오륜가〉와 같은 초기 작품에나 적용될 뿐이지 그 이후의 작품들에는 적용하기가 어렵다고 할 수 있다. 물론 교훈시조 자체가 유교 윤리라는 당대의 보편적인 이념을 다룬 것이기 때문에 작가 개인의 경험이나 개성이 작품에 투영되기가 어려운 면이 있겠지만, 김용철이 이미 지적하였듯이 17세기 이후 재지사족의 작품들에는 개인적 경험이나 의식이 상당수 반영되고 있음을 확인할 수 있다.[28]

　조태흠의 관점과 달리 김용철은 사림파의 향촌 개혁운동과 결부시켜 재지사족의 측면에서 교훈시조 전체를 이해하려는 태도를 보이고 있다.

26　〈無何翁傳九仞山記跋〉은 『蘆溪先生文集』뿐만 아니라 『旅軒集』에도 실려 전한다. 또한 박인로의 문집 간행시 정세아의 후손이자 李玄逸의 제자인 鄭葵陽이 〈행장〉을 지을 정도로 延日 鄭氏와는 돈독한 유대 관계를 유지한다.

27　조태흠, 앞의 글, 97면.

28　김용철은 이숙량의 〈분천강호가〉나 김상용의 〈오륜가〉에서 작가의 개인적 의식이나 경험을 엿볼 수 있다고 하였다. 그러나 박인로의 〈오륜가〉는 오히려 개인적 경험이 극소화되고 보편적 인간 일반을 형상화한 윤리를 담은 형태로 나타나게 된다고 하였다. 이에 대해서는 김용철, 앞의 글, 1990, 59~72면 참조.

실제 작품 분석에서는 지방행정관료와 재지사족의 작품군으로 구분하여 논의하고 있지만, 지방행정관료의 작품을 대할 때에도 재지사족의 이익을 옹호하는 역할을 수형한다는 해석을 가하고 있다.[29] 결국 지방행정관료와 재지사족이라는 작가층에 따라 작품들을 구분하여 논의하고 있지만, 재지사족의 측면에서 작품을 분석하다보니 둘 사이의 변별적 특성과 의의가 다소 희석된 결과를 낳고 말았다.

이상에서 보듯이 교훈시조를 연속선상에서 이해하려 한 결과 몇몇 작가의 경우 그 처지와 신분에 대해 엇갈린 평가를 내리게 되고 나아가 작품의 실상과는 다소 거리가 있는 해석을 낳게 되었다. 특히 박인로의 〈오륜가〉처럼 그 창작 동기나 의도를 알려주는 자료가 거의 존재하지 않는 경우에 있어서는 더욱 심하다고 할 수 있다. 박인로의 신분이나 처지에 대해서 각 연구자들은 서로 다르게 규정짓고 있으며, 이에 따라 그가 창작한 〈오륜가〉의 창작 동기나 교화대상에 대해서도 상이한 견해를 제시하고 있는 것이다. 이러한 점은 주세붕의 경우에도 마찬가지이다. 비록 주세붕이 관직에 나아가기 전에 향촌체험을 겪은 재지사족으로 사림파의 활동에 기울어져 있었다 하더라도 그의 〈오륜가〉는 엄연히 황해도 관찰사라는 공적인 지위에서 지은 것이라는 사실을 간과한 채 재지사족의 입장이 반영된 작품으로 해석하는 것은 다소 무리가 있다고 할 것이다.

그러므로 기존 연구가 지닌 한계를 극복하기 위해서는 지방행정관료의 작품들과 재지사족의 작품들을 구분할 필요가 있다. 이렇게 구분하여 논할 수 있는 것은 무엇보다도 두 작품군이 산출하게 된 배경과 그 작가층의 신분 및 처지가 다르기 때문이다. 물론 두 부류의 작품들은 유교윤리를 연시조라는 문학 형식을 통해 교화대상에게 전달한다는 교훈시조의 양식적 특징을 공유한다는 점에서는 연속선상에 놓이지만, 작품

---

29   김용철, 위의 글, 1990, 24~25면.

산출의 배경이나 작가층의 신분과 처지가 상이하기 때문에 서로 뚜렷이 구별되는 특징과 의의를 지닌다.

16세기 중·후반에 창작된 지방행정관료의 교훈시조는 그 교화력의 근거가 국가라는 공권력에 의해 부여받은 직책에 있기 때문에 작품에서 유교윤리라는 국가의 지배 이념에 충실한 공적인 목소리, 즉 국가를 대변하는 관료로서의 목소리가 주조를 이룬다.[30] 이에 반해 그 이후에 주로 창작된 재지사족의 교훈시조는 작가 개인이 사적으로 획득한 인품이나 年齒, 품행 등에 교화력의 근거를 두기 때문에 작품에 개인적인 경험이나 의식, 또는 당대 재지사족의 일반적 경험이나 의식이 두드러지게 반영될 수밖에 없는 것이다.

이처럼 구별되는 교화력의 근거로 인해 지방행정관료의 교훈시조는 그 교화대상을 일차적으로 일반 백성에 두게 되며 향유 역시 국가 공권력의 주도에 의해 전국적으로 확대되는 양상을 보인다.[31] 이에 반해 재지사족의 교훈시조는 그 교화대상이 직접적으로는 작가 개인의 교화력이 미치는 범위, 즉 자신의 가족이나 가문 또는 향촌 내의 사족 집단에 한정되며 기껏해야 재지사족의 입김이 미칠 수 있는 향촌민에 국한될 수밖에 없고, 따라서 그 향유범위도 상대적으로 제한되는 양상을 보인다.

그러면 다음으로는 이러한 양상을 구체적인 작품을 통해 자세히 검토할 것이다. 특히 박인로의 〈오륜가〉를 다른 작가의 작품들과 대비하여 그의 작품이 보여주고 있는 특징과 그 의의에 대해 살펴보겠다.

---

30 주세붕의 〈오륜가〉는 1549년에 황해도 관찰사로 있을 때 지은 것이며, 송순의 〈오륜가〉는 정확한 창작 시기는 밝혀져 있지 않지만 1549년 선산 부사 시절에 지은 것으로 보이며, 정철의 〈훈민가〉는 1580년 강원 감사를 지낼 때 지은 것이다. 이에 대해서는 최재남, 「신재 주세붕의 목민관 생활과 〈오륜가〉」, 『가라문화』 13, 경남대 가라문화연구소, 1996, 53~56면; 김용철, 앞의 글, 1990, 28~33면 참조.

31 대표적으로 정철의 〈훈민가〉는 후대에 국가(관)에 의해 여러 차례 간행되어 반포된다는 점을 들 수 있다. 이에 대해서는 최규수, 『송강 정철 시가의 수용사적 탐색』, 월인, 2002, 27~29면 참조.

2) 박인로 〈오륜가〉의 특징과 의의

　먼저 재지사족의 교훈시조와 뚜렷이 구분된다고 판단되는 지방행정
관료의 교훈시조는 구체적으로 어떠한 모습을 띠고 있는가 살펴보도록
한다. 대표적으로 교훈시조의 첫 작품인 주세붕의 〈오륜가〉를 예로 들
어 설명하겠다.

　　　사롬사롬마다 이 말숨 드러스라
　　　이 말숨 아니면 사롬이오 사롬 아니니
　　　이 말숨 닛디 말오 비호고야 마로링이다

〈오륜가〉 '서장'

　　　아바님 랄 나흐시고 어마님 랄 기르시니
　　　부모옷 아니시면 내 몸이 업실랏다
　　　이 덕을 가프려 흐니 하늘가이 업스샷다

〈오륜가〉 '부자'

　　　둉과 항것과를 뉘라셔 삼기신고
　　　벌와 가여미아 이 쓰들 몬져 아이
　　　혼 무속매 두 쓷 업시 소기지나 마옵생이다

〈오륜가〉 '주노'[32]

　'서장', '부자', '형제', '부부', '주노', '장유'의 총 6수로 이루어져 있는 주
세붕의 〈오륜가〉에서 대표적인 몇 수를 보인 것이다. 이 작품은 "황해도
를 돌볼 때 백성들의 풍속이 윤리에 어두운 것을 보고 이에 이 노래를 지

32　周世鵬, 『武陵續集』.

어 널리 베풀었는데 사람의 큰 윤리를 밝히고자 한 것이다"[33]라는 서문
과 "사룸사룸마다 이 말숨 드러스라"라는 서장의 초장으로 보아 사족을
제외한 吏民을 대상으로 지어진 것임을 확연히 알 수 있다. 그런데 그가
곤양군수와 풍기군수의 목민관 경험을 통하여 〈오륜가〉의 필요성을 절
감하고 있었는데 황해도 관찰사로 부임한 것이 하나의 구체적 계기로
작용하였다는 지적[34]을 감안할 때 '吏民'을 굳이 황해도 백성들로만 한정
지을 필요는 없을 것이다. 결국 주세붕의 〈오륜가〉는 사족을 제외한 일
반 백성들을 일차 대상으로 상정하여 지어진 것임은 분명한 사실이다.

특히 여기서 주목할 것은 실제 작품에서 작가의 개인적 경험이나 재
지사족으로서의 의식을 지방행정관료의 그것과 구별하기가 쉽지 않다
는 점이다. 작가의 재지사족으로서의 체험이나 의식이 묻어 있기는 하
지만 관찰사라는 공적인 직책에서 우러나온 목소리에 매몰되는 형상이
라고 할 수 있다. 즉 이 작품에서 우리가 듣는 것은 작가 개인의 체험에
바탕을 둔 개성적인 목소리가 아니라 오륜이라는 유교윤리를 목청껏 읊
어대고 있는 지방행정관료의 목소리일 뿐이다. 주노 항목에서 종과 항
것과의 대비를 통해 두 뜻을 가지거나 주인을 속이지 말아야 한다고 가
르치는 데서 이 작품이 철저하게 주인 중심, 즉 국가 중심이라는 것을 짐
작할 수 있다.[35]

오륜의 항목에서도 박선장이나 김상용 등 재지사족의 〈오륜가〉와 비

---

33 "按海西時 見民俗之貿貿 乃作此歌 布施一路 以明人之大倫者也." 周世鵬, 〈五倫歌序〉,
    『武陵續集』卷一.
34 최재남, 앞의 글, 53~55면.
35 정철의 〈훈민가〉 역시 작가가 강원도 관찰사 시절에 쓴 연시조로서 관료적 문학의 성격
    을 지니며, 일차적 교화대상으로 강원도 백성들을 겨냥하고 있다는 점에서 주세붕의
    〈오륜가〉와 동궤에 놓인다. 다만 정철은 신분적 상하 관계에서 비롯된 창작 의도를 보
    다 효과적으로 전달하기 위하여 사대부 계층의 선험적인 가치 체계를 일방적으로 강제
    하기보다는 백성들의 입장과 처지를 좀 더 고려하고 있다는 점에서 주세붕과 차이를 보
    인다고 할 수 있다. 보다 자세한 논의는 지면 관계상 생략한다. 정철의 〈훈민가〉에 대해
    서는 권두환, 「송강의 훈민가에 대하여」, 『진단학보』 42, 진단학회, 1976 참조.

교할 때 주세붕의 〈오륜가〉는 큰 차이를 보인다. 주세붕의 〈오륜가〉는 부자, 주노, 부부, 형제, 장유로 이루어져 있는 데 반해 박선장이나 김상용의 〈오륜가〉는 부자, 군신, 부부, 형제, 붕우로 이루어져 있다.[36] 즉 '주노'가 '군신'으로, '장유'가 '붕우'로 바뀌는 데서 지방행정관료의 작품과 재지사족의 작품 사이의 거리를 어느 정도 감지할 수 있다. 국가를 대변하는 목민관과 백성들과의 관계가 '주노'라면, 국가와 재지사족의 관계는 곧 '군신'이라 할 수 있다. 또한 수직적인 상하관계를 의미하는 '장유'가 지방행정관료의 입장을 반영한 것이라면, 수평적인 상호관계의 '붕우'는 이 시기 재지사족의 일반적 처지를 반영한 것이라 할 수 있다.[37] 다시 말해 이러한 차이는 목민관이라는 공적인 직책에 의거하여 산출된 지방행정관료의 교훈시조가 국가라는 틀 안에서 지배계급과 피지배계급이라는 상하간의 위계질서 구축에 초점이 맞춰져 있다면, 이와 달리 재지사족의 교훈시조는 국가보다는 주로 자신의 가문이나 향촌의 사족 집단이라는 작은 틀 속에서 자신들의 유대 강화와 집단 결속에 관심을 둔 결과로서 나타난 것이라 할 수 있다. 결국 주세붕의 〈오륜가〉는 그 교화력의 근거가 관찰사라는 국가에서 부여받은 공적인 직책에 주로 놓여 있기 때문에 그 교화대상 역시 사족보다는 일반 백성들을 직접적으로 상정하게 되었으며, 이러한 점이 작품에까지 깊이 투영되어 상하 서로간의 책무보다는 주로 윗사람에 대한 아랫사람의 책무만을 강조하는 것으로 거의 일관하게 되었다고 할 수 있다.[38]

이상에서 논의한 내용들을 재지사족의 작품들과 견주어 살펴보도록

---

[36] 후술하겠지만 박인로의 〈오륜가〉 역시 박선장이나 김상용의 〈오륜가〉와 동일한 항목으로 이루어져 있다.

[37] 여기서 말하는 재지사족의 일반적 처지란 국가가 허용하는 범위 안에서 향촌민들에 대한 지배력을 행사할 수 있는 이중적 지위를 말한다. 이에 대해서는 후술하도록 한다.

[38] 오륜 항목의 차이에 대해서는 최재남, 앞의 글, 52~62면에서 자세하게 논한 바 있다. 다만 최재남은 주노·장유가 향촌사회의 현실적인 문제라면 군신·붕우는 나라를 포함한 넓은 사회의 문제이며 따라서 김상용·박인로 등의 〈오륜가〉는 주세붕의 〈오륜가〉에 비해 관습적·관념적이라고 해석한 것은 본고의 논지와 다르다는 점을 밝혀 둔다.

한다. 아래에서 보듯이 지방행정관료의 교훈시조와 달리 재지사족의 교
훈시조에서는 개인적인 경험이나 의식이 작품 문면에 두드러지게 투영
되어 있다. 재지사족의 교훈시조 작품들을 작가별로 한 수씩 제시하면
다음과 같다.

> 디난 일 애닷지 말오 오는 날 힘뻐스라
> 나도 힘 아니서 이리곰 애닷노라
> 닛일란 브라디 말오 오늘나롤 앗겨스라
>
> 〈분천강호가〉[39]

> 이우즐 믜이디 마라 이웃 믜오면 갈듸 업서
> 一鄕이 브리고 一國이 다 브리리
> 百年도 못살 人生이 그러그러 엇뎨리
>
> 〈오륜가〉[40]

> 님군을 셤기오디 졍훈 길노 引導ᄒ야
> 鞠躬盡瘁ᄒ여 죽은 後의 마라스라
> 가다가 不合곳 ᄒ면 물너간들 엇더리
>
> 〈오륜가〉[41]

이숙량의 〈분천강호가〉에서 "나도 힘 아니서 이리곰 애닷노라"라는
중장은 실제 작가의 체험을 그대로 작품 문면에 드러낸 구절이다. 자신
의 체험을 他山之石으로 삼아 지난 일에 연연하지 말고 내일을 바라지도

---

39 李叔樑, 〈汾川講好錄〉(심재완, 「분천강호가 연구」, 『동양문화』 9, 영남대 출판부, 1969
    에서 재인용).
40 朴善長, 『水西先生文集』 卷4.
41 金尙容, 『仙源續稿』.

말며 다만 지금 현재에 충실하라는 교훈을 제시하고 있는 것이다. 다음 박선장의 작품에서도 이러한 개인적 경험이나 의식이 강하게 투영되어 있는데, 이웃에 미움을 받으면 一鄕에서 버림을 받고 나아가 나라에서도 버림을 받는다는 데에서 분명히 감지할 수 있는 화자의 목소리는 실제 작가의 체험에 근거하고 있음을 알 수 있다. 김상용은 〈오륜가〉와 〈훈계 자손가〉라는 두 편의 교훈시조를 지었는데, 먼저 〈오륜가〉에서는 작가 의 재지사족으로서의 의식을 분명히 느낄 수 있다. 위에 인용한 작품은 '君臣之倫'이라는 항목의 제목에서 보듯이 군신 간의 윤리를 설명한 것 인데, 임금을 섬기는 신하의 자세에 초점이 맞춰져 있다. 이 작품에서 특 히 주목할 것은 종장이다. 임금을 올바른 길로 인도하기 위해 정성을 다 해 섬기다가 不슴하면 물러나는 데 연연하지 말아야 한다는 데서 재지사 족으로서 작가가 지니고 있는 進退觀을 엿볼 수 있는 것이다. 이러한 재 지사족으로서의 의식, 즉 居鄕觀은 그의 다른 교훈시조 〈훈계자손가〉에 서는 더욱 확대되어 나타나고 있다. 이를 좀 더 자세히 살펴보도록 한다.

이바 아희들아 내 말 드러 비화스라
어버이 孝道ᄒ고 어룬을 恭敬ᄒ야
一生의 孝悌롤 닷가 어딘 일홈 어더라

〈훈계자손가〉 '1장'

말을 삼가ᄒ여 忿ᄒ온 제 더 춤아라
ᄒ 번을 失슬ᄒ면 一生의 뉘웃브고
이 中의 조심홀 거시 말솜인가 ᄒ노라

〈훈계자손가〉 '6장'

늠과 ᄲᅡ홈 마라 ᄲᅡ홈이 害 만ᄒ뇨
크면 官訟이오 젹으면 羞辱이라

무스일 내 몸을 그롯 듯녀 父母羞辱 먹이리

〈훈계자손가〉 '7장'

貧賤을 슬허말고 富貴롤 불워마라
人爵곳 닷스면 天爵이 오ᄂ니라
萬事롤 하늘만 밋고 어딘 일만 ᄒ여라

〈훈계자손가〉 '9장'[42]

총 9장으로 이루어져 있는 〈훈계자손가〉는 제목에서 보듯이 자손들을 훈계할 목적으로 지은 것이다. 전체적으로 이 작품은 가정윤리의 핵심인 孝와 居鄕觀의 핵심인 言忠信行篤敬·守分의 문제로 구성되어 있다. 제1장에서 보듯이 부모에 대한 孝와 어른에 대한 恭敬은 百行의 根本이라는 점에서 거향관의 논리적 기초로서 제시된 것이다. 또한 제6장에서는 失言을 경계하고 화를 참을 것을 강조하고 있으며, 제7장에서는 남과 싸움하지 말 것을 '父母羞辱'을 내세워 강조하고 있다. 마지막으로 제9장에서는 富貴貧賤이란 하늘에 의해 정해진 운명과 같은 것이니 어진 일 행하기에 힘쓸 것을 당부하고 있다.[43] 이상 살펴본 〈훈계자손가〉의 내용들은 이 시기 재지사족들의 거향관에서 수차례에 걸쳐 강조되어 온 사항들이다. 이러한 거향관은 앞서 살펴본 주세붕이나 정철과 같은 지방행정관료의 작품들에서는 좀처럼 찾아보기 힘들며, 오직 재지사족의 작품들에서만 두드러지게 나타나고 있다.

다음으로 이들 재지사족의 교훈시조가 의도한 교화대상과 그 향유범위에 대해 논하도록 한다. 재지사족의 교훈시조가 겨냥하고 있는 교화

42　金尙容,『仙源續稿』.
43　김상용의 〈훈계자손가〉에 나타난 재지사족의 거향관 분석은 박연호, 앞의 글, 14면 참조. 박연호는 박인로의 〈오륜가〉에 나타난 재지사족의 거향관에 대해서는 주목하지 않고 있다.

대상은 이숙량의 〈분천강호가〉, 박선장의 〈오륜가〉, 김상용의 〈오륜
가〉처럼 洞禊에 모인 사족이거나 김상용의 〈훈계자손가〉에서 보듯이
그 자손들로 한정되고 있다.[44] 즉, 재지사족의 교훈시조에서 일차적으
로 겨냥하고 있는 교화대상에는 향촌의 일반 백성들은 포함되지 않는다
는 것이다. 따라서 그 향유범위 역시 그 지역 사족의 범위를 크게 넘지는
못했을 것이며 기껏해야 작가 개인의 교화력이 미칠 수 있는 범위 내에
있는 향촌 백성들만 포함되었을 것이다. 이러한 점은 재지사족의 교훈
시조 모두가 작가의 개인 문집에만 실려 있을 뿐 일반 가집에서는 찾아
보기가 힘들다는 데서도 확인할 수 있다.

이상 살펴본 재지사족의 교훈시조가 보여주고 있는 특징들에 비춰 볼
때 박인로의 〈오륜가〉는 구체적으로 어떠한 양상을 띠며 이들 재지사
족의 교훈시조와 어떤 관계를 맺고 있는가 하는 것이 문제이다. 또한 지
방행정관료의 교훈시조와는 어떻게 변별되며 그 의미가 무엇인지도 중
점적으로 고찰할 문제이다.

박인로의 〈오륜가〉는 '父子有親', '君臣有義', '夫婦有別', '兄弟有愛',
'朋友有信'의 다섯 항목에 각 5수씩의 작품이 배치되어 있고 마지막 總論
3수가 덧붙여져 있다.[45] 항목에서는 지방행정관료인 주세붕의 〈오륜
가〉와는 차이가 나지만, 재지사족인 박선장이나 김상용의 〈오륜가〉와
는 동일하다. 또한 박인로의 〈오륜가〉 역시 다른 재지사족의 교훈시조
와 마찬가지로 자신의 개인적 경험이나 의식이 드러나 있는데, 대표적
인 작품들을 제시하면 다음과 같다.

> 稷契도 안닌 몸애 聖恩도 罔極홀샤
> 百번을 죽어도 갑흘 닐이 업것마는

---

44   김용철, 앞의 글, 1990; 박연호, 앞의 글 참조.
45   이 중 '朋友有信'은 2수만 남아 전하는데 '三章缺'이라는 기록으로 보아 원래 5수였음을
     알 수 있다.

위의 두 작품은 '朋友有信' 항목에 배치되어 현전하는 작품의 전체이다. 첫째 작품에서는 '信'과 '恭敬'을 통해 '久而敬之'할 것을 벗 사귀는 방법으로 제시하고 있다. 그다음 작품은 이 시기 재지사족의 거향관과 직접적으로 연관된다는 점에서 특히 주목된다. 言忠信行篤敬·守分이 당시 재지사족이 견지하고 있던 거향관의 핵심이라는 것은 앞서 김상용의 〈훈계자손가〉를 살펴볼 때 지적하였던 점이다. '言忠行篤'이라는 구절을 작품의 첫머리에 내세우고 벗 사귀기를 경계하고 있는데, 벗 사귀기를 삼가지 않으면 욕이 부모에게 미친다는 내용은 김상용의 〈훈계자손가〉에서 강조하고 있는 사항과 동일한 맥락에서 이해할 수 있다. 이와 관련하여 박인로의 행적을 다시 살펴보도록 한다.

남의 어른 대접하기를 나의 어른 대접하듯이 하고 길흉변고에는 힘을 다해 보호하고 구휼하니 원근에서 감탄하고 기뻐하여 복종하지 않는 사람이 없었다. 매양 밖에 나갔다가 돌아올 때는 향리가 바라보이는 곳에서 문득 말에서 내려 단정히 걸어 들어왔는데 사람들이 그의 지나친 공손을 譏弄하면 대답하기를 "공자께서는 향당에 계실 때 공손하시어 마치 말을 잘 할 줄 모르는 사람 같으셨다. 부모의 나라에서도 마음을 다하는 것이 마땅하거늘 하물며 우리 조상의 사당이 있는 곳에서랴? 한나라의 張湛은 진실로 나의 스승이다"라고 하였다. 비가 오고 밤길이 칠흑같이 어두운데도 전처럼 말에서 내려 걸어가니 비복이 밤이라 아는 사람이 없으니 그냥 말을 타고 갈 것을 권하였다. 공이 탄식하며 "군자는 진실로 밝게 절개를 펴야 하는 것인데 이것은 스스로를 속이는 것이니 옳은 일이겠는가?"라고 하였다.

人之長如吾長, 吉凶變故, 極力護恤, 遠近莫不感歎悅服. 每出外而歸, 望其鄕里, 便下馬端步, 人譏其過恭, 則答云: 孔子於鄕黨, 恂恂如也. 似不能言者, 父母之邦, 所宜盡心, 況吾祠廟所在乎. 漢之張湛, 眞吾師也. 天雨路黑亦如之. 僕夫強之曰:

---

49 인용한 작품은 『蘆溪先生文集』의 것이며 번호는 해당 항목의 차례를 가리킨다.

暮夜無知者. 公歎曰 : 君子苟爲昭昭伸節, 是自欺也, 其可乎.[50]

　위의 기록은 박인로가 벼슬에서 물러나 향촌에 기거하고 있을 때 그의 지위와 처지가 구체적으로 어떠했는지를 가늠하는 데 중요한 단서를 제공해 준다. "남의 어른 대접하기를 나의 어른 대접하듯이 하고"라는 구절에서 그가 長幼有序라는 사회 윤리에도 철저하였음을 알 수 있다. 또한 길흉변고에는 남의 어른을 애써 보호하고 구휼하였다는 데서는 그의 남다른 공경 의식과 함께 궁핍하지 않은 경제적 상황을 엿볼 수 있다.

　특히 위의 글에서 눈길을 끄는 것은 공자를 예로 들면서 향당에서의 처신을 경계하고 있는 부분과 자신이 본받아야 할 대상으로 '張湛'이라는 인물을 내세우고 있는 점이다. 16~17세기 재지사족의 거향관을 담고 있는 글들은 기본적으로 孔孟이 강조한 鄕黨에서의 자세와 그에 대한 程朱의 해석에 기초하고 있는데, 향당은 부모와 종족이 거하는 곳이므로 믿음 있고 진실 되게 행동하며 항시 자기를 낮추고 겸손하게 근신하라는 뜻을 근간으로 삼고 있다는 것이다.[51] 그런데 이 시기에 거론되고 있는 이러한 거향의 문제가 향촌에서의 일반 생활이나 윤리의 문제만이 아니라 사족의 향촌사회운영 전반의 문제와 관련된 정치적 사안이라는 점이다. 이 시기에 향촌의 사족들은 官과 일정 거리를 유지하고, 수령의 賢否나 政事의 득실을 논하지 말며, 賦稅를 제때 납부하고 향촌사회에서 분란을 일으키지 말라는 등의 주문을 하고 있는데, 이것이 다만 개인의 이해나 화를 면하자는 차원이 아니라 관과의 마찰이나 정치세력간의 갈등과 관련된 것으로 정치·경제적 성격을 함의한 향당윤리의 차원에서 제기되었다는 것이다.[52]

50　鄭葵陽, 〈行狀〉, 『蘆溪先生文集』.

51　김인걸, 「조선 후기 재지사족의 '거향관' 변화」, 『역사와 현실』 11, 역사비평사, 1994, 159면.

52　김인걸, 위의 글, 1994, 161면; 김인걸, 「16·17세기 在地士族의 '居鄕觀'」, 『한국문화』 19, 서울대 한국문화연구소, 1997, 137~138면.

　이와 관련하여 이 시기 거향관의 핵심을 가장 간명하게 제시하고 있는 安鼎福의 〈居鄕雜儀〉에 주목할 필요가 있다. 안정복은 역대 향당의 운영원리와 관련된 글들을 종합적으로 검토하여 9명의 인물을 예로 들면서 총 15개조로 구성된 〈거향잡의〉를 남기고 있다.[53] 이 가운데 공자와 장담의 경우를 살펴보겠다. 안정복이 공자의 향당논리에서 강조한 점은 신실해야 한다는 것, 나이를 존중해야 한다는 것, 善惡人을 구별하여야 한다는 세 가지이다. 또한 후한 때 장담의 경우에는 출사한 관인이라도 향당에서는 겸손히 그 예를 다해야 한다는 내용에 주목하고 있다.[54]

　이러한 점에서 박인로의 〈오륜가〉 '朋友有信' 항목은 그 당시 재지사족이 견지하고 있던 거향관에 바탕을 두고 있음을 알 수 있으며, 지금은 전하지 않는 나머지 세 수 역시 그 내용이 이러한 거향관을 중점적으로 다루었으리라 생각한다. 또한 그의 언행 역시 당시 재지사족의 의식이나 동향 속에서 충분히 이해될 만한 것이다. 앞서 인용한 〈행장〉에 나타난 그의 언행을 경제적으로 몰락한 향반의식의 반영이라는 개인적인 차원에서 이해하고 말 것이 아닌 것이다. 남의 어른을 나의 어른처럼 대접한다거나 길흉변고에는 애써 구휼을 하며, 향당에서 삼가는 모습을 보이고 있는 점들은 향촌에서 재지사족의 결속을 겨냥하여 다분히 정치적 성격을 띠게 된 이 시기 거향관의 논리 안에서 박인로를 다루어야 함을 말해준다.[55] "수백 이랑의 밭을 경작하고 있었는데 경계를 침범하는 사

53　安鼎福, 〈居鄕雜儀〉, 『順菴集』卷15. 이 글에서 그는 孔子 관련 3개조, 孟子 관련 2개조, 漢 石慶·後漢 張湛과 관련된 것 각각 1개조, 朱子 관련 3개조, 胡文定公 관련 1개조, 退溪 관련 2개조, 鶴峯 관련 1개조, 栗谷 관련 1개조 등 15개조로 나누어 강을 세우고 그 밑에 내용을 서술하고 있다.

54　張湛의 경우 그 원문을 제시하면 다음과 같다.
　　"後漢張湛, 在鄕黨, 詳言正色, 三輔以爲儀表, 爲左馮翊, 望寺門而步, 主簿進曰 明府位尊德重, 不宜自輕. 湛曰禮, 下公門式路馬, 孔子於鄕黨, 恂恂如也. 父母之國, 所宜盡禮, 何謂輕哉." 安鼎福, 〈居鄕雜儀〉, 『順菴集』卷15.

55　재지사족의 거향관에서 강조하고 있는 또 하나의 것은 '救恤'의 문제이다. 거향에 있어 對人接物의 중요 대상 가운데 하나로서 救恤에 주목하고 있는 것이다. 이에 대해서는 김인걸, 앞의 글, 1997, 147〜148면 참조.

람이 있어서 밭이랑을 양보하였다. 젊은 날 귀한 말채찍 하나를 갖고 있었는데 길에서 우연히 술에 취한 장부가 채찍을 빼앗아가자 공은 돌아보지 않고 가버렸다"라는 〈행장〉의 기록 또한 재지사족으로서 그가 견지하고 있는 거향관의 일단을 드러내 보여주며, 나아가 향촌에서 그가 점하고 있는 정치·경제적 처지를 엿보게 해주는 한 사례가 될 것이다.

　이상으로 박인로의 〈오륜가〉에 반영된 작가의 개인적 경험 및 재지사족으로서의 의식에 대해 살펴보았다. 그런데 특이한 점은 이러한 경험 및 의식이 '兄弟(長幼)'와 '朋友'라는 '二倫'에 집중적으로 나타난다는 것이다. '父子', '君臣', '夫婦'의 '三綱'에서는 해당 항목의 윤리를 단순히 풀어 설명하는 데 그치고 있어 관념적인 성격을 강하게 띠고 있다는 점에서 일반적인 교훈시조와 별반 다르지 않다. 결국 박인로의 〈오륜가〉는 오륜 전체 항목을 다루고 있기는 하지만 관념성이 농후한 '三綱'과 개인적 경험 및 재지사족으로서의 의식이 강하게 드러난 '二倫'으로 구분된다는 점에서 독특하다.[56] 이것은 곧 이 시기 재지사족들의 상호 결속의 강화와 관련하여 '二倫'이 기존의 '三綱'과 함께 새롭게 주목되고 있는 현상의 반영일 듯하며, 재지사족으로서 박인로가 수직적 상하 관계인 '三綱'보다는 사회적인 윤리관계인 '二倫'에 보다 많은 비중을 두고 있다는 점을 드러내주는 징표이기도 하다. 그렇기 때문에 '夫婦有別'의 항목에서도 남편에 대한 아내의 공경과 함께 화합을 특히 강조하게 된 것이 아닐까 생각한다.[57]

56　父子·君臣·夫婦간의 윤리인 三綱은 수직적 상하의 관계만을 내용으로 한 반면 朋友·長幼의 二倫은 사회적인 윤리관계에 해당하는 것이다. 이에 대해서는 이태진, 「사림파의 향약보급운동」, 『한국문화』 4, 서울대 한국문화연구소, 1983, 22~23면 참조.

57　남편에 대한 아내의 공경은 다른 교훈시조에서도 빼놓지 않고 강조된 사항이지만, 부부간의 화합은 박인로의 작품에서만 두드러지게 드러나고 있다. 대표적인 예를 들면 다음과 같다.
　　夫婦 삼길 적의 하 重케 삼겨시니 / 夫唱婦隨ᄒ야 一家天地 和ᄒ리라 / 날마다 擧案齊眉을 孟光ᄀ치 ᄒ여라. 〈오륜가〉 '夫婦有別 4'
　　남으로 삼긴 거시 夫婦ᄀ치 重ᄒ녀가 / 사룸의 百福이 夫婦에 가잣거든 / 이리 重ᄒ 스이

다음으로 박인로의 〈오륜가〉에서 내세우고 있는 교화대상에 대해 살펴보겠다. 작품 문면에 드러난 대로 이해한다면 박인로의 〈오륜가〉는 '세상 사람들'과 '後生'을 동시에 겨냥하는 이원적 특성을 지닌 것으로 보인다. "世上 사롬들아 父母恩德 아ᄂ산다"(父子有親 4), "聖恩이 罔極ᄒ 줄 사롬들아 아ᄂ손다"(君臣有義 1) 등에서 보듯이 일반 백성들을 대상으로 한 것도 있지만, "嗟哉 後生들아 살펴보고 힘서 ᄒ라"(總論 2)와 "진실로 熟讀詳味ᄒ면 不無一助ᄒ리라"(總論 3)와 같은 예처럼 자손이나 사족을 겨냥한 것도 나타나고 있다. 그러나 박인로의 〈오륜가〉 25수 전편이 상당히 많은 한문어구로 이루어져 있어 '熟讀詳味'하지 않으면 그 의미를 명확히 알 수 없다는 점에서 일반 백성들보다는 가문의 자손이나 사족을 직접적인 대상으로 설정하였으리라 생각한다. 주세붕이나 정철과 같은 지방행정관료의 교훈시조에서는 일반 백성들에게 익숙하지 않은 한문어구를 거의 찾아볼 수 없는 반면에, 이숙량, 박선장, 김상용, 박인로 등의 재지사족의 교훈시조에서는 생경한 한문어구가 그대로 노출되고 있어 재지사족의 교훈시조에서 일차적으로 겨냥하고 있는 교화대상이 다름 아닌 가문의 자손이나 사족이라는 것을 알 수 있다.[58] 또한 '세상 사람들'이 언급되고 있는 항목은 '父子有親'이나 '君臣有義' 등의 三綱에만 한정되고 있지만, '後生'을 거론한 것은 전체 작품을 완결 짓는 '總論'에 보인다는 점 역시 이러한 사실을 입증해 준다.

마지막으로 이 작품의 향유범위에 대해 간략하게 살펴보도록 한다. 〈행장〉에 "세상에서는 모두 귀중하게 여겨 외웠고 왕왕 관현에 올리기도 하였다"라는 기록과 이 작품이 다른 재지사족의 교훈시조들과 마찬가지로 『청구영언』 등의 가집에는 전혀 보이지 않고 다만 개인 문집에만 전한다는 점 등을 참조할 때 박인로의 〈오륜가〉가 향유된 범위는 자

예 아니 和코 엇지ᄒ리. 〈오륜가〉 '夫婦有別 5'
58 권두환은 표기면에서 정철의 〈훈민가〉와 박인로의 〈오륜가〉를 대비시켜 교화대상의
    차이를 논한 바 있다. 권두환, 앞의 글, 164~165면.

손이나 사족층으로 제한된 것으로 보이며 기껏해야 작가의 교화력이 미칠 수 있는 범위 내에 있는 향촌민일 것이다.

이상에서 검토한 결과 박인로의 〈오륜가〉는 지방행정관료의 교훈시조와는 뚜렷이 구별되지만 재지사족의 그것과는 동일한 선상에서 이해할 수 있는 특징들을 지닌다고 할 수 있다. 다만 '삼강'보다는 '이륜'을 더욱 강조하며, 교화대상으로 일반 백성들도 언급하고 있지만 실제적인 강조점은 자손을 포함한 사족층에 있다는 점은 박인로 〈오륜가〉의 독특한 특징으로 지적할 수 있다. 이러한 특징은 아마 그 당시 박인로를 포함한 재지사족의 처지에서 비롯된 바가 크다고 할 것이다. 당시 유향소·사마소와 같은 재지사족들의 향촌자치기구는 어디까지나 수령권과 충돌하지 않는 범위 내에서만 그 활동을 보장받았다. 비록 수령이 해당 읍에서 불법을 저지른다고 해도, 사족들이 수령의 불법을 비판할 수는 없었다. 수령의 불법이 인정되더라도 수령의 통치행위를 지적한 재지사족들은 '部民告訴禁止' 규정에 의해 수령 처벌에 앞서 징치되었다. 따라서 재지사족들의 자치권은 수령과 국가의 용인 아래 행사될 뿐이었다. 그러므로 16~17세기 재지사족의 향촌지배가 강화되고 있다는 것은 인정하지만, 재지사족이 향촌에서 절대적인 지위를 점하고 있는 것은 아니라고 할 수 있다. 이 시기 향촌 사회에서 점하고 있던 재지사족의 지위와 입지는 어디까지나 국가가 용인하는 범위 내에서이며 향촌민들에 대한 지배 역시 국가(관)와의 타협 위에서 보장될 수 있는 성질의 것이다. 이처럼 재지사족의 제한된 지위가 특히 두드러지게 반영된 것이 박인로의 〈오륜가〉라고 생각한다. 즉 그의 작품에 보이는 '삼강'보다는 '이륜'을 강조한 것과 교화대상이 이원적으로 드러나고 있다는 점은 바로 이 시기 박인로를 포함한 재지사족이 처한 입지나 지위와 무관하지 않다는 것이다.[59]

---

59   이 시기 재지사족의 이중적 지위에 대해서는 정진영, 앞의 책, 1부 5장; 김인걸, 앞의 글, 1994; 김성우, 앞의 글, 134~139면 참조.

16세기 지방행정관료에 의해 창작된 교훈시조가 사족을 제외한 일반 백성들을 일차적으로 겨냥하여 유교윤리라는 국가의 지배이념을 전달하여 그들을 국가의 지배구조에 틀 지워 교화시키는 것이 궁극적이고 직접적인 창작목적인 반면에, 그 이후 박인로를 포함한 재지사족들이 지은 교훈시조는 자기 가문의 자손이나 그 지역의 사족층을 직접적인 교화대상으로 하여 가문의 결속이나 사족 내부의 단합을 주요한 창작목적으로 하였다는 점에서 서로 크게 차이가 난다. 다시 말해 지방행정관료의 교훈시조가 국가 운영을 위한 상하간의 위계질서 구축에 특히 관심을 두고 있다면, 박인로를 포함한 재지사족의 교훈시조는 국가 차원의 수직적인 위계질서보다는 향촌에서 그 당시 재지사족들이 절실하게 느꼈던 사족 집단의 결속과 단합에 초점을 맞추고 있다는 점에서 서로 뚜렷이 구분된다고 할 수 있다. 또한 국가를 대변하는 관료로서 공적인 목소리가 주조를 이루는 지방행정관료의 교훈시조에 비해 재지사족들의 교훈시조에서는 공통적으로 개인적 경험이나 재지사족으로서의 거향관이 두드러지게 나타나고 있다는 점 역시 두 작품군을 구분하는 중요한 요소가 될 것이다. 재지사족의 교훈시조에서 뚜렷이 나타나고 있는 개인적 경험이나 거향관은 이 시기 재지사족들이 처한 상황에서 비롯된 바가 크다고 할 것이다. 재지사족들이 임진왜란 전에 비해 향촌에서의 입지나 지위가 상대적으로 향상되고 공고해졌지만, 그것은 어디까지나 국가(관)의 용인과 허용 아래에 놓여 있는 것이다. 국가의 용인과 허용 범위 안에서만 향촌민들을 향한 실질적인 지배력을 행사할 수밖에 없는 것이 이 시기 재지사족들의 공통된 처지라 할 수 있다. 이러한 처지에 있는 재지사족들은 향촌에서 자신들의 지배력과 발언권을 강화하기 위해서는 무엇보다도 자신들의 가문이나 사족 집단 내부의 결속과 단합에 특히 관심을 기울일 수밖에 없다. 이러한 관심의 표명이 곧 이 시기 재지사족들의 교훈시조로 형상화된 것이라 할 수 있다. 그러므로 박인로의 〈오륜가〉에 나타난 개인적 경험이나 거향관 역시 전체 재지사족의 교훈시조라는 전통에서 볼 때는 작가 개인의 처지에서 비롯된 자기 고민의 발로이며 탄식이 아니라 재지사족들이 향촌에서 지배력을 강화하고 자신들의 입지를 더욱 탄탄하게 다지고자 한 의도에서 비롯된 결과물이라 할 수 있다.

5. 결론

　박인로의 〈오륜가〉를 목민관의 입장에서 해석하거나 몰락 향반이라는 개인적 처지를 부각시켜 다른 재지사족과는 구별되는 것으로 이해하는 것보다는 그 당시 다른 재지사족의 교훈시조와 동궤에 놓고 해석하는 것이 더 바람직하다는 것이 본고의 궁극적인 주장이다. 16~17세기에 집중적으로 창작된 교훈시조는 그 작가층의 신분과 처지, 작품의 산출 배경, 교화력의 근거, 교화대상 및 향유범위 등에 따라 지방행정관료의 교훈시조와 재지사족의 교훈시조로 구분하여 살펴볼 필요가 있음을 지적하였다. 이러한 구분에 따라 박인로의 〈오륜가〉는 그의 생애나 지위, 작품의 산출 배경이나 교화대상, 향유범위 등의 측면에서 지방행정관료의 작품들과는 뚜렷이 구별되지만 재지사족의 작품들과는 동일한 선상에서 이해할 수 있는 특징들을 지닌다는 점을 살펴보았다. 또한 향촌에서 박인로가 차지하고 있는 처지나 지위를 기존 연구에서처럼 단순히 몰락한 양반으로 규정할 수 없다는 점 역시 본고에서 중점적으로 논의하였다. 그 결과 박인로는 영천 지역에서 어느 정도 그 지위를 인정받은 재지사족으로 행세하였으며, 이러한 지위에 근거하여 교훈시조인 〈오륜가〉를 25수나 창작할 수 있었다고 생각한다. 즉 그의 〈오륜가〉는 단순히 위기의식의 극복이라는 개인적 차원에서 자신의 고민을 토로한 결과물이 아니라 그 당시 재지사족의 향촌 지배권 강화와 관련하여 이해할 성질의 것이라 할 수 있다.

　여기에 덧붙여 생각해 볼 것은 재지사족의 교훈시조에서 박인로의 〈오륜가〉를 분리하려는 것은 박인로가 16~17세기 교훈시조의 마지막 작가라는 점을 지나치게 부각시키려는 데서 비롯된 결과인 듯한데, 교훈시조의 전개 과정은 그 자체로만 볼 것이 아니라 이후에 나타나는 교훈가사와 함께 묶어서 검토할 성질의 것이라 생각한다. 즉 16~17세기의 교훈시조에 이어 교훈가사가 그 뒤를 잇고 있다는 점에서는 오륜을 통한 '교화'의 지속성이 어느 정도 확인되며, 다만 그 작품의 산출 배경이 되는 작가층의 변모와 '시조'에서 '가사'로의 양식적 전환이 중요한 검토 대상이 되어야 할 것으로 보인다. 이에 대한 자세한 규명은 추후의 과제로 남기고 이상으로 본고의 논의를 마치도록 한다.

『한국시가연구』 14, 한국시가학회, 2003

참고문헌

자료

『經國大典』.
『溪陰漫筆』.
『孤臺日錄』.
『嶠南誌』.
『校註歌曲集』, 正陽社.
『陶山全書』, 한국정신문화연구원, 1980.
『武陵續集』.
『仙源續稿』.
『宣祖實錄』.
『成宗實錄』.
『水西先生文集』.
『順菴集』.
『與猶堂全書』.
『輿地圖書』.
『旅軒集』.
『燕巖集』.
『益陽誌』.
『珍本 靑丘永言』.
『漢陰文稿』.
『海東歌謠』.

김문기 역주, 『國譯 蘆溪集』, 역락, 1999.

이용기 편, 정재호·김흥규·전경욱 주해, 『樂府』, 고려대 민족문화연구소, 1992.

鄭澈, 『國譯 松江集』, 태학사, 1992.

『한국민족문화대백과사전』, 한국정신문화연구원, 1991.

논저

강전섭, 「蘆溪集의 形成」, 『국어국문학』 62·63, 국어국문학회, 1973.

고순희, 「歌辭文學의 口碑的 性格」, 『고전문학연구』 15, 한국고전문학회, 1999.

구수영, 「노계 박인로의 시가 연구」, 동국대 박사논문, 1987.

권두환, 「송강의 훈민가에 대하여」, 『진단학보』 42, 진단학회, 1976.

김강식, 「임진왜란기 경상좌도의 의병활동」, 부산대 박사논문, 1998.

김문기, 「松江·蘆溪·孤山의 歌集 板本 및 冊板 研究」, 『국어교육연구』 21, 경북대 국어
　　　교육연구회, 1989.

김문택, 「17~18세기 영천지방의 사족동향과 임고서원」, 『조선시대의 사회와 사상』, 조선
　　　사회연구회, 1998.

김상진, 「조선 중기 연시조의 연구」, 한양대 박사논문, 1996.

김선호, 「오륜가 연구」, 건국대 석사논문, 1981.

김성룡, 「〈陋巷詞〉와 江湖의 意味」, 『한국고전시가작품론』, 집문당, 1992.

김성우, 「朝鮮中期 士族層의 성장과 身分構造의 변동」, 고려대 박사논문, 1997.

김용직, 「鄭澈과 朴仁老의 文學意識 對比研究」, 『한국문화』 13, 서울대 한국문화연구소,
　　　1992.

김용철, 「훈민시조 연구」, 고려대 석사논문, 1990.

______, 「〈누항사〉의 자영농 형상과 17세기 자영농 시가의 성립」, 정재호 편, 『한국가사
　　　문학연구』, 태학사, 1996.

______, 「'사제곡'에서 강호구성의 원리와 철학적 기반」, 『어문논집』 40, 고려대 안암어문
　　　학회, 1999.

______, 「박인로 강호가사 연구」, 고려대 박사논문, 2000.

김인걸, 「조선 후기 재지사족의 '거향관' 변화」, 『역사와 현실』 11, 역사비평사, 1994.

______, 「16·17세기 在地士族의 '居鄕觀'」, 『한국문화』 19, 서울대 한국문화연구소, 1997.

김일근, 「朴萬戶 所唱의 立巖別曲 考察」, 『국어국문학』 81, 국어국문학회, 1979.

김창규, 「蘆溪歌辭에 對한 諸問題」, 『淸溪 金思燁博士 頌壽紀念論叢』, 동간행위원회,
　　　1973.

김현영, 『조선시대의 양반과 향촌사회』, 집문당, 1999.

김흥규, 『한국문학의 이해』, 민음사, 1986.

나병호, 「정훈·박인로의 시가 대비 연구」, 한남대 석사논문, 1990.

동 달, 『조선 삼대 시가인 작품과 중국 시가문학과의 상관성 연구』, 탐구당, 1995.

박기석, 「노계 문학의 자연추구 양상과 의미」, 『태릉어문연구』 8, 서울여대, 1999.

박성의, 『송강·노계·고산의 시가문학』, 현암사, 1966.

박연호, 「조선 후기 교훈가사 연구」, 고려대 박사논문, 1996.

성범중, 「노계문학의 전개양상과 그 의미」, 『국어국문학』 94, 국어국문학회, 1985.

성호경, 「한국 고전시가의 존재방식과 노래」, 『고전문학연구』 12, 한국고전문학회, 1997.

______, 『조선 전기 시가론』, 새문사, 1988.

심재완, 「분천강호가 연구」, 『동양문화』 9, 영남대 출판부, 1969.

우응순, 「박인로의 '안빈낙도' 의식과 자연」, 『한국학보』 41, 1985.

원용문, 「노계 박인로론」, 『어문논집』 35, 고려대 출판부, 1996.

______, 「노계의 시조작품 연구」, 『대전어문학』 16, 대전대 국어국문학회, 1999.

윤성근, 「훈민시조 연구」, 『한메 김영기 선생 고희기념 논문집』, 형설출판사, 1971.

이동영, 「오륜가고」, 『어문교육논집』 8, 부산대 출판부, 1984.

이상보, 「朴善長의 五倫歌 硏究」, 『明大論文集』 11, 명지대 출판부, 1978.

______, 『노계시가연구』, 이우출판사, 1978.

______, 「박인로」, 『고시조작가론』, 백산출판사, 1986.

李殷相, 「詩人 蘆溪와 그의 藝術」, 『鷺山文選』, 永昌書館, 1947.

이장희, 「임란 전후 한국의 사회동태」, 『아시아문화』 8, 한림대 아시아문화연구소, 1992.

______, 『임진왜란사연구』, 아세아문화사, 2007.

이태진, 「사림파의 향약보급운동」, 『한국문화』 4, 서울대 한국문화연구소, 1983.

임재욱, 「가사의 형태와 향유방식 변화의 관련양상 연구」, 서울대 석사논문, 1998.

임주탁, 「연시조의 발생과 특성에 관한 연구」, 서울대 석사논문, 1989.

정병욱, 「이조 후기 시가의 변이과정고」, 『창작과 비평』 31, 창작과비평사, 1974.

______, 『한국고전시가론』, 신구문화사, 1979.

정재호, 「박인로론」, 『한국문학작가론』, 형설출판사, 1977(정재호, 『한국가사문학론』, 집
        문당, 1984에 재수록).

정진영, 『조선시대 향촌사회사』, 한길사, 1998.

정홍준, 「壬辰倭亂 직후 통치체제의 정비과정」, 『규장각』 11, 서울대 규장각, 1988.

조동일, 『한국문학통사』(제3판) 3, 지식산업사, 1994.

조성래, 「연시조 〈오륜가〉의 문체론적 연구」, 청주대 박사논문, 1995.

조태흠, 「훈민시조 연구」, 부산대 박사논문, 1989.

최규수, 『송강 정철 시가의 수용사적 탐색』, 월인, 2002.

최삼남, 「오륜가 연구」, 조선대 석사논문, 1983.
최상은, 「노계가사의 작품구조와 현실인식」, 『반교어문연구』 1, 반교어문연구회, 1988.
최 웅, 「한국고전시론으로 본 노계 시가」, 『관악어문연구』 2, 서울대 국어국문학과, 1977.
최원식, 「가사의 소설화 경향과 봉건주의의 해체」, 『민족문학의 논리』, 창작과비평사, 1982.
최재남, 「신재 주세붕의 목민관 생활과 〈오륜가〉」, 『가라문화』 13, 경남대 가라문화연구소, 1996.
최현재, 「蘆溪 朴仁老의 善歌者으로서의 면모와 그 의의」, 『우리말글』 25, 우리말글학회, 2002.
_____, 「在地士族으로서 朴仁老의 삶과 〈陋巷詞〉」, 『국문학연구』 9, 국문학회, 2003.
최효식, 『경주부의 임진항쟁사』, 경주시문화원, 1993.
한창훈, 「박인로·정훈 시가의 현실인식과 지향」, 고려대 석사논문, 1993.
_____, 「박인로의 '오륜가'에 드러난 작가의식과 그 사회적 성격」, 『한국시가연구』 2, 한국시가학회, 1997.
황충기, 「노계가사 문제점 고찰」, 『국어국문학』 58~60, 국어국문학회, 1972.
_____, 「노계 박인로론」, 『어문연구』 38, 일조각, 1983.

제2부

연군가사의 구도와 전개

충신연주지사의 전통과 〈만분가〉에 대한 새로운 이해

1. 서론

조선시대 曺偉의 〈萬憤歌〉는 이가원[1]이 처음 소개한 이후 여러 연구자들의 논의[2]를 거쳐 최초의 유배가사로 자리매김한 작품이다. 이 작품은 작가가 연산군 때 무오사화에 연루되어 유배생활을 할 때 지은 것이라는 점에서 宋疇錫의 〈北關曲〉, 安肇煥의 〈萬言詞〉 등의 유배가사와 함께 다루어지기도 하고,[3] 임금을 그리워하는 '戀君'의 측면에서 鄭澈의 〈思美人曲〉과 〈續美人曲〉을 위시한 '연군가사' 또는 '사미인곡계' 가사

1　이가원, 「〈만분가〉 연구」, 『동방학지』 6, 연세대 동방학연구소, 1963.

2　김주곤, 「조위의 〈만분가〉 연구」, 『한민족어문학』 14, 한민족어문학회, 1987; 박일용, 「〈만분가〉의 형상화 형태」, 『한국고전시가작품론』, 집문당, 1992.

3　윤귀섭, 「유배가사의 양극」, 『동대논총』 2, 동덕여대, 1971; 최오규, 「유배가사에 나타난 의미표상의 심층구조분석」, 『국제어문』 1, 국제어문학회, 1979; 김혜숙, 「유배가사를 통하여 살펴본 가사의 변모양상」, 『관악어문연구』 8, 서울대 국어국문학과, 1983; 최상은, 「유배가사의 작품구조와 현실인식」, 한국정신문화연구원 석사논문, 1984; 이승남, 「유배가사의 사회적 의미와 문학적 해석」, 『동악어문논집』 26, 동악어문학회, 1991; 최상은, 「유배가사 작품구조의 전통과 변모」, 『새국어교육』 65, 한국국어교육학회, 2003 등을 대표적으로 들 수 있다.

와 견주어 논의되기도 하였다.[4] 지금까지의 논의들은 대체로 〈만분가〉가 고려속요 〈鄭瓜亭〉에 나타난 연군의 전통을 계승한 유배가사의 효시 작품이며, 정철의 〈사미인곡〉과 〈속미인곡〉, 曺友仁의 〈自悼詞〉나 金春澤의 〈別思美人曲〉 등에 영향을 끼친 작품으로 이해하고 있다.[5]

그러나 작품성의 측면에서는 〈만분가〉가 정철의 〈사미인곡〉이나 〈속미인곡〉에 못 미치는 것으로 평가하고 있다.[6] 이러한 평가는 조선시대 金萬重, 洪萬宗, 李睟光, 許筠 등의 여러 문인들이 정철의 작품들을 칭송한 비평의 맥락을 이어받아 이를 더욱 실증적이고 체계적으로 구체

4　최상은, 「〈만분가〉와 〈사미인곡〉의 작품구조와 작가의식」, 『한민족어문학』 15, 한민족어문학회, 1988; 최상은, 「연군가사의 짜임새와 미의식」, 『반교어문연구』 5, 반교어문학회, 1994(최상은, 『조선 사대부가사의 미의식과 문학성』, 보고사, 2004에 재수록); 류연석, 「〈만분가〉와 〈사미인곡〉의 비교연구」, 『한국언어문학』 42, 한국언어문학회, 1999; 전일환, 「〈사미인곡〉과 〈만분가〉의 관련성」, 『국어문학』 37, 국어문학회, 2002; 박춘우, 「'미인곡계 가사의 존재양상」, 『우리말글』 26, 우리말글학회, 2002; 최미정, 「충신연주지사에서의 주체와 타자」, 『국문학연구』 18, 국문학회, 2008 등을 대표적으로 들 수 있다.

5　'유배가사'와 '연군가사'의 용어는 개념상으로는 구별되지만, 실제의 작품들을 대상으로 한 논의들에서는 혼용할 정도로 서로 겹치기도 한다. 정철의 〈사미인곡〉과 〈속미인곡〉은 유배가 아닌 논척을 받아 벼슬에서 잠시 물러났을 때 지은 것이라는 점에서 유배가사에 포함시키지 않기도 한다(정익섭, 「유배문학 소고」, 『无涯梁柱東博士華誕紀念論文集』, 동국대, 1963). 이러한 점을 감안하여 본고에서는 연군가사라는 용어를 주로 사용하기로 한다.

6　조위의 〈만분가〉와 정철의 〈사미인곡〉이나 〈속미인곡〉을 비교한 논의들 대부분이 이러한 평가를 하고 있다. "〈만분가〉는 극단적 성격의 소재를 선택함으로써 감정의 분출을 억제하지 못하는 화자의 흥분된 모습을 그려 놓았다. (…중략…) 이와 같은 화자의 성격 불일치나 극단적 성격의 소재 선택은 매우 불안하고 흥분된 작자의 정서에서 연유하는 것이 아닌가 생각된다. 반면, 〈사미인곡〉은 〈만분가〉와는 달리 여성적 정조로 일관하고 있으며, 모든 소재의 선택도 그에 일치하고 있어서 작품의 통일성을 획득하고 있다. 그런 통일성의 바탕 아래 님에의 그리움이 계절에 따라 애절하면서도 격앙되지 않은 잔잔한 여성의 목소리로 전개된다"(최상은, 앞의 글, 1988, 293~294면)라는 지적이나 "작품론으로 볼 때, 송강은 그가 작품으로 남긴 모든 문학 장르에서 높은 문학적 성취를 이루었으며 그 결과로 그 장르들은 송강에서 정점을 이루며 이후 많은 아류작품을 낳거나 해당 장르 자체가 다른 성격으로 되었다"(최미정, 앞의 글, 94면)라는 언급, 그리고 "정서의 정과정곡으로부터 출발된 이러한 연군류의 시가는 조위의 만분가의 교량을 지나 송강적 미인곡으로 꽃을 피우고 이후 연시시가에 많은 영향을 주었다"(전일환, 앞의 글, 272면)라는 진술 등이 대표적인 예라고 할 수 있다.

화한 것이라 할 수 있다.[7] 〈만분가〉가 정철의 작품에 비해 유기적이지 못하고 통일성이 결여되어 작품성이 다소 떨어진다는 데에 대부분의 연구자들은 동의하고 있다.[8] 이것은 곧 정철의 문학적 재능이 뛰어나며 그의 작품들이 지닌 문학성이 매우 높다는 것을 말해주는 것이다.

그런데 이러한 작품성의 평가가 연군가사라는 특정 갈래의 전형성과 혼동되는 경우가 있어 주목을 요한다. 정철의 〈사미인곡〉·〈속미인곡〉이 수준 높은 작품이라는 데에 이견을 제기하는 것은 아니다. 다만 이 작품들을 연군가사의 전형이나 전범으로 간주하고, 이를 기준으로 설정하여 다른 작품들을 이해하고 평가한다면 여러 문제점들이 파생될 수 있다는 것이다.

지금까지 연군가사의 연구는 정철의 〈사미인곡〉과 〈속미인곡〉을 중심으로 이루어졌다고 해도 과언이 아닐 것이다. 그리하여 이 작품들은 연군가사의 전형과 전범의 자리까지 차지하게 되었다. 이러한 상황에서 〈만분가〉는 최초의 유배가사 작품이라는 점만 인정될 뿐, 그 밖에 작품이 지니고 있는 다른 특징들과 가치는 거의 묻혀버리는 지경에까지 이른 것이다. 이러한 점은 〈만분가〉에만 국한된 것이 아니라 다른 연군가사 작품에도 거의 그대로 적용되고 있는 실정이다. 그런데 연군가사의 근간이 된다고 하는 충신연주지사의 전통을 되짚어 본다면, 적어도 〈만분가〉를 포함한 다른 연군가사에 대한 이해와 평가가 다소 달라질 수 있다는 것이 본고의 주안점이다. 본고는 우선 충신연주지사의 실제적 내용 요소를 검토하여 충신연주지사의 핵심적 상황을 파악한 후, 이를 〈만

---

[7] 정철의 시가 작품들에 대한 다양한 비평의 양상에 대해서는 최규수, 『송강 정철 시가의 수용사적 탐색』, 월인, 2002에 실려 있는 '송강 시가 수용의 전개 양상과 기본 토대'를 참고할 수 있다. 이러한 비평 외에도 조선시대 여러 시인들이 정철의 시가 작품을 추모하여 남긴 한시와 한역 작품들을 보건대 정철이 남긴 문학적 성과의 일단을 파악할 수 있다.

[8] 윤귀섭, 앞의 글에서는 〈만분가〉가 중국 詞華를 통한 상징적 표현에 의해 양반의 기풍을 유지하고 함축성을 보인다고 하여 작품성을 높이 평가하고 있다. 이것은 중인 출신의 안조환이 지은 〈만언사〉와 비교한 결과라는 점을 감안해야 할 것이다.

분가〉에 적용하여 〈만분가〉에 대한 이해를 심화하도록 할 것이다. 정철
의 〈사미인곡〉과 〈속미인곡〉에 치우쳐서 충신연주지사를 이해한 기존
연구의 시각을 바로잡고, 이를 바탕으로 하여 〈만분가〉의 특징과 의의
를 살펴보는 데에 본고가 다소나마 도움이 될 것으로 기대한다.

2. 충신연주지사의 전통과 양상

〈만분가〉의 창작 이전에 우리의 문학사에 나타난 충신연주지사의 흐
름을 살펴보면, 신라 때 實兮가 창작한 〈實兮歌〉, 고려시대 때 鄭敍가
지은 〈鄭瓜亭〉과 蔡洪哲의 〈冬栢木〉 등이 있다. 그런데, 흥미로운 것은
이 세 작품이 여러 면에서 매우 흡사하다는 점이다. 세 작가 모두 왕조만
다를 뿐이지 상층의 벼슬아치라는 동일한 작가층인 데다가 노래를 짓게
된 상황이나 동기 역시 유배지에서 임금을 그리워하여 지은 것이라는
점에서 엇비슷한 양상을 보이고 있다.[9]
　채홍철의 〈동백목〉은 창작 상황에 대한 기록만 간략하게 남아 있을
뿐 노랫말은 전하지 않는다. 고려 충숙왕 때 죄를 지어 먼 섬에 유배된
작가가 임금을 사모하여 노래를 지은 것을 임금이 듣고서 그 날로 소환
했다는 기록[10]을 통해 현존하지 않는 노랫말의 내용을 대강이나마 짐작
할 수 있다. 특히 이 작품은 작가의 계층, 창작 상황, 작가 의식 등에서
〈정과정〉과 일치한다는 점에서 주목할 필요가 있다. 이러한 점에서 볼

9　세 작품의 대비는 〈동백목〉과 〈정과정〉을 작자의 계층, 창작 상황, 작자 의식의 측면에
　서 살펴본 김학성의 논의를 발판으로 삼아 확대하여 적용한 것이다. 김학성, 「고려속요
　의 작자층과 수용자층」, 『한국학보』31, 일지사, 1983, 213～214면 참조.

10　"忠肅王朝, 蔡洪哲 以罪流遠島. 思德陵作此歌, 王聞之, 卽日召還. 或曰 古有此歌, 洪哲加
　正焉, 以寓己意." 『高麗史』樂志 俗樂條.

때 〈동백목〉의 노랫말 역시 〈정과정〉의 노랫말과 엇비슷하다고 추측할 수 있다. 곧 두 작품 모두 유배지에서 하루빨리 풀려나 임금의 총애를 회복하겠다는 절실한 내면의 욕구에 의해 지어진 것이기에 그 노랫말 역시 상당히 흡사하리라 판단된다.[11]

〈실혜가〉는 신라 진평왕 때 下舍人 珍堤의 참소로 유배된 上舍人 實兮가 자신의 孤忠을 노래한 것인데, 아쉽게도 이 역시 노랫말은 전하지 않고 『三國史記』에 관련 기록만 남아 있다.[12] 그 기록을 통해 〈실혜가〉는 임금에 대한 변함없는 충절과 간신에 대한 지탄으로 이루어졌을 것으로 추측하고 있다. 그런데, 여기서 눈길을 끄는 것은 억울하게 귀양살이를 하게 된 실혜가 자신의 신세를 楚나라의 屈原에 빗대었다는 것이다. 굴원과 마찬가지로 실혜 역시 성품이 강직하여 義 아닌 것에는 굴하지 않았다고 하는데, 이러한 강직한 성품으로 인해 둘 다 누명을 쓰고 임금에게 쫓겨났다는 점에서 실혜와 굴원, 그리고 이들이 남긴 작품들은 서로 상당히 유사한 면모를 띠었을 것으로 보인다.

그런데 굴원이 남긴 작품들 중 충신연주지사로 가장 많이 거론하고 있는 〈離騷〉를 살펴봄으로써 가사 부전의 〈동백목〉과 〈실혜가〉의 특징을 간접적이나마 가늠해 볼 수 있다. 굴원은 초나라 懷王 아래에서 三閭大夫로 있다가 靳尙의 모함을 받아 방축되자 〈이소〉를 지었다는 데서 알 수 있듯이, 〈이소〉에는 임금을 그리워하고 나라를 걱정하는 '戀君'과 '憂國'의 태도가 그 바탕에 깔려 있다. 이러한 점은 굴원에 대한 인물평에서도 뚜렷이 감지할 수 있다. 漢代 초부터 최근까지 중국에서 굴원

---

11 〈동백목〉과 〈정과정〉의 대비는 김학성, 앞의 글, 213~214면 참조.
12 "實兮大舍純德之子也. 性剛直, 不可屈以非義. 眞平王時, 爲上舍人. 時下舍人珍堤, 其爲人便佞, 爲王所嬖. 雖與實兮同寮, 臨事互相是非, 實兮守正不苟且. 珍堤嫉恨, 屢讒於王曰, 實兮無智慧, 多膽氣, 急於喜怒, 雖大王之言, 非其意則憤不能已. 若不懲艾, 其將爲亂, 盍黜退之. 待其屈服, 而後用之, 非晩也. 王然之, 謫官泠林. 或謂實兮曰, 君自祖考, 以忠誠公材聞於時. 今爲佞臣之讒毀, 遠宦於竹嶺之外荒僻之地, 不亦痛乎. 何不直言自辨. 實兮答曰, 昔屈原孤直, 爲楚擯黜, 李斯盡忠, 爲秦極刑. 故知佞臣惑主, 忠士被斥, 古亦然也, 何足悲乎. 遂不言而往, 作長歌見意." 『三國史記』列傳 第八, 〈實兮傳〉.

을 '忠君愛國'의 화신으로 인정하는 것을 부정하는 사람은 거의 없다. 漢代의 賈誼가 굴원을 애도하는 〈弔屈原賦〉를 지어 그가 다른 사람에게는 찾아볼 수 없는 조국을 그리워하는 깊은 감정을 가지고 있었다고 보았고, 사마천 역시 바른 길로 충성과 지혜를 다하여 군주를 섬긴 인물로 굴원을 평가하였으며, 심지어 재주를 자랑하기 좋아하는 사람이라고 굴원을 비판하였던 班固 역시 나라가 위태로워지자 충성의 마음을 가슴에 품었으나 어찌할 수 없어 〈이소〉를 지었다고 인정하였다. 그리고 南宋의 朱熹는 한 걸음 더 나아가 굴원이 충군애국의 진정한 마음을 지녔다고 명확하게 지적하기도 하였다.[13]

그런데 굴원의 〈이소〉에는 '연군'과 '우국'의 태도 외에도 임금의 잘못을 비판하고 聖君이 갖춰야 할 덕목들을 지적하는 등의 진술한 '忠諫'의 말과 자신의 결백을 주장하고 억울함을 하소연하는 등의 '怨望'의 목소리도 뚜렷이 드러나 있다.

> 소인배들이 구차하게 안락함을 쫓아서 길이 어둡고 험난하도다.
> 어찌 내 몸의 재앙을 두려워하리요마는 임금의 수레가 뒤집어질까 두렵도다.
> 서둘러 앞서거니 뒤서거니 내달려서 선대의 왕들의 발자취를 따르리라.
> 향풀 같은 임금은 나의 속마음을 살피지 못하고서 오히려 참소를 믿어서 몹시 화를 내도다.
> 惟夫黨人之偸樂兮, 路幽昧以險隘. 豈余身之憚殃兮, 恐皇輿之敗績.
> 忽奔走以先後兮, 及前王之踵武. 荃不察余之中情兮, 反信讒而齋怒.[14]

---

13 이상 굴원에 대한 평가는 宣釘奎, 「'애국주의 시인 굴원'론에 관한 소고」, 『중국학논총』 13, 고려대 중국학연구소, 2000, 20~21면 참조.

14 지금부터 인용하는 굴원의 〈이소〉에 대한 해석과 원문은 柳晟俊 譯解, 『楚辭』, 혜원출판사, 1992, 27~51면을 따르며, 작품 분석과 설명은 范善均, 「굴원작품의 계승성과 독창성 연구」, 『중국인문과학』 10, 중국인문학회, 1991; 范善均, 「〈이소〉의 구조분석에 의한 특징연구」, 『중국인문과학』 16, 중국인문학회, 1997; 全英蘭, 「〈離騷〉의 서정주체 '予'는 君子인가?」, 『중국어문학』 43, 영남중국어문학회, 2004 등을 참고한다.

자신들의 안락만을 추구하는 소인배들로 인해 나라가 어둡고 위험한 길로 가고 있음을 걱정한 나머지 굴원이 나서서 임금을 도우려고 하였으나, 임금은 그러한 충정을 알아주지 않고 도리어 화를 낸다고 탄식하고 원망하는 대목이다. 이 대목에서 굴원은 소인배들의 참소를 믿고서 자기를 불신하는 임금을 탓하면서 안타까워하고 있다. 그러나 굴원은 재앙을 두려워하지 않고 임금을 위해 직간을 계속했다고 하고 다음과 같이 읊고 있다.

처음에 나와 언약을 하였건만 나중에 마음을 바꾸어 다른 뜻을 지녔도다.
내 이미 이별을 어려워하지 않지만 임금의 변심을 애타하도다.
初旣與余成言兮, 後悔遁而有他. 余旣不難夫離別兮, 傷靈修之數化.

합심하여 정치를 잘하자고 굴원과 약속한 임금이 나중에는 변심하여 약속을 어긴 것에 대해 원망하며 탄식하는 대목이다. 임금이 소인배들의 말만 믿고 판단력이 흐려진 데에 대한 깊은 우려가 배어 있기도 하다. 이처럼 〈이소〉의 도처에는 나라의 안위를 걱정하고 임금의 잘못을 거리낌 없이 비판하는 굴원의 목소리가 울려나오고 있다. "세상이 혼탁하여 현인을 질투하니 아름다움을 가리고 악을 내놓기를 좋아하는도다. 규방은 깊고 머니 현철한 왕께서 깨달아 알지 못하도다[世溷濁而嫉賢兮, 好蔽美而稱惡. 閨中旣以邃遠兮, 哲王又不寤]"라고 하여 세속의 혼탁함과 현인을 질투하는 풍조를 비판하면서 임금의 각성을 촉구하기도 하고, "임금의 무분별을 원망하나니, 끝내 이내 백성의 마음을 살피지 못하네[怨靈脩之浩蕩兮, 終不察夫民心]"라고 하여 자신의 충정을 몰라주는 임금을 원망하기도 한다.

이러한 충간의 말이나 원망의 목소리와 함께 다음처럼 자신의 억울한 처지에 대한 하소연도 간간이 나타난다.

길게 탄식하면서 눈물을 닦으며 백성의 많은 고난을 슬퍼하노라.
· 내 오직 착하고 선한데도 얽매여 있으니 아! 아침에 바른말 하다가 저녁에 쫓겨
났도다.
長太息以掩涕兮, 哀民生之多艱. 余雖好修姱以鞿羈兮, 謇朝誶而夕替.

임금이 어리석어서 굴원 자신의 충심을 살피지 못하고 소인배들도 굴
원의 미덕을 질투하고 모략을 일삼는 것을 원망하며, 오로지 임금에게
충간만 하던 자신이 갑작스럽게 아무런 잘못도 없이 쫓겨난 사실에 대
해 한탄하고 하소연하고 있다. 굴원은 자신의 결백과 억울한 심정을 여
러 차례에 걸쳐 토로하지만, 해결의 기미가 전혀 보이지 않자 결국은 죽
음을 불사하는 강직함을 드러낸다.

마음을 굽히고 뜻을 억누르며 잘못을 참고 욕됨을 견디면서
청백한 마음을 지켜서 죽더라도 충직하리니, 이는 진실로 선현들이 중히 여긴
바로다.
屈心而抑志兮, 忍尤而攘詬. 伏淸白以死直兮, 固前聖之所厚.

죽어서라도 충직한 성품을 버리지 않겠다는 의지를 표명하지만, 어느
누구도 자신의 목소리에 귀를 기울이지 않자 굴원은 마침내 "아름다운
정치일랑 다 하기 틀렸나니 나는 팽함이 계신 곳을 따라가겠노라旣莫足
與爲美政兮, 吾將從彭咸之所居]"라는 구절로 작품을 끝마치고 있다. 곧 대
의명분과 공명정대를 내세워 충간하다가 죽은 팽함의 뒤를 따르겠다는
비장한 결의에서 굴원의 강직한 성품을 읽을 수 있다.
　지금까지 살펴보았듯이, 충신연주지사의 대표작으로 추앙받는 굴원
의 〈이소〉에는 임금을 그리워하는 '연군'의 감정 외에도 자신의 억울함
을 하소연하고 결백을 주장하는 '원망'의 목소리와 임금의 잘못을 준열
하게 비판하고 성군의 덕목을 촉구하는 '충간'의 말도 함께 나타나 있음

을 알 수 있다. 이러한 점에 대해 사마천은 다음과 같이 지적하고 있다.

> 굴원은 왕이 한쪽 말만 듣고 시비를 가리지 못하는 것과, 아첨하는 무리들이 왕의 총명을 가로막는 것과, 사악하고 비뚤어진 무리가 공명정대한 사람을 해치는 것과, 단정하고 정직한 사람을 받아들이지 않는 것을 애통하게 생각하였다. 그리하여 우수와 근심으로 인하여 〈이소〉를 썼다. (…중략…) 신의를 지켰으나 의심을 받았고, 충성을 바쳤으나 비방을 당하니, 어찌 원망스럽지 않겠는가? 굴원이 지은 〈이소〉는 본디 이런 원망으로부터 이루어진 것이다.
>
> 屈平疾王聽之不聰也, 讒詔之蔽明也, 邪曲之害公也, 方正之不容也. 故憂愁幽思而作離騷. (…중략…) 信而見疑, 忠而被謗, 能無怨乎. 屈平之作離騷, 蓋自怨生也.[15]

굴원이 신의와 충성을 다했는데도 오히려 의심과 비방을 받았으며, 그 결과 원망과 울분이 생길 수밖에 없다는 사마천의 지적은 〈이소〉의 핵심적 특징을 꿰뚫은 것이라 할 수 있다. 그러므로 굴원의 〈이소〉에서 '원망'은 '연군'과 '충간'에 못지않게 중요한 요소가 됨을 알 수 있다. 이러한 점은 고려 말 李穡의 한시와 조선시대 朴仁老의 시조를 통해서도 알 수 있는데, 이는 우리 문인들의 시야에도 굴원의 울분과 충간, 원망 등이 제대로 포착되었음을 말해주는 예가 될 것이다. 먼저 李穡의 〈讀騷自詠二首〉의 제1수를 살펴보도록 한다.

> 위는 높고 넓으며 아래는 깊고 머니,
> 無爲의 경지를 넘어 도리어 淸淨의 경지에 이르렀네.
> 굴원 작품 본떠 지어 임금을 웃겼으니,
> 相如는 참으로 헛된 이름 얻었도다.

---

15   『史記』〈屈原賈生列傳〉.

上窮列缺下崢嶸　超出無爲却至淸

擬賦大夫供帝笑　相如眞箇得虛名

　　위에 인용한 한시는 司馬相如의 행적과 대비하여 굴원의 충간을 칭송한 작품이다. 사마상여는 굴원의 작품 〈遠遊〉를 모방하여 지은 〈大人賦〉를 漢武帝에게 바쳤는데, 비록 諷諫의 뜻이 전혀 없는 것은 아니나 주로 통치자의 비위를 맞추기 위한 작품이어서 굴원의 작품에 훨씬 미치지 못하다는 점을 신랄하게 비판하고 있다.[16] 이러한 비판을 통해 외압에도 결코 굴하지 않는 굴원의 품성과 충간을 기리고 있는 것이다.

汨羅 느린물이 靈均의 怨淚로다

爲國忠憤을 넉시라도 못내이저

至今에 嗚咽波聲이 어제론듯 ᄒ얏ᄂ다

　　박인로의 시조는 충성을 다했으나 참소로 인하여 임금에게 버림받아 울분 속에서 지내다가 汨羅水에 빠져 죽은 굴원의 억울함을 묘사한 것이다. ‘怨淚’, ‘忠憤’, ‘嗚咽波聲’ 등의 시어가 초장, 중장, 종장에 골고루 배치되어 굴원의 감정이 원망에서 울분으로, 그 울분은 마침내 嗚咽로 확대되어 감을 적절히 묘사함으로써 굴원의 죽음이 지닌 의미를 잘 드러내고 있다. 이색의 한시와 박인로의 시조는 굴원의 작품을 이루는 세 가지 근간 요소인 ‘연군’, ‘원망’, ‘충간’을 적절히 포착하여 다룬 작품들이라 할 수 있다.

　　고려시대 정서의 〈정과정〉에도 정도의 차이는 있지만 ‘연군’, ‘원망’, ‘충간’이 거의 그대로 나타나고 있다. 李齊賢이 東國四詠의 하나로 정서와 〈정과정〉을 거론한 이후로 고려와 조선의 시인들이 이 작품을 굴원

16　이색의 한시와 박인로의 시조에 대한 해석은 范善均, 「한국고전시가에 끼친 굴원의 영향」, 『중어중문학』 10, 한국중어중문학회, 1988, 236~241면 참조.

의 〈이소〉에 비견하여 '충신연주지사'로 칭송하였을 뿐만 아니라, 『成宗實錄』에서도 충신연주지사이므로 궁중 악장으로 사용해도 무방하다는 기록이 남아 전하고 있다.[17] 『高麗史』나 『高麗史節要』 등에 전하는 관련 기록에 의한다면, 仁宗에게 총애를 받던 정서는 毅宗이 즉위하자 주위의 모함을 받고서 뜻하지 않게 유배를 가게 되었다는 점에서 정서가 처한 상황 역시 굴원의 경우와 비슷한 것으로 보인다. 처음의 약속과는 달리 임금의 소환 명령이 없자 이를 탄식하며 극히 처량하고 슬픈 〈정과정〉을 지어 불렀다는 점도 굴원이 〈이소〉를 창작한 상황과 엇비슷하다.[18]

내 님믈 그리 와 우니다니
山졉동새 난 이슷 요이다
아니시며 거츠르신 아으
殘月曉星이 아 시리이다
넉시라도 님은 녀져라 아으
벼기더시니 뉘러시니잇가
過도 허믈도 千萬 업소이다
 힛마리신뎌
 읏븐뎌 아으
니미 나 마 니 시니잇가
아소 님하 도람 드 샤 괴오쇼셔

〈정과정〉[19]

---

[17] 이외에도 〈정과정〉은 '조선시대 사대부들이 학습했다[今之瓜亭界面調 亦哀傷流酒 與桑間一套 士大夫莫不學習]'는 『星湖僿說』의 기록처럼 추앙을 받았을 뿐만 아니라 조선시대 악공취재 때 필수과목으로 채택되기도 하였다. 조선시대 〈정과정〉의 수용 양상에 대해서는 정경주, 「정서의 생애와 충신연주지사로서의 〈정과정〉」, 『부산한문학연구』 8, 부산한문학회, 1994; 정무룡, 『정과정 연구』, 신지서원, 1996, 297~350면; 길진숙, 『조선전기 시가예술론의 형성과 전개』, 소명출판, 2002, 29~37면 등 참조.
[18] 정서와 굴원의 비교는 정경주, 앞의 글을 참조.
[19] 〈정과정〉의 원문은 逢左文庫本 『樂學軌範』을 따르되, 악조명은 생략한다.

왕위계승으로 촉발된 의종과 아우 大寧侯와의 갈등이 이모부인 정서에게까지 미치는데, 결국 아무런 실책이나 과오를 범하지 않은 정서에게 유배라는 왕명은 받아들이기 힘든 억울한 사건이었을 것이다. 유배지에서 약속을 지키지 않는 임금에 대해 원망하고 울분을 삭이며 부른 노래가 〈정과정〉인 것이다.

이러한 원망과 울분은 작품의 첫머리에서부터 나타나고 있다.[20] 님을 그리워하여 울고 있는 화자는 자신의 신세를 '山접동새'에 빗대고 있다. 겉으로는 님을 그리워하는 것처럼 보이지만 실제로는 임에 대한 원망을 감추지 못하고 있다. 처절한 핏빛 울음을 토해내는 '山접동새'처럼 화자의 심정은 절박하기 그지없으며, 이러한 모습에서 충신의 한을 연상하기란 어렵지 않다. 3~4행에 이르러 화자는 자신의 결백함을 '殘月曉星'을 두고서 하소연하고 있다. 혹은 "아니시며 거츠르신돌"을 '(님이) 옳지 않고 거짓인 줄을'이라고 해석하는 경우,[21] 이 구절은 약속을 지키지 않는 임에 대해 화자가 원망하고 그러한 태도를 질타하는 '충간'으로 읽을 수 있을 것이다. 자신의 결백을 주장하고 약속을 지키지 않는 임에 대한 원망은 그다음 행에서도 잦아들지 않고 더욱 분출되고 있다. 자신에게는 아무런 잘못도 없음을 애써 강조하여 드러내고 있을 뿐만 아니라, 님의 잘못에 대해 질타하듯이 강한 원망을 분출하기도 한다. 물론 마지막 행에서처럼 화자는 임에게 사랑해 달라고 간청하고 매달리지만, 이 작품의 주된 정조나 화자의 태도는 앞서 살펴보았던 〈이소〉와 흡사하게 '원망'과 '충간'과 '연군'으로 점철되어 있다. 또한 격정적이고 비장한 심정이 여과 없이 그대로 드러나 있는 것도 〈이소〉의 경우와 동일하다.

굴원의 〈이소〉와 정서의 〈정과정〉에 비추어 볼 때, 〈동백목〉의 경우

---

20 이후 〈정과정〉에 대한 해석은 김명준, 위의 글; 이형대, 「〈원가〉와 〈정과정〉의 시적 인식과 정서」, 『한성어문학』 18, 한성대 한성어문학회, 1999; 양태순, 「〈정과정〉의 종합적 고찰」, 『한국고전시가작품론』, 집문당, 1992 등을 종합하여 참조한 것이다.
21 김명준, 앞의 글, 145~146면.

소략한 기록만으로는 '연군' 이외에 어떤 내용이 포함되었을지 판단하기 어렵지만, 가사 부전의 〈실혜가〉는 〈정과정〉이나 〈이소〉와 대동소이한 내용을 담고 있었을 것이다. 강직한 성품의 실혜 역시 정서나 굴원처럼 간신의 모함으로 억울하게 유배를 가게 될 뿐만 아니라 굴원에 빗대어 자신의 신세를 한탄한 것 등을 참고한다면, 〈실혜가〉 역시 임금을 그리는 '연군'뿐만 아니라 자신의 결백을 주장하고 억울한 처지를 하소연 하는 등의 '원망'과 임금의 잘잘못을 서슴지 않고 따지는 '충언'도 포함되었을 것이다.

3. 충신연주지사 〈만분가〉의 가치와 의의

〈만분가〉는 벼슬길에서 승승장구하던 작가 조위가 무오사화에 연루되어 유배지에서 쓴 가사이다. 그의 유배는 연산군 때 실록편찬의 임무를 부여받은 조위가 史官 金馹孫이 쓴 〈弔義帝文〉을 수합하여 엮은 일과 그의 姊兄 金宗直의 문집을 간행한 일 등이 빌미가 된 것이다.[22] 임금에게 총애를 받아 賀聖節使로 명나라를 다녀오던 길에 柳子光의 참소로 유배를 가게 된 그에게는 뜻하지 않은 이별로 인한 괴로움, 임금을 그리는 마음, 자신을 모함한 이에 대한 원망, 자신의 결백과 억울한 처지에 대한 하소연 등 만감이 교차하였을 것이다. 이처럼 복잡다단한 심정은 〈만분가〉에 고스란히 나타나 있다. 논의의 편의를 위해 우선 단락별 주요 내용을 살펴보도록 한다.

---

[22] 조위의 행적에 대해서는 김주곤, 앞의 글, 318~320면 참조.

① 옥황에게 흉중에 쌓인 말을 실컷 아뢰고 싶다.

② 유배된 지 오래되니 돌아갈 일이 꿈만 같다.

③ 님의 옷을 지으면서 님을 그리워하다.

④ 거센 조정의 풍랑에 휩쓸리다.

⑤ 울고 가는 외기러기를 보고 님을 그리워하다.

⑥ 새집의 알이 물불에 휩쓸리듯 세파에 휩쓸리다.

⑦ 님이 있는 곳을 바라보며 눈물 흘리다.

⑧ 모든 일이 천명이니 눈 감고 지내자.

⑨ 충신과 간신을 구별하지 못하는 모순된 사회로구나.

⑩ 간신들에게 조종되는 님이 원망스럽다.

⑪ 장차 님을 만나는 것도 모두 옥황의 명이다.

⑫ 결백한 마음을 죽림에 전하고 싶다.

⑬ 이 몸의 결백함을 알아주는 사람이 있으면 그와 같이 동고동락하겠다.[23]

전체 13개 단락으로 나누어 살펴볼 수 있는 〈만분가〉에서 우선 눈에 띄는 것은 단락 ③, ⑤, ⑦ 등의 임에 대한 그리움이다. 다른 연군가사와 마찬가지로 〈만분가〉 역시 임금을 그리워하는 '연군'이 빠지지 않고 등장한다. 단락 ③에 해당하는 대목을 좀 더 자세히 살펴보도록 한다.

五色실 니음 결너 님의 옷슬 못 ᄒᆞ야도
바다 ᄀᆞ튼 님의 恩을 秋毫나 갑프리라
白玉 ᄀᆞ튼 이내 ᄆᆞ음 님 위ᄒᆞ여 직희더니
長安 어제 밤의 무서리 섯거치니
日暮修竹의 翠袖도 冷薄ᄒᆞᆯ샤
幽蘭을 것거 쥐고 님 겨신 ᄃᆡ ᄇᆞ라보니

23　최상은, 앞의 글, 1988, 283면에 제시된 것을 인용한다.

弱水 ㄱ리진 디 구름 길이 머흐러라

다 서근 둙긔 얼굴 첫맛도 채 몰나셔

憔悴훈 이 얼굴이 님 그려 이러컨쟈

〈만분가〉[24]

이 대목에서 화자는 여느 연군가사처럼 바다와 같이 넓은 님의 은혜에 조금이나마 보답하기 위해 옷을 만드는 여성으로 등장한다. '弱手'와 '구름 길'이 가려져 님이 있는 곳에 갈 수 없는 상황에 처한 화자는 얼굴이 초췌할 정도로 애만 태울 뿐이다. 이 대목에만 한정하여 살펴본다면, 군신관계를 남녀관계로 전환하여 여성의 목소리로 님을 그리워하는 정철의 〈사미인곡〉이나 〈속미인곡〉과 크게 다를 바가 없다.

그러나 단락 ⑨, ⑩, ⑫, ⑬에 이르면 양상이 전혀 달라진다. 단락 ⑨는 자신과 같은 충신을 모함하는 당시 정치현실에 대한 비판이며, 단락 ⑩은 간신들에게 둘러싸여 시비를 분별할 줄 모르는 임금에 대한 원망과 비판이다. 그리고 단락 ⑫와 ⑬은 자신의 결백과 억울한 처지를 하소연하고 있는 대목이다. 단락 ⑨에 해당하는 대목에서 화자는 '白髮黃裳'이라는 실제 작가의 모습을 한 채 '盜跖'과 '伯夷'를 거론하면서 옥석을 분별할 줄 모르는 세상을 탓하고 있다.

五月飛霜이 눈물로 어릐는 듯

三年大旱도 寃氣로 니뢰도다

楚囚南冠이 古今의 흔둘이며

白髮黃裳의 셔룬 일도 하고 만다

乾坤이 病이 드러 混沌이 죽근 後의

하눌이 沈吟훌 듯 貫索星이 비취는 듯

24　〈만분가〉의 작품 인용은 이상보, 『한국가사선집』, 민속원, 1997, 59~65면에 수록된 것을 따른다.

　　고졍으국의 寃憤만 싸혓시니

　　촐라리 瞎馬フ치 눈 곰고 지내고져

　　蒼蒼漠漠ㅎ야 못 미들손 造物일다

　　이러나 져러나 하늘을 원망홀가

　　盜跖도 셩히 놀고 伯夷도 餓死ㅎ니

　　東陵이 놉픈 작가 首陽이 ㄴ즌 작가

　　南華三十篇의 議論도 하도 할샤

〈만분가〉

　이어지는 대목에서 화자는 '鬼蜮'과 '魑魅魍魎', '靑蠅' 등의 간신들이 활보하는 세상을 통탄하고, 자신의 충정을 살피지 않는 님을 원망하며 목 놓아 울고 있다. 그러면서 굴원의 〈이소〉를 떠올리게 하는 "木蘭 秋菊이 香氣로온 타시런가"라는 구절을 통해 시류에 물들지 않고 고고한 삶을 살아가는 자신의 의지를 표명하고 있다.

　　瘴海陰雲이 白晝의 훗터디니

　　湖南 어늬 고디 鬼蜮의 淵藪런디

　　魑魅魍魎이 쓸커디 저즌 フ의

　　白玉은 므스 일로 靑蠅의 깃시 되고

　　北風의 혼자 셔셔 フ업시 우는 뜻을

　　하늘 フ튼 우리 님이 젼혀 아니 술피시니

　　木蘭 秋菊이 香氣로온 타시런가

〈만분가〉

　정치 현실에 대한 비판과 임금에 대한 원망을 읊조리던 화자는 자신의 미력함에 고개를 떨어뜨리고 모든 것을 운명에 맡기고 만다. 자신이 처한 상황을 타개할 수 있는 마땅한 방책이 없다고 느낀 화자는 다음에

보듯이 결백을 하소연하면서 끝을 맺는다. 아무리 생각해봐도 자신의
죄를 인정할 수 없는 화자는 지푸라기라도 잡을 심정으로 하늘에 물어
보기도 하고 꿈에서 周公을 찾아 헤매기도 한다.

> 뷘 낙대 빗기 들고 뷘 비롤 혼자 씌워
> 白溝 건네 저어 乾德宮의 가고지고
> 그려도 혼 ᄆ음은 魏闕의 둘녀 이셔
> 니 무든 누역 속의 님 향혼 쭘을 씌여
> 一片 長安을 目下의 브라보고
> 외오 굿겨 올히 굿겨 이 몸의 타실넌가
> 이 몸이 전혀 몰라 天道 漠漠ᄒ니 물을 길이 전혀 업다
> 伏羲氏 六十四卦 天地萬物 삼긴 쯧을
> 周公을 쭘의 뵈와 ᄌ시이 뭇줍고져
> 하늘이 놉고 놉하 말 업시 놉흔 쯧을
> 구룸 우희 ᄂ는 새야 녜 아니 아돗더냐
> 어와 이내 가슴 山이 되고 돌이 되여 어듸 어듸 사혀시며
> 비 되고 물이 되어 어듸 어듸 우러녤고
> 아모나 이내 쯧 알 니 곳 이시면 百歲交遊 萬世相感 ᄒ리라

〈만분가〉

전체적으로 울분과 원통함으로 화자의 정서가 고조되어 있음을 감지
할 수 있는데, 이러한 점은 앞서 살펴보았던 〈정과정〉이나 〈이소〉에도
동일하게 나타나는 특징이다. 또한 이 대목에서 느껴지는 화자는 여성
이라기보다는 남성, 그것도 임금을 가까이에서 모시던 신하에 근접하는
모습을 띠고 있다는 것은 주목할 필요가 있다. 낚싯대를 들고 배를 타고,
고대의 聖賢으로 이름난 周公을 꿈에 그리워하는 것 등은 규중의 여성
이 취할 태도가 아니라 양반 사대부 남성이 했음직한 행동들인 것이다.

님을 그리워하여 옷을 짓는 '여성'의 모습과 "楚客의 後身", "買太傅의 넋"을 읊조리며 결백을 주장하고 정치현실을 비판하는 사대부 '남성'의 모습이 〈만분가〉에 혼재되어 있다는 점을 화자의 성격 불일치라는 모순으로 해석할 수도 있을 것이다.[25] 그러나 이 점은 〈만분가〉가 굴원의 〈이소〉에 견인된 바가 큰 데서 비롯된 결과이기도 하다. 최근의 몇몇 연구자들이 지적한 것처럼, 굴원의 〈이소〉에 등장하는 화자는 여성으로 일관되어 있지 않다.[26] 화자가 여성 또는 남성의 어느 한쪽으로 일관되지 않고 이 둘이 혼재되어 나타나는 것이 〈이소〉라면, 〈만분가〉의 화자 역시 여성의 목소리로 연군의 정서를 읊조리다가도 자신의 결백을 주장하고 임금과 정치현실을 비판할 때는 사대부 남성의 모습을 취하기도 한다는 점에서 〈이소〉와 동일하다.[27] 정서의 〈정과정〉도 상황은 마찬가지이다. 전체적인 어조와 분위기를 여성이나 남성의 어느 한쪽으로 규정할 수가 없을 정도로 〈정과정〉의 화자 역시 여성과 남성의 모습을 함께 지닌 것으로 보인다.

이처럼 〈만분가〉와 굴원의 〈이소〉, 정서의 〈정과정〉은 흡사한 면모를 공유하고 있다. 세 작품 모두 남성과 여성의 모습을 함께 지닌 화자가 '연군', '충간', '원망'을 다소 격앙된 어조로 읊고 있다는 것은 우연의 일치라고 하기 힘들 것이다. 〈이소〉와 〈정과정〉이 충신연주지사로 오랫동안 칭송을 받았다는 점은 〈만분가〉에도 동일하게 적용될 수 있을 것

---

[25]　최상은, 앞의 글, 1984, 69~83면; 최상은, 앞의 글, 1988, 293~294면 등에서 〈만분가〉가 남녀관계를 나타내는 표현으로서는 적절치 못한 대목이 많다고 지적하면서, 이를 정철의 〈사미인곡〉·〈속미인곡〉에 비해 정제되지 못한 결함으로 해석한다.

[26]　대표적으로 최미정, 앞의 글, 76~77면; 김진희, 「절대적 존재에 대한 사랑」, 『한국고전여성문학연구』16, 한국고전여성문학회, 2008, 41면 등을 들 수 있다.

[27]　이와 관련하여 정철의 〈사미인곡〉을 논하면서 "아내나 연인을 그리는 보통의 연정시라면, 그리고 戀君이 아니라 임금과 대립하며 자신의 뜻을 굽히지 않는 시적 정황이라면, 정철은 아마도 의연한 남성적 화자의 목소리로 여인을 다독이거나 임금에게 직언을 취하는 강개한 선비의 목소리로 자신의 심정을 토로했을지도 모르기 때문이다(박경남, 「〈사미인곡〉의 향유 맥락과 중층구조」, 『규장각』24, 서울대 규장각, 2001, 29면)"라고 지적한 것은 〈만분가〉의 경우에도 유용하게 적용될 수 있을 것이다.

이다. 김만중이 정철의 가사 작품에 대해 동방의 이소라고 평을 가한 것에 촉발되어 한동안 〈사미인곡〉·〈속미인곡〉을 굴원의 〈이소〉나 〈사미인〉과 비교하여 논의하였다. 그 결과 정철의 작품들이 굴원의 작품에 직접적으로 영향을 받았다는 근거를 찾기는 힘들지만, 굴원의 영향 아래에서 정철이 자신의 독창적인 안목과 개성으로 빚어낸 것이 바로 〈사미인곡〉과 〈속미인곡〉이라는 것이다.[28] 그런데 조위의 〈만분가〉는 직접적으로 굴원을 언급하기도 하고 〈이소〉의 구절을 원용하기도 할 뿐만 아니라 유배지에서 굴원의 楚辭를 불철주야로 탐독했다는 점[29]에서 굴원의 영향을 더욱 강하게 받았다고 할 수 있다.

지금까지 논의한 내용을 종합한다면, 〈만분가〉는 '연군', '원망', '충간'이라는 충신연주지사의 세 가지 요소들을 고스란히 지닌 작품이라 할 수 있다. 애절한 여인의 목소리로 임금을 그리워하면서도 때로는 버림받은 자신의 처지를 한탄한 나머지 님과 정치 현실에 대해 원망하기도 한다. 이에 더 나아가 자신을 이해하지 못하는 님을 준열하게 꾸짖어 깨우치려는 신하의 면모를 드러내기도 하는 것이 조위의 〈만분가〉라 할 수 있다. 그러므로 〈만분가〉에서 감정의 분출을 억제하지 못하고 남성과 여성의 목소리가 혼재되어 있는 화자의 모습을 만나볼 수 있는 것은 바로 전통적인 충신연주지사의 세 요소들을 한 작품 안에 모두 지닌 결과라 할 수 있다.

이러한 점을 정철의 〈사미인곡〉·〈속미인곡〉과 비교한다면, 조위와 정철의 거리를 어느 정도 파악할 수 있을 것이다. 정철이 군신관계를 남

28 　정철과 굴원을 비교한 연구로는 김사엽, 『정송강연구』, 계몽사, 1950, 261~262면; 서수생, 「송강문학 연구」, 『한국시가연구』, 형설출판사, 1970, 265~324면; 정재호, 「〈속미인곡〉의 내용분석」, 『고전시가론』, 새문사, 1984; 김갑기, 『송강정철 연구』, 이우출판사, 1987, 176~182면; 김진욱, 「굴원이 정철 문학에 끼친 영향 연구」, 『고시가연구』 11, 한국고시가문학회, 2003 등을 들 수 있다.
29 　조위의 문집에 실려 있는 〈讀書堂記〉에 언급되어 있다고 한다. 이에 대해서는 김주곤, 앞의 글, 331면 참조.

녀관계에 빗대어 님을 그리워하는 '연군'의 정서를 차분한 어조와 유기적인 틀로 빚어낸 작품이 〈사미인곡〉과 〈속미인곡〉이라면, 이것은 전적으로 정철의 문학적 재능이 충분히 발현된 결과일 것이다. 이것은 굴원의 〈이소〉나 〈실혜가〉, 〈동백목〉 등의 충신연주지사뿐만 아니라, 〈만분가〉와도 분명히 구별되는 정철만의 특질이라 할 수 있다. 〈만분가〉와 〈이소〉, 〈정과정〉 등은 '연군', '충간', '원망'이라는 내용 요소를 공유하고 있으며, 남성과 여성의 면모를 모두 보여주는 화자가 다소 격앙된 어조로 자신의 울분과 억울함을 토로한다는 공통점 외에도 대상과 화자의 관계, 작품의 공간적 설정 등에 있어서도 비슷한 점을 보이고 있다. 즉, 이 작품들은 천상계의 절대자에게 님(임금)을 만나게 해달라고 화자가 호소하는데, 님과 화자는 모두 지상계에 있으며 둘 사이에 놓인 장애물로 인해 만날 수 없다는 특징을 보이고 있다. 그 반면에 정철의 〈사미인곡〉·〈속미인곡〉에서 님은 천상계의 절대적 존재로, 화자는 천상계에서 적강한 여성으로 설정되어 있어 작품의 기본적인 구도에서 큰 차이를 보이고 있다.[30] 그것은 무엇보다도 정철은 전통적인 충신연주지사의 전통을 단순히 묵수하기만 한 것이 아니라 '연군', '원망', '충간'이라는 세 요소들 중 특히 '연군'에 집중하여 이를 여성적 목소리로 짜임새 있게 잘 풀어낸 결과라고 할 수 있다.

굴원의 〈이소〉뿐만 아니라 〈실혜가〉나 〈동백목〉, 〈정과정〉 등에서 확인할 수 있는 충신연주지사의 전통은 〈만분가〉 이후 조우인의 〈자도사〉와 송주석의 〈북관곡〉에까지 이어진다고 간략하게 정리할 수 있다. 특히 송주석의 〈북관곡〉은 유배된 사실에 대한 불만을 매우 강하게 표출하고 있어 오로지 연군만을 읊조리고 있는 정철의 작품보다는 울분과 원망을 서슴없이 토로하는 〈이소〉나 〈정과정〉, 〈만분가〉에 근접한 작품이라 할 수 있다.[31] 이러한 점에서 보더라도 〈만분가〉나 〈북관곡〉은

---

[30] 이러한 점은 〈만분가〉, 〈이소〉, 〈정과정〉에 설정된 님과 화자의 관계와는 분명 구별된다. 이에 대해서는 논고를 달리하여 면밀하게 살펴보도록 할 것이다.

'연군', '원망', '충간'이라는 충신연주지사의 전통적 모습을 그대로 유지한 작품이라 할 수 있다. 반면에 정철의 〈사미인곡〉과 〈속미인곡〉은 충신연주지사의 전통을 단순히 따른 것이 아니라 이를 새롭게 창조한 작품으로, 이에는 김춘택의 〈별사미인곡〉과 이진유의 〈속사미인곡〉 등이 그 아류에 해당된다. 그러므로 조선시대 연군가사의 흐름은 〈만분가〉, 〈자도사〉, 〈북관곡〉 등으로 이어지는 하나의 흐름과 정철의 〈사미인곡〉·〈속미인곡〉에서 새롭게 형성되어 〈별사미인곡〉, 〈속사미인곡〉 등으로 이어지는 또 하나의 흐름 등 둘로 나누어 살펴볼 필요가 있다. 이렇게 나눠놓고 보면, 정철의 작품은 전통적인 충신연주지사의 흐름에 새로이 물꼬를 터 전인미답의 경지를 개척하고 그 영역을 확대하였다고 높이 평가할 수 있을 것이다.[32] 이처럼 개별 작품의 수준과는 별도로 충신연주지사의 전통에서 바라볼 때, 〈만분가〉는 그 전통적 모습을 그대로 따른 작품이라 할 수 있다. 반면에 정철의 〈사미인곡〉과 〈속미인곡〉은 이러한 전통을 답습하지 않고 작가의 독자적 개성과 특질을 충분히 발휘하여 연군가사의 새로운 경향과 색다른 면모를 창출한 경우에 해당한다. 그러므로 충신연주지사의 전통이라는 측면에서 보더라도 〈사미인곡〉과 〈속미인곡〉의 가치와 의의는 더욱 돋보일 뿐만 아니라 동시에 〈만분가〉에 나타난 화자의 모습과 정서에 대해서도 공감과 이해의 폭을 넓힐 수 있는 것이다.

---

31   송주석은 조부 송시열의 유배가 부당함을 〈북관곡〉을 통해 토로하고 있는데, 이 작품은 전체가 임금에 대한 원망과 정치현실에 대한 강한 비판, 유배당한 사실에 대한 불만 등으로 가득 차 있다. 〈북관곡〉의 내용상 특징에 대해서는 최상은, 「유배가사 작품구조의 전통과 변모」, 『새국어교육』 65호, 한국국어교육학회, 2003, 460~461면에서 간략하게 나마 다루고 있다.

32   이러한 점에서 "가사에 있어서 〈사미인곡〉과 〈속미인곡〉이 가지고 있는 유기적 전개방식은 시도하기 힘든 특별한 경우라 하겠다. 그렇기 때문에 정철 혼자의 시도에 그치고 후대로 계승되지 못했지 않나 생각된다. 유배가사뿐만 아니라 가사 일반에 걸쳐서도 이 두 작품과 같은 전개방식을 가진 작품은 거의 없다. 그러므로 〈사미인곡〉과 〈속미인곡〉은 가사에 있어서 별종이라 할 수 있겠다"(최상은, 앞의 글, 1984, 58면)라는 설명도 유효하다고 할 수 있다.

"충신연주지사의 원형이 신하의 왕에 대한 일방통행적인 사랑에 있는 것이 아니었음에도 왜곡되어 왔음을 〈이소〉를 통해 알 수 있었다"[33]라는 지적은 본고의 논의에도 크게 도움이 된다. 지금까지 연군가사에 대한 연구는 이러한 왜곡을 거의 인식하지 못한 채 이루어진 것이 사실이다. 중세 봉건시대에 임금을 향해 비난이나 원망을 할 수 없다고 흔히 생각하지만, 이것은 그 당대의 관점이 아니라 오늘날 우리의 시각으로 작품을 재단한 결과이다. "유가적 전통에서 신하의 도리는 임금을 올바로 공경하는 것, 즉 임금에게 영합하는 것이 아니라 올바른 간언을 통해 임금을 바로잡는 것이다"[34]라는 명제를 한동안 잊어버린 것은 아닌가 한다. 이와 관련하여 孔子의 '興觀群怨'을 잠시 살펴보도록 한다.[35]

> 공자께서 말씀하시길, "얘야, 어찌하여 시를 배우지 않느냐? 시는 감흥을 일으킬 수 있고[興], 정치의 잘잘못을 살필 수 있고[觀], 함께 어울릴 수 있으며[群], 윗사람을 원망할 수 있다[怨]. 가까이는 부모를 올바로 섬기게 하고 멀리로는 임금을 바로 섬기게 하며, 새·짐승·풀·나무 등의 이름을 많이 알게 해준다"라고 하였다.
>
> 子曰 小子何莫學夫詩. 詩可以興, 可以觀, 可以群, 可以怨. 邇之事父, 遠之事君, 多識於鳥獸草木之名.[36]

공자의 '興觀群怨'은 곧 공자의 詩觀에 해당하는 내용인데, 이 중에서도 특히 '怨'에 주목할 필요가 있다. 이것은 시를 통해 사람들은 정치를 비판하는 감정을 표출하거나 시세를 원망할 수 있다는 것으로 해석될 수 있다.[37] 이러한 해석에 따른다면, 굴원의 〈이소〉, 정서의 〈정과정〉,

---

33 최미정, 앞의 글, 1987, 97면.

34 조선영, 『가사문학과 유학사상』, 태학사, 2002, 70면.

35 공자의 '興觀群怨'에 대해서는 김정민, 「송강 한시에 나타난 정서의 특질」, 『우리문학연구』 22, 우리문학회, 2007 참조.

36 『論語』「陽貨」.

조위의 〈만분가〉, 조우인의 〈자도사〉, 송주석의 〈북관곡〉 등에 보이는 임금에 대한 원망과 정치현실에 대한 비판은 충분히 인정되고 용납될 만한 것이었다고 할 수 있다.

4. 결론

본고는 정철의 〈사미인곡〉과 〈속미인곡〉에 치우쳐 연군가사를 고찰한 기존의 시각을 바로잡고, '충신연주지사'의 원류를 파악하여 이를 조위의 〈만분가〉를 통해 확인하려는 의도에서 마련된 것이다. 지금까지 연군가사에 대한 연구가 정철의 〈사미인곡〉이나 〈속미인곡〉을 중심으로 하여 이루어진 것은 부인할 수 없는 사실일 것이다. 정철의 작품들을 마치 연군가사의 전형이나 전범으로 간주하였으며, 더 나아가 이를 기준으로 하여 다른 작품들을 평가하고 이해하기도 하였다. 그 결과 정철의 작품들 외에 다른 작품들에 대해서는 연구자들이 거의 다루지 않게 되고, 설령 몇몇 작품들을 다룬다 하더라도 그 성과 역시 주목할 만한 수준에 이르지 못하였다고 해도 과언이 아닐 것이다.

본고는 이러한 문제의식에 따라 먼저 충신연주지사의 원류를 파악하기 위해 충신연주지사의 대표작품으로 꼽고 있는 굴원의 〈이소〉와 충신연주지사의 전통을 이어받고 있다고 판단되는 실혜의 〈실혜가〉, 채

---

37 김정민, 위의 글, 71면. 또한 김정민은 刑昺이 그의 『十三經注疏』의 「論語注疏」에서 공자의 興觀群怨의 의미를 해석하면서 "怨할 수 있다는 것은 시에는 임금의 정치가 잘못되면 그것을 풍자하고 말한 자도 죄를 받지 않고 듣는 자도 충분히 경계할 수 있는 기능이 있으므로 따라서 윗사람의 정치를 원망하고 풍자할 수 있다는 것이다[可以怨者, 詩有君政不善則風刺之, 言之者無罪, 聞之者足以戒, 故可以怨刺上政]"라고 한 설명도 제시하고 있는데, 이것 역시 크게 참고할 만하다.

홍철의 〈동백목〉, 정서의 〈정과정〉 등을 비교하였다. 그 결과 충신연주지사의 원류는 '연군', '원망', '충간'으로 이루어져 있음을 알 수 있었다. 이러한 점을 바탕으로 하여 충신연주지사의 원류와 전통이라는 측면에서 〈만분가〉를 새롭게 이해하고 평가할 필요가 있음을 논의하였다. 그 결과 〈만분가〉는 단순히 유배가사의 효시 작품이라는 평가 외에도 충신연주지사의 전통을 고지식할 정도로 거의 그대로 따른 작품이라 할 것이다. 〈만분가〉에 나타난 화자의 성격 불일치나 정서의 양상을 작품의 결함으로만 볼 것이 아니라, '연군', '원망', '충간'이라는 충신연주지사의 요소들을 오히려 충실하게 따른 결과로 보아야 할 것이다. 또한 충신연주지사의 원류와 전통이라는 측면에서 볼 때, 정철의 〈사미인곡〉과 〈속미인곡〉은 전통적인 충신연주지사의 흐름에 새로이 물꼬를 터서 연군가사의 영역을 더욱 확대한 작품으로 그 가치와 의의를 인정할 수 있는 것이다. 그러므로 정철의 〈사미인곡〉과 〈속미인곡〉에서 탈피하여 시야를 더 확대한다면, 연군가사에 대한 새로운 이해가 가능할 것으로 판단한다.

본고에서 논의한 것을 토대로 하여 향후 연군가사의 계통 재정립, 조위의 〈만분가〉와 정철의 〈사미인곡〉·〈속미인곡〉 등과의 비교 고찰, 연군가사 작품들에 나타난 님과 화자의 관계 등에 대해서 좀 더 면밀하게 고찰하도록 할 것이다. 이러한 고찰의 성과들이 축적되면 연군가사에 대한 좀 더 진전된 이해와 평가가 가능할 것이다.

『한국언어문학』 70, 한국언어문학회, 2009

조위의 〈만분가〉와 정철의 양미인곡에 나타난 연군의식의 양상 고찰

1. 서론

권력의 중심부에 처하기를 열망하면서도 등용되지 못하거나 자의든 타의든 권력의 중심부에서 밀려난 이들이 남녀 간의 사랑에 빗대어 그들의 심정을 표현한 작품들,[1] 곧 戀君 모티프의 작품들은 그 주제의식이나 형상화 기법, 표현 등의 여러 측면에서 연구자들의 끊임없는 주목을 받아 왔다. 본고에서 논의할 조선시대 曺偉의 〈萬憤歌〉와 鄭澈의 〈思美人曲〉·〈續美人曲〉도 그러한 예에 해당할 것이다. 이 작품들은 연군 모티프를 담고 있다는 점에 주목하여 '忠臣戀主之詞'나 연군가사의 측면에서 심도 있게 다루어져 개별 작품의 특징이나 문학사적 의의에 대해 상당한 수준의 성과를 도출한 것으로 보인다.[2]

---

1   P. H. Lee, 권두환 역, 「동양고전시의 주제」, 『심상』, 1981.

2   또한 이 작품들은 유배 또는 이에 준하는 창작 상황에 착안하여 유배가사나 작품 제명의 '美人'에 주목하여 '美人曲系 歌辭' 등으로 분류하여 연구되기도 하였다. 이와 관련된 기존 연구의 성과에 대해서는 정인숙, 「조선 후기 연군가사의 전개양상 연구」, 서울대 석사논문, 1994; 장수현, 「사미인곡계 가사 연구」, 서울대 석사논문, 2001에서 자세히 논하

이러한 성과에 의한다면, 고려시대 鄭敍의 〈鄭瓜亭〉에서 비롯된 연군 모티프는 조선시대에 이르러 가사문학을 통해 그 화려한 꽃을 피우게 되었다는 것이다. 즉 조선시대에 조위의 〈만분가〉를 필두로 한 연군가사는 정철의 〈사미인곡〉과 〈속미인곡〉에서 그 절정을 이루게 되고, 이후 曹友仁의 〈自悼詞〉, 金春澤의 〈別思美人曲〉, 宋疇錫의 〈北關曲〉, 李眞儒의 〈續思美人曲〉 등으로 면면히 이어지게 된다는 것이 연군가사의 개략적인 흐름이라 할 수 있다. 이러한 흐름에서 정철의 〈사미인곡〉과 〈속미인곡〉은 조선시대 여러 문인들이 호평하였을 뿐만 아니라 지금의 연구자들 역시 가사문학의 전범으로 극찬할 정도로 큰 관심을 받은 작품이다.[3] 그런데 정철의 탁월한 문학적 재능과 그 작품들의 독창적 의의에 대해서는 분명 찬사를 아끼지 않아야 하겠지만, 다른 연군가사 작품들도 그 실상에 부합하는 온당한 대접을 받고 있는지 꼼꼼히 다시 한 번 살펴보아야 할 것이다.

이것은 정철의 작품에 비해 다른 연군가사 작품들이 연구자들의 관심을 덜 받고 있다는 차원에 국한된 것이 아니라 정철의 작품을 기준으로 하여 다른 연군가사 작품들을 바라보는 시각의 편향성이라는 차원에서 비롯된 것이다. 특히 조위의 〈만분가〉만 하더라도 유배가사의 효시라는 문학사적 의의와 정철의 작품에 비해 유기성과 통일성이 떨어진다는 작품 평가에서 더 이상의 진전을 보이지 않고 있는 실정이다. 그리하여

고 있으므로 본고에서는 굳이 거론하지 않는다. 다만 유배상황이라는 작품 외적인 창작 상황에 의해 우선적으로 분류된 유배가사나 작품 제명의 유사성에 따라서 편의상 분류한 '미인곡계 가사'보다는 연군가사가 해당 작품들의 실상과 특성을 더욱 잘 드러내 준다고 판단하여 본고에서는 연군가사라는 용어를 사용하도록 한다. 이러한 유형 분류와 명칭에 대해서는 이재식, 「유배가사 연구상의 문제점 고찰」, 건국대 석사논문, 1988; 최규수, 「적강 모티프 유배가사작품에 나타난 표현방식의 특성과 시적 효과」, 『이화어문논집』 13, 이화여대 한국어문학연구소, 1994; 최상은, 「유배가사 연구의 현황과 과제」, 『조선 사대부가사의 미의식과 문학성』, 보고사, 2004 참조.

3 정철의 가사 작품에 대한 당대의 이해와 평가에 대해서는 최규수, 『송강 정철 시가의 수용사적 탐색』, 월인, 2002; 윤덕진, 『조선조 장가 가사의 연원과 맥락』, 보고사, 2008; 김진희, 「송강가사의 수용론적 연구」, 연세대 박사논문, 2009 참조.

조선시대 연군가사의 흐름에서 〈만분가〉는 〈사미인곡〉과 〈속미인곡〉
에 이르는 교량적 역할을 할 뿐이며, 〈사미인곡〉·〈속미인곡〉과 변별되
는 작품적 특성과 가치는 제대로 드러나지 않은 상황이라 할 수 있다.[4]
이렇듯 개별 작품이 지닌 특성과 가치를 온전히 드러낼 수 있는 다각적
이고 면밀한 검토가 뒷받침 되지 않는다면, 연군가사의 흐름에 내재한
다층성과 다양성을 포착하지 못한 채 작품들 간의 영향 관계만 확인하
는 단선적 이해에 그칠 우려가 크다고 할 수 있다.[5]

이러한 문제의식을 가지고 본고는 조위의 〈만분가〉와 정철의 〈사미
인곡〉·〈속미인곡〉을 대상으로 하여 '님'에 대한 화자의 태도와 시각, 곧
戀君意識의 차이와 그 의미를 살펴보고자 한다.[6] 조선시대 임금과 신하
의 관계라는 정치 현실을 우의적으로 반영하고 있는 연군가사에서 '연군
의식'이야말로 연군가사를 이루는 개별 작품들의 변별적 특징을 온전히
드러내는 데 효과적인 잣대 역할을 할 것이며, 나아가 연군가사의 역동적

---

[4]　이가원, 「〈만분가〉 연구」, 『동방학지』 6, 연세대 동방학연구소, 1963에서 〈만분가〉를 처
음 소개하면서 이 작품에 대해 유배가사의 효시로서 송강가사에 지대한 영향을 끼쳤다
고 평가하였다. 이후 많은 논문에서 이러한 평가를 재확인하는 수준에서 논의를 거듭
해왔다.

[5]　〈만분가〉와 〈사미인곡〉·〈속미인곡〉을 비교하여 개별 작품의 특성을 드러내려는 시도
가 없었던 것은 아니다. 최상은, 「〈만분가〉와 〈사미인곡〉의 작품구조와 작가의식」, 『한
민족어문학』 15, 한민족어문학회, 1988; 최상은, 「연군가사의 짜임새와 미의식」, 『반교어
문연구』 5, 반교어문학회, 1994; 류연석, 「〈만분가〉와 〈사미인곡〉의 비교연구」, 『한국언
어문학』 42, 한국언어문학회, 1999; 전일환, 「〈사미인곡〉과 〈만분가〉의 관련성」, 『국어
문학』 37, 국어문학회, 2002; 최미정, 「충신연주지사에서의 주체와 타자」, 『국문학연구』
18, 국문학회, 2008 등에서 연군가사 작품들의 비교 연구가 이루어진 바 있다. 특히 최상
은의 지속적인 관심과 논의는 연군가사에 대한 이해의 폭을 넓혔다고 할 수 있다. 그러나
대부분의 논의가 개별 작품의 변별적 양상을 확인하는 수준이거나 정철의 〈사미인곡〉이
나 〈속미인곡〉의 연장선상에서 작품을 이해하는 시각을 보여주고 있다.

[6]　'연군의식'이란 용어는 정인숙, 앞의 글, 1994에서 사용한 바 있다. 본고는 연군가사에서
화자가 시적 대상인 님에 대해 지니는 태도나 입장, 시각 등을 가리키는 의미로 '연군의
식'을 사용하고자 한다. 이러한 연군의식을 작품 해석의 잣대로 사용한다는 점에서 본
고는 정인숙의 논문에서 시사 받은 바가 크다. 그러나 연군의식을 통해 연군가사의 다
층적인 흐름을 포착하려는 본고는, 〈만분가〉를 제외한 연군가사 작품을 대상으로 하여
유형 분류를 시도한 정인숙의 논문과는 크게 차이가 난다.

인 흐름을 정밀하게 포착하여 해석하는 데에도 도움이 될 것으로 본다.

2. 작품에 나타난 연군의식의 양상

연군의식은 조선시대 대부분의 연군가사가 유배나 낙향 등에 의해 권력의 중심이라 할 수 있는 임금 곁을 떠나게 된 상황에서 창작된 상황을 염두에 둔 개념으로서, 일반적으로 말하는 作家意識과는 다소 거리를 두고 있다. 대부분의 연군가사가 임금과 신하의 관계라는 특별한 정치 현실을 우의적으로 형상화하고 있다는 점에서 연군의식은 곧 이러한 정치 현실의 우의적 형상화를 내포한 개념이라 할 수 있다. 그러므로 연군의식은 실제 작가가 신하로서 임금에 대해 견지하는 태도, 입장, 시각이 작품에서 어떻게 형상화되어 나타나고 있는지에 집중할 수 있는 이점을 지닌다.

연군가사는 대체로 시적 대상인 님에 대한 화자의 일방적인 내면 토로가 중심을 이루고 있다.[7] 이것은 작가가 유배나 낙향 등에 의해 임금과 멀어진 상황이 연군가사 창작의 중요한 계기이자 동인으로 작용하였다는 사실을 어느 정도 반영한 결과이다. 그러므로 연군가사에서 파악할 수 있는 연군의식은 시적 대상과 화자 간의 상호 소통에 기반한 것이 아니라 화자의 일방적 내면 토로에 근거할 수밖에 없다. 그러므로 실재 작가로 환치될 수 있는 화자가 작품에서 어떤 모습으로 나타나고 있으며, 임금으로 표상되는 님이 작품에서 어떻게 그려지고 있는가 하는 문

---

[7] 이러한 점은 연군가사에만 국한된 특징은 아닌 듯하다. 여성화자가 등장하는 시조에서도 시적 화자와 시적 대상 사이의 애정은 상호 간의 감정의 교류가 전제되지 않는 경우가 대부분이라고 한다. 이에 대해서는 김용찬, 「시조에 구현된 여성적 목소리의 표출 양상」, 『한국고전여성문학연구』 4, 한국고전여성문학회, 2002 참조.

제와 함께 시적 대상을 향해 화자가 어떻게 반응하고 그 내면을 토로하고 있는가에 대한 종합적 검토를 거쳐야 비로소 연군의식을 올바르게 가늠할 수 있을 것이다.

먼저 시적 화자와 시적 대상의 형상화, 시적 대상을 향한 화자의 내면 토로 양상에 대해 정철의 〈사미인곡〉과 〈속미인곡〉을 살펴보도록 한다. 정철의 두 작품은 1585년(선조 18)에 사간원과 사헌부의 논척을 받아 전남 창평에 내려가 있을 때 지은 것으로 알려져 있다. 비록 유배는 아니지만 타의에 의해 권력 중심에서 밀려나 낙향한 작가의 처지를 천상에 있던 선녀가 옥황상제에게 죄를 지어 지상계로 적강한 것으로 표현한 것이 이 두 작품의 공통점이다. 곧 군신관계를 남녀관계로 비유하여 임금에게 버림받은 작가의 신세를 천상계에서 적강한 선녀로 그리고 있는 것이다. 〈사미인곡〉에서 화자는 광한전이라는 천상에서 연분으로 맺어진 님과 함께 남부럽지 않은 사랑을 하다가 뚜렷한 이유도 모른 채 님과 이별하고 하계로 내려온 선녀로 등장한다.

> 이 몸 삼기실 제 님을 조차 삼기시니
> 훈싱 연분(緣分)이며 하놀 모롤 일이런가
> 나 ᄒ나 졈어 잇고 님 ᄒ나 날 괴시니
> 이 ᄆ음 이 ᄉ랑 견졸 디 노여 업다
> 평싱(平生)애 원(願)ᄒ요디 ᄒ디 녜쟈 ᄒ얏더니
> 늙거야 므ᄉ 일로 외오 두고 그리ᄂ고
> 엇그제 님을 뫼셔 광한뎐(廣寒殿)의 올낫더니
> 그 더디 엇디ᄒ야 하계(下界)예 ᄂ려오니

〈사미인곡〉[8]

---

[8] 〈사미인곡〉과 〈속미인곡〉의 작품 인용은 정철, 『國譯 松江集』, 태학사, 1992에 영인되어 있는 '李選本 松江歌辭'를 따른다.

하계로 방축된 화자는 헝클어진 머리에 연지분으로 단장도 하지 않은 채 광한전의 님을 잊지 못해 한숨과 눈물로 세월을 근심스레 보낸다. 또한 님을 위해 鴛鴦衾을 베어 五色線으로 정성스레 옷을 짓기도 하고, 차디찬 겨울날 해질 무렵에 紅裳을 여미어 입고 翠袖를 반쯤 걷은 채 대나무에 기대어 님을 기다리기도 한다. 이처럼 〈사미인곡〉의 화자는 지상 공간에 놓인 여인의 형상으로 묘사되고 있다. 반면에 시적 대상은 광한전이라는 천상에 있는 님, 곧 옥황상제로 형상화되어 있다. 곧 이 작품에서 시적 화자와 시적 대상은 지상계(하계)와 천상계(광한전), 여자(선녀)와 남자(옥황상제) 등으로 대비되어 나타난다.

이러한 시적 화자와 시적 대상의 형상은 〈속미인곡〉에서도 거의 그대로 유지되어 나타난다. "송강의 이면적 자기인 한 여성의 은밀한 비공개적인 독백하듯 하는 목소리를 우리가 단지 엿들을 수 있을 뿐"[9]인 〈사미인곡〉과 달리 〈속미인곡〉은 甲女와 乙女라는 두 인물이 등장하여 대화를 통해 작품이 전개된다.[10] "뎨 가는 뎌 각시 본 듯도 호뎌이고 / 텬샹(天上) 빅옥경(白玉京)을 엇디호야 니별(離別)호고 / 희 다 뎌 져믄 날의 눌을 보라 가시는고"라는 甲女의 물음에서 직접적으로 이 작품의 중심인물인 乙女가 천상 백옥경에 있던 선녀임을 알 수 있다.[11] 또한 이어지는 乙女의 대답을 통해 〈사미인곡〉의 화자와 마찬가지로 乙女 역시 천상계에서 님에게 사랑을 받다가 뜻하지 않은 죄를 지어 하계로 내려왔음을 알 수 있다.

9　김병국, 「장르론적 관심과 가사의 문학성」, 김학성·권두환 편, 『고전시가론』, 새문사, 1984, 474면.

10　〈속미인곡〉의 등장인물을 甲女, 乙女, 丙女의 셋으로 보기도 하지만(조세형, 「송강가사의 대화전개방식 연구」, 서울대 석사논문, 1990), 본고에서는 甲女와 乙女가 서로 대화를 주고받는 것으로 본 정재호의 견해(「속미인곡의 내용분석」, 『한국가사문학론』, 집문당, 1982)를 따르기로 한다.

11　〈속미인곡〉의 등장인물들의 역할과 성격에 대해서는 여러 가지 견해가 제시되어 있다. 등장인물들이 서로 이질적인 가치를 드러내며 논쟁을 벌이고 다른 시각을 드러내는 것으로 파악한 조세형의 견해(「가사 장르의 담론 특성 연구」, 서울대 박사논문, 1998, 49~51면)도 주목할 만하지만, 본고에서는 乙女를 중심인물로 파악한 정재호(앞의 글, 1982, 85면)의 견해와 정철의 이면적 자기로 규정한 장수현(앞의 글, 23면)의 견해를 따르도록 한다.

어와 네여이고 이내 스셜 드러보오

내 얼굴 이 거동이 님 괴얌즉 ᄒᆞ가마ᄂᆞᆫ

엇딘디 날 보시고 네로다 녀기실ᄉᆡ

나도 님을 미더 군ᄠᅳ디 젼혀 업서

이리야 교ᄐᆡ야 어ᄌᆞ러이 ᄒᆞ돗썬디

반기시ᄂᆞᆫ 눗비치 녜와 엇디 다ᄅᆞ신고.

누어 ᄉᆡᆼ각ᄒᆞ고 니러 안자 혜여ᄒᆞ니,

내 몸의 지은 죄 뫼ᄀᆞ티 ᄲᅡ혀시니

하ᄂᆞᆯ히라 원망ᄒᆞ며 사ᄅᆞᆷ이라 허믈ᄒᆞ랴

셜워 플텨혜니 조믈(造物)의 타시로다

〈속미인곡〉

님과 이별하여 하계에 내려온 乙女는 〈사미인곡〉의 화자처럼 천상계의 님을 그리워하고 님의 소식을 애타게 기다리는 모습을 보여준다. 이에 더하여 乙女는 다음에서 보듯이 님의 일상사에 대해 염려하기도 한다. 이것은 〈사미인곡〉에서는 드러나지 않은 모습이지만, 님을 애타게 그리워하는 화자의 태도와 동일선상에서 충분히 납득할 만한 것이다.

믈ᄀᆞᄐᆞᆫ 얼굴이 편ᄒᆞ실 적 몃날일고

츈한고열(春寒苦熱)은 엇디ᄒᆞ야 디내시며

츄일동텬(秋日冬天)은 뉘라셔 뫼셧ᄂᆞᆫ고

쥭조반(粥早飯) 죠셕(朝夕)뫼 녜와 ᄀᆞᆺ티 셰시ᄂᆞᆫ가

기나 긴 밤의 좀은 엇디 자시ᄂᆞᆫ고

〈속미인곡〉

그런데 〈사미인곡〉과 마찬가지로 〈속미인곡〉 역시 님의 모습은 구체적으로 형상화되어 있지 않다. 문면에 드러나 있는 정보는 님이 천상 백

옥경에 살고 있으며 乙女를 지극히 사랑한 인물이라는 것밖에 없다. 이 것은 시적 대상을 향해 화자가 자신의 내면을 일방적으로 토로한다는 연군가사의 특징과 하계에 내려온 화자가 님의 소식을 전혀 알 수 없을 정도로 단절되어 있는 작품상 설정에 기인한 것이다. 그렇지만 님이 천 상계의 인물이라는 점과 화자가 온갖 정성을 기울이고 님의 일상사를 염려한다는 사실로부터 하계에서 독수공방하는 화자와는 달리 님은 고 귀한 존재이자 절대적 가치를 지닌 존재임을 알 수 있다.[12] 다만 "믈 ㄱ 튼 얼굴"로 시작하는 위의 인용 대목이나 꿈 속에서 보게 된 님의 얼굴이 반이나 늙었다는 구절을 통해, 님이 쉽게 변할 수 있는 자질을 지닌 연약 한 존재이며 아이처럼 돌봐야만 하는 존재로 그려지고 있는 것[13]은 주목 할 필요가 있다. 이것은 실재의 님이 그러하다기보다는 님과의 재회를 간절히 바라는 화자의 염원이 투영된 것이면서 동시에 화자가 님의 곁 으로 복귀해야 하는 나름대로의 이유를 은연중에 드러낸 것으로 보인 다. 곧 화자가 님의 곁에서 님을 정성껏 돌보지 않으면 이러한 불편함과 곤란함이 닥치지 않을까 하는 암시를 통해 화자의 존재 가치와 재회에 의 염원을 간접적으로 내비친 것으로 해석함이 온당할 듯하다.

이처럼 〈사미인곡〉과 〈속미인곡〉에서 님은 천상계의 존재로 설정하 여 절대적 가치를 지닌 고귀한 인물로 그려지고, 이에 반해 화자는 한때 천상계에서 님에게 사랑을 받던 선녀이지만 죄를 지어 지상에 적강한 인물로 그려져 있다. 곧 〈사미인곡〉의 화자와 〈속미인곡〉의 乙女에게 님이란 절대적인 존재이며, 따라서 이를 드러내기 위해 님이 있는 공간

---

12 〈속미인곡〉에 나타난 님의 모습과 위상에 대해서는 이문규, 「〈속미인곡〉 소고」, 『한국 고전시가작품론』, 집문당, 1992, 660~661면 참조.

13 여러 연구자들이 이러한 점을 지적하였으나 충분히 납득할 만한 해석을 제시하진 못한 것으로 보인다. 특히 이혜순, 「15·16세기 한국 여성화자 시가의 의의」, 『한국문화』 19, 서울대 한국문화연구소, 1980에서는 이러한 점을 들면서 화자와 님과의 관계가 작품의 초반처럼 절대적이거나 일방적인 것이 아니라는 견해를 제시하고 있는데, 이에 대해 선 뜻 납득하기가 힘든 것이 사실이다.

은 천상계라는 절대화된 공간으로 설정된 것이다. 이러한 설정에서 님에 대한 화자의 태도 역시 절대적 지향을 보일 수밖에 없는 것이다. 이러한 점은 두 작품 모두 죽어서라도 님의 곁에 가고자 하는 화자의 의지가 비장하게 표출되는 것으로 끝을 맺는 데서 확연히 드러난다. 특히 "님이야 날인 줄 모르셔도 내 님 조츠려 ᄒ노라"라는 〈사미인곡〉의 결말에서 님에 대한 화자의 결연한 각오와 함께 님을 향한 화자의 태도를 충분히 가늠할 수 있다. 그러므로 〈사미인곡〉의 "편작(扁鵲)이 열히 오다 이 병을 엇디ᄒ리 / 어와 내 병이야 이 님의 타시로다"라는 구절조차도 님에 대해 화자가 일관되게 견지하고 있는 태도에 비춰본다면 怨望의 어조로 볼 수가 없는 것이다. 그것은 得病의 책임을 님에게 묻는 것이 아니라, 님에 대한 연정 때문에 생긴 병임을 드러낸 것으로, 님을 향한 자신의 연정이 극단을 향하고 있음을 말한 수사적인 전략일 따름이다.[14]

이상의 논의에서 보듯이 〈사미인곡〉과 〈속미인곡〉에서 "자신을 타자적 존재로 인식하는 특정 남성이 자기 정체성을 효과적으로 표현하기 위한 문학적 수단"[15]으로 설정된 여성화자는 임금의 총애를 다시 획득함으로써 권력의 중심에 서고자 하는 작가의 염원을 반영한 것이라 할 수 있다. 이러한 점에서 본다면, 謫客의 처지에서 자신의 심정을 토로한 조위의 〈만분가〉 역시 그 양상이 유사할 것으로 예측되지만, 실제로는 다소 다른 양상을 보여주고 있다.

    天上 白玉京 十二樓 어듸매오

    五色雲 깁푼 곳의 紫淸殿이 ᄀ려시니

---

14 '님의 탓을 원망으로 볼 수 있는가에 대해 기존 연구에서도 논란이 있었다. '怨情'으로 보는 견해, '戀情'으로 보는 견해, 원망과 연모가 복합된 것으로 보는 견해 등이 제시되어 있으나, 본고에서는 연정의 차원에서 해석하도록 한다. 이에 대해서는 류수열, 「〈사미인곡〉의 콘텍스트와 상호텍스트적 읽기」, 『독서연구』 21, 한국독서학회, 2009, 98~99면에서 자세히 논하고 있다.

15 박혜숙, 「고려 속요의 여성화자」, 『고전문학연구』 14, 한국고전문학회, 1998, 21면.

天門 九萬里를 꿈이라도 갈동말동

츠라리 싀여지여 億萬 번 變化ᄒ여

南산山 늦즌 봄의 杜鵑의 넉시 되여

梨花 가디 우희 밤낫즐 못 울거든

三淸洞裡의 졈은 한널 구름 되여

ᄇ람의 흘리ᄂ라 紫微宮의 ᄂ라 올라

玉皇 香案前의 咫尺의 나아 안자

胸中의 싸힌 말슴 슬커시 ᄉ로리라

〈만분가〉[16]

〈만분가〉에도 천상계의 공간이 설정되어 있다. 그것은 위의 인용에서 보듯이 '天上 白玉京 十二樓', '紫淸殿', '天門 九萬里', '三淸洞', '紫微宮' 등으로 다양하게 형용되어 있지만, 모두 仙界, 곧 천상계를 지칭하는 공간의 의미로 쓰이고 있다.[17] 또한 이것은 정철의 작품에 등장하는 '광한전'이나 '천상 백옥경'과도 다를 바가 없다. 그러므로 천상계라는 공간 설정은 〈만분가〉나 〈사미인곡〉·〈속미인곡〉이나 동일하게 나타나고 있다. 〈만분가〉의 화자는 흉중에 쌓인 말씀을 실컷 아뢰기 위한 대상으로 천상계의 옥황상제를 직접적으로 지목하고 있다. 미사여구를 동원하여 동일한 의미의 구절을 변형하여 여러 번 반복적으로 사용함으로써 가슴 속에 깊이 맺힌 심정이 있음을 강조하고 있다.

그런데 〈만분가〉에는 천상계의 옥황상제와 뚜렷이 구별되는 또 다른 님이 등장한다. "어루는 듯 괴는 듯 눔의 업슨 님을 만나 / 金華省 白玉堂

---

16 〈만분가〉의 작품 인용은 이상보, 『한국가사선집』, 민속원, 1997, 59~65면에 수록된 것을 따른다.

17 성기옥, 「사대부 시가에 수용된 신선모티프의 시적 기능」, 『국문학과 도교』, 한국고전문학회편, 1998, 26~27면에서 선계의 유형을 '일반선계', '천상선계', '월궁선계', '지상선계'의 넷으로 분류한 것에 따른다면, 〈만분가〉에서 설정한 선계는 천상선계(백옥경, 자미궁)나 월궁선계(광한전)에 속하는 공간임을 알 수 있다.

의 꿈이조차 향긔롭다", "長安 어제 밤의 무서리 엇거치니", "幽蘭을 것거
쥐고 님 겨신 디 브라보니 / 弱水 マ리진 디 구름 길이 머흐러라", "白溝
건네 저어 乾德宮의 가고지고" 등의 구절을 통해 님이 '金華省 白玉堂',
'長安', '乾德宮' 등으로 비유되는 궁궐에 살고 있는 임금임을 쉽사리 확인
할 수 있다.[18] 또한 화자는 그 님과 한때 남부럽지 않은 사랑을 하였으며,
'무서리'라는 정치적 변고에 의해 지금은 님과 떨어져 있다는 사실도 읽
어낼 수 있다. 게다가 화자는 '白溝'[19]를 건너 님의 곁으로 가고 싶어 하지
만, 둘 사이에는 넘을 수 없는 장벽인 '弱水'가 가려져 있는 상황이다. 이러
한 점들을 종합해 볼 때, 이 구절들은 유배지인 전라도 순천에서 이 작품
을 창작한 조위의 현실 인식이 단편적이나마 투영된 것으로 볼 수 있다.

　그러나 무엇보다 중요한 것은 〈만분가〉의 님이 〈사미인곡〉·〈속미인
곡〉의 님과는 확연히 구별되는 차이를 보이고 있다는 점이다. 〈사미인
곡〉·〈속미인곡〉의 님은 천상계의 절대적 존재인 데 반해, 〈만분가〉의
님은 화자와 같은 지상계에 살고 있는 인물이어서 차이가 난다. 〈만분
가〉에 등장하는 지상계의 님은 〈사미인곡〉·〈속미인곡〉의 님과 달리 절
대적인 가치를 드러내 보이지 못하고, 다만 화자보다 높은 신분을 지닌
인물이라는 의미만 부여받고 있을 뿐이다. 곧 님의 위상이 〈사미인곡〉·
〈속미인곡〉의 님에 비해 상대적으로 약화되어 있다. 그렇기 때문에 화
자의 태도 역시 〈사미인곡〉·〈속미인곡〉과는 다소 다른 양상을 보인다.

　〈만분가〉의 화자는 "五色실 니음 졀너 님의 옷슬 못 ᄒ야도 / 바다 マ
튼 님의 恩을 秋毫나 갑프리라"라고 하여 님이 베풀어 준 은혜에 감격하

18　'金華省 白玉堂', '長安', '乾德宮' 등은 보통 임금이 거처하는 궁궐을 비유적으로 표현한
　　말로 쓰인다. 이 중에서 '金華省'은 중국 浙江省 金華縣을 말하는데, 이 고을 북쪽에 고대
　　의 신선인 赤松子가 득도하였다는 金華山이 있다. 그리고 '白玉堂'은 신선이 산다는 집
　　으로 문맥상 赤松子의 집을 가리킨다. 성기옥, 위의 글, 25면에서 분류한 신선의 유형에
　　의한다면 赤松子는 地仙에 해당한다. 이것은 〈사미인곡〉·〈속미인곡〉에서 님을 천상
　　계로 설정한 것과는 구분할 필요가 있는데, 지상에 존재하는 임금의 신분상 고귀함을
　　드러내기 위해 쓰인 수사적 표현으로 '金華省 白玉堂'을 사용한 것으로 보인다.
19　'白溝'는 중국 宋나라와 遼나라의 경계를 이루던 강인데, 여기서는 '漢江'을 뜻하는 듯하다.

며 님을 그리워하고, "梅花나 보내고져 驛路롤 브라보니 / 玉樓明月을
녀보던 눗비친 듯"이라고 하여 님을 위한 정성을 드러내 보이기도 한다.
이 구절들만 놓고 본다면, 군신관계를 남녀관계로 전환하여 여성의 목
소리로 님을 그리워하는 〈사미인곡〉이나 〈속미인곡〉과 겹쳐지기도 한
다. 그러나 이러한 그리움의 정서나 님에 대해 정성을 표하는 구절 외에
도 〈만분가〉에는 자신과 같은 충신을 모함하는 당시 정치 현실에 대한
비판과 간신들에게 둘러싸여 시비를 분별할 줄 모르는 임금에 대한 怨
望도 상당수 나타나 있어 주목할 만하다.[20]

> 瘴海陰雲이 白晝의 훗터디니
> 湖南 어늬 고디 鬼蜮의 淵藪런디
> 魍魅魍魎이 쓸커디 저즌 고의
> 白玉은 므스 일로 靑蠅의 깃시 된고
> 北風의 혼자 셔셔 고업시 우는 뜻을
> 하눌 고튼 우리 님이 전혀 아니 술피시니
> 木蘭 秋菊이 香氣로온 타시런가

〈만분가〉

화자는 '鬼蜮'과 '魍魅魍魎', '靑蠅' 등으로 비유된 간신들이 아무 거리
낌 없이 활보하는 세상을 통탄하고, 더 나아가 자신의 충정을 살피려고
하지 않는 님을 원망하기까지 한다. 그러면서 屈原의 〈離騷〉를 떠올리
게 하는 "木蘭 秋菊이 香氣로온 타시런가"라는 구절을 내세워 시류에 휩
쓸리지 않고 고고한 삶을 살아가려는 의지와 자신의 결백을 넌지시 표

---

20 〈만분가〉의 이러한 점에 대해서는 박일용, 「〈만분가〉의 형상화 형태」, 『한국고전시가
작품론』, 집문당, 1992에서 연군적 정서와 발분적 정서의 교합 양상으로 파악한 바 있으
며, 졸고, 「충신연주지사의 전통과 〈만분가〉에 대한 새로운 이해」, 『한국언어문학』 70,
한국언어문학회, 2009에서도 굴원의 〈이소〉, 정서의 〈정과정〉, 정철의 〈사미인곡〉·
〈속미인곡〉 등과 비교하여 그 특성을 고찰한 바 있다.

방하고 있다. 또한 "白髮黃裳의 셔룬 일도 하고 만다"라고 하여 실재 작
가의 모습을 드러낸 채 "盜跖도 셩히 놀고 伯夷도 餓死ᄒ니 / 東陵이 놉
픈 작가 首陽이 ᄂᆞ즌 작가 / 南華三十篇의 議論도 하도 할샤"라는 식으
로 '盜跖'과 '伯夷'를 거론하면서 옥석을 분별할 줄 모르는 세상을 탓하기
도 한다. 이처럼 〈만분가〉의 화자는 여성의 목소리로 님을 그리워하다
가도, 자신의 결백을 주장하고 임금과 정치 현실을 비판할 때는 사대부
남성의 모습을 취하기도 한다.[21]

　이러한 점은 여성화자의 목소리로 님에 대한 그리움과 걱정으로 일관
한 〈사미인곡〉·〈속미인곡〉과 선명하게 대비되는 특징이다. 〈만분가〉
의 화자가 님을 향한 간절한 그리움을 드러낼 때에는 女性의 목소리를
띠다가 정치 현실에 대해 비판하거나 임금을 원망할 때에는 남성의 목
소리, 그것도 '白髮黃裳'으로 표상되는 강직한 신하의 목소리를 취하는
것은 특히 주목할 필요가 있다. 이는 화자의 성격 불일치라는 모순으로
보일 수도 있지만,[22] 님의 위상과 관련지어 보면 작가의 의도가 오로지
님에 대한 그리움을 표출하는 데에만 있는 것이 아님을 알 수 있다. 정철
이 〈사미인곡〉과 〈속미인곡〉에서 님을 천상계의 절대적 존재로 설정한
것이 님을 향한 그리움의 정서를 효과적으로 드러내기 위한 전략에서
비롯된 것임은 기존의 연구에서 여러 차례 지적된 바가 있다. 이에 비추
어 볼 때, 〈만분가〉의 화자는 님에 대한 그리움을 드러내는 한편으로 자
신의 결백을 하소연하고 당시 정치 현실을 비판하는 것까지도 의도한

21　이와 관련하여 "아내나 연인을 그리는 보통의 연정시라면, 그리고 연군이 아니라 임금
　　과 대립하며 자신의 뜻을 굽히지 않는 시적 정황이라면, 정철은 아마도 의연한 남성적
　　화자의 목소리로 여인을 다독이거나 임금에게 직언을 취하는 강개한 선비의 목소리로
　　자신의 심정을 토로했을지도 모르기 때문이다"(박경남, 「〈사미인곡〉의 향유 맥락과 중
　　층구조」, 『규장각』24, 서울대 규장각, 2001, 29면)라는 진술은 크게 참고할 만하다.
22　최상은, 「유배가사의 작품구조와 현실인식」, 한국정신문화연구원 석사논문, 1984, 69～
　　83면; 최상은, 앞의 글, 1988, 293～294면 등에서 〈만분가〉가 남녀관계를 나타내는 표현
　　으로서는 적절치 못한 대목이 많다고 지적하면서, 이를 정철의 〈사미인곡〉·〈속미인
　　곡〉에 비해 정제되지 못한 결함으로 해석한다.

것으로 볼 수 있다. 〈만분가〉에서 화자가 님을 그리워하는 목소리는 정치 현실에 대한 비판과 님에 대한 원망, 그리고 자신의 결백을 하소연하는 목소리와 함께 뒤섞여 있어서 정철의 〈사미인곡〉이나 〈속미인곡〉과는 다소 다른 느낌을 자아낸다.

〈만분가〉의 이러한 특징은 작품에서 절대적 가치를 부여 받은 천상계의 옥황상제와 관련지어 볼 때 더욱 선명하게 드러난다. 앞서 살펴보았듯이 〈만분가〉에서 옥황상제는 화자가 자신의 흉중에 쌓인 말씀을 아뢰기 위해 설정한 대상이다. 옥황상제는 지상계의 화자가 지니고 있는 문제를 해결해 줄 수 있는 절대적 능력을 지닌 존재로 그려지고 있다. 옥황상제는 天上主宰神으로 天界와 地上, 나아가서는 水府와 冥府까지도 주재하는 존재로서 恩寵과 威罰을 마음대로 행사하는 절대유일의 신이기 때문이다.[23]

<blockquote>

이 몸이 녹가져도 玉皇上帝 處分이요,

이 몸이 싀여져도 玉皇上帝 處分이라.

노가디고 싀어지여 魂魄조차 훗터지고,

空山髑髏 ᄀᆞ치 님자 업시 구니다가

崑崙山 第一峯의 萬丈松 되여 이셔,

ᄇᆞ람비 ᄲᅦ린 소리 님의 귀예 들니기나,

輪回萬恸ᄒᆞ여 金剛山 鶴이 되여

一萬二千峯의 ᄆᆞ음ᄀᆞᆺ 소사 올나,

ᄀᆞ을 둘 불근 밤의 두어 소리 슬피 우러

님의 귀의 들니기도 玉皇上帝 處分일다.

</blockquote>

〈만분가〉

하늘같은 님이 화자가 "北風의 혼자 셔셔 ᄀᆞ업시 우는 쯧"을 전혀 살피

<hr>

23   최규수, 앞의 글, 1994, 428면.

지 않기 때문에 그 결과 화자는 천상주재신인 옥황상제에게 의지하는 것이며, 옥황상제의 절대적 능력으로 님이 화자의 결백을 알아주기를 바라는 것이다. 그러나 지상계의 님이 외면한 화자를 천상계의 옥황상제가 도와주리라고 낙관할 수는 없다. 자신의 운명을 옥황상제에게 모두 맡기고 있는 데서 화자의 체념적 정서가 물씬 풍겨나고, '空山髑髏', 'ᄇ람비', 'ᄀ을 둘 불근 밤' 등의 스산한 시어가 비통한 어조와 함께 울려 퍼지는 데서 화자의 비관적 전망을 엿볼 수 있는 것이다. 이러한 비관적 전망은 "아모나 이내 뜻 알 니 곳 이시면 百歲交遊 萬世相感 ᄒ리라"라는 결말에서도 나타나고 있다. 옥황상제에게도 더 이상 희망을 찾을 수 없다고 느낀 화자는 결국 자신의 원통한 심정을 옥황상제가 아닌 누구라도 알아주기를 절규하는 것으로 끝을 맺고 만다. 이것은 작가 스스로 자신의 운명에 대해 비관적으로 인식하고 있는 한 징표가 될 것이다. 특히 〈사미인곡〉·〈속미인곡〉의 화자가 죽어서라도 님을 따르겠다는 비장한 결의와 함께 님의 곁에 있어야 하는 자신의 존재 가치를 피력함으로써 천상계로의 복귀를 강하게 희망하고 있는 것과는 분명히 차이를 두고 있다.

3. 연군의식의 차이와 작품의 지향점

〈사미인곡〉·〈속미인곡〉이 '謫降 → 천상계의 상실 → 상실에 따른 고난 → 천상계로의 복귀 또는 복귀 희망'이라는 적강 모티프의 구조[24]를 지닌 작품을 거의 그대로 닮고 있다는 점은 흥미로운 사실이다. 이에 반해 〈만분가〉는 지상의 동일선상에 위치한 님과의 간극을 메울 수 있는 방

---

[24] 성현경, 「적강소설 연구」, 『한국소설의 구조와 실상』, 영남대 출판부, 1989.

법으로 천상계의 절대적 존재에 대한 호소를 택하지만 그 전망은 비관적일 수밖에 없다. 이러한 차이는 한 마디로 말해서 님에 대한 화자의 태도, 곧 연군의식의 차이에서 비롯된 것이다. 〈만분가〉의 화자가 지상계의 님에게 절대적으로 의지하지 않고 천상계의 옥황상제를 별도로 설정하여 이를 호소의 대상으로 삼고 있다는 것 자체가 이미 님에 대한 인식이 〈사미인곡〉·〈속미인곡〉의 화자와 다름을 보여주는 것이다.

이러한 차이를 해명하기 위해 두 작가가 남긴 작품이나 글 중에서 임금에 대한 태도가 드러난 것들을 더 살펴보도록 한다. 이를 통해 연군의식의 차이가 평소 견지하던 각 작가의 태도의 차이에서 기인한 것임을 알 수 있을 것이다. 또한 이와 관련하여 조위나 정철의 정치적 처지나 입지도 간과할 수 없는 중요한 동인이 될 수 있기에 연이어서 논의하도록 하겠다.

내 들으니 '천하에는 버릴 물건이 없고, 버릴 재능이 없다' 한다. 아무리 하찮은 미물이라도 옛사람들은 버리지 않는다. 하물며 해바라기에는 두 가지 덕이 있지 않은가? 해바라기는 해를 향하여 빛을 따라 기울일 수 있으니 이를 충성이라 일러도 좋을 것이고, 또한 해바라기는 발을 보호할 수 있으니 이를 슬기라 일러도 좋을 것이다. 대체 충성과 슬기란 사람의 신하된 절개이니, 충성으로서 윗사람을 섬기되 자기의 정성을 다하고, 슬기로서 물건을 변별하되 시비에 의혹이 없으니, 이것이 곧 군자가 어려워하는 것이고, 내가 일찍이 연모하던 일이다.

且吾聞之, 天下無棄物, 無棄才. 管蒯菅菲之微, 古人皆以爲不可棄. 況葵有二德乎. 葵能向日, 隨陽而傾, 謂之忠, 可也. 葵能衛足, 謂之智, 可也. 夫忠與智, 人臣之節, 忠以事上, 盡己之誠, 智以辨物, 不惑是非, 此君子之所難, 而余之宿昔所慕者也.[25]

---

25 조위, 〈葵亭記〉, 『梅溪集』 한국문집총간 16, 민족문화추진회, 1988. 작품 해석은 이동재, 「梅溪 曺偉의 시문학 연구」, 성신여대 박사논문, 2001, 26면에서 제시한 것을 따른다.

위의 글은 조위가 義州의 유배지에서 자신의 신세를 해바라기에 비유하여 연군의 충정을 드러낸 〈葵亭記〉의 일부이다. 사람들이 하찮은 풀이라고 천시하는 해바라기이지만, 조위는 해바라기가 오히려 신하가 갖추어야 할 덕목을 깨우쳐 주는 것으로 여기고 있다. 곧 일편단심으로 임금을 모셔야 하는 충성과 투철한 사리분별로 시비에 엄정하게 대처하는 슬기, 이 두 가지는 그가 중요하게 견지하는 덕목임을 알 수 있다. 조선시대 사대부에게 충성심은 마땅히 추구해야 할 기본 덕목이다. 그런데 그에 못지않게 是非에 엄정한 사리분별을 중히 여기는 데에서 그가 추구하는 가치의 일단을 감지할 수 있다. 이러한 면모는 다음의 詩篇에서 보듯이 謫客 신세에 대한 울분과 유배에 처한 자신의 처지를 받아들이지 못하고 완강히 거부하려는 태도로 이어지고 있다.

머리 돌리니 班列은 자취가 이미 진열하였으니
物外에 초연하여 청진함에 맡겼네.
문을 잠그고 홀로 앉아 있으니 청춘은 고요하니
술을 마시고 高聲放歌하니 백발이 새롭네.
洛下의 원로 모임에 이 늙은이 빠졌으나
山西지방에는 名將에다 神人도 있다네.
다만 지금은 廉頗의 밥에는 뜻이 없고
오직 一片丹心으로 임금을 향해 拱揖하네.
回首班行跡已陳　超然物外任淸眞
閉門獨坐靑春靜　對酒高歌白髮新
洛下耆英遺此老　山西名將有神人
祇今無意廉頗飯　惟把丹心拱北辰[26]

26　조위, 위의 책. 작품 해석은 이동재, 위의 글, 107면에서 제시한 것을 따른다.

　　이 시에는 金宗直의 시문집을 찬집한 죄로 戊午士禍에 연루되어 유배된 조위가 자신에게 내려진 형벌을 받아들이지 못하는 태도가 드러나 있어 주목된다. 세상에 초연한 태도를 드러낸 首聯과 임금을 향한 일편단심을 다짐하는 尾聯과 달리, 술을 마시고 고성방가하며 비통한 심정에 젖은 모습을 드러낸 頷聯과 名將과 神人에 빗대어 자신의 존재를 부각시키려는 頸聯에서 자신의 처지를 선선히 받아들이지 못하고 유배를 완강하게 거부하는 태도의 일단을 엿볼 수 있다. 이러한 태도는 유배지 의주에서 함께 유배온 鄭希良의 시에 次韻한 다음의 詩篇에도 나타나고 있다.

> 阮籍은 통달한 선비가 아니었으니,
> 막다른 길이라 통곡할 게 뭐 있는가.
> 세상에는 진실로 남겨진 천리마가 많건만,
> 사람들은 대부분 그림 속의 용만 좋아한다네.
> 굶주린 까마귀 새벽 해에 울어대는데,
> 꿋꿋한 송골매 가을바람에 하강하네.
> 쓸쓸하게 지내며 깊은 이치를 저술하는 그대,
> 長楊賦를 올리기 위해 창작하고 있는 늙은이.
> 嗣宗非達士　何用哭途窮
> 世固遺神驥　人多好畫龍
> 飢烏鳴曉日　健鶻下秋風
> 寂寞草玄子　長楊獻賦翁[27]

　　이 시의 首聯에서 조위는 竹林七賢의 일원인 阮籍이 살벌한 왕조교체기 때 앞날이 불투명한 자신의 처지를 막다른 길에 도달한 수레에 빗대

어 한탄한 고사를 끌어들여, 아무리 곤궁한 상태에 처해도 결코 무너지지 않는 통달한 인사라며 정희량을 위로하고 있다. 頷聯에서는 재능이 있는 정희량을 중용하지 않는 당시 조정 중신들에 대해 날카롭게 비판하고 있다. 이러한 비판 의식은 조정의 간신들을 까마귀에 빗대어 우의적으로 형상화한 頸聯에까지 이어지고 있다. 여기서 송골매는 정치적 절조를 굽히지 않다가 변방으로 유배온 조위와 정희량을 가리킨다. 이윽고 정희량에게는 학문에 전념할 것을 권하는 한편, 조위 자신은 군주의 잘못을 풍간하는 글의 창작에 전념하겠다는 내용으로 이 시는 끝맺고 있다. 중국의 揚雄이 〈長楊賦〉를 지어 荒淫無道한 成帝를 풍간한 것을 본받아 정치 현실에 대한 비판의 날을 거두지 않겠다는 조위의 다짐이 예사롭지 않은 것은 그 당시의 정치 현실과 밀접하게 관련되어 있기 때문이다.

名門巨族의 후손으로 成宗의 남다른 총애를 받으며 벼슬길에서 승승장구하던 조위에게 燕山君의 등극은 그야말로 좌절과 시련의 심상찮은 조짐으로 다가왔다. 중국에 사신으로 다녀오던 길에 당한 戊午士禍와 그로 인한 유배는 쉽사리 받아들이기 힘든 큰 형벌인 것이다. 자신의 재능을 알아보고 중용한 成宗에 비해 怨恨의 정치를 일삼던 昏君 燕山君을 조위가 천상계의 절대적 존재로까지 우러러 추앙하기는 힘들었을 것이다. 그러므로 〈만분가〉의 옥황상제가 成宗을 비유한 것이라는 견해[28]를 받아들인다면, 〈만분가〉에서 지상적 존재로 설정한 님은 바로 燕山君을 가리키는 것으로 볼 수도 있을 것이다.[29]

---

28   이가원, 앞의 글, 1963, 159면.
29   이와 유사한 예로 조우인과 신흠을 들 수 있다. 조우인은 광해군 때 筆禍 事件으로 감옥에 갇혀 있던 시기에 '님'에 대한 원망과 울분을 〈자도사〉를 통해 형상화하였다. 이에 대해서는 장수현, 앞의 글, 33~39면 참조. 또한 신흠 역시 광해군 때 癸丑獄事로 쫓겨나게 되는데, 광해군 밑에서 봉직한 5년여의 昏政期를 진정한 벼슬생활로 인정하지 않는 점을 〈放翁詩餘〉의 몇몇 작품들을 통해 엿볼 수 있다. 이에 대해서는 성기옥, 앞의 글, 43면 참조.

이와 달리 정철의 작품들에서는 조위의 경우와 크게 대비되는 면모를 확인할 수 있다. 정철이 남긴 전체 80여 수의 시조 가운데 20여 수가 임금을 지향하는 내용을 담고 있는데,[30] 다음의 시조들이 대표적이라고 할 수 있다.

> 숑님(松林)의 눈이 오니 가지마다 곳치로다
> 훈가지 것거내여 님 겨신더 보내고져
> 님이 보신 후제야 노가디다 엇디리

> 나올 적 언제러니 츄풍(秋風)의 낙엽(落葉) ᄂ데
> 어름 눈 다 녹고 봄곳치 픠도록애
> 님다히 긔별을 모르니 그롤 셜워ᄒ노라

> 내 ᄆᆞᆷ 버혀내여 별둘을 밍글고져
> 구만리 댱텬의 번ᄃ시 걸려 이셔
> 고온 님 계신 고더 가 비최여나 보리라[31]

정철이 東人과 西人의 갈등으로 星山에 머물 때 지은 것으로 추정되는 위의 시조 작품들은 공통적으로 님을 향한 변함없는 충절을 노래하고 있다. 권력 중심에서 밀려난 상황임에도 불구하고 자신의 신세를 한탄하거나 정치 현실에 대해 비판하는 모습은 거의 찾기가 힘들고, 오직 님에 대한 그리움을 여성화자의 목소리로 일관되게 읊조리고 있다. 또한 이 작품들은 시상 전개나 시어의 구사, 표현 등의 측면에서 〈사미인곡〉·〈속미인곡〉에 근접한 양상을 띠고 있다. 특히 님에 대한 정성을 표

---

30 전재강, 「정철 시조에 나타난 현실 지향과 풍류의 성격」, 『시조학논총』 21, 한국시조학회, 2004, 211면.
31 이상 인용한 정철의 시조 세 편은 『星州本 松江歌辭』에 수록된 작품들이다.

현하기 위해 소나무 가지의 눈을 끌어들이거나 계절이 변화하는 동안에
도 항상 님의 소식에 이목을 중한다든지, 자신의 충정을 달로 形象化하
여 님을 비춘다는 등의 표현과 발상은 〈사미인곡〉과 〈속미인곡〉에도
거의 동일하게 나타난다.[32] 또한 한시 〈月夜作〉에서 "가을바람 건듯 불
어 마른 대나무 시름한데, 산마루에 달 돋으니 어져 미인이로세. 나도
모르게 달을 향해 두 번 절하나니, 외로운 신하 백발이 이 밤에 새로워라
[秋風乍起愁枯竹, 嶺月初生是美人. 不覺依然成再拜, 孤臣此夜新]"라고 읊은 것
처럼, 미인으로 표상된 달을 향해 자기도 모르게 절을 하는 백발 신하의
모습으로 임금을 향한 충정을 형상화하기도 한다. 이러한 모습에서 유
가 사대부로서 체질화된 사고와 정서의 단면을 감지할 수 있다.[33]

이처럼 정철은 자신의 처지가 어떠하든지 상관없이 연군의 심정을 애
달프게 그리고 있는데, "기울게 대니거니쓰나 족박귀 업거니쓰나 / 비록
이 세간이 판탕홀만정 / 고온님 괴기옷 괴면 그롤 밋고 살리라(星州本 松
江歌辭)"라는 시조에서 그 절정을 보이고 있다. 가산이 기울어지고 님이
방탕한 생활을 할지라도 님의 사랑만 받는다면 그를 믿고 살겠다는 다
짐은 외적 환경에 아랑곳하지 않고 님에 대한 절대적 지향을 맹세하는
정철의 신념을 말해주는 것이다.

이러한 면모는 정철의 생애와도 관련지어 살펴볼 수 있다. 유년기에
가졌던 궁중 생활의 체험과 乙巳士禍로 인한 가화는 정철로 하여금 권
력의 쓴 맛을 보게 하여 정치 현실에 임하는 자신만의 태도를 확고하게
갖추는 계기로 작용한다. 정철이 견지한 현실의식의 중심에는 항상 임
금이 자리잡고 있었으며, 임금은 무조건적으로 지향하고 추종해야 할
존재로 인식되었음을 말한다. 곧 임금과의 긴밀한 관계를 지속적으로
추구하는 것이 무엇보다 중요하다는 인식을 갖게 된 것이다.[34] 또한 정

---

32 세 편의 시조 작품에 대한 해석은 김상진, 「송강 시조에 나타난 화자의 모습과 차별 양상」,
    『온지논총』 8, 온지학회, 2002, 101면 참조.
33 박영주, 「송강 시가의 정서적 특질」, 『한국시가연구』 5, 한국시가학회, 1999, 239면 참조.

철이 明宗과 宣祖의 2대에 걸쳐 임금의 총애를 극진히 받았다는 점도 고려해야 할 것이다. 유년시절 궁중을 출입하며 놀던 때부터 정분이 두터웠던 明宗의 관심과 배려 속에 벼슬살이를 시작한 정철은 그다음 임금인 宣祖에게도 크나큰 총애를 입는다. 벼슬살이를 하는 동안 東人들에게 여러 차례에 걸쳐 견제와 탄핵을 받지만, 宣祖의 총애는 여전하여 정철은 다시 권력의 중심으로 돌아오기를 반복하곤 하였다. 이처럼 정철은 유년시절부터 여러 대를 거쳐 임금과 매우 친밀한 관계에 있었고, 그로 인해 여러 차례의 정치적 난관도 극복할 수 있었던 것으로 보인다. 특히 兩美人曲을 지을 당시에도 비록 사간원과 사헌부의 논척을 받고 임금의 곁을 떠나게 되지만 宣祖의 총애는 여전하였기 때문에 조금의 의심도 없이 미래를 낙관하며 오직 임금만을 바라볼 수 있었고, 임금에 대한 인식 역시 절대적일 수밖에 없었을 것이다.[35] 그러므로 〈사미인곡〉·〈속미인곡〉의 님은 바로 이러한 인식의 결과물이라 할 수 있다. 그에게 님은 자신의 처지와 상관없이 천상계의 절대적 존재로 추앙해마지 않아야 할 對象인 것이다.

이상으로 조위와 정철의 생애와 관련 작품들을 통해 연군의식의 차이를 살펴보았다. 이러한 연군의식의 차이는 결국 작품의 지향점과 연결될 수 있다.

〈사미인곡〉에서 화자의 지향점은 시적 대상인 님에게 온통 쏠려 있다. 계절에 따라 '梅花', '임의 옷', '淸光', '陽春' 등으로 소재가 달라지지만, 이 소재들이 지닌 의미는 오로지 님을 향한 그리움이자 충정의 표상이다. 〈속미인곡〉의 乙女도 춘하추동 하루도 빠짐없이 님을 간절히 그리워하고 님의 일상사가 걱정스러워 노심초사할 뿐이다. 이 두 화자에게 님은 전적으로 의지하고 무조건적으로 따라야 할 절대적 존재인 것이다. 따라서 이 경우의 화자는 모두 늘 대상과의 합일을 도모하고자 애

---

34   전재강, 앞의 글, 213면.
35   정철의 생애와 행적에 대해서는 박영주,『송강 정철 평전』, 중앙M&B, 1999 참고.

쓴다는 점에서 대상지향적인 성향을 보인다고 할 수 있다.

이에 비해 〈만분가〉의 화자는 님을 향한 그리움이나 걱정을 드러내면서 동시에 자신의 결백과 억울함을 호소하는 데에도 노력을 기울인다. 그렇기 때문에 자신의 처지에 대한 비관과 함께 정치 현실에 대한 신랄한 비판을 가하며, 급기야는 님에 대한 원망도 서슴지 않고 터뜨리고 만다. 이 화자에게 님은 더 이상 의지할 대상도 아닐 뿐만 아니라 절대적 존재도 아닌 것이다. 이러한 점에서 〈만분가〉의 화자는 양미인곡의 화자에 비해 자기중심적인 성향을 다소 강하게 드러낸다고 할 수 있다.[36]

지금까지의 논의에 비춰 볼 때, 정철의 양미인곡이 金萬重이나 洪萬宗을 비롯한 여러 문인들에 의해 호평을 받은 것도 절대적 존재인 님을 향해 자신의 충정과 연모의 감정을 흐트러짐 없이 일관되게 형상화하려는 작가의 연군의식이 크게 작용하였기 때문일 것이다. 이것은 〈만분가〉에 나타난 연군의식과는 분명 대비가 된다. 님의 위상이 격하되어 있고 화자의 모습과 목소리가 균일하지 않으며 님에 대한 그리움과 함께 하소연, 원망, 비판 등의 복잡다기한 감정을 절제하지 못하고 분출하는 데에서 감지할 수 있는 연군의식은 양미인곡의 그것과는 상당한 차이가 있는 것이다. 그렇기 때문에 〈만분가〉가 작가의 극단적 처지와 복잡한 심정을 살펴볼 수 있는 작품일 수는 있겠지만, 절제된 감정의 표현과 공교한 언어 사용으로 인해 사대부 미의식의 한 정점을 보여주는 수작으로 평가받는 양미인곡에는 미치지 못한다고 할 수 있다.[37]

결국 작가가 처한 정치 현실의 상이함에서 기인한 연군의식의 차이로 인해 시적 대상과 화자의 형상화, 그리고 이 둘의 관계 양상이 차이나게 되고, 이러한 차이는 화자가 지향하는 바의 상이함으로 귀결된다고 할 수 있다.

---

36 '대상지향적인 성향'과 '자기반영적인 성향'이라는 용어는 나정순, 「가사와 여성성의 문제」, 『우리 문학의 여성성·남성성(고전문학편)』, 월인, 2001, 115면에서 언급된 것인데, 본고에서 이를 원용한 것이다.

37 정철의 양미인곡을 대상으로 한 당대의 평가와 이에 대한 해석은 성무경, 『가사의 시학과 장르실현』, 보고사, 2000, 80~101면, 225~247면 참조.

4. 결론

지금까지 연군가사에 대한 논의는 정철의 양미인곡을 중심으로 개별 작품들의 영향 관계를 규명하는 데 치중한 것이 거의 대부분이다. 그렇다 보니 개별 연군가사 작품들의 변별적 특징에 대해서는 그다지 큰 관심을 두지 않은 것이 사실이다. 본고는 이러한 점에 문제의식을 두고 연군의식의 측면에서 정철의 양미인곡과 조위의 〈만분가〉를 살펴보았다. 그 결과 조위의 〈만분가〉와 정철의 양미인곡은 연군가사라는 유형적 범주를 공유하고 있지만, 연군의식의 측면에서는 매우 대비되는 양상을 보이고 있음을 알 수 있다.

연군의식의 차이에 따라 〈만분가〉와 양미인곡은 화자의 형상화 양상, 시적 대상인 님의 위상, 그리고 두 인물의 공간 설정 등에서 큰 차이를 보일 뿐만 아니라 화자가 궁극적으로 겨냥하고 있는 지향점과 작품의 미학적 평가에서도 다른 양상을 빚어내고 있는 것이다. 이러한 차이는 다름 아닌 작가가 처한 정치 현실의 상이함에서 비롯된 바가 크다고 할 것이다. 그러므로 〈만분가〉와 양미인곡을 대할 때 뚜렷이 감지할 수 있는 대비적 특징들은 작가가 처한 정치 현실의 상이함에서 비롯된 연군의식의 차이가 크게 작용한 결과라고 할 수 있다. 이처럼 연군가사 작품들의 다층적이고 다양한 흐름을 포착하는 데 연군의식이 중요한 잣대 역할을 할 수 있음을 본고의 논의를 통해 알 수 있다. 본고에서 논의한 결과를 다른 연군가사 작품들에 적용하여 연군가사의 흐름과 계통을 파악하는 것은 이후의 과제로 삼도록 할 것이다.

『어문연구』 147, 한국어문교육연구회, 2010

〈별사미인곡〉과 〈속사미인곡〉에 나타난 연군의식 비교 고찰

1. 서론

北軒 金春澤의 〈別思美人曲〉과 北曲 李眞儒의 〈續思美人曲〉은 이병기[1]에 의해 학계에 처음 소개된 이후, 유배가사나 연군가사의 범주에서 연구자들의 관심을 꾸준히 받아 온 작품들이다. 두 작품은 모두 숙종조 이후 극심해진 당쟁에 희생되어 유배지에서 창작된 것이라는 점에서 유배가사의 흐름에서 다루어지거나, 임금의 곁을 떠나게 된 신하의 입장에서 임금을 사모하는 내용을 담고 있다는 점에서 연군가사의 전통에서 논의되기도 하였다.[2]

---

[1] 이병기, 「별사미인곡과 속사미인곡에 대하여」, 『국어국문학』 15, 국어국문학회, 1956.

[2] 또한 작품 제명의 '美人'에 주목하여 '미인곡계 가사'라는 유형 아래 연구되기도 하고, 연군 모티프에 착안하여 '충신연주지사'로 묶어 논의되기도 하였다. 이와 관련된 선행연구의 성과에 대해서는 정인숙, 「조선 후기 연군가사의 전개양상 연구」, 서울대 석사논문, 1994; 장수현, 「사미인곡계 가사 연구」, 서울대 석사논문, 2001에서 자세히 논하고 있으므로 본고에서는 일일이 거론하지 않는다. 다만 유배라는 작품 외적인 창작 상황에 따라 작품을 분류하여 이름 붙인 '유배가사'나 작품 제명의 유사성에 착안하여 분류한 '미인곡계 가사'보다는 연군가사가 해당 작품들의 실상과 특성을 더욱 잘 드러내 준다고

특히 작품의 제명에서 보듯이 이 두 작품은 松江 鄭澈의 〈思美人曲〉
과 〈續美人曲〉을 염두에 두고 창작된 것이라고 하여 작품들 간의 영향
관계에 대한 검토도 이루어졌다. 그 결과 〈별사미인곡〉과 〈속사미인
곡〉은 거의 동시대에 지어진 작품임에도 불구하고, 두 작품에 대한 연구
자들의 이해와 평가는 상당히 다르게 나타나고 있다. 즉, 〈별사미인곡〉
은 작가인 김춘택이 표방한 것처럼 松江의 兩美人曲[3]을 표현이나 모티
프, 어법 등의 여러 측면에서 거의 그대로 따르고 있는 것으로 파악하고
있다. 이와 달리 〈속사미인곡〉의 경우 작품의 제명이 유사하고 여성화
자의 발화가 군데군데 나타나고 있어 정철의 양미인곡을 표면적으로는
잇고 있지만, 전체적으로 유배의 노정과 유배객의 생활 및 심정을 사실
적으로 보여준다는 점에서 정철의 양미인곡에서 상당히 벗어나 있는 것
으로 이해하고 있다. 그리하여 〈별사미인곡〉은 정철의 양미인곡을 전
범으로 한 아류작 내지는 모방작이라고 하여 정철의 양미인곡과 함께
묶어 다루지만, 〈속사미인곡〉은 조선 후기 가사의 사실화·서사화 경
향에 더욱 접근한 작품으로 간주하여 논의하는 경향을 보여주고 있다.[4]

　이처럼 유배라는 정치 현실을 배경으로 하여 거의 동시대에 창작된
두 작품을 조선 전기 정철의 영향권에 밀착된 작품과 조선 후기의 서사
화 경향을 짙게 보여주는 작품으로 구분하려는 것이 대체적인 선행연구
의 동향인 듯하다. 그런데 이에 머무르지 않고 한 걸음 더 나아가 본고에
서 주목하고자 하는 것은 〈별사미인곡〉과 〈속사미인곡〉이 보여주고 있

　판단하여 본고에서는 연군가사라는 용어를 주로 사용하도록 한다.
3　송강 정철의 〈사미인곡〉과 〈속미인곡〉을 함께 지칭할 때는 편의상 '양미인곡'이라는 용
　어를 사용하도록 한다.
4　이러한 점은 서원섭, 「사미인곡계 가사의 비교 연구」, 『가사문학연구』, 형설출판사,
　1991, 281～282면; 최규수, 「적강 모티프 유배가사작품에 나타난 표현방식의 특성과 시
　적 효과」, 『이화어문논집』 13, 이화여대 한국어문학연구소, 1994; 최규수, 「김춘택의
　〈별사미인곡〉에 수용된 〈미인곡〉의 어법적 특질과 효과」, 『온지논총』 4, 온지학회,
　1998; 최상은, 「연군가사의 짜임새와 미의식」, 『조선 사대부가사의 미의식과 문학성』, 보
　고사, 2004 등에서 두드러지게 나타나고 있다.

는 차별적 특성과 그에 따른 작품의 변별적 귀속을 낳게 한 근본적인 동인이 무엇인가 하는 점이다. 정도의 차이는 있지만 두 작품 모두 정철의 양미인곡에 영향을 받아 창작된 연군가사이며, 다만 표현, 모티프, 어법 등의 개별 단위의 척도에서 서로 다른 양상을 보이고 있다면, 이러한 개별 단위의 척도를 관통하는 잣대를 고안하여 작품을 살펴보는 것이 보다 본질적이고 중요한 작품의 이해가 될 것이다.

이러한 차원에서 본고는 김춘택의 〈별사미인곡〉과 이진유의 〈속사미인곡〉을 정철의 양미인곡과 비교하여 '님'에 대한 화자의 태도와 시각, 곧 戀君意識의 차이와 그 의미를 고찰하고자 한다. 조선시대 군신관계의 정치 현실을 우의적으로 표출하고 있는 연군가사에서 '연군의식'이야말로 개별 작품들의 변별적 특징을 온전히 드러내는 데 효과적인 잣대 역할을 할 것이며, 나아가 다양한 편차를 보여주고 있는 연군가사 작품들을 보다 정밀하게 포착하여 해석하는 데에도 도움이 될 것으로 본다.

2. 작품에 나타난 연군의식의 양상 대비

연군의식은 조선시대 연군가사 대부분이 유배나 낙향 등에 의해 권력의 중심인 임금 곁을 떠나게 된 상황에서 창작된 것을 염두에 둔 개념으로서, 일반적으로 말하는 작가의식과는 다소 거리를 두고 있다. 대부분의 연군가사가 군신관계라는 특별한 정치 현실을 우의적으로 형상화하고 있다는 점에서 연군의식은 곧 이러한 정치 현실의 우의적 형상화를 내포한 개념이라 할 수 있다. 그러므로 연군의식은 실제 작가가 신하로서 임금에 대해 취하는 태도나 입장이 작품에서 어떻게 형상화되어 있는지에 집중할 수 있는 이점을 지닌다.

　연군가사는 대체로 시적 대상인 님에 대한 화자의 일방적인 내면 토로가 중심을 이루고 있다.[5] 이것은 작가가 유배나 낙향 등에 의해 임금과 멀어진 상황이 연군가사 창작의 중요한 계기이자 동인으로 작용하였다는 사실을 반영한 것이다. 그러므로 연군가사에서 파악할 수 있는 연군의식은 시적 대상과 화자 간의 상호 소통에 기반을 둔 것이 아니라 화자의 일방적 내면 토로에 근거할 수밖에 없다. 이에 의한다면 실제 작가로 환치될 수 있는 화자가 작품에서 어떤 모습과 목소리로 나타나며, 임금으로 표상되는 님이 작품에서 어떻게 그려지는가 하는 문제가 기본적으로 검토되어야 할 것이다. 이와 함께 시적 대상을 향해 화자가 어떻게 반응하여 그 내면을 드러내고 있는가에 대한 종합적 검토를 거쳐야 비로소 연군의식을 올바르게 가늠할 수 있을 것이다.[6]

　먼저 정철의 양미인곡에 나타난 연군의식의 양상을 검토한 후, 이를 〈별사미인곡〉과 〈속사미인곡〉과 대비하여 작품들에 나타난 양상의 차이를 살펴보도록 한다.[7]

5　이러한 점은 연군가사에만 국한된 특징은 아닌 듯하다. 여성화자가 등장하는 시조에서도 시적 화자와 시적 대상 사이의 애정은 상호 간의 감정의 교류가 전제되지 않는 경우가 대부분이라고 한다. 이에 대해서는 김용찬, 「시조에 구현된 여성적 목소리의 표출 양상」, 『한국고전여성문학연구』 4, 한국고전여성문학회, 2002 참조.

6　'연군의식'이란 용어는 정인숙, 앞의 글, 1994에서 사용한 바 있다. 본고는 연군가사에서 화자가 시적 대상인 님에 대해 지니는 태도나 입장, 시각 등을 가리키는 의미로 '연군의식'을 사용하고자 한다. 이러한 연군의식을 작품 해석의 잣대로 사용한다는 점에서 본고는 정인숙의 논문에서 시사 받은 바가 크다. 그러나 연군의식을 통해 연군가사의 다양한 양상과 다층적인 흐름을 살펴보려는 본고는, 연군가사 작품을 대상으로 하여 유형 분류를 시도한 정인숙의 논문과는 크게 차이가 난다고 할 수 있다. '연군의식'의 개념과 의미에 대해서는 졸고, 「조위의 〈만분가〉와 정철의 양미인곡에 나타난 연군의식의 양상 고찰」, 『어문연구』 147, 한국어문교육연구회, 2010에서 논한 바 있다. 본고에서는 이를 〈별사미인곡〉과 〈속사미인곡〉에 적용하고자 한다.

7　정철의 양미인곡에 나타난 연군의식의 양상에 대해서는 졸고, 앞의 글, 2010, 132~137면에서 논한 바 있는데, 본고에서는 논지 전개에 필요한 대강의 내용만 간추려 다시 제시하도록 한다.

정철의 양미인곡은 1585년(선조 18)에 사간원과 사헌부의 논척을 받아 전남 창평에 내려가 있을 때 지은 것으로 알려져 있다. 비록 유배는 아니지만 타의에 의해 권력 중심에서 밀려나 낙향한 작가의 처지를 천상의 선녀가 옥황상제에게 죄를 지어 지상계에 적강한 것으로 표현한 것이 양미인곡의 공통점이다. 곧 군신관계를 남녀관계에 비유하여 임금에게 버림받은 작가의 처지를 천상계에서 적강한 선녀로 그리고 있는 것이다. 〈사미인곡〉의 화자는 광한전이라는 천상에서 연분으로 맺어진 님과 함께 남부럽지 않은 사랑을 하다가 뚜렷한 이유도 모른 채 님과 이별하고 하계로 내려온 선녀로 등장한다. 그녀는 헝클어진 머리에 단장도 하지 않은 채 광한전의 님을 그리워하면서 한숨과 눈물로 세월을 근심스레 보내는 것으로 서술되고 있다.

이러한 시적 화자의 형상은 〈속미인곡〉에서도 거의 그대로 나타난다. 〈속미인곡〉은 甲女와 乙女라는 두 인물 간의 대화를 통해 작품이 전개된다는 점에서 〈사미인곡〉과 차이를 보인다.[8] 그러나 작품의 중심인물이라고 할 수 있는 을녀 역시 〈사미인곡〉의 화자와 거의 동일한 형상을 하고 등장한다. 곧 을녀는 천상계에서 님에게 사랑을 받다가 뜻하지 않은 죄를 지어 하계로 내려온 선녀이며, 천상계의 님을 그리워하고 님의 소식을 애타게 기다리는 한 여인으로 형상화되어 있다.

반면에 시적 대상은 양미인곡 모두 광한전이라는 천상에 있는 님, 곧 옥황상제로 설정되어 있다. 시적 대상인 님의 형상과 관련하여 작품의 문면에서 파악할 수 있는 정보는 님이 천상계에 살고 있다는 것과 한때

---

8 〈속미인곡〉의 등장인물을 甲女, 乙女, 丙女의 셋으로 보기도 하지만(조세형, 「송강가사의 대화전개방식 연구」, 서울대 석사논문, 1990), 본고에서는 甲女와 乙女가 서로 대화를 주고받는 것으로 본 정재호의 견해(「속미인곡의 내용분석」, 『한국가사문학론』, 문당, 1982)를 따르기로 한다. 또한 〈속미인곡〉의 등장인물들의 역할과 성격에 대해 등장인물들이 서로 이질적인 가치를 드러내며 논쟁을 벌이고 다른 시각을 드러내는 것으로 파악한 조세형의 견해(「가사 장르의 담론 특성 연구」, 서울대 박사논문, 1998, 49~51면)도 주목할 만하지만, 본고에서는 乙女를 중심인물로 파악한 정재호(앞의 글, 85면)의 견해와 정철의 이면적 자기로 규정한 장수현(앞의 글, 23면)의 견해를 따르도록 한다.

는 화자를 지극히 사랑하였다는 사실밖에 없다. 이것은 시적 대상을 향해 화자가 자신의 내면을 일방적으로 토로한다는 연군가사의 특징과 하계에 내려온 화자가 님의 소식을 전혀 알 수 없을 정도로 단절되어 있는 작품상 설정에 기인한 것이다. 그렇지만 님이 천상계의 인물이라는 점과 화자가 온갖 정성을 기울이고 님의 일상사를 염려한다는 사실로부터 하계에서 독수공방하는 화자와는 달리 님은 고귀한 존재이자 절대적 가치를 지닌 존재임을 알 수 있다.[9]

이처럼 양미인곡에서 시적 화자와 시적 대상은 지상계(하계)와 천상계(광한전), 여자(선녀)와 남자(옥황상제) 등으로 대비되어 나타난다. 곧 〈사미인곡〉의 화자와 〈속미인곡〉의 을녀에게 님이란 절대적인 존재이며, 따라서 이를 드러내기 위해 님이 있는 공간은 천상계라는 절대화된 공간으로 설정된 것이다. 이러한 설정에서 님에 대한 화자의 태도 역시 절대적 지향을 보일 수밖에 없다. 이러한 점은 양미인곡 모두 죽어서라도 님의 곁에 가고자 하는 화자의 의지가 비장하게 표출되는 것으로 끝맺는데서도 확연히 드러난다.

지금까지 정철의 양미인곡을 대상으로 하여 연군의식을 가늠할 수 있는 시적 화자와 시적 대상의 형상화 양상, 시적 대상의 공간 설정 및 위상 등을 검토하였다. 다음으로는 김춘택의 〈별사미인곡〉에 나타난 연군의식의 양상을 정철의 양미인곡과 대비하여 살펴보도록 하겠다.

〈별사미인곡〉은 1706년 유배지 제주도에서 지은 작품으로,[10] "내가

---

9   다만 〈속미인곡〉에서 님의 안부를 걱정하는 대목이나 꿈속에서 보게 된 님의 얼굴이 반이나 늙었다는 구절을 통해 님이 쉽게 변할 수 있는 자질을 지닌 연약한 존재이며 아이처럼 돌봐야만 하는 존재로 그려지고 있는 것은 꼼꼼히 따져볼 필요가 있다. 이혜순, 「15 · 16세기 한국 여성화자 시가의 의의」, 『한국문화』 19, 서울대 한국문화연구소, 1980에서는 이러한 대목과 구절을 들면서 화자와 님과의 관계가 작품의 초반처럼 절대적이거나 일방적인 것은 아니라는 견해를 제시하고 있다. 그러나 실재의 님이 그러하다기보다는 님과의 재회를 간절히 바라는 화자의 염원이 투영된 것이면서 동시에 화자가 님의 곁으로 복귀해야 하는 나름대로의 이유를 은연중에 드러낸 것으로 보는 것이 작품의 전체적인 흐름상 자연스러운 해석이라 할 수 있다.

제주에 와서 또 우리말로 〈별사미인곡〉을 지었는데, 송강의 양미인곡을 좇아 화답한 것이다余來濟州, 又以諺作別思美人詞, 追和松江兩詞]"[11] 라는 작가의 기록처럼 정철의 양미인곡에 영향을 입은 바가 크다. 그중에서도 이 작품은 여인들의 대화체로 이루어져 있다는 점에서 정철의 〈속미인곡〉에 더 가깝다고 할 수 있다.

> 이보소 져 각시님 셜운 말슴 그만ᄒ오
>
> 말슴을 드러ᄒ니 셜운 줄 다 모를쇠
>
> 인년인들 ᄒ가지며 니별인들 갓탈손가
>
> 광한전 빅옥경의 님을 뫼셔 즐기더니
>
> 니리롤 ᄒ엿거니 지앙인들 업술손가
>
> 히 다 저문 날의 가ᄂᆞᆫ줄 설워마소
>
> 〈별사미인곡〉[12]

작품의 첫머리에서 언급되고 있는 '져 각시'는 그 내용으로 보건대 정철의 〈속미인곡〉에 나오는 을녀, 곧 정철의 내면의식이 여성화자로 표출되어 있는 주인공인 셈이다.[13] 〈속미인곡〉의 중심 화자인 을녀에게 말을 건네는 방식으로 시작하는 〈별사미인곡〉은 위의 인용문만 본다면 〈속미인곡〉의 연장선에 놓인 작품이라 할 만하다. 을녀와 마찬가지로 '져 각시' 역시 광한전 백옥경이라는 천상계에서 님의 사랑을 받다가 재앙을 입어 지상계로 적강한 선녀로 형상화되어 있다. 그러나 다음의 인용에서 보듯이, '져 각시'에게 말을 건넨 '이 각시'의 처지는 다르게 나타나 있다.

---

10   이병기, 앞의 글, 116면; 고순희, 「18세기 정치현실과 가사문학 : 〈별사미인곡〉과 〈속사미인곡〉을 중심으로」, 『어문학』 78, 한국어문학회, 2002, 185~192면.

11   金春澤, 〈論詩文〉, 『北軒集』 16(한국문집총간 185), 민족문화추진회, 1999.

12   〈별사미인곡〉과 〈속사미인곡〉의 작품 인용은 이병기, 앞의 글에 소개된 것을 따른다.

13   최규수, 앞의 글, 1998, 68면.

엇더타 니니 몸이 견흘디 전혀 업니
광혼전 어디머오 빅옥경 니 아던가
원앙침 비취금의 뫼셔본 젹 비히 업니
내 얼골 이 거동이 무엇로 님 길고
질슴을 모르거니 가무야 더 니룬가
엇언지 님 향혼 혼조각 이 ᄆᆞ음을
ᄒᆞ룩리 심기시고 셩현이 가라치셔
뎡학이 알픠 잇고 부월이 두희 이셔
일빅번 죽고 죽어 쎠가 길니 된 후ᄌᆞ도
님 향혼 이 ᄆᆞ음이 변홀손가

〈별사미인곡〉

님을 향한 마음은 여전히 변함이 없다고 읊조리는 '이 각시'는, 그러나 님을 한 번도 모신 적이 없다는 점에서 '져 각시'와 처지가 다르다. 님이 있는 광한전 백옥경이 어디에 있는지조차 모를 뿐만 아니라, 원앙침과 비취금에서 님을 모신 적도 없는 '이 각시'는 천상계에는 얼씬도 하지 못한, 그야 말로 지상계에서만 살아 온 여인일 뿐이다. 이처럼 처지가 다르기 때문에 '이 각시'는 천상계에서 적강한 선녀인 '져 각시'에게 '서러운 말씀을 그만하라'고 참견할 수 있는 것이다. '이 각시'의 입장에서는 '져 각시'의 하소연이 자기 분수에 넘쳐서 하는 소리로 들리는 것이다. 따라서 "뫼셔셔 이러하기 각시님 갓도던들 / 서룸이 이러ᄒᆞ며 싱각인들 이러홀가"라는 구절 역시 처지가 다른 '이 각시'가 능히 내뱉을 수 있는 장탄식인 것이다. 이처럼 〈별사미인곡〉의 중심 화자인 '이 각시'는 지상계의 여인으로 형상화되어 있어 '져 각시'나 정철의 양미인곡에 등장하는 화자와 뚜렷이 구별된다.

님 계신디 싱각ᄒᆞ니 굼인들 어이 갈고

인간 천샹의 브리고 나라거니
천튝의 블샹홀손 한시절 왕소군이
옥계의 푸리 ᄂ고 심궁의 밤이 길졔
싱각고 못 보ᄂ줄 슬들이 한ᄒ다가
만니변셩의 무ᄉ믜라 가단말고
인연이 그러커든 니별이나 업거나
니별이 이러커든 인연이나 잇돗던가
산호 지게 빅옥함의 님 옷도 잇ᄂ마ᄂ
뉘려셔 가져가며 가져간들 보실손가
내 ᄒ인 뉘라ᄒ고 무ᄉ 말노 보ᄂ올고
스스로 면괴ᄒ니 눌이 엇디 니루려니

〈별사미인곡〉

인용문에서 보듯이 '이 각시'는 꿈에서도 '님'이 있는 곳에 갈 수 없는 자신의 처지를 漢나라 元帝 때의 궁녀인 王昭君의 고사를 끌어들여 한탄하고 있다. 즉 '님'이 있는 한양을 떠나 제주도로 유배당한 작가 자신의 처지를, 한나라 원제가 있는 '심궁'을 떠나 만리변성인 흉노족에게 시집간 왕소군의 불쌍한 처지에 빗대어 표현하고 있는 것이다. 여기서 '만리변성'과 '심궁'은 다름 아닌 '이 각시'와 '님'이 있는 공간을 각각 표상하는데, 이를 통해 '이 각시'는 님을 천상계의 존재가 아니라 지상계에 존재하는 인물로 받아들이고 있음을 알 수 있다. '이 각시'에게 님은 지상계에 존재하는 인물로 인식되고 있음은 "그도 ᄆ소ᄒ면 ᄇ람이ᄂ 되야 이서 / ᄒ일쳥음의 님 게신디 부러고져", "그도 ᄆ소ᄒ면 명손디쳔 되여 니셔 / 눙비봉무ᄒ여 님의 집의 둘러잇고", "그도 ᄆ소ᄒ면 오현금 되아 이서 / 남훈젼 님의 슬상의 노혓고져" 등의 구절에서도 확인할 수 있다. 이 구절에서 보듯이 님이 있는 곳은 백옥경이나 광한전의 천상계가 아니라 그저 '님 게신디'나 '님의 집'이라 지칭될 뿐이며, 그나마 '남훈전(南

薰殿)'이라는 어휘를 통해 지상계의 궁궐임을 알 수 있을 뿐이다. 또한
'만리변성'처럼 지상의 먼 곳에 떨어져 있기에, '이 각시'는 정성스레 만
들어 놓은 '님 옷'을 보내고 싶은 마음이 없지 않아 있다. 하지만 님이 선
뜻 받아들일 것 같지 않기에 스스로 面愧스러울 뿐이라고 하여 님에 대
한 정성을 표하는 데 머뭇거리고 주저하는 모습을 보이고 있다.

　　이처럼 〈별사미인곡〉의 님은 정철의 양미인곡에 비해 그 위상이 다
소 격하되어 있음을 알 수 있다. 비록 광한전, 백옥경과 같은 천상계가
언급되고 있긴 하지만, 작품의 중심 화자인 '이 각시'에게 천상계는 한
번도 접한 적이 없는 곳으로 나타나 있다. 그래서 그녀에게 님은 하늘 아
래 같은 땅에 발붙이고 사는 지상적 존재로 인식될 뿐이다. 이 작품이 정
철의 양미인곡, 그중에서도 특히 〈속미인곡〉을 이어받은 아류작 내지
는 모방작이라고 지적되곤 하지만, 그것은 어디까지나 표현, 모티프, 어
법 등의 개별 단위의 척도에서 포착된 유사성일 뿐이다. 연군가사 작품
의 해석에서 가장 중요한 요소인 '연군의식'의 측면에서 볼 때, 이 작품
은 정철의 양미인곡과 상당한 차이를 보여준다고 할 수 있다. 여성화자
를 설정하여 대화체에 의해 님을 그리워하는 심정을 토로하며, 부분적
이지만 천상계가 언급되고 있다는 점에서는 〈속미인곡〉을 따른 작품으
로 보인다. 하지만 중심 화자인 '이 각시'가 님의 공간을 지상계로 인식
하고 있다는 점에서 님의 위상 역시 다소 격하된 양상을 보이고 있다는
것은 중요한 차이라고 할 수 있다.

　　또한 화자의 역할에 있어서도 〈속미인곡〉과는 다른 모습을 보여준
다. 〈속미인곡〉의 두 화자는 이별의 상처에 괴로워하면서도 연모의 심
정을 표출하며, 절망하는 한쪽을 다른 한쪽이 위로하는 등 작가의 심정
을 대변하는 역할을 한다.[14] 곧 두 여성화자는 작가의 내면의식을 나누
어 표출하는 이중적 인격체인 셈이다.[15] 이에 반해 〈별사미인곡〉의 중

14　최규수, 앞의 글, 1998, 69~70면.
15　최규수, 위의 글, 1998, 73면.

심 화자인 '이 각시'는 자신의 처지가 '져 각시'와 다르다는 것을 강조하고, 자기보다 나은 처지에 있는 '져 각시'의 하소연을 그만 하라고 참견함으로써 둘 사이의 차별을 뚜렷이 하고 있다. 여성화자들의 역할이 다르다는 것은 작품의 결말을 통해서도 감지할 수 있다.

> 어와 이 각시님 그려도 그러ᄒ다
> 팔ᄌ를 어이ᄒ며 천뉸인들 도망홀가
> 더ᄒ거니 덜ᄒ거니 분별ᄒ며 무어ᄉᄒ며
> 구람이ᄂ ᄇ람이ᄂ 되여ᄂ들 무엇홀고
> 각시님 잔 가득 부으시고 혼시롬 이ᄌ소셔
>
> 〈별사미인곡〉

'팔ᄌ'와 '천뉸(天倫)'을 들먹이며 부질없는 일을 애써 한다면서 '이 각시'에게 체념을 권유하는 작품의 결사는, "출하리 싀여디여 낙월이나 되야이셔 / 님 겨신 창 안히 번드시 비최리라" 하면서 자신의 단호한 의지를 표방하는 을녀를 향해 "각시님 돌이야ᄏ니와 구존비나 되쇼셔"라고 갑녀가 동정하는 것으로 끝나는 〈속미인곡〉과는 상당한 거리 차이를 보여준다.[16] 연군에의 강한 의지를 견고하게 표출하는 정철의 양미인곡이 〈별사미인곡〉에 이르러서는 마침내 균열이 발생하고 틈이 벌어지고 만 것이다.

김춘택의 〈별사미인곡〉의 뒤를 이어 창작된 이진유의 〈속사미인곡〉은 또 다른 양상을 보여주고 있어 주목된다.[17] 〈속사미인곡〉은 작품 제

---

16 여성화자들의 역할이 〈속사미인곡〉과 〈별사미인곡〉에서 차이를 보이는 것에 대해서는 최규수, 위의 글, 1998, 84면; 김진희, 「송강가사의 수용론적 연구」, 연세대 박사논문, 2009, 221∼223면 참조.

17 이 작품은 작가가 추자도에 유배되었을 때 창작한 것으로, 구체적인 창작 시기에 대해서는 대체로 추자도에 유배된 지 3년째인 1727년(영조 3)으로 추정하고 있다. 이에 대해서는 서원섭, 「속사미인곡 연구」, 『가사문학연구』, 형설출판사, 1991, 225∼227면 참조.

명이 유사하고 부분적으로 여성화자가 설정되어 있다는 점에서 정철의 〈사미인곡〉과 닮아 있지만, 연군의식의 세부적인 양상에서는 〈사미인곡〉과 상당히 거리를 두고 있다고 할 수 있다. 우선 시적 화자의 형상화를 살펴보면, 군데군데 여성화자가 나타나지만 작품의 대부분이 작가와 동일시할 수 있는 남성화자의 목소리가 중심이 되어 전개되고 있다.

> 삼년을 님을 떠나 히도의 뉴락ᄒ니
> 내 언제 무심ᄒ여 님의게 득罪ᄒᆫ가
> 님이 언제 박졍ᄒ여 날 대졉 소히 ᄒᆫ가
> 내 얼골 곱돗던지 질투홀산 즁녀로다
> 유한ᄒᆫ 이내 몸을 션음ᄒᆫ다 니ᄅ노쇠

〈속사미인곡〉

작품의 서두에서 화자는 자신이 海島에 유배된 이유로 자신의 미모를 질투한 衆女가 善淫하다고 비방한 것을 들고 있다. 추자도에 유배된 지 3년이라는 작가의 실제 행적이 드러나 있긴 하지만, 여기서 대체적으로 감지할 수 있는 것은 여성화자의 목소리라 할 수 있다. 이외에도 "ᄌ식도 업손 내오 지덕도 업손 날을 / 무어슬 취ᄒ시며 무어슬 듕히 녁여 / 언언이 쟝허ᄒ며 ᄉᆞ의 두호ᄒ샤 / 비박ᄒᆫ 이 ᄒᆫ 몸을 다칠가 넘ᄒ시니"라고 하면서 나약한 여성으로 님의 보호를 받은 것에 감격하는 대목이나 "지하로 오슬 짓고 부용으로 치마 지어 / 협듕의 두어신들 눌 위ᄒ야 단장홀고"라면서 여성의 용모 단장을 운운하는 대목에서는 여성화자가 나타나 있다.[18] 그러나 작품의 대부분은 작가의 현실 체험이 짙게 드리워진 남성화자의 목소리로 가득차 있다.

18　〈속사미인곡〉에 나타난 여성화자의 목소리에 대해서는 정인숙, 「가사에 나타난 시적 화자의 목소리 연구」, 서울대 박사논문, 2001, 47∼51면 참조.

고신원누롤 한수의 マ득 뿌려

님 향훈 일편졍을 참고촘아 써나가니

내 ᄆᆞᆷ 이러홀 졔 님이신들 니즐손가

호남 길 더위잡아 노령의 올나 쉬여

북으로 도라보고 두세번 탄식ᄒᆞ니

부운이 폐일ᄒᆞ야 경국을 못 볼노다

〈속사미인곡〉

임금인 英祖가 있는 한양을 떠나 유배지인 추자도로 향하는 작가의 심정이 그대로 드러나 있음을 알 수 있다. 유배객의 신세를 '고신원누(孤臣寃淚)'라는 관습적 표현을 사용하여 드러내고, '한수(漢水)', '호남(湖南) 길', '노령(蘆嶺)' 등의 유배 노정을 적시하는 데에서 정철의 양미인곡에 보이는 남녀관계의 우의적 형상화는 자취를 감추고 군신관계에 비롯된 실제적 현실만 적나라하게 나타나 있다. "말만훈 좁은 방의 조슬도 만흘시고 / 팔쳑댱신이 구버들고 구버나며 / 다리롤 서려 누워 긴 밤을 새와나니"라는 대목도 이러한 예에 해당하는데, '팔쳑댱신(八尺長身)'으로 유배지의 좁은 방에서 '조슬(蚤蝨)'에 물어뜯기면서 고생하는 작가의 현실이 그대로 형상화되어 있다. 이처럼 〈속사미인곡〉의 화자는 부분적으로 여성화자의 목소리가 나타나긴 하지만, 전반적으로 실제 작가의 육성이 거의 그대로 드러나는 남성화자로 일관하고 있어 정철의 양미인곡은 물론이고 김춘택의 〈별사미인곡〉과도 확연히 차이가 남을 알 수 있다.

시적 대상인 님의 형상화에 있어서도 "셔녁ᄉᆞ방은 신ᄌᆞ의 직분이라 / 봉사미로롤 일ᄏᆞ롤 것 전혀 업다"라는 구절이나 "왕셔긔개지롤 여일망지ᄒᆞ노라"라는 구절 등에서 보듯이 실제의 임금을 직서하고 있을 뿐이고, 님이 있는 공간 역시 천상계가 아닌 지상계, 그것도 '경국(京國)'이라는 현실의 궁궐로 지칭되고 있다. 이처럼 천상계를 설정하지 않은 것은

님을 신격화하지 않았다는 뜻이다.[19]

시적 화자와 시적 대상의 형상화에서 짐작할 수 있듯이 〈속사미인곡〉에서 파악할 수 있는 님에 대한 화자의 태도는 천상계의 절대적 존재를 향한 헌신적 태도와는 거리가 멀다. "ᄉ성은 유명ᄒ고 화복이 지텬ᄒ나 / 오ᄂᆞᆯ날 사라남은 우리 님 도ᄋᆞ신가", "우리 님 아니시면 눌을 다시 의지ᄒᆞᆯ고 / 시운이 불ᄒᆡᆼᄒᆞ야 쳔니의 ᄶᅥ나시니 / 내 신셰 고혈ᄒᆞᆫ 줄 님이 모르실가" 등의 구절을 통해 임금의 은혜에 감사하고 신하로서의 도리를 다하려고 하는 태도를 엿볼 수는 있지만, 이러한 구절들이 유배의 노정을 기술하고 유배객의 곤궁한 체험을 표현하는 중간 중간 일관성 없이 관습적이고 상투적으로 나타나고 있는 것이다. 즉 정철의 양미인곡에서 님에 대한 헌신적 태도와 정성을 구체적 행위나 사물과 결부시켜 표하고 있는 데에는 훨씬 못 미친다고 할 수 있다.[20] 이러한 점과 관련하여 다음의 인용은 좀 더 자세히 살펴볼 필요가 있다.

> 반계예 녯 폐려롤 뷔여신들 뉘 딕힐고
> 셔 텬권을 고각의 못거시니
> 두셔틈 다 먹은들 긔 뉘라셔 포쇄ᄒᆞ며
> 평천쟝 만원화롤 젼벌ᄒᆞᆫ들 뉘 금ᄒᆞᆯ고

〈속사미인곡〉

위의 인용에서 주목할 점은 작가가 은연중에 선왕인 경종에 대한 그리움을 드러내고 있다는 것이다. '셔 텬권(賜書千卷)'은 곧 작가를 총애

---

19 〈속사미인곡〉의 공간 설정과 님의 위상에 대해서는 최상은, 앞의 글, 291~292면; 이문규, 「〈속미인곡〉 소고」, 『한국고전시가작품론』, 집문당, 1995, 658~661면 참조.

20 또한 님에 대한 정성의 표시로 연군가사에서 흔히 볼 수 있는 '옷 보내기' 모티프가 〈속사미인곡〉에서는 "지하로 오슬 짓고 부용으로 치마 지어 / 협듕의 두어신들 눌 위ᄒᆞ야 단장ᄒᆞᆯ고"처럼 자기 옷을 짓는 것으로 변형되어 나타나고 있는데, 이것 역시 님에 대한 화자의 태도를 가늠할 수 있는 한 예가 될 것이다. 이에 대해서는 장수현, 앞의 글, 46면 참조.

하여 경종이 하사한 책을 가리키는 듯한데, 이 책들을 좀벌레가 갉아먹은들 누가 '포쇄(曝曬)'하며 관리할 것이냐고 한탄함으로써 자신이 곧 선왕의 총애를 받던 신하라는 것을 강조하고 있다. 또한 이 대목은 임금이 하사한 책을 부실하게 관리하는 것 역시 불충일 터인데, 자신을 유배 보내어 선왕인 경종에게 불충하게 만든 정적들도 마찬가지로 불충한 것이라는 의미로도 해석될 수 있다. 참담한 현실과 대비하여 영화롭던 과거의 시절을 그리워하는 심정이 내재되어 있는 것이다. 이러한 심정은 서울을 떠나 유배지로 향하는 작가의 심정을 밝힌 "의릉을 쳠망ᄒᆞ니 숑빅이 챵챵ᄒᆞ다 / 고신원누롤 한수의 ᄀᆞ득 ᄲᅮ려 님 향ᄒᆞᆫ 일편졍을 참고 ᄎᆞᆷ아 ᄶᅥ나가니 / 내 ᄆᆞᄋᆞᆷ 이러ᄒᆞᆯ 졔 님이신들 니즐손가"라는 구절에서도 나타나 있다. 경종의 능인 '의릉(懿陵)'을 향해 '고신원누(孤臣寃淚)'를 뿌리는 행위에서 경종에 대한 작가의 그리움과 현실에 대한 사무친 한을 짐작할 수 있다.[21] 이러한 점에서 볼 때, 자신에게 유배형을 내린 임금인 영조에 대한 화자의 태도가 다소 관습적이고 상투적으로 보이는 이유의 일단을 간파할 수 있다.

지금까지 김춘택의 〈별사미인곡〉과 이진유의 〈속사미인곡〉에 나타난 연군의식의 양상을 정철의 양미인곡과 대비하여 그 차이를 살펴보았다. 다음 절에서는 이러한 차이를 빚게 한 동인이 무엇인지 고찰하도록 한다.

3. 연군의식의 차이와 작품의 의미 변별

〈별사미인곡〉은 작가 김춘택이 정철의 양미인곡을 좇아 화운한 것이

21　선왕을 향한 그리움의 정서에 대해서는 정흥모, 「영조조의 유배가사 연구」, 『국어문학』 45, 국어문학회, 2008, 117면 참조.

라고 표방하였지만, 시적 화자와 시적 대상의 형상화, 그리고 님에 대한 화자의 태도 등 연군의식을 가늠할 수 있는 여러 양상에서 정철의 양미인곡과 많은 차이를 보이고 있음을 알 수 있다. 정철의 〈속미인곡〉처럼 여성화자들의 대화체로 이루어져 있지만, 화자들 간의 차별을 강조함으로써 동조 관계에 있는 〈속미인곡〉 화자들과는 거리를 두고 있으며, 님의 공간으로 천상계가 언급되긴 하지만 작품의 중심 화자인 '이 각시'가 한 번도 가본 적이 없는 공간으로 제시되어 님의 위상에 손상이 가해지는 등의 변화를 〈별사미인곡〉은 보여준다.

이진유의 〈속사미인곡〉에 이르러서는 더욱 많은 변화를 감지할 수 있다. 우선적으로 〈별사미인곡〉에까지 그나마 견고하게 유지되던 여성화자의 설정에 균열이 가해져 실제 작가의 목소리가 적나라하게 울려 퍼지고, 천상계의 설정은 전혀 언급조차 되지 않는데다가 선왕에 대한 그리움이 드리워져 있어 현존하는 님에게 화자가 제대로 몰입하지 못하는 양상을 〈속사미인곡〉은 드러내고 있는 것이다.

결국 정철의 양미인곡이 확립한 견고한 연군의식의 양상이 〈별사미인곡〉을 거치면서 균열이 발생하더니 급기야 〈속사미인곡〉에 와서는 거의 파탄난 셈이다. 이러한 변모의 원인으로 우선 봉건시대에 권력의 중심부에 놓인 군주의 절대성이 점점 약화되는 시대적 흐름을 들 수 있을 것이다. 작품에 나타난 님의 공간 설정과 님에 대한 화자의 태도 변화를 통해 님의 위상이 후대의 작품으로 갈수록 천상계의 절대적 존재에서 지상계의 상대적 존재로 격하되고 있기 때문이다. 그러나 시대적 흐름만으로 이들 작품에 나타난 연군의식의 변모를 설명하기에는 석연치 않은 대목이 있다. 그것은 〈별사미인곡〉과 〈속사미인곡〉의 창작 시기가 거의 동시대이기 때문이다. 불과 20여 년이라는 시간 격차에 비해 두 작품 사이에 나타난 변화의 정도는 훨씬 크기 때문이다. 이러한 문제를 해결하기 위해서는 군신관계의 우의적 형상화라는 연군가사의 특징에 주목할 필요가 있다. 연군가사의 핵심적 특징으로, 정도의 차이는 있지만 봉건시대 전제 군주의 지배하에서 군신관계의 어긋남으로 인해 빚어진 갈등과 불만, 군주에 대한 충성과 그리움 등을 남녀관계에 빗대어 표현하는 우의적 형상화를 거론할 수 있을 것이다. 그렇다면 작품에 나타난 우의적 형상화의 이면에는 군신관계라는 엄연한 정치 현실이 존재하며, 또한 연군가사의 주요 창작 계기가 유배나 낙향으로 인해 군주의 곁을 떠나게 된 신하의 원통한 처지에 있다는 것을 염두에 둔다면 우선적으로 작가의 현실적 처지, 특히 군신관계에 눈을 돌리지 않을 수 없다. 이러한 점에서 〈별사미인곡〉의 창작과 관련하여 김춘택이 남긴 다음의 기록들은 면밀히 검토할 필요가 있다.

① 〈별사미인곡〉은 내가 지은 것인데 우리말로 썼다. 송강의 전후 사미인사를 좇아서 화답한 것인데, 세 노래가 모두 군신을 남녀에 비유하였으니 〈이소〉의 남긴 뜻에 기탁한 것이다. 그러나 천한 신하와 송강은 또 다름이 있어서 노래를 달리하였다.

別思美人詞者, 吾所製, 而以諺爲之. 盖追和松江前後思美人詞也, 三詞皆以君臣取譬男女, 盖託於離騷之遺意者. 而然賤臣之與松江, 又有不同, 故別詞[22]

② 내가 제주에 와서 또 우리말로 〈별사미인곡〉을 지었는데, 송강의 양미인곡을 좇아서 화답한 것이다. 그 대의는 다음과 같다. 저 각시는 일찍이 백옥경 광한전에서 군자를 모신 바가 있어 총애를 받고 교태를 부리기도 하였다. 그러니 비록 재앙을 만나 쫓겨난 바 되었다 하더라도 그 역시 오랫동안 상심할 일은 아니다. 하지만 이 각시는 원앙침 비취금에서 은총을 입은 적이 한 번도 없는데도 죄를 지어 멀리 쫓겨나게 된 것이다. 그러니 인연이 없으면서 이별이 있는 것이야말로 가장 한스러운 것이다.

余來濟州, 又以諺作別思美人詞, 追和松江兩詞. 其大意, 以爲彼娘子猶嘗陪

侍君子於白玉京廣寒殿, 寵愛嬌態, 則雖遇灾殃而被斥逐, 亦不必永傷. 惟此娘
子未嘗一承恩於鴛鴦枕翡翠衾, 而乃獲罪遠放. 無因緣而有離別, 最爲可恨.[23]

　　인용문 ①에서 우선 눈에 띄는 것은 정철의 양미인곡과 〈별사미인곡〉
이 모두 군신관계를 남녀관계에 비유한 우의적 형상화를 특징으로 한다
는 것이며, 특히 이러한 특징을 김춘택 역시 분명히 인식하고 있다는 점
이다. 또한 자신과 정철은 '다름'이 있기 때문에 노래를 달리하였다고 하
여 정철의 양미인곡과 구별되는 〈별사미인곡〉만의 특징이 있음을 내비
치고 있다. 그 '다름'의 구체적인 내용은 인용문 ②에서 확인할 수 있는
데, 그것은 곧 정치현실적 처지의 차이에서 기인한 것임을 분명히 하고
있다. 즉, '저 각시'와 '이 각시'의 대비를 통해 군주와의 인연이 없는 데
도 유배를 당한 작가의 처지를 한탄하고 있는 것이다. '저 각시'가 정철
또는 정철의 양미인곡에 등장하는 시적 화자를 염두에 둔 것이라면, '이
각시'는 다름 아닌 김춘택의 처지를 대변하는 화자라고 할 수 있다. 정철
과 김춘택의 처지를 대비하여 살펴보면 "인연이 없으면서 이별이 있는
것이야말로 가장 한스러운 것"의 실질을 확인할 수 있을 것이다.
　　주지하다시피 정철은 맏누이가 淑儀로 입궐하고 막내 누이가 桂林君
瑠에게 출가함으로써 왕실을 자유롭게 드나들 수 있었고, 그러면서 특
히 경원대군(明宗)과 교분이 깊었다. 그러다가 두 차례의 사화로 인해 가
문이 큰 화를 입게 되지만, 26세 때인 명종조에 진사시에 장원급제하고
이듬해에는 문과 별시에 장원급제한 것이 계기가 되어 이후 명종의 전
폭적인 지원을 받게 된다. 이와 같은 임금의 총애는 선조조에도 계속되
어 선조 원년(1568)에는 인사권을 다루는 요직인 吏曹銓郎을 제수 받을
정도로 가깝게 지낸다. 벼슬살이를 하는 동안 동인들에게 여러 차례 견
제와 탄핵을 받지만, 선조의 총애는 여전하여 다시 임금의 곁으로 돌아

23　金春澤, 〈論詩文〉, 『北軒集』 권16(한국문집총간 185), 민족문화추진회, 1999.

오곤 하였다. 이처럼 정철은 어린 시절부터 여러 대를 거쳐 군주와 친밀한 관계에 있었고, 그로 인해 수차례나 닥친 정치적 난관을 극복할 수 있었던 것으로 보인다. 특히 양미인곡을 창작하던 당시에도 선조의 총애는 변함없었기 때문에 조금의 의심도 없이 미래를 낙관하며 오로지 임금만을 바라볼 수 있었고, 임금에 대한 인식 역시 절대적일 수밖에 없었을 것으로 판단된다.[24] 그러므로 정철의 양미인곡에 제시된 님은 바로 이러한 인식의 반영이라 할 수 있다. 그에게 님은 천상계의 절대적 존재로 추앙해마지 않아야 할 대상인 것이다.[25]

김춘택 역시 정철의 행적과 크게 다를 바가 없다. 노론의 중심가문에 속하여 항상 정쟁의 와중에 있었던 것이 정철의 경우와 엇비슷하다고 할 수 있다. 정철이 그러했던 것처럼 김춘택 역시 여러 차례 상대당의 공격을 받아 투옥되거나 유배당한다. 결국 1701년에 소론의 탄핵을 받아 扶安에 유배되었으며, 희빈 장 씨의 소생인 세자를 모해하였다는 혐의를 입어 서울로 잡혀가 심문을 받고서 1706년에는 제주도로 유배지를 옮기게 된다.[26] 그러나 김춘택은 평생 동안 벼슬길에 나아간 적이 없어서 환로에서 부침을 거듭했던 정철과는 차이가 난다.[27] 바로 이러한 점이 "천한 신하와 송강은 또 다름이 있어서 노래를 달리하였다"는 기록과 직접적으로 관련된 내용이라 할 수 있다. 결국 한 평생 벼슬길에 나아간 적이 없는 데도 유배를 가게 된 것이 작품 창작의 중요 원동력으로 작용한 셈이다. 그렇기 때문에 님에 대한 화자의 태도가 정철의 양미인곡과는 다른 양상을 보여주게 된 것이다.

---

24 정철의 생애와 행적에 대해서는 박영주, 『송강 정철 평전』, 중앙M&B, 1999 참조.
25 정철의 정치현실적 처지와 양미인곡에 나타난 연군의식의 상관관계에 대해서는 졸고, 앞의 글, 2010, 145~1148면 참조.
26 김춘택의 생애와 행적에 대해서는 서원섭, 「별사미인곡 연구」, 『가사문학연구』, 형설출판사, 1991, 185~187면; 고순희, 앞의 글, 187~189면; 정인숙, 앞의 글, 2001, 32면 등 참조.
27 이에 대해서는 고순희, 앞의 글, 197~198면 참조.

엇언지 님 향훈 훈조각 이 ᄆ 옵을
ᄒ ᄅ 리 심기시고 셩현이 가라치서
뎡학이 알퓌 잇고 부월이 두희 이셔
일빅번 죽고 죽어 쎼가 길니 된 후ㅈ도
님 향훈 이 ᄆ 옵이 변홀손가

〈별사미인곡〉

〈별사미인곡〉의 표현이나 모티프가 거의 대부분 정철의 양미인곡을 차용한 것이지만,[28] 위에 인용한 구절은 양미인곡에서는 찾아볼 수 없다. 님을 향한 마음은 하늘이 주시고 성현이 가르쳤으니 '뎡학(鼎鑊)'과 '부월(斧鉞)'이 앞뒤에서 자신을 죽이더라도 님 향한 마음, 곧 충성심은 영원히 변치 않겠다는 구절은 조선시대 사대부라면 누구나 떠받들고 지켜야 할 절대적 가치와 신념이라 할 수 있다. 그런데 조선시대 교훈가사에서나 나올 법한 구절이 연군가사에 느닷없이 나타나는 것은 작가의 미숙한 문학적 재능에서 기인한 것으로 여길 수도 있겠지만, 사실은 임금을 가까이에서 한 번도 모신 적이 없는 작가의 행적에서 말미암은 바크다고 할 수 있다. 정철의 양미인곡이 화자의 구체적이고 현실감 넘치는 언행을 바탕에 두고 연군의 정을 세밀하게 표출하고 있다면, 〈별사미인곡〉은 다소 관습적이고 상투적인 차원에서 마치 연군의 구호를 남발하듯이 외치고 있는 형국이라 할 수 있다. 관료생활의 경험이 없는 김춘택에게 연군의 표출은 관습적이고 상투적인 성향을 띨 수밖에 없으며, 정철의 양미인곡에서 마련한 표현과 모티프를 거의 그대로 차용하는 수준에 머물 수밖에 없는 것이다.

그럼에도 불구하고 김춘택이 〈별사미인곡〉을 지은 것은 임금의 곁에 있으면서 자신을 유배지로 내친 상대방 정적들의 교언영색을 신랄하게

---

[28] 김진희, 앞의 글, 206~208면.

비판하고, 비록 임금과의 인연은 없지만 임금에 대한 연모는 그들에 비하여 한결 고결하다는 점을 드러내고자 하였기 때문일 것이다. 작품이 전개되는 내내 '이 각시'는 '저 각시'와 처지가 다르다는 것을 강조할 뿐만 아니라, "디빈혀 쏘존 머리"에 "뵈치마 미온 몸"이지만 님에 대한 정성은 "초나라 가는 허리 연나라 고은 얼골"을 한 교언영색의 무리들에 비할 바가 아니라는 것을 드러내고 있는 것이다.[29] 이러한 점에서 〈별사미인곡〉은 자기반영적이자 자기중심적인 성향을 보인다고 할 수 있다. 오로지 님에 대한 걱정과 그리움으로 일관하여 대상지향적이고 타자중심적인 성향을 보이는 정철의 양미인곡을 외피에 두른 채 〈별사미인곡〉은 남다른 자신만의 처지와 울분을 호소하는 데 중점을 둔 작품인 것이다.[30] 정철의 양미인곡과 뚜렷이 대비되는 〈별사미인곡〉의 이러한 특징은 무엇보다도 정치현실의 차이가 빚어낸 연군의식의 상이함에 견인된 바가 크다고 할 수 있다.

〈속사미인곡〉을 지은 이진유의 생애도 당쟁으로 점철되어 있다는 점에서 정철이나 김춘택의 경우와 거의 유사하다. 이진유는 소론의 중심인물로 경종의 총애를 받아 환로에서 승승장구하였다. 1721년(경종 1)에 정언에 기용되고 이듬해 사간으로서 世弟(영조)의 대리청정을 건의한 노론 四大臣을 탄핵하여 이들을 제거하였으며, 이어 김일경 등과 함께 辛壬士

---

29   "작품 중에 時人을 가리켜 말하기를 '초나라의 가는 허리, 연나라의 아리따운 얼굴, 긴 소매와 맑은 소리가 좋지 않은 게 아니지만 이 어찌 다함없는 정성이 있는 것이랴' 하였다. 이에 스스로의 상황을 말한즉 '대나무 비녀 꽂은 머리는 멀리 임금을 향해 있고, 베옷 치마 두른 몸은 임금을 위하여 순결히 있네'라 하였다. 이렇게 이야기하는 것은, 더더욱 觸諱될까 두렵지만 마음속에 감춘 바가 감흥이 되어 발한 것으로 스스로 그만둘 수 없기 때문이다(詞中指時人則曰, 楚之纖腰, 燕之美貌, 長袖淸音, 非不好矣, 而豈盡有精誠乎. 其自況則曰, 竹釵所揷之首, 長向於君, 布裳所着之身, 爲君而潔. 此尤恐其觸諱, 而然中心所蘊, 感興而發, 自不能已也), (金春澤, 〈論詩文〉, 『北軒集』 권16(한국문집총간 185), 민족문화추진회, 1999)"라는 김춘택의 기록도 이와 직접적으로 관련된 것이다.

30   '대상지향적이고 타자중심적 성향'과 '자기반영적이고 자기중심적인 성향'이란 용어는 나정순, 「가사와 여성성의 문제」, 『우리 문학의 여성성·남성성(고전문학편)』, 월인, 2001, 115면; 장수현, 앞의 글, 39면에서 언급된 것인데, 본고에서는 이를 원용한 것이다.

禍를 일으켜 노론을 숙청한 데에서 이러한 점은 잘 드러난다. 그런데 1724년 경종이 죽고 곧이어 영조가 등극하자 이진유는 하루아침에 몰락의 길로 접어들게 된다. 김일경, 목호룡 등이 과거 영조를 살해하려던 죄로 주살되고 이진유 역시 중국에 사신으로 다녀오던 중 유배지 추자도로 압송되지만 결국 노론의 공격을 받아 영조 6년(1730)에 물고되고 만다.[31]

이처럼 이진유 역시 당쟁에 휩쓸려 정치적으로 심한 고초를 겪은 인물이다. 특히 그러한 고초가 영조가 등극하자마자 시작되었으며, 결국 눈엣가시와 같은 존재로 여겨져 비참하게 생을 마감하였다는 점에서 죽을 때까지 선조 임금의 총애를 입었던 정철의 경우와는 차이를 보인다. 소론의 과격파에 속했던 그는 노론과 목숨을 건 정쟁을 벌여 잠시나마 권력을 손에 쥐게 되지만, 노론이 정국 운영의 주도권을 쥐게 된 영조 때에 이르러서는 거센 역풍에 시달리지 않을 수 없었다.[32] 이러한 정치현실적 처지가 고스란히 반영된 것이 〈속사미인곡〉인 것이다. 〈속사미인곡〉에서 화자가 선왕인 경종에 대해 그리워하고 과거의 영화를 추억하는 모습을 보이는 것은 이러한 정치현실적 처지와 무관하지 않다. 또한 영조의 등극과 동시에 유배당하여 실질적으로 영조를 모시지 않았다는 사실도 작품을 통해 엿볼 수 있는데, "엇그제 만난 님이 졍의는 닉듯서듯 / 님의 뜻 나 모르고 내 뜻도 님 모르며"라는 구절이 그 한 예가 될 것이다.

시지욕살ᄒ야 화식이 층격ᄒ니
도거졍확이 됴셕의 위급일새
졀도쳔극으로 즁노롤 막으시니
종시에 곡젼ᄒ심 오놀이야 더욱 알다

---

[31] 이진유의 생애와 행적에 대해서는 서원섭, 「속사미인곡 연구」, 『가사문학연구』, 형설출판사, 1991, 205~225면; 정흥모, 앞의 글, 109~112면; 정인숙, 앞의 글, 2001, 46면 참조.
[32] 영조가 이진유를 눈엣가시처럼 여겨 제거하고자 할 정도로 미워하였음은 『영조실록』의 기록에서 쉽사리 찾을 수 있다. 이에 대해서는 류연석, 「〈속사미인곡〉의 기행문학성 고찰」, 『고시가연구』 16, 한국고시가문학회, 2005, 82면; 정흥모, 앞의 글, 114면 참조.

션녀ᄉ방은 신ᄌ의 직분이라
봉사미로롤 일ᄏ롤 것 전혀 업다
견후은포ᄂ 화곤도곤 빗나시니
이죄위영은 이 더욱 망외로다

〈속사미인곡〉

이 작품에서 님의 은혜에 감격하는 화자의 모습을 찾기란 그리 어려운 일이 아니다. 그런데 그러한 화자의 모습이 다소 부자연스럽고 어색하게 느껴지는 것은, 작가가 노론과의 극심한 정쟁에서 서슴지 않고 벌인 자신의 행위는 감춘 채 사사건건 님의 은혜를 불쑥불쑥 내밀고 있기 때문일 것이다. 위의 인용문에서 보듯이, 당시 노론 인사들이 자신을 죽이려 하는 상황에서 다행히도 영조가 絶島에 유배를 보내는 것으로 조정의 '중노(衆怒)'를 막아주었다고 하여 임금의 은혜에 감사하는 모습은 작가의 진심으로 선뜻 받아들이기 힘들다. 목숨을 걸고 벌인 치열한 당쟁에 희생되어 장차 자신의 운명이 어찌 될지 모르는 상황에서 무엇보다도 절실한 것은 절대 군주의 노여움을 누그러뜨려 선처를 바라는 일일 것이다. 世弟의 신분에 있는 영조와 노론 세력을 축출하는 데 목숨을 걸었던 이진유가 이제 상황이 급변하자 영조에 대한 충성을 새삼스레 다짐하지만, 사태는 이미 돌이킬 수 없는 상황에까지 이르게 된 것이다.

"우직ᄒ기 본성이오 광망홈도 내 罪오나 / 근본을 성각ᄒ니 님 위ᄒ 정성일식"라며 지난 일에 대한 반성과 함께 변명도 해 보고, "왕셔긔기 지롤 여일망지ᄒ노라"라면서 임금의 改心을 날마다 간절히 빌어도 보고, 적소에서의 참담한 생활상을 여과 없이 서술하여 임금의 동정심을 구하려는 것도 모두 이러한 작가의 정치현실적 처지에서 비롯된 것이다.[33] 그러므로 〈속사미인곡〉의 님은 천상계의 절대적 존재로 추앙받을

---

[33] 그러므로 〈속사미인곡〉 역시 대상지향적이고 타자중심적이기보다는 자기반영적이고 자기중심적인 성향에 가까운 작품이라 할 수 있다.

대상이 아니라, 지상계에서 신하의 생사여탈권을 쥐고 있는 절대 군주일 뿐이다. 그것도 자신을 총애하던 선왕과 대비되는 군주이기에 작가가 취하는 태도 역시 경중에 따라 분산될 수밖에 없는 것이다.[34]

4. 결론

지금까지 연군의식의 측면에서 김춘택의 〈별사미인곡〉과 이진유의 〈속사미인곡〉을 살펴보았다. 두 작품은 정철의 양미인곡에 어느 정도 영향을 받아 지어졌지만, 화자와 님의 형상화, 님의 공간 설정과 위상, 님에 대한 화자의 태도나 입장 등에서 정철의 양미인곡과 차이를 보임은 물론이고, 두 작품 간에도 확연히 변별되는 특징을 드러내고 있다.

〈별사미인곡〉은 정철의 〈속미인곡〉처럼 여성화자들의 대화체로 이루어져 있지만, 화자들 간의 차별을 강조함으로써 동조 관계에 있는 〈속미인곡〉 화자들과는 거리를 두고 있다. 또한 님의 공간으로 천상계가 언급되긴 하지만 작품의 중심 화자인 '이 각시'가 한 번도 가본 적이 없는 공간으로 제시되어 님의 위상에 손상이 가해지는 등의 변화를 보여준다.

이진유의 〈속사미인곡〉에 이르러서는 더욱 많은 변모를 겪게 되는데, 우선적으로 여성화자의 설정에 균열이 가해져 실제 작가의 목소리

---

[34] 이러한 점에서 이진유의 〈속사미인곡〉은 조위의 〈만분가〉와 비교해 볼 필요가 있다. 성종의 총애를 받다가 연산군 때 유배당한 조위가 자신의 억울한 심정과 연군의 정을 〈만분가〉에서 님과 구별되는 옥황상제를 설정하여 풀어내는 것이 이진유의 경우와 흡사하기 때문이다. "〈속사미인곡〉의 작자는 해소 불능의 정치적 상황을 연산조의 혼정과 유사한 강도로 의식한 듯하다"라고 한 윤덕진의 지적(앞의 글, 157면)도 이러한 측면에서 주목할 만하다. 조위의 〈만분가〉가 지닌 특징에 대해서는 졸고, 앞의 글, 2010; 졸고, 「충신연주지사의 전통과 〈만분가〉에 대한 새로운 이해」, 『한국언어문학』 70, 한국언어문학회, 2009 참조.

가 적나라하게 울려 퍼진다는 점을 들 수 있다. 또한 천상계의 설정은 전혀 나타나지 않을 뿐만 아니라, 선왕에 대한 그리움으로 인해 현존하는 님에게 화자가 제대로 몰입하지 못하는 양상을 〈속사미인곡〉은 보여주고 있는 것이다.

결국 정철의 양미인곡이 확립한 견고한 연군의식의 양상이 〈별사미인곡〉을 거치면서 균열이 발생하더니 급기야 〈속사미인곡〉에 와서는 거의 파탄이 난 셈이다. 이러한 변모의 원인으로 시대적 흐름과 함께 작가의 정치현실적 처지를 들 수 있을 것이다. 작품에 상이하게 나타나는 연군의식의 양상은 각자가 처한 정치현실적 처지, 좀 더 구체적으로 말하자면 군신관계의 차이를 반영한 것이며, 이러한 차이에 따라 각 작품의 지향점 역시 조금씩 달라진 것이라 할 수 있다. 본고의 논의를 통해 얻어진 성과를 이후 다른 연군가사 작품에도 확대·적용하여 다양하고 다층적인 연군가사의 흐름을 온전히 포착하는 작업은 이후의 과제로 삼고자 한다.

『우리말글』 48, 우리말글학회, 2010

연군가사 〈자도사〉의 특징과 의의

1. 서론

頤齋 曺友仁의 〈自悼詞〉는 그가 남긴 다른 가사 작품들과 함께 고경식, 김영만에 의해 처음 학계에 소개된 후,[1] 유배가사나 연군가사의 측면에서 연구자들의 관심을 지속적으로 받아 왔다. 조우인의 다른 가사 작품들이 주로 정철의 가사 작품들과 견주어 그 영향관계에 대해 논의한 것이 대부분인 것처럼, 〈자도사〉 역시 鄭澈의 〈思美人曲〉이나 〈續美人曲〉에 대응시켜 살펴본 것이 주종을 이루고 있다.[2]

이러한 연구사적 경향은 조우인(1561~1625)의 생애가 정철(1536~1593)의 생애와 부분적으로 겹쳐 있을 뿐만 아니라 시가사의 흐름에서 정철의 작품들이 독보적이라 평가할 만큼 큰 자취를 남겼다는 사실과 무관

---

[1]   고경식, 「매호별곡과 자도사」, 『자유문학』 49, 자유문학사, 1961; 고경식, 「관동속별곡」, 『경희문선』, 경희대 국어국문학과, 1962; 고경식, 「曺頤齋 硏究」, 경희대 석사논문, 1963; 김영만, 「曺友仁의 歌辭集 頤齋詠言」, 『어문학』 10, 한국어문학회, 1963.

[2]   이와 관련된 선행연구는 김봉선, 「頤齋 曺友仁 詩歌 硏究」, 고려대 석사논문, 2003, 2~5면에서 자세히 검토하였으므로 본고에서는 생략한다.

하지 않다. 또한 조우인이 〈속관동별곡〉의 서문에서 작품 창작의 한 계기로 정철의 〈關東別曲〉을 직접 거론하였으며, 이어서 金得臣이 이 둘의 영향관계에 대해 언급한 것도 크게 작용하였을 것이다.[3] 이에 따라 조우인의 가사 작품들을 처음 소개한 고경식이 조우인의 가사 작품들에 대해 정철의 가사 작품들과 비슷하다는 주장을 한 이후[4] 대부분의 논의들이 이러한 주장에서 크게 벗어나지 않고 있는 데서 조우인의 문학사적 위치를 어느 정도 가늠할 수 있다.

그렇지만 "정철의 전례를 흠모해서, 〈성산별곡〉을 〈매호별곡〉으로, 〈사미인곡〉을 〈자도사〉로, 〈관동별곡〉을 〈속관동별곡〉으로 잇고자 했다. 그런데 본뜬 작품은 으레 그렇듯이 표현의 묘미를 다시 살리지 못했고 수준이 떨어졌다"[5]라는 진술로 집약될 수 있는 조우인에 대한 부정적 평가가 설득력을 충분히 갖추고 있는 것만은 아니다. 조우인의 가사 작품들을 정철의 모방작 내지는 아류작으로 파악한 부정적 평가의 대부분이, 작가마다 그 처지나 입지가 다르며 작품 창작의 상황 역시 조금씩 차이가 난다는 점을 충분히 고려하지 않은 채 정철과 조우인을 동일 선상에 놓고 비교하고 있어 문제시 하지 않을 수 없다. 특히 〈자도사〉와 〈사미인곡〉의 경우만 하더라도 시어나 표현, 모티프 등 다분히 형식적이고 부분적인 측면에서의 유사성을 근거로 하고 있다는 점에서 정철을 중심에 놓고 그의 시각으로 조우인을 포장하려는 혐의를 지울 수가 없다.[6] 그 결과 조우인의 〈자도사〉만이 지닌 고유한 특성과 독특한 면모는 거의 부각되지 않고 간과되고 말았다.[7]

<hr>

3   〈속관동별곡〉의 서문과 김득신의 평에 대해서는 김봉선, 위의 글, 24~40면 참고.
4   고경식, 「鄭松江과 曺頤齋의 관계」, 『국어국문학』 64, 국어국문학회, 1974.
5   조동일, 『한국문학통사』(제3판) 3, 지식산업사, 1994, 339면.
6   이러한 점은 김진희, 「송강가사의 수용론적 연구」, 연세대 박사논문, 2009에서 특히 두드러지게 나타나고 있는데, "양미인곡과 표현상의 유사성을 많이 보이는 작품은 연군가사인 〈자도사〉와 〈별사미인곡〉이다(206면)", "연군가사 중, 양미인곡과 유사한 모티프가 가장 많이 쓰인 작품은 〈자도사〉와 〈별사미인곡〉이다(208면)"라는 진술들이 대표적인 예라고 할 수 있다.

이러한 문제의식에 따라 본고는 정철의 〈사미인곡〉을 포함한 다른 연군가사 작품들과 구별되는 〈자도사〉만의 고유한 특성과 가치를 조명하는 데 목적을 둘 것이다. 이러한 특성과 가치는 곧 조우인의 작가 의식으로 귀결될 수밖에 없는데, 연군가사라는 구체적인 국면에서는 작품에 나타난 연군의식의 양상과 정서 표출의 양상을 통해 작가 의식이 보다 선명하게 드러날 것이다. 조선시대에 군신관계를 남녀관계에 빗대어 우의적으로 표현한 연군가사라는 갈래에서 연군의식과 정서 표출의 양상이라는 잣대는 각 연군가사 작품들의 특징과 의의를 온전히 드러내는 데 효과적이며, 또한 연군가사 작품들의 흐름을 체계적으로 이해하는 데에도 도움이 될 것이다.[8]

2. 연군의식의 양상

연군의식은 조선시대 대부분의 연군가사 작품들이 流配나 落鄕, 獄事 등의 정치적 시련에 의해 권력의 중심인 임금 곁을 떠나게 된 상황에서

---

7   이와 달리 부정적 평가에 맞서 송강가사와 구별되는 독창적 가치와 색다른 면모를 조우인의 가사에서 찾으려는 시도도 없지 않아 있었다. 그렇지만 이 경우에도 설득력 있는 근거를 제시하였다고 하기는 어렵다.

8   이러한 차원에서 저자는 조위의 〈만분가〉, 정철의 〈사미인곡〉과 〈속미인곡〉, 김춘택의 〈별사미인곡〉, 이진유의 〈속사미인곡〉 등의 연군가사 작품에 나타난 연군의식과 정서 표출의 양상을 검토하여 그 결과물을 학계에 제출한 바 있다. 이에 대해서는 졸고, 「충신연주지사의 전통과 〈만분가〉에 대한 새로운 이해」, 『한국언어문학』70, 한국언어문학회, 2009; 졸고, 「〈별사미인곡〉과 〈속사미인곡〉에 나타난 연군의식 비교 고찰」, 『우리말글』48, 우리말글학회, 2010a; 졸고, 「조위의 〈만분가〉와 정철의 양미인곡에 나타난 연군의식의 양상 고찰」, 『어문연구』147, 한국어문교육연구회, 2010b 참조. 본고는 이러한 결과물의 성과를 또 다른 연군가사인 조우인의 〈자도사〉에 확대·적용하여 연군가사의 흐름을 체계적으로 조망하려는 의도에서 마련된 것이다.

창작된 것을 염두에 둔 개념이다. 그러므로 연군가사라는 구체적이고 한정된 국면에서 쓰일 것을 전제로 한다는 점에서 일반적으로 말하는 작가의식과는 구별되는 개념이다. 또한 대부분의 연군가사가 군신관계의 우의적 형상화를 주요 특징으로 하고 있다는 점에서 연군의식은 이러한 우의적 형상화와 직접적으로 연결된 개념이라 할 수 있다. 그러므로 신하인 작가가 실제 정치 현실에서 임금과 맺고 있는 관계 양상과 임금에 대한 입장과 태도가 작품에서 어떻게 드러나고 있는지를 살펴보는 데 연군의식은 매우 유리한 측면이 있다. 결국 실제 작가를 대변하는 화자가 작품에서 어떤 모습과 목소리를 하고 나타나며, 임금을 지칭하는 님이 어떻게 형상화되고 있는가라는 점이 우선 중점적으로 검토되어야 할 것이다. 그다음에는 님을 향해 화자가 어떤 태도를 보이고 자기 속내를 어떻게 드러내고 있는지에 대해서도 살펴보아야 비로소 작가가 견지하고 있는 연군의식을 온전하게 가늠할 수 있을 것이다.[9]

먼저 조우인의 〈자도사〉를 정철의 兩美人曲[10]을 포함한 다른 연군가사 작품들과 비교하여 연군의식의 양상을 살펴보고자 한다.

> 一隻靑鸞일쳑쳥느으로 廣漢宮광호궁 느라 올라
>
> 듯고 못 뵈던 님 쳔 눗치 좀간 뵈니
>
> 너 님이 잇쓴이라 반갑기를 가을홀가
>
> 이리 뵈읍고 다시 뵐 일 싱각호니
>
> 三千粉黛삼쳔분디는 朝暮됴모애 뫼셔시며
>
> 六宮嬋娟늇궁션연은 左右좌우에 버러시니
>
> 羞澁슈습호 殘粧잔장을 어디 가 바롤 뵈며
>
> 齟齬서오호 態度티도을 눌드려 쟈랑호고

---

9   이상 연군의식의 개념에 대해서는 졸고, 앞의 글, 2010a, 180~181면; 졸고, 앞의 글, 2010b, 132~133면에서 거듭 설명한 바 있지만, 논의의 편의를 위해 다시 인용한 것이다.

10 앞으로 정철의 〈사미인곡〉과 〈속미인곡〉을 함께 지칭할 때는 '兩美人曲'이라 한다.

欄干紅淚난간홍누룰 翠袖취슈로 베스스며

玉京옥경을 여회옵고 下界하계예 ᄂ려 오니

人生薄命인싱박명이 이더도록 삼길시고

〈자도사〉[11]

위에 인용한 대목에서 보듯이 〈자도사〉의 화자는 하계에 있는 여성
으로, 님은 '광한궁'이나 '옥경'으로 불리는 천상계의 옥황상제로 형상화
되어 있다. 즉 화자는 잠시나마 사랑하는 님인 천상계의 옥황상제를 모
시며 잘 지냈으나, 주위의 참소로 인해 죄를 짓고 하계에 내려온 선녀로
그려져 있다. 이 작품의 화자가 여성으로 설정되어 있음은 작품의 도처
에서 쉽사리 확인할 수 있다. "臙脂白粉연지빅분도 쓸 쥴을 모ᄅ거든 /
晧齒丹脣호치단순을 두엇ᄂ릭 ᄒ리잇가"라는 구절에서 화려하게 치장
할 줄 모르는 수수한 여인네의 모습을, "扶桑繭絲부상견ᄉ룰 銀河은하
의 씨어 ᄂ여 / 鴛鴦機上원앙긔샹의 鳳凰文봉황문 노화 쨔니"라는 구절
에서는 사랑하는 님을 위해 정성껏 옷을 짓는 헌신적인 모습을, "香閨歲
月향규셰월은 믈 흐르듯 디나간다"라는 구절과 "天門九重텬문구듕에 갈
길히 아득ᄒ니 / 兒女深情아녀심정을 님이 언제 술피실고"라는 구절에
서는 님에게 버림받아 하계로 방축된 선녀의 모습을 각각 읽을 수 있다.

또한 화자가 간절히 그리워하는 대상인 님이 천상계의 옥황상제로 형
상화되어 있는 것도 위의 인용 대목 외에 "五雲深處오운심쳐의 님 계신
ᄃ 바라 보니 / 霧閣雲窓무합운챵이 千里萬里쳔니만니 ᄀ려셔라", "三
千弱水삼쳔약슈의 靑鳥使쳥됴ᄉ 건너 오니 / 님의 消息소식을 반가이
듯관졔고" 등의 구절을 통해 알 수 있다. 그러므로 〈자도사〉는 한때 사
랑했던 님인 옥황상제에게 버림을 받아 하계에 적강한 선녀가 화자로
등장하여 절대적 존재인 님을 향해 헌신적인 태도와 연모의 정을 보이

11　〈자도사〉의 작품 인용은 김봉선, 앞의 글의 부록에 영인된 『頤齋詠言』을 따르도록 한다.

는 것으로 되어 있다. 이러한 점을 송강의 양미인곡과 비교하여 보면 다음과 같다.

송강의 양미인곡 역시 타의에 의해 권력 중심에서 밀려나 낙향한 작가의 처지를 천상의 선녀가 옥황상제에게 죄를 지어 지상계에 적강한 것으로 표현하고 있다는 점에서 〈자도사〉의 경우와 다르지 않다. 〈자도사〉와 양미인곡 모두 군신관계를 남녀관계에 비유하여 임금에게 버림받은 작가의 처지를 천상계에서 적강한 선녀로 그리고 있는 것이다.

〈사미인곡〉의 화자는 광한전에서 님과 함께 사랑을 하다가 님에게 버림받아 적강한 선녀로 등장한다. 그녀는 이별의 충격으로 제대로 꾸미지도 않은 채 천상계의 님을 간절히 그리워하면서 한숨과 눈물로 하루하루를 힘들게 보낸다. 이러한 시적 화자의 형상은 〈속미인곡〉에서도 동일하게 나타난다. 작품의 중심인물이라고 할 수 있는 을녀[12] 역시 천상계에서 님과 함께 사랑을 나누다가 뜻하지 않은 죄를 짓고서 적강한 선녀로 나타나며, 천상계의 님을 다시 만나기를 간절히 기원하는 한 여인으로 그려져 있다.

또한 화자가 그리워하고 있는 대상은 양미인곡이나 〈자도사〉 모두 광한전이라는 천상에 있는 님, 곧 옥황상제로 설정되어 있다. 이들 작품에서 님이 천상계의 인물로 설정되어 있고 화자가 님에게 옷을 지어 보내려고 하는 등 정성을 기울이고 있다는 점에서 하계에서 독수공방하는 화자와는 달리 님은 고귀한 존재이자 절대적 가치를 지닌 존재임을 알 수 있다.

이처럼 양미인곡과 〈자도사〉에서 시적 화자와 님은 여자(선녀)와 남자(옥황상제)로 형상화되고, 이 둘이 있는 공간 역시 공통적으로 지상계(하계)

---

12 〈속미인곡〉의 등장인물을 甲女, 乙女, 丙女의 셋으로 보기도 하지만, 본고에서는 甲女와 乙女가 서로 대화를 주고받는 것으로 본 정재호의 견해(「속미인곡의 내용분석」, 『한국가사문학론』, 집문당, 1982)를 따르기로 한다. 또한 〈속미인곡〉의 등장인물들의 역할과 성격에 대해서는 乙女를 중심인물로 파악한 정재호(앞의 글, 85면)의 견해와 정철의 이면적 자기로 규정한 장수현(「사미인곡계 가사 연구」, 서울대 석사논문, 2001, 23면)의 견해를 따르도록 한다.

와 천상계(광한전)로 대비되어 나타난다. 이러한 설정은 절대적인 존재인 님을 드러내기 위한 것이며, 결국 님에 대한 화자의 태도 역시 헌신적일 수밖에 없다.[13] 결국 잠정적이긴 하지만, 〈자도사〉에 나타난 연군의식의 양상은 정철의 양미인곡과 별반 다를 것이 없다고 진단할 수 있다.

물론 작품 첫머리의 "임 향훈 一片丹心일편단심 하눌씌 튼 나시니 / 三生結緣삼싱결연이오 지은 무옴 안녀이다"라는 구절에 쓰인 '임 향훈 一片丹心일편단심'이라는 시어가 정몽주의 〈단심가〉처럼 임금에 대한 신하의 충성심을 가리키는 것으로 볼 가능성이 충분히 있으며, 님에 대한 정성의 표시로 옷을 지어 보내려고 하면서 "닉 손의 나는 지조 뇽타야 홀가마는 / 말나 지어닉면 帝躬제궁을 쓰리려니"라고 읊조리는 구절에 쓰인 '帝躬제궁'이 옥황상제가 아닌 현실의 임금을 지칭하는 것으로 볼 수도 있다. 또한 "長門咫尺당문지척이 언마나 가렷관디 / 薄行劉郞박힝뉴랑은 쑴의도 아니 뵈며 / 昭陽歌管소양가관은 예 듯던 소리로더 / 長信宮댱신궁 문을 닷고 아니 연단 말가"라고 중국의 고사를 거론하며 자신의 처지를 한탄하는 대목에서는 조선시대 여성의 가냘픈 목소리가 아닌, 양반 사대부라는 굵직한 남성의 목소리가 울려 퍼진 것으로 파악할 수도 있다.

그렇지만 이러한 구절들 때문에 〈자도사〉의 화자를 천상계에서 적강한 선녀로, 님을 천상계의 옥황상제라는 절대적 존재로 파악한 것이 잘못된 것이라 할 수는 없다. 다소나마 남성적 목소리가 새어나오고는 있지만, 이러한 점이 〈자도사〉를 송강의 양미인곡과 구분할 만큼의 변별력을 갖춘 것으로 보기에는 무리가 따른다. 이것보다 더 중요한 것은 님에 대한 시적 화자의 태도일 터인데, 이러한 점은 〈자도사〉나 송강의 양미인곡이나 모두 천상계의 절대적 존재로 설정한 님에 대해 지상계의 여성화자가 헌신적인 태도를 취하고 있다는 데에서 확인할 수 있다.

특히 조우인의 〈자도사〉와 비교할만한 또 다른 연군가사 작품들, 예

13　양미인곡에 나타난 연군의식의 양상에 대해서는 졸고, 앞의 글, 2010a, 181~183면; 졸고, 앞의 글, 2010b, 133~137면 참조.

를 들면 조위의 〈만분가〉나 김춘택의 〈별사미인곡〉, 이진유의 〈속사미인곡〉과 대비시켜 보면 〈자도사〉가 송강의 양미인곡에 바싹 다가서 있음을 더욱 잘 알 수 있다. 〈만분가〉의 경우, 천상계의 옥황상제와 함께 지상계에 존재하는 님을 별도로 설정하고 있어 〈자도사〉나 송강의 양미인곡과 뚜렷이 구별된다. 〈만분가〉에는 화자가 흉중에 쌓인 말씀을 실컷 아뢰기 위한 대상으로 설정한 천상계의 옥황상제 외에도 '金華省 白玉堂', '長安', '乾德宮' 등으로 비유되는 지상계의 궁궐에 살고 있는 님이 별도로 나타나 있다.[14]

조우인의 〈자도사〉나 송강의 양미인곡에 나타난 님은 천상계의 절대적 존재인 데 반해, 〈만분가〉의 님은 화자와 같은 지상계에 살고 있는 인물이어서 차이가 난다. 그러나 무엇보다도 중요한 차이는 〈만분가〉에 등장하는 지상계의 님이 〈자도사〉나 양미인곡의 님과 달리 절대적인 가치를 드러내 보이지 못하고, 다만 화자보다 높은 신분을 지닌 인물이라는 의미만 부여받고 있을 뿐이라는 것이다. 곧 〈만분가〉에 나타난 님의 위상이 〈자도사〉나 양미인곡의 님에 비해 상대적으로 많이 약화되어 있다. 이러한 점 때문에 〈만분가〉의 화자는 님을 그리워하는 태도를 보이면서도 정치 현실에 대한 비판과 님에 대한 원망, 자신의 결백에 대한 하소연 등의 사뭇 다른 양상을 보이고 있는 것이다.[15]

김춘택의 〈별사미인곡〉은 이와 또 다른 양상을 보여주고 있다. 〈별사

---

14 '金華省 白玉堂', '長安', '乾德宮' 등은 보통 임금이 거처하는 궁궐을 비유적으로 표현한 말로 쓰인다. 이 중에서 '金華省'은 中國 浙江省 金華縣을 말하는데, 이 고을 북쪽에 고대의 神仙인 赤松子가 得道하였다는 金華山이 있다. 그리고 '白玉堂'은 신선이 산다는 집으로 문맥상 赤松子의 집을 가리킨다. 성기옥이 「사대부 시가에 수용된 신선모티프의 시적 기능」(『국문학과 도교』, 한국고전문학회 편, 1998, 25면)에서 분류한 神仙의 類型에 의한다면 赤松子는 地仙에 해당한다. 이것은 송강의 양미인곡이나 조우인의 〈자도사〉에서 님을 천상계로 설정한 것과는 구분할 필요가 있는데, 지상에 존재하는 임금의 신분상 고귀함을 드러내기 위해 쓰인 수사적 표현으로 '金華省 白玉堂'을 사용한 것으로 보인다.
15 〈만분가〉의 특징에 대해서는 졸고, 앞의 글, 2010b, 137~142면 참조.

미인곡〉은 송강의 〈속미인곡〉처럼 '이 각시'와 '져 각시'의 두 여인이 화자로 등장하고 있지만, 세부적인 화자의 형상화에서는 분명한 차이를 보이고 있다. 〈속미인곡〉의 을녀와 마찬가지로 '져 각시' 역시 광한전 백옥경이라는 천상계에서 님의 사랑을 받다가 재앙을 입어 지상계로 적강한 선녀로 나타나고 있다. 그러나 '이 각시'는 님을 향한 마음은 여전히 변함이 없다는 말을 하면서도, 님을 한 번도 모신 적이 없다는 점에서 '져 각시'와 차이가 난다. 님이 있는 광한전 백옥경을 모를 뿐만 아니라 님을 모신 적도 없는 '이 각시'는 그야 말로 지상계에서만 살아온 여인일 뿐이다. 이처럼 〈별사미인곡〉의 중심 화자인 '이 각시'는 지상계에만 존재한 여인으로 형상화되어 있어 '져 각시'나 송강의 양미인곡, 조우인의 〈자도사〉에 등장하는 화자와 뚜렷이 구별된다.

또한 '이 각시'는 님을 천상계가 아니라 지상계의 인물로 받아들이고 있다는 점에서 님의 위상이 송강의 양미인곡이나 〈자도사〉에 비해 다소 격하되어 있음을 알 수 있다. 비록 광한전이나 백옥경과 같은 천상계가 언급되긴 하지만, 작품의 중심 화자인 '이 각시'에게 천상계는 한 번도 가본 적이 없는 곳이다. 그래서 그녀에게 님은 하늘 아래 같은 땅에 발붙이고 사는 지상적 존재로 인식될 뿐이다. 결국 〈별사미인곡〉은 여성화자들의 대화를 통해 님을 그리워하는 심정을 토로하며, 부분적이지만 천상계가 언급되고 있다는 점에서는 〈속미인곡〉을 따른 것으로 보인다. 하지만 중심 화자인 '이 각시'가 님을 지상계의 존재로 인식하고 있다는 점에서 님의 위상은 다소 격하되어 있고 님에 대한 '이 각시'의 태도 역시 〈속미인곡〉과는 차이가 난다.

이진유의 〈속사미인곡〉 역시 연군의식의 양상에서 볼 때 송강의 양미인곡이나 〈자도사〉와 거리를 두고 있음을 알 수 있다. 여성화자의 설정에 균열이 가해져 실제 작가의 목소리가 적나라하게 울려 퍼지고 있다는 점에서 여성화자로 일관하고 있는 송강의 양미인곡이나 〈자도사〉와는 차이가 난다. 또한 천상계의 설정은 전혀 나타나지 않을 뿐만 아니라,

선왕에 대한 그리움으로 인해 현존하는 님에게 화자가 제대로 몰입하지 못하는 모습을 보여주고 있다는 점도 중요한 차이라고 할 수 있다.[16]

이상으로 조우인의 〈자도사〉에 나타난 화자와 님의 형상화, 님의 공간 설정과 위상, 님에 대한 화자의 태도나 입장 등을 다른 연군가사 작품들과 비교하여 연군의식의 양상을 가늠해 보았다. 그 결과 〈자도사〉는 정철의 양미인곡, 그중에서도 〈사미인곡〉을 거의 그대로 따르고 있음을 알 수 있다. 이러한 점에서 조우인은 정철을 본받아서 자신의 처지를 드러내고자 하였다고 할 수 있다. 그러나 〈자도사〉가 〈사미인곡〉의 모방작 또는 아류작이라는 평가에 대해서는 선뜻 동의하기 어려운 면이 있다. 그것은 〈자도사〉에는 송강의 양미인곡에서 찾아볼 수 없는 독특한 면모도 함께 나타나고 있기 때문이다.

3. 정서 표출 양상

〈자도사〉는 조우인이 61세 때인 1623년(광해군 15)에 필화사건으로 인해 옥사를 겪은 것이 계기가 되어 지은 작품이다. 당시 제술관으로 서울에 올라와 있던 그는 인목대비가 유폐된 서궁의 황폐함을 보고 시를 짓게 되는데, 이것이 이이첨 일파의 무고를 불러일으키게 되어 3년 동안 옥고를 치르게 된다.[17] 정확한 창작시기는 알 수 없지만, 이러한 옥사와 직접 관련하여 지은 것이 〈자도사〉이다.[18] 〈자도사〉의 창작 동기를 알

---

16 〈별사미인곡〉과 〈속사미인곡〉의 연군의식의 양상에 대해서는 졸고, 앞의 글, 2010a 참조.
17 필화사건의 전말에 대해서는 김봉선, 앞의 글, 51~54면; 윤호진, 「택당의 이재시 비평에 대하여」, 『열상고전연구』 23, 열상고전연구회, 2006, 150~153면 참조.
18 〈자도사〉의 창작시기를 조우인이 옥중에 있던 61~63세 때로 보는 견해와 옥에서 방면된 63세 이후로 보는 견해가 맞서고 있다. 이에 대해서는 장수현, 앞의 글, 38면 참조.

려주는 자료가 거의 남아 있지 않은 상황에서[19] 다음에 인용하는 〈以受
訊傷處示融兒〉 시편은 작품을 이해하는 데 유용한 자료가 될 것이다.

나에게는 두 다리가 있는데 마른 대와 같아서,

땅을 가려 밟아서 한 번도 넘어진 적이 없다네.

빠른 나루가 있어도 오히려 걸어갔는데,

어찌 샛길로 빨리 가려 했겠는가?

부모님께서 온전히 낳아주신 것을 생각할 때마다,

전전긍긍하며 조심스럽게 살아 왔다네.

하루아침에 기이한 화가 뜻밖에 이르니,

해가 하늘에 있다 한들 누가 밝음을 보랴?

위엄 있는 얼굴 지척에 있어 형신은 천둥과 같고,

피는 흘러 뜰을 붉게 물들이고 산악은 찢어지는 듯하네.

겨우 몇 개월 만에 효자 조국량은 죽고,

한 달도 안 되어 고태허도 죽었다네.

크신 은혜 홀로 이 몸에 이르렀으니,

아무도 모르게 신이 도운 것이 아니겠는가?

임금이 어리석은 나를 불쌍히 여긴 것을 알겠으니,

나를 경계하고 세워주는 것 풀에 부는 바람과 같도다.

죄 있는 신하가 곧 사나운 신하가 아니니,

감히 砥柱가 되겠다고 기약한 것 소홀히 하겠는가?

우두커니 서서 너른 파도가 하늘에 닿을 듯한 것을 보고,

하늘을 버티고 있는 우뚝한 고개는 갈아도 갈리지 않네.

---

19   "〈自悼詞示子詩〉 및 〈權放時雜詠詩〉에서 群奸의 擅權에 政事가 어지러우므로 忠憤한
     誠意를 발휘할 수 없어서 이 가사를 지어 탄식한다는 점을 밝히고 있다(고경식, 「〈관서
     별곡〉과 〈출관사〉」, 『국어국문학』 36, 국어국문학회, 1967, 53면)"라고 하였지만, 조우
     인의 문집에는 이 두 편의 시가 실려 있지 않아 자세한 사정을 파악할 수가 없다.

바야흐로 보잘것없는 몸의 상처가 뼈에 이르는 것이

진실로 한 신하의 몸이 옥같이 되는 날이로다.

번잡하게 한마디 말로 성은에 답하는 것은,

정녕 다시 내 아이와 이야기하려 함이라네.

我有兩脛如枯竹	擇地而蹈未嘗跲
通津要路尙却步	何況旁從捷逕蹋
每念父母全而生	兢兢常戒淵氷行
一朝奇禍意外至	天日在上誰見明
威顔咫尺迅雷烈	血濺彤庭山岳裂
纔過數月孝于殞	未滿三旬棘人折
洪恩獨及積釁躬	不乃神佑冥冥中
足知聖心悶臣惼	戒臣立脚風草同
斯非罪臣是勵臣	敢忽砥柱期吾身
佇看洪波勢滔天	截嵲撑空磨不磷
方信微躬傷到骨	眞箇臣身玉成日
煩將一語答聖恩	丁寧更與吾兒說[20]

　이 시는 제목으로 보아 필화사건으로 광해군에게 親鞫을 당한 뒤에 지은 것으로 보인다. 이때 생긴 상처를 아들 융아에게 보여주며 불안과 공포에 떨던 지난날의 심정을 토로하고 있는 데서 당시의 사정을 엿볼 수 있다. "위엄 있는 얼굴 지척에 있어 형신은 천둥과 같고, 피는 흘러 뜰을 붉게 물들이고 산악은 찢어지는 듯하네"라는 구절에서 신문을 당할 때의 두려운 심정을 읽을 수 있고, "겨우 몇 개월 만에 효자 조국량은 죽고, 한 달도 안 되어 고태허도 죽었다네"라는 구절에 달린 주[21]를 통해서

20　曹友仁, 『頤齋先生文集』, 昌寧曺氏頤齋公派宗會, 1990.
21　"江東의 居士 趙國良은 芝山 曹好益의 문하에서 공부를 하였는데, 효행이 순수하고 지극하여 국가에서 일찍이 그 문에 정표를 하였다. 그런데 이때에 이르러서는 죄 아닌 죄로

는 당시의 살벌한 상황을 뚜렷이 감지할 수 있다. 그런데 무엇보다도 눈에 띄는 것은 목숨이 경각에 달릴 정도로 위태로운 상황을 겪고서도 "임금이 어리석은 나를 불쌍히 여긴 것을 알겠으니, 나를 경계하고 세워주는 것 풀에 부는 바람과 같도다"라고 임금의 은혜에 감격하고 있으며, "죄 있는 신하가 곧 사나운 신하가 아니니, 감히 砥柱가 되겠다고 기약한 것 소홀히 하겠는가?" 하면서 조금도 굴하지 않는 자신의 의기를 내세우고 있다는 점일 것이다. 그래서 澤堂 李植도 "애도하는 말이 마치 직접 말하는 것처럼, 바로 가슴속의 생각을 그려내었다. 그래서 간신은 놀라 혼백이 빠지고, 지사는 눈물을 흘리게 한다[澤風曰, 悼詞若語, 直寫胸懷, 足使姦臣魄動, 志士淚隕]"라고 하여 그의 의기를 높이 샀다고 한다.[22] 문맥으로 보건대 조우인의 의기는 다름 아닌 우국에의 의지와 연결된 것으로 보이는데, 그 실상에 대해서는 좀 더 살펴볼 필요가 있다.

위의 시편과 비슷한 시기에 창작한 〈자도사〉에도 이러한 정서와 태도는 거의 그대로 나타나 있다. 특히 임금을 그리워하고 그 은혜에 감사하는 태도가 양미인곡을 이어서 〈자도사〉에도 뚜렷이 나타남은 앞서의 논의를 통해 이미 살펴본 바와 같다. 그렇지만 〈자도사〉에는 양미인곡에서는 거의 찾아볼 수 없는 당시 정치현실에 대한 비판과 님에 대한 원망 등이 나타나 있어 주목을 요한다. 이러한 점은 오로지 님에 대한 그리움과 걱정으로 일관하는 정철의 양미인곡과 크게 구별되는 특징이기도 하다.

蒌斐쳐비롤 짜내야 貝金패금을 밍그는 듯
玉上靑蠅옥상청승이 온갖 허믈 지어 내니

매를 맞고 죽었다[江東居士趙國良, 受學於曹芝山好益之門, 孝行純至, 國家嘗旌表其門, 至是以非罪死於杖下]"라는 주와 "善山의 進士 高太虛는 곧 翠屏 高應陟의 從孫이다. 바야흐로 아버지 상을 당하였는데, 또한 죽음을 당하였다. 두사람은 나와 같은 날 형신을 받았다[善山進士高太虛, 乃翠屏應陟之從孫也. 方捧父喪亦在死古, 兩人與我同日受訊]"라는 주가 달려 있다.
[22] 〈以受訊傷處示融兒〉에 대한 번역과 해석은 윤호진, 앞의 글, 164~166면을 따른 것이다.

닉 몸에 싸힌 죄는 그지 て이 업거니와
天日쳔일이 在上지샹ᄒ니 님이 짐쟉 아니실가
글란 더디고 셜운 ᄠ 닐오려니,
百年人生빅년인싱애 이니 님 만나 보아
誓海盟山셔희밍산을 첫 말슴 미덧더니
그 더듸 므스 일로 이 근원 그쳐 두고
옥 て튼 얼구롤 외오 두고 그리ᄂ고
ᄉ랑이 슬믜던가 命薄명박ᄒ 타시런가

〈자도사〉

위의 인용문에서 보듯이, 화자는 참언을 일삼는 '玉上靑蠅옥상쳥승'
의 모함 때문에 쫓겨났다고 하여 자신의 결백을 은연중에 드러내고 있
다. 물론 자기 몸에 쌓인 죄가 끝이 없다고 말하지만, "天日쳔일이 在上
지샹ᄒ니 님이 짐쟉 아니실가"라고 하여 님도 언제가는 자신의 서러운
심정을 알아줄 것을 내심 기대하고 있다. 그런데 여기서 화자가 지목한
'玉上靑蠅옥상쳥승'은 어떤 존재인가? 그것은 다음에 보듯이 님을 에워
싸고 있는 '三千粉黛삼쳔분듸'와 '六宮嬋娟뉵궁션연'들이라 할 수 있다.

一隻靑鸞일쳑쳥는으로 廣漢宮광ᄒ궁 ᄂ라 올라
듯고 못 뵈던 님 쳔 ᄂᄎ치 줌간 뵈니
닉 님이 잇쑨이라 반갑기를 가을홀가
이리 뵈옵고 다시 뵐 일 싱각ᄒ니
三千粉黛삼쳔분듸ᄂ 朝暮됴모애 뫼셔시며
六宮嬋娟뉵궁션연은 左右좌우에 버러시니
羞澁슈습ᄒ 殘粧잔장을 어듸 가 바롤 뵈며
齟齬서오ᄒ 態度티도을 눌ᄃ려 쟈랑홀고

〈자도사〉

아름답게 꾸민 여자들이 아침저녁으로 님의 시중을 들고 있는 천상계
에서 "羞澁슈습ᄒᆞᆫ 殘粧잔장"의 초라한 용모와 "齟齬서오ᄒᆞᆫ 態度ᄐᆡ도"의
탐탁하지 않은 태도를 지닌 화자가 님의 이목을 끌기란 쉽지 않은 일이
다. 잠깐 동안 이루어진 님과의 상봉은 이내 파국을 맞게 되고, 화자는
결국 눈물을 훔치며 하릴없이 하계에 내려오게 된다. 그런데 이 대목에
서 주목할 것은 작가의 의도가 용모와 태도의 대비를 통해 님을 향한 진
실한 마음을 강조하고자 한 데 있다는 것이다.

> 니 얼골 니 못 보니 보옴즉ᄃᆞ 홀가마ᄂᆞᆫ
> 밋ᄂᆞᆺ치 곱고 밉고 삼긴 ᄃᆡ로 진혀 이셔
> 臙脂白粉연지빅분도 쓸 쥴을 모ᄅᆞ거든
> 晧齒丹脣호치단순을 두엇노ᄅᆞ ᄒᆞ리잇가

〈자도사〉

화자는 자신의 용모가 곱든지 밉든지 상관하지 않을 뿐만 아니라 애
써 예쁘게 꾸미려고도 하지 않는다. 다만 있는 그대로의 모습을 님에게
보여 주려고 할 뿐이다. 그러면서 "三千粉黛삼천분ᄃᆡ"와 "六宮嬋娟뉵궁
션연"을 겨냥이나 한듯이 님에 대한 진실한 마음만은 그 어느 누구에 못
지않다고 은근히 자부하고 있다. 곧 화자는 충심으로 님을 섬기려고 할
뿐이지 겉모습으로 치장하여 환심을 사려고 하지 않는다는 것을 강조함
으로써 자신의 정치적 신념을 부각시키고 있는 것이다. 이것은 "臙연脂
지粉분 잇ᄂᆞ마ᄂᆞᆫ 눌 위ᄒᆞ야 고이 홀고"라는 〈사미인곡〉의 화자와는 다
소 차이가 나는 대목이기도 하다.[23] 또 다른 예를 더 살펴보면, 〈자도사〉
나 〈사미인곡〉이나 모두 님에 대한 정성의 표시로 옷을 지어 보내려 하
지만, 그것이 뜻하는 바는 결코 동일하지 않다.

---

23   박억만, 「이재 조우인 가사문학 연구」, 부산대 석사논문, 1999, 36면.

鴛원鴦앙錦금 버혀 노코 五오色식線션 플텨내여

금자히 견화이셔 님의 옷 지어내니

手슈品품은 크니와 制졔度도도 フ줄시고

珊산瑚호樹슈 지게 우희 白빅玉옥函함의 다마 두고

님의게 보내오려 님 겨신딕 브라보니

山산인가 구름인가 머흐도 머흘시고

千쳔里리 萬만里리 길희 뉘라셔 추자갈고

니거든 여러 두고 날인가 반기실가

〈사미인곡〉[24]

〈사미인곡〉의 화자는 자신의 재주와 정성으로 님을 위한 옷을 짓는 것으로도 부족하다고 여겨 산호수 지게 위 백옥함에 담아 두는 것으로 님에 대한 사랑을 표시하고 있다. 이처럼 혹시라도 님이 자신의 사랑과 정성을 몰라줄까봐 화자는 노심초사한다. 이것을 〈자도사〉의 경우와 비교하면 중요한 차이가 있음을 알 수 있다.

芳年十五방년십오의 비혼 일 젼혀 업셔

扶桑繭絲부상견스룰 銀河은하의 씨어 너여

鴛鴦機上원앙긔샹의 鳳凰文봉황문 노화 쪄니

니 손의 나는 직조 농타야 홀가마는

말나 지어니면 帝躬졔궁을 쓰리려니

님은 모르셔도 나는 님을 미더 이셔

早晚佳期조만가긔룰 손고펴 기드리니

香閨歲月향규셰월은 믈 흐르듯 디나간다

〈자도사〉

---

24 〈사미인곡〉과 〈속미인곡〉의 작품 인용은 鄭澈, 『國譯 松江集』, 태학사, 1992에 영인되어 있는 '李選本 松江歌辭'를 따른다.

　“님은 모ᄅ셔도 나는 님을 미더 이셔”라는 구절에서 보듯이 〈자도사〉
의 화자 역시 님에 대한 굳건한 믿음과 사랑을 표시하고 있다. 그렇지만
옷을 짓는 대목에서 자신은 전혀 배운 기술이 없을 뿐만 아니라 재주도
남달리 용한 구석이 없다고 말하고 있다. 이것을 단순히 겸양으로 보아
넘길 수만은 없는 것이, 그렇게 기술도 재주도 없이 만든 옷이 님의 몸을
가릴 정도는 된다고 자위하는 데서 〈사미인곡〉 화자의 태도와는 거리
를 두고 있음을 알 수 있다.[25] 인위적으로 꾸미지 않고 억지로 드러내지
않으려는 태도를 견지함으로써 님을 향한 자신의 진정성을 강조하고 있
는 것이다. 그러므로 이 대목 역시 용모와 태도의 대비를 통한 진실한 마
음의 강조와 일맥상통한다고 할 수 있다.[26]

　이처럼 〈자도사〉는 〈사미인곡〉의 구절이나 모티프를 다소 변형하여
제시함으로써 작가의 의도를 구현하고 있음을 알 수 있다. 다음에 인용
하는 작품의 결사 역시 이러한 예에 해당할 것이다.

　　　肝腸간댱이 다 써거 넉시조차 그쳐시니
　　　千行怨淚쳔항원루는 피 되야 소스나고
　　　半壁靑燈반벽쳥등은 비치조차 어두웨라
　　　黃金황금이 만흐면 買賦미부나 ᄒ련마는
　　　白日븩일이 無情무졍ᄒ니 覆盆복분에 비췰손가

<hr>

[25]　님에 대한 정성의 표시로 연군가사에서 흔히 볼 수 있는 ‘옷 만들기’ 모티프가 이진유의
〈속사미인곡〉에서는 “지하로 오술 짓고 부용으로 치마 지어 / 협등의 두어신들 눌 위ᄒ
야 단장홀고”처럼 자기 옷을 짓는 것으로 변형되어 나타나고 있다. 이처럼 ‘옷 만들기’
모티프가 〈자도사〉, 〈사미인곡〉, 〈속사미인곡〉에 공통적으로 나타나 있지만, 구체적인
함의는 작품마다 조금씩 다르게 표현되고 있다. 이것은 곧 님에 대한 화자의 태도와도
연결된다는 점에서 매우 중요한 대목이라 할 수 있다. 〈속사미인곡〉의 ‘옷 만들기’ 모티
프가 지닌 의미 해석에 대해서는 장수현, 앞의 글, 46면 참조.
[26]　이러한 점은 화자가 님을 만나러 가는 대목에서도 나타나고 있다. 이 대목에서 화자는
“多年다연 허튼 머리 트리텨 지버 곳고 / 雙瞼啼痕쌍험졔혼을 분쩍도 아니 미러”라고 하
여 님과의 재회로 들떠 있는 마음을 표현하면서 동시에 겉치장에 신경 쓰지 않으려는 태
도도 드러내고 있다.

平生積釁평싱젹흔은 다 내의 타시로더
言語언에 工巧공교 업고 눈츼 몰라 든닌 일를
플터 혀여 보고 다시곰 싱각거든
眞宰진지의 處分쳐분을 눌드려 무르리뇨
紗窓梅月사창미월에 셰한숨 다시 딧코
銀箏은징을 나오혀 怨曲원곡을 슬피 쁜니
朱絃쥬현이 그처뎌 다시 닛기 어려웨라
츨하로 싀여뎌 子規ᄌ규의 넉시 되여
夜夜야야 梨花니화의 피눈물 우러내야
五更오경에 殘月잔월을 섯거 님의 줌을 씨오리라

〈자도사〉

인용문에서 뚜렷히 감지할 수 있는 정서는 "千行怨淚쳔항원루는 피
되야 소스나고", "銀箏은징을 나오혀 怨曲원곡을 슬피 쁜니", "츨하로 싀
여뎌 子規ᄌ규의 넉시 되여 / 夜夜야야 梨花니화의 피눈물 우러내야" 등
의 구절에서 직접 드러나듯이 원망이라 할 수 있다. 이것은 오로지 연군
의 정서만을 일관되게 토로하는 양미인곡에서는 거의 찾아볼 수 없는
특징이다.[27] 여태껏 님을 그리워하고 옷을 짓는 등 정성을 보이던 〈자도
사〉의 화자가 돌연 태도를 바꾸어서 원망을 퍼붓는 이유는 무엇인가?
단순히 자신의 진정을 님이 알아주지 않기 때문만은 아니다. 화자가 강
조하는 진정이란 것은 화려하게 겉모습만 치장하여 님의 환심을 사려는

---

[27] 〈사미인곡〉의 "편쟉(扁鵲)이 열히 오다 이 병을 엇디ᄒ리 / 어와 내 병이야 이 님의 타시
로다"라는 구절을 怨情으로 보는 견해, '戀情'으로 보는 견해, 원망과 연모가 복합된 것
으로 보는 견해 등이 제시되어 있다. 그러나 〈사미인곡〉에서 님에 대해 화자가 일관되
게 견지하고 있는 태도에 비춰본다면 이 구절을 怨望의 어조로 보기는 힘들다. 그것은
得病의 책임을 님에게 묻는 것이 아니라, 님에 대한 연정 때문에 생긴 병임을 드러낸 것
으로, 님을 향한 자신의 연정이 극단을 향하고 있음을 말한 수사적인 전략일 따름이다.
이에 대해서는 류수열, 「〈사미인곡〉의 콘텍스트와 상호텍스트적 읽기」, 『독서연구』 21,
한국독서학회, 2009, 98～99면; 졸고, 앞의 글, 2010b, 136～137면 참조.

“三千粉黛삼쳔분디”와 “六宮嬋娟뉵궁션연”과 확연히 구분될 뿐만 아니라, 참언을 일삼는 “玉上靑蠅옥상쳥승”과도 대비되고 있다. 이러한 구분과 대비를 통해 화자는 자신의 진정성을 강조하고 있을 뿐만 아니라, 이러한 화자를 외면하고 천상계에서 축출한 님의 각성을 촉구하고 있다는 데에 사태의 본질이 놓여 있는 것이다. 즉 “三千粉黛삼쳔분디”와 “六宮嬋娟뉵궁션연”, “玉上靑蠅옥상쳥승” 등이 님의 이목을 끌어 환심을 사는 부조리한 상황에 대해 개탄하며, 그들에게 둘러싸여 옥석을 전혀 구분하지 못하는 님을 원망할 뿐만 아니라 각성까지 촉구하는 것이야말로 〈자도사〉가 양미인곡과 변별되는 지점인 것이다.

　이와 관련하여 〈자도사〉의 결사에서 특히 눈에 띄는 구절은 바로 “츌하로 싀여뎌 子規ᄌ규의 넉시 되여 / 夜夜야야 梨花니화의 피눈물 우러 내야 / 五更오경에 殘月잔월을 섯거 님의 ᄌ줌을 ᄭᅵ오리라”라는 마지막 3행일 것이다. 사실상 이 구절도 양미인곡의 결사에 나타난 화신 모티프를 종합적으로 변용한 것인데, 그 구체적인 맥락과 의미는 상당한 차이를 보인다.

<blockquote>

출하리 싀어디여 범나븨 되오리라
곳나모 가지마다 간 ᄃᆡ 족족 안니다가
향 므틴 ᄂᆞᆯ애로 님의 오시 올므리라
님이야 날인 줄 모ᄅᆞ셔도 내 님 조ᄎᆞ려 ᄒᆞ노라

〈사미인곡〉

출하리 싀여디여 落낙月월이나 되야이셔
님 겨신 窓창 안히 번드시 비최리라
각시님 ᄃᆞᆯ이야 ᄏᆞ니와 구준비나 되쇼셔

〈속미인곡〉

</blockquote>

양미인곡에서 화자는 님과의 재회가 현생에서 가능하지 않다면 차라리 죽어서 '범나비'나 '낙월'이 되기를 원하며, 이를 통해서라도 사랑하는 님과의 합일을 간절히 바라고 있다. 이러한 화신 모티프는 외관상 〈자도사〉의 결사에도 거의 그대로 나타나고 있는데, '자규'와 '잔월'이라는 시어가 단적인 징표가 될 것이다.[28] 그렇지만 화신 모티프의 제시를 통해 〈자도사〉의 화자가 의도하는 바는 양미인곡처럼 님과의 합일에 있는 것이 아니라 자신의 한스러움과 원망을 전달함과 동시에 님의 迷夢을 깨우는 각성에 있다는 것은 주목할 필요가 있다. 그것은 님에 대한 화자의 태도와 직접적으로 관련된 문제이기 때문이다.

양미인곡에서 님은 천상계에, 화자는 지상계에 각각 존재하는 것으로 나타나고 있는데, 이것은 님과 화자의 위상을 보여주는 동시에 이 둘 사이에 자유로운 왕래나 의사소통은 전혀 불가능하다는 것을 암시하는 것이기도 하다. 그렇기 때문에 화자는 님의 안부나 소식을 전혀 듣지 못한 채 애만 태우다가, 결국에는 '범나비'나 '낙월'이 되어서라도 공간적 장애를 극복하고 님과 재회하고자 하는 것이다. 〈자도사〉에도 천상계와 지상계의 공간 설정은 나타나지만, 그 의미는 양미인곡과 큰 차이를 보여준다. 우선 천상계와 지상계의 이원적 공간 설정을 통해 지상계의 화자에 비해 천상계의 님의 위상이 더 높다는 것을 드러내주기는 하지만 님의 위상이 양미인곡처럼 절대적인 존재로까지 추앙되고 있지는 않은 것으로 보인다. 그 이유로는 님을 향해서 화자가 그리움의 정서 외에 원망의 정서와 각성을 촉구하는 태도까지 보일 뿐만 아니라, "眞宰진지의 處分쳐분을 눌드려 무르리뇨", "天日쳔일이 在上지상ᄒ니", "因緣인연이 업지 안여 하늘이 아ᄅ신가" 등의 구절처럼 님이 아닌 또 다른 존재인 하늘이나 조물주에 의탁하려는 모습을 때때로 보이고 있기 때문이다. 또

---

28 비록 '범나비' 대신에 '자규'를 선택했지만, 이것조차도 〈자도사〉의 화자가 버림받은 자신의 신세에 대한 한탄과 님에 대한 원망의 정서를 복합적으로 잘 드러내기 위해 의도한 것으로 해석될 수가 있다.

한 양미인곡의 화자가 님에게 버림을 받은 후에 소통이나 왕래가 전혀 이루어지지 않는 반면에, 〈자도사〉의 화자는 두 번이나 천상계에 올라가 님을 만나는 것을 보더라도 〈자도사〉에서 천상계가 지닌 절대적 의미는 다소 퇴색된 듯한 인상을 지울 수가 없다. 양미인곡의 화자에게 천상계는 죽어서 '범나비'나 '낙월'이 되지 않고서는 도저히 닿을 수 없는 곳이며, 그곳의 님 역시 절대적으로 헌신해야 하는 대상이기에 오로지 연군의 정서만 읊조릴 뿐이다. 이와 달리 "三千弱水삼천약슈의 靑鳥使청됴ᄉ 건너 오니 / 님의 消息소식을 반가이 듯관졔고"라는 구절에서 보듯이 〈자도사〉의 천상계는 실질적으로 소통이나 왕래가 가능한 곳으로 설정되어 있으며, 따라서 그곳의 님의 위상 역시 '두견'이 지닌 怨恨의 이미지를 내세워 감히 원망을 퍼붓고 각성을 촉구할 정도로 약화되어 나타난 것이다.

4. 연군가사로서의 변별적 가치와 의의

앞에서 살펴보았듯이 조우인의 〈자도사〉는 천상계와 지상계의 이원적 공간 설정을 통해 님과 화자의 위상을 표현하고 화자가 님을 그리워하는 연군의 모습을 보인다는 점에서는 정철의 양미인곡을 거의 그대로 따르고 있음을 알 수 있었다. 그러나 님을 향한 화자의 정서 표출 양식이나 태도에 있어서는 연군 외에 원망과 각성 촉구의 양상도 보이고 있어 정철의 양미인곡과 큰 차이를 드러낸다. 이러한 차이는 작가마다 처한 정치적 상황과 입지가 상이한 데서 기인한 바가 크다. 이러한 점에서 정치 현실에서 작가가 임금과 어떤 관계에 놓여 있으며 당시의 정치 상황에 작가가 어떻게 대응하는가 하는 점이 중점적으로 검토되어야 할 것이다.

정철의 생애와 그가 남긴 작품들을 일별하면, 그 중심에는 항상 임금이 굳건하게 자리하고 있다는 것을 어렵지 않게 파악할 수 있다. 유년기에 궁중 생활을 체험하고 이후 乙巳士禍로 인한 家禍를 겪으면서 그는 권력의 쓴 맛을 보는 동시에 정치 현실에 임하는 자신만의 태도를 확고하게 갖추게 된 것으로 보인다. 그것은 곧 임금은 무조건적으로 지향하고 추종해야 할 존재로 그가 인식하였다는 것을 말해준다. 그가 남긴 전체 80여 수의 시조들 가운데 20여 수가 양미인곡처럼 임금을 지향하는 내용을 담고 있다는 것[29] 자체가 그의 확고한 연군의식을 보여주는 징표가 될 것이다. 이처럼 그가 한치의 흔들림도 없이 오로지 임금만을 그리워하는 데에는 明宗과 宣祖의 2대에 걸친 각별한 은총도 크게 작용하였을 것으로 본다. 어렸을 때 궁궐을 드나들면서 정분을 쌓았던 明宗의 관심과 배려 속에 벼슬길에 들어선 그는 연이어 宣祖에게도 절대적 신임을 받는다. 宦路에서 반대파로부터 수차례에 걸쳐 집중적인 견제와 탄핵을 받지만, 宣祖는 여전히 그를 총애하여 다시 임금 곁으로 불러들이기 일쑤였다. 이처럼 그는 어린 시절부터 명종과 선조의 두터운 신임을 받는 등 매우 친밀한 관계를 유지하였고, 그 덕분에 수차례 닥친 정치적 시련도 헤치고 나갈 수 있었다. 특히 양미인곡을 창작할 즈음에도 司憲府와 司諫院의 論斥을 받고 부득이하게 궁궐을 떠나게 되지만, 이에 아랑곳하지 않고 宣祖는 여전히 그를 총애하고 신임하였다. 이러한 상황에서 임금에 대한 그의 인식 역시 절대적일 수밖에 없었을 것이다. 그러므로 양미인곡에 형상화된 님은 바로 이러한 인식을 반영한 것이라 할 수 있다. 그러므로 그에게 님은 천상계의 절대적 존재로 숭상해야 할 고귀한 대상인 것이다.[30]

---

[29] 전재강, 「정철 시조에 나타난 현실 지향과 풍류의 성격」, 『시조학논총』 21, 한국시조학회, 2004, 211면.

[30] 이상 정철의 생애와 행적에 대해서는 박영주, 『송강 정철 평전』, 중앙M&B, 1999; 전재강, 앞의 글, 213면; 졸고, 앞의 글, 2010b, 145~148면 참조.

　　조우인의 경우는 이와 사정이 많이 다르다. 그의 가계는 증조부 때 좌부승지(정3품)에 오른 것이 가장 높은 관직이라고 할 만큼 전반적으로 정철의 경우에 훨씬 미치지 못할 정도로 한미하였다. 그 역시 늦은 나이인 45세 때 문과에 급제하여 비로소 벼슬길에 나서게 되지만, 크게 현달한 지위에까지 이르지는 못하였다.[31]

　　이러한 그의 가계와 행적에서 특히 눈에 띄는 것은 필화사건인데, 이를 통해 그의 비판적이고 풍자적인 현실인식 태도의 일단을 간파할 수 있다. 광해군 시절 형제간 왕위 다툼으로 영창대군이 희생된 것을 우의적으로 비판한 한시 〈兄弟巖〉, 역시 광해군 때 정인홍, 이이첨 등의 대북파 인사들이 조정을 문란하게 하는 것을 비판한 글 〈大開川說〉, 황폐화되고 적막한 고궁에 인목대비가 유폐되어 있는 것을 보고 감회에 젖어 지었다가 모함을 받아 옥사를 치르게 된 한시 〈直分司記所見〉와 〈題分司承旨廳壁〉 등을 통해 그의 울분과 의기, 그리고 정치현실에 대한 비판적 태도를 파악할 수 있다. 특히 이 작품들이 광해군 당시의 왕실이나 집권 세력을 직접적으로 겨냥한 것이라는 점에서 이 작품들의 위중함과 심각성을 감지할 수 있을 뿐만 아니라 광해군 집권 내내 정치현실과 불화했던 그의 순탄치 못한 벼슬길도 엿볼 수 있다.

　　이러한 점은 澤堂 李植의 〈右副承旨梅湖曹公墓誌銘〉이나 頤齋詩에 대한 비평, 필화사건의 전말을 소상히 전하고 있는 『광해군일기』와 같은 기록, 조우인에 대한 인물평 등에도 역력히 드러나 있다. 이식이 조우인의 묘지명이나 시 비평에서 그의 현실비판 태도와 풍자 정신을 높이 평가하면서도 조우인 자신에게 미칠 화를 크게 염려하고 있다든지, 『광해군일기』에서 "우인은 영남 사람으로서 강개하고 일에 대해 논하기를 좋아하였는데 성격이 몹시 경솔하였다. 또한 시를 잘 지어서 사건이

31　증조부 조계형은 중종반정 직후 공신에 책정되었지만 이내 연산군의 뜻에 영합한 인물로 지목받아 직첩과 훈첩에서 삭탈되었고, 그 영향으로 조부와 부 역시 관직에 나가지 못한 것으로 보인다. 조우인의 가계와 행적에 대해서는 김봉선, 앞의 글, 8~11면 참조.

있을 때마다 번번이 시로 읊곤 하였다"라고 그의 강개한 성품과 비판적 시 창작 태도 등을 적시하고 있으며, 〈자도사〉 창작의 배경이 된 필화사건에서 광해군의 親鞫을 받으면서도 '선왕인 선조에 대한 생각으로 시를 지었다'고 자신의 의기를 누그러뜨리지 않았다는 사실들이 대표적인 예라고 할 수 있다.[32]

이처럼 조우인은 광해군의 폭정에 맞서 자신의 강직한 성품과 현실 비판 태도를 잃지 않았다고 평가할 수 있을 터인데, 〈자도사〉 역시 이와 동일선상에 놓여 있음을 알 수 있다. 〈자도사〉에서 자규의 넋을 빌어 님을 원망하고 급기야는 각성까지 촉구하는 모습은 정치현실에서 비분강개하며 비판을 서슴지 않던 실제 작가의 모습 그대로인 것이다. 그러므로 조우인이 정치적 입지와 처지, 그리고 임금과의 관계에 있어서 정철과 뚜렷이 변별되듯이, 〈자도사〉 역시 님에 대한 화자의 태도나 님의 위상에 있어서 양미인곡과 차이를 보이는 것이다. 정치 현실의 우의적 형상화가 연군가사의 주요 특징이라는 점을 염두에 둔다면 작가별 정치현실의 상이함이 곧 작품별 연군의식과 정서 표출 양상의 차이를 빚어내는 주된 요인임을 알 수 있는 것이다.

5. 결론

지금까지 연군의식과 정서 표출의 양상의 측면에서 조우인의 〈자도사〉를 정철의 양미인곡을 포함한 몇몇 연군가사 작품들과 비교하였다. 〈자도사〉가 천상계와 지상계의 이원적 공간 설정을 갖추고 있고, 천상

---

[32] 이상 조우인의 필화사건과 관련된 작품들과 기록들에 대해서는 박억만, 앞의 글, 8~14면과 김봉선, 앞의 글, 41~54면 참조.

계의 님을 지상계의 화자가 그리워하는 태도를 보일 뿐만 아니라 양미인곡의 몇몇 구절과 모티프를 차용하였다는 점에서는 무엇보다도 양미인곡과 흡사한 작품이라 할 수 있다. 그러나 화자의 정서나 태도를 좀 더세부적으로 들여다보면, 이 작품이 양미인곡과 달리 님을 원망할 뿐만 아니라 심지어는 님에게 각성을 촉구하는 모습까지 보이고 있음을 알수 있었다. 결국 이러한 차이는 작가마다 처한 정치적 입지와 임금과의관계가 상이하기 때문에 빚어진 결과물이라 할 수 있다.

본고는 조우인의 〈자도사〉가 정철의 양미인곡을 모방한 작품이라는선행 연구의 평가에 의문을 제기하는 차원에서 마련된 것이다. 그러나본고는 단순히 모방작 여부만을 판가름하는 데에 그치지 않고, 다른 연군가사 작품들과의 비교를 통해 〈자도사〉만의 독특한 면모와 가치를밝히는 데까지 나아갔다는 점에서 의의를 찾을 수 있다. 그동안 연군가사 연구에서 두드러진 특징 중의 하나는 아마도 정철의 양미인곡을 전범으로 내세워 다른 연군가사 작품들을 비교하고 평가한 점일 것이다.그 결과 양미인곡이 지닌 우수성과 가치는 더욱더 두드러지게 되었지만, 다른 연군가사 작품들은 양미인곡의 그늘에 가려져 그 특징과 의미가 온전하게 규명되질 못하였다고 해도 과언이 아니다. 〈자도사〉역시그러한 경우에 속하는 작품이어서 변변한 작품론 하나 쉽사리 찾아보기어려울 정도였다. 이러한 상황에서 본고는 연군가사 〈자도사〉에 대한본격적인 작품론의 첫걸음에 해당한다고 할 것이다.

『동양고전연구』 41, 동양고전학회, 2010

자료

『高麗史』.
『論語』.
『史記』.
『三國史記』.
『樂學軌範』(逢左文庫本).
金春澤, 『北軒集』, 한국문집총간 185, 민족문화추진회, 1999.
이상보, 『한국가사선집』, 민속원, 1997.
鄭澈, 『國譯 松江集』, 태학사, 1992.
曺友仁, 『頤齋先生文集』, 昌寧曺氏頤齋公派宗會, 1990.
曺偉, 『梅溪集』, 한국문집총간 16, 민족문화추진회, 1988.

논저

고경식, 「매호별곡과 자도사」, 『자유문학』 49, 자유문학사, 1961.
______, 「관동속별곡」, 『경희문선』, 경희대 국문과, 1962.
______, 「曺頤齋 硏究」, 경희대 석사논문, 1963.
______, 「〈관서별곡〉과 〈출관사〉」, 『국어국문학』 36, 국어국문학회, 1967.
______, 「鄭松江과 曺頤齋의 관계」, 『국어국문학』 64, 국어국문학회, 1974.
고순희, 「18세기 정치현실과 가사문학: 〈별사미인곡〉과 〈속사미인곡〉을 중심으로」, 『어문학』 78, 한국어문학회, 2002.

길진숙, 『조선 전기 시가예술론의 형성과 전개』, 소명출판, 2002.

김갑기, 『송강정철 연구』, 이우출판사, 1987.

김병국, 「장르론적 관심과 가사의 문학성」, 김학성·권두환 편, 『고전시가론』, 새문사, 1984.

김봉선, 「頤齋 曺友仁 詩歌 硏究」, 고려대 석사논문, 2003.

김사엽, 『정송강연구』, 계몽사, 1950.

김상진, 「송강 시조에 나타난 화자의 모습과 차별 양상」, 『온지논총』 8, 온지학회, 2002.

김영만, 「曺友仁의 歌辭集 頤齋詠言」, 『어문학』 10, 한국어문학회, 1963.

김용찬, 「시조에 구현된 여성적 목소리의 표출 양상」, 『한국고전여성문학연구』 4, 한국고전여성문학회, 2002.

김정민, 「송강 한시에 나타난 정서의 특질」, 『우리문학연구』 22, 우리문학회, 2007.

김주곤, 「조위의 〈만분가〉 연구」, 『한민족어문학』 14, 한민족어문학회, 1987.

김진욱, 「굴원이 정철 문학에 끼친 영향 연구」, 『고시가연구』 11, 한국고시가문학회, 2003.

김진희, 「절대적 존재에 대한 사랑」, 『한국고전여성문학연구』 16, 한국고전여성문학회, 2008.

______, 「송강가사의 수용론적 연구」, 연세대 박사논문, 2009.

김학성, 「고려속요의 작자층과 수용자층」, 『한국학보』 31, 일지사, 1983.

김혜숙, 「유배가사를 통하여 살펴본 가사의 변모양상」, 『관악어문연구』 8, 서울대 국어국문학과, 1983.

나정순, 「가사와 여성성의 문제」, 『우리 문학의 여성성·남성성(고전문학편)』, 월인, 2001.

류성준 역, 『楚辭』, 혜원출판사, 1992.

류수열, 「〈사미인곡〉의 콘텍스트와 상호텍스트적 읽기」, 『독서연구』 21, 한국독서학회, 2009.

류연석, 「〈만분가〉와 〈사미인곡〉의 비교연구」, 『한국언어문학』 42, 한국언어문학회, 1999.

______, 「〈속사미인곡〉의 기행문학성 고찰」, 『고시가연구』 16, 한국고시가문학회, 2005.

박경남, 「〈사미인곡〉의 향유 맥락과 중층구조」, 『규장각』 24, 서울대 규장각, 2001.

박억만, 「頤齋 曺友仁 가사문학 연구」, 부산대 석사논문, 1999.

박영주, 「송강 시가의 정서적 특질」, 『한국시가연구』 5, 한국시가학회, 1999.

______, 『송강 정철 평전』, 중앙M&B, 1999.

박일용, 「〈만분가〉의 형상화 형태」, 『한국고전시가작품론』, 집문당, 1992.

박춘우, 「미인곡계 가사의 존재양상」, 『우리말글』 26, 우리말글학회, 2002.

范善均, 「굴원작품의 계승성과 독창성 연구」, 『중국인문과학』 10, 중국인문학회, 1991.

______, 「〈이소〉의 구조분석에 의한 특징연구」, 『중국인문과학』 16, 중국인문학회, 1997.

______, 「한국고전시가에 끼친 굴원의 영향」, 『중어중문학』 10, 한국중어중문학회, 1988.

서수생, 「송강문학 연구」, 『한국시가연구』, 형설출판사, 1970.

서원섭, 『가사문학연구』, 형설출판사, 1991.

宣釘奎, 「'애국주의 시인 굴원'론에 관한 소고」, 『중국학논총』 13, 고려대 중국학연구소, 2000.

성기옥, 「사대부 시가에 수용된 신선모티프의 시적 기능」, 『국문학과 도교』, 한국고전문학회 편, 1998.

성무경, 『가사의 시학과 장르실현』, 보고사, 2000.

성현경, 「적강소설 연구」, 『한국소설의 구조와 실상』, 영남대 출판부, 1989.

양태순, 「〈정과정〉의 종합적 고찰」, 『한국고전시가작품론』, 집문당, 1992.

윤귀섭, 「유배가사의 양극」, 『동대논총』 2, 동덕여대 출판부, 1971.

윤덕진, 『조선조 장가 가사의 연원과 맥락』, 보고사, 2008.

윤호진, 「澤堂의 頤齋詩 批評에 대하여」, 『열상고전연구』 23, 열상고전연구회, 2006.

이가원, 「〈만분가〉 연구」, 『동방학지』 6, 연세대 동방학연구소, 1963.

이동재, 「梅溪 曺偉의 시문학 연구」, 성신여대 박사논문, 2001.

이문규, 「〈속미인곡〉 소고」, 『한국고전시가작품론』, 집문당, 1992.

이병기, 「별사미인곡과 속사미인곡에 대하여」, 『국어국문학』 15, 국어국문학회, 1956.

이승남, 「유배가사의 사회적 의미와 문학적 해석」, 『동악어문논집』 26, 동악어문학회, 1991.

이의강, 「梅溪 曺偉 한시의 문예미학적 성취」, 『한문학보』 17, 우리학문학회, 2007.

이재식, 「유배가사 연구상의 문제점 고찰」, 건국대 석사논문, 1988.

이형대, 「〈원가〉와 〈정과정〉의 시적 인식과 정서」, 『한성어문학』 18, 한성대 한성어문학회, 1999.

이혜순, 「15·16세기 한국 여성화자 시가의 의의」, 『한국문화』 19, 서울대 한국문화연구소, 1980.

장수현, 「사미인곡계 가사 연구」, 서울대 석사논문, 2001.

全英蘭, 「〈離騷〉의 서정주체 '子'는 君子인가?」, 『중국어문학』 43, 영남중국어문학회, 2004.

전일환, 「〈사미인곡〉과 〈만분가〉의 관련성」, 『국어문학』 37, 국어문학회, 2002.

전재강, 「정철 시조에 나타난 현실 지향과 풍류의 성격」, 『시조학논총』 21, 한국시조학회, 2004.

정경주, 「정서의 생애와 충신연주지사로서의 〈정과정〉」, 『부산한문학연구』 8, 부산한문학회, 1994.

정무룡, 『정과정 연구』, 신지서원, 1996.

정익섭, 「유배문학 소고」, 『无涯梁柱東博士華誕紀念論文集』, 동국대 출판부, 1963.

정인숙, 「조선 후기 연군가사의 전개양상 연구」, 서울대 석사논문, 1994.

______, 「가사에 나타난 시적 화자의 목소리 연구」, 서울대 박사논문, 2001.

정재호, 「〈속미인곡〉의 내용분석」, 『고전시가론』, 새문사, 1984.

정흥모, 「영조조의 유배가사 연구」, 『국어문학』 45, 국어문학회, 2008.

조동일, 『한국문학통사』(제3판) 3, 지식산업사, 1994.

조선영, 『가사문학과 유학사상』, 태학사, 2002.

조세형, 「송강가사의 대화전개방식 연구」, 서울대 석사논문, 1990.

______, 「가사 장르의 담론 특성 연구」, 서울대 박사논문, 1998.

최규수, 「적강 모티프 유배가사작품에 나타난 표현방식의 특성과 시적 효과」, 『이화어문
논집』 13, 이화여대 한국어문학연구소, 1994.

______, 「김춘택의 〈별사미인곡〉에 수용된 〈미인곡〉의 어법적 특질과 효과」, 『온지논총』
4, 온지학회, 1998.

______, 『송강 정철 시가의 수용사적 탐색』, 월인, 2002.

최미정, 「충신연주지사에서의 주체와 타자」, 『국문학연구』 18, 국문학회, 2008.

최상은, 「유배가사의 작품구조와 현실인식」, 한국정신문화연구원 석사논문, 1984.

______, 「〈만분가〉와 〈사미인곡〉의 작품구조와 작가의식」, 『한민족어문학』 15, 한민족어
문학회, 1988.

______, 「연군가사의 짜임새와 미의식」, 『반교어문연구』 5, 반교어문학회, 1994(최상은,
『조선 사대부가사의 미의식과 문학성』, 보고사, 2004에 재수록).

______, 「유배가사 작품구조의 전통과 변모」, 『새국어교육』 65, 한국국어교육학회, 2003.

______, 「유배가사 연구의 현황과 과제」, 『조선 사대부가사의 미의식과 문학성』, 보고사,
2004.

최오규, 「유배가사에 나타난 의미표상의 심층구조분석」, 『국제어문』 1, 국제어문학회,
1979.

최현재, 「〈별사미인곡〉과 〈속사미인곡〉에 나타난 연군의식 양상 고찰」, 『우리말글』 48,
우리말글학회, 2010a.

______, 「조위의 〈만분가〉와 정철의 양미인곡에 나타난 연군의식의 비교 고찰」, 『어문연
구』 147, 한국어문교육연구회, 2010b.

______, 「충신연주지사의 전통과 〈만분가〉에 대한 새로운 이해」, 『한국언어문학』 70, 한
국언어문학회, 2009.

P. H. Lee, 권두환 역, 「동양고전시의 주제」, 『심상』, 1981.

제3부

가사 작품의 탐구와 해석

연작가사 '승가'의 원형과 구조적 특징

1. 서론

연작가사 '승가'란 한 양반 남성과 여승이 서로 주고받은 일련의 가사 작품들을 말하며, 이에는 〈송녀승가(送女僧歌)〉, 〈승답ᄉ(僧答辭)〉, 〈지송녀승가(再送女僧歌)〉, 〈녀승지답ᄉ(女僧再答辭)〉 등의 작품들이 현전하고 있다.[1] 이 작품들은 그 내용과 형식 면에 있어 여타의 가사 작품들과는 다른 독특한 모습을 보이고 있어 주목된다. 작품의 내용에 있어서는 연작을 이루는 작품들이 우연히 만난 여승에 대한 양반 기혼 남성의 애절한 구애를 중심 소재로 하여 전개되고 있다. 엄격한 유교 윤리가 지배하고 억불 정책이 시행되던 조선시대의 실상을 감안한다면, 여승과 양반 사이의 신분격차를 넘어선 애정행각을 그리고 있는 이 작품들이 그

---

[1] 연작가사 '승가'를 이루고 있는 작품들의 제목과 내용은 작품들이 실려 전하고 있는 자료집에 따라 조금씩 다르게 나타나고 있다. 이러한 개별 작품의 존재 양상에 대해서는 다음 절에서 자세히 소개할 것이다. 다만 본고에서는 이 작품들이 모두 실려 전하고 있는 『校合 樂府』(김동욱·임기중 편, 태학사, 1982)의 작품명을 그대로 따르도록 한다.

당시에 큰 반향을 불러 일으켰다고 할 수 있다. 그리고 그 형식에 있어서는 양반과 여승이 서로 주고받은 편지글 형식을 바탕으로 하여 '연작가사'를 이루고 있다. 연작을 이루는 각 작품들은 여승에 대한 양반의 구애라는 공통된 화제를 일정한 순서로 긴밀하게 서로 연결시키고 있으며, 그 결과 개별 작품들의 의미를 포괄하는 더 큰 단위의 작품덩어리를 이룬다고 할 수 있다.[2] 또한『校合 樂府』등에 이들 연작가사 작품들과 함께 실려 있는 〈승가타령〉은, 양반의 간절한 구애를 그리고 있는 〈송녀승가〉와 이러한 양반의 구애를 거절하고 있는 여승의 〈승답亽〉라는 두 작품을 하나의 작품으로 엮고 있다는 점에서 더욱 색다른 면모를 보이고 있다.

연작가사 '승가'에 대한 기존의 논의들을 살펴보면 다음과 같다. 우선 대부분의 논의들이 작품 소개와 작가 추정의 수준에 머무르고 있어 작품들의 연관성 및 연작가사로서의 의미, 작품의 내재적 가치 등의 작품 실상을 온전히 파악하는 데까지는 이르지 못하고 있음을 알 수 있다. '승가'를 학계에 처음 소개한 이상보는 일련의 논의를 통해『校合 樂府』에 실려 있는 〈송녀승가〉, 〈승답亽〉, 〈지송녀승가〉, 〈녀승지답亽〉의 네 편의 작품 내용을 각각 소개하면서 작품의 주제를 불교에의 귀의로 보아 불교가사의 범주에 포함시키고 있다.[3] 이 밖에도 김주곤,[4] 박요순,[5] 윤석창,[6] 류연석[7] 등도 '승가'의 내용이 다른 불교가사들과는 달리 낭만적인 시상

---

2   연작에 대해서는 김유경,「〈만언사〉 연작 연구」,『연민학지』4, 연민학회, 1996; 김유경,「연작형 가사의 형성과 변이 연구 : 〈초당문답가〉를 중심으로」, 연세대 박사논문, 1996 등을 참조할 수 있다.

3   이상보,『한국고시가의 연구』, 형설출판사, 1975; 이상보,「僧房에 띄운 戀情歌辭」,『한국문학』62, 한국문학사, 1978; 이상보,『한국불교가사전집』, 집문당, 1980; 이상보,『한국고전시가연구·속』, 태학사, 1984; 이상보,『18세기 가사전집』, 민속원, 1991.

4   김주곤,『한국불교가사연구』, 집문당, 1994.

5   박요순,「여승가사고」,『한남어문학』16, 한남대 국어국문학회, 1990.

6   윤석창,『가사문학개론』, 깊은샘, 1991.

7   류연석,『한국가사문학사』, 국학자료원, 1994.

에서 지어졌음을 지적하고는 있지만, 작품의 주제를 불도에 귀의함이 가장 떳떳한 일이라고 밝히고 있어 이상보의 논의와 동궤에 놓인다고 할 수 있다.

이상의 논의들은 개별 작품들의 실상을 도외시한 채 단지 여승이 구애의 대상으로 작품의 문면에 등장하고 있다는 점에 착안하여 이 작품들을 불교가사의 범주에 귀속시킨 결과 작품의 의미를 축소시킨 문제점을 드러내고 있다. 이에 대해 김유경[8]은 〈송녀승가〉, 〈승답ᄉ〉, 〈지송녀승가〉, 〈녀승지답ᄉ〉의 네 작품을 연작가사로 설정하고 화자의 발화 방식이라는 측면에서 논의한 결과 불교가사의 범주에서 이 작품들을 다루는 것은 잘못임을 지적하고 있다. 그러나 작품의 깊이 있는 이해를 위해 좀 더 치밀한 논의가 필요하다는 아쉬움이 남는다고 할 수 있다.

다음으로 연작가사 '승가'의 작가와 창작시기에 대한 기존 논의들을 살펴보면, 이 작품들이 실제의 경험을 토대로 정조 7년(1783)에 '남철(南哲)'이라는 남성 양반 1인에 의해 지어진 것이라는 견해[9]와 상상력에 기반을 둔 허구라는 견해[10]가 대립하고 있다. 특히 전자의 견해에서는 『校合 樂府』 소재 〈승가타령〉의 말미에 쓰여 있는 'ᄒ올 말솜 일필(一筆)노 못다ᄒ와 더강 불비상사(不備上謝) 계묘(癸卯) 삼월(三月) 이십구일(二十九日) 망월사(望月寺) 옥션상사(玉禪上謝)'라는 인사와 서명을 중요한 논거로 제시하고 있으며, 이에 대해 후자는 "이러한 인사와 서명 등은 실제로 편지를 주고받은 인물의 이름과 구체적인 시대를 추정할 수 있는 근거로 해석되기보다는 좀 더 완벽한 편지의 형식을 갖추어 내려는 세련된 허구적 장치로 판단해야 마땅하다"[11]고 주장하고 있다. 이러한 쟁점에 대

---

8   김유경, 「편지 왕래형 구애가사 연구」, 『연민학지』 5, 연민학회, 1997.
9   대표적으로 이상보, 앞의 논저들과 황재군, 『한국 고전여류시 연구』, 집문당, 1988 등을 들 수 있다. 특히 이상보는 아무런 근거도 제시하지 않고 '승가'의 작가를 한글 표기 '남철'에 '南哲'이라는 한자 표기를 병기하고 있어 재론의 여지가 있다.
10   대표적으로 김유경, 앞의 글과 정재호, 「相思和答歌類 研究」, 『한국 가사문학의 이해』, 고려대 출판부, 1998 등을 들 수 있다.

해 김팔남[12]은 『秋齋集』의 관련 기록을 토대로 하여 '승가'의 작가는 都事와 參判을 지낸 남철과 여승인 玉禪 두 사람이며, 작품의 창작시기는 1723년임을 밝히고 있어 관심을 끌고 있다.[13]

연작가사 '승가'에 관한 기존의 논의들을 살펴보면, 개별 작품들의 소개의 수준에서 점차로 벗어나 작품들의 관련양상 및 연작가사로서의 특징 규명으로 심화되고 있는 상황이다.[14] 그러나 전승 양상에 대해서는 명확한 근거를 제시하지 않고 단지 추정의 단계에 머물고 있으며, 작품이 지니는 특징이나 의미에 대해서도 소략한 편이라 할 수 있다. 또한 이와 관련하여 연작가사 '승가'의 작품들과는 특이한 양상을 보이고 있는 〈승가타령〉을 어떻게 처리할 것인가에 대한 문제도 해결해야 할 과제이다.

이에 본고에서는 기존 연구를 바탕으로 하여 연작가사 '승가'의 전승 양상을 검토하여 그 원형을 재구한 뒤, 전체 작품의 특성과 의미에 대해 고찰하기로 한다.

2. 연작가사 '승가'의 존재 양상

지금까지 연작가사 '승가' 중 일부분이라도 전하고 있는 자료를 총망라하면 『校合 樂府』,[15] 『校合 歌集』,[16] 『校合 雅樂部歌集』,[17] 『海東遺謠』,[18] 『傳家

---

11 김유경, 앞의 글, 401면.
12 김팔남, 「가사 〈僧歌〉와 한시 〈三疊僧歌〉의 상관성 고찰」, 『樂隱 姜銓燮先生 華甲紀念論叢』, 창학사, 1992.
13 '승가'의 작가와 창작시기에 대해서는, 더 이상의 관련 자료나 인적사항이 발굴되지 않는 한 김팔남의 견해를 그대로 수용해야 한다고 생각된다.
14 김팔남, 앞의 글과 김유경, 앞의 글을 대표적으로 제시할 수 있다.
15 김동욱 · 임기중 편, 『校合 樂府』, 태학사, 1982.
16 김동욱 · 임기중 편, 『校合 歌集』, 태학사, 1982.

寶藏』,[19]『雜歌』,[20]『相思別曲』,『古今奇詞』 등이 있다. 이들 자료에 실려 전하는 '승가'의 존재 양상을 간략히 살펴보면 다음과 같다.

위에 언급한 자료들 가운데『古今奇詞』는 일본인에 의해서 소개된 자료로서 작품의 전모는 볼 수 없고, 다만『古今奇詞』가 1866년(고종 3년 丙寅)에 이름을 알 수 없는 편자에 의해 만들어졌다는 것과 여기에 〈思女僧歌〉, 〈僧答歌〉, 〈又答女僧歌〉 등을 포함한 33편의 작품이 실려 있다는 사실만 확인할 수 있을 뿐이다.[21]

다음으로『雜歌』는 1책 54장의 필사본으로 '辛巳秋七夕'이라는 干支로 보아 순조 21년(1821)이나 고종 18년(1881)에 필사한 것으로 추정되는 자료이다.[22] 이 자료의 맨 끝장에 〈지송녀승가〉(『校合 樂府』)나 〈답승〉(『傳家寶藏』)의 후반부와 동일한 내용이 실려 전하고 있는데, 작품명도 없으며 목차에도 언급되어 있지 않다. 전문을 소개하면 다음과 같다.

<blockquote>
ᄉ공하로 고초 안처 홍독개로 툭을 괴야
치통의 닙관ᄒ야 더온 불의 츤 직 되면
空山 구즌 비의 우는 귓것 네 아닌가
내 말을 올치 너겨 ᄆ옴을 도로 혀며
</blockquote>

<hr>

17 김동욱 · 임기중 편,『校合 雅樂部歌集』, 태학사, 1982.

18 『해동유요』는『국어국문학』96(국어국문학회, 1986)의 부록 '자료 영인'에 일부분 영인되어 있으며, 이혜화, 「『해동유요』 소재 가사고」,『국어국문학』96, 국어국문학회, 1986에서 간략하게 작품 소개를 하고 있다.

19 이상보 주석, 「승가 4편」,『한국문학』62, 한국문학사, 1978.

20 『잡가』는 연민 이가원 소장본으로 그 자료의 전모가『열상고전연구』9, 열상고전연구회, 1996에 영인되어 있다.

21 多田正知, 「靑丘永言과 歌曲源流」,『小田先生 頌壽紀念 朝鮮論集』, 京城刊, 1934, 549~589면에는 "高宗 三年 丙寅에 逸名氏의 編纂에 係る 古今寄詞には, 悔心曲, 續悔心曲, 懶翁和尙西往歌, 思女僧歌, 答僧歌, 又答女僧歌 (…중략…) の三十三曲을 錄し"라고 되어 있다(이상보,『한국불교가사전집』, 집문당, 1980에서 재인용).

22 「가사집『雜歌』解題」,『열상고전연구』9, 열상고전연구회, 1996에서 이 자료의 필사 시기를 1821년 혹은 1881년으로 추정하고 있다.

富貴도 흘듯ㅎ고 男子도 만흐려니

琴瑟이 和同ㅎ야 百年을 同住ㅎ면

子孫이 만당ㅎ야 헌 머리의 니 뵈듯시

닷는 놈 긔는 놈 슬ㄱ장 누리다가

死後의 祭祀 밧고 錦繡로 歛襲ㅎ야

流蘇寶帳의 百夫緦麻 우러엘 졔

彼此의 成佛ㅎ면 긔 아니 즐거은가

아마도 殺人者ㅣ 死ㅣ라 ㅎ니 내 죽은 후면 넨들 무스ㅎ랴[23]

『雜歌』에 실려 있는 다른 작품들의 경우 예외없이 작품명이 목차에 언급되어 있고 작품 첫머리에 '雇工歌 五十二句'처럼 그 작품명과 句數가 적혀 있음에 비춰볼 때 이는 특이한 사항이라 할 수 있다. 그런데 『周氏本 海東歌謠』, 『六堂本 靑丘永言』, 『朴氏本 詩歌』 등에 이와 유사한 내용을 담은 사설시조가 전하고 있다.[24] 특히 『周氏本 海東歌謠』에 전

---

23 참고로 이에 해당하는 부분을 〈지송녀승가〉(『校合 樂府』)에서 소개하면 다음과 같다. "三間 草屋 寂寞ㅎ데 孤處이 혼자 안져 / 世上을 아조 잇고 念佛만 工夫타가 / 즈네 人生 죽어디면 늣기리 뉘 잇스리 / 沙工쳐럼 혼즈 안쳐 홍독긔로 턱을 괴와 / 치통에 入棺ㅎ여 더운 불의 츤 지 될 졔 / 寂寞空山 구즌 비에 우는 귓것 즈네로세 / 내 말슴 올히 녁겨 前 마음 도로 헤면 / 富貴도 흘 거시요 百年을 偕老ㅎ리 / 琴瑟이 和合ㅎ여 子孫이 滿堂ㅎ면 / 헌 머리의 이 꼬인 듯 닷는 놈 긔는 놈의 / 榮華로이 누리다가 死後를 도라보면 / 子孫이 詵詵ㅎ여 錦繡로 歛襲ㅎ여 / 流蘇寶帳에 百夫緦麻가 들넬 젹에 / 그 안이 즐거온가 / 人間의 조흔 일이 이밧게 쏘 잇는가 / 아마도 이내 病은 살어날 길 전혀 읍다 / 츠라이 다 썰치고 범나뷔 되여 나서 / 禪師님 간 대마다 싸라가면 안디리라 / 殺人者ㅣ 死라 ㅎ니 죽으면 네 알이라."

24 각각의 작품을 인용하면 다음과 같다. "削髮爲僧 앗가온 閣氏 이닉 말을 들어보소 어득 寂寞 佛堂 안히 念佛만 외오다가 즈네 人生 죽은 後ㅣ면 홍독긔로 탁을 괴와 柵籠에 入棺ㅎ야 더운 불에 찬 지 되면 空山 구즌 비에 우지지는 鬼ㅅ것시 너 안인가 眞實로 마음을 둘으혐연 子孫滿堂ㅎ여 헌 멀이에 니 꾀둣이 닷는 놈 긔는 놈에 榮華富貴로 百年同樂 엇더리." 김수장, 『周氏本 海東歌謠』. "削髮爲僧 져 閣氏內 이닉 말슴 드러보쇼 어득흔 佛堂 안에 念佛만 외오다가 자닉 人生 죽어지면 홍독씨로 턱을 괴아 치롱안희 入棺ㅎ야 燒火흔 後 찬 지 되면 空山 구즌 비에 우지지는 鬼것 네 아니될가 眞實노 닉 말 드러 마음을 두로혀면 子孫滿堂ㅎ야 富貴榮華

하는 사설시조는 작가가 김수장으로 되어 있다. 이러한 점으로 미루어볼 때 당시에 '승가'가 크게 유행하고 있었던 것으로 보이며, 향유자의 취향에 따라 '승가'의 여러 작품들을 선별하여 전승하였을 것으로 생각된다. 즉 위에 인용한 부분을 사설시조로 장르 전환을 하여 즐기기도 하였으며, 『雜歌』의 경우처럼 불완전한 형태로 전승되기도 하였을 것이다.

『海東遺謠』는 아직까지 학계에 그 전모가 알려지지 않은 편자 미상의 시가집으로 모두 55편의 작품이 실려 있다. 이혜화[25]의 소개에 따르면 이 자료는 한지로 엮은 필사본으로 표지에 "海東遺謠"라 종서되어 있고 속표지에 다시 "長歌, 庚寅仲春望前三日始役, 海東遺謠"라는 기록이 석 줄로 씌어 있으며, 내용은 모두 164면이라는 것이다. 또한 『海東遺謠』의 편찬시기에 대해서는 소재 작품의 작가가 16 · 17세기에 집중되어 있고 17세기 말엽 이후의 작가는 전무한 점을 들어 1711년(숙종 37 庚寅)에서 더 내려가지 않을 것으로 추정하고 있으나 좀 더 정밀한 논의가 요구된다.[26] 『海東遺謠』에 〈僧歌〉, 〈僧答歌〉, 〈自答歌〉의 세 편의 작품이 연이어 실려 있는데, 〈僧歌〉에 '南都事'라는 작가명이 붙어 있다. 이 세 편의 작품은 『校合 樂府』 소재의 〈송녀승가(送女僧歌)〉, 〈승답ᄉᆞ(僧答辭)〉, 〈ᄌᆡ송녀승가(再送女僧歌)〉와 각각 내용이 거의 동일한데, 곧 〈승가〉는 〈송녀승가(送女僧歌)〉에, 〈승답가〉는 〈승답ᄉᆞ(僧答辭)〉에, 그리고 〈자답가〉는 〈ᄌᆡ송녀승가(再送女僧歌)〉에 각각 대응된다고 할 수 있다.

『傳家寶藏』은 표지를 합쳐 모두 32장으로 엮은 순한글 필사본으로 '긔히 칠월 초일일 우즁의 등셔'라는 기록에 의해 편찬시기를 광무 3년

로 百年同樂 홀줄 모로ᄂᆞᆫ가." 무명씨, 『六堂本 靑丘永言』.
　　"削髮爲僧 앗가온 閣氏 니의 말 드러보쇼 어득흔 佛堂 안에 念佛만 외오다가 네 人生 죽어지면 치籠에 入棺ᄒᆞ야 홍독기로 턱 밧치고 火葬을 ᄒᆞ고나니 空山寂寞 구즌 비의 우는 귓것 네 아니되랴 다시금 네 마음 도로혀면 粉壁紗窓 月三更에 고은 님 품에 들어 鴛鴦枕 돌베고 翡翠衿 나슈덥고 晝夜 동품ᄒᆞ니 子孫이 滿堂ᄒᆞ고 富貴를 누리면셔 百年偕老ᄒᆞ리라." 무명씨, 『朴氏本 詩歌』.
25　이혜화, 앞의 글.
26　위의 글, 86~87면.

(1899) 己亥로 추정하고 있는 자료이다.[27] 이 자료에 〈승가〉, 〈승답〉, 〈답승〉, 〈승우답〉의 네 편의 작품이 실려 있는데, 이 중 〈승가〉의 작품명 아래에 '남철'이라는 작가가 한글로 기입되어 있다. 이 네 편의 작품들은 『校合 樂府』에 실려 있는 다섯 편의 작품들 중 〈승가타령(僧歌打令)〉을 제외한 나머지 네 작품, 즉 〈송녀승가(送女僧歌)〉, 〈승답ᄉ(僧答辭)〉, 〈ᄌ 송녀승가(再送女僧歌)〉, 〈녀승지답ᄉ(女僧再答辭)〉에 각각 대응된다. 다만 『傳家寶藏』의 〈승우답〉과 『校合 樂府』의 〈녀승지답ᄉ(女僧再答辭)〉는 그 내용이 전혀 다른 양상을 보이고 있다.[28]

마지막으로 연작가사 '승가'에 속하는 다섯 편의 작품이 모두 전하고 있는 자료로는 『校合 樂府』, 『校合 歌集』, 『校合 雅樂部歌集』 등이 있다. 이들 세 자료에 실려 있는 연작가사 '승가'는 모두 필사되어 있으며, 표기방식의 차이만 있을 뿐 개별 작품의 제목과 내용, 그리고 작품의 배열순서에 이르기까지 거의 동일하다.[29] 그러므로 본고에서는 『校合 樂府』 소재 작품들을 대표적으로 다루도록 한다. 『校合 樂府』의 편자는 1933년경에 60 혹은 70여 세로 작고한 것으로 전해지는 李用基라는 서울 토박이이며, 그 편찬시기는 1933년 이전으로 추정되고 있다.[30] 『校合 樂府』에 실려 있는 네 편의 작품은 모두 작가 미상이며, 다만 함께 실려 전하는 〈승가타령〉의 말미에 "ᄒᆞ올 말ᄉᆞᆷ 일필(一筆)노 못다ᄒᆞ와 더강 불비상사(不備上謝) 계묘(癸卯) 삼월(三月) 이십구일(二十九日) 망월사(望月寺) 옥션상사(玉禪上謝)"라는 기록이 남아 있다. 이 기록을 사실로 받아들인다면 여승은 망월사의 옥선임을 알 수 있으며, 작품의 창작시기는 계묘

---

27   이상보, 앞의 글, 1978, 223～225면.

28   이에 대해서는 다음 절에서 논의할 것이다.

29   임기중, '解題', 『校合 樂府』, 태학사, 1982에 따르면 『校合 樂府』는 골격을 이루고 있는 부분과 골격에 첨가된 부분으로 쉽게 식별되며, 그중에서 골격부분은 『校合 雅樂部歌集』 의 작품 배열순서와 여러 부분이 일치하는 점으로 보아 어떤 원본(李王職雅樂部歌集으로 추정되는 四冊)을 필사하고 거기에 이본이나 새로운 작품들을 보완·첨가해서 편찬한 것이라 한다.

30   임기중, '解題', 『校合 樂府』, 태학사, 1982.

년으로 추정할 수 있다.[31]

이외에도 강전섭 소장『相思別曲』에도 〈승가〉, 〈승답가〉, 〈ᄌ답가〉 세 편의 작품이 작가가 알려지지 않은 채 실겨 전하고 있다.[32] 필사자와 필사시기를 전혀 알 수 없는『相思別曲』에 실려 있는 이 세 편은 다른 자료들에 실린 작품들과 별다른 차이가 없으며, 특히 작품명과 작품의 내용이『海東遺謠』에 실린 작품들과 거의 동일하다.

이상의 논의에서 드러난 특징적인 면을 정리하면, '승가'가 일부분이라도 실려 전하고 있는 자료들이 상당수에 이르며, 오랜 기간에 걸쳐 전승되었음을 알 수 있다. 또한 '승가'의 작가가 '남철'(『傳家寶藏』) 또는 '南都事'(『海東遺謠』)로 나타나 있으며, 매우 오랫동안 전해지면서도 연작이라는 형식적 특징과 작품 내용상의 큰 골격은 변하지 않고 유지되고 있음을 알 수 있다. 참고로 여러 자료들에 전하고 있는 '승가' 작품들의 존재 양상을 표로 정리하면 다음과 같다.[33]

『校合 樂府』	〈승가타령〉	〈송녀승가〉	〈승답ᄉ〉	〈지송녀승가〉	〈녀승지답ᄉ〉
『傳家寶藏』	–	〈승가〉	〈승답〉	〈답승〉	〈승우답〉
『海東遺謠』	–	〈僧歌〉	〈僧答歌〉	〈自答歌〉	–
『雜歌』	–	–	–	후반부	–
『古今奇詞』	–	〈思女僧歌〉	〈僧答歌〉	〈又答女僧歌〉	–
『相思別曲』	–	〈승가〉	〈승답가〉	〈ᄌ답가〉	–

위의 표에서 보듯이 가장 많은 수의 작품이 실려 있는 자료는『校合 樂府』이며, 그다음으로는『傳家寶藏』이다. 그런데 앞서도 말했듯이

---

31   이에 대해서는 김팔남, 앞의 글 참조.

32   〈승가〉와 〈승답가〉는 임기중 편,『역대가사문학전집』25, 아세아문화사, 1999에 영인되어 있으며, 〈ᄌ답가〉는 임기중 편,『역대가사문학전집』27, 아세아문화사, 1999에 영인되어 있다.

33   도표에 보인 작품들 중 〈녀승지답ᄉ〉와 〈승우답〉을 제외한 작품들은 내용상 대응관계를 이룬다. 〈녀승지답ᄉ〉와 〈승우답〉의 관계에 대해서는 4절에서 상술할 것이다.

『校合 樂府』소재 〈승가타령〉은 〈송녀승가〉와 〈승답ᄉ〉를 하나로 합친 것이므로 이 〈승가타령〉을 제외한다면『校合 樂府』와『傳家寶藏』이 가장 온전하게 작품을 구비하고 있는 자료라고 할 수 있다.

3. '승가'의 전승 양상과 원형

이 절에서는 '승가'의 전승과 변이 양상을 통해 작품의 본래 모습을 재구하도록 한다. 연작가사 '승가'는 여러 자료에 실려 전승되면서 자료에 따른 작품의 편차가 조금씩 보이고 있는데, 이러한 편차는 오히려 연작가사 '승가'의 원형을 재구하는 데에 하나의 큰 실마리를 제공해 준다고 할 수 있다. 또한 이 점은『秋齋集』에서 趙秀三(1762~1849)이 언급한 '三疊僧歌'의 실상을 밝히는 데에도 밀접하게 관련을 맺고 있는 사항이기도 하다.『秋齋集』[34] 券七 紀異篇에 '三疊僧歌'라는 제목 아래 詩序와 7언절구 형태의 漢詩 한 수가 수록되어 있다.[35]

三疊僧歌

남참판의 이름은 전하지 않는다. 소년 시절 두미의 길에서 한 여승을 만나고 돌

---

34   임형택 편,『조선 후기 여항문학 총서』3, 여강출판사, 1986.

35   〈三疊僧歌〉가 실려 있는 紀異篇은 한 인물에 대한 간단한 일화를 작은 글씨로 병서한 詩序가 있고 그것을 소재로 하여 쓴 7언절구의 한시가 나열되어 있는데 모두 72명이 수록되어 있다. 여기에 등장하는 인물은 거지, 기생, 서얼, 승려, 노비, 상인, 서민 예술인 등으로 모두 서울을 중심으로 한 도시 하층민들인데 추재가 이들의 삶을 긍정적인 입장에서 문학의 주된 제재로 수용하고 있음을 알 수 있다. 이에 대해서는 강명관,「추재 조수삼 문학 연구」, 한국학대학원 석사논문, 1982, 94면 참조. 또한 기이시의 序에 따르면 추재는 어렸을 적에 70살이나 위인 선생·장자들의 주고받는 이야기들을 귀담아 듣고 소중히 간직하였으며, 그 이후에도 견문을 더욱 넓혀 이를 소재로 하여 기이시를 지었다고 한다.

아와서 잊지 못해 병이 들었다. 이에 장가를 지어 자기 뜻을 전하자 답가가 있어 삼첩을 수창한 듯하다. 머리를 길러 남참판의 첩이 되었는데, 지금도 승가 삼첩이 세상에 전한다.

> 아득한 강길에서 홀로 그대 만나니
> 나무 사이에 흩날리는 꽃 구름에 비치네.
> 삼첩 승가가 설법보다 나으니
> 가사 벗고 치마 입었네.
> 南參判名不記. 少年時見一女冠於斗彌途中, 歸不能忘而病將瓵. 乃作長歌致意焉, 如有答歌, 酬唱三疊. 長髮爲南家側室, 至今有僧歌三疊傳于世. 迢迢江路獨逢君, 峽樹飛花暎楚雲. 三疊僧歌勝說法, 袈裟脫却着榴裙.

『秋齋集』의 詩序와 漢詩에 의한다면, 이름을 알 수 없는 남참판이라는 양반이 '斗彌'[36]라는 곳에서 만난 여승에게 연정을 느껴 상사병이 들었으며, 이에 長歌를 지어 뜻을 전하니 여승 역시 화답하였다는 사실을 알 수 있다. 이러한 사실은 '승가'의 작품과 동일하다고 할 수 있다. 특히 양반의 성이 '남' 씨이며 여승을 만난 곳이 '두미'라는 것, 그리고 양반과 여승이 화답하였다는 것 등은 작품의 내용과 일치하는 사실이다. 그리고 여승이 결국 환속하여 남참판의 첩이 되었다는 것은, 자료에 따라 다르지만 『傳家寶藏』의 마지막 작품인 〈승우답〉의 결말과 일치한다.[37]

위의 기록에 따르면 남참판과 여승은 '승가삼첩'을 수창하였으며 그 당대에도 이 '승가삼첩'이 전한다고 하였다. 그렇다면 '승가'가 '三疊'으로 존재하였다는 것은 남참판과 여승이 세 번에 걸쳐 주고받았다는 것

---

[36] '斗彌'는 『龍飛御天歌』 卷三 14장 '漢陽'을 설명하는 註釋 부분에 '渡迷두미'로 나오고 있으며, 『신증동국여지승람』 6권 '광주목'항에는 '斗迷津'으로 나오고 있다.

[37] 『校合 樂府』 등의 자료와는 달리 『傳家寶藏』의 〈승우답〉에서 여승은 "여러 말 쓰르치고 일언이 결ㅎㄴ니 / 밋ㄴ니 낭군이요 바라ㄴ니 후ㅅ로다 / 한 몸 밧치ㄴ니 허실더로 허소셔"라고 하면서 결국 구애를 받아들이는 것으로 끝을 맺는다.

을 말함인데, 실제 작품은 두 번에 걸쳐 주고받은 것으로만 나타나고 있다. 이러한 점은 '승가'가 본래 세 번 주고받은 작품인데 후대에 전승되면서 일부분이 유실되었다는 것을 시사해준다. 그러므로 면밀한 작품 분석을 통해 본래 '三疊'으로 존재한 '승가'의 모습을 재구할 필요가 있다. 먼저 논의의 편의를 위해 『校合 樂府』 소재 작품들을 대상으로 하여 작품의 내용을 정리하면 다음과 같다.[38]

승가타령(僧歌打令)

① 마음에 드는 님을 마음대로 못하면 병이 되어 죽게 되므로 기록한다.

② 斗尾月溪 좁은 길에서 여승을 만났는데 나이는 16세이고 玉鬢紅顔이다.

③ 세디삿갓 세모시 두루마기 쓰고 입고 삼절죽장을 짚은 모습이 장부간장을 다 녹인다.

④ 나도 남의 집 귀동자로 저 여승만 못하겠느냐.

⑤ 앞을 막고서서 저 선사는 어느 절에 있으며 어디로 가느냐 물었다.

⑥ 혈혈단신으로 망월당의 승이 되어 스승님 심부름 가는 길이다.

⑦ 나이는 몇인가.

⑧ 16세다.

⑨ 나는 18세인데 동행을 하자.

⑩ 부모 없어 중이 된다면 부모 없는 이가 얼마나 많으랴.

⑪ 고운 양자에 남자복색이 웬일이냐.

⑫ 선사의 모양은 밝은 달이 구름에 싸인 듯하다.

⑬ 비단 족도리, 독가마, 月華紗緋緞 등 당시 士大夫家 처녀들의 모습으로 바꾸면 얼마나 아름다우랴.

⑭ 이렇게 동행한 것도 연분인데 선사님은 한 마디 하라.

⑮ 석경사로에 올라 하직하여 하는 말이 편안히 행차하라는 것뿐이다.

---

38 정재호, 앞의 글, 482~490면에 정리된 것을 참조하되, 작품의 실상에 맞지 않는 부분은 수정하여 인용한다.

⑯ 작별하고 나서 정신이 혼미하고 두 눈이 희미하다.

⑰ 초당에 돌아오니 音信이 없어 만단정회를 베풀어 信便에 부쳤다.

⑱ 답신이 왔는데 우연히 길 가다가 동행한 중을 오매불망함이 웬일이냐.

⑲ 세상의 인연을 다 잊었다.

⑳ 노둔한 재질로 남의 첩의 소임을 어찌 다 하겠느냐.

㉑ 나를 잊고 부귀영화를 누려라.

송녀승가(送女僧歌)

① 저 선사를 보니 반갑고 기쁘기 측량없다.

② 여자의 교용으로 男子服色이 무슨 일인가.

③ 고운 얼굴이 누비에 싸인 것은 밝은 달이 떼구름에 싸여 있는 듯하다.

④ 대모단 족도리를 마다하고 조령목 흰 고깔을 썼느냐.

　(이하 〈승가타령〉처럼 이러한 가상적 내용이 계속된다)

⑤ 착한 배필을 골라 양반서방에게 맡기고 싶다.

⑥ 향명을 벌써 듣고 한 번 만나기를 원하였다.

⑦ 귀신의 도움인지 두미월계의 좁은 길에서 만났다.

⑧ 광나루 건너 밧장문 돌아들어 헤어지게 되었다.

⑨ 헤어지고 나니 가슴에 불이 난다.

⑩ 초당에 돌아오니 헤아림도 많다.

⑪ 못 보아 병이 되고 못 보아 원수로다.

⑫ 細細成文하여 전하였다.

⑬ 우연히 만나 병이 되었으니 장부의 한 목숨을 살려달라.

승답소(僧答辭)

① 京華豪傑이 언제 내 이름을 듣고 얼굴을 언제 보았느냐.

② 머리 깎은 중이 눈에 들어 병까지 났단 말인가.

③ 부모를 여읜 후에 입산삭발하여 世念을 잊었다.

④ 나이는 三七이 작년이다.

⑤ 요조숙녀가 아니기에 군자호구가 되겠는가.

⑥ 양반 보고 절하기는 중으로서 한 일이다.

⑦ 하루의 동행으로 情懷가 있고 없고를 누가 알랴.

⑧ 無端한 一封書가 어디서 왔느냐.

⑨ 은근한 뜻이 감사하기는 하나 남이 알까 부끄럽다.

⑩ 불당으로 돌아오니 섭섭한 마음 없지는 않다.

⑪ 回書를 하랴 하니 심신이 산란하다.

⑫ 환속하여도 첩의 도리 어이 하겠느냐.

⑬ 의술을 모르니 남의 병을 어이 알랴.

⑭ 중의 몸을 더럽게 알고 영화를 누리라.

직송녀승가(再送女僧歌)

① 禪師님 하신 말씀이 다 옳지마는 내 말씀을 들어보아라.

② 花容이 암암하여 남자복색을 하여도 그 아름다움이 변하겠는가.

③ 우연히 만나보고 병이 되었으니 내 일을 나도 모르겠다.

④ 어버이 여윈 사람이 모두 중이 된다면 팔도에 남은 사람이 몇이나 되랴.

⑤ 아미타불을 외우며 竹琵와 磬子를 친다고 부모가 살아오며 부처가 되겠는가.

⑥ 그 얼굴 그 행실로 부모를 괴이기 어렵지 않으며 마누라가 시새움을 하겠는가.

⑦ 인간의 고운 계집이 많지마는 내 눈에는 너만이 들었다.

⑧ 혼자 살다가 죽으면 얼마나 외로우냐.

⑨ 마음을 고쳐 먹어 자손이 滿堂하면 그 아니 행복한가.

⑩ 내가 만약 죽는다면 너 때문이니 殺人者는 死인 것이다.

녀승지답亽(女僧再答辭)

① 장안호걸 분분한데 강포한 욕을 면코자 부모를 하직하고 산중에 깊이 들어
   불전에 분향하고 깊은 맹세를 하였다.

② 우연한 남자 서간을 받으니 춘설간장이 온전하겠느냐.

③ 십벌지목이 없다더니 방색하기 어렵다.

④ 삭발한 뒤 철석간장으로 백발을 기약하였으나 군자의 소식으로 평생 공부
　가 흩어진다.

⑤ 춘정이 무심하여 깊이 든 잠을 다시 깬다.

⑥ 如此道理 放恣하나 이 다 낭군 위함이므로 이 말을 누설하면 넋이라도 부끄
　러우리라.

⑦ 극락세계 다시 나서 宰相女로 태어나 지극히 사랑하면 백골이 진토 될지라
　도 평생을 섬기리라.

　이상이 『校合 樂府』 소재 '승가' 작품의 간략한 내용이다. 이로써 보더
라도 〈승가타령〉은 〈송녀승가〉와 〈승답스〉의 내용을 합쳐 만들어진
것임을 알 수 있다.[39] 그러므로 〈승가타령〉을 연작가사의 범주에 넣어
다루기는 곤란하다고 할 수 있다. 즉 〈승가타령〉이 개별적인 두 작품을
하나의 작품으로 엮고는 있으나, 그 구체적 상황과 세부 표현에 이르기
까지 두 작품과 거의 동일하다는 점에서 〈승가타령〉의 독자성은 미약
하기 때문이다.[40]

　'승가' 작품들 중 〈송녀승가〉와 〈승답스〉는 자료에 따른 큰 차이가 없
으나, 〈지송녀승가〉와 〈녀승지답사〉는 각각의 자료에 따라 큰 편차를
보인다. 이 두 작품은 실린 자료에 따라 작품의 결말 부분이 조금씩 변개

---

[39]　정재호는 첫째, 〈승답스〉에서 남성에 대한 호칭과 신분 묘사가 〈승가타령〉과 차이를 보
　　이며, 둘째, 〈승답스〉의 여승의 나이와 〈승가타령〉의 여승의 나이가 서로 다르며, 셋째,
　　여승이 사는 절이 〈승답스〉에는 드러나지 않는다는 차이점을 지적하면서도 결국 첩이
　　되기 어렵다는 이유로 남성을 거절한다는 주제는 일치하며, 대체적인 내용에 있어서도
　　동일하다고 말한다. 정재호, 위의 글, 487~488면.

[40]　김팔남은 〈승가타령〉을 연작가사에 포함시켜 논의하고 있는데, 이는 작품들의 실상과
　　부합하지 않아 문제가 된다. 또한 김유경은 이 작품을 서사가사라 하여 가사 작품으로
　　처리하고 있으나, 실제로 〈승가타령〉은 가사의 장르적 표지인 4음보격에서 많이 이탈
　　하고 있어 장르 귀속의 문제가 제기될 수 있다.

되어 나타나고 있는데,『校合 樂府』소재 작품들을 기준으로 자세히 살펴보도록 한다.

먼저『校合 樂府』에 실려 있는 〈지송녀승가(再送女僧歌)〉의 결말은 "아마도 이내 病은 살어날 길 전혀 웁다 / 츠라이 다 썰치고 범나뷔 되어나서 / 禪師님 간대마다 짜라가면 안디리라 / 殺人者ㅣ 死라 ᄒ니 죽으면 네 알이라"로 되어 있으며, 후반부만 전하고 있는『雜歌』에서는 "아마도 殺人者ㅣ 死라 ᄒ니 / 내 죽은 후면 넨들 무스ᄒ랴"로 끝을 맺는다.『海東遺謠』의 경우는 "슬푸다 이내 病이 엇지ᄒ면 ᄒ릴손고 / 아마도 禪師님 만나 雲雨情을 믲게 되면 / 藥 아냐도 나으려니 禪師님 德이 될싸 ᄒ노라"로 끝을 맺으며,『傳家寶藏』에서는 "살인지 스라 ᄒ니 나 죽으면 넨들 술냐 / 슬푸다 이니 병이 엇지허면 나흘손가 / 아마도 선스님 맛ᄂ 운우지정을 믲게 되면 / 즈연 물약지효 되리니 선스님 덕일가 ᄒ노라"로 끝나고 있는데, 이것은『雜歌』의 결말에『海東遺謠』의 결말이 덧붙여진 것이라 할 수 있다. 그러나 네 자료 모두 세부적인 표현에 있어서는 조금씩 차이가 있지만 전체적인 의미나 화자의 태도에 있어서는 동일하다고 할 수 있다. 즉 화자인 양반은 자신의 구애가 받아들여지지 않자 다시 구애를 갈구하는데, 그 양상이 죽음을 거론할 정도로 더욱 간절하고 심각해지고 있을 뿐이다. 다만『傳家寶藏』소재 작품이『雜歌』와『海東遺謠』를 합쳐 놓은 양상을 보인다는 점에서『校合 樂府』소재 작품과 뚜렷이 거리를 두고 있음은 염두에 두어야 할 것이다.

다음으로『校合 樂府』의 〈녀승지답ᄉ〉와『傳家寶藏』의 〈승우답〉은 내용 면에 있어서 현격한 차이를 보이고 있다. 위에서 보듯이 〈녀승지답ᄉ〉의 화자인 여승은 남성의 구애에 마음이 흔들리고는 있으나 자신의 처지를 생각하고 끝내 거절하는 것으로 끝을 맺고 있다. 이에 반해 〈승우답〉의 화자는 이리저리 고민을 거듭하다가 결국은 남성의 구애를 받아들인다. 〈승우답〉의 내용을 간략하게 제시하면 다음과 같다.

승우답

① 그 말씀 그만하고 이내 말씀 들어 보라.

② 해 다 저문 날에 빈 방안에 혼자 앉아 이리저리 헤아리니 속절없는 헤아림만 많다.

③ 슬픈 노래 한 곡조를 한숨 섞어 부르니 인적 드문 야심한 밤에 뉘 귀에 들리겠는가.

④ 우연히 만나보고 相思不見은 괴이하다.

⑤ 십 년을 경영하며 불법을 힘쓰더니 철석 같은 이내 마음 누가 방해를 하는가.

⑥ 부모의 은덕인들 그 아니 생각하며 장부의 은덕인들 또 아니 돌아볼까.

⑦ 한 몸 돌아보고 後嗣를 생각하니 丈夫 一言은 千年不壞다.

⑧ 믿는 것은 낭군이요 바라는 것은 후사이므로 한 몸 바치니 하실 대로 하소서.

또한 이 두 작품은 그 句數에 있어서도 〈녀승지답ᄉ〉는 83구, 〈승우답〉은 48구로 상당한 차이를 보이고 있다.[41] 각 작품의 결말 부분을 인용하면 다음과 같다.

如此道理 放恣ᄒ나 이 다 郎君 爲ᄒ미라

이 말이 漏洩ᄒ면 넉시라도 붓그리리라

極樂世界 다시 나서 宰相女로 나쵸더면

針線紡績 내 所任을 남의 손을 안이 빌며

百年和樂 시로우문 郎君의게 달녀스니

恩德을 드리오ᄉ 至極히 사랑ᄒ면

白骨이 塵土ㅣ 될디라도 平生을 섬기리라

〈녀승지답ᄉ〉(『校合 樂府』)

---

41 『校合 樂府』와 『傳家寶藏』에 실려 있는 다른 작품들은 구수의 차이가 그리 심하진 않다. 이에 대해서는 김팔남, 앞의 글, 253면 참조.

이리허여 어이호리 도로혀 풀쳐 혜라

부싱모육 호여 이닉 몸 길너닉여

무남동녀 외로울스 금의옥식 치시드니

부모의 은덕인들 그 아니 싱각허며

장부의 은덕인들 쏘 아니 도라볼가

한 몸을 도라보니 후스를 싱각호니

장부일언은 쳔년불괴라

여러 말 쓰르치고 일언이 결호느니

밋느니 낭군이요 바라느니 후스로다

한몸 밧치느니 허실디로 허소셔

〈승우답〉(『傳家寶藏』)

위에서 보듯이 『校合 樂府』 소재 〈녀승지답스〉는 여승이 회심하려
해도 소문이 두려우며, 죽어 극락세계에 다시 나서도 지극히 사랑해준
다면 평생을 섬기겠다면서 구애를 거절하고 있다. 〈녀승지답스〉에서
여승이 구애를 거절한 이유는 다른 사람의 이목과 소문 때문이다. 위에
인용한 부분 외에도 여승은 작품의 여러 부분에서 이러한 심정을 토로
하고 있다.

丈夫의 허튼 말슴이 가온디 쩌러디니 周變이 어렵도다

닉 비록 回心호나 모든 耳目 어이호리

〈녀승지답스〉(『校合 樂府』)

慇懃호 깁흔 뜻시 感謝는 호거이와

중다려 호신 말슴 힝여 남 알세라

〈승답스〉(『校合 樂府』)

　여승이 두려워한 이목과 소문은 다름아닌 조선시대의 혼인제도와 관련된다. 조선은 엄격한 유교관념과 신분제 사회를 유지하기 위해서 혼인도 법에 의해 다스리고 있다. 이에 의하면 혼인을 할 수 없는 몇 가지 조건이 제시되어 있는데, 그중 禾尺 상호 간의 혼인, 이혼 직후의 혼인, 궁중에서 放出된 궁녀와의 혼인, 역적 자녀와의 혼인, 승려와의 혼인 등은 금지하는 조처가 취해졌다.[42] 이러한 제약으로 인해 〈녀승지답ᄉ〉의 여승은 남성 양반의 연정을 감히 받아들이지 못하고 갈등을 하는 것이다.

　이에 반해 『傳家寶藏』의 〈승우답〉에서는 믿는 것은 낭군이요 바라는 것은 후사이며, 한 몸 바치니 하실대로 하라면서 적극적 회심의 내용으로 끝을 맺고 있다. 여승은 비록 갈등은 하고 있지만, 다른 사람의 이목이나 소문을 두려워하지는 않는다. 결국 여승은 남성의 연정 호소를 못 이겨 적막한 종교적 삶보다 따뜻한 세속의 삶으로 환속하고 만다. 이러한 점으로 볼 때 『傳家寶藏』의 〈승우답〉이 『추재집』의 "머리를 길러 남참판의 첩이 되었다"라는 기록과 일치한다고 할 수 있다.

　그러므로 '승가'는 원래 남참판과 여승이 주고받은 여섯 작품이었는데, 후대로 전승되면서 필사자의 의도와 관심의 차이에 따라 다르게 전해졌다고 할 수 있다. 『校合 樂府』 소재 〈승가타령〉의 첫머리에 "어와 버임네야 이닉 말ᄉᆞᆷ 드러보소 셰상(世上)에 나온 인싱(人生) 임의(任意)로 못 헐 일은 마음 드는 임(任)을 닉 마음디로 못 ᄒ오면 병(病)이 되여 죽을 터이미 긔록(記錄)ᄒ노라"라는 서술에서 보듯이 『校合 樂府』의 필사자는 마음에 드는 님을 자기 뜻대로 하지 못하는 심정에 관심을 두어 작품의 결말 역시 구애의 거절로 처리하였으며, 『傳家寶藏』의 필사자는 원래의 작품 결말 그대로 남성의 연정을 여승이 받아들이는 것으로 끝을 맺었다고 할 수 있다. 즉 '승가'가 원래 여섯 작품이나 되는 긴 작품이기에 온전하게 전승되기가 어려웠을 것이라는 점에 비춰 볼 때, 전승자의

42　이화여대 한국여성사 편찬위원회 편, 『한국여성사』 I , 이화여대 출판부, 1984, 417~420면.

관심에 따라 『校合 樂府』의 경우처럼 원래 여섯 작품으로 이루어진 '승가' 작품들 중 다섯 번째와 여섯 번째의 작품을 제외한 채 새로운 의도하에 편집하였으며, 『傳家寶藏』의 경우처럼 네 번째와 다섯 번째의 작품을 제외하고 여섯 번째의 작품을 〈승우답〉으로 제시하였을 것이다.[43] 이상의 논의를 간략히 정리하여 표로 나타내면 다음과 같다.

	一疊		二疊		三疊	
'승가'의 원형	남성의 구애 ①	여승의 거절 ①	남성의 구애 ②	여승의 거절 ②	남성의 구애 ③	여승의 수락
『校合 樂府』	〈송녀승가〉	〈승답亽〉	〈지송녀승가〉	〈녀승지답亽〉	–	–
『傳家寶藏』	〈승가〉	〈승답〉	〈답승〉	–	–	〈승우답〉

4. 연작가사 '승가'의 구조적 특징과 그 의미

지금까지 연작가사 '승가'를 대상으로 하여 전승 양상과 그 원형에 대하여 살펴보았다. 연작가사 '승가'는 세 번에 걸친 양반 남성의 구애와 이에 대한 여승의 반복되는 거절 및 수락을 중심으로 전개되고 있는데, 그렇다면 연작을 이루는 각 작품들이 전개되면서 어떻게 의미를 구현하고 있는지가 다음으로 논의해야 할 문제이다. 즉, 작품들이 연작을 이루어 전개되면서 연작이라는 전체 틀 속에서 구현하여 보여주고자 하는 궁극적 의미가 무엇인지를 밝혀야 한다. 이것은 곧 연작가사 '승가'의 성

---

43 본고에서 논한 '승가'의 원형 재구는 김팔남의 견해와는 큰 차이를 보인다. 김팔남은 '승가'의 원형을 1첩 : 〈승가타령〉, 2첩 : 〈송녀승가〉 〈승답亽〉, 3첩 : 〈지송녀승가〉 〈녀승지답亽〉로 보았으며, 『전가보장』의 〈승우답〉은 고려하지 않고 있다. 그러나 앞에서도 언급했듯이 〈승가타령〉은 그 작품의 성격상 연작에 포함시킬 만한 독자성이 미약하며, 『전가보장』의 〈승우답〉과 『교합 악부』의 〈녀승지답亽〉는 작품의 편차가 크다는 점에서 김팔남의 견해는 무리가 있다고 할 수 있다.

격 규정과 관련된 문제이기도 하다.

　연작가사 '승가'는 두 개의 축을 중심으로 하여 작품이 전개되고 있다. 하나는 남성과 여성이라는 개인적 차원에서의 남녀관계라는 축이고, 다른 하나는 양반 남성과 여승이라는 사회적 차원에서의 신분관계라는 축이다. '승가'에 등장하는 두 인물은 개인적 차원의 남녀관계에서 시작하여 점차적으로 사회적 차원의 신분관계로 확대 심화되면서 작품을 이끌어 나가고 있다. 이 두 축 사이에서 등장 인물들은 갈등을 겪으며 더 나아가 서로의 입장에서 팽팽하게 대립을 하고 논쟁을 하면서 작품을 심화시키고 있다. 이러한 과정을 자세히 살펴보도록 한다.

　'승가'에 등장하는 주요 인물은 양반 남성과 여승이라고 할 수 있다. 양반 남성이 우연히 여승을 만나 진한 연정을 느끼는 것으로 작품을 시작하고 있는데, 이때 양반 남성에게 양반이나 여승이라는 신분은 아무런 고려 사항이 되지 않고 있다. 순전히 남녀관계라는 개인적 차원에서 여승에게 접근하고 있음을 알 수 있다.

> 어와 보완지고 這 禪師 보완지고
> 반갑기도 긔디 읍고 깃부기도 測量 읍네
> 女子의 嬌容으로 男子服色 무슴 일고
> 져럿타시 고은 얼골 헌 縷緋의 쌋인 貌樣
> 三五夜 발근 달이 쎄구름의 쓰엿는 듯
> 臘雪中 寒梅花가 老松의 걸엿는 듯
> 玳瑁綬 簇道里를 어이ᄒ여 마다ᄒ고
> 鳥嶺木 흰 곡갈을 굴게 겨러 써 잇노
> 　(…중략…)
> 禪師任 헤여 보소 늬 안이 可憐ᄒ가
> 偶然이 만나 보고 無罪이 죽게 되니
> 이거시 뉘 탓신가 不祥토 안이ᄒ가

져근덧 싱각ᄒ여 다시금 헤여 보소
大丈夫 ᄒᆞᆫ 목숨을 살녀 쥬면 엇더헐고

위에 인용한 부분은 연작가사 '승가'의 첫 번째 작품인데, 양반 남성은 자신의 심정을 솔직하고 은근하게 토로하면서 여승의 환심을 사려고 시도하고 있다. 그런데, 이 작품의 어디에서도 자신이 양반이라는 것을 전혀 내비치지 않고 있다. 다만 아름다운 여성에게 연정을 느껴 상사병으로 죽을 지경에까지 이른 한 남성의 입장만을 개진하고 있을 뿐이다. 아름다운 용모를 가진 여인이 산속에서 중노릇하며 헛되이 삶을 보내는 것이 안타깝다는 것이다. 그에게 있어 승려라는 신분은 사랑을 갈구하는 데 아무런 장애물이 되지 않으며, 오히려 그러한 신분에 어울리지 않게 아름다운 용모가 더욱 마음에 걸릴 뿐이다. 〈송녀승가〉의 화자는 양반 신분의 남성이 아니라 사랑하는 여성의 눈에 들기만을 바라는 일개 '大丈夫'일 뿐이다.

이러한 남성의 구애에 대해 여승은 중의 신분을 들어 거절하지만, 그것은 표면적인 이유에 불과하며, 실제로는 여승 역시 상대방 남성에 대해 호감이 없지 않음을 슬쩍 내비치고 있다.

달바위 這 便의서 兩班 보고 졀ᄒ기와
살곳디 이 便의서 下直ᄒ여 人事키는
내 몸이 중이여니 중의 行實 안이 홀가
하로길 同行ᄒ여 風采를 欽慕ᄒ니
마음의 품은 情懷를 잇고 읍기 뉘가 알가
無端ᄒᆞᆫ 一封書ᄂᆞᆫ 어디로서 오닷말가
반긔는 듯 쩌여 보니 못 잇는 情懷로다
懇懇ᄒᆞᆫ 깁흔 뜻시 感謝ᄂᆞᆫ ᄒ거이와

중다려 ᄒᆞ신 말ᄉᆞᆷ 힝여 남 알세라

덧업시 離別ᄒᆞ고 佛堂으로 도라오니

셥셥ᄒᆞᆫ 이ᄂᆡ 마음 업다야 ᄒᆞ랴마는

回書를 알위랴고 붓슬 들고 싱각ᄒᆞ니

心神이 散亂ᄒᆞ여 무슴 말ᄉᆞᆷ 아리올디

아득ᄒᆞᆫ 이ᄂᆡ 心思 살월 말ᄉᆞᆷ 바이 웁ᄂᆡ

〈승답ᄉᆞ〉(『校合 樂府』)

여승은 자신의 신분이 중이라는 것을 구실 삼아 남성의 구애를 거절하고 있지만, 한편으로는 심사가 산란하고 아득하며 아뢰올 말씀이 없다고 얼버무리고 있는 데서 심적 갈등의 일단을 엿볼 수 있다. 남녀관계라는 개인적 차원에서는 둘 사이에 아무런 문제가 없는 것으로 보인다. 남성이 여성에 대해 강한 애정을 느껴 접근을 시도하였으며, 이에 대해 여성 역시 상대방 남성을 싫어하지 않는다는 것을 간접적으로 감지할 수 있다. 다만, 사랑에 들떠 적극적으로 애정공세를 펴는 남성보다는 여성이 다소 소극적인 입장에 놓여 있기에 승려라는 자신의 신분을 심사숙고할 수 있는 여유를 가지게 되기는 한다. 그래서 여성은 개인적 차원의 남녀관계와 사회적 차원의 신분관계 사이에서 상당히 심각한 갈등을 겪고 있는 것이다. 이러한 갈등은 마침내 첩노릇 하기 싫다는 시적 화자의 진술로 표출되기에 이른다.

世緣 未盡ᄒᆞ여 還俗을 ᄒᆞ랑이면

才質이 魯鈍ᄒᆞ니 妾의 道理 어이ᄒᆞ며

微賤한 이내 몸이 迷惑ᄒᆞᆫ 人事로서

性品이 强强ᄒᆞ니 남의 시앗슨 실코

날 갓튼 人生을 싱각도 마르시고

醫術을 모르거든 남의 병을 어이 알고

人命이 在天커든 내 어이 살녀내리

千金 갓흔 貴흔 몸을 부딜읍시 傷치 말고

功名에 뜻슬 두어 쇽절읍시 이즈시고

不關흔 중의 몸을 더러이 아읍시고

榮華로 지내다가 紅顔粉面 고흔 任을

다시 어듸 구ᄒ서서 千歲나 누리소셔

〈승답ᄉ〉(『校合 樂府』)

　　조선시대에는 良人과 賤人의 신분을 고정화하려 했고 동일집단 내혼
제를 권장했을 뿐 아니라 신분집단 외 혼인을 엄격히 규제하는 정책을
실시했다. 또한 자손의 출산을 위해서 일부다처제를 허용했기에 良男과
賤女 사이에 혼인은 허통되었다. 그러나 賤女는 賤妾의 위치로 한정되
고 妾의 자손은 庶孫으로 그의 위치도 제한되었다.[44] 이렇듯 엄격한 신
분제를 유지하던 조선시대에 여성은 正妻가 되면 남편의 정치·사회적
지위에 상응하는 지위를 누렸다. 이른바 外命婦라 하여 왕실이나 양반
계층의 여성들은 남편의 관직에 따라 封爵을 받는 등 사회적 지위가 결
정되었으며 국가로부터 여러 가지 혜택과 법의 보호를 받을 수 있었다.
그러나 妾의 경우는 이보다 못한 차등 대우를 받았으며, 良妾과 賤妾을
다시 구분지어 賤妾은 더욱 열등한 대우를 받았던 것이 조선의 현실이었
다.[45] 이러한 현실을 익히 잘 알고 있는 여승에게 있어 양반 남성과의 혼
인은 결국 기껏해야 賤妾으로서의 대접밖에 받지 못한다는 현실인식하
에 갈등은 하지만 끝내 그의 구애를 받아들이지는 못하고 만다.[46]
　　그러나 양반 남성은 이에 굴하지 않고 재차 구애를 시도하는데, 이번

44　이순형, 「조선조 혼인 관계의 유지 원리」, 『한국사회학』 31, 한국사회학회, 1997, 480면.
45　한희숙, 「양반사회와 여성의 지위」, 『한국사 시민강좌』 15, 일조각, 1994, 97면.
46　여성의 신분이 처음부터 천인이었는지는 알 수 없으나, 지금은 승려의 신분이므로 양반
　　과 결혼한다 하더라도 천첩의 지위를 벗어날 수는 없다고 할 것이다.

에는 앞서의 구애방식과는 달리 보다 구체적이고 현실적인 방식을 시도
하고 있다. 즉 순수한 남녀 간의 애정이라는 개인적 차원에서 벗어나 보
다 현실적인 신분 문제에 봉착하게 되면서, 양반 남성은 신분 문제에 대
한 자기 나름의 해결책을 모색하여 상대방 여성을 달래려고 한다.

> 그 얼골 그 行實로 媤父母 못 괴이며
> 行實을 닥가니면 마노라 시올손가
> 人間에 고흔 게딥 너쑨이라 ᄒ랴마는
> 져마다 福이 읍서 내 눈의 다 들손가
> 앗가온 這 花容이 헛도이 늘것셰라
> (…중략…)
> 내 말슴 올히 녁겨 前 마음 도로 헤면
> 富貴도 훌 거시요 百年을 偕老ᄒ리
> 琴瑟이 和合ᄒ여 子孫이 滿堂ᄒ면
> 헌 머리의 이 쪼인 듯 닷는 놈 긔는 놈의
> 榮華로이 누리다가 死後를 도라보면
> 子孫이 誅誅ᄒ여 錦繡로 歛襲ᄒ여
> 流蘇寶帳에 百夫緦麻가 들녈 젹에 그 안이 즐거온가
>
> 〈지숑녀승가〉(『校合 樂府』)

위의 인용에서 보듯이 양반 남성은 그 정도의 용모와 행실이면 충분
히 시부모의 사랑을 받을 것이며 또한 처신을 잘 한다면 嫡妻의 시샘도
받지 않을 것이라는 말로 여승을 꾀고 있다. 또한 부귀와 자손 번창 등을
들먹이면서 마치 행복한 미래가 보장이나 된 듯이 여승을 안심시키려고
하며, 이것도 못 미더운지 결국은 협박까지 서슴지 않으면서 상대방을
몰아세울 정도로 절박한 자기 심정을 드러내고 있다.

아마도 이내 病은 살어날 길 전혀 읍다
츳라이 다 썰치고 범나뷔 되여 나서
禪師님 간 대마다 싸라가면 안디리라
殺人者ㅣ 死라 ᄒ니 죽으면 네 알이라

〈지숑녀승가〉(『校合 樂府』)

    결국 애초에 개인적인 차원에서 시작하였던 양반 남성의 구애는 자신
이 발딛고 있는 사회 현실을 돌아볼 수밖에 없는 상황에까지 내몰리고
말았다. 여승이 제기한 신분 문제에 대해 양반 남성이 제시한 해결책은
그 당대의 사회가 허용하는 범위 내에 머물고 마는 한계를 지니며, 이러
한 점에서 결코 여승이 만족할 만한 근본적 해결책이 될 수는 없다. 다음
에서 보듯이 남성이 제시한 해결책으로 인해 여승은 완강한 자신의 입
장을 조금 누그러뜨리기는 하지만, 두 번째의 구애 역시 거절하고 만다.

女子의 구든 節기 變치 마즈 ᄒ엿더니
滿幅事緣 살펴보니 春雪肝臟 온젼ᄒᆯ가
열 번 찌어 구든 나무 古今에 읍다드니
내 마음 열이라도 츳마 防塞 어려워라
  (…중략…)
極樂世界 다시 나서 宰相女로 나쵸더면
針線紡績 내 所任을 남의 손을 아니 빌며
百年和樂 시로우문 郎君의게 달녀스니
恩德을 드리오수 至極히 사랑ᄒ면
白骨이 塵土ㅣ 될디라도 平生을 섬기리라

〈녀승지답ᄉ〉(『校合 樂府』)

    연이은 남성의 간절한 구애에 여승 역시 마음이 흔들리기는 하지만

신분 차이라는 걸림돌로 인해 쉽게 받아들이지 못하고 갈등을 한다. 극락세계에서 '재상녀'로 다시 태어난다면 그때에는 평생을 섬기겠다는 우회적인 말로 거절을 하는 데서 알 수 있듯이 여승은 자신의 신분상의 제약을 분명히 인식하고 있다. 개인적인 차원에서는 남성에게 호감이 가지만, 그렇다고 해서 신분상의 차이라는 사회적 차원에서 가해지는 구속과 제약은 쉽게 떨쳐버릴 수 없는 것이 여승의 현 심정이다. 이러한 갈등상태에 놓인 여승의 마음을 사로잡아 버릴 해결책이 그다음에 제시되었을 터인데, 아쉽게도 이 부분을 담은 작품은 현재 전하지 않아 그 자세한 양상은 살필 수가 없다. 다만, 연작가사 '승가'의 마지막 작품인 〈승우답〉에서 여승은 이전의 태도와는 달리 남성의 구애를 받아들이는 것으로 끝을 맺고 있는데, 이러한 점으로 보아 현재 전하지 않는 '승가'의 다섯 번째 작품의 개략적인 내용은 추측할 수 있다.

> 한 몸을 도라보니 후스를 싱각ᄒ니
> 장부일언은 천년불괴라
> 여러 말 쓰르치고 일언이 결ᄒᄂ니
> 밋ᄂ니 낭군이요 바라ᄂ니 후스로다
> 한 몸 밧치ᄂ니 허실디로 허소셔

〈승우답〉(『傳家寶藏』)

위에서 보듯이 여승은 마침내 남성의 간절한 구애를 받아들이는데, 상대방 남성을 믿고 후사를 바란다는 내용으로 미루어 보건대, '승가'의 다섯 번째 작품은 여승을 향한 양반 남성의 간절하고 진실된 사랑과 후사에 대한 보장책의 두 가지 내용이 중점을 이루었을 것이라 생각된다. 처음에 여승이 제기한 신분 문제에 대해서는 당대 사회의 제한으로 인해 흡족한 해결책 마련이 쉽지 않았을 것이므로 이와는 다른 대안으로 이 두 가지를 제시하였을 것이다. 여승은 양반 남성과의 결혼에 수반될 신분상 차별을 이 두 가지 사항으로 보상받는 선에서 남성의 구애를 받아들인 것이다. 사랑이라는 가장 개인적이고 사적인 감정도 그 자체가 사회적인 것의 산물이라고 한다.[47] 아무리 개인적이고 사적인 사랑조차도 그 이면에는 계급이나 신분 등의 사회적 요인이 내재되어 사랑에 영향을 미치게 마련이다. 이 작품 역시 비록 처음에는 개인적인 차원에서 사랑을 시작하였지만, 결국은 신분 차이라는 사회적 요인으로 인해 서로 갈등을 겪음을 보여주고 있다. 또한 신분 문제에 대한 여승의 문제 제기는 곧 자기 정체성에 대한 분명한 인식의 표출이며, 당대 조선의 현실에 대한 반론이자 저항이라고까지 조심스럽게 평가할 수는 있을 것이다.

이러한 관점에서 보면, 연작가사 '승가'는 단순히 남녀 간의 애정을 그리고 있는 애정가사라기보다는 신분 차이라는 그 당대 현실의 문제에 대한 남녀 간의 첨예한 대립과 치열한 논쟁을 사실적으로 보여주고 있다는 점에서 사회성 짙은 작품들이라고 할 수 있다. 또한 두 인물 간의 대립과 논쟁을 효과적으로 보여주는 데에 '연작'이라는 형식적 장치가 더욱 적절하게 쓰이고 있음을 알 수 있다. 두 인물 간의 팽팽한 입장 차이를 보다 분명하고 확실하게 드러내는 데 '연작'이라는 형식적 장치가 유용하게 이바지하고 있어 연작으로서 '승가'가 지니는 특성과 의미를 더욱 심화시키고 있다. 이러한 관점에서 볼 때 연작의 형식에 역행하고 있는 〈승가타령〉은 연작 본래의 의미를 약화시키고 반감시키는 작품이라 할 수 있다. 그렇기 때문에 〈승가타령〉은 연작 전체를 다 포괄하지 못하고 연작들 중 두 작품만을 엮어내는 데 그쳤다고 할 수 있다.

47　　재크린 살스비, 박찬길 역, 『낭만적 사랑과 사회』, 민음사, 1985, 239면.

5. 결론

　본고는 연작가사 '승가'가 지니는 구조적 특성과 그 의미를 새로이 밝히는 데에 목적을 두었다. 이러한 목적을 위해 우선 연작가사 '승가'의 전승 양상을 검토하여 그 원형을 재구하였는데, 그 결과 '승가'는 애초 양반 남성과 여승이 주고받은 여섯 개의 작품으로 이루어진 연작가사라는 사실을 확인할 수 있었다. 이러한 사실은 무엇보다도 『秋齋集』의 기록과 일치하고 있으며, 또한 현재 전하고 있는 작품들을 면밀히 대비한 결과와도 상응한다고 할 것이다. 우연히 만난 여승에게 진한 연정을 느낀 양반 남성의 구애로 시작한 이 작품들은 결국 양반 남성의 설득을 여승이 받아들이는 것으로 끝을 맺지만, 지금 남아 있는 작품들로서는 그 전모가 쉽게 파악되지 않는 난점이 있었다. '승가'가 여섯 작품으로 이루어진 연작이라는 점에서 온전히 전승되기가 힘들었고, 또한 전승되는 과정에서 필사자들의 관심에 따라 부분적으로 변개되기도 하면서 전승되었다는 점에서 그 이유를 찾을 수 있다.

　'승가'는 양반 남성과 여승 사이의 애정을 담고 있다는 점에서 기본적으로 애정가사이지만, 그 이면에는 신분 차이라는 당대의 현실적 문제가 심각하게 다루어지고 있다는 점에서 단순한 애정가사를 넘어서는 특성과 의미를 지닌다고 할 수 있다. 남녀관계라는 개인적 차원에서 비롯된 양반 남성의 애정이 결국은 신분관계라는 사회적 차원으로 심화되어 양반 남성과 여승이 서로 갈등과 대립을 겪고 논쟁을 거듭하고 있으며, 또한 신분 문제에 대한 여승의 문제 제기는 엄격한 신분제를 유지하던 조선의 현실에 대한 반론과 저항의 성격을 지닌다는 점에서 '승가'는 사회성 짙은 작품이라 할 수 있다. 또한 이러한 특성을 '승가'는 '연작'이라는 형식을 빌어 효과적으로 드러내고 있다는 데에서도 작품의 가치를 찾을 수 있다. 결국 연작가사 '승가'는 그 당대 현실에 대한 치열한 논쟁

과 자기 정체성 모색의 과정을 담고 있는 작품이라 결론을 내릴 수 있을
것이다.

『한국문화』 26, 서울대 한국문화연구소, 2000

<h1 style="text-align:center">〈효우가〉의 구비적 특성과 작가</h1>

1. 머리말

〈孝友歌〉는 총 188구로 이루어진 도덕가사[1]로, 필사본이 현재 전하고 있다. 〈효우가〉는 1968년 申基亨[2]이 처음 소개한 이후로 연구자들이

---

[1] '도덕가사'는 연구자에 따라 '도학가사', '규범류 가사' 등으로 달리 불리고 있다. 기존 연구에서 이들 용어의 개념이 구체적으로 명시된 바는 없다. 그러나 대체로 '도학가사'는 조선시대 李滉·曺植·李珥 등의 사대부 도학자가 유학의 이치를 설명하거나 유학의 덕목들을 실행하라는 내용을 담고 있는 가사 작품들을 뜻하며, 주로 작가의 도학자적인 면이 부각되어 사용되는 용어로 파악되고 있다(조동일, 『한국문학통사』(제3판) 3, 지식산업사, 1994, 336~352면 참조). '규범류 가사'는 김대행이 처음 사용한 용어로 "사람이 지켜야 할 도리를 말하는 가사"를 지칭하며, 이에는 기존의 '도덕가류' 또는 '계녀가류'로 지칭한 것들도 포함되는 개념으로 '도학가사'보다 폭넓은 개념이라 할 수 있다(김대행, 『시가시학연구』, 이화여대 출판부, 1991, 201면 참조). '교훈가사'는 주로 교훈적인 내용을 담고 있는 가사 작품으로 범박하게 사용되고 있는 용어이다(정재호, 『한국가사문학론』, 집문당, 1984, 30~31면 참조). 본고에서 말하는 '도덕가사'는 작가의 측면보다는 주로 작품 내용의 측면에서 유학의 덕목과 이치뿐만 아니라 일반적인 실생활의 교훈까지도 포함하는 용어로 사용하고자 한다. 그러므로 이에는 사대부 도학자의 '도학가사'와 부녀자들의 '계녀가사', 그리고 후기 가사 중 〈우부가〉와 같이 교훈을 강조하고 있는 '교훈가사' 등이 포함된다.

[2] 申基亨, 「〈李退溪先生 孝友歌〉 一考」, 『文耕(文理大學報)』 25, 중앙대 문리과대학, 1968.

큰 관심을 두지 않았던 작품이다. 그 이유는 무엇보다 이 작품이 부모에 대한 효성과 동기간의 우애라는 유교적 덕목을 평이하게 그리고 있다는 점에서 찾을 수 있을 것이다. 유교적 덕목의 실천을 강조하고 있는 다른 대부분의 도덕가사 작품들과 마찬가지로 이 작품 역시 교훈적이고 설교적인 목소리를 문학적 형상화라는 과정을 제대로 거치지 못한 채 다소 직설적으로 드러내고 있는 것이 사실이다. "이념적으로 경직된 생각을 드러내고자 할 때, 또 그것이 문학적으로 저급한 수준일 때, 그 표현 양식은 흔히 주제적인 표현을 대동하고 나타난다"[3]는 언급은 〈효우가〉뿐만 아니라 대부분의 다른 도덕가사에도 적용될 수 있는 사항이다. 이러한 점에서 본다면 〈효우가〉는 다른 도덕가사 작품들과 크게 차이가 나지 않는 평범한 작품이라고 할 수 있으며, 따라서 문학적 연구를 통해서도 특별한 의의나 가치를 드러내기 힘든 작품이라 일단 평할 수 있다.[4]

그럼에도 불구하고 본고에서 〈효우가〉를 논의의 대상으로 삼은 이유는 이 작품이 작가를 둘러싸고 벌어졌던 기존의 논쟁을 해결하는 데 어느 정도 도움을 줄 수 있는 단서를 제공하기 때문이다.[5] 〈牧童問答歌〉, 〈相杵歌〉, 〈樂貧歌〉 등 작가가 退溪 李滉으로 표기되어 있는 가사 작품들의 작가에 대해 여전히 논란을 벌이고 있는 실정이다. 물론 전반적으로 퇴계 이황이라는 작가 표기에 대해 신뢰할 수 없다는 부정론이 긍정론보다 더욱 설득력을 지니고 있는 것은 사실이다. 그러나 한편으로는 이러한 작품들을 어느 한 시대로 귀속시켜 그 나름의 가치와 의의를 고찰하는 데까지 나아가지 못하고, 오히려 방치하다시피 손을 놓고 있는 듯한 태도를 보이고 있는 것도 부정할 수 없다.[6] 그중에서도 〈효우가〉는 사정이 더욱

---

3   김대행, 앞의 책, 212면.
4   〈효우가〉는 효성과 우애를 권장하는 평범한 내용을 담고 있다는 평은 조동일, 앞의 책, 344면; 류연석, 『한국가사문학사』, 국학자료원, 1994, 146면에서 제시되고 있다.
5   이에 대해서는 3절에서 자세히 논할 것이다.
6   부정론을 펼치고 있는 연구자들 중 조동일을 제외한 대부분이 이러한 태도를 보이고 있다고 할 수 있다. 조동일은 이 작품들을 退溪 李滉의 시대인 16세기가 아닌 보다 후대인

심각하다고 할 수 있다. 긍정론이나 부정론 어느 쪽에서도 〈효우가〉의 내용이나 형식에 대한 자세한 고찰을 거치지 않은 채 작가에 대한 추론만 거듭하고 있을 뿐이다. 그 자세한 사정을 살펴보면 다음과 같다.

〈효우가〉를 처음 소개한 신기형에 의하면, 이 작품에는 '李朝李退溪 先生 孝友歌'라는 表題 아래에 '古朝鮮諺文말본'과 '甲戌年 四月 二十日 李聖儀 手寫本'이라는 小註가 적혀 있다고 한다. 그는 이러한 表題와 小 註를 토대로 李滉이 벼슬길에서 물러나 도산서원에서 후진을 양성할 때 인륜도덕적인 교본 역할을 할 수 있는 〈효우가〉를 지었을 것이라고 주 장하고 있다. 즉, 이황이 〈효우가〉의 작가라는 확증은 없지만, 이황의 행장과 언행을 통해 볼 때 인륜도덕적 사상이 철저한 이황이 부모·형 제간의 孝友를 강조하고 있는 〈효우가〉를 지을 작가적 소양은 충분히 있다는 것이다.[7] 이러한 주장은 이상보,[8] 서원섭,[9] 정재호,[10] 그리고 최 대종[11]에서도 그대로 이어지고 있다. 이상으로 보건대 필사본에 적혀 있 는 表題와 小註에 착안하여 〈효우가〉의 작가를 퇴계 이황으로 추정한 긍정론도 이황의 생애와 사상을 작품과 단순 대비하고 있을 뿐이지 작 품을 면밀히 검토하여 내린 결론은 아닌 것이다.

이러한 긍정론과 달리 이동영은 〈효우가〉를 직접적으로 거론하진 않 았지만, 이황이 작가로 표기되어 있는 대부분의 필사본 가사 작품들, 즉 〈道德歌〉, 〈還山別曲〉, 〈牧童問答歌〉, 〈相杵歌〉, 〈樂貧歌〉, 〈勸義指路 歌〉, 〈琴譜歌〉 7편의 작품에 대해 그 기록은 하나도 신빙할 문헌이 아니요, 그것은 退溪 尊崇時代의 習氣的 産物이라고 주장하고 있다.[12] 또한 조

18세기쯤 가탁으로 창작되었을 가능성을 제기하고, 간략하게나마 작품들의 특성들을 지적하고 있다. 조동일, 앞의 책, 344~346면 참조.

7　신기형, 앞의 글.

8　이상보, 『한국가사선집』, 민속원, 1979, 130면; 이상보, 「사대부와 가사」, 『가사연구』, 국 어국문학회 편, 1998, 49면.

9　서원섭, 「退溪의 孝友歌 研究」, 『韓國의 哲學』 9, 경북대 퇴계연구소, 1980.

10　정재호, 앞의 책, 30~31면.

11　최대종, 「退溪의 詩歌 研究」, 건국대 석사논문, 1991.

동일도 이러한 주장을 받아들여 "도학가사의 작품을 보면 생각이 깊지 못하고 말이 헤퍼, 자기 이름을 내세우면 남들이 알아주지 않을 만한 후대인이 李滉·曺植·李珥의 작품이라고 가탁해서 지어 교훈의 효과를 높이려 했다고 보아 마땅한 증거가 된다"고 하면서 李滉·曺植·李珥 등이 작가로 표기된 필사본 가사들에 대해 의문을 제기하고 있다. 또한 이황의 경우, 마음의 바른 도리를 理發에서 찾는 데 힘쓰고, 일상적인 행실의 덕목을 들어 교훈을 하는 것을 자기 임무로 여기지 않았다는 점을 들어 그 작가 표기에 대해 부정적인 견해를 제시하고 있다.[13] 성호경은 작품들을 직접적으로 고찰한 것은 아니지만, 16세기 국어시가를 논하면서 僞作이나 假託을 무비판적으로 수용하여 오류를 범한 예들이 적지 않다고 하면서 이황이 작가로 표기된 대부분의 가사 작품들을 논의의 대상에서 제외하고 있다.[14]

이들 부정론이 막연한 추측이 아니라 퇴계 이황의 사상과 언행, 그리고 관련 기록들을 실제의 작품들과 대비시켜 면밀하게 검토한 결과라는 점에서 상당한 설득력을 지니고 있는 것은 사실이다. 그러나 이동영은 〈효우가〉를 직접 거론하지 않았고, 성호경은 〈효우가〉뿐만 아니라 다른 작품들도 논외의 대상으로 치부하였으며, 조동일 역시 다른 작품들과 함께 뭉뚱그려 논하고 있는 터라 〈효우가〉의 구체적 양상을 파악하기는 쉽지않다. 퇴계 이황의 사상과 행적을 작품과 대비시켜 논한 이동영의 결과를 〈효우가〉에도 쉽사리 적용시킬 수 있다는 점에서 본고는 이와는 다른 관점에서 〈효우가〉의 작가 문제에 접근할 필요가 있음을 제기하고자 한다. 그것은 대부분의 가사 작품이 구비전승되다가 어느 시기에 이르러 문자로 정착되는 과정을 거쳤다는 점과 관련된 것이다.

---

12 이동영, 『조선조 영남시가의 연구』, 부산대 출판부, 1984, 185~207면(국어국문학회 편, 『가사연구』, 태학사, 1998에 재수록) 참조.
13 조동일, 『한국문학통사』(제3판) 2, 지식산업사, 1994, 328면.
14 성호경, 「16세기 국어시가의 연구」, 『조선 전기 시가론』, 새문사, 1988, 158~173면.

곧 가사가 지니고 있는 구비적 특성에 주목하여 퇴계 이황 표기 작품들 중 〈효우가〉를 대상으로 하여 작품의 구조적 특징과 작가 문제를 고찰하고자 함이 본고의 목적이다.

2. 존재 양상

이황이 지었다고 하는 대부분의 가사 작품들과 마찬가지로 〈효우가〉 역시 퇴계의 문집에 실려 있지 않고, 그 존재에 대한 언급도 없는 실정이다. 또한 〈효우가〉는 다른 문헌이나 기록에서도 찾아볼 수 없으며 異本 역시 존재하지 않는 작품이다. 현재 전하고 있는 필사본이 곧 유일한 자료라고 할 수 있다. 그러므로 이 작품은 다른 이본이 현재 전하기 않기 때문에 작품의 구비성을 논하기에는 한계가 있는 것이 사실이다. 그러나 대부분의 가사 작품들이 필사되면서 필사자에 따라서 작품의 내용을 부분적으로 고치거나 중간에서 그만두기도 하고 일부분만 부분적으로 발췌하기도 하며 새로운 구절을 덧붙이기도 하는 사례가 빈번하게 나타난다는 점[15]에 비춰볼 때 〈효우가〉에서도 그러한 변개 과정을 확인할 수 있다. 작품에 나타난 구비성을 본격적으로 논하기에 앞서 먼저 작품의 필사자와 필사 연대 등의 존재 양상을 면밀하게 검토할 필요가 있다.[16]

이 작품을 처음 소개한 신기형도 언급하고 있듯이, 〈효우가〉의 表題는 '李朝李退溪先生 孝友歌'이며, 표제 아래에 '古朝鮮諺文말본'과 '甲戌

---

15   고순희, 「가사문학의 구비적 성격」, 『고전문학연구』15, 한국고전문학회, 1999, 98면.

16   〈효우가〉를 처음 소개한 신기형은 이 작품의 입수 경위와 출처에 대해서 아무런 언급도 하지 않고 있으며, 또한 그 원본의 전모를 소개하지 않고 다만 활자화하여 보여 주고 있을 뿐이다.

年 四月 二十日 李聖儀 手寫本'이라는 내용이 小註의 형태로 적혀 있다. 이러한 表題와 小註를 통해 이 작품은 '李聖儀'라는 필사자가 우리말을 가르치기 위한 교육적 목적을 위해 甲戌年 四月 二十日에 필사한 것임을 알 수 있다. 부모에 대한 효성과 동기간의 우애라는 유교적 덕목을 서술하고 있는 〈효우가〉가 그 작품 내용상 교육용으로 쉽사리 이용되었을 것으로 판단된다. 그렇다면 필사연대인 '甲戌年'이 구체적으로 언제이며, 필사자인 '李聖儀'가 누구인지 하는 점들을 살펴보아야 할 것이다.

필사연대를 추정하는 데 단서가 될 만한 것으로 '말본'이라는 말에 주목할 필요가 있다. '말본'이라는 말은 1911년에 처음 쓰인 것으로 파악되고 있다. 고영근에 의하면 1908년에 창립된 國語演究學會가 1911년 9월 3일 주시경의 사저에서 열린 총회의 결정에 따라 9월 17일에 '배달말글몯음(朝鮮言文會)'으로 그 명칭을 바꾸고, 산하의 강습소도 '朝鮮語講習院'으로 명칭이 바뀌게 된다. 이때 열린 총회에서 강습원의 규칙도 제정하는데, 이 강습원의 규칙에 '말본'이라는 말이 처음 나타나고 있다는 것이다.[17] 그렇다면 〈효우가〉의 필사연대인 '甲戌年'은 '말본'이라는 말이 처음 쓰이기 시작한 1911년 이후인 1934년이라는 추정이 가능하다.

다음으로 필사자인 '李聖儀'의 생애에 대해서는 자세히 알려진 것이 없다. 다만 그가 1960년대까지 서울 와룡동에 있던 '華山書林'이라는 서점을 운영하면서 『月印釋譜』나 가사집 『雜歌』 등과 같은 귀중한 고서적을 취급하던 인물이라는 것을 알 수 있을 뿐이다.[18] 이러한 점으로 미루

17　고영근, 『國語學研究史』, 학연사, 1985, 285~287면. 참고로 '朝鮮語講習院'의 규칙 중 '말본'이 나오는 부분을 인용하면 다음과 같다.
　　第六條　各學科의 科程은 담과 如함.
　　學　科　　科程
　　初等科　　읽어리 및 소리갈
　　中等科　　씨갈 및 월갈
　　高等科　　높은말본
18　일찍이 김동욱은 華山書林 주인인 李聖儀가 소장하고 있던 가사집 『雜歌』를 1963년 촬영하여 영인본으로 만들어 그 이듬해인 1964년 『진단학보』에 일부분을 소개하였는데,

어볼 때 〈효우가〉는 1934년인 甲戌年 4월 20일에 화산서림 주인 이성의
가 필사한 작품이라 할 수 있다. 또한 필사 당시에 이 작품은 우리말을
가르치기 위한 '말본'으로 사용되었음을 알 수 있다. 즉, 효성과 우애라
는 유교적 덕목을 강조하고 있는 작품의 내용이 교육 목적에도 잘 부합
된다는 점에서 이 작품을 활용하였을 것이라 추정할 수 있다.[19]
  이러한 점은 작품의 序詞 부분에서 뚜렷이 나타나고 있다. 〈효우가〉
의 서사 부분을 인용하면 다음과 같다.

> 너희를 길러내여 므슴일 ㅎ라 ㅎ리
> 인간의 홀 일이야 수없이 만타마는
> 다른 일 다 ㅂ리고 효의나 ㅎ여스라
> 효우 곳 못ㅎ오면 금슈의 갓가오리
> 너희 곳 ㅎ라 ㅎ면 ᄌ세히 이르리라

〈효우가〉

작품의 시적 화자는 인간 세상에서 할 일이 수없이 많지만 그중에서

이때까지는 이성의가 생존하고 있는 것으로 서술하고 있다. 그 후 이전에 촬영한 영인
본 전체를 『국어국문학』에 소개한 1968년에는 '故 李聖儀'라고 한 것으로 보아 이성의
는 1964년 이후 1968년 이전에 생애를 마친 것으로 보인다. 이에 대해서는 김동욱, 「임
란 전후 가사연구」, 『진단학보』 25 · 26 · 27, 진단학회, 1964, 435면; 김동욱, 「자료소개『잡
가』」, 『국어국문학』 39 · 40, 국어국문학회, 1968, 224면 참조. 또한 통문관이라는 서점을
운영하고 있는 이겸로의 증언에 따르면 이성의는 一簑文庫를 서울대에서 인수하였을
때 그 장서의 정리를 맡은 바 있다고 하였다. 이것은 곧 이성의라는 인물이 고서적에 상
당한 관심과 애착이 있었음을 말해준다(이에 대해서는 이겸로, 「月印釋譜의 去來」, 『풀
씨』 네 번째 책, 풀꽃세상을 위한 모임, 1999 참조). 그렇다면 이성의가 〈효우가〉를 필사
한 것도 우연에 의한 것이 아님을 알 수 있다. 그리고 〈효우가〉를 처음 소개한 신기형은
이성의가 소장하고 있던 원본을 臨寫한 것이 아닌가 추측해 볼 수 있다.

19 엄밀하게 말해서 '말본'은 '문법책'을 뜻하므로, 〈효우가〉와 같은 작품 전문을 '말본'의 대
    상으로 삼았을 가능성은 적다. 그러므로 여기서의 '말본'은 '독본'에 가깝다고 할 것이다.
    개화기 때 '독본'과 '수신서'가 많이 간행되었는데, 이에는 '타령'과 같은 민요와 '창가' 등
    의 작품들이 활용되었음에 비춰볼 때 〈효우가〉와 같은 가사 작품도 활용되었을 가능성
    은 충분하다. 이에 대해서는 더욱 자세한 검증이 필요하다.

도 무엇보다 먼저 孝友를 하라고 '너희'라는 청자에게 주장하고 있다. 그러면서 너희가 효우를 하려고 한다면 그에 대해 자세히 이르겠다는 말로 서사를 맺고 있다. 여기에서 특이한 점은 효우를 하라고 강권하는 시적 화자의 말을 듣는 청자가 일반적인 백성이나 사람들이 아니라 구체적으로 '너희'라고 명시되어 있다는 것이다. 여기서 말하는 '너희'는 곧 시적 화자에게서 직접적으로 가르침을 받는 대상이 될 것이며, 구체적으로 말하면 나이 어린 학생들이 일차적 대상이 될 것이다. 이 점은 "너희를 길러내여 므슴일 ᄒ라 ᄒ리"라는 구절에서 명확하게 인식할 수 있다. 작품 속의 청자는 시적 화자의 가르침과 양육을 받는 대상으로 그려지고 있기 때문이다. 그렇기 때문에 그 가르침의 내용도 그들에게 직접적으로 필요한 덕목, 즉 부모에 대한 효성과 동기간의 우애로 채워질 수밖에 없다.

이러한 특징은 다른 도덕가사와 구별되는 점인데, 대표적으로 曺植의 〈勸善指路歌〉, 곽시징의 〈오륜가〉와 〈권선징악가〉의 서사의 일부분을 인용하면 다음과 같다.

> 이보쇼 사롬드라 이닉 말슘 드러보쇼
> 한길란 어듸 두고 小路로 드러시며
> 낫즈란 어듸 두고 밤으로 단니는다

〈勸善指路歌〉[20]

> 어와 세송사람더라 이닉 말슘 드러보소
> 천지간의 사롬 되야 오륜이 지즁ᄒ니
> 포식난의ᄒ고 일거이 무교ᄒ면
> 금슈의 갓가오니 성인의 근심이라

〈오륜가〉[21]

---

20 이 작품은 김동욱, 앞의 글, 1968에 영인되어 있다.

어화 빅셩들아 이니 말 드러보소
오홉다 황훈 샹뎨 하민을 강튱ᄒ샤
오상에 근보ᄒᆞ야 ᄉᆞ단이 밍동ᄒ니
ᄉᆞ단 오상의 ᄉᆞ랑홈이 어버이라

〈권션징악가〉[22]

위에 인용한 세 편의 도덕가사 작품들은 모두 동일한 표현방식으로 작품을 시작하고 있다. "이보쇼 사롬드라 이니 말슴 드러보쇼", "어와 세 숭사람더라 이니 말슴 드러보소", "어화 빅셩들아 이니 말 드러보소"에 서 보듯이 시적 화자는 '사롬', '세숭사람', '빅셩'과 같은 일반적 사람이나 백성들을 청자로 설정하여 작품을 전개하고 있다. 또한 시적 화자는 이러한 청자들에게 '이내 말씀 들어보소'라고 자신의 말을 들어줄 것을 호소하고 있다. 반면에 〈효우가〉의 시적 화자는 작품의 처음부터 '너희'라고 설정된 청자에게 훈계조로 시작하고 있다. 위에 인용한 도덕가사 작품들뿐만 아니라 대부분의 도덕가사 작품들은 그 목적이 유교적 덕목이나 교훈을 내세워 청자로 하여금 이를 따르도록 권유하는 데 있지만, 〈효우가〉에는 이러한 목적 외에 우리말을 가르치기 위한 '말본'으로 사용하려는 교육적 목적이 더욱 부각된 결과 '너희'와 같은 구체적 청자가 작품 내에 설정되었으며, 청자를 가르치려는 훈계조로 작품을 시작하게 되었다고 할 수 있다.

이상에서 〈효우가〉의 필사자와 필사연대 등의 존재양상에 대해 살펴보았다. 이 작품에 병기되어 있는 표제와 소주에 의하면 1934년인 갑술년 4월 20일에 화산서림 주인 이성의라는 필사자가 이 작품을 필사하였으며, 또한 이 작품은 '말본'이라는 보다 직접적이고 교육적인 목적을 위해 활용되었음을 알 수 있다. 그러면 다음으로 〈효우가〉의 작품 속에서

21　이상보, 『18세기 가사전집』, 민속원, 1991.
22　이상보, 위의 책.

구비적 특성이 구체적으로 어떻게 나타나고 있으며, 또한 그 의미가 무엇인지에 대해 살펴보아야 할 것이다.

3. 작품 구조와 구비적 특성

1) 작품 구조

〈효우가〉는 제목에서 보듯이 부모에 대한 효성과 동기간의 우애라는 주제를 중심으로 전개되고 있는 작품이다. 앞서 인용한 이 작품의 서사에서도 '효우'라는 작품의 주제는 직접적으로 전면에 부각되어 있음을 알 수 있다. 시적 화자는 "효우 곳 못ㅎ오면 금슈의 갓가오리 / 너희 곳 ㅎ랴 ㅎ면 ᄌ세히 이ᄅ리라"라고 하면서 '효우'의 중요성을 설파하고, 앞으로 '효우'에 대해 자세히 말하겠다는 의도를 분명히 하고 있다.

이러한 의도는 本詞에서 구체적으로 구현되고 있다. 본사에서는 먼저 '孝'에 대해 서술하고 뒤이어 '友'에 대해 서술하는 형식을 취하고 있다. 먼저 '孝'에 대해 말하고 있는 본사 전반부 중 일부분을 보면 다음과 같다.

> 어버이 ᄌ식의게 은졍을 비케 되면
>
> 텬디와 갓툰지라 갑플 주리 ᄀ이 업다
>
> 열ᄯ알을 비 실어셔 세히곰 품의 품고
>
> 오좀 똥 밧내면서 안고 지고 키우실 제
>
> 어르며 우이시며 구슬갓치 너기시샤
>
> 울면 비 곱플가 치오면 버ᄉ는가
>
> 샹홀가 ᄆ져 보고 병들가 도라보고

단줌 덜 자고 낫분 밥 덜 먹고
천신만고ᄒ야 게우 구러 키워내여
남자는 학문ᄒ고 녀자는 질숨ᄒ야
다라며 쑤지즈며 사롬을 믄드라셔
남혼녀가ᄒ야 사도록 ᄒ시거든
ᄌ식은 사나와 거의가 불효로다

〈효우가〉

자식에 대한 부모의 사랑은 대단하기만 한데, 자식은 그 은혜를 모르고 되려 불효만 하고 있다는 훈계는 장황하게 계속 이어지고 있다. 천신만고 끝에 자식을 길러 결혼시켜 새 가정을 꾸리게 하였더니, 자식은 그러한 부모의 심정과 고생은 아랑곳하지 않은 채 자기 가정만 위한다는 시적 화자의 꾸짖음은 준열하기만 하다. 그런데, 여기서 시적 화자가 질책하고 있는 대상들은 구체적인 어느 한 개인의 불효에 국한된 것이 아니라 일반적인 상황들을 종합하여 제시하고 있는 것들이다. 즉, 구체적인 체험에 기반을 둔 내용들이 아니라 '孝'와 관련된 일반적이고 원론적인 것들을 장황하게 나열하면서 훈계하고 있는 것이다. 그러므로 시적 화자는 이러한 대상들에 대해 어느 정도 거리를 둔 채 진술하고 있다고 할 수 있다. 다만 그 목소리만은 처음 서사 부분과 같이 다분히 훈계와 질책의 어조를 띠고 있다. 물론 다른 도덕가사에서와 마찬가지로 이 작품 역시 역사적으로 효자로 이름난 인물들의 고사를 거론하면서 이를 본받고 따를 것을 권유하고 있다.[23] 이러한 점들을 종합해 본다면 '孝'를 말하고 있는 이 부분에서는 다른 도덕가사와 차이나는 점을 발견할 수가 없다. 이것은 '友'를 말하고 있는 본사 후반부에서도 마찬가지이다.

---

23 역사상 효자로 이름난 舜임금이나 曾參·子路·孟宗·王祥, 그리고 홀어머니를 봉양하기 위해 자식을 묻으려고까지 한 효자 郭巨 등의 고사를 나열하고 있다.

어버이 쑤즐엄을 스식의 너지 말고
어버이 ᄒ᷇는 일을 됴곰도 위월 말고
이 ᄆ옴 조심하야 유례를 샹치 말고
힝신를 삼가ᄒ᷇야 슈욕을 뵈지 말고
효양을 ᄒ᷇랴커든 쉽살이 ᄒ᷇여스라
효양을 ᄒ᷇온 우의 우이를 겸ᄒ᷇여라
동싱 형제ᄂᆞᆫ 부모로 되어스니
얼골은 ᄂᆞᆫᄒ᷇이나 긔혈은 ᄒ᷇가지라
ᄒ᷇ᄂ집의 삼겨나셔 ᄒ᷇졋 먹고 길너나셔
분문할호ᄒ᷇야 직계를 ᄎᆞ론 후의
졔 안해 말만 듯고 형제를 원망ᄒ᷇며
제 자식 말만 듯고 형졔를 뮈워ᄒ᷇ᄂᆡ

〈효우가〉

어버이 하는 일을 조금도 어기지 말고 부모에게 자식된 도리를 다하라는 말로 '孝'에 대한 훈계를 일단락 지은 시적 화자는 곧 이어서 "효양을 ᄒ᷇온 후의 우이를 겸ᄒ᷇여라"라는 말로 동기간의 우애에 대한 훈계를 시작하고 있다. 여기서도 시적 화자는 우애와 관련된 고사를 인용하면서 형제간의 우애를 돈독히 할 것을 훈계조로 말하고 있다. 또한 진술하고 있는 내용도 개인적인 구체적 체험에 의한 것이 아니라 '우애'와 관련된 일반적이고 원론적인 사항일 뿐이다. 이 점 역시 앞서 살펴본 '孝'의 부분과 동일한 양상이다. 이렇듯 〈효우가〉의 서사와 본사에서 시적 화자는 '너희'를 상대로 '孝友'에 대해 당당한 목소리로 잘못을 질책하고 훈계하고 있음을 알 수 있다.

마지막 結詞에서 시적 화자는 "아마도 만단슈회를 못다 일너 ᄒ᷇노라"라는 말로 작품을 끝맺고 있다. 내용 면에서는 앞서 당당하게 훈계하던 시적 화자의 목소리와는 달리 사뭇 탄식적인 어조로 끝을 맺고 있어 일관성이 결여된 모습을 보이고 있지만, 형식 면에서 〈효우가〉는 '3 / 5 / 4 / 3'이라는 정형적 자수율을 엄격하게 지키고 있어 결사의 표지를 완벽하게 갖추고 있다.

이상에서 보듯이 〈효우가〉는 전체적으로 '序詞―本詞 ① (孝)―本詞 ② (友)―結詞'의 작품 구조를 갖추고 있음을 알 수 있다. 특히 '孝'를 말하고 있는 本詞①과 '友'를 말하고 있는 本詞②는 서로 대등하게 연결되고 있어 시적 화자의 의도를 담고 있는 서사와 유기적으로 잘 부합하고 있다. 그러나 내용상 서사와 결사의 연결은 부자연스러운 모습을 보이고 있는 것이 사실이다. 같은 도덕가사인 곽시징의 〈오륜가〉가, 이본에 따라 결사가 다르긴 하지만, "명심불망 ᄒᆞ야셔라 삼가고 삼가셔라"라는 당부의 말로 끝을 맺고 있는 것과는 그 양상이 다르다. 대부분의 도덕가사의 결사에서 시적 화자는 본사에서 진술한 내용을 잊지 말고 그대로 따르라고 독려하거나 당부하는 말로 끝을 맺고 있는 반면에 〈효우가〉의 시적 화자는 이와 달리 마음에 품고 있는 온갖 시름을 다 말하지 못했다는 탄식으로 끝을 맺고 있다. 이 점에 대해서는 다음 절에서 면밀하게 고찰하도록 한다.

2) 구비적 특성

내용 면에서 〈효우가〉의 서사와 결사가 부합하지 않는다는 것은 곧 〈효우가〉의 구조가 일관된 모습을 띠고 있지 않으며, 또한 유기성이 결여되어 있다는 것을 말한다. 그런데, 서정시라는 것이 기본적으로 화자의 진술을 일관되게 구조화한 것이라는 점[24]에서 본다면, 이것은 작품의 완성도가 떨어짐을 의미하기도 한다. 그러나 이 점은 어디까지나 작시

---

[24] 이러한 언급은 박애경, 「시조와 잡가의 접점」(한국고전문학회 217차 월례발표회, 1면), 2001에서 한 바 있다.

단계에서 볼 때 성립 가능한 것이다. 작시·연행·전승의 측면에서 가사문학의 구비성에 대해 고찰한 논의[25]에 따르면 조선 후기로 갈수록 가사의 구비성은 확대되어 나타나고 있음을 알 수 있다. 이러한 점은 본고의 논의 대상인 〈효우가〉에서도 확인할 수 있다. 지금으로서는 〈효우가〉의 연행 상황을 알 수 없고, 또한 다른 이본들도 확인할 수 없어 구비성의 자세한 면모는 추출하기 힘들지만, 일단 작품 전승의 측면에서는 〈효우가〉의 구비적 특성을 파악할 수 있다.[26]

대부분의 가사 작품들이 그러하듯이 〈효우가〉 역시 원작품을 베끼어 傳寫하는 '謄'의 방식으로 현재 전해지고 있다.[27] 작품의 小註에 '手寫本'이라고 적혀 있는 데서 이러한 점을 쉽게 알 수 있다. 앞서도 언급하였듯이 대부분의 가사 작품들이 필사되어 전승되면서 의도하였든 하지 않았든 간에 작품의 변개가 이루어진다면 결국 〈효우가〉 역시 '謄'의 방식으로 필사되어 전승되면서 작품의 원텍스트에 새로운 내용이나 구절이 덧붙여질 수 있는 가능성, 즉 '적층성'을 지니고 있다는 점은 쉽게 짐작할 수 있다. 문제는 유일본으로 남아 전하고 있는 〈효우가〉에서 그러한 변개된 부분을 지적할 수 있느냐 하는 것이다. 이에 대해 작품의 구조상 〈효우가〉의 서사와 결사가 서로 부합되지 않는다는 사실을 우선 단서

---

25 고순희, 앞의 글 참조.

26 본고에서 말하는 '구비적 특성'이란 곧 '口碑性'을 말한다. 고순희도 언급하고 있듯이 '구비성'이란 "말로 존재하고, 말로 전달되고, 말로 전승되는 성격을 포괄한다. 그리고 구비성은 口傳性·匿名性·積層性 및 스스로 향유하며 즐기는 自足性에 친연성을 지닌다"고 할 수 있다. 이 중 〈효우가〉에 직접적으로 적용될 수 있는 것으로는 '적층성'을 들 수 있다. 이에 대해서는 앞으로 상술할 것이다. 한편 '구비성'과 함께 '구술성'이란 개념도 많이 쓰이고 있다. 기록성과 대비되어 쓰이고 있는 구술성은 구술언어의 속성, 이로 구현되는 담론의 질서와 이것이 인간의 의식과 존재 맺는 양상 일체를 말한다. 그렇다면 구술성은 구비성이라는 개념으로 포과할 수 있다고 할 수 있다. 구비성에 대해서는 한국구비문학회, 『구비문학개설』, 일조각, 1977, 3면; 고순희, 앞의 글, 79~80면 참조. 또한 구술성에 대해서는 월터 J. 옹, 이기우·임명진 역, 『구술문화와 문자문화』, 문예출판사, 1995; 박애경, 앞의 글 참조.

27 '謄'의 방식에 의한 가사 작품의 전승에 대해서는 이미 고순희, 앞의 글, 95~100면에서 자세히 논한 바 있다.

로 들 수 있을 것이다. 다음으로 본사의 두 부분에서도 이러한 적층성을 확인할 수 있다. 그 구체적 양상을 살펴보면 다음과 같다.

> 삼성 봉양은 가계예 달녀시니 홀기리 업거니와
> 비니부미야 나 곳 ᄒ랴 ᄒ면 무어시 어려오리
> 겨울날 죽슌 돗고 어름 굼긔 니어 나니
> 졍셩이 지극ᄒ면 효양이 어려올가
> 양친을 위ᄒ야셔 ᄌ식을 못든말가
> 관거심ᄉ는 현지예 비감ᄒ다
> (…중략…)
> 님간의 뎌 가마괴 됴즁의 미믈이되
> 반포롤 부디 ᄒ야 갑플 줄을 알것마는
> 우리는 죄인으로 금슈만 못ᄒ야셔
> 닙신양명 ᄒ야 영결을 뵈엿던가
> 진슈미찬으로 효양을 ᄒ엿던가
> 이이혼 우리 부모 무엇ᄒ려 키오신고
> 쟝쟝혼 겨울 밤의 줌 업시 누어 이셔
> 나 혼 일 싱각하니 뉘웃쑴이 ᄀ이 업다
> 완명이 못 죽어셔 셰월만 보는면셔
> 이 ᄆᆞ음 셔기는 줄 눌ᄃ려 이르리오
> 쳥등을 도도오고 다시 누어 싱각ᄒ니
> 침상의 졋는 눈물 대쳔이 되여 잇니
> 너희도 나를 보아 졍계롤 ᄒ야셔라
>
> 〈효우가〉

위의 인용은 '孝'를 서술하고 있는 본사 ①의 후반부이다. 앞서 살펴보았듯이 본사 ①의 전반부에서 시적 화자는 불효에 대해 질책하고 부모에게 효성을 다할 것을 훈계하고 있다. 여기서 시적 화자의 목소리는 '너희'라는 청자들을 가르치려는 훈계조로 일관하고 있으며, 서술하고 있는 대상에 대한 시적 화자의 태도 역시 객관적 거리를 두고 있음은 앞서 살펴본 바와 같다. 그런데 본사 ①의 후반부에 이르면 시적 화자는 먼저 그 자신의 어조를 바꾸어 자신의 개인사를 다소 감정이 개입된 격앙된 목소리로 서술하고 있음을 느낄 수 있다. 즉 본사 ①의 전반부에서 후반부로 접어들자 먼저 시적 화자의 어조가 바뀌고, 그 서술 대상 역시 일반적인 사항에서 구체적인 개인사로 변화하고 있어 유기성이 결여된 모습을 보이고 있다. 이러한 모습은 구체적으로 시적 화자를 지칭하는 '나'라는 일인칭이 어느 순간에 문면에 직접 드러나고 있다는 점과 "관거심ᄉ는 현지예 비감ᄒ다", "나 ᄒ 일 싱각하니 뉘웃뿜이 ᄀ이 업다", "침상의 졋ᄂ 눈물 대쳔이 되여 잇ᄂ"와 같은 탄식조의 표현이 군데군데 자리잡고 있는 데서 확인할 수 있다.[28]

　서술 대상이 바뀜에 따라 시적 화자의 어조가 변하고, 어조를 통해 나타나는 시적 화자의 태도 역시 변화하고 있는 것이다. 이러한 변화를 총괄하여 한 마디로 말한다면, 그것은 곧 시적 화자의 어조의 변화라고 할 수 있다. "어조란 시인, 혹은 시 속의 화자가 題材에 대하여 나타내는 태도를 의미한다"[29]는 점에서 볼 때 그러하다는 것이다. 또한 서술 대상에 대한 시적 화자의 태도의 변화, 즉 어조의 변화는 곧 청자에 대한 화자의 태도의 변화도 함께 수반하고 나타난다.[30] 본사 ①의 전반부를 주도하고

---

[28]　이는 또한 월터 J. 옹이 제시한 구술문화에 입각한 사고와 표현의 특징들 중 '객관적 거리 유지보다는 감정이입적 혹은 참여적이다'라는 특징에 해당한다고 할 수 있다. 이에 대해서는 월터 J. 옹, 앞의 책, 74~75면 참조.

[29]　이승훈, 『시론』, 고려원, 1986, 235면.

[30]　"화자는 항상 청자에 대하여 어떤 태도를 나타낸다. 그는 의식적이든 무의식적이든 낱말에 대한 자신의 관계를 지님으로써 청자나 독자와는 다르게 낱말들을 배열하거나 선택한다. '어조'란 결국 이러한 관계를 화자가 자각하고 있음을 반영하며, 알리려는 것들에 대하여 자신만의 방법을 사용함으로써 나타난다. 또한 자신이 표현하지 않으려는 태도를 의식적으로 거칠게 노출하거나 은폐하는 예외적인 경우도 있다." 이승훈, 위의 책, 290면.

있던 교훈·훈계의 어조가 후반부에 접어들면서는 자탄의 어조로 변화한 것은 '너희'라는 청자에 대한 시적 화자의 태도 역시 변화한 것임을 말해주는 것이다. 전반부에서 청자는 시적 화자의 가르침을 받고 훈계를 듣는 대상으로 상하의 종속적 관계였으나, 후반부에서는 시적 화자의 탄식과 후회를 옆에서 들어주는 동등한 관계로 바뀌고 있는 것이다.

　이러한 특징들은 본사 ②에서도 동일한 양상으로 드러나고 있다. 본사 ①의 전반부와 마찬가지로 본사 ②의 전반부에서도 시적 화자는 훈계와 교훈의 어조를 띠고 있다. '우애'와 관련된 일반적인 사항들에 대해 일정한 거리를 유지한 채 서술하며 훈계하던 시적 화자가 후반부에서는 어느덧 자신의 개인사를 탄식조로 읊조리고 있다.

형졔는 우익이라 우익 업시 어디 가며
형졔는 슈족이라 슈족 업시 어디 가리
평샹히 이신 제는 붕우만치 못 녀겨도
환난을 맛나오면 형졔밧게 쏘 잇느냐
우리는 동싱의게 우익는 못 ᄒ여도
평싱의 먹는 졍이 싸홈 업시 사쟈 ᄒ야
형의 밥 논화 먹고 아의 옷 베껴 닙고
빅년 화락으로 진쟝토록 스쟈ᄃ니
반야 상풍의 즈형이 부러지니
운간의 외길억이 어디로 가쟌 말고
풍우대샹의 디면시롤 싱각ᄒ니
풍슈 영농의 통훈이 비샹ᄒ다
환산ᄉ됴는 쩌나도 우릴거든
격막구지에 어디 가 만나 볼고
반금을 츄혀 입고 꿈의나 보쟈 ᄒ니
실음이 하 만ᄒ니 잠이나 드올소냐

〈효우가〉

위의 인용에서 보듯이 "형졔는 우익이라 우익 업시 어듸 가며 / 형졔
는 슈족이라 슈족 업시 어듸 가리"라고 하면서 '友'에 대한 원론적이고
일반적인 설교를 늘어놓던 시적 화자는 본사 ②의 후반부에 이르면 자
신의 개인사를 거론하면서 자탄하고 있다. 시름이 많아 잠도 오지 않는
시적 화자에게서, 목청을 돋우어 훈계하고 질책하던 이전의 목소리는
온데간데없고 청자와 함께 시름을 나누는 모습을 엿볼 수 있다. 어조의
변화가 청자에 대한 화자의 태도의 변화를 수반하고 나타남을 여기서도
확인할 수 있다.

본사 ①과 ②의 후반부에 나타나 있는 변화된 시적 화자의 어조가 결
사에까지도 영향을 미쳐 처음의 서사와는 다른 어조와 내용을 담게 된
것이다. 〈효우가〉의 서사와 결사가 내용상 유기적으로 부합하지 않는
것은 이 작품이 필사되어 전승되면서 겪게 된 적층성이라는 구비성의
영향 때문인 것으로 보인다. 그러므로 본사 ①과 ②의 후반부와 결사는
원래부터 있던 것이 아니라 전승되면서 새로이 덧붙여진 내용이라 할
수 있다. 이것을 도식화하여 제시하면 다음과 같다.

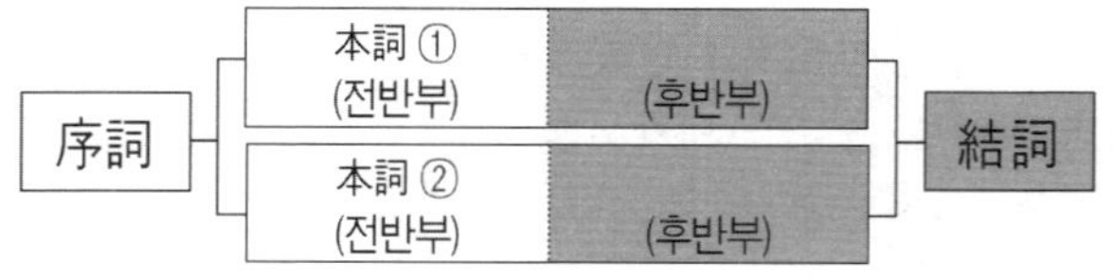

4. 작가 문제

앞에서 제시한 도식에서 음영 부분, 즉 작품의 후반부는 필사로 전승
되면서 덧붙여진 내용들이라 할 수 있다.[31] 그러므로 후대에 전승되면서

덧붙여진 이 부분은 그 작가를 표제에서 말하고 있는 대로 퇴계 이황이라고 할 수 없게끔 한다. 그렇다면 마지막으로 해결할 것은 〈효우가〉의 원텍스트라고 할 수 있는 서사와 본사 ①의 전반부, 그리고 본사 ②의 전반부는 누가 지은 것인가, 다시 말해 이 부분의 작가는 과연 퇴계 이황인가 하는 문제이다. '孝'와 '友'라는 유교적 덕목에 대해 원론적이고 교훈적인 설교를 담고 있는 이 부분은 언뜻 보면 16세기 도학자로 이름난 퇴계 이황과 직접적으로 연결될 것 같기도 하다. 그러나 과연 그럴까 하는 의구심이 드는 것은 이 작품과 거의 유사한 내용을 담고 있는 작품이 〈효우가〉라는 동일한 제목으로 현재 전하고 있기 때문이다.[32] 이 작품과 본고의 논의 대상 작품인 〈효우가〉에서 원텍스트라 할 수 있는 부분, 즉 서사와 본사 ①과 ②의 전반부를 비교하여 논하기로 한다.

〈효우가1〉은 작가를 알 수 없는 무명씨 작으로 내용상 앞부분만 필사되어 전하는데, 전문을 소개하면 다음과 같다.

世上 天地 父母 없이 태어난 몸 뉘 있을가

天地 같은 우리 父母 나를 낳서 길을 적에

飢寒疾病 屈曲 없이 고히고히 길렀것만

昊天罔極 그 恩惠를 내가 敢히 알았든가

出反必告 三省問安 속절없이 지내가고

蕭蕭白髮 오늘날에 風樹之嘆 절로 난다

兄弟之身 父母之枝 어느 뉘가 모를손가

---

31 이 점은 고순희가 "이본 간 구절의 차이를 넘어서는 이본 간 내용의 변개, 삭제, 첨가는 주로 가사의 끝부분에서 이루어지는 경향을 보인다. 기록문학이 주는 고정성과 무명씨 작이 주는 유동성의 역학 안에서 유동성이 주로 끝부분에서 이루어진 것이라고 할 수 있다(고순희, 앞의 글, 98면)"고 지적한 바와 상통하는 부분이다. 또한 이러한 양상은 〈송녀승가〉, 〈승답사〉, 〈지송녀승가〉, 〈녀승지답사〉와 같은 연작가사에서도 구체적으로 확인된다. 이에 대해서는 졸고, 「연작가사 '승가'의 원형과 구조적 특징」, 『한국문화』 26, 서울대 한국문화연구소, 2000 참조.

32 논의의 편의상 이 작품을 〈효우가1〉이라고 지칭하기로 한다.

食則同器 衣則同衣 兄弟一身 分明하다

兄友弟恭 하는 家門 亂世 中에 無事했고

不睦兄弟 하는 家門 自作之孼 뉘 막을가

살아 生前 外面타가 死後珍羞 차려놓고

後悔한들 所用없고 子息들도 부끄럽네

〈효우가1〉[33]

　위에 인용한 〈효우가1〉은 작품의 일부분만 전하고 이어 자세한 내용을 파악할 수 없지만, 부모에 대한 '효성'과 형제간의 '우애'라는 주제를 다루고 있다는 점에서 〈효우가〉와 거의 동일하다. 또한 세부적인 표현이나 내용 전개에 있어서도 서로 비슷한 점들을 찾을 수 있다. 예를 들면 부모가 고생하며 애지중지 기른 자식들이 부모의 은혜에 제대로 보답하지 않으며, 부모 죽은 후에 후회한들 소용없다는 내용과 형제간에 화목하면 난세 중에도 무사하다는 내용 등은 두 작품에서 공통적으로 확인할 수 있다. 다만 시적 화자의 어조에 있어서 차이를 보일 뿐이다. 위에 인용한 〈효우가1〉의 시적 화자는 누구를 훈계하거나 질책하기보다는 자신의 개인사를 독백조로 담담하게 읊고 있어, 앞서 살펴본 〈효우가〉 원텍스트의 시적 화자와는 상당한 거리를 두고 있음을 알 수 있다. 그렇지만 주제나 세부적인 표현, 그리고 내용 전개에 있어 서로 동일한 양상을 보이고 있으므로, 이 둘은 동일한 작품군으로 함께 묶을 수 있을 정도로 친연성이 있다고 할 수 있다. 이러한 점에서 본다면 〈효우가〉는 '孝'와 '友'라는 유교적 덕목에 대해 원론적이고 일반적인 수준에서 설교하고 훈계하는 〈효우가1〉과 같은 작품에다 새로운 내용을 덧붙여 만들어진 구비 적층적 작품이라 할 것이다. 그러므로 후대에 덧붙여진 부분들을 제외한 나머지 부분, 즉 〈효우가〉의 원텍스트라 할 수 있는 부분 역

33　임기중 편, 『역대가사문학전집』 50, 아세아문화사, 1998, 360면.

시 〈효우가1〉처럼 퇴계 이황이 아닌 무명씨 작으로 보아야 할 것이다.[34] 결국 〈효우가〉는 19세기 말엽 내지 20세기 초엽에 우리말을 가르치기 위한 일환으로 지어진 것으로 보이며, 이때 교육의 효과를 높이기 위해 퇴계 이황이라는 도학자의 이름을 빌려 작가로 표기한 것이 아닌가 하는 가능성을 제기할 수 있다.

5. 맺음말

이상으로 〈효우가〉의 구비적 특성과 작가 문제에 대해 살펴보았다. 퇴계 이황의 작품이라고 전하는 다른 대부분의 가사 작품들과 마찬가지로 이 작품 역시 퇴계 이황이 지은 것이 아님을 알 수 있다. 그러나 본고의 보다 궁극적인 관심은 작가를 확정하는 데 있는 것이 아니라, 작품에 내재하고 있는 구비적 특성에 주목함으로써 이러한 부류의 작품들이 형성된 배경의 일단을 짚어보는 데 있음을 밝혀둔다.

본고의 논의를 간략히 요약하여 제시하는 것으로 결론을 삼고자 한다.

〈효우가〉는 제목에서 보듯이 부모에 대한 효성과 동기간의 우애를 주제로 한 도덕가사이다. 그러므로 이 작품은 '孝'와 '友'에 대해 각각 서술하고 있는 본사 ①과 본사 ②, 그리고 서사와 결사로 이루어져 있다. 그러나 이러한 작품의 구조는 유기적으로 짜여 있지 않아 문제가 된다. 즉, 다른 대부분의 가사 작품들과 마찬가지로 〈효우가〉 역시 '謄'이라는

---

34 이러한 점은 퇴계 이황의 詩歌觀과 대비시켜 보면 더욱 뚜렷하게 파악할 수 있다. 그러나 이미 이동영, 앞의 글에서 자세히 다룬 바 있으므로 여기서는 생략하기로 한다. 비록 이동영의 논의가 〈효우가〉를 직접적으로 언급한 것은 아니지만 〈효우가〉에도 충분히 적용될 수 있다고 본다.

필사 방식에 의해 전승되다가 필사자에 의한 작품의 변개를 보이게 되는 것이다.

이러한 변개는 곧 구비적 특성으로 요약할 수 있는데, 구체적으로 〈효우가〉는 전승되면서 본사 ①의 후반부와 본사 ②의 후반부, 그리고 결사가 새로이 덧붙여져 만들어진 작품임을 알 수 있다. 특히 일관되지 않은 시적 화자의 어조가 이 작품을 분석하는 데 하나의 관건이 된 셈이다. 작품의 후반부에서 시적 화자는 전반부의 교훈적·훈계적 어조와는 달리 감상적·자탄적 어조를 띠게 되는데, 이는 무엇보다도 이 작품의 작가와 구비적 특성을 고찰하는 데 결정적 단서로 작용하게 된다.

또한 작품의 表題와 小註를 검토한 결과 〈효우가〉는 1934년인 갑술년 4월 20일에 화산서림 주인 이성의가 필사한 것이라는 사실을 확인할 수 있었다. 이러한 사실을 종합하여 볼 때, 〈효우가〉는 19세기 말엽 내지 20세기 초엽에 학생들을 가르치기 위한 '말본'으로 사용한 것으로 추정된다. 이때 교육적 효과를 높이기 위한 한 방편으로 필사자가 조선시대 도학자인 퇴계 이황의 이름을 빌려 작가로 표기하게 된 것이 아닌가 하는 결론을 도출하게 되었다.

조선시대 퇴계 이황이나 율곡 이이, 그리고 남명 조식 등과 같은 유명한 도학자들이 작가로 표기되어 있는 도덕가사 작품들이 후대에 가탁되어 지어진 것이라면, 또한 필사되어 전승되면서 구비적 특성을 지니고 있다는 전제가 성립한다면, 이러한 작품들에서도 본고와 같은 접근 방식이 유효하리라 생각한다. 이것은 남은 과제로 돌리고자 한다.

『규장각』 24, 서울대 규장각, 2001

미국 기행가사 〈해유가〉에 나타난
자아인식과 타자인식 고찰

1. 서론

〈海遊歌〉(일명 〈西遊歌〉)는 河山 金漢弘(1877~1943)이 지은 장편의 미국 기행가사이다. 이 가사 작품은 그 성격이나 내용 면에서 눈길을 끌만한 몇 가지 특이한 면모를 지니고 있다. 20세기 벽두에 수만리나 떨어진 미국 땅에서 작가가 몇 년 동안 체류하면서 몸소 겪은 생생한 경험을 작품으로 형상화하였다는 점은 단연 돋보이는 특색으로 제시할 수 있을 것이다.

1903년 작가 김한홍은 고향인 경북 영덕을 출발하여 한양 및 영남 일대를 周遊하는데, 작가는 이에 그치지 않고 급기야 일본을 거쳐 미국으로까지 건너갈 결심을 한다. 지금처럼 교통이 크게 발달하지 않았던 당시의 사정을 감안한다면 몇 달 동안 고생스럽게 배를 타고 태평양을 건넌다는 것이 생각만큼 그렇게 쉬운 일은 아니었을 것이다. 하와이와 샌프란시스코라는 이국땅에서 보낸 다년간의 체류생활은 그 당시로서는 매우 희귀한 체험일 것이며, 이러한 체험이 가사 작품으로 형상화되었다는 점 역시 흔한 경우는 아니라고 할 것이다.

물론 그 이전에도 중국이나 일본을 사행한 후 남긴 연행가류의 가사 작품들이 여럿 지어지긴 하였지만, 그것은 어디까지나 사행이라는 공적인 목적을 위한 것이었고, 게다가 동아시아 지역에 국한된 것이었다. 그렇지만 〈해유가〉는 그 대상 지역이 동아시아를 넘어 미국, 즉 서양으로까지 확대되고 있어 이전의 기행가사나 사행가사와는 차별화된 모습을 보여주고 있다는 점에서 크게 주목할 필요가 있다. 특히 이 작품의 작가는 어떠한 공적인 직책이나 목적을 전혀 띠지 않고 사적인 차원에서 미국을 여행하였는데, 이 점 역시 매우 독특한 면모라고 할 것이다. 또한 이전의 일반적인 기행가사나 사행가사의 경우 외국에 머문 시간이 기껏해야 몇 달 정도의 짧은 기간인 것과는 달리 이 작품은 약 6년간에 걸친 장기간의 체류를 토대로 하고 있다는 점에서 기존의 기행가사나 사행가사 작품들과 변별된다고 할 수 있다.

이처럼 독특한 면모를 지닌 〈해유가〉이지만, 지금까지 학계의 관심은 거의 받지 못한 편이라고 할 수 있다. 박노준이 이 작품을 발굴하여 학계에 처음 소개하고,[1] 이어서 이 작품을 김원모가 발굴한 〈셔유견문록〉[2]과 비교·고찰한 것[3] 외에는 다른 연구 성과물을 찾을 수 없는 실정이다. 지금까지 〈해유가〉에 대해서는 박노준에 의해 작품의 서지사항, 작가 소개, 작품의 개략적인 특징 등의 기초적인 사항만 검토되었을 뿐이지 심도 있는 작품 연구에까지는 아직 한 발짝도 나아가지 못한 상황이다.

〈해유가〉에 대한 관심이 매우 낮은 이유는 이 작품이 최근에서야 학

---

1   박노준, 「海遊歌(一名 西遊歌)의 세계 인식」, 『한국학보』 64, 일지사, 1991(박노준, 『조선후기 시가의 현실인식』, 고려대 민족문화연구원, 1998에 재수록).

2   〈셔유견문록〉은 1902년 영국 에드워드 7세의 대관식 사절단의 수행원으로 참여한 이종응(1853~1920)이 일본, 캐나다, 미국, 영국, 프랑스 등 세계 10개국을 순방하고서 지은 기행가사이다. 김원모가 이 작품을 발굴하여 그 전모를 학계에 소개하였다. 이에 대해서는 김원모, 「이종응의 〈서사록〉과 〈셔유견문록〉 해제」, 『동양학』 32, 단국대 동양학연구소, 2002 참조. 한편 김원모의 논문에서 〈해유가〉에 대해서 단편적으로 언급한 바 있다.

3   박노준, 「〈海遊歌〉와 〈셔유견문록〉 견주어 보기」, 『한국언어문화』 23, 한국언어문화학회, 2003(박노준 편, 『고전시가 엮어 읽기』, 태학사, 2003에 재수록).

계에 알려졌기 때문이기도 하겠지만, 무엇보다도 이 작품이 지닌 특성
과 가치를 제대로 파악하지 못한 결과 때문이기도 하다. 사실 이 작품은
아주 투박하고 난삽한 어휘와 표기로 인해 가독성이 현저하게 떨어진다
고 할 수 있다. 정도가 지나치리만큼 빈번하게 사용된 투식적 관용구와
생경한 한자성어는 작품의 문학성을 떨어뜨리고 있으며, 가사문학에 대
한 전문가적인 조예가 부족하다고 느낄 만한 대목들도 상당수 눈에 띄
는데, 이러한 점들을 거론하여 이 작품에 대해 기교적인 측면에서 결코
성공한 작품이 아니라는 평가를 내릴 수도 있을 것이다.[4]

그러나 〈해유가〉에 대한 이러한 평가는 어디까지나 외형적이고 일면
적인 성격에 지나지 않는다고 할 것이다. 즉, 그것은 기교적인 측면에서
보이는 흠결일 뿐이지 심층적이고 내면적인 차원에서 이 작품을 검토할
경우에는 사정이 달라질 수 있다고 생각한다. 무엇보다도 〈해유가〉의
산출 배경이 '근대계몽기'이며, '근대계몽기'라는 시대적 특성을 염두에
두고 작품에 접근한다면, 이 작품에 내재한 특성과 가치를 충분히 파악
할 수 있을 것이라 본다. 또한 최근에 이르러 기행가사를 포함한 대부분
의 여행기가 주체의 자기정체성 형성과 타자인식 사이의 역학 관계를
살펴볼 수 있는 텍스트로 주목받고 있는데,[5] 본고의 대상 작품인 〈해유
가〉 역시 이러한 범주에서 크게 벗어나지 않는다고 판단된다. 낯선 것
들을 통해 익숙한 것들을 재인식하고 타자를 통해 자기를 재발견하는
것은 여행기의 일반적인 속성이기 때문이다. 따라서 본고에서는 미국 체
험을 토대로 지어진 〈해유가〉를 대상으로 하여 작품에 나타난 작가의 자
아인식과 타자인식의 양상을 검토하고, 이러한 양상이 지닌 의미를 근대
계몽기라는 시대적 특성과 연관 지어 면밀하게 살펴보고자 한다.

4　이러한 지적에 대해서는 박노준, 앞의 글, 1991, 127~129면 참조.
5　이에 대해서는 이혜순, 「여행자 문학론 試攷」, 『비교문학』 24, 한국비교문학회, 1999; 박
　지향, 「여행기에 나타난 식민주의 담론의 남성성과 여성성」, 『영국연구』 4, 영국사학회,
　2000; 우미영, 「서양 체험을 통한 신여성의 자기 구성 방식」, 『여성문학연구』 12, 한국여
　성문학학회, 2004 참조.

2. 미국 기행의 동기와 목적

〈해유가〉에 대한 본격적인 작품 분석에 앞서 작품의 중추적 역할을 하는 미국 기행의 동기와 목적에 대해 살펴볼 필요가 있다.

이 작품의 작가 김한홍은 號가 河山, 또는 隨溪, 字는 敬逸이며, 본관은 金寧이다. 그는 端宗 복위에 가담하였다가 붙잡혀 고문 끝에 李塏 등과 함께 죽임을 당한 忠毅公 白村 金文起의 15대손으로서, 1877년 음력 12월 18일 慶北 盈德郡 江口面 下直里에서 출생하여 1943년 음력 6월 6일 享年 66세로 棄世하였다. 미국 여행 외에는 별다른 대외활동 없이 향리에 칩거하면서 일생을 마친 것으로 알려져 있다. 〈해유가〉에 나오는 한자성어와 문장력 등을 고려할 때 漢學에 조예가 깊었던 것으로 판단되며, 이는 그의 나이 17세(1894) 때에 鄕試라고도 하는 군내 백일장에서 장원을 한 이력으로도 입증된다고 한다.[6]

이상이 기존 연구에서 참조할 수 있는 작가 김한홍에 대한 정보이다. 그런데, 실제 작품을 통해서 작가에 대한 정보를 더 얻을 수 있는데, 다음에 소개하는 대목을 살펴보도록 한다.

> 저스람 ᄒ는마리 나도年前 貴國가서
> 積年遊學 ᄒᄌᄒ니 韓國風俗 大綱아오
> 士農工商 貴賤두고 上中下 分間닌디
> 座下모양 仔細보아 선비行色 分明니라
> 學優登仕 일너쓰니 벼실도 宜當ᄒ고
> 東洋大聖 孔夫子라 遊必有方[7] 正大訓은

6　박노준, 앞의 글, 1991, 194~195면.

7　원문에는 '遊必遊方'으로 잘못 표기되어 있어 '遊必有方'으로 바로잡는다. '遊必有方'은 부모가 살아 있는 동안에는 遊學을 하더라도 멀리 가지 말고 반드시 일정한 곳을 정하여

니거슬 다버리고 萬里域外 니윈일고

〈해유가〉[8]

위의 인용은 작가가 미국행 여객선에서 미국인을 우연히 만나 대화하는 장면이다. 한국에서 유학하였기에 한국의 풍속을 대충이나마 알고 있는 미국인의 눈에 작가는 '선비' 행색이 분명한 인물로 비춰지고 있다. 그런데 '遊必有方'이라는 공자의 가르침을 어기고 미국행을 도모한 이유가 무엇이냐고 미국인이 이상하게 여겨 물을 정도로 작가의 미국행은 그 당시로서는 매우 희귀한 일이었다.

엇쩌흔 諺文편지 皮封속에 드러쩌날
눈물을 抑制흐고 仔細히 부쳐보니
굿쌛다 오라비야 前生에 무쏜罪로
孤子한 우리男妹 니싱에 부쳐나서
初年에 父母일코 相依相託[9] 흐라쩐니
萬里國에 各居흐야 生死存亡 모로눈가
어서밧비 還古흐야 生前一面 흐스니다
이편지 뉘기련가 申妹阿[10]의 水筆니라
쏘흔장 들고보니 보기도스 츠마슬타
너무흐오 저君子난 그다지도 泛泛할가
父母神靈 凄凉흐고 妾의身命 可憐흐다
寂寂無人 書堂밧기 主人찬눈 허다손님
門外徘徊 모혀서서 同門受學 옏말흐고

머물러야 한다는 뜻이다.

8 〈해유가〉의 작품 인용은 박노준, 앞의 글, 1991, 224~239면에 실려 있는 것을 따르도록 하며, 이하 구체적인 작품 인용의 출전은 밝히지 않는다.

9 원문에는 '相依相托'으로 잘못 표기되어 있어 '相依相託'으로 바로잡는다.

10 '妹阿'는 여동생을 뜻하는 '阿妹'를 가리키는 듯하다.

喜笑悲悵 相談타가 할 일업서 도라서며

四中吉日 佳節마다 少年行樂 닛썬마는

엇지ᄒ야 저君子는 天涯落落 絶域國에

무슨樂이 그리조화 去以不返 作定닌가

千金一身 安保ᄒ와 ᄒ로밧비 還古ᄒ오

그편지 뉘기런고 안히의 눈물일니

〈해유가〉

위에 인용한 대목은 몇 년간 미국에서 생활하던 작가가 뜻밖에도 고국의 누이와 아내가 보낸 편지를 받아 읽는 장면이다. 누이가 보낸 편지에서 작가가 早失父母 하였으며, 오누이 둘이서 서로 의탁하며 살아왔음을 알 수 있다. 이러한 사실은 앞서 미국행 여객선에서 만난 미국인이 작가의 미국행에 대해 의문을 표했던 데에 대한 답변이 될 수 있을 것이다. 그다음 아내의 편지에서는 작가가 고향에서 서당을 운영하는 향촌 서생 노릇을 하였으며, 이미 결혼한 상태에서 혼자 미국행을 도모하였음을 알 수 있다.

그렇다면 영남의 궁벽한 향촌에서 서당 서생 노릇을 하던 작가가 아내를 고향에 두고서 혈혈단신으로 미국행을 감행하였던 이유가 자못 궁금하지 않을 수 없다.

三千里 槿花江山 帝城니 主張닌디

近來朗聞 드러본니 外國人物 充滿ᄒ야

政府權利 ᄌ바들고 千萬事 主管니라

二千萬 彬彬人士 스람니 업서썬가

洙泗遺風 我東方니 蠻夷奴隷 되단말가

憤心니 激腸ᄒ야 觀望ᄎ로 가ᄌ서라

厥明日 治裝ᄒ야 서울노 ᄎᄌ갈식

花城府 드러가서 關王廟 奉尋ㅎ고
映湖樓 올나보니 千年古蹟 壯ㅎ도다

〈해유가〉

영남의 향촌서생인 작가는 '丈夫의 宜當한 事業'으로 마땅한 것을 찾
던 중에 "外國人物 充滿ㅎ야 / 政府權利 즈바들고 / 千萬事 主管"하고
"洙泗遺風 我東方니 蠻夷奴隷" 되었다는 소문을 듣고서 격분하여 외세
침탈의 현장인 서울을 관망하기 위해 상경한다. 위에서 보듯이 상경길
에 오른 작가는 안동에 들러 관왕묘와 영호루를 구경하고, 이어서 경상
도와 충청도의 유적지를 차례로 관람한다. 이윽고 서울에 도착한 작가
는 이미 소문으로 듣던 것처럼 외세의 침탈로 얼룩져 있는 서울 광경을
보고서 그저 悽愴한 심정만 자아낼 뿐이다.

周回를 玩賞할지 無非다 傷心니라
光化門 六朝거리 雜草가 菲菲ㅎ고
普信閣 옛집압퓌 黑服니 橫行니라
北嶽山 느즌松柏 萬像니 悽愴ㅎ고
紫霞洞 흐른무른 灘聲니 嗚咽니라
春塘臺 荒堵下에 晩菊니 愁色니요
慶會樓 畵樑上에 啼鳥만 雙雙니라
政府時勢 드러보니 臆絶哽塞 절노된다
日語能者 品職니고 俄語善通 大官니라

〈해유가〉

일본어와 러시아어에 능통한 자들이 高官大爵이 되어 버린 政府의 時
勢에 작가는 그저 상심에 젖을 뿐이며 삼라만상이 모두 울분으로 가득차
보일 뿐이다. '臆絶哽塞'의 절망감에 작가는 다시 고향으로 돌아오는데,

귀향길에 우연찮게 만난 崔春五라는 사람의 권유로 미국행을 결심한다.

鄕懷가 挑挑ㅎ야 回程을 ㅎ려홀지
崔進士 春五君니 날다려 ㅎ는마리
世界에 上等國니 英米法德 그안닌가
米國行 今番路가 千載예 得一時니
年富力强 니스람아 與我同伴 可如何오
余亦挽近 以來로 傷時之歎 痛腸니라
狂風에 쓰닌마음 夢醉中에 許諾니라

〈해유가〉

세상의 上等國이 영국, 미국, 프랑스, 독일인데, 미국행이라는 千載一
遇의 기회가 있으니 동반하자는 최춘오의 권유에 망국의 분위기로 인해
절망하던 작가는 醉夢中에 승낙을 한다. "狂風에 쓰닌마음 夢醉中에 許
諾니라"라는 구절에서 예기치 않은 미국행에 참여하게 된 작가의 심정
을 엿볼 수 있다. 위에 인용한 대목에서는 미국행의 동기나 목적이 구체
적으로 드러나 있지 않지만, 다음의 인용문을 통해서 미국행의 동기 내
지는 목적을 좀 더 소상히 파악할 수 있다.

宇宙間 男兒之事 域外一遊 商事로되
通仕節 안니어던 使臣으로 가단말가
奉命將 안니어던 征伐ㅎ로 가단말가
追勢者가 안니어던 遊學ㅎ로 가단말가
雖然니니 余之今行 或非異事 今古로다
萬古大聖 孔夫子도 周遊天下 ㅎ여시고
二十年 司馬遷도 南遊江漢 ㅎ여닛고
申靑泉 申進士도 海遊錄 지엇써던

하물며 此時代에 坐井觀天 꿈耳目니

不知中에 十出ᄒ야 世外閱覽 질겨ᄒ야

生存競爭 場을막고 優勝劣敗 理致아라

將還鄕 ᄒ는나리 海外風俗 즈랑ᄒ면

新舊學文 兩兼으로 布衣寒士 壯觀니라

〈해유가〉

작가는 비록 외국 사절단의 사신도, 임금의 명을 받아 정벌하러 가는 장군도, 시대 풍조를 좇아 외국에 유학하러 가는 학생도 아니기에 미국행의 구체적인 명분이나 목적이 있을 수 없지만, 본인 스스로 공자, 사마천, 신유한 등의 전고를 거론하면서 자신이 미국행을 승낙하게 된 것에 대한 명분 찾기에 부심하고 있다. 특히 1719년 製述官의 職任을 띠고 通信使 洪致中을 따라 일본에 다녀온 靑泉 申維翰(1681~1752)과 그의 사행록 〈海遊錄〉을 적시하여 자신과 比肩한 것은 주목할 만한 사항이라 할 것이다. 〈해유록〉은 신유한의 대문장가로서의 면모를 유감없이 보여주는 글이자 조선 후기 대일 사행 문학의 백미로서 그 문학적 가치가 매우 높은 것으로 평가받고 있다.[11] 이처럼 미국행에 대한 명분 찾기의 일환으로 신유한의 〈해유록〉을 거론한 것은, 이 작품의 작가가 외국의 풍물에 대한 단순한 호기심의 차원이 아니라 자신의 견문을 넓히기 위한 적극적인 차원에서 미국행을 결심하였음을 드러내 보여주는 예증이 될 것이다. 이러한 점은 "坐井觀天 꿈耳目"이니 "新舊學文 兩兼으로 布衣寒士 壯觀니라" 등의 구절을 통해서도 확인된다고 할 수 있다. 전통적인 漢學에 조예가 깊었던 작가에게 미국 기행은 신학문을 겸비할 수 있는 기회로 여겨졌던 것으로 보인다.

11　金泰俊, 「儒敎的 文明性과 文學的 敎養에 대하여 : 申維翰의 日本日記 〈海遊錄〉을 중심으로」, 『比較文學』 2, 한국비교문학회, 1978; 소재영, 「해유록에 비친 한일관계」, 『숭실어문』 4, 숭실어문학회, 1987; 이혜순, 『조선통신사의 문학』, 이화여대 출판부, 1996.

내가 말했다. "그대는 齊나라 사람이 아니겠는가? 우물에 앉아서 하늘을 보면 세상 물정에 통하지 못한다는 것은 先○氏(○는 판독불가)가 남긴 가르침이다. 이 모든 나라들이 서로 화하는 시대를 당하여 한 번 해외로 나가 생존 경쟁의 이치를 수습하고 뛰어난 것은 이기고 열등한 것은 패하는 도를 배워 호연하게 동쪽으로 향하는 날, 사천 년 동안 우리 옛 성인들이 남긴 나라를 아울러 20세기 위로 몰아가려 함이니, 지금 나의 여행이 어찌 반드시 부당하겠는가?" 백인이 말하였다. "그대의 말이 옳소." 대략 마음에 품은 뜻을 말하고 헤어졌다.

余曰, 子非齊人耶. 坐井視天, 不通世情, 先○氏遺訓也. 當此萬國相和時代, 一出海外, 收拾乎生存競爭之理, 模倣乎優勝劣敗之道, 浩然向東之日, 俾我四千載先聖遺國並駕二十世紀上, 今吾之行, 何必不當. 白人曰, 子言唯唯. 略布所懷而別.[12]

위에 제시한 글은 김한홍이 〈해유가〉와는 별도로 작성하여 남긴 〈西洋美國路程記〉의 한 대목으로, 작가가 미국행 여객선에서 만난 백인과 대화를 하는 장면이다. 앞서 살펴보았듯이 〈해유가〉에도 이 장면이 등장하고 있지만, 〈西洋美國路程記〉의 것이 더욱 자세하므로 해당 대목을 인용한 것이다. 작가의 미국행에 대해 의아하게 생각하는 미국인의 물음에 대하여 작가는 위에서 보듯이 해외로 나가 生存競爭의 이치와 優勝劣敗의 도를 깨쳐 고국을 우물 안 개구리에서 벗어나게 하려 한다는 웅대한 포부를 설파하고 있다. 이 대목에서 우리는 미국행을 감행한 작가의 의도와 동기를 충분히 이해할 수 있다. 그것은 이국 풍물에 대한 단순한 호기심에 있는 것이 아니라 외국의 선진 문물과 신학문을 배워 20세기 생존경쟁의 장에서 고국의 발전에 이바지 하려는 데 있다고 할 것이다.

---

12 김한홍, 〈西洋美國路程記〉. 〈西洋美國路程記〉는 김한홍이 미국 여행의 중요한 여정과 미국의 각종 제도와 풍습을 일기체로 간추려 정리한 한문필사본 노정기인데, 이것 역시 박노준이 발굴하여 학계에 소개하였다. 이 노정기에 의거하여 〈해유가〉가 지어진 것으로 보이는데, 보다 자세한 사항은 박노준, 앞의 글, 2003을 참조할 것이며, 본고에서 인용한 노정기의 원문과 해석 역시 이 논문에 제시된 것을 따른다. 참고로 인용한 대목 중에 '齊나라 사람'은 작은 일만을 알고 큰 일을 알지 못함을 형용한 것이다.

이 작품을 발굴하여 처음 학계에 소개한 박노준은 하와이에서 노동자를 모집한다는 광고를 보고 작가가 미국으로 향했다는 작가 후손의 증언을 거론하면서, "행세깨나 하는 鄕班의 신분으로서 이국땅의 노무자가 되기 위하여 떠난다는 것이 당시의 가치관으로 보아 창피스런 일임에 분명하나 이에 구애 받지 않은 작가의 용단이 더욱 돋보인다고 아니할 수 없다"라고 하여 미국행의 목적을 작가의 경제적인 문제 때문으로 추정하고 있다.[13] 그러나 〈西洋美國路程記〉나 〈해유가〉의 어디에서도 이러한 사실에 대해서 작가가 언급한 것을 찾아볼 수 없다는 것은 이러한 추정에 대한 설득력을 반감시키는 것이 아닌가 생각한다. 그렇다고 해서 이러한 추정을 전적으로 부정하기는 어렵겠지만, 적어도 현전하는 작품이나 자료만을 놓고 판단한다면 작가의 미국행이 경제적인 차원이나 이국 풍물에 대한 단순한 호기심의 차원이 아니라 선진문물과 신학문을 배워 고국의 발전에 이바지하려는 차원에서 행해진 것이라 할 수 있다.

3. 자아 / 타자인식의 양상과 그 의미

19세기 후반에서 20세기 초반은 우리 역사에서 가장 혼란스러운 격변기였다고 할 수 있다. 근대계몽기 또는 개화기[14]라 불리는 이 시기는 그동안 간헐적으로 전해졌던 서양이라는 낯선 세계의 삶의 양식들이 매혹

---

13 박노준, 앞의 글, 1991, 207~208면.
14 '근대계몽기'와 '개화기'의 용어에 대해서는 임형택, 「20세기 초 신·구학의 교체와 실학 : 근대계몽기에 대한 학술사적 인식」, 『민족문학사연구』9, 민족문학사학회, 1996; 고미숙, 「근대계몽기, 그 생성과 변이의 공간에 대한 몇 가지 단상」, 『민족문학사연구』14, 민족문학사학회, 1999; 이윤상, 「한말, 개항기, 개화기, 애국계몽기」, 『역사비평』봄, 역사문제연구소, 2006 참조.

적인 문명의 화려함과 합리적인 사고의 명징성을 과시하면서 우리나라에 대거 유입되던 때이다. 또한 이 시기는 외세에 의한 철저하고도 체계적인 침략과 수탈이라는 전례 없는 질곡과 고통이 우리를 옥죄기 시작하던 때이기도 하다. 일본의 제국주의적 야욕과 식민지 민중들의 자주독립의지 간의 갈등 관계에서 이 시기 모든 공적 담론을 지배하는 가치의 패러다임은 얼마나 또는 어떻게 자주독립국가의 형성에 기여하는가에 따라 구성되고 평가되었다.[15]

즉 이 시기 계몽담론의 중심축인 민족주의는 한편으로는 제국주의와 대항하면서, 다른 한편으로는 그 대립항을 형성하기도 하였다. 일본 제국주의가 폭력적이고 제도적인 장치를 통해 근대의 담론을 유포하였다면, 민족주의는 서구식 문명화론에 입각하여 근대적 이데올로기를 만들어 갔던 것이다. 그러므로 근대계몽기에 민족주의가 강력한 자장을 형성할 수 있었던 것은 내재적 발전의 결과가 아니라 제국주의의 충격에 의해 촉발되었고 그에 대한 대립항으로 생성된 담론이라 할 것이다.[16]

〈해유가〉에서 작가가 궁벽한 영남의 향촌을 떠나 상경하게 된 것도 오로지 제국주의에 촉발된 민족주의에 강하게 견인된 결과라 할 수 있다. 향촌의 서생으로 '坐井觀天'의 처지에 있던 작가가 외세의 침탈로 얼룩진 서울을 관망하기 위해 길을 떠나는 것으로 이 작품은 시작된다. "廟堂安危 全昧ᄒ니 國民資格 慚恥ᄒ고 / 蒼生困 未濟ᄒ니 壯夫行色 니 안일쇠"라고 느낀 작가는 상경길에 오르지만, "黑服이 橫行"하고 "日語能者 品職니고 俄語善通 大官니라"는 정부시세를 보고서 臆絶哽塞하여 고향에 돌아온다.

自動車 電動車는 街路에 絡繹ᄒ고

---

15 차승기, 「근대 계몽기 민족주의의 성격에 관한 고찰」, 『현대문학의 연구』 12, 한국문학연구학회, 1999, 361~362면.
16 고미숙, 앞의 글, 113~114면.

電語線 電報絲난 半空예 亘滿니라
東金屋 西玉樓난 帝鄕니 依稀ᄒ고
空中樓閣 海上臺난 玉京기 如似ᄒ다
安期赤松 主人닌가 爛柯山니 彷佛ᄒ다
枕上春夢 잠깐니뤄 槐安國 드롸쩐가
松隱集을 朗讀타가 花神國을 ᄎᄌ완나
집집니 富豪子오 處處에 烟月니라
寒熱니 업서쓰니 冬夏를 難辨니요
東西가 遠隔ᄒ니 晝夜가 相左로다
人物은 엇쩌턴고 準高毛黃 白人니요
人心은 엇쩌턴고 極良寬厚 淳俗니라

〈해유가〉

　고향에 돌아오는 길에 우연찮게도 미국행을 감행하게 된 작가는 급기야 태평양을 건너 미국의 하와이에 도착하게 된다. 위의 인용문은 작가가 묘사한 하와이의 문물과 풍속이다. 그런데 여기서 주목할 것은 대상에 대한 작가의 시각이 서구 문물과 풍속에 경도되어 있다는 것이다. "自動車 電動車ᄂ 街路에 絡繹ᄒ고 / 電語線 電報絲난 半空예 亘滿니라"나 "人物은 엇쩌턴고 準高毛黃 白人니요 / 人心은 엇쩌턴고 極良寬厚 淳俗니라"와 같은 구절은 어느 정도 객관적인 시각에 따른 묘사라고 할 수 있겠지만, "安期赤松 主人닌가 爛柯山니 彷佛ᄒ다 / 枕上春夢 잠깐니뤄 槐安國 드롸쩐가"라는 구절이나 '帝鄕', '玉京', '花神國' 등의 시어는 서구에 대한 작가의 동경을 그대로 보여주는 것이다. 서구에 대한 동경은 "世界예 上等國니 英米法德 그안닌가"라고 하면서 작가에게 미국행을 권유한 知人의 말에서 이미 예견된 것이긴 하지만, 그 실질적인 양상이 신비화, 이상화의 경향을 띠고 있다는 것은 중요한 대목이다. 새로운 문물을 접할 때 처음 발양되는 감흥이 놀라움이나 신기함이라는 것은 여

행기에서 흔히 찾아볼 수 있는 것이지만, 위에서 보듯이 그것이 신비화,
이상화의 경향을 띠게 될 때에는 문제시하지 않을 수 없다.

不日間 束裝ᄒ야 米京을 드러갈ᄉ\
五晝夜 行船ᄒ야 米桑港 到着ᄒ니\
다른말 다던지고 里數을 詳考ᄒ니\
布哇는 二萬里요 米京은 萬餘里라\
方言도 略通ᄒ고 風俗도 디강아라\
할일이 바히업서 商業으로 開路ᄒ니\
士農工商 平等ᄒ니 行世ᄒ기 從便ᄒ고\
與受上이 有規ᄒ니 賣買ᄒ기 尤好로다\
人間에 別天地가 正是此 米國니라\
古人의 傳한마리 海中神仙 니ᄡ더니\
니고즐 뉘가보고 人間에 誤傳닌가\
金臺玉閣 數十層은 閻羅府도 不當ᄒ고\
公平正直 風俗法律 菩薩界도 其然未然\
鑿山通道 堙谷架橋 千里大陸 朝夕往還\
用鐵爲航 引電爲械 萬里浩洋 無難往來\
政府界 도라보니 堯舜世界 여기로다\
傳子傳孫 帝王안코 四年式 遞任ᄒ니\
勿論 男女 老小ᄒ고 取其人才 任職니라

〈해유가〉

하와이[布哇]에서 몇 년간 체류한 작가는 다시 미국 본토 샌프란시스
코[米桑港]로 옮겨 가는데, 위의 인용문은 바로 샌프란시스코의 정경과
제도, 문물, 풍속 등에 대해 서술한 대목이다.[17] "方言도 略通ᄒ고 風俗
도 디강아라"라는 구절에서 보듯이 하와이에서 몇 년간 체류하면서 영

어도 대략 통하고 미국 풍속도 대강 알아 미국 생활에 어느 정도 익숙해진 작가이기에 샌프란시스코라는 미국 본토 역시 크게 색다르게 다가올 것은 없었을 것이다. 그럼에도 불구하고 샌프란시스코에 도착한 작가는 눈앞에 펼쳐진 정경에 대해 '人間에 別天地', '海中神仙', '菩薩界', '堯舜世界' 등의 미사여구를 총동원하여 마치 신선세계인 것처럼 그리고 있다. 특히 앞서 살펴본 하와이의 정경 묘사 대목과 달리 이 대목에서 작가는 미국 사회의 심층부까지 속속들이 그 특장점만을 드러내어 칭송하고 있다. 미국에서 6년간 체류하였다면 대상의 외양뿐만 아니라 그 이면까지 자세히 파악하고 있었을 터인데, 문명국가의 폐해와 결점에 대해서는 그저 보지 못한 듯이 눈을 감고 있는 것이다.

이처럼 '上等國'인 미국의 문명에 대해 신비화, 이상화 일변도로 치닫고 있는 작가의 태도에서 '동일화의 원리'에 지배되고 있는 작가의 의식을 감지하기란 어렵지 않다. 이것은 곧 서양 중심적 세계관의 발현이자 서양우월주의의 감염이라 할 것이다. 근대계몽기의 지식인들에게 서양은 신사상의 근원지로서 삶의 변화를 가져다주는 이상의 공간으로 비쳐졌다. 개화를 전후하여 국제 정세가 재편되면서 한국인의 이상적인 공간이 중국에서 일본 및 서양으로 전이된 것이다. 여행 이전에 가졌던 서구에 대한 동경은 학습을 통해 더욱 체계적으로 그들의 내면에 각인된다. 그들이 학습한 것이 여행 대상국인 서양의 사상과 문화였음은 너무나 자명하다. 그것에 대해 일방적으로 배우고자 하는 열의에 가득 차 있는 그들로서는 대상에 대해 비판적 거리를 유지하기란 어려울 수밖에 없는 것이다. 이러한 비판적 거리의 부재는 대상에 대한 無邪한 접근을 방해한다. 그 결과 대상을 왜곡하고 신비화, 이상화할 위험이 내재되기 마련이다.[18]

---

17 이러한 서술은 인용문에서 그치지 않고 계속 이어지는데, 사회복지시설, 현대식 교육제도와 종교의 실상, 근면하고 실업을 중시하는 풍조, 국민의 애국충절, 간편한 복식제도, 발달된 기계, 화폐 경제의 실상 등 미국 사회의 모든 분야를 총망라하고 있다.

서양 중심적 세계관으로 인한 대상의 신비화와 이상화 경향은 일본에 대한 작가의 인식에서도 마찬가지로 나타나고 있다. 미국행에 오른 작가가 잠시 들러 둘러본 일본에 대해서도 이러한 인식의 연장선상에서 서술하고 있음을 다음의 인용문을 통해서 파악할 수 있다.

二晝夜 지닌後에 神戶港 到着ᄒ니
奇奇怪怪 別風景은 筆舌노도 難記中에
筆디강 傳할마리 平沙百里 摠人家라
下陸ᄒ지 數日만에 ᄯᅩ다시 登船니라
二晝夜 지눈後에 橫濱港 抵泊니라
大端ᄒ다 物色니여 眼界가 不足이라
十餘層 金石閣은 英國人의 第宅니요
十字街路 絡繹鐵路 米國人의 敷設니라

〈해유가〉

작가의 눈에 비친 일본의 정경은 筆舌로 이루 다 말할 수 없을 정도로 '奇奇怪怪 別風景'이다. 일본 제국주의의 침략 야욕을 간파하지 못한 그에게 일본은 그저 '대단한 물색'을 지닌 신비로운 나라로 보일 뿐이다. 그런 일본의 정경 중에서도 영국인의 저택과 미국인이 부설한 도로와 철도와 같은 일본 속의 서구 문명은 서구 중심적 세계관을 지닌 그에겐 단연 눈에 띄는 존재들인 것이다. 여행기는 여행자가 여행에서 마주치는 모

---

18 이상 '동일화의 원리'와 '서양 우월주의', '서양 중심적 세계관' 등에 대해서는 우미영, 앞의 글 참조. 이 논문을 통해 이 시기에 나혜석, 박인덕, 허정숙가 같은 서양 체험을 한 신여성에게서도 이러한 '동일화의 원리' 내지 '서양 우월주의'에 지배된 모습을 확인할 수 있는 것은 흥미로운 점이다. 또한 이러한 모습을 '역설적 미메시스'라는 용어로 설명하기도 하는데, 그것은 곧 타자와의 차이 속에서 구성된 '민족'이 아닌, 타자에 저항하기 위해 정립된 '민족'은 생존경쟁의 장에서 강자인 타자를 제압하고자 하는 와중에 바로 그 타자를 닮게 된다는 것이다. 차승기, 앞의 글, 371~372면.

든 것을 기록하기보다 자기중심적인 주제 선택이 필수적으로 개재한다. 이러한 주제의 선택에는 대부분 여행자의 배경과 관심과 취향 같은 것이 큰 역할을 한다. 대상에 대한 인식이나 느낌에서 여행자 자신의 고정관념과 편견이 나타나게 되고 이를 통해 여행국의 문화에 대한 무의식적인 조작이 이루어진다는 것도 무시하지 못할 사실이다.[19] 이렇게 놓고 볼 때, 서울 보신각 앞에 黑服이 橫行하고 일어와 러시아어에 능통한 자가 고관대작이 되는 시국을 직접 목도하고 "洙泗遺風 我東方니 蠻夷奴隷 되단말가"라고 國運의 暮氣를 체감한 그가, 일본에 대한 비판은커녕 오히려 일본을 경이롭게 바라보고 일본에 유입된 서구 문명에 황홀해 하는 대목에서 그의 의식의 일단을 뚜렷이 파악할 수 있다. 이것은 곧 일본에 대한 작가의 태도가 바뀌게 된 이유와 직결되는 문제이기도 하다.

앞서도 잠깐 언급하였듯이 이 시기 민족주의는 내재적 발전의 결과가 아니라 폭력적인 제국주의에 촉발되어 형성된 것이다. 국권이 침탈당하는 위기에 직면한 근대계몽기 지식인들에게 국가의 보존은 최고의 지상 목표이자 시급히 해결해야 할 당면 과제였던 것이다. 위협적인 타자에 의해 자기 보존조차 힘들어지던 시기에 문명화된 서구의 모습은 그에 대한 타개책으로 급격히 부상하였다고 할 수 있다. 즉 문명화된 서구의 모습이야말로 강자에 맞서 약자로서 자기를 보존하고 유지하려고 안간 힘을 썼던 그 시기에 하나의 전범으로 아주 매력적으로 다가왔던 것이다. 그러므로 애국적이고 민족주의적인 색채를 강하게 풍기던 〈해유가〉의 작가가 일본에 유입된 서구 문명에 경탄하게 된 것은 이 시기 민족주의의 한 속성이자 시대적 특성이라 할 수 있을 것이다.

대상에 대한 비판적 거리의 부재, 대상의 신비화와 이상화, 서양 중심적 세계관 등이 〈해유가〉에 나타난 작가의 타자인식의 특징으로 지적될 수 있는 것이라면, 작가의 자아인식, 즉 민족과 고국에 대한 시선은

---

[19]   이혜순, 앞의 글, 71면.

어떻게 나타나 있는지 살펴보도록 한다. 문명화된 미국을 체험하면서
이와 비교되는 우리 민족과 고국의 처지에 대해 작가는 다음과 같이 서
술하고 있다.

> 나무나라 求景ᄒ고 古國情況 生覺ᄒ니
>
> 風流ᄂ 뒷결지고 鬱懷가 沸騰니라
>
> 二千萬 저人事가 長夜日夢 깁피드러
>
> 禮義東方 自稱ᄒ고 世界大勢 拒絕ᄒ야
>
> 與世推福 雖談니나 不墜家聲 固守ᄒ야
>
> 去舊從新 甚理致지 口以誦而不行ᄒ니
>
> 滿腔鬱鬱 此所懷을 向何人니 傳說할가
>
> 〈해유가〉

작가가 샌프란시스코에서 체류하던 중 고국의 정황에 대해 울울한 심
회를 표출하고 있는 대목이다. ‘長夜日夢’에서 깨어나지 못하고 세계의
대세를 거절하는 고국의 정황을 질타하는 이 대목에서 감지할 수 있는
작가의 시선은 앞서의 서양 중심적 세계관에 빠져 있는 작가의 시선과
동일선상에 있음을 알 수 있다. 이 대목에서 우리 민족을 향해 ‘去舊從
新’을 촉구하는 작가의 목소리는 결국 문명화된 미국을 따를 것을 외치
는 목소리와 다를 바가 없다. 여기서 작가가 말하는 ‘세계대세’라는 것도
사실은 본인이 체험한 미국의 문명을 지칭하는 것일 뿐이며, 그 외에 다
른 대안이란 것은 있을 수 없는 것이다. 이러한 작가의 시선 이면에는 약
자로서 자기를 보존하고 유지시키기 위해서는 어떤 방법으로든 강자가
되어야 하며, 강자가 되는 길은 ‘문명화’를 통해서라는 ‘사회진화론’의 관
점이 은연중에 깃들어 있음을 간파하게 한다.

　　주지하다시피 사회진화론은 다윈의 생물학적 발견을 사회라는 일종
의 인공적인 유기체에 적용한 것으로, 자연이나 사회나 그곳에는 근본

적으로 동일한 법칙이 관철되고 있다는 이론을 말한다. 이 이론을 따르면, 힘의 우위가 생존의 근본조건이 되며, 여기에는 윤리적인 가치평가가 개입될 여지가 없다. 모든 가치들은 '적자생존'과 '우승열패'라는 법칙을 통해 발생하게 된다. 살아남을 수 있도록 자연력에 적응하고, 또 살아남을 수 있을 만큼 다른 종보다 우월할 때, 그렇게 살아남은 존재가 선한 것이라고 사회진화론은 주장한다.

사회진화론은 1880년 말부터 일본과 중국, 미국을 통해서 조선에 수용되었다. 사회진화론의 '약육강식', '적자생존', '생존경쟁'의 원칙은 1890년대 후반에 들어와 일반 대중들에게 알려지기 시작하였으며, 1905년 이후에는 당시의 신문들을 통해 하나의 유행어가 될 정도로 대중화되었다. 근대계몽기에 사회진화론은 국가적 위기에 대해 고심하고 있던 당시 지식인들에게 약육강식의 국제사회에서 국가가 처한 현실을 설명하고 인식시킬 수 있게 해주는 적절한 이론적 역할을 했을 뿐만 아니라 국민들에게 근대화의 필요성을 일깨워주는 이론적 도구의 기능을 하였다. 이 시기에 사회진화론에 훈도된 지식인들은, 약육강식의 국제사회에서 약소국이 강대국의 강권에 대항하여 취할 수 있는 전략은 스스로 힘을 키워 강자가 되는 것뿐이라고 보았다. 그리고 약소국의 패망의 원인을 제국주의 국가들이 그들의 세력을 확장하려는 야욕보다는 약소국 스스로의 무능력에서 찾았다.[20]

앞서 살펴보았듯이 〈해유가〉의 작가 역시 당시 지식인들 사이에 크게 유행하였던 사회진화론의 강력한 자장 안에 위치하고 있음을 알 수 있다. 미국행 여객선에서 만난 백인과의 대화 중에 작가가 '生存競爭'의 이치와 '優勝劣敗'의 도를 거론하면서 미국행을 감행하는 자신의 의도를 말하는 대목이 그러하고, 문명국인 미국을 신비화, 이상화 일변도로

---

20 사회진화론에 대해서는 전복희, 『사회진화론과 국가사상』, 한울, 1996, 69~73면; 차승기, 앞의 글, 366~373면; 전복희, 「애국계몽기 계몽운동의 특성」, 『동양정치사상사』 2(1), 한국동양정치사상사학회, 2003 등을 참조하여 정리한 것이다.

추앙하는 태도를 보이는 데에서는 더욱더 사회진화론의 관점을 견지하고 있음을 알 수 있다. 또한 다음의 인용문에서도 작가의 사회진화론적 관점은 드러나고 있다.

빗탄지 卄餘日에 日本新戸 到着니라
不共戴天 네나라나 東洋江山 반갑도다
下陸혼 數日후에 安東丸 다시타고
長岐馬關 다시보고 大韓을 츳즈올시
九九日 아츰나리 釜港에 抵泊니라
近十年 作客餘에 古江山을 츳즈오니
즐겁기년 뒷결지고 感懷가 니윈일고
中流에 停船ᄒ고 病人有無 檢査홀지
醫學士가 뉘기련고 大阪兒가 나오더다
港頭에 반겨나려 行裝을 檢閱할지
海關主人 뉘기련고 明治年號 門牌로다
音寂寂兮 靑衿니고 語洋洋者 黑齒로다

〈해유가〉

1908년에 작가는 미국 생활을 청산하고 귀국하는 길에 다시 일본에 잠깐 들른다. 일본이 을사늑약을 통해 조선을 침탈한 사실을 알고 있는 작가는 '不共戴天'이라는 표현으로 일본 제국주의의 침략 야욕에 대해 증오심을 드러내고 있다. 그러나 근대계몽기 사회진화론적 관점을 지닌 지식인들이 그러했던 것처럼, 작가는 조선 땅에서 일본인들이 출입국 검사를 도맡아 하고 있는 상황만 묘사할 뿐 제국주의 일본에 대한 더 이상의 구체적인 비판은 하지 못하고 만다. 여기에는 제국주의에 대한 인식의 불투명성이 크게 작용하고 있기 때문이다. 즉 사회진화론의 냉혹함을 절감하면서도 그것을 원론적인 차원에서 적극적으로 비판할 능력

이 부재하기 때문에 감정적인 대응 이상의 그 어떤 구체적인 행위도 실
행에 옮기지 못하는 것이다. 이것은 곧 근대계몽기 사회진화론의 모순
이라 할 수 있다. 이러한 모순을 직시하지 못한 작가는 일본 제국주의에
의해 국권이 침탈당한 것에 대한 책임을 우리 민족 모두의 탓으로 돌리
고 있다.[21]

> 大聲欲問 同族드라 엇지ᄒ야 니地境고
>
> 三千里 錦繡江山 地靈니 不足썬가
>
> 心猿意馬 저분드라 治進亂退 無板也아
>
> 上和下睦 數千年에 泰平無事 할쎠예논
>
> 先正後裔 니안닌가 國家柱石 自稱ᄒ고
>
> 高官大職 獨擅ᄒ며 政府權利 主張ᄒ야
>
> 窮心志之 所樂으로 無所不爲 任意타가
>
> 有事ᄒ논 今日에야 鰍魚갓치 謀漏ᄒ니
>
> 大聲一問 吾輩드라 誰怨誰尤 다시할고
>
> 向蒼山而 欲問ᄒ니 蒼山니 無語ᄒ고
>
> 臨淸溪而 溯懷ᄒ니 流水가 嗚咽니라

〈해유가〉

나라가 태평할 때에는 벼슬길에 나아가고 나라가 혼란스러울 때에는
물러나는 정부 벼슬아치들에 대해 미꾸라지처럼 도망간다고 신랄하게
비난하고 있다. 그러나 누구를 원망하고 탓하는 것이 부질없는 짓이라
고 하면서 국권 침탈의 책임을 同族 모두에게 전가시켜 비난의 칼을 무
디게 하고 말았다. 이것은 단순히 한 개인에 국한된 문제가 아니라 그 당

---

21   이와 유사한 예를 근대계몽기의 신여성인 나혜석과 박인덕의 서양 여행기에서도 발견
      할 수 있다. 이 두 여성의 여행기에서 민족 의식적 차원의 언급이나 여행 대상국에 대한
      비판은 좀처럼 찾아보기 힘들다. 이에 대해서는 우미영, 앞의 글, 149~153면 참조.

시의 시대적 한계이자 사회진화론이라는 이론이 지닌 현실적 모순이기도 하다. 6년간 미국 체험을 하고 돌아온 그가 일제강점기 내내 향리에 묻힌 채 아무런 사회활동도 하지 않은 것[22]도 제국주의에 대한 인식의 불투명성과 서양 중심적 세계관이 낳은 귀결일지도 모른다.

4. 결론

우리의 민족 개념은 항상 중국이나 일본, 서양 여러 나라들을 타자로 상정하면서 형성되어 왔다고 볼 수 있다. 조선시대에는 중국을 통해 우리 민족의 정체성을 확립하였으며, 근대계몽기에 접어들면서는 일본과 서양 여러 나라들을 새로운 타자로 상정하여 우리 민족의 자아인식을 형성하였다. 자아와 타자 사이의 관계는 타자의 성격에 따라 시대마다 다른 양상을 보여 왔다. 본고에서는 근대계몽기에 미국 체험을 바탕으로 하여 창작된 기행가사 〈해유가〉를 대상으로 하여 자아인식과 타자인식의 양상을 살펴보고, 그 의미를 근대계몽기라는 시대적 특성과 관련지어 검토하였다.

〈해유가〉를 검토한 결과, 이 작품의 작가가 미국행을 감행한 목적이 이국 풍물에 대한 단순한 호기심이나 경제적인 문제를 해결하려는 데에 있는 것이 아니었음을 알 수 있었다. 즉, 그의 미국행 목적은 외국의 선진 문물과 신학문을 배워 20세기 벽두에 대두된 생존경쟁의 장에서 고국의 발전에 이바지하려는 데 있었다는 것이다. 이러한 목적을 띠고 그

---

22 작가가 귀국 후 향리에 묻혀 아무런 사회활동도 하지 않았다는 사실은 박노준, 앞의 글, 1991, 137면, 142면에 제시되어 있다. 실제 작품에는 이에 대해 전혀 언급이 없는 것으로 보아 후손의 증언을 박노준이 적시한 것으로 보인다.

는 약 6년 동안 미국의 하와이와 샌프란시스코에서 체류하였는데, 그 기간 동안 미국의 선진 문물과 제도, 법률, 풍속 등에 걸쳐 견문한 바를 작품으로 형상화한 것이 바로 〈해유가〉인 것이다.

이러한 〈해유가〉에 나타난 작가의 자아인식과 타자인식은 서구의 문명에 경도되어 다소 편향적으로 그려져 있음을 확인할 수 있었다. 그가 6년 동안 체류한 미국의 경우, 신선의 나라로 묘사하면서 근대적인 문명성에 적극적으로 동화되는 모습을 보여주고 있는데, 이는 곧 서양 중심적 세계관의 발현이자 서양우월주의의 감염이라 할 것이다. 여행 이전에 가졌던 서양에 대한 동경은 여행 중의 학습을 통해 더욱 체계적으로 내면화되는데, 그 결과 대상에 대해 비판적 거리를 유지하지 못하고 대상을 왜곡하고 신비화, 이상화하게 되는 것이다. 이러한 점은 일본에 대한 작가의 인식에서도 마찬가지로 나타나고 있음을 확인할 수 있었다.

국권을 침탈당한 고국에 대해서는 일본 제국주의의 수탈 야욕을 간파하지 못한 채 그 잘못을 동족 모두의 탓으로 돌리는 등 제국주의에 대한 인식의 불투명성을 드러내고 있다. 결국 이러한 시각은 근대계몽기에 유행하였던 사회진화론의 자장 안에 작가가 위치하고 있다는 것을 의미한다. 사회진화론의 냉혹함을 절감하면서도 그것을 비판할 능력의 부재로 인해 감정적인 대응 이상의 아무런 행위도 하지 못하는 것이다. 결국 〈해유가〉는 그 당시의 시대적 한계와 사회진화론의 현실적 모순을 온전히 보여준 작품이라 할 것이다. 그러므로 이 작품은 근대계몽기라는 격변기에 한 지식인이 서양 체험을 통해 자아와 타자를 어떻게 인식하는지 구체적으로 살펴볼 수 있다는 점에서 그 의의를 지닌다고 평가할 수 있다.

『한국언어문학』 58, 한국언어문학회, 2006

조선 후기 서사가사 연구

1. 서론

1) 연구 목적과 연구사 검토

시조와 함께 조선시대 대표적 문학장르 중의 하나인 가사는 율격상의 자유로움[1]과 장르적 관습성으로 인해 다양한 내용과 향유층을 포괄하는 개방성과 복합성을 지님으로써[2] 역사적 장르로서의 양식적 성격을 규명함에 있어서 많은 어려움이 따른다. 이는 국문학 연구 초기부터 가

---

[1]   가사는 4음 4보격의 율문 표출이라는 율격적 통제만 존재할 뿐 그 밖의 어떠한 장르상의 제한 조건도 필요하지 않다. 따라서 行數에 있어서도 아무런 제약이 없어 무제한 연속이 가능하다. 뿐만 아니라 1음보의 음절수마저 3음 혹은 4음이 중심이 되기는 하나 반드시 거기에 얽매이지 않는 율격상의 자유로움을 무한정 보장받는다. 물론 이와 같은 음수율의 다양한 가변성은 1음보의 音長을 4mora로 均一化하는 長音 혹은 停音의 자유로운 실현에 의한 율동적 다양성으로 설명될 수 있으며, 그러기에 구체적 음절수의 실현은 더욱 자유로울 수 있는 것이다. 이에 대해서는 김학성, 「가사의 장르성격 재론」, 『백영 정병욱선생 환갑기념논총』, 신구문화사, 1982, 314~315면 참조.

[2]   가사 장르의 복합성과 개방성에 관한 자세한 논의는 김학성, 위의 글 참조.

사의 성격에 관한 논의가 꾸준히 진행되어 왔으나, 아직까지도 가사 전반에 관한 근본적인 해명에는 미치지 못하고 있는 실정이 그와 같은 어려움을 드러내어 준다고 할 것이다.

가사를 단일한 양식으로 규정하려는 초기의 논의와는 달리 최근에는 가사가 지닌 양식적 복합성과 개방성에 주목하고 있는 것이 사실이다. 이것은 곧 가사가 지닌 다양한 양상을 온전히 드러내 보이려는 관점의 전환이라고 할 수 있다. 그러나 이 경우에 있어서도 가사라는 역사적 장르가 지닌 다양성을 인정하기보다는 어느 단일한 장르에의 귀속에 더 관심을 가지는 논의가 대부분이다.

문학 작품을 고찰함에 있어서 중요한 것은 분류적 기준을 내세워 어느 한쪽으로 귀속시키는 것보다, 작품이 지니는 다양성을 최대한으로 인정하고 그 나름의 미적 특성을 온전히 드러내는 데에 있다고 할 수 있다. 본고는 가사가 지니고 있는 복합성과 개방성이라는 두 가지 특성에 근거하여 조선 후기에 일어난 가사의 변화 양상 중 특히 서사성에 주목하여, 서사성이 두드러지게 나타나는 조선 후기 가사작품들을 '서사가사'라 명명하고 그 내적 특징을 고찰하는 데에 일차적인 목적을 둔다. 물론 '서사가사'의 장르적 특징을 제대로 규명하기 위해서는 서사장르 전반과 비교, 검토해야 하겠지만 본고에서는 우선적으로 소설과의 대비를 염두에 두고 논의를 전개할 것이다.[3] 본고의 논의를 통해 서사장르 일반에서 차지하고 있는 '서사가사'의 독자적 의의가 어느 정도 드러날 것이며, 결국은 가사 장르연구에 한 보탬이 될 것이라고 생각한다.

이러한 목적을 위해 먼저 선행 연구 가운데 대표적인 것을 검토하기로 한다.

가사가 지닌 복합성과 개방성에 일찍이 주목한 김병국은 송강가사를

---

3 '서사가사'의 비교 대상으로 소설을 선택한 것은 조선 후기 가사에 일어난 변화 중 특히 서사성에 주목하여 논의를 편 연구자들 대부분이 서사성을 측정하는 한 기준으로 소설 장르를 염두에 두고 있기 때문이다.

그 대상으로 하여 〈성산별곡〉은 주제적 양식의 본질에서, 〈속미인곡〉은 극적 양식의 본질에서, 〈관동별곡〉은 서사적 양식의 본질에서, 〈사미인곡〉은 서정적 양식의 본질에서 볼 수 있을 것이라고 하였다.[4] 이는 가사가 지닌 다양한 진술방식에 주목한 결과이지만 중요한 문제점을 내포하고 있기도 하다. 무엇보다도 가사의 다양성과 개방성이라는 실상을 온전히 드러내는 데에 한 걸음 다가섰다는 긍정적 평가를 내릴 수 있다. 그러나 과연 송강의 가사 네 편이 정확히 네 가지 양식에 서로 대응되는지가 의문이다. 가사가 지닌 장르적 복합성과 개방성은 가사 장르 전반의 특징이기도 하지만, 한 편의 가사작품 자체에서도 찾아볼 수 있는 것이기도 하다는 점에 주목할 필요가 있다. 즉 〈관동별곡〉의 경우, "우리는 시인인 송강이 우리에게 직접 말하는 경우와, 작중인물인 몽중선인과의 대화를 통해 말하는 경우의 이중적 목소리를 읽기도 한다"[5]고 하여 서사적 양식과의 관련성을 언급하고 있으나 작중인물과의 대화가 부분적으로 있다고 해서 그 작품을 서사적 양식의 본질에서 볼 수 있는지는 의문이다. 이것은 또한 '서사'의 개념 정의와 직결되는 문제이기도 하다.

가사를 교술 장르로 규정했던 조동일[6]도 그후 "가사는 원래 교술 문학이면서 작품에 따라서는 서사적이거나 서정적인 수법을 이용할 수도 있는데, 조선 후기에 이르러서는 그런 수법이 전례없이 두드러진 구실을 하게 되었다면서, 실제로 있는 사실을 서술한다는 조건은 벗어날 수 없지만, 사실 자체가 처음부터 끝까지 일관된 전개를 갖추었다고 하거나 어느 정도의 허구까지 보태 유기적인 작품 구성을 하고자 하는 경우에는 서사적 가사를 이룩해서, 관념을 배제하고 현실인식을 구체화하는 구실을 하게 했다"[7]라고 하여 가사의 개방성과 장르적 복합성을 어느 정

4　김병국, 「장르론적 관심과 가사의 문학성」, 『현상과 인식』 1(4), 한국인문사회과학회, 1977, 33~34면.
5　김병국, 위의 글, 34면.
6　조동일, 「가사의 장르 규정」, 『어문학』 21, 한국어문학회, 1969.
7　조동일, 『한국문학통사』(제3판) 3, 지식산업사, 1994, 343~344면.

도 인정하고 있다. 그러나 이 경우에도 '서사가사'의 독자성을 인정하기
보다는 교술 장르에 속한다고 본 가사의 한 수법으로서의 의의만 인정
하고 있을 뿐이다. 실제로 가사 작품들을 살펴보면, 부분적으로 서사적
수법이 사용되고 있는 것도 있지만 〈金夫人烈行歌〉나 〈申哥傳〉, 〈閨中
處女感嘆歌〉, 그리고 〈화전가〉 등의 작품들처럼 서사성이 두드러지게
확대되고 있는 작품들도 다수 존재하고 있음을 감안한다면 이 점은 재
고되어야 할 것이다.

이렇듯 가사가 지닌 개방성과 복합성은 조선 후기에 접어들면 더욱더
두드러지고 있는 것이 사실이다. 이에 김학성은 가사가 지닌 세 가지 측
면, 즉 서정적, 서사적, 교술적 주제의 극대화로 실현화하는 양상을 살펴
보면서 이러한 실현 방향이 반봉건적, 반주자주의적, 반침략적 지향, 나
아가 근대문학으로의 지향의지를 드러낸 것으로 해석하고 있다. 특히
'서사적 주제 양식의 극대화' 부분에서 일부의 가사는 확실히 서사적 성
격을 현저히 드러내는 경향을 보이기도 한다면서 어떤 부류의 가사 작
품은 어떤 상황의 독백적 재현(monological representation)(서정)이라기 보다
는 어떤 행위 곧 줄거리의 독백적 보고(report)라는 측면(서사)에 보다 상관
성을 가지며, 內省(서정) 보다는 관찰(서사)에, 노래하기(서정) 보다는 서술
하기(서사)에 보다 친연성을 가진다는 점에서 서사성을 현저하게 드러낸
다고 하였다.[8]

그러나 후기 가사가 그 실현화 방향에 있어서는 서정·서사·교술의
극대화 경향을 보이고, 그 진술방식에 있어서는 주제적 양식을 기조로
하고 있다는 점을 내세워 이들 서사적 경향의 가사작품들 역시 서사 장
르로 간주하기 어려운 부정적 측면을 아울러 지닌다고 하였다. 그에 따
르면 서사 장르는 등장인물들에 관한 화자의 보고, 또는 화자의 자기재
현과 허구적 인물들의 자기재현 사이를 교체하는 것으로, 다시 말하면

---

8   김학성, 「가사의 실현화 과정과 근대적 지향」, 『고전시가론』, 새문사, 1984, 154~161면.

보고와 독백, 대화 형식을 교체·결합한 양식으로 특징지을 수 있는데
비해, 서사적 지향을 보이는 가사는 보고가 압도적으로 드러날 뿐, 대화
나 독백은 거의 찾아볼 수 없거나, 있더라도 극히 불완전하다는 측면에
서 차이를 드러낸다고 하면서 서사가사의 독자성에 의문을 표하고 있
다.[9] 그러나 실제의 작품들을 살펴보면 그렇지도 않음을 알 수 있는데,
예를 들면 〈居士歌〉나 〈임천별곡〉, 〈甲民歌〉 그리고 〈화전가〉 등의 작
품에서는 등장인물들 사이의 갈등이 대화를 통해 어느 정도 드러나고 있
으며, 〈노처녀가〉, 〈寡婦歌〉, 〈청춘과부가〉, 그리고 〈비쳐가〉 등의 작품
들에는 인물의 독백이 상당 부분을 차지하고 있음을 확인할 수 있다.

　최원식은 조선 후기 가사작품들 가운데서 〈愚夫歌〉, 〈만언亽〉, 〈日東
壯遊歌〉, 〈漢陽歌〉, 〈庸婦歌〉, 〈老處女歌〉 등의 작품들을 서사화 경향
의 가사로 보고 이런 작품들은 모두 관념과 경험의 대립을 날카롭게 드러
내며 이 속에서 객관적 인물과 사건에 대한 강한 관심을 확대함으로써 소설
장르에 수렴한다[10]고 하여 앞서의 견해들과 어느 정도 차이를 보이고 있다.

　결국 위의 연구사 검토에서 드러난 문제는 '서사가사'와 소설이 서사
일반의 장르적 특징에서 볼 때, 함께 묶일 수 있는가 하는 점이다. 그러
나 기존의 연구들은 '서사가사'를 서사 일반의 장르론에서의 논의보다
는 소설이라는 특정한 장르에 국한하여 비교, 고찰한 결과 나타난 이 둘
의 차이점을 敍事와 非敍事의 구분으로 간주하고 있다. 이러한 연구의
결과로 '서사가사'는 결코 서사일수 없다는 결론을 도출시키고 있는데,
이 점은 다시 검토되어야 할 문제이다.

　조선 후기에 이르면 소설이 주도적인 장르로 자리잡게 되는 것은 사
실이다. 소설이 가장 우세한 시대에 다른 모든 장르들은 다소간 '小說化'
된다는[11] 논리는 조선 후기 가사에도 적용될 수 있다. 특히 조선 후기 가

9　　김학성, 위의 글, 154~161면.
10　　崔元植, 「歌辭의 小說化 傾向과 封建主義의 解體」, 『창작과 비평』 겨울, 창작과비평사,
　　　1977, 233~234면.

사의 경우는 개방성과 장르의 복합성으로 인해 그 '소설화' 내지는 '서사화'의 경향은 비교적 활발하고 다양한 양상을 보인다.[12] 이러한 상호 관련성의 정도 역시 작품에 따라 다양하게 나타나고 있는데, 내용을 담는 틀만 가사일 뿐 내용은 다른 장르의 담론 그대로인 것에서 상호 관련성의 흔적이 거의 드러나지 않는 것에 이르기까지 작품들간에 많은 편차를 보이고 있다.[13] 문제는 이러한 다양한 양상을 띠고 있는 가사 작품들을 어떠한 기준으로써 해석하여 그 공통된 특징을 포착하는가에 있다.

---

11 미하일 바흐친, 전승희 외역, 『장편소설과 민중언어』, 창작과비평사, 1994, 21면. 일반적으로 가사와 소설만을 놓고 볼 때 '소설화'라는 용어는 두 가지 의미로 쓰이고 있다. 가사 장르 내에서의 '서사화' 경향을 뜻하는 경우와, 가사 작품이 소설의 주된 모티프 내지는 소재원천이 되는 '소설화'의 경우가 그것이다. 여기서는 전자의 경우를 말한다. 후자의 경우로는 김기동, 「歌辭의 小說化試論」, 『동국대학교 논문집』 3 · 4, 동국대 출판부, 1967을 들 수 있다.

12 이를테면, 가사에 한시의 한 구절이나 민요의 일부분이 그대로 들어와 있는가 하면, 소설이나 설화의 한 토막 혹은 줄거리를 요약한 것을 가사화하기도 하고, 시조를 수용하여 가사화한 것도 있으며, 중국의 고사라든가 인물의 행적 등을 가사라는 형식에 담아 부르기도 하는 등 그 양상은 다양하다. 이에 대해서는 이동찬, 「가사의 텍스트 상호관련성과 '여러 목소리' 현상」, 『한국문학논총』 12, 한국문학회, 1991 참조.

13 이러한 상호 관련성은 비단 '서사가사'에서만 일어나는 현상이 아니다. 그것은 조선 후기에 이르면 시조, 소설, 민요 등의 제문학 장르에서 광범위하게 일어나는 현상이다. 이러한 현상은 '서사적 전이 가능성'으로 설명될 수 있다. S. 채트먼은 끌로드 브레몽의 말을 인용하면서 '서사적 전이 가능성'에 대해 다음과 같이 말한다.
"어떠한 서사적 전달 내용이든 그것은 사용되는 표현 수단과는 무관하게 동일한 방식 속에서 동일한 수준을 나타낸다. 그것은 그것을 운반하는 기법들과 독립적으로 존재하며, 그 본질적인 성질을 유지한 채 하나의 매체로부터 다른 매체로 옮아갈 수 있다. 이야기의 주제는 발레를 위한 줄거리로 쓰여질 수도 있으며, 소설의 그것은 무대나 영화로 옮겨질 수 있다. 또한 우리는 영화를 보지 않은 사람에게 그 영화에 대해 말해 줄 수도 있다. (…중략…) 그러나 우리가 그러한 것들을 통해 따라가는 것은 이야기이다. 서사화되는 것은 자체의 고유한 의미 있는 요소들, 즉 그것의 이야기 요소들을 가지고 있다. 이야기의 전이 가능성은 서사란 실제로 어떠한 매체로부터도 독립된 구조라는 주장의 가장 강력한 근거가 된다." S. 채트먼, 한용환 역, 『이야기와. 담론: 영화와 소설의 서사구조』, 고려원, 1991, 154~155면.
결국 '서사가사'와 소설에서 그려지고 있는 이야기는 이들을 떠나서도 독립적으로 존재할 수 있는 것으로, 다만 이야기가 가사와 소설이라는 매체에 담겨질 때 그 개별 장르적 특성으로 인해 변용이 일어날 수도 있지만, 그 서사적 본질은 간직하게 된다는 논리가 가능해진다.

특히 조선 후기 가사의 한 특징인 서사화 경향에 대해서는 많은 연구자들이 주목해 왔다. 그러나 아직까지 '서사'라는 개념의 정의도 미흡한 상태여서 연구자에 따라 서사성을 지니고 있는 가사작품들의 범주도 명확하지 못한 실정이다. 이것은 무엇보다도 기존 연구들이 가사의 서사성을 측정하는 기준으로 소설이라는 특정한 장르만을 문제삼고 있다는 점에서 나온 결과라 생각한다. 그래서 본고에서는 기존의 소설을 중심으로 논의된 서사 장르론에서 탈피하여 개별 서사장르에 두루 적용될 수 있는 서사 개념을 확보하는 데 논의의 중심을 둔다. 이렇게 설정된 서사의 개념을 바탕으로 하여 조선 후기 '서사가사' 작품들의 내적인 특징과 의의를 밝히는 데까지 나아가고자 한다.

2) 연구방법 및 대상작품 선정

실제로 보편적인 장르류는 모든 시대에 연속된다. 그러나 사회·역사적 산물인 장르종도 완전히 소멸되는 것이 아니라 다른 새로운 장르(곧 다른 장르종)의 요소로 남아 연속된다. 이것이 장르의 연속성이다. 그러나 이런 연속성은 단순히 동일성의 반복이 아니다. 왜냐하면 장르는 통시적으로 변화하기 때문이다. 그러므로 장르는 변화하면서 연속되는 것이다.[14] 가사 역시 사회·역사적 산물인 장르종으로서 통시적으로 변화하고 있다. 이러한 가사의 변화성은 다른 장르보다 더욱 두드러지고 있는데 그것은 무엇보다도 가사의 복합성과 개방성에서 기인한다. 그래서 가사라고 불리는 것들 가운데에는 서정성이 강한 작품이 있는가 하면 실제적 사실과 체험을 기술하는 데 치중한 것도 있고, 이념·교훈을 널리 펴기 위한 노래가 있는가 하면 허구적인 짜임을 제대로 갖추어 일정

---

14 장르의 연속성과 변화성에 대해서는 김준오, 『한국 현대 장르 비평론』, 문학과지성사, 1993, 17면 참조.

한 사건을 이야기해 나아가는 작품도 있다.[15]

여기서 장르의 비순수성의 문제가 발생한다. 오늘날 많은 비평가들은 고정적이고 도그마적인 체계에 사로잡히는 편견을 버리는 방향으로 장르 연구의 원리를 다시 고려하고 있다. 이런 개방적 태도는 체계 시학의 3분법이나 4분법의 선입관에 방해받지 않으면서도 한 작품 속에는 여러 장르의 특질들이 미적 전체 곧 하나의 작품으로 통합된다는 장르의 비순수성을 주장한다. 한 작품에 있어서 여러 장르적 요소들의 공존성은 '필요악'이라 불릴 만큼 문학의 불가피한 현상으로 간주한다. 그래서 어떤 작품에 한 장르의 명칭을 부여할 때 이것은 그 작품에서 가장 '우세한' 장르적 성격을 가리킨 것이 된다.[16]

이러한 장르의 변화성과 비순수성을 감안한다면, 가사라는 역사적 장르 내에서 일어난 변화, 즉 조선 후기에 강한 서사성을 지니고 있는 일군의 작품들에 주목하지 않을 수 없다. 이들 '서사가사'가 지니고 있는 문학사적 의의와 특징을 온전히 드러내기 위해서 본고는 다음의 순서를 밟아 나갈 것이다.

먼저 2절에서는 '서사가사'의 개념을 정의하고 이에 근거하여 본고의 대상으로 선정한 19편의 서사가사 작품들의 서사성을 검토하기로 한다. 가사는 4음보 연속체라는 형식적 제한 밖에는 없으므로 '서사가사'의 개념 정의는 주로 '서사'의 측면에서 행해질 것이다. 본고에서 논의하는 '서사'는 기존의 소설 중심의 서사론에서 탈피하여 그 범위를 확대시킨 개념이다. 다음 3절에서는 서사물의 기본적 특성 중의 하나인 갈등구조의

---

15   김흥규, 『한국문학의 이해』, 민음사, 1992, 118면.
16   김준오, 앞의 책, 13~14면 참조. 또한 S. 채트먼은 "개개의 어떠한 작품도—그것이 소설이든 희곡적 서사시이든, 혹은 그 이외의 다른 무엇이든—한 장르의 완전한 표본이 아니다. 모든 작품들은 다소간 혼합된 장르적 특성을 지니고 있다. 달리 말하면 장르들은 여러 특성들의 복합적 구성체이다. 예를 들어 소설과 드라마는 서정시에는 비본질적인 요소인 플롯이나 등장인물 등과 같은 특성들을 요구한다"라고 말한다. S. 채트먼, 앞의 책, 22면.

측면에서 서사가사 작품들을 살펴볼 것이다. 이를 위해 구체적으로 소설이나 다른 서사물과의 장르 교섭이 두드러지게 나타나고 있는 서사가사 작품들과 그렇지 않고 장르 교섭이 확인되지 않는 작품들의 두 가지 경우로 나누어서 그 갈등구조를 살펴보도록 한다. 前者에 속하는 가사 작품으로는 〈戒友詞〉, 〈金夫人烈行歌〉, 그리고 〈閨中處女感嘆歌〉 등을 들 수 있고, 後者의 경우로는 이 세 작품을 제외한 나머지 작품들을 들 수 있다. 3절까지의 논의는 주로 서사가사의 독자적 의의에 회의적인 반응을 보인 기존의 편향된 연구를 바로잡는 데에 그 주안점을 둔다. 마지막으로 4절은 '서사'로서의 독자성을 확보한 '서사가사' 작품들의 내적인 특징을 드러내는 작업이 될 것이다. 이를 위해 본고에서는 처음으로 서사가사 작품들의 유형 분류를 시도할 것이며, 그것은 구체적으로 '鑑戒—非劇化된 敍述者의 觀念的 敍述視覺', '慰安—劇化된 敍述者의 浪漫的 敍述視覺', '批判—非劇化된 敍述者의 諷刺的 敍述視覺' 등의 세 가지 유형이 될 것이다. 유형 분류의 기준으로는 '劇化 / 非劇化된 敍述者'라는 '서술자의 성격', '서술자의 서술시각', 그리고 각 작품의 '주제'의 세 가지를 설정하였다. 서술자의 성격이라는 기준은 형식적 측면과 관련되며, 작품의 주제라는 기준은 내용적 측면과 관련되는데, 이 둘을 함께 묶어주는 연계 고리로 '서술시각'을 설정하였다. 이상의 논의 결과 서사가사의 독자적 의의와 내적 특성이 보다 효과적으로 밝혀지리라 생각한다.

다음으로 본고의 논의 대상인 서사가사 작품들을 선정하도록 한다. 물론 '서사가사' 전반의 작품들을 모두 다루어야 하겠지만 논의의 집약을 위해서는 대상 작품들을 한정지을 수밖에 없다. 본고에서 논할 '서사가사' 작품들로는 다음을 들 수 있다. 다음은 '서사가사' 작품들의 대강의 소개이다.

① 〈福善禍淫歌〉
이 작품은 〈福善禍淫錄〉·〈귀뚱가사〉·〈계녀가〉·〈부인성힝녹〉·〈효

부가〉·〈김씨부인효행가〉·〈치가사〉 등 다양한 이본이 존재한다.[17] 본고는 〈福善禍淫歌〉(한국정신문화연구원 편, 『閨房歌辭』I 에 수록)을 대상으로 한다.

② 〈나부가〉

〈懶婦歌〉와 〈나부가〉의 명칭으로 『역대가사문학전집』 8(임기중 편, 동서문화원, 1987)에 영인되어 있는 것을 참고한다.

③ 〈愚夫歌〉

이 작품은 『警世說』(김성배 외, 『주해 가사문학전집』에 수록), 『草堂問答』(서울대 소장), 『草堂問答歌』(고려대 소장), 『白髮篇』(국립중앙도서관 소장), 『樂府』(고려대 소장) 등에 실려 있으며, 『역대가사문학전집』 15(임기중 편, 동서문화원, 1987)에 영인된 것을 참고한다. 〈愚夫歌〉 또는 〈愚夫篇〉으로 전하는 이 작품의 이본들의 내용은 대체로 큰 차이가 없다.

④ 〈庸婦歌〉

〈愚夫歌〉와 출전이 같다.

⑤ 〈白髮歌〉

〈愚夫歌〉와 출전이 같다.

⑥ 〈戒友詞〉

이 작품은 〈戒友詞〉, 〈계우사〉의 명칭으로 현재 세 편이 확인되고 있다. 『長篇歌集』, 『樂府』(고려대 소장), 『상사별곡』에 실려 있으며, 『역대

---

17 이선애, 「福善禍淫歌研究」, 『여성문제연구』 II, 효성여대 한국여성문제연구소, 1982에
    서 영남지방 현지답사를 통해 수집된 福善禍淫歌系 작품 43편을 대상으로 하여 그 명칭
    과 이본, 구조적 특성 등을 연구하였다.

가사문학전집』6(임기중 편, 동서문화원, 1987)에 영인된 것을 참고한다.

⑦ 〈화전가〉

일명 〈덴동어미화전가〉라고 불리는 〈화전가〉는 경북대 소장 『小白山大觀錄』에 수록되어 있으며 『서민가사연구』(김문기, 형설출판사, 1985)에서 소개된 것을 참고한다.

⑧ 〈金夫人烈行歌〉

이 작품은 어영하의 「규방가사의 서사문학성 연구」(『국문학연구』 제4집, 효성여대 국어국문학 연구실, 1973)에 소개되어 있다.

⑨ 〈閨中處女感嘆歌〉

〈金夫人烈行歌〉와 출전이 같다.

⑩ 〈칠석가〉

〈金夫人烈行歌〉와 출전이 같다.

⑪ 〈노처녀가〉[18]

이 작품은 板刻本 고소설집인 『三說記』에 실려 있는 것과 高大 소장 필사본이 있다. 또한 『歌詞集』(申明均 編, 中央印書館, 1936)에서는 〈노처녀가(二)〉라고 소개되었으며 개인 소장의 필사본도 있다.[19] 여기서는 김문기의 『서민가사연구』에 수록된 것을 참고로 한다.

---

[18] 〈노처녀가〉는 나이 40살이 되도록 시집을 못 간 가난한 양반가의 노처녀가 체면치례는 그만하고 마땅한 자리가 있으면 시집을 보내달라고 한탄하는 내용으로 된 것과 갖은 불구에 나이 50살이 넘도록 시집을 못 간 노처녀가 자신의 처지를 한탄하다가 스스로 혼사를 추진한다는 내용으로 된 것이 있다. 전자는 보통 〈노처녀가〉 I, 후자는 〈노처녀가〉 II로 불리는데 여기서는 서사가사에 속한다고 본 〈노처녀가〉 II만을 논의의 대상으로 한다.

[19] 權寧徹 소장 필사본이 魚永河, 앞의 글에서 소개된 바 있다.

⑫ 〈원한가〉

이 작품은 방종현 外編, 『朝鮮民謠集成』에 嶺南內房歌詞로 분류되어
실려 있다.

⑬ 〈申哥傳〉

이 작품은 〈옥한 긔봉슈명쳔〉라는 소설 뒷 부분에 수록되어 있는
필사본이며, 「歌辭 〈申哥傳〉 攷」(박요순, 『숭전어문학』 6, 숭전대, 1977)에 소
개되어 있다.

⑭ 〈비쳐가〉

이 작품은 『閨房歌辭』 I (한국정신문화연구원 편)에 실려 있다.

⑮ 〈청춘과부가〉

〈비쳐가〉와 출전이 같다.

⑯ 〈寡婦歌〉

이 작품은 『樂府』(고려대 소장)와 『歌集』 그리고 『校註歌曲集』 등에 실
려 있으며, 『역대가사문학전집』 6(임기중 편, 동서문화원, 1987)에 영인된 것
을 참고한다.

⑰ 〈甲民歌〉[20]

이 작품은 서울대 도서관 가람문고의 『海東歌曲』에 실려 전하고 있는
것이 유일본이며, 『역대가사문학전집』 6(임기중 편, 동서문화원, 1987)에 영

---

[20]　작품 말미에 "右靑城公苙北靑時甲山民所作歌"라 기재되어 있다. 실제 靑城 成大中(1732
〜1812)은 1792년에 北靑府使로 재직하였으며 이듬해에는 渭原郡守에 品階되어 通政大
夫로 加資되었다. 그러므로 〈甲民歌〉의 제작년대는 1792년으로 추정된다. 이에 대해서
는 고순희, 『19세기 현실비판가사 연구』, 이화여대 박사논문, 1990, 14〜15면 참조.

인된 것을 참고한다.

⑱ 〈居士歌〉

이 작품은 『樂府』(고려대 소장)와 『歌集』에 실려 전하며, 『註解 歌辭文
學全集』(金聖培 外編, 집문당, 1981)에도 수록되어 있다. 『역대가사문학전
집』6(임기중 편, 동서문화원, 1987)에 영인된 것을 참고한다.

⑲ 〈임천별곡〉[21]

이 작품은 『18세기 가사전집』(이상보, 민속원, 1991)에 소개되어 있다.

이상 19편의 작품들은 그동안 여러 연구자들에 의해 서사성이 두드러
진다고 주목받은 작품들을 중심으로 하여 본고의 논의에 적합한 것을
주로 선정한 것이다.

2. 서사가사의 개념 및 서사성 검토

1) 서사가사의 개념 정의 : 서사를 중심으로

여기에서는 본고의 대상으로 설정한 '서사가사'에 대해 개념 정의를

---

[21] 본고의 대상 작품 19편 중 작가가 알려져 있는 작품이다. 〈임천별곡〉은 작가 李運永이
70세 때인 정조 16년(1792)에 지은 가사이다. 李運永(1722~1794)의 자는 健之, 호는 玉局
齋이며 본관은 한산이다. 34세 때인 영조 31년(1755)에 사마양시에 뽑히고, 벼슬이 면천
군수, 황간현감, 금산군수, 돈령부도정을 거쳐 중추부사에 이르렀다. 이에 대해서는 이
상보, 『18세기 가사전집』, 민속원, 1991, 36~37면 참조.

내리고자 한다. 이미 서론에서 지적한 것처럼 기존의 연구는 가사의 서사성을 측정하는 기준으로 소설이라는 특정한 장르를 내세우고서 논의를 펴고 있는데, 여기서는 이러한 잘못을 시정하는 데 관심을 둔다. 서사가사에 드러나고 있는 서사성을 올바르게 파악하기 위해서는 소설이라는 특정한 장르가 아니라 서사 일반에 두루 적용될 수 있는 기준을 마련하는 것이 무엇보다도 시급한 과제이다.

본고에서 말하는 '서사가사'는 '서사'라는 양식적 특성과 관습적, 역사적 장르로서의 '가사'라는 특성을 아울러 지니고 있는 문학작품을 뜻한다.[22] 보통 가사라는 장르의 특징을 말할 경우, 가사를 창출하는 작가나 그것을 향유하는 수용자의 어느 편에도 가사라는 양식의 장르적 제약은 형식적 장치 이외에 아무 것도 없는 것으로 보인다. 즉 가사는 4음 4보격의 율문 표출이라는 율격적 통제만 존재할 뿐 그 밖의 어떠한 장르상의 제한 조건도 필요하지 않다.[23] 따라서 본고는 주로 '서사'에 집중하여 논의를 펴 나갈 것이다.

일반적으로 서사물(narrative)은 일련의 사실이나 사건을 차례로 열거하는 것과 이러한 사실이나 사건들 사이에 모종의 관계를 설정하는 것을 말한다. 따라서 여기에는 신화, 소설, 수필 등과 같은 문학 장르뿐 아니라 뉴스, 환자의 병력, 학교 기록부, 법원의 판결문 등 모든 종류의 언어적 기록물을 포함한다. 그러나 본고에서는 문학이라는 관습적 장르의식에 지배받는 서사물에 국한한다.[24]

---

22 가사는 공시적으로는 관습적인 장르이고 통시적으로는 역사적 장르라는 특성에 대해서는 김학성, 앞의 글, 1982 참조.

23 김학성, 위의 글, 314면.

24 참고로 이 둘의 구분에 대해서는 다음을 참조할 수 있다. S. 리몬 케넌은 서사물을 허구적 서사물과 비허구적 서사물의 둘로 구분하고 있다. 허구적 서사물은 '일련의 사건들'을 재현시킨다. 즉 허구적 서사물은 사건들의 참여자와 함께, 텍스트 내에서의 배치로부터 요약되고 시간적인 순서에 따라 재구성된, 서술된 사건들(narrated events)인 '이야기(story)'와 그러한 사건들을 이야기하는 행위의 기능을 하는, 구술(spoken) 또는 기술된(written) 담론(discourse)인 '텍스트'를 지닌다고 하였다. 이에 대해서는 S. 리몬 케넌,

그러므로 본고에서 논의의 출발점으로 삼고 있는 서사물은 일어난 사건의 단순한 보고인 '이야기(story)' 차원이 아니라 기술 행위를 하는 서술자를 내포한 재현된 이야기인 '담론(discourse)'의 차원을 가리킨다. 서사물을 구별해 주는 특징들 중 하나는 그것의 필수적인 원천인 서술자와 관련되어 있다.[25] 서사문학의 기본적 속성으로 간접성(Mittelbarkeit) 혹은 서술자에 의한 이야기의 전달을 들 수 있다. 서사문학에 있어 서술자는 작품에서 이야기를 진술하는 존재이며 그것을 평가하고 비판하며 나아가 청자에게 어떠한 반응을 요구하는 존재이다.[26] 이것은 곧 다음에 인용한 논의의 시발점이 된다.

<u>서사는 근본적으로 서술자가 남(작중인물)의 이야기를 독자에게 말해 주는 것이지만, 서술자의 존재가 드러나는 정도는 각 텍스트마다 다르고, 또한 텍스트의 각 부분에서도 다르다. 그러나, 서사에서 서술자의 존재를 완전히 부정한다면 그것은 이미 서사가 아니다.</u> 서술자의 존재가 극단적으로 부정되고 미메시스만 남는 경우, 그것은 이미 서사 장르가 아닌 다른 것, 예컨대 희곡이든가 그런 것이 될 것이다. 반대로, 서사에서 남의 이야기를 대신해 준다는 미메시스의 개념이 완전히 배제된다면, 그것 역시 서사 아닌 다른 장르가 될 것이다. 서술자가 자기 스스로 이야기한다는 디에게시스에 극단적으로 충실한 경우는 그것은 이미 서사가 아니라, 일기체든 자서전체든 그런 것이 될 터인데, 우리가 가령 〈계축일기〉이라든 〈한중록〉을 진정한 의미에서의 서사로 보지 않는 것은 이 때문이다. 결국, 우리는 서술자의 존재가 드러나는 정도에 따라서 서사체의 어떤 변별적 특징으로 삼을 수 있는데, 고대소설에서 문어체 소설은 서술자가 디에게시스에 더욱 충실

최상규 역, 『소설의 시학』, 문학과지성사, 1992, 11~17면 참조.

25   마이클 J. 툴란, 김병욱·오연희 역, 『서사론』, 형설출판사, 1993, 21면.

26   이병호, 「김남천 소설의 서술방법 연구」, 서울대 석사논문, 1994, 3면. '간접성(Mittelbarkeit)'이라 함은 '중개성'이라고도 번역될 수 있는 것으로, 어떤 사건을 서사적으로 서술해 나갈 때 그 사건을 독자에게 전달해 주는 매개체, 즉 '서술자의 존재'를 말한다. 이에 대해서는 F. K. Stanzel, 안삼환 역, 『소설형식의 기본유형』, 탐구당, 1990, 31면 참조.

하고, 판소리서사체는 미메시스에 더욱 충실한 것이다. (밑줄은 인용자)[27]

디에게시스 곧 작가가 자신의 인격으로 말하는 화법과 미메시스 곧 작가가 작중 인물의 인격으로 말하는 화법이 번갈아 교체되는 것이 서사의 본질이고 이것이 아리스토텔레스의 모방 방식 개념이다. 그러나 '디에게시스'와 '미메시스'를 일반적으로 사용하는 '들려주기(telling)'와 '보여주기(showing)'로 본다면[28] "서술자가 자기 스스로 이야기한다는 디에게시스에 극단적으로 충실한 경우는 그것은 이미 서사가 아니라"고 규정한 〈계축일기〉과 〈한중록〉에서도 '보여주기'의 한 예인 인물의 대화나 구체적 장면 묘사 등을 발견할 수가 있다. 그렇다면 위에 인용한 부분에서 말하는 '디에게시스'는 실제의 작가와 서술자가 동일하여 구분할 필요가 없고, 또한 실재 사실에 충실한 경우로 해석하는 것이 옳다. 이러한 서술방식에 의한 장르의 구분, 즉 서사장르에는 서정적 표현 내지 주제적 제시의 방식과 극적인 재현의 방식이 혼합되어 있다는 점은 서구의 고전적 문학론에서부터 지적되기 시작하여 오늘날까지 이어지고 있다. 히르트는 서사에는 인물들에 대한 서술자의 보고 및 서술자의 자기표현(진행을 관조하고 평가하는)과 허구적 인물의 자기표현(대화)이 교체된다고 보아 극적 인물이나 시인의 자기표현만으로 이루어지는 극 및 서정과 구별하였다.[29]

---

27 김병국, 「고대소설 서사체와 서술시점」, 『한국고전소설연구』, 새문사, 1991, 98면 참조.
28 "직접 전달은 독자들에 의한 일종의 엿들음을 전제로 한다. 반면에 중재된 서술은 서술자로부터 독자에로의 다소간 명확한 전달을 전제로 한다. 이것은 본질적으로 플라톤의 미메시스와 디에게시스의 구분에 해당하는 것으로 현대적 용어로는 보여주기(showing)와 말하기(telling)이다." S. 채트먼, 앞의 책, 173면.
29 폴 헤르나디, 김준오 역, 『장르론』, 문장사, 1983, 26면. 또한 헤르나디는 허구적 서사물(narrative fiction)의 전형적 양식들만이 주제적(authorial) 시점과 인물쌍방적(inter personal) 시점을 이중적 초점으로 결합시키는 데 완전히 성공한다고 하여 자신의 다원적 장르체계 중에서 담화양식과 시점의 면에서 주제적 양식과 극적 양식이 종합되어 나타나는 양식으로 서사장르를 파악하였다. 폴 헤르나디, 위의 책, 190~191면.

　　사실 디에게시스와 미메시스는 화법의 두 극단이고 이것은 그대로 아리스토텔레스의 장르 구분의 3가지 기준 가운데 하나인 '모방 방식' 개념에 해당한다. 여기서 모방 방식이란 오늘날 '시점(point of view)', 곧 서술자의 서술시점을 기준으로 한 것이다.[30]

　　이러한 관점에서 조동일의 장르 체계를 살펴볼 필요가 있다. 다음과 같이 조동일은 장르 체계의 기준인 '전환 표현'과 '자아와 세계의 관계 양상'에 따라 서정·서사·희곡·교술의 4분법을 내세우고 있다.[31] 조동일의 장르 체계의 기준이 되고 있는 '전환표현'과 '자아와 세계의 관계 양상'은 사실 아리스토텔레스의 모방 방식과 서구의 전통적 장르 연구 방법의 하나인 서술자라는 두 요소를 원용하고 있다.

> **서정**: 작품 외적 세계의 개입이 없는 세계의 자아화
> **교술**: 작품 외적 세계의 개입으로 이루어지는 자아의 세계화
> **서사**: 작품 외적 자아의 개입으로 이루어지는 자아와 세계의 대결
> **희곡**: 작품 외적 자아의 개입 없는 자아와 세계의 대결[32]

　　위에서 보듯이 '서사'와 '희곡'의 작품 외적 자아란 다름 아닌 작품의 작가로 이의 개입 여부가 곧 '서사'와 '희곡' 장르를 구분하는 한 기준이 되고 있음을 알 수 있다. 작품 외적 자아인 작가의 개입이 없는 '희곡' 장르의 경우는 작가가 작중 인물의 인격으로 말하는 화법이 번갈아 교체되는 미메시스에 충실함을 말한다. 이와는 달리 작품 외적 자아인 작가의 개입으로 이루어지는 자아와 세계의 대결인 '서사'에 있어서는 그 양상이 복잡해진다. 조동일은 다음에서처럼 작품 외적 자아와 이야기하는

30　아리스토텔레스의 모방 방식과 디에게시스와 미메시스라는 화법의 두 극단에 대해서는 김준오, 앞의 책, 60~64면 참조.
31　조동일, 『한국소설의 이론』, 지식산업사, 1989, 78~104면.
32　조동일, 위의 책, 99면.

자아, 그리고 이야기되는 자아 등의 삼자를 구분하고 있다.

'이야기한다'의 주어는 작품 외적 자아로 한정되어 있다. 설사 자기 자신의 이야기를 하는 경우에도 이야기하는 자기와 이야기되는 자기는 분리되어 있다. 이야기하는 자아와 이야기되는 자아가 분리되어야 하는 이들은 각기 작품에서 주체이며 대상일 수 있다. 이야기되는 자아는 세계에 의해 대상화될 뿐 아니라 이야기하는 자아에 의해 대상화되어야 한다.[33]

이러한 자아의 구분은 '서사' 장르의 필수적인 요소로 문학 일반 용어로 바꾸면 작가와 서술자, 그리고 등장인물에 각각 대응된다.[34] 또한 '서사'와 '희곡'은 공통적으로 자아와 세계의 대결에 의해 작품이 전개되는 것이 본질이라는 점도 확인할 수 있다.

그러나 '서정'과 '교술' 장르의 경우는 이 자아의 구분이 필요하지 않다. 둘 다 작품 외적 자아의 개입 여부는 문제삼지 않고 다만 작품 외적 세계의 개입 여부와 그로 인한 '대상화'에 근거하고 있다. '대상화'에 있어서 '서정' 장르는 세계의 자아화로 귀결되고, '교술' 장르는 자아의 세계화로 귀결된다는 점에서 서로 구분될 뿐이다. 결국 '서정'과 '교술'은 작품 외적 자아인 작가와 작품 내적 자아인 서술자의 구분이 성립되지 않는다는 점에서 공통적이라 할 수 있다. 또한 이 두 장르는 자아와 세계의 대결보다는 어느 한쪽으로의 대상화라는 점에서 서로 겹쳐질 수 있는 소지를 충분히 지니고 있다. 이 점은 교술에 속한다고 한 가사가 서정시처럼 일인칭으로 서술되는 점에 주목한 것을 보면 충분히 이해할 수 있다.[35]

33 　조동일, 위의 책, 97면.
34 　작품 구성의 필수적인 한 요인으로서 (서술자가 없는 이야기란 있을 수 없기 때문에) 서술자를 내세운 토도로프는 허구적 세계에 개입하지 않는 서술자로서의 '함축적 작가'와 허구적 세계에 개입한 서술자로서의 발화의 주인, 발화된 내용의 주인 등 이 셋은 엄격히 구별해야 된다고 했는데 이것은 조동일의 삼자 구분과 일치한다. 이에 대해서는 츠베탕 토도로프, 곽광수 역, 『구조시학』, 문학과지성사, 1992, 79~81면 참조.

결국 '서사'는 본질적으로 실제의 작가와 구별되는 서술자를 반드시 내포하고 있어야 하며, 작가가 서사의 내용을 이루는 이야기를 서술자를 매개하여 독자에게 전달하는 것으로 요약된다. 그러나 이야기의 전개는 위에서처럼 '자아와 세계의 대결'에 의해서 이루어지는 것으로만 설명하기에는 많은 난점이 있다. '자아와 세계의 대결'은 일반의 서사에 해당하기보다는 소설양식에 기반을 둔 설정이라 할 수 있다. 소설의 경우는 주인공(자아)에 대립되는 부수적 인물(세계)과의 얽힘과 대립이 두드러지게 드러나고 있는 것이 일반적이다. '자아와 세계의 대결'이라는 개념을 서사 일반에 적용시키기에는 어느 정도 한계를 지니고 있기에 서사의 일차적이고 본질적인 성격 규정과는 거리가 멀다.[36] 이 점은 유개념에서 설정한 '서사'를 종개념의 개별 서사장르에 적용했을 때 괴리가 나타남을 볼 때 더욱 두드러진다. 한 예로 '서사민요'라는 개별 장르에서 행한 서사의 개념을 들 수 있다. 조동일은 장르류에서의 '서사'와는 달리 서사민요라는 종개념에서는 서사를 ① 일정한 성격을 지닌 인물과, ② 일정한 질서를 지닌 사건을 갖춘, ③ 있을 수 있는 이야기로 정의하고 있다.[37] 이것은 유개념으로서의 서사의 요건으로 설정한 '자아와 세계의 대결'이 '서사민요'라는 개별 서사장르에는 적용될 수 없음을 말해 주는 한 예증이 될 것이다.

또한 서사는 서술자 외에 또 다른 요소를 가질 필요가 있는데, 그것은 인물과 그러한 인물의 행위가 빚어내는 사건이라는 두 요소이다. 인물과 사건은 논리상 서사물에 필연적이다. 이야기는 인물로 대표되는 사

35　김준오, 앞의 책, 75면.

36　이상택은 "'자아'라는 용어 개념이 일관적으로 작품 주인공을 의미하는 데 반해 '세계'라는 용어는 편의에 따라 그 의미가 변용되는 것이다"라고 하여 이러한 사실을 지적하고 있다. 즉 이상택의 지적에 따르면 "'세계'를 적대자로만 풀이한다면, '자아와 세계의 상보적 관계'라는 神話의 정의는 있을 수 없는 것이고, 따라서 자아와 세계의 대결 원리를 토대로 한 한국 敍事文學의 發展史的 照明은 중대한 위기에 직면하는 것이다." 이상택, 「當爲와 現象의 거리」, 『창작과 비평』 45, 창작과비평사, 1977, 202면.

37　조동일, 『서사민요연구』, 계명대 출판부, 1983, 43～45면.

물적 요소와 사건적 요소가 함께 존재할 때만 가능하게 된다. 사물적 요소, 즉 인물이 없이는 사건적 요소가 존재할 수 없다. 그리고 텍스트가 사건적 요소 없이 사물적 요소만을 가질 수 있다는 것(예를 들면 인물묘사나 묘사적 수필과 같은 경우)이 사실이라고 할지라도, 어느 누구도 그것을 서사물이라고는 생각하지 않을 것이다.[38] 서사물에 등장하는 인물은 서술자와도 구별되는 존재이다. 비록 '나'라는 서술자가 자신의 이야기를 하더라도 이야기 속에 등장하는 인물로서의 '나'와 이야기를 서술하는 서술자로서의 '나'는 엄격히 구분된다. 또한 이러한 인물이 하는 행위가 계기적이어야 하며, 작품 속에서 일관성 있게 지속되어야 한다. 그러므로 서사에서 요구하는 인물은 최소한 행위자로서의 의미를 지닌 존재로 규정할 필요가 있다. 이것은 이야기 속에서 구체적 행위를 하지 않는 인물의 경우는 엄밀하게 말해서 서사의 한 구성요소가 될 수 없음을 말한다. 또한 이러한 인물과 사건은 그것의 표현 방식인 담론에 의해 플롯으로 전환되는데, 아리스토텔레스는 플롯을 '사건들의 배치'라고 정의했다. 그러나 이것을 보다 엄밀히 말하면, 처음에는 모든 것이 가능하지만 중간에는 개연적이 되고 끝에는 모든 것이 필연적이 됨을 뜻한다. 결국 플롯이 없는 서사물이란 논리적으로 불가능하다. 플롯이 없는 것처럼 보이는 것은 그 플롯이 뒤얽힌 사건적 틀을 가지고 있지 않거나, '그 사건들이 아무런 비중도 가지지 않는' 또는 '아무런 변화도 일어나지 않는' 것일 뿐이다.[39]

구조주의 이론에서는 서사물의 필수적인 구성인자들은 무엇인가 하는 물음에 대해 각각의 서사물은 두 개의 부분으로 되어 있다고 주장한

---

38 S. 채트먼, 앞의 책, 154~155면.
39 S. 채트먼, 위의 책, 54~62면. 여기에 따르면, 플롯은 드러내는 플롯과 해결하는 플롯의 두 가지로 나뉜다. 전자의 경우에 플롯의 전개란 펼쳐 나가는 것(displaying)이고 후자의 경우에는 곧 풀어내는 것(unraveling)이다. 드러내는 플롯은 사물적 요소들에 대한 끝없는 세부 묘사와 함께 두드러지게 인물 지향적인 경향을 나타내며, 사건적 요소들을 상대적으로 하찮은 보조적 역할로 축소시킨다.

다. 서사적 표현의 내용인 이야기와 그 표현의 형식인 담론이 그것이다. 즉 사건들(행위, 돌발사 등)의 내용과 그 연쇄 및 사물적 요소(등장인물이나 배경을 구성하는 것)라고 부를 만한 것이 합쳐진 이야기가 그 하나라면, 표현, 혹은 내용이 전달되는 방식인 담론이 그 다른 하나이다. 단순화 시킨다면 이야기란 묘사된 서사물 속의 '무엇'이며, 담론이란 '어떻게'에 해당하는 것이다. 결국 본고에서 말하는 서사는 서술자와 인물, 사건이라는 요소가 함께 빚어내는 이야기로 요약될 수 있는데, 이러한 요소들은 사실 서사물의 구성요소중 주로 형식적 측면에 중점을 둔 것이라 말할 수 있다.[40]

이러한 점을 염두에 두고서 가사의 서사성에 대한 기존의 논의를 살펴보도록 한다. 가사의 서사성에 대해서는 가사 장르의 하위 분류로 논의되기도 하였고 조선 후기 가사의 특징, 가사의 장르적 성격 등을 논하는 자리에서 부분적으로 언급되었을 뿐이다.

먼저 가사의 '서사성'에 대해 직접적으로 나름대로의 견해를 밝히고 있는 경우부터 살펴본다.

어영하는 〈노처녀가〉, 〈福善禍淫歌〉을 비롯한 8편의 가사를 '서사시' 또는 '고전소설'과의 대비적 관점에서 고찰하고 있으나, 자료 소개에 그친 감이 없지 않다. 그는 인물과 사건을 갖춘 이야기로 된 규방가사를 서사적 성격을 지닌 규방가사라고 규정하고서, 8편의 작품이 역사를 배경으로 하고 있으며, 설화·민담을 소재로 하여 전쟁·가정내의 갈등과

40　S. 채트먼, 위의 책, 23~33면 참조. 채트먼은 이것을 다음과 같이 도식화한다.

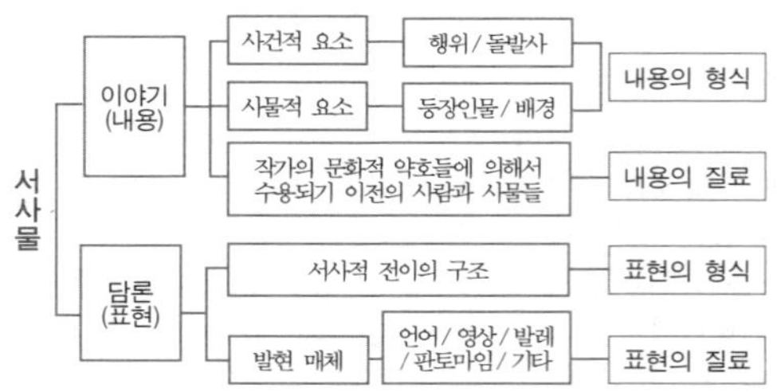

우국충절의 행위를 담고 있으며, 그 표현에 있어 사건의 서술을 앞세워 주정적인 영탄을 가능한 한 억누르고 있다는 점에서 서사문학적 성격을 갖춘 가사라고 할 수 있다고 하였다.[41] 그러나 '서사'의 기준을 서구의 '영웅 서사시'와 '고전소설'에 두고서 가사 작품의 서사성을 재단한 우를 범하고 말았다.

정재호는 〈愚夫歌〉를 논하는 자리에서 〈愚夫歌〉가 서사장르에 속할 수 있는 이유로 등장하는 인물이 특정한 실재인물이 아니라 어떤 유형을 대표하는 인물들이며, 하나의 주인공의 생애가 이야기로 구성되어 있으며, 주제가 조선조 일반 소설과 같이 권선징악을 표방하고 있다는 점, 그리고 실제로 이들 가사류가 노래로서의 인식과 함께 奇談으로 당시에도 받아들여졌다는 사실을 들었다.[42] 그렇지만 〈愚夫歌〉 외에 다른 서사가사 작품에까지 확대하여 그대로 적용시킬 수 있는지의 검토가 전면적으로 이루어지지 않아 그 한계를 드러내고 있다.

장정수는 조동일의 서사 개념[43]을 원용하여 "일정한 성격을 지닌 인물과 일정한 질서 속에 전개되는 사건을 가진 있을 수 있는 이야기"라는 서사의 요건과 4음 4보격의 율문 양식이라는 가사의 개념에 합당한 가사를 서사가사로 규정하고 있다.[44] 김유경 역시 서사성을 입체적 성격을 지닌 인물에 의한 있을 수 있는 사건이 서술자의 서술과 인물의 대화를 통해 전개되는 것이라고 하고, 그러한 성격을 지닌 가사가 서사가사라 하고서 그 구조적 특성과 내용적 특성을 밝히는 작업을 진행하였다.[45] 그러나 이 두 논문은 '서사가사'의 개념 규정에 있어서 기존의 연구를 단

---

41 어영하, 앞의 글. 이 논문에서 서사성을 띤 규방가사로 논하고 있는 8편의 작품 중 〈結情 薈歌〉, 〈윤낭자영남루원설가〉는 산문이 더러 섞여 있어 가사로 보기에는 어려운 점이 있다. 이 작품들은 가사와 소설의 혼합양상을 보여주는 대표적 예라 할 수 있다.
42 鄭在鎬, 「愚夫歌考」, 『韓國歌辭文學論』, 集文堂, 1982, 116면.
43 기존의 연구는 조동일, 『서사민요연구』에서 말한 '서사'의 개념을 말한다.
44 장정수, 『서사가사 특성연구』, 고려대 석사논문, 1989, 6～7면.
45 김유경, 『서사가사연구』, 연세대 석사논문, 1988.

지 수용하는 데 그치고 있어 '서사'에 대한 심각한 문제의식을 회피하고 있다. '서사가사'가 과연 서사문학에 귀속될 수 있는 것인지에 대한 구체적인 논의를 거치지 않음으로써 '서사가사'의 장르상의 위치가 애매할 뿐만 아니라, '서사가사'가 지니고 있는 특성들이 가사 전반 내지 다른 문학 장르와는 어떻게 연관되는지 등 보다 다각적이면서도 면밀한 분석에까지 미치지 못한 점이 아쉬움으로 남는다.

서영숙은 여성가사 중 특히 서사성이 두드러지는 서사적 가사를 대상으로 하여 작품의 전개방식에 대해 고찰하면서, 서사적 가사를 인물의 성격 창조, 사건의 유기적 구성 등 서사적 성향을 띠고 있는 가사로 간단히 규정하고 있다.[46] 그러나 여성가사의 서사성 규명에 중점을 두기보다는 잠정적으로 가사는 교술 문학에 속한다는 조동일의 견해를 따르고 있어 가사의 서사성에 대한 폭넓은 논의는 기대하기 힘들다.

다음으로 가사의 '서사성'에 대한 개념 규정없이 구체적 작품들만 들고 있는 경우를 살펴본다.

이태극[47] 김기동[48] 윤석창[49] 등은 가사의 내용을 분류하면서 역사적인 사건이나 인물·지리·풍속 등을 내용으로 하고 있는 가사를 서사문학으로서의 가사로 설정했는데, 이것은 소재적인 측면에서 가사의 서사성을 파악한 것으로 단순히 역사적 사실의 기록이라는 의미로 이해하는 경향이 강하다.

또한 최원식,[50] 조동일,[51] 김학성[52] 등은 서사적 경향을 보이거나 서사

---

46   서영숙,『서사적 여성가사의 전개방식 연구』, 충남대 박사논문, 1992.

47   이태극,「가사의 내용고 : 특히 그 유가성에 대하여」,『도남 조윤제박사 회갑기념 논문집』, 신아사, 1964, 454~455면.

48   김기동,『국문학개론』, 진명문화사, 1975, 135~156면.

49   윤석창,『가사의 장르적 복합성 연구』, 경희대 박사논문, 1984, 69~87면.

50   최원식, 앞의 글, 233~234면.

51   조동일,『한국문학통사』(제3판) 3, 지식산업사, 1994, 343~344면. 조동일은 서사적 수법을 이용하고 있는 가사작품으로 〈만언사〉, 〈북천가〉, 〈일동장유가〉, 〈우부가〉, 〈용부가〉, 〈신가전〉, 〈덴동어미화전가〉 등을 들고 있다.

적 수법을 이용하고 있는 가사작품으로 〈일동장유가〉와 같은 장편 기행가사와 자서전적인 성격을 띤 수필 내지는 기행 수필적인 내용으로 변한 후기의 유배가사인[53] 〈만언사〉, 〈북천가〉 등까지를 포함하여 그 범위를 넓게 잡았다.

장편 기행가사 〈일동장유가〉와 〈만언사〉, 〈북천가〉 등의 유배가사가 서사에 포함시킬 수 있는가의 여부는 사실 중요한 문제이다.[54] 특히 〈일동장유가〉와 같은 장편 기행가사의 경우는 인물과 구체적 행위가 어느 정도 지속되고 있기 때문이다. 그러나 '서사'를 경험적 서사와 허구적 서사로 나눈 예[55]에 비추어 본다면, 기행가사는 경험적 서사에 속한다고 본다. 허구적 서사와 경험적 서사의 구분의 단초는 이미 선행 연구[56]에서 보이는데, 다만 용어 자체를 노출시키지 않고 있을 따름이다.

---

52 김학성, 「가사의 실현화 과정과 근대적 지향」, 『고전시가론』, 새문사, 1984, 154~161면 참조. 김학성은 서사적 주제 양식의 극대화를 보이는 가사 작품을 다시 일련의 시간과 공간의 체험론적 진술에 기초한 의사 서사적 양식의 가사인 〈만언사〉, 〈일동장유가〉, 〈호남기행가〉, 〈한양가〉, 〈한양오백년가〉, 현실비판의식을 담은 가사인 〈기음노래〉, 〈합강정가〉, 〈정읍군민란시여항청요〉, 〈거창가〉, 그리고 일련의 서사적 인물의 창조에 관련한 가사인 〈우부가〉, 〈용부가〉, 〈노처녀가〉, 〈백발가〉, 〈원한가〉 등의 셋으로 나누고 있다.

53 김혜숙, 「유배가사를 통하여 살펴본 가사의 변모양상」, 『관악어문연구』8, 서울대 국어 국문학과, 1983, 146~147면.

54 〈일동장유가〉와 같은 장편기행가사 역시 본고의 서사 개념에 비춰본다면 '서사가사'에 포함될 수 있다. 그러나 본고의 주된 목적이 소설 중심의 서사론이라는 기존의 편향된 시각을 바로잡는 데에 있으므로, 논의의 집약을 위해서라도 장편기행가사에 대한 검토는 우선 제외하기로 한다.

55 월리스 마틴, 김문현 역, 『소설이론의 역사』, 현대소설사, 1992, 49면 참조. 스콜스와 켈로그는 서사를 경험적 서사와 허구적 서사로 크게 나누어 살펴보고 있다. 이에 따르면 서사는 크게 眞이라는 사실성에 충실한 경험적 서사와 善과 美라는 관념에 충실한 허구적 서사로 나눌 수 있다. 경험적 서사는 다시 실제 과거의 사실에 진실하여 사실적인 시간·공간·인과성을 중시하여 후에 전기로 발전한 역사적 서사와 현재의 환경을 지각하는 진실을 추구하며 플롯 부재의 경향을 보여 주로 인물 묘사에 집중하는 자서전 류의 모방적 서사로 나뉜다. 허구적 서사는 관념적인 세상을 그리는 낭만적 서사와 지적이며 도덕적인 충격을 그리고 있는 교훈적 서사로 나뉜다.

56 구체적으로 조동일의 「가사의 장르 규정」(『어문학』21, 한국어문학회, 1969)을 말한다.

조동일은 "모든 가사는 서사인가?"라는 물음에 "서사일 수 없다"라고 규정하면서 그 예로 〈일동장유가〉를 들고 있다. 즉 〈일동장유가〉는 실제로 있었던 이야기를 토대로 이에 架空的 想像을 보태 꾸며낸 작품이 아니라, 실제로 겪었던 일을 있었던 그대로의 순서에 따라 적어 나갔을 뿐이므로 서사에서처럼 인물의 형상화나 효과적인 구성을 시도한 흔적은 없다고 그 이유를 제시하고 있다.[57] 그러나 여기서 지적할 수 있는 점은 작품을 의도적으로 선정하여 그 차이를 드러내고 있다는 점과, 허구적 서사와 경험적 서사 중 소설을 염두에 둔 허구적 서사만을 서사로 인정하고 있다는 점이다. 그는 허구적 서사와 경험적 서사의 차이를 敍事와 非敍事의 차이로 확대하여 적용시키고 있어 오류를 범하고 있다.

이상으로 '서사'의 개념에 대해 살펴보았다. 여기에서 설정한 서사의 개념은 다음의 두 가지 점에서 그 의의를 찾을 수 있다.

첫째, 그것은 서사 일반의 장르에 폭넓게 적용될 수 있는 개념이다. 그래서 개별 서사 장르들 사이의 관련성을 긴밀하게 살펴볼 수 있는 데 도움이 될 수 있을 것이다.

둘째, 고전소설과 다른 면모를 보이고 있는 현대소설의 특징을 감안할 때, 본고에서 마련한 서사는 현대소설과 고전소설을 함께 견주어 볼 수 있는 기반을 마련해 줄 수 있다. 현대소설에 나타나고 있는 몇 가지 특징들, 특히 인물들 사이의 갈등과 대결이라는 전통소설 관념과 어느 정도 거리를 두고 있는 현대소설 작품들을 함께 포괄할 수 있다.

2) 서사가사의 서사성 검토

여기서는 본고의 대상인 서사가사의 서사성에 대해 간략히 살펴보도

---

[57]　조동일, 위의 글, 71면.

록 한다. 앞서 서사의 요건으로서 서술자와 인물, 그리고 사건 등을 들었는데, 특히 인물의 형상화와 사건의 전개는 주로 서술자가 주된 역할을 하므로, 여기서의 논의도 서술자를 중심으로 하여 전개될 것이다.

앞에서도 언급했듯이 서사물의 본질적 요소는 바로 서술자의 존재이다. 서술자가 존재하지 않는 서사물은 현실적으로 불가능하다고까지 이야기할 정도로 서사물에 있어서 중요한 구성 요소인데, 다만 그의 존재가 인지되는 정도는 각 작품마다 다르다고 할 수 있다. 예를 들면 흔히 말하는 3인칭 객관적 시점과 전지적 작가 시점의 경우에 있어서 그 서술자의 존재 정도는 서로 다르다. 전지적 작가 시점의 경우는 그 서술자의 존재를 강하게 느낄 수 있지만, 3인칭 객관적 시점을 유지하는 서술자에 있어서는 그 존재를 느끼는 정도가 약할 뿐이지 서술자의 존재는 인정해야 한다.[58]

그러나 1인칭 서술자와 3인칭 서술자로 단순히 구분 지어 작품 분석의 기준으로 삼는 것은 적어도 가사와 소설을 분석하는 데 있어서는 심각한 문제를 야기시킨다. 그것은 다음의 작품에서 분명히 드러난다.

    ㉮ 紅塵에 뭇친분네 이내生涯 엇더한고

      넷사람 風流랄 미찰가 못미찰가

      天地間 男子몸이 날만한이 하건마난

      山林에 뭇쳐이셔 至樂을 모랄것가

      (…중략…)

---

58   S. 채트먼은 "숨은, 혹은 눈에 띄지 않는 서술은, '비서술'과, 명백하게 들을 수 있는 서술 간의 중간에 위치한다. 숨은 서술에서 우리는 사건, 인물, 배경을 말하는 목소리를 듣게 되지만 그 목소리의 소유자는 담론의 그늘에 숨은 채로 남게 된다. '서술되지 않은' 이야 기와는 달리 숨겨진 채 서술된 이야기는 작중인물의 말 또는 생각을 간접 형식으로 표현 한다"라고 하여 서술자를 작품 속에서 드러난 정도에 따라 숨은 서술자와 드러난 서술 자로 나누고 不在의 서술자(이것은 엄격하게 말하면 서술자라고 지칭할 수 없다. 오로 지 희곡장르에서 볼 수 있을 뿐이다)와 구분하고 있다. 이에 대해서는 S. 채트먼, 앞의 책, 229~230면 참조.

柴扉예 거러보고 亭子애 안자보니
逍遙 吟詠하야 山日이 寂寂한대
閑中 眞味랄 알니업시 호재로다
이바 니웃드라 山水求景 가쟈스라

〈상춘곡〉

㉯ 닉말슴 광언인가 져화상을 구경허게
남쵼활량 긔쏭이는 부모덕에 편이놀고
(…중략…)
돈날노릇 ᄒ야보세 전답파라 변돈쥬기
종을파라 월슈쥬기 구목버혀 장소허기
셔칙파라 빗쥬기와 동너상놈 부역이요
먼데사람 힝악이며 즙아오라 꺼믈너라
(…중략…)
져건너 꼼싱원은 졔아비의 덕분으로
돈쳔이나 가졌드니 슐한잔 밥한슐을
(…중략…)
부즈나 후려볼가 감언리셜 쐬야보세
엇막이며 보막이며 은졈이며 금졈이며
디로변에 식쥬가며 노름판에 푼돈쎄기
남북쵼에 쑤장이로 인물쵸인 ᄒ야볼가
산진미 슈진미에 산양질노 놀너갈졔
디종손 양반즈랑 산소나 파라볼가
혼인핑계 어린쌀은 빅양쓰리 되엿구나

〈愚夫歌〉

㉰ 셩죵디왕 즉위 원연니라. 시화셰풍하야 츙신효즈난 죠졍의 가득하고, 방방

곡곡 빅셩더른 격양가 풍유쇼리 쳐쳐의 낭즈ᄒ니, 국셰가 이러커든 오입탕긱 읍
실손냐. 쳥누쥬가 곳곳마도 비반이 낭즈ᄒ고, 시쥬 가스 호걸 남즈 금홀기리 읍셔
는듸, 이 쩌은 어늬 쩐고. 젼쳔화류 만발ᄒ듸 쳥누고각 노푼 집의 호탕ᄒ 왈즈더
리 허다히 못넌 즁의, 남북츈 뒤쩌러셔 더방왈즈 김무슉이 지쳬로 논지ᄒ면 (…
중략…) 허랑ᄒ <u>무슉니 심혼니 살난ᄒ냐 니렴의 싱각ᄒ되 여츳가인은 츌싱 스십
의 쳐음니라. 니졔냐 만ᄂ신니 그젼의 ᄒ든 니리 오입도 헛오입이요 지물만 헛도
니 쓰고 남의게 쇼근 후회가 니러ᄒ니 관어ᄒᆡ즈은 난위슈라.</u>

〈게우사〉(밑줄은 인용자)

위에 인용문 ㉮는 정극인의 가사작품 〈상춘곡〉의 서두 부분이며, ㉯
는 서사가사 〈愚夫歌〉의 한 부분이며, ㉰는 失傳 판소리의 하나인 〈왈
자타령(무숙이타령)〉의 사설 정착본으로 판단되는 국문소설 〈게우사〉의
한 부분이다. 이 작품들에 나타나 있는 서술자를 나누어 보면, ㉮ 〈상춘
곡〉과 ㉯ 〈愚夫歌〉는 '이내생애 엇더한고', '날만한이 하건마난'과 '니말
숨 광언인가' 등에서 보듯이 1인칭 서술자의 형식을 취하고 있다. 이를
더 세분하면 ㉮ 〈상춘곡〉의 서술자는 1인칭 독백 형식이고, ㉯ 〈愚夫歌〉
는 등장인물인 기똥이와 꼼싱원을 바라보는 1인칭 관찰자의 시점을 유
지하고 있다. 그리고 ㉰ 소설 〈게우사〉는 고전소설이 대부분 그렇듯이 3
인칭 전지적 서술자의 형식을 띠고 있다. 그래서 가사와 소설의 서술자
는 각각 1인칭 서술자와 3인칭 전지적 서술자라는 점에서 우선 서로 구
분되는 특징적인 차이를 보인다고 할 수 있다.

그러나 이러한 형식적 구분은 자칫하면 근본적인 특징을 간과할 우려
가 있다. 이러한 특징은 ㉯ 〈愚夫歌〉의 밑줄 친 부분 '돈날노릇 ᄒ여보
세', '부즈나 후려볼가 감언리셜 쐬야보셰', '남북츈에 쑤장이로 인물쵸인
ᄒ야볼가', '더종손 양반즈랑 산소나 파라볼가' 등과 ㉰ 〈게우사〉의 밑줄
친 부분을 서로 비교해 보면 알 수 있다. 이 두 작품에서 인용한 부분은
공통적으로 등장인물의 내면세계를 서술자가 전지적으로 서술하고 있

음을 보여주고 있다. 앞서도 말했듯이 ㉯ 〈愚夫歌〉의 서술자는 형식상 1인칭 관찰자이지만 밑줄 친 부분은 1인칭 관찰자라는 서술자의 권한을 넘어서서 전지적 성격을 띠고 있다.[59] 이 두 작품의 예에서 보듯이, 단순히 1인칭, 3인칭의 형식적 구분은 작품분석에 오류를 빚어낼 소지를 제공할 수도 있다.[60]

그러므로 이러한 문제를 시정하기 위해서라도 다른 차원의 서술자 개념을 도입할 필요가 있다. 서사물에서 인물을 형상화하는 것은 서술주체이다. 서사물에서의 서술주체란 서사물의 담론과정에서 누군가에게 서사물의 내용을 서술하여 전달하는 주된 담당자이다. 특히 소설에서 서술하는 존재가 작가 자신인가 아닌가 하는 문제로 오랫동안 논쟁해왔지만[61] 이 주체는 일단 작가와 구별되는 존재로 보아야 할 것이다. 이렇게 실제작가와 구별되어 텍스트 내부에 존재하는 서술주체를 채트먼은 다음과 같이 도식화한다.

서사텍스트

실제작가 →　│ 내포작가 → (서술자) → (청자) → 내포독자 │　→ 실제독자 [62]

59　서술자가 전지적이라는 것은 원칙적으로 작중 인물의 가장 내적인 사고나 감정을 익히 알고 있다는 것, 과거와 현재와 미래를 알고 있다는 것, 다른 작중 인물들이 가 있을 수가 없는 장소(예를 들면, 고독한 산보 장면이나 자물쇠를 잠근 방안의 사랑의 장면 등)에도 가 있을 수 있다는 것, 그리고 여러 군데에서 동시에 일어나는 일을 알 수 있다는 것을 의미한다. 이에 대해서는 S. 리몬 케넌, 앞의 책, 142면 참조.

60　이러한 문제점은 이미 웨인 C. 부스에 의해 지적되고 있다. 그는 서술의 유형을 분류하면서 "아마도 가장 무리가 많은 분류는 인칭의 분류일 것이다. 어떤 소설이 1인칭으로 이야기되었다거나 3인칭으로 이야기되었다고 말하는 것은 좀 더 정확하게 서술자의 어떤 특질이 어떤 특수한 효과와 어떠한 관계가 있느냐 하는 것이 설명되지 않는 한, 아무런 중요한 의미도 전달되지 못할 것이다. 1인칭의 선택이 때로 너무 제한적이라는 것은 사실이다"라고 인칭에 의한 구분은 적절치 못하다고 하였다. 웨인 C. 부스, 이경우 · 최재석 역, 『소설의 수사학』, 한신문화사, 1990, 172면.

61　김천혜, 『소설 구조의 이론』, 문학과지성사, 1990, 71~78면.

62　S. 채트먼, 앞의 책, 179면. 원래는 '화자'와 '수화자'로 번역된 것을 본고에서는 '서술자'와 '청자'로 그 용어만 바꾸어 인용한다.

여기에서 서술주체에 해당되는 것은 내포작가와 서술자이다. 그러면 이들이 서사텍스트 속에 어떻게 존재하는지를 살펴본다.

독자가 텍스트를 읽을 때, 독자는 분명 그 속에서 누군가 자기를 향하여 이야기를 하고 있다고 생각하게 된다. 이렇게 이야기를 하는 존재가 서술주체인데, 텍스트 속에서 독자를 향해 말하고 있다고 여겨지는 존재가 서술자이다. 이 서술자는 텍스트 속에서 어떤 특정의 인물로 역할을 하면서 나타나는 경우도 있지만 많은 경우 구체화된 인물로 나타나지 않고, 단지 그가 하는 말로만 나타난다. 특정의 인물로 나타난다는 말은 작중인물로 극화된 서술자가 되어 작중에 존재한다는 것이고, 그렇지 않다는 말은 극화가 되지 않은 비극화된 서술자로 작중에 존재하고 있다는 말이다. 그러므로 서술자는 다시 극화된 서술자와 비극화된 서술자의 둘로 나누어진다.[63] 극화된 서술자는 통상 1인칭으로 나타난다.[64] 비극화된 서술자는 구체화된 존재가 아니므로 그에게는 인칭이 없다.[65] 극화된 서술자는 서술수준에 있어서 텍스트 내의 다른 인물들과 같은 수준에 놓이는 인물이지만, 비극화된 서술자는 텍스트 내 인물들의 선행수준에 존재한다.[66] 즉 비극화된 서술자는 이야기의 외부에 서서 이야기를 서술하게 되며, 극화된 서술자는 이야기 내부의 한 인물로 등장한다.[67]

---

63 웨인 C. 부스, 앞의 책, 173~176면. '劇化된 敍述者'와 '非劇化된 敍述者'의 개념에 대해서는 金炳珉, 「김유정소설의 서술상황론적 연구」(홍익대 박사논문, 1992)을 참고한 것이다.

64 이것은 어디까지나 통상 그러하다는 것이지 반드시 그런 것은 아니다.

65 흔히 3인칭 서술자라는 말로 비극화 서술자를 거론하는 경우가 많은데, 이는 원칙적으로 오류이다. 비극화 서술자는 3인칭으로 인물을 드러낼 뿐이지, 그 자신이 3인칭인 것은 아니다. 그는 인칭이 없다.

66 S. 리몬 케넌, 앞의 책, 137면; Susan Sniader Lanser, *The Narrative Act : point of view in prose fiction*, Princeton University Press, 1981, pp.133~134 참조.

67 제라르 즈네뜨(Gèrard Genette)는 이것을 스토리 외적(extradigetic) 서술자, 스토리 내적(intradigetic) 서술자라고 한다. 그리고 슈탄쩰(F.K.Stanzel)은 이것을 작가적 삼인칭 서술자와 인격화된 일인칭 서술자로 이름 붙이고 전자는 인물들이 살고 있는 허구적 세계에 속하지 않는 서술자라 하고, 후자는 인물들이 살고 있는 허구적 세계에 신체적 존재론적으로 존재하는 서술자라고 한다. 이에 대해서는 제라르 즈네뜨, 권택영 역, 『서사담론』, 교보문고, 1992, 217~221면; F. K. Stanzel, 김정신 역, 『소설의 이론』, 문학과비평사,

　그런데 서술자, 특히 비극화된 서술자는 그가 대상을 바라보는 시야를 넓히기도 하고 좁히기도 하며, 바라보는 방향을 바꾸기도 하고, 바라보는 대상 자체를 바꾸기도 한다. 그러나 비극화된 서술자는 구체적인 인격을 전혀 부여받지 못한 서술자이기 때문에 그가 어떤 의지를 가지고 대상을 선택하고 그 시야의 폭을 결정하고 그 방향을 결정한다고 보기 어렵다. 이럴 때 비극화된 서술자의 모든 서술행위를 주관하는 존재를 설정할 수 있는데, 그 존재가 내포작가이다. 극화된 서술자의 서술행위는 일단 서술자 자신에 의하여 동기화되어 있다. 그러므로 이때 내포작가의 존재는 극화된 서술자와 실제작가와의 유사성 정도에 따라 극화된 서술자 자신이 내포작가와 지극히 유사한 존재가 될 수도 있고, 아주 판이한 존재이어서 서술자와 내포작가가 완전히 별도의 존재로 구별될 수도 있다. 후자의 경우 내포작가는 자신의 뜻대로 서술자를 조종하는 존재로 독자에 의해 작품 속에 상정된다.

　지금까지 보았듯이 내포작가는 작품 속에 내포되어 있는 작가라는 뜻으로, 서술자와는 달리 작품상으로 그 모습을 드러내지도 않고, 어떤 목소리를 가진 존재도 아니지만, 독자들이 작품을 통하여 작품 속에서 만날 수 있는 작가이다.[68] 내포작가는 그 어느 누구보다도 작품 세계에 대해서 잘 알고 있고, 서술자를 창출하고, 서술자가 하는 말의 내용을 통제하고, 드러낼 사건을 선택하고, 사건의 드러냄과 감춤의 정도를 조절하고, 시간과 공간을 결정한다.[69] 이는 서술자를 고안하는 원리라는 점에서 텍스트 외적인 실제작가와도 다른 존재이다. 내포작가는 실제작가가 텍스트 내적으로 실현된 존재로서, 텍스트의 내적 규범을 형성하는 이상적 작가라 할 수 있다. 내포작가는 지금 현재 창작에 임하고 있는 작가

　　1992, 140~141면 참조.
[68]　내포작가 또는 함축된 작가(implied author)의 개념은 웨인 C. 부스와 S. 채트먼에 의하여
　　설정된 것이다. 웨인 C. 부스, 앞의 책, 77~88면; S. 채트먼, 앞의 책, 174~179면 참조.
[69]　S. 채트먼, 앞의 책, 175~177면.

이며, 실제작가보다 훨씬 더 탁월한 능력의 소유자이다. 웨인 C. 부스가
말하기를 내포작가는 실제 작가의 이차적 자아라고 하면서, 작품에 대
하여 책임을 지는 것은 내포작가이지, 실제작가는 아니라고 한다.[70]

그러므로 서술주체에 내포작가를 포함시키는 것은 그가 서술을 한다
는 의미보다는 그가 서술을 장악하고 있다는 의미에서이다. 내포작가가
서술주체로서의 기능을 담당하느냐의 여부는 내포작가와 서술자와의
관계 설정 문제와 관련된다. 서술자가 극화된 서술자인 경우는 내포작
가와 구별되는 존재이어서 내포작가는 서술 기능을 담당하지 않는다고
보아야겠지만, 서술자가 비극화된 서술자인 경우에는 서술자의 신뢰성
에 특별한 문제가 없는 한 사실상 서술자가 내포작가의 역할을 하고 있
다고 보아야 한다.[71] 그러므로 일단 인물을 형상화한다고 할 때 그 일차
적인 주체는 서술자이다. 내포작가는 그 형상화의 목적이나 의도를 구
현한다고 볼 수 있기 때문이다.

비극화된 서술자[72]는 작중 인물이 아니기 때문에 이야기 속에 그 모습
은 드러내지 않고, 단지 어떤 시각(perspective)을 지니고 인물과 사건에 대
하여 이야기하는 존재이다. 작중의 서술자가 비극화된 서술자이면 작품
속에서 말을 하는 존재는 서술자이거나 작중 인물이다. 이 서술자와 인
물은 그 말을 하는 층위가 다르다. 즉 인물의 말은 일차적인 담론이 아니

---

70 웨인 C. 부스, 앞의 책, 87면.
71 채트먼은 내포작가가 서술기능을 전혀 담당하지 않는다고 본다. 그러면서도 서술자는
    있을 수도 있고, 없을 수도 있는 존재라 본 반면, 내포작가는 필수적으로 존재하는 것으
    로 보고 있다. 이에 대해서는 S. 채트먼, 앞의 책, 175~179면 참조. 내포작가가 현실적으
    로 서술을 담당하지 않는다고 하더라도, 비극화 서술자의 경우, 서술자는 사실상 내포
    작가의 역할을 수행하고 있는 것으로 볼 수 있기 때문에 넓게 보아서 내포작가가 서술을
    담당한다고 볼 수 있다. 단지 이때의 서술자는 내포작가의 역할을 수행하는 서술자란
    점에서 그렇지 않은 경우와 구별되어야 할 것이다. 이에 대해서는 S. 리몬 케넌, 앞의 책,
    129~133면 참조.
72 F. K. Stanzel의 용어로 말하자면 작가적 삼인칭 서술자로서, 작중 인물이 살고 있는 작품
    세계에 살고 있지 않는 존재이다. 이를 제라르 즈네뜨는 스토리 외적 異種 서술자라고 한
    다. 이에 대해서는 F. K. Stanzel, 앞의 책, 140~141면; 제라르 즈네뜨, 앞의 책, 218면 참조.

라 이야기 수준에 속하는 것이다. 이 인물은 다른 인물과 상호 작용할 뿐이므로, 비극화된 서술자에게 문제시되는 것은 서술자가 하는 말이다.[73]

인물이 비극화된 서술자를 통하여 형상화되면 일단 형상화의 주체는 비극화된 서술자이고, 그 주체가 형상화하는 대상은 인물이 된다. 그런데 서술자가 말을 할 때, 그는 일정한 시각을 견지한 상태에서이다. 이 시각은 누구의 눈을 통해서 보는가의 문제이다. 흔히 서사적 목소리와 구별되는 것으로서의 시점이 이에 해당한다.

비극화된 서술자는 작품 내의 모든 사건과 인물들을 조망하는 위치에 있다. 그러므로 일단 그는 작품에 서술되는 모든 대상들의 가시반경의 중심에 있다고 볼 수 있다. 반면 세계관의 문제와 관련되는 개념의 시점은 그와 관련된 것이 아니다. 차라리 그것은 내포작가와 관련되는 것이다. 그리고 이익의 시점도 그에게는 문제시되지 않는다. 그는 외적 서술자이기 때문에 그의 유일한 관심사는 서사물을 이야기하는 것뿐이기 때문이다.[74] 그러므로 비극화된 서술자에 있어서는 지각의 시점만이 관련되며, 그의 가시반경 내에 어떤 대상을 두고 있는가만 문제시된다고 볼 수 있다. 그런데 비극화된 서술자가 어떤 인물을 가시반경에 두게 되면, 서술자는 그 인물의 내면을 집중적으로 파헤치게 되고, 사건은 그 인물이 보는 관점과 입장에서 서술되기 마련이다. 즉 서술자 자신은 지각의 시점만을 견지하고 있는 반면 실제 서술은 가시반경의 중심에 놓인 인물의 이익의 시점으로 전환되어 나타난다고 보아야 할 것이다.

비극화된 서술자가 가시반경 내에 어떤 대상을 둔다고 할 때, 그 대상

---

[73] "작중인물들의 발화 행위는 논리상 서술자의 그것과는 다르다. 어떤 인물이 중심적인 이야기 안에서 하나의 이야기를 말할 때에도 그의 발화 행위들은 항상 전체적인 담론보다는 오히려 그 이야기 속에 머물게 된다. 그의 다른 행위들과 마찬가지로, 그것들은 청자나 혹은 내포독자가 아니라 다른 작중인물들과 직접적으로 상호 작용한다. (…중략…) 반대로 작중인물이 서술자가 되어서 이야기를 떠나 제2의 담론으로 들어가지 않는다면, 「서술하기」은 결코 작중인물의 중심 기능이 될 수 없다." S. 채트먼, 앞의 책, 184~185면.

[74] S. 채트먼, 위의 책.

은 처음부터 마지막까지 한 대상으로 고정될 수도 있고, 진행에 따라 변경될 수도 있다. 고정된 경우는 시각의 전환이 일어나지 않는 것이고 변경되는 경우는 시각의 전환이 일어나는 것이다. 그러므로 논의는 시각의 비전환과 전환으로 나누어져야 할 것이다.

시각의 비전환이란 비극화된 서술자가 그 가시반경에 어떤 특정의 등장인물을 처음부터 마지막까지 계속 두고 있는 것을 말한다. 이때 시각의 중심에 놓인 인물의 형상화는 비극화된 서술자가 보는 방식으로 이루어지나 그 바깥에 있는 인물은 시각의 중심에 놓인 인물에게 보이는 방식으로 형상화된다. 시각의 전환이란 비극화된 서술자가 그 시각의 중심인물을 계속적으로 변화시켜 가면서 작품 세계를 그려 간다는 말이다. 이렇게 되면 시각의 중심에 놓이는 인물이 변화함에 따라 그 인물의 입장에서 형상화가 이루어진다.

극화된 서술자는 통상 1인칭 서술자—인물로서[75] 그의 서술 층위는 이야기 내부에 존재한다.[76] 극화된 서술자가 작품상으로 등장하면 작품의 시각은 그의 것으로 제한된다. 그러므로 시각의 전환이나 비전환은 그에게는 문제시되지 않는다. 그리고 극화된 서술자가 등장하면 인물의 형상화도 그의 손을 벗어나게 된다. 극화된 서술자는 단지 자신이 중심인물로 참여하는 이야기를 하거나 자기 아닌 다른 사람의 경험에 대해 서술하거나 할 수 있을 뿐이다. 전자는 통상 고백이라 하고, 후자는 관찰이라 한다. 결국 극화된 서술자의 경우 인물의 형상화는 시각과는 별

---

[75] 1인칭 인물이라 하여 모두가 극화 서술자인 것은 아니다. 1인칭 서술의 경우라 하더라도 인물이 자동 독백을 하게 되면 사실상 서술자라는 것도 존재하지 않으며, 경험자만이 존재하게 된다. 이에 대해서는 권택영, 『소설을 어떻게 볼 것인가 : 낯설게 하기에서 에로스적 욕망까지』, 동서문화사, 1991, 288~289면 참조.

[76] F. K. Stanzel에 의하면 이는 일인칭 서술상황의 서술자이다. 이때 1인칭 서술자는 다른 인물들과 마찬가지로 작품 세계의 인물들 중 하나이다. 제라르 즈네뜨(Gèrard Genette)의 용어로 하면 이는 스토리 내적 서술자인데, 그가 고백의 서술자인가 관찰의 서술자인가에 따라서 스토리 내적 동종 서술자, 스토리 내적 이종 서술자로 나뉘어질 수 있다. 이에 대해서는 F. K. Stanzel, 앞의 책, 19면; 제라르 즈네뜨, 앞의 책, 238~239면 참조.

도로 고백과 관찰의 두 측면으로 살펴야 할 것이다. 극화 고백에 있어서 형상화의 주요 대상은 고백하는 서술자 자신이다. 극화 관찰의 서술자는 서술자 자신은 이야기 내부의 인물이면서 형상화의 주요 대상은 서술자가 관찰하는 인물이 된다. 이때 통상 문제가 되는 인물은 관찰 대상이 되는 사람이다.[77] 그 인물은 서술자가 바라보는 시각 내에서 그의 이익의 시점에 따라 형상화된다. 이때 서술자는 이야기 내부의 인물로서 주요 사건에 대해 외부에 존재하지만 그 정도에는 차이가 있을 수도 있다.

이상으로 서술자와 관련하여 인물의 형상화 방식에 대해 살펴보았다. 이러한 논의의 결과로 앞에서 인용한 세 작품들, 〈상춘곡〉과 〈愚夫歌〉 그리고 〈게우사〉를 다시 살펴볼 필요가 있다. 이 작품들의 서술자는 서로 뚜렷이 차이를 보이는데 〈상춘곡〉의 서술자는 작품 세계에 적극적으로 참여하는 인물로서 극화 고백의 성격을 지니지만, 같은 가사 작품인 〈愚夫歌〉의 서술자는 이와 달리 작품 세계 바깥에 존재하는 비극화 비전환의 성격을 지닌다. 이것은 소설 〈게우사〉의 서술자와 같은 유형에 속하는데, 소설 〈게우사〉 역시 작품 세계 바깥에 존재하는 비극화된 서술자가 서술을 하고 있다. 결국 이들 세 작품의 서술자 중 그 구체적인 모습을 알 수 있는 것은 〈상춘곡〉의 경우이다. 〈상춘곡〉이라는 작품을 읽어 나가면서 작품 속에 그려지고 있는 구체적 행동묘사를 통해서 경험자로서의 서술자의 모습을 뚜렷하게 인식할 수 있다. 그것은 홍진에 묻혀 있는 사람들과 대비되고 있는 산림에 묻혀 사는 모습이며, 물아일체의 흥을 이기지 못해 '정자에도 앉아 보고 시비에도 걸어 보고, 아침에 採山하고 저녁에 釣水하는' 등의 구체적 행동을 하는 작품 속의 인물이다. 이러한 행동을 통해 서술자의 형체를 어느 정도 머리속에 그려 나갈 수 있다. 그러나 〈愚夫歌〉와 소설 〈게우사〉의 서술자의 모습은 작품 속

77　신뢰성이 없는 서술자가 인물을 그릴 때 그 관계가 바뀔 수 있다. 예를 들면 주요섭의 〈사랑손님과 어머니〉와 같은 작품에서의 관찰 서술자는 인식적으로 문제가 있는 인물이 등장한다.

에서 찾아볼 수가 없다. 이 서술자는 작품 속에 등장하지 않으며 단지 그의 목소리만 우리가 들을 수 있을 뿐이다. 그는 작품 내에서 서술행위 외의 어떠한 행위도 하지 않으며 구체적으로 어떠한 인물인지를 알 수가 없다. 그래서 이들 서술자들은 비극화된 서술자로서 〈상춘곡〉의 서술자와는 크게 구별된다.[78] 그러나 소설 〈게우사〉의 서술자는 〈愚夫歌〉의 서술자와는 달리 그 서술대상인 등장인물을 바꿔 가면서 서술하고 있다는 점에서 전환의 양상을 지닌다.

본고의 대상인 서사가사 작품 19편을 서술자의 유형에 따라 분류하면 다음과 같다. 이것은 곧 서사가사의 서술자가 다양하다는 것을 말해 준다.

가) 非劇化된 敍述者	
a) 非轉換	〈나부가〉, 〈庸婦歌〉, 〈愚夫歌〉, 〈戒友詞〉, 〈金夫人烈行歌〉, 〈閨中處女感嘆歌〉, 〈甲民歌〉, 〈居士歌〉, 〈임천별곡〉
b) 轉換	〈申哥傳〉
나) 劇化된 敍述者	
a) 告白	〈福善禍淫歌〉, 〈노처녀가〉, 〈칠석가〉, 〈비쳐가〉, 〈寡婦歌〉, 〈청춘과부가〉
b) 觀察	〈원한가〉, 〈화전가〉, 〈白髮歌〉

위에 보인 작품들 중 몇 가지를 살펴보면 다음과 같다. 먼저 비극화된 서술자가 나타나고 있는 작품부터 살펴보도록 한다. ⊙은 서사가사 〈閨中處女感嘆歌〉의 서술자가 이야기를 시작하는 부분이고, ⓛ은 서사가사 〈居士歌〉에서 등장인물인 '거스'가 산 속에서 과부를 만나는 부분이다.

⊙ 삼신산 불사초난 뉘을위히 돋아스며
   계명산이 불리옴은 뉘을위히 살겟는고
   치신본이 맛짤인가 불사약에 물을붓고

---

[78] 서사의 본질적 특성인 서술자라는 개념은 실제의 작가, 이야기 속에 등장하는 인물과 구별된다는 점에서 볼 때, 〈상춘곡〉의 경우는 시인의 주관적 감흥을 토로하는 측면이 강한 서정이므로 서술자라기보다는 '시적 화자'라고 하는 편이 더 온당할 것이다.

은하수이 무남독여 불노춘에 분기로다

<u>우리부모 죽거덜낭</u> 불사약을 사려주고

여자라도 이른여자 출전효도 아닐넌가

송나라이 백성옥이 사대독자 고단ᄒ고

이십전이 방불ᄒ고 순기를 회석든이

〈閨中處女感嘆歌〉

ⓛ 셰류ᄀᆺ흔 가는허리 츈풍에 휘노는 듯

용모거동 ᄇ라보니 빅티쳔염 가즐시고

팔ᄌ츈산 그린눈썹 초싱반월 아니신가

단슌을 반기ᄒ고 웃는듯 찡기는 듯

(…중략…)

이내 몸 거스되여 셰샹공명 ᄒ직ᄒ고

태산을 의지ᄒ여 우락을 몰낫더니

산즁에 도를닥가 이각시를 맛나서라

귀신이 도으시고 신령이 도으신가

이산즁에 깃슬드려 목탁으로 졍을붓쳐

산치를 키여먹고 음양을 몰낫더니

<u>아모리 갈나ᄒᆫ들 오신각시 갈길업다</u>

<u>ᄉ면을 ᄉᆲ혀보니 만류ᄒ리 뉘잇는가</u>

거ᄉ님아 거ᄉ님아 내ᄉ졍 드러보소

쳥츈팔ᄌ 긔박ᄒ여 이내 몸 과부되어

〈居士歌〉(밑줄은 인용자)

　ᄀ의 밑줄친 부분에서 보듯이 〈閨中處女感嘆歌〉의 서술자는 '우리부모'라고 하여 일인칭 형식을 띠고 있다. 그러나 작품 전체에서 서술자의 모습은 찾아볼 수가 없다. 다만 그 서술자의 목소리만 들을 수 있을 뿐

이다. 그러므로 이 작품은 비극화된 서술자가 '효도'를 몸소 행한 인물의 이야기를 서술하고 있다. 〈閨中處女感嘆歌〉에는 송나라를 시대 배경으로 하여 백성옥, 그의 두 딸 명일과 명월, 그리고 백성옥을 죽인 원수 김생원 등의 네 인물이 등장하고 있다. 그러나 작품의 서술자는 처음부터 마지막까지 그 가시반경의 중심에 명일이라는 인물만을 두고 명일의 입장에서 작품을 서술하고 있어 시각의 전환은 이루어지지 않고 있다. 그러므로 이 작품은 비극화된 서술자에 의한 시각의 비전환의 형태를 띤다.

ⓛ의 밑줄친 '아모리 갈나흔들~만류ᄒᆞ리 뉘잇는가' 부분은 서술자의 목소리를 직접 감지할 수 있는 곳이다. 이 작품의 서술자 역시 그 목소리만 들을 수 있을 뿐이므로 비극화된 서술자의 형태를 지닌다. 이 작품에는 '거스'와 과부의 두 인물만 등장하고 있는데, 서술자는 다만 두 인물이 처해 있는 상황을 간략하게 언급하고 있을 뿐이다. 그래서 두 인물의 외모는 상대방 인물의 입을 통해 알 수 있다. 예를 들면 위에서 보듯이 과부의 모습은 '거스'의 눈에 비춰진 상태에서 '거스'의 대화에 의해서 드러나고 있다. 그러므로 인물의 형상화는 '거스'와 과부의 시각이 번갈아가면서 상대방에 의해 이루어지고 있는데, 이것은 곧 비극화된 서술자의 시각의 전환에 의한 인물 형상화 방식을 뜻한다.

다음은 극화된 서술자가 드러나 있는 작품들의 예이다. ⓒ은 〈福善禍淫歌〉의 서술자인 李氏부인이 가난한 시집살림을 일궈 낸 자신의 일대기를 이야기하는 첫 부분이며, ⓓ은 늙은이를 남편으로 둔 젊은 부인이 자신의 신세를 서술하는 부분이다.

ⓒ 어와 세상 사람들아 이닉 말삼 들어보소
　불힝혼 이닉 몸이 여자 몸이 디얏스니
　리한님이 증손여요 정학사이 외손여라
　소학효경 열여전을 십여시이 이와너고

(…중략…)
이러하기 층찬받고 금육으로 귀히 길너
십오세가 그히 되니 녀즈유힝 법올 조차
강호로 츌가하니 김한님이 증손부라

〈福善禍淫歌〉

ⓔ <u>우리 부모 나를 나여</u> 귀애함도 귀애할사
귀애도 끔직하고 거래도 장할시고
강보에 있난것을 추처안고 하신 말슴
둥기둥기 내딸이야 어리둥둥 내딸이야
은을 주면 너를 주며 금을 주면 너를 주랴
어여뿌도 어여뿔사 너를 키워 누를 줄고
(…중략…)
젊어도 같이 젊고 늙어도 함께 늙고
백년간 일생은 남다름이 없건마는
원수로다 원수로다 내 신세 원수로다
열일곱살 들은 나이 저 늙은이 만났고나
연분인가 발금인가 난장맞은 배필인가
늙어도 몹시늙다

〈원한가〉(밑줄은 인용자)

   ⓒ의 '이니말삼 들어보소'와 ㄹ의 '우리부모 나를나여' 부분에서 보이는 '나'는 이야기 내부의 한 인물로 등장하는 극화된 서술자이다. 구체적으로 살펴보면, ⓒ의 '나'는 李한림의 증손자인 李氏부인으로서 시집가는 딸에게 본받을 대상으로 자신의 일생을 이야기하는 인물이며, ㄹ의 '나'는 금지옥엽 자라나서 늙은 영감을 남편으로 받들고 사는 젊은 부인으로 작품 속에 등장한다. 이 인물들은 앞서 보았던 비극화된 서술자와

는 달리 그 목소리뿐만 아니라 그 모습까지도 감지할 수 있는 구체적 인물이어서 극화된 서술자의 형태를 띤다.

그러나 ⓒ과 ⓓ의 극화된 서술자는 자신을 드러내는 방식에 있어서는 서로 다르다. 두 서술자 모두 자신들이 시집오기 전에 경험했던 일들을 간략하게 서술하고 있다는 점에서는 공통적이지만, ⓒ의 서술자에 비해 ⓓ의 서술자는 자신이 직접 겪었지만 알지 못하는 어린 시절의 이야기까지 서술하고 있다. '우리부모 나를나여~너를키워 누를줄고'의 부분이 그러한 곳인데, 이는 상투적 표현으로만 처리할 수 없는 부분이다. 이 부분에서 서술자와 완전히 구별된 내포작가의 모습이 드러나고 있다. 즉 앞서 말했듯이 내포작가의 존재는 극화된 서술자와 실제작가와의 유사성의 정도에 따라 극화된 서술자 자신이 내포작가와 지극히 유사한 존재가 될 수도 있고, 아주 판이한 존재이어서 서술자와 내포작가가 완전히 별도의 존재로 구별될 수도 있다. 내포작가는 그 어느 누구보다도 작품 세계에 대해서 잘 알고 있고, 서술자를 창출하고, 서술자가 하는 말의 내용을 통제하고, 드러낼 사건을 선택하고, 사건의 드러냄과 감춤의 정도를 조절하고, 시간과 공간을 결정하는 역할을 하는 인물로서 실제작가보다 훨씬 더 탁월한 능력의 소유자이다. 결국 앞서 지적하였던 부분에서 내포작가는 서술자의 한계를 뛰어넘어 그 능력을 드러내고 있다고 할 수 있다.[79]

ⓒ의 서술자는 자신의 이야기를 하고 있다는 점에서 극화된 고백의 양상을 띠며, ⓓ의 서술자는 자신의 이야기라기보다는 관찰 대상 인물인 늙은 남편에 주목하고 있다는 점에서 극화된 관찰의 양상을 띤다. 물론 이때 극화된 관찰의 서술자는 이야기 내부의 인물로서 주요 사건에 대해 외부에 존재하지만 그 정도에는 차이가 있을 수 있음을 인정해야 한다. 앞서 언급했듯이 극화된 관찰의 서술자는 서술자 자신은 이야기

---

[79] 내포작가의 모습은 사실 비극화된 서술자에서보다는 극화된 서술자가 나타나고 있는 작품에서 느낄 수 있는데, 특히 극화된 서술자와 내포작가가 아주 판이한 경우에 더 그러하다.

내부의 인물이지만 형상화의 주요 대상은 서술자가 관찰하는 인물로서
㉣의 경우 서술자의 늙은 남편이 이에 해당한다. 그래서 서술자의 관찰
대상 인물인 늙은 남편은 서술자가 바라보는 시각 내에서 서술자의 이
익의 시점에 따라 형상화되고 있다. ㉣의 서술자가 관찰해서 소개하고
있는 늙은 남편은 처음에는 남편 대접조차 받지 못하는 원수로 형상화
되고 있다. 그러다가 아래에서 보듯이 서술자는 하늘이 정한 운명이라
생각하고 마음을 고쳐먹고서 남편을 다시 보게 된다. 이것은 ㉣의 서술
자가 바라보는 대상인물은 동일하지만 그 인물을 바라보는 서술자의 이
익의 시점이 변함에 따라 인물형상화가 달리 이루어짐을 나타내 주는
한 예가 될 것이다.

> 하날이 나를 내여 저 양반 모시라고
> 명상에 분부 나려 철판에 일홈 사겨
> 이집에 만냈으니 독에 든들 면할소냐
> 생각하면 자탄이라 수원수구 하잔말고
> 불쌍한 저 늙은이 내 어찌 잊을손고
> 다시 마음 고처 먹어 저 노인 귀키 보자

〈원한가〉

　이상으로 서사가사에 드러난 서사성을 주로 서술자의 측면에서 살펴
보았다.

3. 서사가사의 갈등구조

여기서는 서사가사의 갈등구조에 대해 살펴보고자 한다. 서사가사 작품들 중 소설과의 교섭 양상이 나타난 경우와 그렇지 않은 경우의 두 부류로 나누어서 논의를 전개시키고자 한다. 이러한 논의를 통해 서사가사의 갈등구조 역시 소설의 그것 못지않게 두드러진 특징을 지니고 있음을 밝히는 것이 목적이다.

1) 장르 교섭이 나타난 서사가사의 경우

우선 소설의 갈등구조에 대해 간략히 살펴보는 것이 순서일 것이다. 소설에 대한 규정은 소설이론을 펴는 사람마다 같을 수 없고 경우에 따라 상당한 차이가 있을 수 있다.[80] 그러나 다양한 소설이론들의 차이를 인정하더라도 소설장르를 관통하는 일반적 원리가 존재함을 부정할 수는 없다. 그러므로 본고는 소설에 내재하는 일반적 원리 중 특히 서사적 갈등구조를 살펴보는 데 국한한다.

소설은 '허구적' 서사체이다. 소설은 架空虛構之說에 의해 진실성을 추구하는 작품이다.[81] 물론 소설만이 허구적 서사체이지는 않다. 하지만 허구를 구조화하는 방식에서 소설은 여타의 허구적 서사체와 구별된다.

---

[80] 소설에 대한 다양한 이론의 존재는 소설이 지니고 있는 雜居性에서 기인한다. 그래서 소설은 서간체도, 기록체도 소설의 가능성 안에 포함될 수 있으며, 비소설인 시의 가능성마저 빼앗아 자기의 것으로 할 수 있는 무한한 가능성을 지니고 있다. 소설의 雜居性에 대한 논의는 김광순, 「고소설의 개념」, 한국고전소설편찬위원회 편, 『한국고전소설론』, 새문사, 1992, 18~19면 참조.

[81] 소설이 架空虛構之說에 의해 진실성을 추구하는 작품이라는 개념은 조동일, 『한국소설의 이론』, 지식산업사, 1989, 69~78면에서 검토된 바 있다.

허구를 축조하는 소설 고유의 방식은 주인공과 그를 둘러싼 세계와의 심각하고도 구체적인 얽힘을 통한 지속적 갈등의 전개에서 찾을 수 있다. 조동일은 이를 '자아와 세계의 상호우위에 입각한 대결'이라고 하였는데, 이는 소설장르의 구조적 특성을 잘 드러내 준 것이라 할 수 있다.[82] 소설은 이처럼 그 고유의 서사적 갈등 구조를 지니기에 주인공과 관계하는 상대역이 존재론적 무게를 가지면서 중시된다.[83] 이때 상대역은 단수든 복수든 상관없지만, 중요한 것은 그가 단순히 주인공의 보조역이 아니라 주인공과 맞먹는 위치에 선다는 사실이다. 그러기에 갈등은 '일시적'이거나 '우연적'일 수 없고, '지속적'이고도 '심각한' 양상을 빚는다.[84]

이러한 소설의 서사적 갈등구조와 관련시켜 볼 때, 서사가사의 경우는 어떠한가라는 물음을 던질 수 있다. 이러한 물음에 대한 답변을 마련하기 위해서 우선 몇 가지 예비적 고찰을 거칠 필요가 있다.

E. M. 포스터는 '왕이 죽었고 그 후에 왕비가 죽었다'는 단지 하나의 '이야기(단순한 연대기라는 의미에서)'일 뿐이라고 주장한다. '왕이 죽었고 그 후 슬픔으로 왕비가 죽었다'는 플롯이다. 왜냐하면 거기에는 인과성이 부과되어 있기 때문이다.[85] 그러나 흥미로운 것은 인간의 마음이 항용 구조를 추구하며 필요에 따라서는 구조를 만들어 내기도 한다는 것이

---

82 조동일, 위의 책, 127~132면.

83 서사물의 진행에는 갈등이 큰 역할을 한다. 갈등의 양상에는 인간과 외부적인 힘과의 갈등, 인간과 또 다른 인간이 벌이는 갈등, 자신의 내면세계의 갈등 등의 세 가지로 크게 나누어 볼 수 있다. 이에 대해서는 C. Brooks · R. P. Warren, 안동림 역, 『小說의 分析』, 玄岩社, 1985, 237~238면 참조. 그러나 대부분의 소설 연구자들이 인간과 또 다른 인간이 벌이는 갈등에만 국한하여 논의를 하고 있기 때문에, 불가피하게 여기서도 우선 이를 기반으로 하여 서사가사의 갈등구조를 살펴보도록 한다. 사실 갈등의 세 가지 양상은 '자아와 세계의 상호우위에 입각한 대결'에서도 이미 내재되어 있는 사실이다.

84 이상의 소설이 지니고 있는 서사적 갈등구조에 대해서는 박희병, 『조선 후기 전의 소설적 성향 연구』, 성균관대 대동문화연구소, 1993, 48~50면 참조.

85 E. M. 포스터, 이성호 역, 『소설의 이해』, 문예출판사, 1993, 96~97면. 포스터는 '이야기'와 '플롯'의 차이를 설명하기 위해 이 예문을 들고 있다. 그러나 포스터가 내세운 '인과성'에 의한 이야기와 플롯의 차이는 고전적인 설명에 불과하며, 최근의 경향은 포스터의 견해에 대해 회의적인 쪽으로 기울어지고 있는 것이 사실이다.

다. 달리 지시되어지지 않는다면 독자들은 '왕이 죽고 왕비가 죽었다'라
는 말조차도 인과적 고리를 나타내는 것으로, 즉 왕의 죽음이 왕비의 죽
음과 관련 있는 것으로 추측하려고 할 것이다. 이것은 시각적인 영역에
서 일관성을 추구하는 것과 동일한 정신기제 하에서 일어나는 것으로
써, 인간은 선천적으로 생경한 지각 내용을 인지의 대상으로 바꾸려 하
는 경향이 있는 것이다. 그래서 어떤 사람은 순수한 '연대기'는 불가능하
다고 주장하기도 한다. '왕이 죽었고 그후 왕비가 죽었다'와 '왕이 죽었
고 그후 슬픔으로 왕비가 죽었다'의 서사적 차이는 표면적인 단계에서
의 명료함의 정도에 불과하다. 심층적 구조의 단계에서 양자는 모두 인
과적 요소를 가지고 있다. 독자들은 그 요소를 이해하거나 보충한다. 즉
독자들은 왕비의 죽음이 왕의 죽음 때문이라고 추측한다. '~때문에'라
는 것은 말의 의도적인 성격을 포함하여 세계에 대한 일상적인 추정을
통하여 추측되어진다.[86]

이러한 의미에서 서사적 담론은 '선별(selection)'이라는 특징을 지닌다.
'선별'은 사건과 대상들에 관해 실제로 진술할 것과 단지 암시만 할 것을
선택하는 담론의 선택적 수용성을 의미한다. 예를 들어 어떤 작품에 등
장하는 인물들은 마땅히 출생의 과정을 거쳤을 것이다. 그러나 담론에
서 그들의 출생이 언급될 필요는 없으며, 다만 10살이나 25살, 혹은 50살
등 그 담론의 목적에 부합하는 때로부터 그의 삶에 대한 기록을 취하면
된다. 그러므로 어떤 의미에서 이야기는 상상할 수 있는 모든 세부의 총
계, 즉 물리적 세계의 일상적 법칙에 의해 투영될 수 있는 모든 것을 전
제로 하는 사건들의 연속체이다. 이러한 연속적인 세부적 추론들은 실
질적으로 단지 개개의 독자에 의해서 행해지는 것이므로 해석상의 차이
를 위한 여지는 남아 있는 것이다.[87] 독자들은 그들이 텍스트를 통해 경
험한 것을 처리해야만 한다. 독자들은 여러 이유로 해서 언급되지 않은

---

86   S. 채트먼, 앞의 책, 58면.
87   S. 채트먼, 위의 책, 35면.

채 지나치는 틈새들을 필수적인, 혹은 그에 준하는 사건들과 특징들, 물질들로 메꾸어야 한다.[88]

　결국 사건과 사건들 사이에는 일반적으로 표현되지 않는, 그러나 표현될 수 있는 실제로 상상 가능한 무수히 많은 디테일의 연속이 있다. 작가는 그가 의미의 필연적인 연속성을 밝히기 위해 충분하다고 생각한 사건들만을 취급한다. 독자들은 통상 그 주요한 의미 골격을 받아들이는 것으로 만족하며, 나머지 틈새들은 그가 평상시의 생활이나 예술적 경험을 통해 얻은 지식들로 채우는 것이다.[89]

　이상으로 논한 것을 간추리면 그것은 '現前 關係'와 '非現前 關係'라는 개념으로 요약될 수 있다. 문학 텍스트에서 관찰되는 수많은 관계의 얽힘을 '현전 관계'와 '비현전 관계'의 두 부류로 나눌 수 있다. 텍스트 안에 함께 나타나 있는 요소들 사이의 관계가 '현전 관계'이며, 한편으로는 나타나 있는 요소들과 다른 한편으로는 나타나 있지 않은 요소들 사이의 관계가 곧 '비현전 관계'이다. 이 두 부류의 관계는 그들의 성격 및 기능에 있어서 서로 다르다.[90] 그러나 이 두 부류의 구분은 사실 절대적인 것

88　이를테면 '존은 옷을 입고 비행장의 티켓 판매대로 달려갔다'는 문장을 읽을 때 우리는 예술적으로 비본질적인, 그러나 논리적으로는 필연적인 수많은 사건들이 그사이에 일어났음을 짐작한다. 또한 인물에 대해서도 똑같은 사실이 적용된다. 표현된 정보의 토대 위에서 인물들에 관한 수많은 세부적 사실들을 추가할 수 있다. 어떤 소녀가 '푸른 눈을 가지고, 금발이며, 정숙하다'고 묘사될 때, 우리는 더 나아가 그 소녀의 피부가 아름답고 깨끗하며 그녀는 부드러운 목소리를 가지고 있으며 그녀의 키는 비교적 작다는 등등의 사실들을 마음속에 떠올리게 된다.

89　S. 채트먼, 앞의 책, 36～37면.

90　참고로 '現前 關係'와 '非現前 關係'의 성격 및 기능은 다음과 같다. 비현전 관계는 의미의 관계와 상징의 관계이다. 예컨대 어떤 能記(signifiant)는 어떤 所記(signifié)를 의미하고, 어떤 事象은 다른 하나의 사상을 환기하며, 또 어떤 揷話(épisode)는 하나의 觀念을 상징하고, 어떤 다른 삽화는 하나의 심리를 그려 보인다. 반면에 현전 관계는 外形(configuration)의 관계, 구성의 관계이다. 이 경우에 있어서는 환기 작용에 의해서가 아니라 인과관계의 힘에 의해서, 事象들은 서로 엇물리고 인물들은 그들 사이에 상징 관계가 아니라 대조나 점층 관계를 이루며 단어들은 能記上의 관계로 결합된다. 이 두 부류의 관계는 여러 다양한 명칭들로 불려졌지만, 특히 언어학에서 統合的 關係(現前 關係), 系合的 關係(非現前 關係), 혹은 더 일반적으로 말해 언어의 통사적 국면, 의미적 국

은 아니다. 텍스트에는 나타나 있지 않으나 어떤 한 시대의 독자들의 집단적인 기억 속에 너무나 뚜렷하게 존재하기 때문에 실제적으로 현전 관계를 이루고 있다고 생각할 수 있는 요소들도 있고, 반대로 충분한 길이를 가진 같은 책의 부분들이 서로 너무나 멀리 떨어져 있어서 그들의 관계가 비현전 관계나 다름없는 경우도 있는 것이다.[91]

이상에서 논의를 토대로 해서 서사가사 작품을 구체적으로 분석해 본다. 먼저 〈閨中處女感嘆歌〉의 갈등구조에 대해 살펴보도록 한다. 다음은 〈閨中處女感嘆歌〉의 첫 부분이다.

송나라이 백성옥이 사대독자 고단ᄒ고
이십전이 방불ᄒ고 순기를 회석든이
삼십이 선령ᄒ고 사십이 북평사로
양양 높이 쩌서 일홈을 빗내든이
법난ᄒ 마음으로 군사이 ᄒ엿도다
금부급지 너려와서 혈망사로 잡아가니
빅발모친 양부모는 고당이서 숨지우니
저 노인 사후 종신 어느 자식 종신ᄒ고
사디독자 든신으로 빅수운진 처량하다
원혼수롤 어난뉘가 디해줄고
자식올 압이 안고 다만 여식 형지로다
마지 일홈 명일이라 나이는 십칠세요
명월온 십오시라

〈閨中處女感嘆歌〉

〈閨中處女感嘆歌〉에는 백성옥과 그의 두 딸인 명일과 명월, 그리고

면이라고 한다. 이에 대해서는 츠베탕 토도로브, 앞의 책, 34~35면 참조.
91 츠베탕 토도로브, 위의 책, 33~34면.

백성옥을 죽인 원수 김생원 등의 네 인물이 등장한다. 이 작품은 명일의
아버지인 백성옥이 김생원에 의해 죽음을 당하는 것으로 시작된다. 그
래서 작품의 전개는 아버지를 죽인 원수 김생원과 명일이라는 주인공
사이의 대결이 중심이 되고 있다. 그러나 앞서도 말했듯이 이 작품의 서
술자는 비극화된 서술자로서 명일이라는 인물을 그 가시반경의 중심에
두고서 작품을 서술하고 있기 때문에, 명일 이외의 인물에 대한 관심도
는 낮은 편이다. 그렇다고 하더라도 명일을 둘러싼 부수적인 인물들의
존재가 전혀 나타나지 않는 것은 아니다. 예를 들면 명일의 동생인 명월
의 경우가 그러한데, 명일은 아버지의 원혼을 달래기 위해 남자로 假裝
하고서 전쟁터로 나가면서 "명월이 잘잇거라 서산가즌 조타모을 침령ᄒ
여 주직하라"고 하여 명월의 존재를 언급하고 있다.[92] 백성옥이 원수 김
생원에 의해 억울하게 죽음을 당한 이래 명일이가 그 원수를 갚기 위해
전쟁터로 나가기까지의 과정동안 명일과 명월 사이에 있었던 여러 가지
일들은 상당히 축소되고 생략되어 있지만, 그 당시의 독자들에게 있어
서는 이러한 틈새는 상당부분 채워질 수 있었을 것이다. 그리고 명일과
명월 사이에 있었던 일들은 사실 작품 전체에서 볼 때 큰 비중을 차지하
는 것이 아니므로 작가는 이 부분을 과감하게 생략했을 것이다.

---

[92] 남자가 여자로 가장하는 경우 및 여자가 남자로 가장하는 경우 등의 가장 모티프는 설화
나 고전소설에서 흔히 볼 수 있다. 이는 자신의 모습을 그대로 가지고서는 이루고자 하
는 일을 달성할 수 없기 때문이라고 이해할 수 있다. 남자가 여장을 하는 경우는 대부분
이 그들이 원하는 여자와의 佳緣을 위해서이며, 여자가 남장을 하는 경우는 위기로부터
의 탈출 내지는 립신양명을 위한 목적에서이다. 이에 대해서는 김미란, 『고대소설과 변
신』, 정음문화사, 1984, 100면 참조. 〈규중처녀감탄가〉의 경우는 여자가 남장을 하는 후
자의 예에 해당되겠지만 그 양상은 좀 다르다. 이 작품의 후반부에 나오는 "대적을 만니
여서 국가를 편케하고 생원을 잡아니야 아부원수 갑팟너라. 오늘날 생각ᄒ니 국가이 충
신이고 항추편 일러내여 효도를 새워스니"라는 구절에 비춰 볼 때, 김생원은 나라의 원
수이자 주인공 명일의 개인적 원수라는 두 가지 요소가 서로 얽혀 있음을 알 수 있다. 그
래서 명일은 김생원을 죽인 후 나라의 왕비가 되는데, 이는 결과적으로 그렇게 된 것이
지 남장의 일차적 목적은 아니라고 할 수 있다. 다음에 살펴볼 가사 〈김부인열행가〉에
도 여자가 남자로 가장하는 가장 모티프가 나타나는데, 이 경우에는 위기로부터의 탈출
을 목적으로 하고 있다.

이러한 점은 주인공 명일의 상대역으로 등장하는 김생원의 경우에도
해당되는데, 김생원은 전쟁터에서 명일과의 접전 때만 그 모습이 직접
적으로 드러나고 있다.

진중에 노는양은 귀신인가 사람인가

청용도 높이 드니 억문진중 고요ᄒ다

무지훈 김성원은 졔 죽는줄 알앗스며

억만진중 여자몸올 어나놈이 알앗스며

　(…중략…)

하늘을 우려려서 원수올 가도게 ᄒ니

이몸이 대장부라 연연훈 여자로

억만군자 다혀치고 일명올 잡자ᄒ니

지조난 이을지고 용금올 흐르치니

김생원 투기장검 마하이 쩔어진다

명일이 거동 보소 칼쓰티 쮜어들고

병자연 아타원수 오날늘 갑팟도다

〈閨中處女感嘆歌〉

위에서 보듯이 명일은 남자로 가장하여 전장에서 김생원을 죽이고서
아버지의 원수를 갚는다. 명일이 아버지의 원수를 죽이기까지 그 둘 사
이에 벌어졌던 세부적 사건은 생략되거나 축소되어 있지만, 명일과 김
생원 사이의 갈등과 대립은 지속되었을 것이라는 점은 쉽게 추측할 수
있다. 이것은 이미 작품에 드러나 있는 부분을 통한 환기 작용, 즉 '비현
전 관계'에 의해서 그 틈새를 어느 정도 채울 수 있다는 것을 말해 준다.
　이러한 해석은 앞서 말한 '현전 관계'와 '비현전 관계'에 비춰 보았을
때 어느 정도 타당하며, 또한 이 작품이 그 당시의 독자들에게 전혀 낯설
지 않은 작품이라는 점도 작용을 한 결과이다. 즉 〈閨中處女感嘆歌〉는

여성영웅 소설의 일반적 줄거리를 취하고 있다고 말할 수 있는데,[93] 이러한 類의 이야기를 소설작품들을 통해 많이 접해 본 그 당시의 독자들에게 생소한 경험은 아닐 것이라는 점이다.[94]

그러므로 〈閨中處女感嘆歌〉의 예에서 보듯이 서사가사에 드러나고 있는 갈등구조 역시 소설과 견주어 보았을 때 손색이 없다고 할 수 있는데, 이러한 논의의 연장선으로 〈金夫人烈行歌〉라는 작품 한 편을 더 살펴보도록 한다.

<blockquote>

나는 고령 기아실 졈필계 자손 김낭자로

그디와 졍혼ㅎ여 호사다마 ㅎ여

이 지경 되엿시니 그간 졍곡 다 말ㅎ여

여스여희 무궁ㅎ나 디강만 고ㅎ오니

비쳔한 이몸이야 심만ㅅ 무셕죄인

관듕하신 그대 선생 고문셩디 귀공자로

일시이 져리 디여 평싱을 맛츠시니

목젼슈익 고ㅅ하고 양육ㅎ신 부모 은덕

엇지ㅎ야 갑ㅎ시며 후ㅅ을 엇지할고

여보 너말 드러보고 샤필디명 ㅎ오이다

입엇단 지가남복 가지가지 버셔니여

</blockquote>

<blockquote>

[93] 사실 〈규중처녀감탄가〉는 영웅소설의 틀에 완전히 들어맞는 작품은 아니다. 그러나 영웅을 초인적 능력을 지닌 존재이거나 초인적 능력을 발휘하는 인물로서, 개인적인 가치보다도 집단의 가치를 우선해서 실현하는 인물이라고 규정한다면 별 무리가 없을 것이라고 생각한다. 영웅 소설의 개념에 대해서는 서대석, 「英雄小說論」, 『韓國古典小說論』, 한국고전소설편찬위원회 편, 새문사, 1992 참조.

[94] 大谷森繁, 『朝鮮後期小說讀者研究』, 고려대 민족문화연구소, 1985, 120～125면에서는 19세기에 坊刻本의 유행으로 소설이 더욱 발달하였으며 서민계층과 부녀자들이 주요한 독자층으로 자리잡았다고 하였다. 또한 李源周, 「古典小說讀者의 性向」, 『韓國學論集』1～5, 계명대 한국학연구소, 1980에서는 경북 북부 지방의 고소설 독자의 성향을 조사한 바 있는데 그들은 가사도 창작했으며 傳冊을 가장 많이 읽었다고 밝혔다.

</blockquote>

곽실낭게 쩐지면서 만단정회 ᄒ난말니

이 의복은 그디 입고 그디 입은 의복을낭

나를 버셔 듀압소셔 나를 버셔 쥬옵시고

〈金夫人烈行歌〉

위에 인용한 〈金夫人烈行歌〉는 경상도 고령땅 개야실이란 마을에서 김종직의 후손 김낭자가 옥에 갇혀 처형당할 위기에 처한 남편을 구하기 위해 남자로 변장하여 옥졸을 속이고 남편을 탈옥시킨 후 자신이 대신 옥고를 치르려다 탄로가 났으나, 그 절행을 높이 평가받아 죄를 사면받게 된다는 내용의 작품이다. 이러한 이야기는 영남지방에 널리 회자되어 온 열녀설화이기도 하며,[95] 또한 이와 비슷한 이야기가 소설 〈옥낭자전〉으로도 전해지고 있다.

우선 〈金夫人烈行歌〉와 설화를 비교해 보면, 설화에는 사건 발생동기가 확연하게 나타나 있지는 않다. 또한 옥에 갇힌 남편을 구하기 위해 사내종에게 부인의 옷을 입히고 모자를 쓰게 한 점에서 차이가 난다. 그러나 처형당할 위기의 남편을 구하고자 변장하고 옥문에 이르러 옥리를 속이고 남편을 탈옥시켰다는 점에서 〈金夫人烈行歌〉와 그 구성이나 소재적 원천에서 일치한다.[96] 이 점은 소설 〈옥낭자전〉에서도 그대로 확인되는 사실이다.

---

[95] 참고로 설화를 소개하면 다음과 같다.
조관에 성이 오란 자가 장범에 걸렸는데, 형부의 판결로 다음날 처형당하게 되었다. 이에 그의 아내 허 씨가 한 사내종에게 명하여 부인의 옷을 입히고 모자로 머리를 싸고는 옥리에게 나아가 처형당하기 전에 마지막으로 남편을 한 번 보게 해 달라고 애원하자 옥리가 승낙한다. 이에 한 구석진 곳에서 울며 부부가 결별하는 것처럼 하여 수갑을 끊고 옷을 서로 바꿔 입고는 탈옥하였다. 얼마 후 옥졸들이 들어와 보니 죄인이 아니고 그 종인지라 체포하려 하였으나 미치지 못했다. 세종대왕이 그 종을 의롭게 여겨 죄를 면하게 했다. 『國譯 大東野乘』 I ('筆苑雜記' 2권), 민족문화추진회, 316~317면.

[96] 이동찬, 「가사의 텍스트 상호관련성과 '여러 목소리' 현상」, 『한국문학논총』 12, 한국문학회, 1991, 8~9면.

소설 〈옥낭자전〉과 가사 〈金夫人烈行歌〉를 비교해 보면, 지명이나 등장인물의 인명 등의 세부적인 점에서는 서로 차이가 나지만, 그외의 기본적 사건 전개 양상은 일치하고 있다. 앞의 설화와는 달리 소설 〈옥낭자전〉과 가사 〈金夫人烈行歌〉는 모두 남편이 옥에 갇히게 된 상황이 자세히 드러나 있으며, 그러한 상황 자체도 역시 동일하다. 즉 남편은 혼인날 신부집으로 가던 도중 그 지방 사람에게 능욕을 당하고서 결국은 그를 죽이자 옥에 갇혀 위기를 맞게 된다. 또한 그러한 위기를 모면하기 위해 신부가 남자로 변장하여 남편을 구하고, 그 절행을 높이 평가받아 죄를 사면받게 된다는 점에서도 일치한다.

위에서 고찰한 것처럼 가사 〈金夫人烈行歌〉와 소설 〈옥낭자전〉은 사건 전개 양상과 갈등 구조에 있어서는 서로 일치한다고 할 수 있는데 다만 가사 〈金夫人烈行歌〉의 경우는 비극화된 서술자가 주로 김낭자를 중심으로 서술하고 있기 때문에 옥에 갇힌 남편의 존재는 상대적으로 약화되어 나타나고 있을 뿐이다. 그렇지만 이 점이 작품의 갈등 구조를 약화시키는 데까지는 나아가지 않는다. 〈金夫人烈行歌〉에서 감옥으로 대표되는 세계와 주인공 김낭자 사이의 대결은 소설 〈옥낭자전〉의 그것 못지않게 치열한 양상을 보여준다고 할 수 있다.

失傳 판소리의 하나인 〈왈자타령(무숙이타령)〉의 사설 정착본으로 판단되는 국문소설 〈게우사〉[97]는 가사 〈戒友詞〉라는 이름으로도 전해지고 있다.[98] 이 두 작품은 그 내용에 있어서 상당히 유사한 부분이 많다. 두 작품 모두 기본적으로 방탕한 인물을 중심으로 이야기를 전개하고 있다. 소설 〈게우사〉는 '무숙이'라는 탕아와 '의양'이라는 기생을 주인공

---

[97] 김종철, 「무숙이타령(왈자타령) 연구」, 『한국학보』 68, 일지사, 1992. 김종철이 『원광대학교 박순호 교수 소장본 한글필사본 고소설 자료총서』 1(1985)에 영인 수록된 자료를 주석하고 간단한 해제를 붙여 『한국학보』 65, 일지사, 1991에 발표하였다. 본고는 『한국학보』 65에 실린 자료를 참고한다.

[98] 소설 〈게우사〉와 가사 〈계우사〉의 영향관계는 최원오, 「〈무숙이타령〉의 형성에 대한 고찰」, 한국구비문학회 하계 연구발표회, 1994에서 자세하게 고찰하고 있다.

으로 내세워 두 인물 간의 갈등과 대결 양상을 자세하게 그리고 있다. 이 작품은 탕아 무숙이를 개심시키기 위해 기생 의양이가 온갖 계략을 꾸미는 것이 主를 이루고 있다. 그리고 가사 〈戒友詞〉는 구체적 이름은 없이 등장하는 한 탕아의 행적과 개과천선을 그리고 있다는 점에서 소설 〈게우사〉와 동일한 내용의 작품이지만, 소설 〈게우사〉에 나오는 기생 의양의 역할이 가사 〈戒友詞〉에는 뚜렷이 드러나지 않고 압축적으로 보여지고 있다는 점에서 약간의 차이가 있다. 그러나 이것은 어디까지나 표면적으로 드러난 부분의 차이일 뿐이며, 결국 심층 차원에서는 동일하게 읽혀질 수도 있음을 말해준다.

一年二年 三四年에 家産이 蕩盡ᄒ니
쥬는것 업셔지고 입는거 減ᄒ지니
져년들의 擧動 보소 만ᄂ보면 內色ᄒ고
잇다감 헷셩너여 面鏡石鏡 드더지며
슬민 擧動 얼인 즈슬 보도 실코 듯도 실타
온갓즈로 鼻揚ᄒ고 百가지로 忿望ᄒ며
흔노리로 긴밤 실가 쥴인 쮕의 창이런가
盜賊幕에 上直인가 典當 줍은 燭臺런가
써근 남긔 박휜 끌가 안고이지 아니는가
이러틋 핀잔 쥬고 져러틋 눈 쇼기고
 (…중략…)
痛忿코 잇달거든 참다가 못 참아
츔 밧타 숀에 쥐고 셩결의 일은 말이
이년드라 드러보라 닉 흔말 ᄒ올리라

〈戒友詞〉

위에서 보듯이 가사 〈戒友詞〉에서 재산을 다 탕진한 탕아는 기생들이 외면하는 모습을 보고서 푸념을 털어놓는다. 이 작품의 서술자는 비극화된 비전환 서술자로서 가시반경 안에 탕아라는 인물만을 두고서 서술하기 때문에 기생들의 모습은 이 탕아의 시점에서 그려지고 있다. 그래서 기생들이 탕아에게 행한 자세한 사정은 나타나지 않고 다만 그 드러난 외면하는 모습만 볼 수 있을 뿐이다. 결국은 개심한 탕아가 '大富 는 在天이요 小富 는 在勤이라'면서 재산 모으기에 힘을 쓰는 걸로 이 작품은 끝을 맺는다.

소설 〈게우사〉에서 무숙이는 재산을 다 탕진한 뒤, 기생 의양이의 중놈으로 들어가 온갖 박대를 받는 장면이 나온다.

> 무숙이 긔ㄱ 막켜 '니졔는 ᄂ 죽넌다' 비상을 ᄰ셔 들고 머그랴다 싱각ᄒ니, '니 아모리 이 지경의 지쳬을 논지ᄒ니 ᄋ여ᄌ 게집으로 즁부의 니ㄱ 되여 ᄉ약치ᄉ ᄒ단 말린야. 에 ᄋ셔라, 예 잇다 명이 지려 져 연놈덜 되넌거슬 니 목젼의 보리로다. 유원포훈은 유월의도 셔리치고 즁부의 독ᄒ 마음 슴지구환 면ᄒᆯ손냐. 이 비상 두어ᄰㄱ 옴징니ᄂ 쥬리로ᄃ.' 옹슝이고 안져던니 과연 김별감니 드러온니 의양니 니다르며 밋쳐 발광 영졉을 ᄒ년듸 김별감의 허리을 담슉 안으며 바드득 졸ᄂ 보고 목을 안쏘 홍 거리며 두 낫슬 ᄒ틔 더고 축살마진 농담을 ᄒ며 이지중지 노는그동, 무슉니 보고 긔가 막켜 부억간의 의지ᄒ야 즁두바통 벼기 슴고 농슘즁 덥고 누워 폭 셔근 간즁의셔 부리ᄂ 두 눈니 물게 되고 분심니 돌츌ᄒ냐 속을 늘켜
>
> 〈게우사〉

무슉이가 애지중지하던 기생 의양이가 자신을 박대하자 비상을 먹고 죽을 결심을 누차에 걸쳐 하는 모습이 자세히 묘사되어 있다. 이렇게 방탕한 인물이 재산을 탕진한 뒤, 기생에게서 박대를 받으며 개심하게 되는 장면은 소설 〈게우사〉와 가사 〈戒友詞〉에 모두 보이며, 이 부분이 이 두 작품에 있어서는 빼놓을 수 없는 중요한 부분이다. 그것은 방탕한 생활을 하던 주인공이 이 부분에서 자신의 과거를 반성하고 회심의 눈물

을 흘리며, 기생과의 갈등이 첨예하게 드러나고 있다는 점에서 작품 전체의 전환점과 절정에 해당하기 때문이다. 한 방탕한 인물이 개과천선하기까지의 과정을 그리고 있는 가사 〈戒友詞〉와 소설 〈게우사〉에서 우리는 주인공과 그를 둘러싼 기생들 사이의 갈등과 대결을 어느 정도 감지할 수 있다.

이상으로 '현전 관계'와 '비현전 관계'에 입각하여 서사가사 작품들에 나타나고 있는 갈등구조를 소설의 그것과 대비하여 살펴보았다. 여기서의 논의는 주로 인물과 또 다른 인물과의 갈등에 국한하였음을 밝혀 둔다. 따라서 논의의 폭을 넓혀 갈등의 세 가지 양상을 포괄적으로 다루는 것이 바람직할 것이다.

2) 장르 교섭이 확인되지 않은 서사가사의 경우

앞서도 말했듯이 소설의 갈등구조는 다른 서사물과는 구별되는 특징을 지니고 있다. 그것은 단적으로 '자아와 세계의 상호우위에 입각한 대결'로 표현할 수 있다. 그러나 이 경우 '자아'라는 용어 개념이 일관적으로 작품 주인공을 의미하는 데 반해 '세계'라는 용어는 편의에 따라 그 의미가 변용된다는 지적[99]에 의한다면, 갈등의 양상은 크게 인간과 외부적인 힘과의 갈등, 인간과 또 다른 인간이 벌이는 갈등, 자신의 내면세계의 갈등 등의 셋으로 나누어볼 수 있음은 이미 밝힌 바 있다. 그러므로 여기서는 장르 교섭이 확인되지 않은 서사가사 작품들을 대상으로 하여 그 갈등의 양상을 살펴보도록 한다.

먼저 인간과 외부적인 힘과의 갈등이 두드러지고 있는 〈화전가〉와 〈甲民歌〉를 살펴본다. 〈화전가〉의 주인공인 덴동어미와 〈甲民歌〉의

---

[99]　이상택, 앞의 글, 202~203면.

등장인물인 甲山民은 모두 한 개인으로서는 어찌할 수 없는 외부의 막강한 힘에 의해 희생당하는 인물로 나온다. 그것은 개인적인 적대자와의 대립이 아니라 〈화전가〉에서는 뎬동어미 자신이 인식하고 있는 대로 말하자면 '운명'이라는 거역할 수 없는 외부적인 힘으로 나타나며, 〈甲民歌〉에서는 '지배층의 학정'으로 표현되고 있다. 〈화전가〉의 뎬동어미에게 지워지고 있는 '운명'의 횡포는 구체적으로 말하자면 거듭되는 喪夫와 그로 인한 경제적인 궁핍으로 드러나고 있으며, 〈甲民歌〉의 甲山民에게 드리워진 '지배층의 학정'은 1인이 13인분의 身役까지 부담해야 할 정도로 문란해진 족징의 폐단과 수취제도 전반의 문란현상으로 구체화되어 나타나고 있다.

〈화전가〉에서 뎬동어미는 세 번 改嫁하고 네 번 喪夫한다.[100] 첫 번째 남편은 단오날 그네를 타다가 그네줄이 끊어져 목숨을 잃고 만다. 첫 번째 喪夫는 사실 우연적으로 초래된 것이다. 그러나 뎬동어미의 파란만장한 삶이 바로 이 첫 번째 결혼에 실패하는 데서 비롯된다는 사실에 주목한다면, 이것은 뎬동어미 자신도 아직 인식하지 못한 운명의 횡포가 서서히 그 힘을 발휘하는 부분임을 알 수 있다. 뎬동어미의 두 번째 남편은 경상도 상주땅 李吏房네이다. 그러나 결혼한 지 3년 만에 吏逋로 인해 집안이 몰락하고, 그 후 괴질로 그 남편마저 잃고 만다. 뎬동어미의 두 번째 喪夫는 간접적으로는 吏逋로 인한 시집의 몰락과 遊離乞食으로부터 초래되었다고 할 수 있으며, 직접적으로는 괴질로 인한 것이다. 다시 개가한 뎬동어미는 세 번째 남편 역시 산사태에 의해 잃어버리고, 네 번째 남편은 엿을 고다가 불이 나서 죽고 만다. 뎬동어미의 삶이 보여주는 그 간난함과 기구함은 당대 하층여성의 처지와 운명을 그 극단에 있어 보여주는 것이라 할 수 있다. 결국 뎬동이를 등에 업고 40년 만에 뎬동어미는 고향을 다시 찾아온다. 물론 〈화전가〉에도 족징의 폐단으로

---

100 〈화전가〉에서 뎬동어미가 겪은 기구한 삶이 지닌 의미에 대해서는 박혜숙, 「여성문학의 시각에서 본 〈뎬동어미화전가〉」, 『인제논총』 8(2), 인제대, 1992 참조.

고통받는 모습이 보이기는 한다. 그러나 그것도 궁극적으로는 운명의
횡포 중의 하나에 불과할 뿐이다. 왜냐 하면 그 피해자인 덴동어미 자신
이 그것조차도 운명 탓으로 돌리고 있기 때문이다.

〈화젼가〉

운명에 대항하여 억척스럽게 살았던 덴동어미이지만 40년 만에 찾아
온 고향길에서 그녀는 "첫지낭군 죽乙 쩨예 나도 훈가지 죽어거나 사더리도
슈졀ᄒ고 다시 가지나 마라더면 산乙 보아도 북그럽잔코 져시 보아도 무렴
찬치"라고 독백하면서, 일가친척이나 남들에게 욕먹을 것을 걱정한다.
　〈甲民歌〉의 甲山民은 자신에게 부당하게 부과된 身役을 어떻게 해서
라도 채워 넣으려고 안간힘을 다 쓴다. 그래서 폭설에도 불구하고 狁皮山
行을 나서며 田土家藏을 盡賣하여 모은 돈을 가지고 관청에 찾아간다.

우리 스도 분부니의 각 됴군의 데신역을
돈피외예 붓디 몰라 관령녀츳 디엄ᄒ니
ᄒ릴업서 퇴ᄒ놋ᄃ 돈 ᄀ디고 믈너ᄂ와
원뎡 디어 발괄ᄒ니 믈위번소 뎨ᄉᄒ고
군노댱교 치ᄉ 노아 셩화ᄀᆺ티 지촉ᄒ니
노부모의 원힝치댱 팔승네필 두엇더니
팔양돈을 비러붓고 파라다가 치와닛니
오십녀냥 되거고야 숨슈각던 두로도라
니십뉵댱 돈피ᄉ니 십여일 댱근이라
셩화ᄀᆺ툿 관ᄀ분부 ᄎ디ᄌᄫ ᄀ도왓니
불상홀ᄉ 병든 텨ᄂᆫ 영오듕의 더디여셔
결항치ᄉ ᄒ단말ᄀ

〈甲民歌〉

  身役을 바치러 관청에 찾아간 甲山民은 "각됴군의 데신역을 돈피외
예 붓디몰라"는 고을 수령의 부당한 명령에 반발하여 의송을 올리지만
무시당하고 만다. 지배층의 횡포가 더욱 가중되고 있는 부분이다. 이러
한 횡포를 못 이겨 甲山民의 병든 처는 結項致死하기에 이르런다. 결국
은 遊離할 수밖에 없다는 甲山民은 당대 지배층의 횡포와 수취제도의
문란에 적극적으로 대항한 인물이지만 그 횡포에 희생이 되고 만다.
〈화전가〉와 〈甲民歌〉에서 보듯이 이 작품들에는 주인공과 외부적 힘과
의 갈등과 대결이 구체화되어 나타나고 있으며, 그 갈등의 정도 역시 심
각하게 표출되고 있음을 알 수 있다.
  다음으로 〈申哥傳〉이라는 작품을 살펴볼 필요가 있다. 이 작품에는
인간과 또 다른 인간과의 갈등과 대립이 두드러지고 있다고 할 수 있다.
이 작품에는 고자신랑을 만나 결혼에 실패하고 削髮爲僧하여 불행한 일
생을 살다간 여인과 좋은 사윗감을 고르려고 동분서주하다 고자 사위를

맞아 화병으로 죽은 과부 '한님딕', 그리고 자신의 불구를 숨기고 재산을
탐내어 부잣집 무남독녀에게 장가온 고자신랑 등의 세 명의 인물이 등
장한다. 이 작품은 모순된 결혼제도가 그 이면에 작용하고 있지만, 구체
적으로 고자신랑이라는 한 개인을 내세워 그 갈등을 다루고 있다는 점
에서 인간과 또 다른 인간과의 갈등 양상에 속한다고 할 수 있다.

> 스회만 골나시면 죽어도 눈을 감고
> 너집이 유족하니 혼슈 걱정 바히 업다
> 여류세월 무졍하여 쏠의 나히 십육세라
> 더스를 못 졍하니 쥬야로 죄민하다
> 익통방골 고즈놈이 이 소문 좀간 듯고
> 지물을 협비하여 좌우로 통혼할제
> 말 즈하는 미파들이 날마다 뫼야들제
> 만슈산의 구롬 못듯 청산서 안기 못듯
> 온가지로 꾀이면서 스외일 부즈 즈랑
> 빅단으로 션이난양 눈의 맛고 귀예 든다
> 니 무움 흡족하니 결단코 허락하즈
> 더스롤 완졍하니 즐겁기 그지업다

〈申哥傳〉

　대대로 淸宦巨族으로 문벌을 자랑하는 '한님딕'은 자신의 외동딸에
걸맞는 사위만 얻는다면 재산을 모두 줄 것처럼 생각하고 있다. 이러한
소식을 접한 고자놈이 奸計를 꾸며 기어코 사위감으로 선택되도록 한
다. 오로지 재산을 탐내고 달려드는 고자놈을 사위로 맞아들인 '한님딕'
은 그 실상을 직접 보고서는 어처구니 없어한다.

> 골나어든 니 스회가 저더도록 괴약하고

쥬셔국을 먹엇는가 누루기는 무슴일고

 (…중략…)

손벽 치고 다보니 한심ᄒ고 통분ᄒ다

주먹얼 놉히 들어 가슴을 두다리며

이니 몸 몬져 죽어 져런 꼴 보지 말자

일신을 부드치며 미롤 안고 잣바지니

일가친척 다라 들러 말이면서

늘그니는 눈물코물 저무니난 우슴빗치

신부 보고 신낭 보니 신부팔즈 불샹ᄒ다

홍졍이라 물너니며 업친 물을 담을손가

〈申哥傳〉

이것은 주인공의 어머니가 기대에 부풀어 혼인날을 기다리다가 사위가 바라는 인물이 아님에 크게 실망하여 소란을 피우고 잔치는 파경에 이르게 되는 과정을 상세하게 묘사하고 있는 부분이다. 여기서 '한님덕'은 큰 실망감을 표시하고 노골적으로 고자사위에 대한 적대감을 표시한다. 결국은 '한님덕'은 화병으로 죽게 되는데, 임종 시에도 "고자신랑 밧비좃츠 제집으로 보니여라 넘치업난 놈이로다 젼셩의 원수런가 제몸이 츠거든 고즈힝세 긴이ᄒ지 내쳔의 지원극통 어니ᄒ여 끼쳐는고 인돌을ᄉ 니팔즈야"라고 하면서 그 울분을 이기지 못하고 터뜨리고 있음을 볼 때, 두 인물 간의 갈등과 대결의 정도를 충분히 가늠할 수 있다.

마지막으로 자신의 내면세계의 갈등 양상에 대해 살펴본다. 이에 속하는 작품으로 〈寡婦歌〉를 들 수 있는데, 출가한지 보름 만에 남편을 잃은 15세 청상과부가 극화된 서술자로 등장하여 자신의 내면세계의 갈등을 토로하고 있는 작품이다. 이 작품에는 관념적 질곡에 억눌렸던 본성의 문제가 부각되어 있다.

十五歲 잠간이라 百年佳約 定할젹에
오며가며 媒婆로다 禮狀 온지 보름안에
발셔 新郎 온단말가 花燭이 다 盡흔後
 (…중략…)
百藥이 無效ㅎ야 一分效驗 全혀 업다
可憐흔 이니 一身 胸腹痛이 니러는다
華陀가 更生ㅎ고 扁鵲이 살아는들
一朝에 우리 郎君 죽을 命을 살을손가
出嫁흔지 보름 만에 靑春紅顔 寡婦로다

〈寡婦歌〉

　뜻밖에 어처구니 없는 일을 당한 주인공의 슬픔은 "前生에 무슴罪로
이니몸 女子되여"라고 하면서 자신이 여자로 태어난 것조차도 원망할
정도로 크다. 슬픔을 잊기 위해 주인공은 화류구경도 하고 친구 벗도 찾
아가며, 잠 못 들어 전전반측하는 밤에 諺文古談을 읽기도 하지만 아무
소용이 없다. 결국은 삭발하고 불교에 의탁하려고 하나 '시집도 兩班이
고 친정도 風官'이라는 신분 때문에 그 역시도 실행에 옮기지 못하고 만
다. 이러한 점으로 미루어 볼 때, 15세 청상과부가 감히 개가할 엄두도
못 내고 더구나 削髮爲僧하여 현실의 괴로움을 잊는 것조차도 하지 못
하는 근본적인 이유는 바로 재가금지와 신분제사회의 속박인 것이다.

이 肝臟 둘디 업셔 친고벗을 츠즈가니
이 집도 家長잇고 져 집도 家長인네
琴瑟을 닛즈ㅎ고 削髮爲僧 ㅎ즈ㅎ니
싀집도 兩班이요 親졍도 風官이라
家門을 혜아리니 削髮爲僧 어려워라
아마도 모진 人生 못 죽어 寃讐로다

〈寡婦歌〉

　　인간적 본성과 관념적 질곡 사이에서 심한 갈등을 토로하는 주인공은
함께 밤을 새우자고 이웃 할미를 부른다. 그러나 현실적인 가치관을 우
위로 하여 개가를 적극 권유하는 이웃 할미의 등장으로 인해 청상과부
의 마음은 결국 재가 쪽으로 기울어진다.

> 長長秋夜 긴긴 밤에 洞里할미 불너다가
> 녯말노 벗을 슴아 밤 시오즈 言約ㅎ니
> 그 할미 흉망ㅎ야 改嫁가라 ㅎ는말이
> 靑春少年 白髮 되면 다시 졈지 못ㅎ리라
> 아모긔네 쏠아기 改嫁ㅎ셔 平安ㅎ지
> 늙은 몸 즈리 되여 兎公先生 못 속인다
> 世上事 싱각ㅎ니 夫婦밧게 쏘 잇는가
> 이닌 말슴 責妄 말고 後日예는 接待ㅎ리
> 無情歲月 如流ㅎ여 玉鬢紅顔 졀노 늙네
> 할미년의 符同으로 霜雪갓치 미온 마음
> 봄눈갓치 푸러지매 암만히도 못 참겟네

〈寡婦歌〉

　　이 작품에서 주인공은 처음에 자신의 처지를 심각한 문제 상황으로
인식하지만 정면으로 대결하기보다는 다른 위안거리를 찾으면서 회피
하려고 한다. 그러나 관념과 현실, 명분과 실제 사이의 대립이 점점 심
화되자 주인공의 갈등도 더욱 깊어진다. 그래서 삭발위승을 생각하기도
하고 목숨을 끊을 각오까지 해보지만 실질적인 해결책은 되지 못한다.
주인공이 가장 절실히 필요로 느끼는 것은 배우자 확보라는 현실적인
문제이지만, 이러한 문제를 해결하기 위해 주인공은 적극적으로 모색하
기 보다는 소극적으로 이웃 할미의 입장을 통해 재가의 타당성을 획득
하려고 한다. 주인공의 소극적 성격은 곧 "할미년의 符同으로 霜雪갓치

미온마음 봄눈갓치 푸러지매 암만힉도 못참겟네"라는 주인공의 말에서 짐작할 수 있다.

〈寡婦歌〉에서 보이는 인물의 내면세계의 갈등 양상은 〈칠석가〉, 〈비쳐가〉, 〈청춘과부가〉 등의 서사가사 작품들에서도 두루 나타나고 있다. 이 작품들에 등장하는 인물들은 모두 과부이며, 관념적 질곡과 인간적 본성 사이에서 심한 갈등을 토로하는 인물로 제시되고 있다.

이상으로 갈등의 측면에서 서사가사 작품들을 살펴보았다. 그러나 한 가지 더 해결해야 할 문제가 남아 있다. 그것은 〈우부가〉, 〈용부가〉, 〈복선화음가〉, 〈나부가〉 등의 작품들은 어떻게 처리할 것인가의 문제이다. 이 작품들의 경우, 작품에 드러나 있는 내용만을 놓고 본다면 사실 갈등의 흔적을 찾을 수가 없다. 작품에 드러난 문면 그대로를 쫓아 해석한다면, 〈우부가〉의 세 愚夫들과 〈용부가〉의 '쌩덕어미', 〈복선화음가〉의 '괴똥어미', 그리고 〈나부가〉의 게으른 '금세부인' 등의 庸婦들은 심각한 내적인 고민이나 갈등 없이 방탕하고 부덕한 행위만을 일삼고서 패가망신하는 인물들로 받아들여진다. 그러나 작품에 대한 객관적 해석의 타당성을 확보하기 위해서는 작품을 둘러싸고 있는 제반 요소를 최대한도로 반영하는 것이 전제되어야 한다. 객관적 해석의 원리를 설정하기 위해 작품을 둘러싸고 있는 요소를 임의적으로 축소하거나 제한하는 것은 이미 그 순간 작품 해석에 대한 이론 제기의 여지를 남겨 놓게 된다.

그러므로 작품의 전체적 의미는 '문화적 의미망'의 재구성이라는 추가적 처리를 통해서야 비로소 나타난다는 것을 인식해야만 한다.[101] 무엇보다도 문화적 의미망하에서 이해되어야 할 것은 텍스트의 문학사

---

[101] '문화적 의미망'이란 독자에게 주어진 상황이나 선경험을 말한다. 이것은 한 편의 문학작품을 제대로 이해하기 위해서는 그러한 문학작품이 산출된 그 당시의 역사적·문화적 상황이나 그 작품과 관련을 맺고 있는 다른 작품들과의 관련양상을 제대로 파악해야 함을 의미한다.

적·일반사적·사회적 등등의 의사소통의 실재에서 귀결되는 해석도
구로서 의미분석시에 참작되어야 할 모든 의미인자들인 것이다. 왜냐하
면 텍스트는 분명히 그런 의미인자들과 관련을 맺고 있으며 따라서 그
것들에 대한 본질적인 측면에서의 지식 없이는 텍스트가 이해될 수 없
기 때문이다. 그러나 텍스트 이해의 조건을 좀 더 좁힐 필요가 있는데,
그것은 텍스트가 필히 스스로 증명할 수 있는, 즉 간주관적으로 인식할
수 있는 지시체들과 조정장치들을 지녀야만 한다는 점이다.[102] 이런 것
들은 원래의 준거집단에 속하는 독자들로 하여금 특정 관념들과 사태들
을 실현할 수 있게끔 작용하여 그들에게 텍스트를 이해할 수 있도록 해
주며 따라서 이해를 통한 해석자들의 재구성작업도 역시 가능하게 해주
는 것이다.[103]

　이상의 논의는 '共示義(Konnotation)'와 '外示義(Denotation)' 개념을 설정
하기 위한 일반적 고찰에 지나지 않는다.[104] 이에 따르면 記標와 記意 관
계의 첫 번째 층위(외시의적 층위)와 첫 번째 층위의 도움으로 형성되는 두
번째 층위(공시의적 층위)를 구분할 수 있는데, 여기서 前者(첫 번째 층위인
외시의적 층위)가 後者(두 번째 층위인 공시의적 층위)의 기표가 됨으로써 새로
운 기의가 생겨나는 것이다. 그러므로 '공시의'를 "기표가 제도적으로 수
용자의 기억에 불러일으킬 수 있는 모든 문화적 단위들의 총합"이라고
정의할 수 있는데, 공시의의 운반체는 개별적인 단어, 전체단락, 행위의

102　텍스트 이해의 조건이란 텍스트를 둘러싼 일반적 성격의 정신사적·문화사적·역사
　　적·사회적 등등의 사실들을 말하는데, 이러한 조건의 범위를 무한정 넓히다 보면 전혀
　　무관한 해석을 낳을 수도 있으므로 여기서는 우선 텍스트 자체 내에서 추출할 수 있는
　　사실의 정도로 한정시킨다.

103　허창운 편, 『현대문예학의 이해』, 창작과비평사, 1989, 153~154면.

104　'共示義(Konnotation)' 개념은 덴마크의 언어학자인 옐름슬레브에 의해서 언어학에 도입
　　되었다. 옐름슬레브는 '外示義的(denotativ)'이라고 불리는 제1층위의 기호체계와 제1체
　　계 위에 중층적으로 겹치는 '共示義的(konnotativ)'이라고 불리는 제2층위의 기호체계를
　　구별했다. 이것을 롤랑 바르트(Roland Barthes)가 기호학의 체계적 개념으로 발전시켰는
　　데, 본고의 개념은 이것을 따르기로 한다. 이에 대해서는 허창운 편, 위의 책, 164면 참조.

연속, 혹은 전체작품이 될 수도 있으며 더 나아가서 텍스트가 공시의적으로 층위를 이루어서 외시의적 의미는 거의 완전히 공시의적 의미 뒤로 물러서게 되는 경우도 생각해 볼 수 있다. 이러한 상황을 도식으로 나타내면 다음과 같다.[105]

			기호	
공시의 층위	2	기표		기의
외시의 층위	1	기표	기의	
		기호		

　이러한 '공시의' 개념을 염두에 두고서 〈우부가〉, 〈용부가〉, 〈복선화음가〉, 〈나부가〉 등의 작품들을 살펴본다. 먼저 이 작품들이 간직하고 있는 '문화적 의미망'부터 살펴보면 다음과 같다.
　〈우부가〉의 '기똥이', '꼼생원', '꽁생원'은 자신의 쾌락을 위해서만 행동하고 사회인으로서의 도덕감은 상실한 愚夫들로 제시되고 있다.

> 쥬식잡기 모도ᄒᆞ야 돈쥬졍을 무진허네
> 부모조상 도망허여 계집ᄌᆞ식 지물슈탐
> 일가친쳑 구박허며 니인스는 나죵이요
> 남의흉만 줍아닌다 니힝셰는 ᄌᆞ치반에
> (…중략…)
> 돈날노릇 ᄒᆞ야보세 전답파라 변돈쥬기
> 종을파라 월슈쥬기 구목버혀 장ᄉᆞ허기
> 셔칙파라 빗쥬기와 동니상놈 부역이요

105　허창은 편, 위의 책, 164~166면 참조. '공시의 층위'와 '외시의 층위'의 관계에 대해서는 다음의 예를 들 수 있다. 어떤 바이에른 토박이가 태도와 말투에서 그의 마음에 안 드는 북독일인의 여행객에게 "Du Praiβ"라고 말했다고 상상해보자. 이 표현은 외시의적으로는 '프러시아인(Praiβ)'이지만 공시의적으로는 첫 단계에서 북독일인, 두 번째 단계에서는 '멍청이(Depp)' 혹은 '바보(Idiot)'를 가리킨다.

먼데사람 힝악이며 줍아오라 써믈니라

조장격지 몽동이질 전당줍고 세간뺏기

계집문셔 종슘기와 살결박에 소뺏기와

〈우부가〉

이것은 '긔똥이'의 비행을 열거한 것이지만 '꼼싱원'과 '꽁싱원'의 행위도 여기에서 크게 벗어나지 않는다. 또한 이러한 유형의 인물은 〈戒友詞〉와 같은 작품에서도 쉽사리 찾아볼 수 있으며, 판소리 문학에서도 찾을 수 있는데 〈박타령〉의 놀부가 이러한 인물에 포함된다.

본명방의 벌목흐고 참스각의 집짓기와 오귀방의 이스권코 슘지든듸 혼인흐기 동늬 쥬산 파라먹고 남의 션순 투장흐기 (…중략…) 슐먹으면 후욕흐고 장시간의 억민 흥성 죠흔 망건 편주 뜬키 시갓보면 쌈씨졔기 궁반 보면 관을 찟고 걸린 보면 주루 찟기 상인 잡고 츔츄기와 여승 보면 겁탈흐기 (…중략…) 지관보면 픠쳘 씌고 의원보면 침도격질 물인 게집 닙 맛츄고 상여 멘놈 형문치기 만만흔 놈 셤치기와 고단흔 놈 험담흐기

〈박타령〉[106]

이것은 놀부의 심술 행위를 열거한 것으로 앞서 말한 '긔똥이'의 행동과 비슷한 성격을 지니고 있음을 알 수 있다. 이 인물들은 건전한 방법에 의해서가 아니라 횡재를 바라거나 남에게서 빼앗아서 자신의 욕구를 채우려 하며, 생산활동에는 참여하지 않고 酒色·노름·사치 등으로 경제적 낭비를 일삼으며, 윤리를 상실하고 동물적 본능과 쾌락에 사로잡혀 행동하는 공통성을 보여준다. 이러한 인물들의 행위는 조선 후기의 한 단면을 반영한 것으로 볼 수 있으며, 이러한 작품들을 대함에 있어서 그

---

[106]　신재효, 강한영 편역, 『신재효 판소리사설집』, 민중서관, 1971.

당시의 독자들은 전혀 낯설게 여기지 않았을 것이다.

또한 〈용부가〉의 '쎙덕어미'와 〈복선화음가〉의 '괴쏭어미', 그리고 〈나부가〉의 게으른 '금세부인' 등은 판소리 문학 〈심청전〉의 '쎙덕어미'와 같은 庸婦 유형에 속하는 인물들이다.

> 본디업시 즈라나셔 여긔져긔 두루맛침
> 쏜홈질노 셰월이라 남의말 말젼쥬와
> 들며는 음식공논 졔조상은 부지허고
> 불공허기 위업헐졔 무당소경 푸닥거리
> 의복가지 다니쥬고 남편모양 볼쪽시면
> 삽살기 뒷다리요 즈식거동 볼작시면
> 털버슨 솔기미라 엿장스야 쩍장스야
> 아희핑계 다부르고 물네압희 션합품과
> 씨아압희 기지기라 이집져집 이간질과
> 음담픽셜 일숨는다 모함줍고 쏭먹이기
>　(…중략…)
> 두손펵을 두다리며 방셩더곡 괴이허다
> 무신쓸에 싱트집의 머리쓰고 드러눕기
> 간부달고 다라나기 관비졍속 몃번인가
>
> 　　　　　　　　　　　　　　　　〈용부가〉

이것은 〈용부가〉에 등장하는 '쎙덕어미'의 행실을 묘사한 것인데, 이러한 행위는 〈심청전〉의 같은 이름의 등장인물인 '쎙덕어미'의 행동과 많은 유사점을 가진다.

> 본촌의 셔방질 일수 잘ᄒ여 밤낫업시 홀네ᄒ난 기갓치 눈이빌게 단이난 쎙덕어미가 심봉사의 젼곡이 만이 잇난 줄을 알고 지원접이 되어 살더니 이년의 입버

르장이가 쏘흐 아리버릇과 갓타여 흔시 반쩌도 노지 안이 흐랴고 흐는 년이라 양
식주고 쩍사먹기 베를 주워 돈을 사셔 술사먹기 정자 밋터 낫잠자기 이웃집의 밥
부치기 동인다려 욕설흐기 초군덜과 쌈 싸오기 술취흐여 흔밤중의 와달쪄 울림
울기 빈담비더 손의 들고 보는더로 담비 청흐기 총각 유인흐기

〈심청전〉(완판 71장본)

　　이들 용부형 인물들은 조선시대 대부분의 여성들의 의무였던 길쌈등
의 가사노동을 싫어하고, 게으르며, 가족을 돌보지 않고, 윤리적으로 부
도덕한 행동을 하며, 성격이 원만하지 못하여 대인관계가 나쁘다는 점
등에서 공통적이다.

　　이상으로 살펴본 것처럼 우부·용부형 인물들은 가사와 판소리 문학
에서 공통적으로 확인되는 사항이다. 그러면 이것은 어떤 의미를 지니
는가. 우부형·용부형 인물들이 가사와 판소리 문학에서 공통적으로 확
인된다는 사실은 곧 그 당시 독자들의 '문화적 의미망'을 살펴볼 수 있는
좋은 근거가 될 수 있다고 생각한다. 즉 이것은 이들 〈우부가〉나 〈용부
가〉 등의 가사 작품들이 '공시의' 개념을 적용시켜 해석할 수 있는 조건
을 간직하고 있다는 것을 의미한다. 결론적으로 말한다면, 그 당시의 독
자들이 〈우부가〉나 〈용부가〉, 그리고 〈복선화음가〉 등의 작품을 접하
는 순간, 그들은 이미 습득한 문화적 의미망을 통해 이 작품들을 새롭게
해석할 것이라는 추측을 할 수 있다. 예를 들면 〈용부가〉의 '뺑덕어미'의
행위는 외시의적 층위에서 볼 때는 〈용부가〉라는 작품에 한정된 등장
인물로서의 어리석은 행위일 뿐이지만, 공시의적 층위로 확대시켜 본다
면, 그 인물의 행위는 이미 〈심청전〉의 '뺑덕어미'의 행위와 동일한 차원
에서 읽혀질 수 있다. 앞서 말했듯이 공시의의 운반체가 개별적인 단어
에서 전체작품까지 다 가능하다는 점에 비춰 본다면, 개별적인 단어의
측면에서 두 작품의 등장인물이 '뺑덕어미'로서 동일하다는 점과 더 나
아가서 전체작품의 측면에서 〈용부가〉를 채우고 있는 '뺑덕어미'의 행

위 역시 〈심청전〉의 그것과 서로 비슷하다는 점 등이 〈용부가〉를 읽는
독자들로 하여금 〈심청전〉이라는 더 포괄적인(공시의적인) 해석을 하도
록 이끌었을 것이다. 그러므로 '공시의' 개념에서 〈우부가〉, 〈용부가〉
등의 가사작품들을 바라본다면 소설에서 파악할 수 있는 만큼의 갈등구
조를 이 작품들에서도 포착할 수가 있는 것이다.

4. 유형별 서사가사의 특징

1) 유형 분류의 기준

본고의 대상 작품인 서사가사 19편을 효과적으로 분석하여 그 내적인
특징을 드러내기 위해서는 유형 분류가 불가피하다. 서사가사의 유형
분류는 본고에서 처음으로 시도되는 것이다. 서사가사의 유형을 설정할
수 있는 기준은 연구자의 시각에 따라 다양하게 나타날 수 있다. 즉 연구
자가 목적하는 바를 충족시킬 수 있는 기준이 채택되기 마련이다. 본고
는 일관되게 서술자를 문제 삼았기 때문에 우선 서사가사의 유형 분류
기준으로서도 '서술자'가 유효하리라 생각한다. 앞에서 서사의 기본적
요소로 서술자, 인물, 그리고 사건을 들었는데, 이 중 서술자는 인물과
사건을 구성하는 중심된 원리로서 작용함을 이미 밝힌 바 있다. 서술자
의 성격에 따라 동일한 인물과 사건을 가진 이야기라도 달리 서술될 수
있다는 판단하에 본고는 서사가사의 유형 분류 기준으로 서술자를 내세
운다.[107] 특히 작가를 알 수 없는 대부분의 조선 후기 가사작품들의 경우

---

107 동일한 인물과 사건에 대한 이야기라도 그 서술자의 성격에 따라 달리 서술될 수 있다는
　　예에 대해서는 F. K. Stanzel, 안삼환 역, 앞의 책, 1990, 24~35면 참조. 또한 박일용, 『조

시적 화자 또는 서술자의 존재가 작품분석의 유용한 기준이 될 수 있는 것은 사실이다. 이는 서술자가 작가와 독자 사이의 중개 기능을 할 뿐만 아니라 작가와 서술된 현실성 사이의 중개 기능도 한다는 점에서 더욱 그러하다.[108]

서술자의 성격은 구체적으로 말하면, '시점'의 문제와 관련된다. '시점'은 크게 두 가지 의미를 지니고 있다. 어떤 것이 관찰되고 고려되는 위치(standpoint)와 사물을 보는 방식, 즉 태도(attitude)가 그것이다. 전자는 외적 실재에 대한 객관적 위치를 문제 삼는 기술(technique)의 차원이며, 후자는 실재에 대한 주관적 반응이나 가치평가를 문제 삼는 이념(ideology)의 차원이다.[109] 지금까지의 연구는 후자를 무시하거나 또는 둘 사이의 종합적 의미를 무시한 채, 주로 위치나 보는 시각(angle of vision)에만 집중해 왔다. '시점'을 단지 기술의 차원에서만 해석하여 적용할 경우, 작가가 말하려는 바는 작품의 말해진 방식을 통해 서술자가 말하고 있는 바로 나타난다는 문학 작품의 본질이 사상되는 결과에 이르게 된다.

결국 문학 작품은 작가를 매개로 한 현실의 반영물이지만, 그것은 '작가'와 '현실'이라는 단선적인 관계의 표현이 아니라 여러 층위의 현실 반영물과의 상관관계 속에서 이해될 수 있는 복합적인 형상물이라 할 수 있다. 이러한 복합적인 형상물인 문학작품을 제대로 이해하기 위해서는 하나의 중심된 서술원리를 그 기준으로 내세워야 할 필요가 있다. 따라서 본고는 서술자의 형식적 측면이 아니라 이념적 차원에서 유형 분류의 기준으로 설정하고자 한다. 이런 점에서 다음에 인용하는 '서술시각'이라는 개념은 시사하는 바가 많다.

선시대의 애정소설 : 사실과 낭만의 소설사적 전개양상』, 집문당, 1993, 28～35면에서도 '동명왕의 사적'을 예로 들어 이것을 바라보는 서술자의 태도에 따라 여러 가지 형태로 제시될 수 있음을 보여주고 있다.

108 이재선, 『한국단편소설연구』, 一潮閣, 1977, 61면.
109 Susan Sniader Lanser, *op cit.*, pp.16～18.

　문학작품 설명에 항용 사용되는 ‘작가의식’이라는 개념이, 작가와 작품 그리고 현실을 단선적 관계 속에서 파악하는 관점에서 나온 것이라면, ‘서술시각’이라는 개념은 문학작품의 형상화 과정에 개입되는 복합적인 요소를 고려하여 설정한 개념이다. 그리고 그것은 기존의 형식주의적 분석이론에서 사용하는 시점(point of view)의 개념과 달리, 단순한 형식적 요소로서가 아니라, 서사문학 작품에 형상화된 서술자의 이념적 태도를 반영한 심미적 이데올로기로서의 의미를 지닌다. 그러므로 그것은 서사문학의 장르적 변별성을 규정짓는 원리로서의 의미 그리고 한 장르 내의 하위양식의 경향으로서의 의미뿐 아니라 개별 작품의 형상화 원리로서의 의미를 지닌다.[110]

　위에서 보듯이 종래의 형식주의 분석이론에서 사용하는 시점이 단순한 형식적 요소로서 그 한계를 드러내었다고 보고서, 서술자의 이념적 태도를 함께 고려한 개념으로서 ‘서술시각’을 설정하고 있다. 이러한 방법론은 ‘시점’이 지닌 본원적 의미를 되살리고자 하는 노력의 일환이라고 생각하며, 또한 ‘서사문학의 장르적 변별성을 규정짓는 원리로서의 의미와 한 장르내의 하위양식의 경향으로서의 의미뿐 아니라 개별 작품의 형상화 원리로서의 의미를 지닌다’는 점에서 서사가사 작품들을 분석하는 기준으로서도 유용하리라 판단된다. 그러나 ‘애정소설’의 소설사적 경향성을 분석하는 방법론적 준거로 새로이 마련한 서술시각의 네 가지 유형[111]을 서사가사작품 분석에 그대로 적용시키기에는 무리가 있

110　박일용, 앞의 책, 23면.

111　박일용이 설정한 서술시각의 네 가지 유형은 다음과 같다. 위의 책, 38~40면 참조. ‘사실적 서술시각’은 서술자의 주관적인 시각 또는 관념적 재단을 배제하고 서사세계의 갈등과 귀결을 통해 현실세계의 갈등을 사실적으로 재현하는 것을 지칭하며, 이러한 사실적 서술시각 유형의 소설에서는 갈등 및 그것의 해결전망을 구체적인 인물과 환경을 통해 재현하기 때문에 서술자의 존재가 겉으로 드러나지 않는다. 이 유형의 경우 조선시대 소설사에서는 전형적인 형태로 구현되는 경우는 그리 많지 않으며, 그 이유는 낭만적인 시각 또는 관념적인 이념의 구현형태와 접합되어 나타나는 경우가 많기 때문이다. ‘낭만적 서술시각’의 서술자는 서사세계의 갈등이 현실세계의 치열한 갈등을 반영하여

으므로 다시 재정립시킬 필요가 있다.

그러므로 본고에서 말하는 '사실적 서술시각', '낭만적 서술시각', '관념적 서술시각' 그리고 '풍자적 서술시각'은 다음과 같은 의미로 사용한다.

'사실적 서술시각'은 말 그대로 서술자가 현실세계의 재현에 충실한 경우를 말하며, '낭만적 서술시각'은 서술자가 서사세계에 반영된 갈등을 충분히 인식하지만 그 근원적인 해결책을 마련하기 보다는 다른 위안거리를 찾으려고 시도함으로써 근본적인 문제를 회피하려는 경우를 말한다. '관념적 서술시각'은 서술자가 서사세계를 지배질서의 통념으로 재단하기 때문에 갈등이 지닌 의미가 희석되거나 서술자의 관념에 파묻혀 버리는 경우를 말하며, '풍자적 서술시각'은 서술자가 현실의 부정적 측면을 직접적으로 토로하는 대신 등장인물을 통해 간접적으로 드러내어 비판하는 데에 초점을 두기 때문에 그 갈등의 구체적 해결방안은 제시되지 못하는 경우를 말한다.

위에서 말한 서술시각의 네 가지 유형에 따라 서사가사 작품 19편을 분류해본 결과 '사실적 서술시각'에 해당하는 작품은 없기 때문에 '관념

형성되고, 서술자가 그러한 갈등의 해결에 대한 치열한 욕망을 드러내지만, 그 구체적 전망을 획득하지 못함으로써, 서사세계의 갈등을 낭만적 시각으로 해소시킨다. '관념적 서술시각'의 서술자는 서사세계의 초점을 갈등의 해결과정에 두는 경우로서, 서사세계 내에 형상화되는 갈등이 갖는 현실적 의미를 객관적으로 인식하지 못하고 지배질서의 통념으로 재단하여 그 관념에 의해 서사세계의 구성에 개입하는 것을 뜻한다. 이 유형의 서사세계에는 현실세계에 전개되는 갈등현상이 반영되지만, 서술자가 그러한 갈등을 지배질서의 통념으로 재단하여 제시하기 때문에 갈등의 객관적 의미가 드러나지 않으며, 서사세계의 갈등이 지니는 현실성은 극히 축소되고 비현실적인 해결과정이 서사세계의 핵심을 이루게 된다. '풍자적 서술시각'은 서사세계 내에 현실세계의 갈등을 그리면서도 서술자가 그 갈등관계에 적극적인 태도를 드러내는 것이 아니라 그러한 갈등적 상황 자체에 일정한 거리를 유지하면서 비판적 태도를 견지하는 것을 뜻한다. 이 경우 서술자가 현실과 비판적 거리를 유지하기 때문에 서사세계에는 적극적 인물이 창출되지 못한다. 다만 현실의 부정적 측면을 노출시키기 위한 매개적 인물만이 등장할 뿐이다. 그러므로 이 유형의 작품에 현실 비판적 성격이 가장 강하게 나타나는 듯이 보이지만, 그것은 현실의 부정이라는 소극적 차원에서의 비판에 머물기 때문에 갈등해결의 전망 창출이라는 측면에서 본다면, 오히려 사실적 서술시각 또는 낭만적 서술시각의 유형보다도 현실 비판적 성격이 약하다.

적 서술시각'·'낭만적 서술시각'·'풍자적 서술시각'의 세 가지 유형만
을 설정할 수 있다.[112] '서술시각'이 '시점'이 지니고 있는 두 가지 의미 중
이념의 차원과 관련된다면, '劇化 / 非劇化된 서술자'라는 개념은 기술
의 차원과 관련될 수 있다. 그러므로 이 둘을 함께 살피지 않을 수 없다.
또한 이 세 유형에 속한 서사가사 작품들은 그 내용에 따라 각각 '鑑戒',
'慰安', '批判'의 특징을 지닌다. '감계'의 경우, 서술자는 현실세계에서 警
戒의 대상이나 본받고 龜鑑으로 삼을만한 것을 선택하여 재현한다. '위
안'은 등장인물이 자신이 처한 상황을 한탄하고 그러한 상황에서 벗어
나기 위한 구체적인 행위를 하지만 실질적인 갈등의 해결책은 되지 못
하고 하나의 위안으로 머물고 마는 경우를 말한다. '비판'이란 현실의 부
정적 측면을 드러내어 비판하고 있는 작품들을 말한다.

　이상으로 말한 기준에 의해 서사가사 작품 19편을 분류하면 다음과
같다.

鑑戒 – 非劇化된 敍述者의 觀念的 敍述視覺	〈福善禍淫歌〉, 〈나부가〉, 〈庸婦歌〉, 〈愚夫歌〉, 〈戒友詞〉, 〈白髮歌〉, 〈金夫人烈行歌〉, 〈閨中處女感嘆歌〉
慰安 – 劇化된 敍述者의 浪漫的 敍述視覺	〈노처녀가〉, 〈화전가〉, 〈칠석가〉, 〈비쳐가〉, 〈寡婦歌〉, 〈청춘과부가〉, 〈申哥傳〉, 〈원한가〉
批判 – 非劇化된 敍述者의 諷刺的 敍述視覺	〈甲民歌〉, 〈居士歌〉, 〈임천별곡〉

2) 유형별 서사가사의 특징

(1) 鑑戒 – 非劇化된 敍述者의 觀念的 敍述視覺

　이 유형에 속한 작품들의 서술자를 살펴보면, 〈福善禍淫歌〉과 〈白髮

112　서술자가 경험세계의 재현에 충실한 기행가사의 경우 '사실적 서술시각'을 어느 정도 지
　니고 있다고 생각한다. 그러나 이에 대한 자세한 검토가 본고의 주목적은 아니므로 일
　단은 논외로 한다.

歌〉를 제외하고는 모두 비극화된 서술자이다. 앞서도 말했듯이 비극화
된 서술자는 그 목소리만 들을 수 있을 뿐이어서 서술행위 외의 다른 구
체적 행위는 작품에 나타나지 않는다. 이 중 〈金夫人烈行歌〉는 그 서두
의 일부가 산문체로 되어 있어 소설과의 교섭양상을 보여주는 특이한
작품이다. 그러나 이 부분을 제외한 대부분이 가사의 형식을 그대로 유
지하고 있으므로 가사작품으로 간주해도 무방하리라 생각한다.

> 흥보기도 슬타마는 져 부인의 거동 보소
> 시집간지 셕달만의 시집스리 심허다고
>
> 〈庸婦歌〉

> 니 말슘 광언인가 져 화상을 구경허게
> 남쵼활량 기똥이는 부모덕에 편이 놀고
>
> 〈愚夫歌〉

> 어와 세상 나부더라 이니 말슘 들어보소
> 티극으로 비판 후의 만물군싱 삼겨느니
> (…중략…)
> 가소롭다 금세 부인 쳐음의 혼인홀더
> 논 팔고 밧 팔어서 뉵녜 갓초아 다려오니
> 얼골이 은근ᄒ니 싀부모의 거동 보소
>
> 〈나부가〉

히동조션국 경상우도 고령 계야실이라 ᄒ는 마을이 이시더 김션싱 점필지 스
손긔스라 문호가 혁혁ᄒ고 효즈열여 디디로 쩌나지 아니ᄒ난지라 한집이 규수이
셔 자식이 졀인ᄒ고 효셩니 지극ᄒ야 원근친척과 남녀노소 역시 막불층송ᄒ드라
연장 급기야 하도 현풍짜이 낭자이셔 운운효더 임나덕 곽션싱 망우당 후예라 지

죄총명이 츌유초군ᄒ여 진실로 김소져의 비필이라 양곳부모 경일ᄒ야 차의 셔로 지별ᄒ고 문호혁혁 상젹ᄒ야 혼ᄉ을 의논ᄒ니 사방붕우 원근친쳑니 층찬아니 ᄒ리업더라

〈金夫人烈行歌〉

또한 앞에서 말했듯이 〈福善禍淫歌〉의 서술자는 이 씨 부인으로서 자신의 일대기를 이야기하는 형식이므로, 극화된 서술자라고 할 수 있다. 〈白髮歌〉의 경우는 두 명의 서술자가 존재하는데, 그것은 이 작품이 액자구성을 취하고 있기 때문이다.[113] 액자 밖의 사건(일차 서사)과 액자 안의 사건(이차 서사)의 관계에 따라 액자구성의 형식은 세 가지 유형으로 나뉘는데,[114] 〈白髮歌〉는 두 사건 사이에 직접적인 인과 관계가 있는 경우에 해당한다. 이 작품의 일차 서사는 봄날 초당에 누워 잠이 드는 등의 구체적 행위를 보여주는 극화된 서술자가 서술하며, 이 꿈속에 이차 서사의 서술자가 등장하는데 그 모습은 일차 서사의 서술자에 의해 구체적으로 형상화되고 있다. 이차 서사의 극화된 서술자로 등장한 '걸객'은 자신이 왜 지금과 같은 처지에 처하게 되었는지에 대해 설명하는 형식으로 자신의 방탕한 젊은 시절을 이야기한다.

   春日이 惱困하여 草堂에 누웠더니

---

113 액자구성에 대해서는 이재선, 앞의 책, 95~151면 참조.
114 첫 번째 유형은 두 사건 사이에 직접적인 인과 관계가 있는 경우로, 이때 이차 서사는 설명적 기능을 갖는다. 이 유형은 그가 말하는 스토리가 다른 사람의 것이든 혹은 보다 흔한 경우로 자기 자신의 이야기든 등장인물이 말을 한다. 이런 서사는 모두 "무슨 사건 때문에 현재의 상황이 일어났는가?"라는 문제에 대한 해답이다. 두 번째 유형은 순전히 주제와 관련되는 것이기에 두 사건 사이에 공간적, 시간적 연속성이 없다. 따라서 이 관계는 대조나 유추의 관계이다. 세 번째 유형은 차원이 다른 이야기 사이에 관계가 없는 경우이다. 이 유형은 이차 서사의 내용이 무엇이든지 상관없이 이야기 차원에서 서술하는 기능 그 자체가 중시된다. 예를 들면 〈천일야화〉의 경우인데, 여기서 세라자드는 죽음을 연기시키기 위해 새로운 이야기를 한다. 이에 대해서는 제라르 즈네뜨, 앞의 책, 222~224면 참조.

精神이 駘蕩하여 南柯一夢 잠이들어
世上을 渾心하고 如醉如痴 못깨더니
門前의 一老翁이 糧食달라 求乞하네
衣服이 襤褸하고 容貌가 憔悴하여
行色도 수상하고 貌樣조차 怪異하다
 (…중략…)
姓名은 무엇이며 居住는 어대메뇨
보아하니 班名으로 무삼 노릇 못하여서
남의 農事 전혀 믿고 門前乞食 어이하노
저 老人 擧動 보소 噓歎息 기가 막혀
여보소 主人네야 乞客 보고 웃지 마소
젊어서 허랑하면 이러한이 나뿐일까
나도 본시 兩班으로 地體도 남만하고
세간도 남 불잖고 인물도 잘났더니

〈白髮歌〉

　양반 신분으로 남부럽지 않은 세간을 소유하였지만 방탕한 생활로 인해 패가망신하게 된 '걸객'은 늙어막에야 자신의 과거를 후회하지만 이미 돌이킬 수가 없기에 더욱 안타까워 할 뿐이다. 아래에서 보듯이 '지각나자 늙었으니 후회막급 할일 없다'고 후회하고 있는 걸객은 '광음을 허송말고 늙기 전에 힘써보소'라고 세상 사람에게 던지는 경계의 말로 끝을 맺고 있다.

그네도 늙었으나 늙은 값이 있건마는
可笑롭다 이내 몸이 헛나이만 먹었으니
엊그제 질기든일 모도다 虛事로다
지각나자 늙었으니 後悔莫及 할일없다

이 貌樣이 되었으니 슬프다 靑春네들

내 景狀 볼작시면 그 아니 우서운가

光陰을 虛送 말고 늙기 前에 힘써 보소

〈白髮歌〉

이 유형에 속하는 작품들은 위에서 살펴본 것처럼 모두 그 내용에 있어 경계 내지는 効則의 뜻을 지니고 있다. 작품에 드러나 있는 서사세계가 본을 받고 효칙할 대상으로 제시되는 작품들과 그 반대로 경계의 대상으로 제시되고 있는 작품들의 둘로 나눌 수 있는데, 전자에 속하는 작품으로는 〈金夫人烈行歌〉와 〈閨中處女感嘆歌〉 등을 들 수 있고 후자에 속하는 작품으로는 〈나부가〉, 〈庸婦歌〉, 〈愚夫歌〉, 〈白髮歌〉 등을 들 수 있다. 또한 〈福善禍淫歌〉과 〈戒友詞〉는 경계와 효칙의 요소가 한 작품안에 함께 결합된 양상을 보여주는 예라고 할 수 있다.

〈金夫人烈行歌〉에서 서술자는 감옥에 갇힌 남편의 목숨을 구한 김부인의 節行을 높이 평가하고 있으며, 〈閨中處女感嘆歌〉에서는 일개 여자의 몸으로 아버지의 원수를 죽이고 몸소 효를 실천한 '명일'의 행적을 극찬하고 있다. 또한 〈福善禍淫歌〉의 서술자인 李氏부인은 가난한 시집살림을 일궈낸 자신의 행적을 자랑스럽게 이야기하고 있다. 이 인물들이 효칙의 대상으로 제시되고 있는 근본적인 이유는 모두 개인적인 가치보다는 孝, 節行, 忍苦 등의 초개인적 가치를 추구하고 있기 때문이다.[115]

이에 반해 〈白髮歌〉의 걸객, 〈愚夫歌〉의 '긔똥이'·'꼼싱원'·'꽁싱원' 등의 愚夫들과 〈福善禍淫歌〉의 괴똥어미, 〈나부가〉의 게으른 '금세부인', 〈庸婦歌〉의 '씽덕어미' 등의 庸婦들은 모두 집단적 가치보다는 개인적 快樂에만 집착하고 있기 때문에 비난을 받는다.

---

[115] 本質性, 恒久性, 生産性, 普遍性, 理想性이라는 다섯 가지 가치선택의 기준에 따라 가치체계의 서열을 구성하면 다음과 같다. 백기수, 『미의 사색』, 서울대 출판부, 1993, 188~200면.

디종손 양반 즈랑 산소나 파라볼가
혼인핑계 어린 딸은 빅양쓰리 되엿구나
안악은 친졍사리 즈식드른 고싱사리
일가에 눈이 희고 친구의 손가락질

〈愚夫歌〉

며나리를 쏫찻시니 아들은 홀아비라
딸즈식을 다려오니 남의 집은 결단이라
두 손뼉을 두다리며 방셩디곡 괴이허다
무신 쑬에 싱트집의 머리쓰고 드러눕기

〈庸婦歌〉

안니한 말 지여니여 일가간이 이간질과
조흔 물건 잠깐 보며 도적ᄒ기 여ᄉ로듯
그중이 힝실 보소 악한 사람 부동ᄒ야
착한 사롬 흉보기와 지 처신 그러ᄒ기
남편인들 긔할손냐 금실조차 살푸리며

〈福善禍淫歌〉

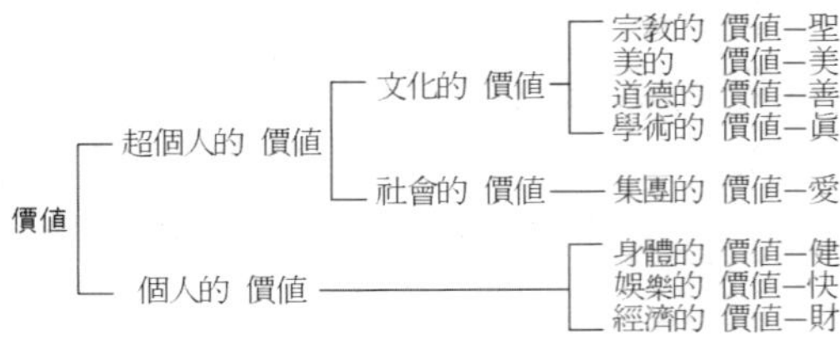

위의 표에서 상위로 갈수록 그 가치는 높아지고, 하위로 갈수록 그 가치는 낮아진다. 즉
최고의 가치는 종교적 가치인 聖이며 최하위의 가치는 개인적 가치 중 경제적 가치인 財
이다.

이웃집의 초상 나면 히롭다고 일 아니ᄒ고

압집의 뵈틀소리 넘병의 가마귀라

가셔 ᄒᄂ는 말이 져러ᄒ면 부ᄌ되ᄂ

졔 팔ᄌ 조와시면 오ᄂ는 복이 어디갈가

〈나부가〉

위의 인용한 부분에서 보듯이 이 인물들은 한결같이 개인적인 쾌락에
만 힘을 쓸 뿐이지 다른 가족 구성원이나 일가친척들에게는 전혀 관심
을 기울이지 않는다. 남편 봉양이나 조상 모시기는 뒷전이다. 오히려 자
신들의 방탕한 생활을 영위하기 위해 딸 자식까지도 돈 백냥에 팔아 치
울 정도로 방탕하고 게으른 인물들이다. 이 인물들은 '財'라는 경제적 가
치를 오로지 자신들의 오락적 가치인 '快樂'에만 쏟아 붓는 부정적인 인
물로 형상화되고 있다. 이들 愚夫들이나 庸婦들에게 집단적 가치인 '愛'
는 한낱 거추장스러운 윤리 도덕일 뿐이다. 그래서 이 인물들의 모습은
서술자의 눈에 거슬리는 부정적인 대상으로, 그리고 경계와 비판의 대
상으로 그려지고 있다.

〈戒友詞〉에 나오는 인물 역시 부정적인 인물로 묘사되고 있다. 그러
나 이 인물은 처음에는 개인적 쾌락에 탐닉하여 방탕한 생활을 하지만
곧 개심하여 재산 모으기에 힘쓰는 모습을 보여주고 있다. 여기서 주목
할 점은 방탕한 인물이 개심하여 재산을 모으는 목적이 개인적 쾌락에
있는 것이 아니라 집단적 가치에 있다는 것이다.

졔 비록 女子라도 通達ᄒ기 이러ᄒᄂ더

ᄂ는 丈夫라도 事事의 庸劣ᄒ다

父母게 得罪ᄒ고 兄弟의게 눈에 ᄂ고

鄕黨에 責妄 듯고 妻子의 셜름 뵈니

以後야 盟誓ᄒ야 벗 스괼쥴 이즐노다

西施가 다시 온들 눈의나 쩌볼숀가

〈戒友詞〉

예전에 방탕한 생활을 함께 했던 벗이나 '西施'와 같은 미인은 개과천
선한 인물의 눈에는 들어오지 않는다. 그에게는 오로지 妻子를 포함한
가족의 고생스런 모습만이 눈에 띌 뿐이다. '부모에게 득죄하고 형제의
눈에 나고 향당에 책망 듣고 처자에게 서름을 보인 것'이 못내 후회스러
울 따름인 이 인물은 이제 개인적 쾌락에서 '愛'라는 집단적인 가치로 눈
을 돌린다.

이상에서 보듯이 이 유형에 속하는 작품들에 나타나고 있는 서술자의
시각은 관념적 서술시각을 유지하고 있음을 알 수 있다. 서술자가 우부
형 인물이나 용부형 인물들을 비판하고 경계하는 이유는 이 인물들이
집단적 가치인 '愛'보다는 개인적 쾌락에만 몰두하기 때문이며, 〈福善禍
淫歌〉의 이씨 부인이나 〈金夫人烈行歌〉의 김부인, 그리고 〈閨中處女感
嘆歌〉의 '명일'이라는 인물 등을 높이 평가하고 있는 이유 또한 이 인물들
이 개인적 가치보다는 집단적 가치를 추구하고 있기 때문이다.

(2) 慰安―劇化된 敍述者의 浪漫的 敍述視覺

이 유형에 속하는 작품들로는 〈노처녀가〉, 〈화전가〉, 〈칠석가〉, 〈비
쳐가〉, 〈寡婦歌〉, 〈청춘과부가〉, 〈申哥傳〉, 〈원한가〉 등을 들 수 있다.
이 작품들의 서술자를 먼저 살펴보면, 〈申哥傳〉을 제외한 대부분이 극
화된 서술자의 형식을 띠고 있다. 〈申哥傳〉의 경우는 비극화된 서술자
가 나타나고 있는 작품이다. 먼저 〈申哥傳〉을 살펴보도록 한다.

어와 스람들아 이닉 말슴 들어보소
한님딕 마즈라가 유복무남 동녀쌀을 두고

셰상없손 지동녀로 금옥갓치 길러니여

 (…중략…)

과부의 외쌀노서 가초가초 가라쳤다

동고금 달스리의 못홀일 전혀 업다

쌀의 나희 십오세니 가랑을 구흐리라

디디로 청환거족 흐물며 네 인물의

조션팔도 억만당안 어디 안니 막힐손가

〈申哥傳〉

　이 작품의 서술자는 비록 '이닉말슴 들어보소'라고 하여 일인칭으로 자신을 내세우고 있지만 실제로는 작품에서 그 모습을 전혀 드러내지 않고 단지 그 목소리만을 접할 수 있는 비극화된 서술자의 형태를 띠고 있다. 서술자는 '한님딕'이라는 과부의 외동딸이 불합리한 결혼제도에 희생되어 고자신랑에게 시집가게 된 기구한 사연을 자세히 서술하고 있다. 이 작품에는 과부 '한님딕'과 외동딸, 그리고 고자신랑이 주요 인물로 등장하고 있지만, 서술자는 이들 등장인물들과 객관적 거리를 유지하기 보다는 주로 과부 '한님딕'과 외동딸의 입장에서 작품을 서술하고 있다. 즉 작품의 전반부에서는 서술자가 과부 '한님딕'의 입장에서 고자신랑에게 외동딸을 시집보내게 된 애통한 심정을 그리고 있으며, '한님딕'이 화병으로 죽고 난 후반부에서는 외동딸의 입장에서 사건을 서술하고 있어 독특한 전개방식을 보여주고 있다. 앞에서 말했듯이 비극화된 서술자의 경우 어떤 인물을 그 가시반경에 두게 되면, 서술자는 그 인물의 내면을 집중적으로 파헤치게 되고 사건은 그 인물이 보는 관점과 입장에서 서술되기 마련인데, 이때 서술대상이 되고 있는 인물은 처음부터 마지막까지 한 대상으로 고정될 수도 있고, 진행에 따라 변경될 수도 있다는 점에 비춰볼 때 〈申哥傳〉은 과부 '한님딕'에서 외동딸로 그 시각이 전환되고 있으므로 전환의 양상을 띤다고 할 수 있다. 그래서 고자

신랑의 형상화는 이들 두 인물의 입장에서 이루어지고 있는데, 그 모습은 대단히 부정적으로 그려지고 있다.

> 한님덕 ᄒᆞ는 말이 어니 거시 신낭이니
> 골나어든 니 ᄉᆞ회가 저디도록 괴약ᄒᆞ고
> 쥬셔국을 먹엇는가 누루기는 무슴일고
> 쟝승부터 본가 어니저리 크며
> 나무신 뒤축인가 턱 아릭도 반반ᄒᆞ다
> 길 아릭 돌부쳰가 억게는 웃실ᄒᆞ다
> 쇠꼿치로 쑤시는가 소리조츠 싁되고나
> 손벽 치고 다 보니 한심ᄒᆞ고 통분ᄒᆞ다

〈申哥傳〉

위에서 살펴본 〈申哥傳〉을 제외한 작품들은 모두 극화된 서술자에 의해 서술되고 있다. 〈노처녀가〉에서는 나이 오십이 되도록 시집을 못 간 노처녀가 자신의 설음을 고백하고 있으며, 〈칠석가〉에서는 옥황상제의 따님으로 남편을 만나보기 힘든 상황을 견우직녀의 신세에 의탁하여 고백하고 있으며, 〈비쳐가〉에서는 과부 '조상사'의 외로운 신세를 '쳥조식'를 등장시켜 서술하고 있다. 그리고 〈청춘과부가〉에서도 독수공방하는 과부가 남편을 그리워하는 모습을 그리고 있으며, 〈원한가〉에서는 젊은 나이에 늙은 남편과 함께 사는 여인의 기구한 사연이 실려 있다. 이 작품들의 서술자들은 모두 이야기 내부의 한 인물로 등장하는 극화된 서술자의 형태를 띤다. 이 중 〈원한가〉의 경우는 극화된 관찰의 서술자이며,[116] 나머지는 모두 극화된 고백의 서술자이다.

---

116 〈원한가〉가 劇化된 觀察의 서술자라는 특징에 대해서는 2절 2항 참조.

어와 니몸이여 셟고도 분호지고
이 셔름을 어이호리
 (…중략…)
부모님도 야속호고 친척들도 무졍호다
니 본시 둘지쌀노 쓸디업다 호려니와
니나흘 혜여보니 오십줄의 드러고나

〈노처녀가〉

어와 세상 사람들♡ 이니 회포 들어보소
인간 부부 뉘 업스리 쳔상이별 더욱 셜두
우리 형뎨 셋 사람이 옥황상제 짜님으로
맛동생은 출가호여 월궁항아 도여잇고
둘지형은 당혼호여 요지왕모 자부되고
초아인싱 회박호여 견우낭군 만느더니
 (…중략…)
옥황완젼 득죄호여 호동호셔 분찬하니
은하슈 깁흔 물이 엇지호여 만나볼고

〈칠석가〉

영양성셔 디밧속이 젹셜은 반공하고
월식은 무변한디 사고무인 젹겨할찍
심신이 비장하야 셩안을 비겨쓴이
비몽간의 난듸업난 쳥조시가 신울젼코 하난 말이
조상사이 고격하물 샹뎨님이 아으시고
월노불너 분부하사 삼싱가약 다시 미즈
나을 시겨 젼갈한이 승사 싱각 엇드시오

〈비쳐가〉

천지지간 만물중에 무상할손 이내 사정
못할래라 못할래라 공방살림 못할래라
얼것으나 쥐엇으나 부부박에 또 잇는가

〈청춘과부가〉

극화된 고백의 서술자가 등장하는 작품에 있어서 형상화의 주요 대상
은 고백하는 서술자 자신이다. 그러므로 이야기 내부에 등장하는 인물
로서의 서술자에 대한 정보는 모두 서술자 자신의 입장에서 이루어진
것들이다. 〈노처녀가〉, 〈칠석가〉, 〈비쳐가〉, 〈청춘과부가〉, 〈원한가〉
등의 극화된 서술자가 나타나고 있는 작품들의 경우, 인물의 형상화는
극화된 서술자에 의해 이루어진다. 구체적 예로 〈노처녀가〉를 살펴보
면 다음과 같다.

니 비록 병신이나 남과 갓치 못홀소냐
니 얼골 얽다 마쇼 얽은 궁게 슬긔 들고
니 얼골 검다 마쇼 분칠ᄒ면 아니 흴가
ᄒ편 눈이 머러시나 ᄒ편 눈은 밝아 잇니
바늘귀를 능히 쀄니 보선볼을 못 바드며
귀먹다 ᄂ무러나 크게 ᄒ면 아라듯고 텬동소리 능히 듯니

〈노처녀가〉

〈노처녀가〉의 주인공은 불구의 몸으로 나이 오십이 넘도록 시집을
못 간 노처녀인데, 위의 인용한 부분은 주인공인 노처녀가 자신의 모습
을 장황하게 묘사하고 있는 것 중의 일부이다. 여기서 검고 얽은 얼굴에
한쪽 눈이 멀고 귀까지 먹은 주인공이 이러한 '있는 것'을 현실 그대로
받아들여 슬픔에 젖어들거나 체념하지 않고, 오히려 '있는 것'을 긍정하
려고 한다는 점을 알 수 있다. '있어야 할 것'을 부정하고 '있는 것'을 긍정

하는 데서 골계미가 나온다면,[117] 위에 인용한 부분에서도 비애를 차단하는 골계미를 느낄 수 있다.

〈화전가〉의 서술자는 앞서의 작품들과는 다른 양상을 보이는데, 그것은 이 작품이 액자 구성의 형식을 띠고 있기 때문이다. 앞서 말한 액자 구성의 세 가지 유형 중 〈화전가〉는 액자 밖의 사건(일차 서사)와 액자 안의 사건(이차 서사)이 직접적인 인과 관계가 있는 경우에 해당된다. 이 작품은 크게 두 부분으로 나누어진다. 작품 전체의 현재적 배경을 이루고 있는 화전놀이 현장과 그 현장에 참석한 덴동어미가 이야기하고 있는 자신의 기구한 과거의 삶이 그것이다. 그래서 〈화전가〉에는 두 명의 서술자가 존재한다.[118]

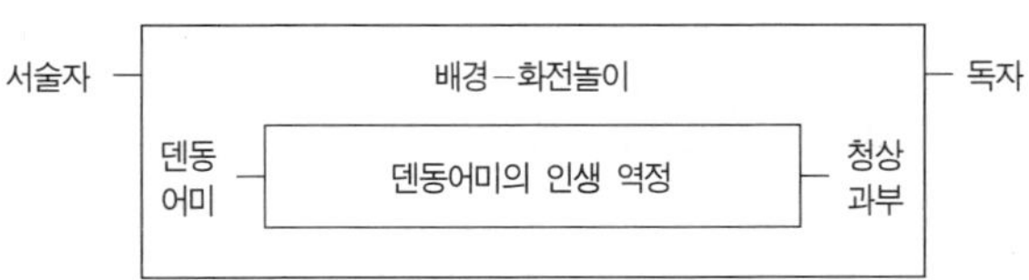

배경으로 제시되고 있는 화전놀이의 광경을 서술하는 서술자는 함께 화전놀이에 참석한 부녀자들 중의 한 인물이며 이야기 내부에서 다른 등장인물들과 같은 차원에서 존재하는 극화된 서술자이지만, 자신의 경험보다는 다른 인물의 행위를 주로 관찰하는 입장에 있는 인물이다. 이 서술자가 관찰하는 대상 중의 하나가 덴동어미이며, 덴동어미의 기구한 삶을 듣는 일차적 청자로 나타나고 있는 인물이 십칠세의 청상과부이

---

117 조동일, 「미적범주」, 『한국사상대계』 1권, 성균관대 대동문화연구원, 1973. 조동일은 '있어야 할 것'을 부정하고 '있는 것'을 긍정하면서 상반이 이루어지는 경우 골계미가 나타난다고 하였다. 〈노처녀가〉의 경우 '있어야 할 것'은 정상인의 모습이며, '있는 것'은 불구의 몸인 서술자 자신이다.

118 〈화전가〉의 서사구조에 대해서는 유탁일, 「〈화전가〉(덴동어미의 비극적 일생)의 서사구조」, 『權寧徹敎授 回甲紀念 論文集』, 효성여대 출판부, 1988 참조.

다. 이 경우 거듭되는 喪夫로 불행한 삶을 살았던 덴동어미가 자신이 과거에 겪었던 인생 역정을 서술하는 액자속의 이야기에서 그 서술자는 덴동어미 자신이므로 이 역시 극화된 서술자이지만 고백의 형태를 띤다.

이상으로 살펴본 바에 의하면 이 유형에 속하는 작품들의 서술자는 대부분 극화된 서술자의 형태를 지님을 알 수 있다. 또한 이 작품들은 공통적으로 여성 서술자로서 여성의 삶을 다루고 있다는 특징을 지니고 있다. 그래서 이 유형에 속하는 작품들은 공통적으로 결혼과 관련된 애환이 많은 비중을 차지하고 있다. 〈申哥傳〉, 〈원한가〉, 〈노처녀가〉, 〈화전가〉 등의 주인공은 사회의 그늘에서 불행한 삶을 살아가는 인물들의 한 예로서 제시되고 있으며, 〈칠석가〉, 〈비쳐가〉, 〈청춘과부가〉 등의 주인공은 남편을 잃고 내면세계의 갈등에 시달리며 홀로 지내는 여인으로 나타나고 있다. 이 인물들은 모두 불합리한 결혼제도와 재가금지의 윤리적 굴레 등의 부당한 현실에 의해 억압받고 희생당하는 모습을 보여주고 있다.

이러한 현실에 대한 각 인물들의 대응방식을 살펴보면, 대부분 문제의 근본적인 해결책을 강구하지는 못하고 소극적인 대응에 그치고 있다. 〈노처녀가〉의 경우 병신몸으로 나이 오십이 넘도록 시집을 못간 노처녀가 자신의 처지를 한탄하고 부모를 원망하다가 스스로 혼사를 추진하여 모의결혼식을 올리는 등의 적극적인 모습을 보이지만 실질적인 문제의 해결책은 되지 못하고 하나의 위안으로 머물고 만다. 〈노처녀가〉는 주인공이 원하던 인물과 결혼하여 행복하게 사는 걸로 끝나지만, 작품 전체의 맥락에서 볼 때 이것은 어디까지나 상상적 허구에 불과하다.

〈화전가〉의 액자 안 이야기의 주인공인 덴동어미는 세 번 개가하고 네 번 喪夫한다. 첫 번째 남편인 경상도 예천 장이방의 아들은 결혼한 이듬해 단오날 처가에 와서 그네를 타다가 그네줄이 끊어져 목숨을 잃고 만다. 그후 덴동어미는 경상도 상주땅 李吏房의 아들인 이승발의 後娶로 들어갔다가 喪夫하고, 다시 울산 읍내에 사는 서른이 넘은 노총각인

황도령과 세 번째 결혼했으나 이 역시 산사태에 다시 남편을 잃고 만다. 결국 마지막으로 결혼한 엿장사를 하며 사는 조서방 역시 불에 타 죽은 뒤 덴동어미는 40년 만에 다시 고향으로 돌아오는데 이 동안의 과정이 압축되어 제시되고 있다. 거듭된 '改嫁-喪夫'의 구조가 반복될수록 덴동어미는 하층민으로 전락하게 되지만, 현실에 굴복하지 않고 적극적으로 살아나가려는 모습을 보여주고 있는 것이 사실이다. 李吏房 집의 몰락으로 덴동어미 내외는 걸식을 하며 경주에까지 흘러드는데, 거기서 손軍牢 집의 사환으로 일하게 된다. 덴동어미의 둘째 남편이 신분관계를 내세우며 '차라리 비러먹다가 죽고 말지 군뢰놈의 사환은 되지 않겠다'고 하자 덴동어미는 '우리도 이리힉셔 버러가지고 고향가면 이방乙 못ㅎ며 호장乙 못ㅎ오 부러울게 무어시요'라며 남편을 설득하는 데서 알 수 있듯이, 덴동어미는 명분보다는 현실을 중시하고 있다. 현실에 굴복하지 않고 적극적으로 살아나가려는 덴동어미의 이러한 태도는 喪夫를 거듭하는 데에도 아랑곳하지 않고 줄곧 보인다. 그러나 화전놀이 현장에서 기구했던 자신의 인생역정을 토로하고 있는 덴동어미의 태도는 이와는 달리 운명론적이고 현실순응적인 모습을 보이고 있다.

> 고약흔 신명은 고약ㅎ고 고싱홀 팔자는 고싱ㅎ지
> 고싱디로 홀 지경인 그른 사름이나 되지 마지
> 그른 사람 될 지경의는 오른 사람이나 되지 그려
> 오른 사람 되여 잇셔 남의게나 칭찬 듯지
> 청츈과부 갈나하면 양식 싸고 말일나너
> 고싱팔자 타고나면 열변 가도 고싱일너
> 이팔청춘 쳥싱더라 니말 듯고 가지 말게
>
> 〈화전가〉

덴동어미가 화전놀이에 온 청상과부에게 들려준 말이다. 고생할 팔

자와 신명은 타고 나므로 한번 喪夫하면 설사 개가한다 하더라도 고생
만 실컷 하기 마련이니 개가하지 않는 게 좋다는 식의 운명론적 사고가
두드러지고 있는 부분이다. 이것은 물론 덴동어미 자신의 직접적 체험
이 짙게 배어 있는 부분이기도 하지만 앞서 살펴보았던 적극적인 태도
와는 차이를 보이고 있다.

　이러한 태도는 이 유형에 속한 다른 작품에서도 확인되는데 대표적으
로 〈申哥傳〉과 〈청춘과부가〉, 그리고 〈원한가〉를 살펴본다.

> 몽슈셰슈 호후의 팔둑을 부루 것고
> 반달갓치 드난 칼노 빈틈업시 까가시니
> 머리롤 만져보고 눈물이 만연ᄒᆞ여
> 모단갓한 이니 머리가 돌슈박이 되단말가

〈申哥傳〉

> 노승이 뭇는 말이 그대 전사 아르시요
> 염염 대답 하는 말이 소첩 팔짜 박명하여
> 가군을 영별하고 수회에 골몰하다
> 전사를 모르리다 그의 노승 하는 말이
> 전생에 부인께서 이절 법승 되엇을때
> 부처님께 득죄하여 인간에 내치시매
> 청용사 부처님이 불상히 여겨시사
> 이곳을 인도하니 청춘에 죄 받음은 조금도 설버 마소
> 어화 내일이야 이제사 아리로다

〈청춘과부가〉

> 하날이 나를 내여 저 양반 모시라고
> 명상에 분부나려 철판에 일홈 사겨

이집에 만냈으니 독에 든들 면할소냐
생각하면 자탄이라 수원수구 하잔말고
불쌍한 저 늙은이 내 어찌 잊을손고
다시 마음 고처 먹어 저 노인 귀키 보자

〈원한가〉

〈申哥傳〉에서 모순된 결혼제도에 희생된 주인공은 자신의 친정어머니인 '한님덕'이 화병으로 죽고 난 뒤 머리를 깍고서 중이 된다. 〈청춘과부가〉의 주인공인 청춘과부는 어느 절의 노승에게서 자신의 前生 이야기를 듣고서 위안을 삼는다. 〈원한가〉에서 늙은 남편과 사는 젊은 여자가 자신의 신세에 대해 한탄하다가 모든 것을 운명 탓으로 돌리고 마음을 다시 먹는다. 이 인물들은 한결같이 현실의 모순에 소극적으로 대처하고 있으며, 불행한 상황에서 벗어나기 위해 하나의 위안거리만을 찾는다는 점에서 낭만적 서술시각을 보여준다고 할 수 있다.

(3) 批判―非劇化된 敍述者의 諷刺的 敍述視覺

이 유형에 속하는 작품들로는 〈甲民歌〉, 〈居士歌〉, 〈임천별곡〉을 들 수 있다. 이 작품들의 서술자는 모두 비극화된 서술자의 형태를 띤다. 다만 〈甲民歌〉의 경우는 액자 구성으로 볼 수 있는 작품이므로 양상이 다르지만, 액자 밖의 서술자가 비극화된 서술자라는 점에서 함께 묶을 수 있다.[119] 먼저 〈甲民歌〉의 서술자부터 살펴보도록 한다.

내 고을의 양반 사롬 틱도 틱관 온겨 살면

---

119 액자 구성인 〈갑민가〉는 앞에서 말한 유형에 따른다면, 이 작품 역시 첫 번째 유형에 속한다고 할 수 있다. 액자 밖의 사건과 액자 안의 사건이 직접적인 인과 관계를 이루는 〈갑민가〉는 앞서의 〈화전가〉나 〈백발가〉의 액자 구성 형식과 같은 유형에 속한다.

천이 되기 상스여든 본토 군쳥 슬타ᄒ고

즈니 쏘흔 도망ᄒ면 일국일토 흔 인심의

근본 숨겨 살녀흔들 어듸 간돌 면홀손가

츠라리 네 스던곳 아무케나 쌀휘 박여

칠팔월의 치슴ᄒ고 구십월의 돈피 잡아

공치신역 갑흔 후의 그 남저지 두엇ᄃ

(…중략…)

부모 쳐즈 보젼ᄒ고 새 즐거믈 누리려문

어와 싱원인듸 초관인지

그듸 말슴 그만두고 이늬 말슴 드러보소

이늬 쏘흔 갑민이라

이짜의셔 싱장ᄒ니 이써 일을 모를소냐

우리 조상 남등 양반 듼스급뎨 연면ᄒ여

〈甲民歌〉

〈甲民歌〉는 대화체로 진술되고 있다. 생원과 甲山民의 대화를 독자가 엿듣게 함으로써 얻어지는 효과는 진술내용이 실제로 있었던 일이라는 사실성을 확보케 해준다는 것이다. 遊離 문제에 대한 두 사람의 대화현장을 보여줌으로써 향촌사회 내의 遊離 행위에 대한 갈등현실이 내재해 있음을 보여주는 동시에 '토의의 場'을 설정하여 작가가 의도하는 바 입장을 보다 효과적으로 나타내기 위한 장치로 쓰여졌다. 〈甲民歌〉에서 먼저 말을 건네는 생원의 발언은 甲山民의 말을 유도해내는 導言의 역할을 한다. '遊離하지 말라'는 생원의 입장에 대하여 甲山民은 '遊離하지 않을 수 없는' 상황을 생생하게 이야기 하고 있으며, 작가는 후자의 입장을 옹호한다.[120] 여기서 甲山民에 의해 서술되고 있는 액자안의 이

---

120 고순희, 앞의 글, 54면.

야기인 甲山民 자신의 생애는 하나의 민중현실을 이루는 것이다. 採蔘의 헛수고, 狐皮山行으로 인한 失脂, 아내의 結項致死, 田土家藏盡賣, 그리고 遊離行爲 등은 모두 수탈로 인한 농민의 피폐상을 보여주는 민중현실이며, 이러한 민중현실들을 직접 겪은 경험자의 입장에서 甲山民은 이야기하고 있어 설득력을 높여 주고 있다. 遊離 逃亡의 필연성과 遊離해 가는 곳이 北靑임을 밝히고 그곳에서의 납세를 공언함으로써 遊離行爲의 정당성을 아울러 말하고 있는 甲山民의 시각은 대단히 현실 비판적이다.[121]

〈居士歌〉와 〈임천별곡〉 역시 대화체로 되어 있으며, 서술자의 시각은 현실 비판적이며 풍자적이다. 〈居士歌〉는 거사가 山中에 찾아온 과부를 보고 혹하여 파계하고 그 여자와 함께 下山하는 과정을 비극화된 서술자의 시각으로 상세하게 묘사하고 있는데, 거사의 행위 자체를 대화체의 형식으로 재현해 보여줌으로써 누구보다 여색을 멀리해야 하는 거사의 타락상을 비판하고 있다. 〈임천별곡〉에서도 양반의 타락상이 비극화된 서술자의 풍자적 시각에 의해 대화체 형식으로 재현되고 있다.

> 우연이 이곳 와셔 그디의계 욕을 보니
> 욕을 보고 살양이면 렬녀라 칭찬ᄒ리
> 비ᄂᆞ이다 비ᄂᆞ이다 거ᄉ님견 비ᄂᆞ이다
> 이내 몸이 산밧게 무ᄉᆞ이 나게 ᄒ면
> 머리털노 신을 숨고 풀을 믹즈 갑흐리다
> 비ᄂᆞ이다 비ᄂᆞ이다 거ᄉ님게 비ᄂᆞ이다
> 어화 뎌 거ᄉ의 ᄒᄂᆞᆫ 거동 괴이ᄒ다
>
> 〈居士歌〉

조선 후기 서사가사 연구 377

한멈의 옷가슴의 손 조금 너허보셰

어져 놀나고야 흉악흉악 바라볼가

어졔오날 꿈즈리가 슈럭슈럭 ᄒ더라니

오늘밤의 꿈을 ᄭ우니 슐가락을 더져뵈데

셰상쳔하 만고조선 팔도의도 긔괴ᄒ다

(…중략…)

이 양반 어디 양반 져다지 밋쳐는고

<u>싱원님도 냥반이니 냥반다이 힝셰ᄒ야</u>

마샹의 봉한식과 화소함젼 셩미쳥을

사랑의 놉피 안자 풍월이나 훌거시지

셴나롯 나붓기고 바지츔의 손을 너코

여염으로 단이면셔 계집츄심 우습도다

빅노규어격을 어디가 비오신고

오쟝머리 드러지고 염통머리 쌘져뵌다

〈임천별곡〉(밑줄은 인용자)

　　〈임천별곡〉에서 타락한 양반은 체면과 도의는 생각지도 않고 늙은 과부를 능욕하려고 한다. 이에 늙은 과부는 '생원님도 양반이니 양반처럼 행세하라'고 그 타락상을 맹렬하게 비판하고 나선다. 〈居士歌〉의 경우 '어화 뎌거스의 ᄒ는거동 괴이ᄒ다'면서 서술자가 직접 나서서 거사의 행동을 비판하기도 하지만 대부분은 서술자가 직접 간여하지 않고 거사의 타락상을 대화체의 형식으로 어느 정도 거리를 둔 채 제시되고 있다.

　　이상에서 보듯이 이 유형에 속하는 〈甲民歌〉와 〈居士歌〉, 그리고 〈임천별곡〉에는 학정으로 시달리는 甲山民의 궁핍한 삶, 거사의 타락상, 양반의 부도덕한 행위 등이 비극화된 서술자의 비판적이고 풍자적인 시각을 통해 대화체 형식으로 재현되고 있다.

5. 결론

지금까지 조선 후기 서사가사 작품 19편을 대상으로 하여 서사가사의 독자적 의의와 그 내적인 특징에 대하여 고찰하였다.

문학 작품을 고찰함에 있어서 중요한 것은 분류적 기준을 내세워 어느 한쪽으로 귀속시키는 것보다 작품이 지니는 실상을 최대한으로 인정하고 그 나름의 미적 특성을 온전히 드러내는 데에 있다고 할 수 있다. 그래서 본고는 가사가 지니고 있는 복합성과 개방성이라는 두 가지 특성에 근거하여 조선 후기에 일어난 가사의 변화 양상 중 특히 서사성에 주목하여, 서사성이 두드러지게 나타나고 있는 일군의 가사 작품들을 '서사가사'라 명명하고 그 내적인 특징을 고찰하는 데에 주안점을 두었다. 물론 '서사가사'의 장르적 특징을 제대로 규명하기 위해서는 서사장르 전반과 비교, 검토해야 하겠지만 본고에서는 우선적으로 소설과의 대비를 염두에 두고 논의를 전개하였다.

본고의 논의를 통해 드러난 내용과 결과를 요약하는 것으로 결론을 대신하고자 한다.

2절에서는 먼저 '서사가사'의 개념을 정의하고 이에 근거하여 본고의 대상으로 선정한 19편의 서사가사 작품들의 서사성을 검토하였다. 가사는 4음 4보격의 율문 표출이라는 율격적 통제만 존재할 뿐 그 밖의 어떠한 장르상의 제한 조건도 필요하지 않기 때문에 '서사가사'의 개념 정의는 주로 '서사'의 측면에서 이루어졌다. 논의의 결과 서사는 담론의 차원에서는 서술자를, 그리고 이야기의 차원에서는 인물이라는 사물적 요소와 사건이라는 사건적 요소를 지녀야 함을 밝혔다. 결국 '서사'는 본질적으로 실제의 작가와 구별되는 서술자를 반드시 내포하고 있어야 하며, 작가가 서사의 내용을 이루는 이야기를 서술자를 매개로 하여 독자에게 전달하는 것으로 요약될 수 있다. 본고에서 설정한 '서사'는 다음의 두 가지 점에서 의의를 가진다. 첫째, 그것은 서사 일반의 장르에 폭넓게 적용될 수 있는 개념이어서 개별 서사 장르들 사이의 관련성을 긴밀하게 살펴볼 수 있는 데 도움이 될 것이다. 둘째, 고전소설과 다른 면모를 보이고 있는 현대소설의 특징을 감안할 때, 본고에서 마련한 서사는 현대소설과 고전소설을 함께 견주어 살펴볼 수 있는 기반을 마련해 줄 수 있다.

이렇게 설정한 '서사'의 개념을 토대로 하여 본고의 연구 대상인 서사가사 작품들의 서사성을 검토해보았다. 인물의 형상화와 사건의 전개는 주로 서술자가 주된 역할을 한다는 점에 착안하여 서술자를 중심으로 하여 논의를 전개시켰다. 기존의 연구에서 주로 사용한 인칭에 의한 서술자의 구분은 작품의 내적인 특징을 제대로 밝히기에는 그 한계를 드러내고 있으므로 새로이 '극화된 서술자'와 '비극화된 서술자'라는 개념을 확보하여 서사성 검토의 준거로서 사용하였다. 그 결과 서사가사에도 소설의 경우처럼 다양한 서술자 유형이 존재함을 알 수 있었으며, 또한 가사와 소설은 그 서술자에 있어서 1인칭 서술자와 3인칭 전지적 서술자라는 점에서 서로 차이를 보인다는 종래의 견해가 오류임을 밝혔다.

3절에서는 갈등구조의 측면에서 서사가사와 소설을 비교·고찰하였다. 효과적인 분석을 위해 먼저 서사가사 작품들 중 소설과의 장르 교섭 양상이 확인된 경우와 그렇지 않은 경우의 두 부류로 나누어, '현전 관계'와 '비현전 관계', 그리고 '공시의'와 '외시의'라는 개념에 근거하여 서사가사와 소설의 갈등구조를 살펴보았다. 물론 '현전 / 비현전 관계'와 '공시의 / 외시의' 개념은 문학 작품의 수용자 측면을 고려하고서 설정한 것이지만, 문학 작품의 진정한 의미는 수용자와의 접촉을 통해서만 구현된다는 점을 감안한다면 어느 정도 유용한 분석틀이 될 것이다. 그 결과 서사가사의 갈등구조 역시 소설의 그것 못지않은 양상을 보여주고 있음을 확인할 수 있었다.

2절과 3절에서의 논의는 주로 서사가사의 독자적 의의에 회의적인 반응을 보인 기존의 편향된 연구를 바로잡는 데에 그 주안점을 두었다. 마지막으로 4절에서는 '서사'로서의 독자성을 확보한 서사가사 작품들의 특징을 살펴보는 데 논의의 중점을 두었다. 효과적인 논의를 위해 본고에서는 처음으로 서사가사의 유형 분류를 시도하였다. 유형 분류의 기준으로는 유형 분류의 기준으로는 '극화 / 비극화된 서술자'라는 '서술자의 성격', '서술자의 서술시각', 그리고 각 작품의 '주제'의 세 가지를 설정하였다. 서술자의 성격이라는 기준은 형식적 측면과 관련되며, 작품의 주제라는 기준은 내용적 측면과 관련되는데, 이 둘을 함께 묶어 주는 연계 고리로 '서술시각'을 설정하였다. 이러한 기준에 따라 서사가사 작품들을 '감계―비극화된 서술자의 관념적 서술시각', '위안―극화된 서술자의 낭만적 서술시각', '비판―비극화된 서술자의 풍자적 서술시각' 등의 세 가지 유형으로 나누어 그 특징을 고찰하였다.

이상의 논의 결과 서사가사의 독자적 의의와 그 내적 특징이 어느 정도 밝혀졌을 것이며, 결국은 가사 장르 연구에 한 보탬이 될 것이라고 생각한다. 그러나 본고의 논의는 어디까지나 소설과의 대비에만 국한시켰기 때문에, 앞으로 서사민요, 서사무가, 설화 등의 서사 일반의 장르를 포괄한 심화된 논의가 필요할 것이다.

서울대 석사논문, 1995

자료

강한영 편역, 『신재효 판소리사설집』, 교문사, 1984.

권영철 편, 『閨房歌辭』Ⅰ, 한국정신문화연구원, 1979.

김동욱 편, 『古小說板刻本全集』 第一冊, 인문과학연구소, 1991.

김동욱·임기중 편, 『校合 樂府』, 태학사, 1982.

__________________, 『校合 歌集』, 태학사, 1982.

__________________, 『校合 雅樂部歌集』, 태학사, 1982.

김문기, 『서민가사연구』, 형설출판사, 1985.

김성배 외편, 『주해 가사문학전집』, 집문당, 1981.

김종철, 「게우사」, 『한국학보』 65, 일지사, 1991.

______, 「무숙이타령(왈자타령) 연구」, 『한국학보』 68, 일지사, 1992.

방종현 외편, 『朝鮮民謠集成』, 정음사, 1947.

신명균 편, 『歌詞集』, 中央印書舘, 1936.

이상보 주석, 「승가 4편」, 『한국문학』 62, 한국문학사, 1978.

이상보, 『한국불교가사전집』, 집문당, 1980.

______, 『18세기 가사전집』, 민속원, 1991.

임기중 편, 『역대가사문학전집』 6, 동서문화원, 1987.

__________, 『역대가사문학전집』 8, 동서문화원, 1987.

__________, 『역대가사문학전집』 15, 여강출판사, 1988.

__________, 『역대가사문학전집』 25, 아세아문화사, 1999.

__________, 『역대가사문학전집』 27, 아세아문화사, 1999.

________, 『역대가사문학전집』 50, 아세아문화사, 1998.

임형택 편, 『조선 후기 여항문학 총서』 3, 여강출판사, 1986.

『國譯 大東野乘』Ⅰ(『筆苑雜記 2, 민족문화추진회), 『朴氏本 詩歌』, 『新增東國輿地勝覽』, 『龍飛御天歌』, 『六堂本 靑丘永言』, 『周氏本 海東歌謠』

논저

강명관, 「추재 조수삼 문학 연구」, 한국학대학원 석사논문, 1982.

고미숙, 「근대계몽기, 그 생성과 변이의 공간에 대한 몇 가지 단상」, 『민족문학사연구』 14, 민족문학사학회, 1999.

고순희, 「19세기 현실비판가사 연구」, 이화여대 박사논문, 1990.

______, 「가사문학의 구비적 성격」, 『고전문학연구』 15, 한국고전문학회, 1999.

고영근, 『國語學硏究史』, 학연사, 1985.

권택영, 『소설을 어떻게 볼 것인가 : 낯설게 하기에서 에로스적 욕망까지』, 동서문화사, 1991.

김광순, 「고소설의 개념」, 한국고전소설편찬위원회 편, 『한국고전소설론』, 새문사, 1992.

김기동, 「가사의 소설화시론」, 『동국대학교 논문집』 3·4, 동국대 출판부, 1967.

______, 『국문학개론』, 진명문화사, 1975

김대행, 『시가시학연구』, 이화여대 출판부, 1991.

김동욱, 「임란 전후 가사연구」, 『진단학보』 25·26·27, 진단학회, 1964.

______, 「자료소개 『잡가』」, 『국어국문학』 39·40, 국어국문학회, 1968.

김문기, 『서민가사연구』, 형설출판사, 1985.

김미란, 『고대소설과 변신』, 정음문화사, 1984.

김병국, 「장르론적 관심과 가사의 문학성」, 『현상과 인식』 1(4), 한국인문사회과학회, 1977.

______, 「고대소설 서사체와 서술시점」, 『한국고전소설연구』, 새문사, 1991.

김원모, 「이종응의 〈서사록〉과 〈셔유견문록〉 해제」, 『동양학』 32, 단국대 동양학연구소, 2002.

김유경, 『서사가사연구』, 연세대 석사논문, 1988.

______, 「〈만언사〉 연작 연구」, 『연민학지』 4, 연민학회, 1996.

______, 「연작형 가사의 형성과 변이 연구 : 〈초당문답가〉를 중심으로」, 연세대 박사논문, 1996.

______, 「편지 왕래형 구애가사 연구」, 『연민학지』 5, 연민학회, 1997.

김주곤, 『한국불교가사연구』, 집문당, 1994.

김준오, 『한국 현대 쟝르 비평론』, 문학과지성사, 1993.

김천혜, 『소설 구조의 이론』, 문학과지성사, 1990.

김태준, 「儒敎的 文明性과 文學的 敎養에 대하여 : 申維翰의 日本日記 〈海遊錄〉을 중심으로」, 『비교문학』 2, 한국비교문학회, 1978.

김팔남, 「가사 〈僧歌〉와 한시 〈三疊僧歌〉의 상관성 고찰」, 『樂隱 姜銓燮先生 華甲紀念論叢』, 창학사, 1992.

김학성, 「가사의 장르성격 재론」, 『백영 정병욱선생 환갑기념논총』, 신구문화사, 1982.

______, 「가사의 실현화 과정과 근대적 지향」, 『고전시가론』, 새문사, 1984.

김형민, 「김유정소설의 서술상황론적 연구」, 홍익대 박사논문, 1992.

김혜숙, 「유배가사를 통하여 살펴본 가사의 변모양상」, 『관악어문연구』 8, 서울대 국어국문학과, 1983.

김흥규, 『한국문학의 이해』, 민음사, 1992.

류연석, 『한국가사문학사』, 국학자료원, 1994.

류탁일, 「〈화전가〉(덴동 어미의 비극적 일생)의 서사구조」, 『權寧徹敎授 回甲紀念論文集』, 효성여대 출판부, 1988.

박노준, 「海遊歌(一名 西遊歌)의 세계 인식」, 『한국학보』 64, 일지사, 1991(박노준, 『조선 후기 시가의 현실인식』, 고려대 민족문화연구원, 1998에 재수록).

______, 「〈海遊歌〉와 〈셔유견문록〉 견주어 보기」, 『한국언어문화』 23, 한국언어문화학회, 2003(박노준 편, 『고전시가 엮어 읽기』, 태학사, 2003에 재수록).

박애경, 「시조와 잡가의 접점」, 한국고전문학회 제217차 월례발표회, 2001.

박요순, 「歌辭 〈申哥傳〉攷」, 『崇田語文學』 6, 崇田大, 1977.

______, 「여승가사고」, 『한남어문학』 16, 한남대 국어국문학회, 1990.

박일용, 『조선시대의 애정소설 : 사실과 낭만의 소설사적 전개양상』, 집문당, 1993.

박지향, 「여행기에 나타난 식민주의 담론의 남성성과 여성성」, 『영국연구』 4, 영국사학회, 2000.

박혜숙, 「여성문학의 시각에서 본 〈덴동어미화전가〉」, 『인제논총』 8(2), 인제대학교, 1992.

박희병, 『조선 후기 전의 소설적 성향 연구』, 성균관대 대동문화연구소, 1993.

백기수, 『미의 사색』, 서울대 출판부, 1993.

서대석, 「영웅소설론」, 『한국고전소설론』, 한국고전소설편찬위원회 편, 새문사, 1992.

서영숙, 『서사적 여성가사의 전개방식 연구』, 충남대 박사논문, 1992.

서원섭, 「退溪의 孝友歌 硏究」, 『韓國의 哲學』 9, 경북대 퇴계연구소, 1980.

성호경, 「16세기 국어시가의 연구」, 『조선 전기 시가론』, 새문사, 1988.

소재영, 「해유록에 비친 한일관계」, 『숭실어문』 4, 숭실어문학회, 1987

申基亨, 「〈李退溪先生 孝友歌〉 一考」, 『文耕(文理大學報)』 25, 중앙대 문리과대학, 1968.

어영하, 「규방가사의 서사문학성 연구」, 『국문학연구』 4, 효성여대 국어국문학연구실, 1973.

우미영, 「서양 체험을 통한 신여성의 자기 구성 방식」, 『여성문학연구』 12, 한국여성문학학회, 2004.

윤석창, 『가사의 장르적 복합성 연구』, 경희대 박사논문, 1984.

______, 『가사문학개론』, 깊은샘, 1991.

이가원, 「가사집 『雜歌』 解題」, 『열상고전연구』 9, 열상고전연구회, 1996.

이겸로, 「月印釋譜의 去來」, 『풀씨』 4, 풀꽃세상을 위한 모임, 1999.

이동영, 『조선조 영남시가의 연구』, 부산대 출판부, 1984(국어국문학회 편, 『가사연구』, 태학사, 1998에 재수록).

이동찬, 「가사의 텍스트 상호관련성과 '여러 목소리'현상」, 『한국문학논총』 12, 한국문학회, 1991.

이병호, 『김남천 소설의 서술방법 연구』, 서울대 석사논문, 1994.

이상보, 『한국고시가의 연구』, 형설출판사, 1975.

______, 「僧房에 띄운 戀情歌辭」, 『한국문학』 62, 한국문학사, 1978.

______, 『한국고전시가연구 · 속』, 태학사, 1984.

______, 「사대부와 가사」, 국어국문학회 편, 『가사연구』, 태학사, 1998.

이상택, 「當爲와 現象의 거리」, 『창작과 비평』 45, 창작과비평사, 1977.

이선애, 「복선화음가연구」, 『여성문제연구』 Ⅱ, 효성여대 한국여성문제연구소, 1982.

이순형, 「조선조 혼인 관계의 유지 원리」, 『한국사회학』 31, 한국사회학회, 1997.

이승훈, 『시론』, 고려원, 1986.

이원주, 「고전소설독자의 성향」, 『한국학논집』 1~5, 계명대 한국학연구소, 1980.

이윤상, 「한말, 개항기, 개화기, 애국계몽기」, 『역사비평』 봄, 역사문제연구소, 2006.

이재선, 『한국단편소설연구』, 일조각, 1977.

이태극, 「가사의 내용고 : 특히 그 유가성에 대하여」, 『도남 조윤제박사 회갑기념논문집』, 신아사, 1964.

이혜화, 「『해동유요』 소재 가사고」, 『국어국문학』 96, 국어국문학회, 1986

이혜순, 『조선통신사의 문학』, 이화여대 출판부, 1996.

______, 「여행자 문학론 試攷」, 『비교문학』 24, 한국비교문학회, 1999.

이화여대 한국여성사 편찬위원회 편, 『한국여성사』 Ⅰ, 이화여대 출판부, 1984.

임형택, 「20세기 초 신 · 구학의 교체와 실학 : 근대계몽기에 대한 학술사적 인식」, 『민족문학사연구』 9, 민족문학사학회, 1996.

장정수, 『서사가사 특성 연구』, 고려대 석사논문, 1989.

전복희, 『사회진화론과 국가사상』, 한울, 1996.
______, 「애국계몽기 계몽운동의 특성」, 『동양정치사상사』 2(1), 한국동양정치사상사학회, 2003.
정재호, 『한국가사문학론』, 집문당, 1984.
______, 「相思和答歌類 硏究」, 『한국 가사문학의 이해』, 고려대 출판부, 1998.
조동일, 「가사의 장르 규정」, 『어문학』 21, 한국어문학회, 1969.
______, 「미적범주」, 『한국사상대계』 1, 성균관대 대동문화연구원, 1973.
______, 『서사민요연구』, 계명대 출판부, 1983.
______, 『한국소설의 이론』, 지식산업사, 1989.
______, 『한국문학통사』(제3판) 2, 지식산업사, 1994.
______, 『한국문학통사』(제3판) 3, 지식산업사, 1994.
차승기, 「근대 계몽기 민족주의의 성격에 관한 고찰」, 『현대문학의 연구』 12, 한국문학연구학회, 1999.
최대종, 「退溪의 詩歌 硏究」, 건국대 석사논문, 1991.
최원식, 「가사의 소설화 경향과 봉건주의의 해체」, 『창작과 비평』 겨울, 창작과비평사, 1977.
최원오, 「〈무숙이타령〉의 형성에 대한 고찰」, 한국구비문학회 하계 연구발표회, 1994.
최현재, 「연작가사 '승가'의 원형과 구조적 특징」, 『한국문화』 26, 서울대 한국문화연구소, 2000.
한국구비문학회, 『구비문학개설』, 일조각, 1977.
한희숙, 「양반사회와 여성의 지위」, 『한국사 시민강좌』 15, 일조각, 1994
허창운 편, 『현대문예학의 이해』, 창작과비평사, 1989.
황재군, 『한국 고전여류시 연구』, 집문당, 1988.

大谷森繁, 『朝鮮後期小說讀者研究』, 고려대 민족문화연구소, 1985.
마이클 J. 툴란, 김병욱·오연희 역, 『서사론』, 형설출판사, 1993.
S. 리몬 케넌, 최상규 역, 『소설의 시학』, 문학과지성사, 1992.
S. 채트먼, 한용환 역, 『이야기와 담론: 영화와 소설의 서사구조』, 고려원, 1991.
미하일 바흐친, 전승희 외역, 『장편소설과 민중언어』, 창작과비평사, 1994.
폴 헤르나디, 김준오 역, 『장르론』, 문장사, 1983.
F. K. Stanzel, 안삼환 역, 『소설형식의 기본유형』, 탐구당, 1990.
__________, 김정신 역, 『소설의 이론』, 문학과지성사, 1992.
츠베탕 토도로프, 곽광수 역, 『구조시학』, 문학과지성사, 1992.
월리스 마틴, 김문현 역, 『소설이론의 역사』, 현대소설사, 1992.

웨인 C. 부스, 이경우·최재석 역, 『소설의 수사학』, 한신문화사, 1990.

Susan Sniader Lanser, *The Narrative Act : point of view in prose fiction*, Princeton University Press, 1981.

제라르 즈네뜨, 권택영 역, 『서사담론』, 교보문고, 1992.

C. Brooks·R. P. Warren, 안동림 역, 『소설의 분석』, 현암사, 1985.

E. M. 포스터, 이성호 역, 『소설의 이해』, 문예출판사, 1993.

월터 J. 옹, 이기우·임명진 역, 『구술문화와 문자문화』, 문예출판사, 1995.

재크린 살스비, 박찬길 역, 『낭만적 사랑과 사회』, 민음사, 1985.

제4부

잡가 · 민요에 대한 이해

20세기 전반기 잡가의 변모양상과 그 의미
잡가집과 유성기 음반 수록 〈난봉가〉계 작품을 중심으로

1. 서론

고전시가사에서 20세기 전반기는 잡가가 도시 유흥의 장에서 대중적
인 인기를 크게 구가하였던 시기이다. 20세기에 접어들면서 도시의 발
달에 따라 유흥 문화가 번창하면서 잡가는 19세기와는 뚜렷이 구별되는
양상들을 보이게 된다. 잡가는 협률사나 광무대 등 이 시기에 설립된 근
대식 극장에서 주요 음악으로 공연될 정도로 크게 흥행을 하며, 대량으
로 출판된 가집들에 대거 수록될 뿐만 아니라 더 나아가서는 유성기 음
반이라는 대중 매체를 통해 향유층을 급속도로 확장하게 된다.[1] 결국 20

---

[1] 20세기 이전과 이후의 잡가가 소통 환경의 차이로 인해 서로 구별되는 특징적 양상을 보
이고 있다는 점에 대해서는 강등학, 「19세기 이후 대중가요의 동향과 외래양식 이입의
문제」, 『인문과학』 31, 성균관대 인문과학연구소, 2001; 권도희, 「20세기 초 서울음악계
의 성격과 대중음악 형성에 관한 연구」, 『서울학연구』 22, 서울시립대 서울학연구소,
2004; 박애경, 「19세기 말, 20세기 초 잡가의 소통 환경과 존재양상」, 『구비문학연구』 21,
한국구비문학회, 2005; 고은지, 「20세기 초 시가의 새로운 소통 매체 출현과 그 의미」, 『어
문논집』 55, 민족어문학, 2007 등을 참고할 수 있다.

세기 전반기 잡가의 변모는 대중성의 확보와 상업성의 침윤으로 요약될
수 있다.

그런데 여기서 주목해야 할 점은 이러한 변모가 활자화된 잡가집과
유성기 음반이라는 매체를 통해 현시되고 있다는 것이다. 잡가집 소재
잡가와 유성기 음반 수록 잡가는 언뜻 보면 동일한 것으로 간주될 수도
있겠지만, 이 둘은 활자와 음반이라는 상이한 매체적 특성으로 인해 간
과할 수 없는 중요한 차이를 빚어내고 있다. 물론 잡가집이 1910년대 중
반부터 1920년대 초반까지 집중적으로 발간된 데 반해, 잡가의 음반화
는 그 이후인 1920년대 후반부터 1930년대 중반까지 대량으로 행해졌다
는 시간적 격차도 도외시할 수는 없을 것이다. 20세기 전반기 잡가가 시
대와 매체에 따라 변모하는 양상을 포착하여 이러한 양상의 이면에 내
재한 의미를 밝히는 것이 본고가 겨냥한 궁극적인 의도이다.[2]

지금까지 잡가에 대한 연구는 적지 않은 성과를 남겼다고 할 수 있다.
잡가의 개념과 장르적 특질을 규명하는 데 집중한 초기의 연구에 뒤이
어 잡가의 대중문화적 성격에 대한 탐색으로 연구자들의 관심 영역이
확대되면서 잡가 연구는 더욱 심화되었다. 최근에는 잡가의 사설 구성
원리나 시학적 특징 등을 집중적으로 조명한 연구 성과물들이 속속 학
계에 제출되고 있어 관심을 끌고 있다.[3] 이러한 선행 연구의 결과로 잡
가의 전체적인 윤곽과 주요 속성들에 대해서는 의구심이 거의 해소가
되었다고 할 수 있다. 그러나 잡가가 지닌 잡연성과 개방성으로 인해 개
별 작품들의 미적 가치와 문학적 특징에 대해서는 아직도 상당 부분 베

---

[2]　본고는 20세기 전반기 소통 매체에 따른 잡가의 변모양상에 주목하여 이를 본격적으로
　　논의한 장유정, 「대중매체의 출현과 전통가요 텍스트의 변화 양상 고찰」, 『고전문학연
　　구』 30, 한국고전문학회, 2006에 견인된 바가 크다는 것을 밝혀둔다.

[3]　이규호, 「잡가의 정체」, 『한국문학사의 쟁점』, 집문당, 1986; 권순회, 「잡가 연구의 현황
　　과 과제」, 『한국가사문학연구』, 태학사, 1996; 박애경, 「잡가 연구의 현황과 과제」, 『열
　　상고전연구』 17, 열상고전연구회, 2003 등에서 잡가에 대한 선행 연구들을 자세히 검토
　　하고 있으므로 본고에서는 다시 거론하지 않는다.

일에 가려져 있는 것이 사실이다. 특히 유흥공간에서 구술로 연행되었기에 다른 어느 장르보다도 향유층의 반응에 민감했던 장르가 잡가라고 한다면, 잡가가 지닌 이러한 동태적 특성과 그 의의를 규명하는 것은 곧 개별 잡가 작품들의 잡가로서의 속성을 해명하는 한 방법이 될 것이다. 이에 본고에서는 집약된 논의를 위해 〈난봉가〉 계의 작품들을 대상으로 하여 20세기 전반기 소통 매체와 연행환경의 변화에 이 작품들이 어떻게 대응하고 그 의미가 무엇인지 살펴보고자 한다. 〈난봉가〉 계의 작품들은 그 당시 잡가집과 유성기 음반을 통해 볼 때 상당한 대중적 인기를 얻고 있었으며, 또한 소통 매체의 변화에 따라 작품이 현저하게 변모하고 있으므로 잡가의 동태적 특성을 살펴보는 데 하나의 지표가 될 수 있기에 선택한 것이다.

2. 20세기 전반기 잡가집과 유성기 음반의 상관관계

20세기 전반기 발간된 잡가집은 그 상당 부분이 정재호의 『한국속가전집』에 묶여져 있어 유용하게 참고할 수 있다. 이 전집에는 최초의 잡가집으로 평가받고 있는 1914년의 『新舊雜歌』를 필두로 하여 1958년의 『대증보무쌍유행신구잡가』까지 모두 26권의 잡가집이 영인되어 있다. 이중 1946년에 간행된 『조선고전가사집』과 1958년의 『대증보무쌍유행신구잡가』를 제외하면 모두 일제 강점기에 간행된 것이며, 특히 과반수인 15권의 잡가집은 1910년대에 집중적으로 간행되었다. 이러한 점으로 보아 1910년대가 잡가집 출간의 전성기였음을 알 수 있다.[4]

---

[4] 정재호는 1984년에 간행한 『한국잡가전집』(계명문화사)을 더욱 보완하여 『한국속가전집』(다운샘, 2002)을 간행하여 잡가 연구에 큰 공헌을 하였다. 잡가집의 출간 현황과 특

大抵 開明혼 各國에도 戲臺劇場이 不有홈은 아니로디 皆其國風民俗을 從호야 인민에게 有益혼 劇場을 演호야 國內男女로 호야곰 疲勞의 餘에 心志를 愉快케 호며 愛國의 정신을 鼓發케 홈으로써 下等社會는 此로 因호야 智識을 感發호는 效力도 不無혼지라 其政府에셔도 禁止치 아니호거니와 我國의 所謂 演戱라 호는 것은 毫髮도 自國의 精神的 思想이 無호고 但其淫舞馳態로 春香歌니 沈淸歌니 朴僉知니 舞童牌니 雜歌니 打令이니 호는 奇奇怪怪혼 淫蕩荒誕의 伎를 演호며 靡靡嘈嘈혼 促急迫切의 音을 奏호야 (…중략…) 若此等野習을 不禁호면 其影響이 必 中等社會신지 及호야 文明의 前進은 姑捨호고 反히 野昧의 悲境에 陷홀지니 慨歎 치 아니리오.

〈演戱場의 野習〉(『황성신문』, 1907.11.29)

난삽한 음담패설로 엮어진 수심가, 난봉가, 아리랑, 홍타령 따위가 유행하니 영 웅의 활달한 기상과 지사의 강개한 마음을 나타내는 것으로 고쳐 불러야 마땅하다.

〈가곡개량의 이견〉(『대한매일신보』, 1908.4.10)

애국계몽기 지식인들의 비판적 논설들에도 드러나 있듯이 잡가는 20세기 초엽부터 상당히 유행을 하였음을 알 수 있다. 그런데 이 논설에서 적시한 〈수심가〉, 〈난봉가〉 등의 잡가는 잡가집뿐만 아니라 유성기 음반에서도 매우 빈번하게 나타나고 있어 그 인기가 위 논설들이 작성된 시기에만 국한된 것이 아님을 알 수 있다. 이러한 점은 잡가집과 유성기 음반 수록 잡가들을 대상으로 하여 개별 잡가들의 수록 빈도수를 살펴보면 더욱 분명히 드러난다.[5]

징 등에 대해서는 정재호, 「잡가집의 계열구분과 그 특성」, 『사대논집』 23, 고려대 사범 대학, 1999와 정재호, 「잡가집의 특성과 문학사적 의의」, 『한국시가연구』 8, 한국시가학 회, 2000 참조(이 두 논문은 『한국속가전집』에도 수록되어 있다).

[5] 장유정, 앞의 글, 45~46면에 제시된 도표를 참고로 하여 정재호의 『한국속가전집』에 수록된 잡가집과 한국정신문화연구원 편, 『한국유성기음반총목록』, 민속원, 1998과 김 점도 편, 『유성기음반총람자료집』, 신나라레코드, 2000을 대상으로 하여 주요 잡가 작

이에 의하면 〈수심가〉, 〈난봉가〉, 〈방아타령〉 등의 잡가들이 잡가집이나 유성기 음반 모두에서 상위에 속하고 있음을 알 수 있다.[6] 그런데 여기서 주목할 점은 잡가집 수록 잡가와 유성기 음반 수록 잡가의 상관관계에 나타난 경향성이다. 당시 잡가집이나 유성기 음반은 매체의 특성상 상업성을 표방할 수밖에 없으며, 따라서 향유층에게 인기가 많은 작품일수록 잡가집이나 유성기 음반에서 적극적으로 수록되었으리라는 점은 주지의 사실이다. 대체적으로 잡가집에서 최다 빈도수를 보이는 작품들이 유성기 음반에도 상위에 포진하고 있지만, 〈적벽가〉, 〈제비가〉, 〈소춘향가〉, 〈유산가〉 등의 12잡가는 유성기 음반에서 수록되는 빈도수가 급격하게 줄어들고 있다.[7] 이러한 사실은 유성기 음반이라는 매체가 잡가집과는 구별되는 또 다른 특징을 지니고 있음을 보여주는 하나의 방증이 될 것이다. 즉 잡가집이 당시 향유층의 인기를 어느 정도 충실히 반영한 것이라면, 유성기 음반의 경우 대중성이라는 요건 외에도 또 다른 작품 선정의 기준이 덧붙여졌음을 시사해주는 것이라 할 것이다. 〈수심가〉, 〈난봉가〉, 〈방아타령〉처럼 잡가집과 유성기 음반에서 모두 최상위 빈도수를 보여주는 작품들과 〈적벽가〉, 〈제비가〉, 〈소춘향가〉, 〈유산가〉 등의 잡가들처럼 유성기 음반에서는 그 빈도수가 현격하게 줄어든 작품들을 대비시켜 본다면 이러한 작품 선정의 기준은 명확히 드러날 것으로 판단된다.

이러한 기준으로는 여러 가지 요소들을 고려해보아야 하겠지만, 우선

품들의 빈도수를 산출하였다.

6 『한국속가전집』에 가장 많이 수록된 잡가는 67회의 〈난봉가〉이며, 42회의 〈수심가〉와 37회의 〈방아타령〉, 24회의 〈아리랑〉 등이 그 뒤를 잇고 있다. 유성기 음반에 수록된 빈도수 상위 잡가로는 〈수심가〉(137회), 〈난봉가〉(126회), 〈방아타령〉(97회), 〈양산도〉(57회), 〈육자배기〉(48회) 등을 들 수 있다.

7 잡가집에선 23회의 수록 빈도수를 보인 〈적벽가〉가 유성기 음반에선 34회에, 잡가집에 19회 수록된 〈제비가〉는 유성기 음반에선 32회에, 잡가집에 17회 수록된 〈소춘향가〉는 유성기 음반에선 단지 8회에, 잡가집에 19회 수록된 〈유산가〉는 유성기 음반에선 23회에 그치고 있어 〈수심가〉나 〈난봉가〉에 비해 상당히 약화된 것으로 나타난다.

사설의 형식에 따른 특성을 거론할 수 있을 것이다. 대체적으로 전자의 작품들이 유절 형식을 띤 짧은 노래인 반면에 후자의 작품들은 통절 형식의 긴 노래라는 점에서 이 둘은 확연히 구분된다고 할 수 있다.[8] 이것은 유성기 음반이 지닌 시간적 제약성이 크게 작용한 결과라고 보아도 무방할 것이다.[9]

춘향의 거동 보아라 오른손으로 일광을 가리오고 오니손 놉히 드러 뎌 건너 죽림 뵌다 뎌 심어 어울ᄒ고 솔 심어 정자라 동편에 연당이오 서편에 우물이라 로방에 시미오후과오 문젼에 학션동싱류 긴 버들 희느러진 늙근 장송 광풍의 흥을 겨워 우즑우즑 춤을 츄니 뎌 건너 사립문안에 습살기 안져 먼 산만 바라보며 쓸리치는 져 집이오니 황혼에 정영이 도라오소 썰치고 가는 형상 스룸의 쎠다귀을 다 녹인다 너는 웨인 계집인관더 나을 종종 속이는야 너는 웨인 계집인관더 장부의 간장을 다 녹인다 록음방초승화시에 희는 어이 더듸가고 오동야월 발근달에 밤은 어이 수히가노 일월 무정 덧업도다 옥빈홍안이 공로로다 우는 눈물 바다니면 비도 타고 그련마는 지쳑동방 쳔리완더 어이 그리 못 보는고

〈소춘향가〉[10]

엘화찌여 에에헤로방이로구나

강원도영쳔압물방이가엽는지라뭇지안은마루리들이도구방이를찌여이야어셔 쩻코잠이나자굿군랑군업시드는잠은새로온줌을잔다에에헤로찌여로방이로다

술이라ᄒ는거슨아니먹즈밍셰터니안쥬보고술을보니밍셰둥둥허스로구나에

8 　이와 관련하여 "통속민요는 비교적 짧은 서정의 노래이다. 그리고 그것은 거의 대부분 장절형식으로 되어 있다. 장절형식으로 된 서정의 노래가 통속민요의 지배적인 양식인 것이다. 통속민요가 19세기의 대중가요 가운데 가장 인기 있는 노래가 되었다는 것은 20세기 이후 대중가요 양식의 전개방향이 '장절형식으로 된 서정의 노래'로 잡혀 있었던 것임을 의미한다(강등학, 앞의 글, 259면)"라는 지적은 충분히 참고할 필요가 있다.

9 　장유정, 앞의 글, 47~51면.

10 　『증보신구잡가』(정재호, 『한국속가전집』 2, 다운샘, 2002), 82~83면.

에헤로쩌여로방이로구나

　　잡긔라구ᄒᄂᆫ것수일져녁좀못자팔진미입에다네니모도다모래ᄌᆞ고집을팔고
밧틀파니픠가망신이이아닌가에에헤로쩌여로방이로다

　　진긔방당큰익기들은망건쓰기를잘ᄒᆫ다더라이야그것도모도다거즛말이로다
아모긔쏠이라다다다그럴것가망건고당이기그럿치에에헤로쩌여로방이로다

　　길짜집큰익기들은내다보기를잘ᄒᆫ다더라이야그것도모도다거즛말이로다길
짜집큰익기라구다다다그럴것가홀압ᄌᆞ식이기그럿치에에헤로쩌여로방이로다.

〈자즌방이타령〉[11]

다른 잡가에 비해 단형에 속하는 〈소춘향가〉는 자신의 집을 안내하
는 춘향의 행위와 집 풍경 묘사, 돌아서는 춘향의 모습, 이도령의 심경과
춘향의 심경 등의 대목들로 이루어져 있는데, 각 대목 간의 연결이 매끄
럽지 못하고 유기성이 결여되어 있는 작품으로 이해되고 있다.[12] 비록
그렇다고 하더라도 이들 대목들은 선행 장르인 판소리의 서사적인 특성
을 담보하고 있다는 점에서 작품전체의 미적 의미를 구성하는 데 일정
한 역할을 수행하고 있으므로, 유성기 음반이 지닌 연행 시간의 제약으
로 인해 어느 한 대목을 삭제하고 음반화할 수는 없는 것이다. 〈자즌방
이타령〉 역시 각 소절들이 후렴을 사이에 두고 유기성이 상당히 결여된
모습을 보여주고 있지만, 각 소절의 연결이나 유기성의 정도 면에서는
서사적 특성이 농후한 〈소춘향가〉의 각 대목들보다 더 느슨한 편이라
고 할 수 있다. 따라서 통절 형식의 서사적 특성을 띤 〈소춘향가〉와 같
은 잡가보다 유절 형식의 서정적 성향이 짙은 〈자즌방이타령〉이 연행
시간의 제약이 필연적으로 수반되는 음반화에는 더 적합하다고 할 수

11　『정정증보신구잡가』(정재호, 『한국속가전집』 1, 다운샘, 2002), 608~609면.
12　박애경, 「조선 후기 시가 통속화 양상에 대한 연구」, 『연세어문학』 27, 연세대 국어국문
　　학과, 1995, 39면; 박애경, 「19세기 시가사의 전개와 잡가」, 『한국민요학』 4, 한국민요학
　　회, 1996.

있다. 이러한 점에서 볼 때 유성기 음반은 대중적 인기라는 요소와 함께 제한된 연행 시간을 충족시킬 수 있는 잡가 작품들을 선호하는 특징을 지닌다고 할 수 있다.[13]

그러므로 대중적 인기와 연행 시간의 제한이라는 음반화의 특징적 경향이 〈소춘향가〉와 같은 잡가들을 배제하는 데 중요한 요인으로 작용했을 가능성은 충분히 인정된다고 할 수 있다. 그렇지만 이러한 요인들이 〈난봉가〉, 〈수심가〉, 〈방아타령〉 등의 잡가들이 유성기 음반 수록 빈도수에서 최상위를 차지하게 된 이유를 해명하기에는 부족한 것도 사실이다. 그러므로 본질적인 문제는 〈난봉가〉, 〈수심가〉, 〈방아타령〉이 잡가집과 유성기 음반에서 모두 최상위 수록 빈도수를 보일 만큼 대중성을 확보하게 된 텍스트적 특성이 무엇인지를 밝히는 데에 있다고 할 것이다. 〈난봉가〉계의 작품들을 대상으로 하여 이러한 점을 중점적으로 검토하도록 한다.

13 　잡가의 음반화에 중요한 요건 중의 하나인 시간적 제약을 충족시키려면 서사적인 통절 형식보다는 반복되는 짧은 소절로 이루어진 서정적인 유절 형식이 더 적절하다는 또 다른 예로서 〈한강수타령〉, 〈창부타령〉, 〈사발가〉 등을 들 수 있다. 이 세 잡가는 잡가집 수록 빈도수는 오직 1회(그것도 1958년 출간된 『대중보무쌍유행신구잡가』)에 불과하지만 유성기 음반 수록 빈도수는 각각 15회, 26회, 18회로 늘어나 뒤늦게 유성기 음반으로 대중적 인기를 얻었음을 알 수 있다. 그런데 이 세 잡가는 〈난봉가〉처럼 유절 형식이라는 공통점을 지닌다. 그러므로 유절 형식이 음반화에 아주 적절한 요인이라고 할 수 있을 것이다. 참고로 〈사발가〉를 소개하면 다음과 같다.
　"명사십리 백사장 바람결에 해당화 그 누구를 반기려고 밝앟게나 피엿나 에헤에헤야 에 여라난다 디여라 네가내사랑아 // 만경창파 뱃길에 정든님을 보내고 오실 날이 멀다고 샛밝앟게 핀단다 (이하 후렴 생략) // 비행기로 가려나 급행차로 가려나 달빛딸아 천천히 거드러거리고 가려나 /죽자살자 몸부림 생성화가 나드니 석달 열흘 못가서 박아지싸움만 열였네 // 꽃과 같은 얼굴에 비수와 같은 그 마음 김중배의 금강석 이수일을 울린다 // 석탄백탄 타는데 연기는 푸불숙 나는데 요내 가슴 타는데 연기도 김도 안난다 // 정든님을 잡고서 죽여라 살려라 몸부림 몸만 남은 등신을 잡은들 소용이 있느냐." 『대중보무쌍유행신구잡가』(정재호, 『한국속가전집』, 다운샘, 2002), 139면.

3. 잡가집 수록 〈난봉가〉의 대중성 확보

〈난봉가〉계 작품들에는 〈긴난봉가〉, 〈자진난봉가〉, 〈신난봉가〉, 〈숙천난봉가〉, 〈개성난봉가〉, 〈병신난봉가〉 등의 제목을 한 작품들이 속해 있다.[14] 앞서도 언급하였듯이 이 작품들은 모두 유절 형식을 띤 짧은 서정적 노래이다. 짧은 노랫말에 후렴이 붙는 식으로 동일한 형식의 소절이 반복된다는 특징은 다른 유절 형식의 잡가들에서도 흔히 나타나는 형식적 특징이다. 〈수심가〉나 〈방아타령〉에서 보듯이 〈난봉가〉계의 작품들 역시 그 사설은 애정이나 유락과 관련된 소절들을 긴밀한 유기성 없이 엮어내는 편사의 원리에 의해 이루어져 있다.[15]

> 슬슬동풍에 구즌비오고요 시화ᄂ년풍에 님섯겨노잔다
>
> 아아에에혜야 어루ᄂ둥둥늬ᄉ랑이로구ᄂ
>
> 장산곡말누에 복소리둥둥ᄂ더니 금일에 상봉에님맛ᄂ보리라
>
> 아아에에혜야 어루ᄂ둥둥늬ᄉ랑이로구ᄂ

---

14 음악계의 성과를 빌자면, 〈긴난봉가〉를 제외한 나머지 작품들은 모두 〈긴난봉가〉에서 파생된 것이라고 한다. 〈긴난봉가〉 뒤를 이어서 〈자진난봉가〉를 반드시 불렀으며, 그 다음 〈사설난봉가〉와 〈병신난봉가〉를 부르는 경우도 있다고 한다. 또한 〈사리원난봉가〉, 〈개성난봉가〉, 〈숙천난봉가〉 등은 지역적으로 파생된 것으로 독립적으로 불리는 경우가 대부분이며, 〈신난봉가〉는 〈자진난봉가〉와 구별하기 어려울 정도로 흡사하다고 한다. 이에 대해서는 장사훈, 『국악개요』, 정문사, 1961, 113면; 손인애, 「서도민요 사설난봉가 연구」, 『한국민요학』 16, 한국민요학회, 2005, 153~154면; 김은희, 「이 난봉가와 자진 난봉가의 비교연구」, 중앙대 석사논문, 2006, 5면 참조. 이러한 점으로 보아 이 작품들을 〈난봉가〉계로 함께 묶어 살펴보아도 무방할 듯하다. 따라서 본고에서는 파생된 작품들을 모두 지칭할 때는 〈난봉가〉계라 하고, 개별 작품을 가리킬 때는 그 작품의 제목을 명시하도록 한다.

15 잡가의 편사 원리에 대해서는 성무경, 「잡가 〈유산가〉의 형성원리에 대하여」, 『기곡 강신항박사 정년기념 국어국문학논총』, 태학사, 1995; 김학성, 「잡가의 생성기반과 사설 엮음의 원리」, 『세종학연구』 12·13, 세종대왕기념사업회, 1998(김학성, 『한국 고전시가의 정체성』, 성균관대 대동문화연구원, 2002에 재수록) 참조.

난봉이낫늬 난봉이낫늬 남의집외아들이실난봉이낫구느

아에에에헤야 어루마둥둥늬亽랑이로구느

나는좃테나는좃테 亽면십리マ느는좃테

아에에에헤야 어루마둥둥늬亽랑이로구느

쥬린빅셩을비에다실쏘 건너를간다풍쳔이로구느

에에에에헤야어루마둥둥늬亽랑이로구느

압강에뜬비는님시른비요 쒸강에뜬비는낙시질비라

에에에에헤요 어루마둥둥늬亽랑이로구느

슈야모야다모인곳에 졍マ는곳은훈곳이로구느

에에에에헤야 어루느둥둥늬亽랑이로구느

느리돗친학이느되면 훨훨수루루マ럿마는

아에에에헤야 어루마둥둥늬亽랑이로구느

길느리비훨훨다느라マ고 쥬럼쥬럼늬亽랑아

에에에에헤야 어루마둥둥늬亽랑이로구느

〈난봉가〉[16]

위의 〈난봉가〉에서 보듯이 사설 내용의 대부분은 사랑과 이별, 그리고 유흥으로 채워져 있다. 간간이 "나는좃테나는좃테 亽면십리マ느는좃테"라는 소절처럼 전체적인 맥락상 의미가 불명확한 소절이 끼어들거나 "쥬린빅셩을비에다실쏘 건너를간다풍쳔이로구느"처럼 애정이나 유흥과는 거리가 먼 소절이 나타나기도 하지만, 이것조차도 "아아에에헤야 어루느둥둥늬亽랑이로구느"라는 후렴에 묻혀 사랑과 유흥 일색으로 변주되기 일쑤이다. 이러한 잡연성과 개방성은 단지 〈난봉가〉에만 해당되는 것이 아니라 잡가 전반에 걸쳐 확인되는 보편적 특성이다. 그러나 보다 중요한 점은 다음에서 보듯이 〈난봉가〉계의 작품들에는 다른

16　『시힝잡가』(정재호, 『한국속가전집』1, 다운샘, 2002), 283~284면.

잡가 작품들과 공유하는 소절들이 빈번하게 나타나고 있다는 것이다.

- 장산곡말누에 복소리둥둥ᄂ더니 금일에 상봉에님맛ᄂ보리라
  : 〈난봉가〉, 〈아리랑타령〉, 〈개타령〉
- 나는좃테나는좃테 ᄉ면십리ᄀᄂ는좃테
  : 〈난봉가〉, 〈육자배기〉
- 길ᄂ리비휠휠다ᄂ라ᄀ고 쥬렴쥬렴닉ᄉ랑아
  : 〈난봉가〉, 〈개성난봉가〉, 〈맹꽁이타령〉
- 노쟈노쟈 젊어노쟈 늙어셔 병이들면 나못놀겟네
  : 〈긴난봉가〉, 〈자진난봉가〉, 〈별수심가〉
- 잔곳마다졍드려놋코셔 리별이자쟈셔 난못술겟네
  : 〈긴난봉가〉, 〈자진난봉가〉, 〈개성난봉가〉, 〈간지타령〉
- 님으로병나신몸은 한명에죽어도 님탓시로다
  : 〈자진난봉가〉, 〈엮음수심가〉
- 남산이고와셔ᄇ라다볼가요졍든님계시게ᄇ라다보지요
  : 〈신난봉가〉, 〈별수심가〉
- 갓ᄉ랑에갓리별은 싱쵸목에불이로다 : 〈신난봉가〉, 〈선유가〉
- 만경창파에고기낙ᄂ는어부야 게잠간닷주워라 말무러보자
  : 〈긴난봉가〉, 〈매화가〉
- 긔야긔야긔야감뎡알낙에숫키야두귀가축쳐졋다엘화쳥삽ᄉ리냐에헤히에
  헤야에헤히에헤야밤사롬 보고즛지를말아이가이앙앙밤사롬 보고함부루즛
  다ᄂ방화를푹덥고토쟝에국에다고탕을ᄒ리라
  : 〈사설난봉가〉, 〈자진개타령〉
- 고초모하나를 못내는 계집년 이마털 뽑기로 해세월한다
  : 〈사설난봉가〉, 〈자진개타령〉
- 건곤이 불로월장지 ᄒ니 젹막강산에 금빅년이라
  : 〈개성난봉가〉, 〈죽지사〉

• 월빅 셜빅 텬디빅하니 산심 야심이 긔수심이라
  : 〈개성난봉가〉, 〈산염불〉, 〈아리랑타령〉

이러한 소절들은 당시 꽤나 유행하였던 것으로 보이는데, 특히 〈난봉가〉 계의 작품들에서 집중적으로 나타난다는 것은 그 잡연성과 개방성, 그리고 편사의 원리를 보여주는 동시에 이것이 대중적 인기를 끌 수 있는 하나의 전략적 요인으로 작용했음을 말해주는 것이기도 하다. 작품의 정조나 주제가 전혀 다른 잡가들의 소절일지라도 적극적으로 작품에 편입시킨 결과 작품은 단일한 정서로 응집되는 것이 아니라 다양한 정서를 중첩적으로 표출하게 되는 것이다. 즉 이러한 유행 소절들을 적극적으로 작품에 편입시켜 사용함으로써 향유자들에게 낯익음을 자극하여 선행 작품의 정서나 의미 맥락을 편입된 작품으로 손쉽게 이끌어 올 수 있는 것이다.[17] 〈수심가〉나 〈육자백이〉 등에서 보이는 인생 무상감과 향락 지향이 유한계층에게는 현세의 무한한 열락으로, 시정의 민중들에게는 고단한 일상으로부터의 해방감으로, 산전수전 다 겪은 노년층에게는 돌이킬 수 없는 세월에 대한 연민으로, 젊은 세대에게는 속박에서 벗어나 삶을 있는 그대로 향유하고자 하는 활력으로 울려 퍼지는 것처럼,[18] 〈난봉가〉 계의 작품들 역시 당시의 유행 소절들을 통해 다양한 향유층에게서 다중적인 정서와 반향을 불러일으키고 있는 것이다.

이처럼 〈난봉가〉 계의 작품들이 〈수심가〉나 〈방아타령〉과 함께 대중적 인기를 구가한 데에는 다양한 정서적 반향을 포섭하여 대중성을 확보하기 위해 당시 유행하던 소절들을 적극적으로 작품에 편입시켜 활용한 것이 크게 작용하였다고 할 수 있다. 20세기 전반기 잡가가 불렸던 유흥의 현장에는 서민계층이 주축을 이루면서도 다양한 계층의 잡가 향유

---

17 낯익음을 자극하기에 대해서는 김학성, 앞의 글, 115~117면 참조.
18 고미숙, 「20세기 초 잡가의 양식적 특질과 시대적 의미」, 『창작과 비평』 88, 창작과비평사, 1995, 133~134면.

자들이 참여하였을 것인데, 이러한 유흥의 공간에는 다양한 정서가 켜켜이 혼융되어 분출되기만을 기다리고 있었을 것이다. 이럴 때에 〈난봉가〉나 〈수심가〉 한 곡조는 바로 유흥 현장의 분위기를 달구어 놓을 뿐만 아니라 다양한 정서 분출의 적절한 통로이자 훌륭한 매개가 되는 것이다.[19] 결국 〈난봉가〉의 대중적 인기가 높았다는 것은 이 작품이 당시 향유층의 다양한 정서를 잘 포착하여 텍스트에 반영하였다는 것을 의미하며, 그것은 곧 유행 소절의 적극적인 활용으로 텍스트 전면에 드러나게 된 것이다.

여기에 덧붙여 사랑과 유흥이라는 가벼운 주제와 평이한 사설 역시 대중성을 확보하는 데 유리하게 작용하였으리라 생각한다. 가벼운 주제의 선호라는 노래 취향이[20] 19세기 노래에만 적용되는 현상이 아니라 20세기 전반기 잡가집과 유성기 음반에 최상위 빈도수를 보이는 〈난봉가〉, 〈수심가〉, 〈방아타령〉 등에서도 공통적으로 찾아볼 수 있을 정도로 지속되었다고 할 수 있다. 이들 잡가들이 남녀 간의 사랑과 이별, 유흥 등 인간 본연의 관심사이면서 부담이 적은 주제를 전면에 내세우고 있는 것은 비록 상투적이라는 비판을 받을지는 몰라도 이 당시 유흥 공간의 향유층에겐 큰 호응을 얻는 요인이 되었을 것이다.

"잔곳마다졍드려놋코셔 리별이자쟈셔 난못술겟네"와 같은 애정류 소절이나 "노쟈노쟈 졂어노쟈 늙어셔 병이들면 나못놀겟네"와 같은 유흥적 소절이 당시 노래 향유층에게 유행한 것은 이 소절들이 누구나 공감할 수 있는 평이한 내용과 주제를 담고 있기 때문이다. 현란한 수사나 기발한 착상이 깃들여 있는 것이 아니라 평범한 일상어를 꾸밈없이 단순하게 표출하고 있는 〈난봉가〉의 각 소절들을 향유층들은 저마다의 정

---

19   이러한 점에서 본다면 잡가는 집단적이고 개방적인 카니발의 특성을 잘 보여주는 장르라고 할 것이다. 이에 대해서는 박경수, 「잡가의 패러디적 성격」, 『국어국문학』 119, 국어국문학회, 1997 참조.

20   19세기 노래 취향의 동향에 대해서는 강등학, 앞의 글, 249~255면 참조.

서에 따라 받아들이고 호응하게 되는 것이다. 〈난봉가〉 계 작품들에서 빈번하게 보이는 유행 소절들이 비록 진부한 상투적 표현들로 점철되어 있어 수준 낮은 문체로 평가받을 수는 있지만, 향유층의 반응이라는 측면에서는 매우 효과적인 전략이 될 수 있다. 상투적인 표현들을 미학적으로 거부하는 까닭은 수준 낮은 문체이어서 독창성이 결여되어 있기 때문이며, 반대로 중시하는 이유는 독자의 반응이라는 효과 때문이다.[21] 상투적 표현들이 가벼운 주제를 선호하는 당시 향유층의 욕구에 부응할 수 있기 때문에 비롯된 것이라면, 앞서 거론한 〈난봉가〉 계의 작품들에 빈번하게 쓰인 유행 소절들 역시 당시 향유층의 대중적 정서가 투영된 결과라고 할 수 있다.

사실 〈난봉가〉 계의 작품들의 사설들은 그다지 눈길을 끌만한 요소가 없다고 해도 과언이 아니다. 〈유산가〉 처럼 사물의 생동하는 모습을 적절히 포착하여 그리고 있는 것도 아니고, 〈소춘향가〉 처럼 판소리라는 선행 장르의 서사적 요소를 담아낸 것도 아니고, 〈새타령〉 에서 보듯이 의성어의 다채로운 구사를 통한 풍부한 표현력을 지닌 것도 아니고, 〈맹꽁이타령〉 에서 보듯이 당시의 시정세태를 다채롭게 엮어 놓은 것도 아니어서 그저 밋밋하게 비춰질 수도 있다. 그러나 역설적으로 이러한 점 때문에 〈난봉가〉 가 더욱 많은 대중적 인기를 얻었다고 할 수 있다. 그러므로 〈난봉가〉 계의 작품들이 잡가집뿐만 아니라 유성기 음반에서도 최상위 빈도수를 보이게 된 이유를, 다양한 대중적 정서를 자극할 수 있는 상투적 유행 소절들을 적극적으로 편입하여 사용한 데에서도 찾아볼 수 있을 것이다. 진부한 '사랑타령'류의 주제를 상투적인 표현들을 차용하여 짧은 유절 형식으로 반복하고 있는 〈난봉가〉 계의 작품들은 『대한매

21　김수경은 현대 대중가요의 노랫말에 나타나는 상투적 표현에 대해 자세히 다루고 있는데, 이러한 상투적 표현은 대중가요의 원류라고 할 수 있는 잡가에도 적용시킬 수 있다. 잡가의 상투적 표현들에 대한 서술은 김수경, 『노랫말의 힘, 추억과 상투성의 변주』, 책세상, 2005(특히 3장 발라드 노랫말의 힘)을 참고하였다.

일신보』의 논설에서 보듯이 당시 수준 높은 지식인들에겐 '奇奇怪怪' 하고 '靡靡嘈嘈' 하며 '난삽한 음담패설'로 비판받았겠지만 일반 향유층들에겐 더할 나위 없이 적절한 정서 분출의 매개이자 통로가 되었을 것이다.

4. 유성기 음반 수록 〈난봉가〉의 변모양상과 그 의미

유성기 음반이 우리나라에 처음 소개된 것은 1899년이지만, 첫 상업 음반이 발매된 1907년에 이르러서야 비로소 음반 시대가 열리게 된다. 그러나 당시에 유성기는 상당한 고가품이었기 때문에 부유한 계층에서만 제한적으로 유성기 음반을 이용할 수 있었다. 그러다가 1929년 전기 녹음방식의 개발로 기술적 혁신을 이루자 음반 산업은 비약적인 성장세로 접어들게 되며, 1930년대에 유성기 음반은 유성기 천하의 황금시대를 맞이하게 되었다.[22]

> 前月新譜로 新進 歌姬 金玉仙孃의 絶唱盤을 發賣하여 限업는 讚辭를 밧고야 말앗습니다. 이제 다시 孃의 가장 長技요 더욱히 故鄕 노래인 開城難逢歌를 불너스니 반드시 人氣가 沸騰할줄노 確信합니다.[23]

잡가는 1907년에 발매된 첫 상업음반에 수록될 정도로 당시 대중적 인기가 상당히 높았다. 잡가의 대중적 인기는 유성기의 황금시대라 할

---

22 유성기 음반의 역사에 대해서는 장유정,『오빠는 풍각쟁이야』, 민음in, 2006, 40~64면 참조.
23 '1934년 10월 신보', 한국정신문화연구원 편,『한국유성기음반총목록』, 민속원, 1998, 220면.

1930년대에도 식을 줄 모르고 지속되었다. 특히 〈난봉가〉는 잡가집뿐만 아니라 유성기 음반에서도 최상위 수록 빈도수를 보여줄 정도로 상당한 대중성을 확보한 잡가였다. 1934년 일본콜럼비아축음기주식회사에서 발매한 김옥선의 〈개성난봉가〉 음반에 대한 광고에서도 이러한 점을 감지할 수 있다. "반드시 人氣가 沸騰할줄노 確信합니다"라는 구절을 단순히 음반이 많이 팔리기를 바라는 음반회사의 희망을 표출한 것으로만 이해할 수는 없다. 많은 자본이 투입되고 상업적 기획과 홍보를 거쳐 제작된다는 당시 유성기 음반이 지닌 특성과 각 음반회사들이 치열한 판매전을 펼친 음반계의 상황[24]에 비춰본다면, 이 구절은 또 다른 의미로 해석될 수 있기 때문이다. 김옥선의 〈개성난봉가〉가 유성기 음반으로 발매되었다는 것은 이 음반을 발매하기 전에 음반회사에서 음반의 대중성과 상업성 등에 대해 충분히 점검하고 진단하였을 것이므로, 위의 광고 구절은 단순한 낙관적 전망이 아니라 현실적 이해관계를 충분히 반영한 확신에 근접한 것으로 보아야 할 것이다. 그러므로 위 광고 구절은 〈개성난봉가〉에 대한 당시의 대중적 인기를 가늠할 수 있는 한 사례가 될 것이다. 또한 1920년대 후반에서 1930년대 후반까지 〈난봉가〉계의 잡가들이 음반에 꾸준히 그리고 매우 빈번하게 수록되고 있다는 사실 역시 이러한 대중적 인기를 반영하는 한 예가 될 것이다.

현재 유성기 음반에서 확인할 수 있는 〈난봉가〉 계 잡가들은 총 126곡이다. 시기별 음반 발매 상황을 살펴보면, 전체 126곡 중 1912년과 1913년에 발매된 8곡을 제외한 나머지는 1925년부터 1942년 사이에 발매된 것들이다. 특히 1930년대 전반에 집중적으로 발매된 것으로 나타나며 1930년대 후반에 이르러서는 발매수가 현저하게 줄어든다. 이러한 점은 유성기 음반 전체의 잡가와 비교하여도 별 차이가 없는 것으로 보인다. 한편 제목을 기준으로 음반화 상황을 살펴보면, 〈난봉가〉 계 잡가 중 〈자진

---

24   이에 대해서는 장유정, 앞의 책, 153~158면 참조.

난봉가〉가 29곡, 〈개성난봉가〉가 26곡, 〈병신난봉가〉가 19곡, 〈긴난봉가〉가 15곡, 〈난봉가〉가 11곡, 〈사설난봉가〉가 10곡 등의 순으로 음반화가 이루어진 것으로 나타나 〈자진난봉가〉와 〈개성난봉가〉가 특히 인기가 높았음을 알 수 있다. 곡종 표기는 '잡가', '서도잡가', '경기잡가' 등이 대부분을 차지하고 있는 것으로 보아 잡가로 인식하는 것이 굳어진 듯하다.

> 넘어간다넘어간다 쟈주하는난봉가휠휠넘어간다
> (후렴) 에헤 에헤 에헤이에이에헤야 얼엄마 씌여라 사랑이로구나
> 바둑돌갓치단단한몸이 널누나하여서 두부몸이된다. (이하 후렴 생략)
> 쌀쌀끌씰쌀보지를말고 속내평풀어서하구푼말대로해라.
> 네까지잠놈안테경을붓치노라니 층암은절벽에곤닭애를붓처라
> 에엘화좃타좃타 알듯알듯 쏠내지를못할약속을한다.
> 내쌀죽은사위야? 울고서갈길을왜왓다가나?
> 갈가나보다가리갈가보다 님을야쌸어서가리나갈가보다.
> 간데족족졍드려놋코 알들한이만하셔 내가엇드럿케사나
>
> 平壤雜歌 〈頻頻難逢歌(쟈진난봉가)〉,
朴春載 · 文永洙 倂唱, 빅타 49043 −B, 1929년 2월 발매[25]

1929년 2월에 빅타에서 발매된 음반 뒷면에 수록된 〈빈빈난봉가(쟈진난봉가)〉는 잡가집에 수록된 것과 비교하였을 때 눈에 띨 만큼 큰 차이는 발견할 수가 없다. 애정이나 유락과 관련된 짧은 소절들이 유기적 관련성 없이 편사의 원리에 의해 엮이며, 동일한 후렴에다 유절 형식을 띠고서 개방성을 지니며 이어지는 〈난봉가〉계 잡가의 특징적 면모가 음반화를 거친 후에도 큰 변화 없이 고스란히 남아 있음을 알 수 있다. 보통

25　한국고음반연구회 · 민속원 편, 『유성기음반가사집』 1, 민속원, 1990, 218면.

〈긴난봉가〉를 부른 뒤 곧 이어서 〈자진난봉가〉를 부르기 때문에 "너머간다 너머간다 자진난봉가 너머간다"라는 소절로 〈자진난봉가〉를 시작하기 마련인데, 위의 유성기 음반 수록 잡가에도 이 소절은 전혀 변하지 않고 작품의 첫 머리에 나타나고 있다. 다만 잡가집의 〈자진난봉가〉에서는 찾아볼 수 없는 새로운 표현의 소절들이 편입되어 텍스트 문면에 나타나 있어 주목을 요한다. "바둑돌갓치단단한몸이 널누나하여서 두 부몸이된다"와 같이 시대상을 반영한 비유적 표현이나 "네짜지잠놈안 태정을붓치노라니 층암은절벽에곤닭애를붓처라"라는 식의 표현, 그리고 "내쌀죽은사위야? 울고서갈길을왜왓다가나?"라는 설의적 표현 등은 음반화를 거치면서 새롭게 나타난 것들이다.

그런데 새로운 내용이나 참신한 표현의 사설이 작품에 편입되는 것은 사설의 비유기성과 개방성을 장르적 특징으로 하는 잡가에서는 얼마든지 용인될 수 있는 현상이다. 그렇지만 잡가집의 경우 〈난봉가〉계 작품들이 1910년대의 작품이나 1930년대의 것이나 사설의 변화가 거의 없는 반면에, 유성기 음반에서는 비교적 초창기라고 할 수 있는 1929년에 발매된 음반에서부터 새로운 내용이나 표현이 편입되어 나타난다는 것은 비록 부분적이고 사소한 현상일지 모르지만 그냥 지나칠 수만은 없다. 왜냐하면 이처럼 사설에 나타난 부분적인 변화가 전면적이고 중대한 변화를 유발시키는 경우도 있기 때문이다.

박연폭폭흘으난물은범사명으로도라든다
에헤헤에엘화좃타얼러럼마듸여라내사랑아
탐화봉접아늬가자랑을말어라, 락화가지며는쓸곳이업다
나다려가거라나를다리고가거라빅년의낭군아나를다려가거라
에헤헤에엘화조타얼러럼마듸여라내사랑아
쓸쓸헌이세상의로운이몸은제나제나잘사라보나
에헤헤에엘화조타얼러럼마듸여라내사랑아

공연한고사람을심중에다두엇다가평생을못이저원수로다

에헤헤에엘화조타얼러럼마듸여둥기야내사랑아

잠을자느냐꿈을꾸느냐날생각하고서번민고통허나

에헤헤에엘화조타얼러럼마듸여라내사랑아

京畿雜歌 〈開城難逢歌(개성난봉가)〉,
申海中月 · 表蓮月 倂唱, 李暎山紅 長鼓, 빅타 49089－A, 1929년 11월 발매[26]

"박연폭폭흘으난물은범사뎡으로도라든다"로 시작하는 〈개성난봉가〉가 음반에 실리면서 겪은 양식상의 변화를 감지하기란 쉬운 일이 아니다. 앞서 살펴본 〈빈빈난봉가〉처럼 외견상 새로운 내용의 사설이 편입된 것 외에는 별달리 변화된 것이 없다고 해도 과언이 아니다. 그렇지만 작품에서 표출되는 정서의 측면에서 이 음반의 사설을 유심히 살펴보면, 잡가집의 경우와 달리 단일한 정서로 일관되고 있다는 사실을 알 수 있다. 잡가집의 〈난봉가〉계 작품들의 경우 향유층의 다양한 정서들이 혼란스러울 정도로 잡스럽고 분방하게 얽혀 있는 반면에, 음반에 수록된 〈개성난봉가〉는 첫 소절을 제외하면 모두가 임과 이별한 화자가 느끼는 '외로운 심정'을 토로하는 데 집중되어 있다. 잡가의 중요한 장르적 특징으로 흔히 지목하는 것이 잡연성과 개방성이라는 점을 상기한다면, 위의 사설은 잡연성과 개방성이라는 특징에서 다소 멀어진 경향을 보여주고 있다. 이러한 경향은 보다 후대에 음반화가 진행된 아래의 잡가에서는 더욱 두드러지게 나타난다.

박연폭포 흘너내리는물은 범사정으로감도라든다

에헤 에헤 에에루화좃타 어러럼마듸여라 내사랑아

송악산낙맥이 우즐우즐나려와 만월대 쑥 써러저 왕궁터가되엿네

---

26 한국고음반연구회 · 민속원 편, 위의 책, 273~274면.

에헤 에헤 에에루화좃타 어러럼마듸여라 내사랑아

정포은선생이 흘니신 혈적은 선죽교다리에 억천만년불것네

에헤 에헤 에에루화좃타 어러럼마듸여라 내사랑아

진시황제도 헛수고만하얏지 장생불로는 고려인삼쑨이라

에헤 에헤 에에루화좃타 어러럼마듸여라 내사랑아

박연폭포가 제아모리 깁다해도 양인의 정리만못하리로다

에헤 에헤 에에루화좃타 어러럼마듸여라 내사랑아

京畿雜歌 〈開城難逢歌(개성난봉가)〉,

金玉仙·金竹葉 노래, 金駿泳 피아노, 金桂善 저,

閔亨植 長鼓, 콜럼비아 40538 – A, 1934년 9월 발매[27]

　　잡가의 음반화는 1930년대 중반을 지나면서 점차 그 기세가 수그러들어 후반에 이르면 근대의 대중가요에 밀려 쇠퇴의 길을 걷게 된다. 시대가 지나면서 향유층들이 점차 근대적인 양식으로 그 취향의 촉수를 옮겨 가는데, 1930년대 중반 이후에 벌어진 잡가와 대중가요의 교체가 대표적이라고 할 수 있다. 그런데 19세기 후반부터 20세기 전반부까지 꽤 오랫동안 대중적으로 인기몰이를 하던 잡가가 1930년대 후반에 이르러 급작스럽게 쇠퇴하게 된 것은 무엇 때문인가? 단순히 당대 대중의 기호 변화로만 설명하기[28]에는 뭔가 부족한 느낌이 드는 것은 왜일까?

　　이러한 의문에 대해 위에 인용한 〈개성난봉가〉가 해결의 실마리를 제공해 준다고 할 수 있다. 대부분의 〈개성난봉가〉처럼 이 작품도 "박연폭포~"로 첫 소절을 시작하고 있으며, 짧은 소절들이 거의 동일한 후렴과 함께 반복되는 유절 형식으로 되어 있다. 그런데 앞서 살펴본 1929년의 〈개성난봉가〉의 사설보다 더 변모된 양상을 위의 1934년 〈개성난봉가〉가 보여주고 있다는 점에 주목할 필요가 있다. 그것은 한마디로 잡

27　한국고음반연구회 편, 『유성기음반가사집』 3, 민속원, 1992, 221면.
28　장유정, 앞의 책, 353~359면.

가 사설의 잡연성이 거의 소거되어 버리고 하나의 체계를 갖추어 나가
며, 다양하고 분방하기만 하던 잡가의 정서가 단일한 정서로 일원화되
어 가는 모습을 보여준다는 것이다.

이 작품의 5개 소절들은 마치 '개성'난봉가라는 제목을 염두에 두고
지어진 것처럼 모두 개성의 사적이나 특산품, 명승지 등과 관련된 내용
들이어서 일관되고 체계적인 모습으로 잘 정비되어 있다. 또한 사랑과
유락이라는 〈난봉가〉 계 작품들의 특징적인 정서는 거의 탈색되어 버렸
으며, 후렴과 첫 소절만이 이 작품이 〈난봉가〉 계에 속하는 잡가라는 사
실을 알려줄 뿐이다. 즉 잡가라는 외형은 어느 정도 유지하고 있지만 그
실질은 잡가라고 선뜻 동의하기 힘든 것이다. 사설의 체계화와 정서의
일원화로 요약될 수 있는 '탈잡가화'는 다음에 인용한 작품에 이르면 더
욱 극대화되어 나타난다.

> 간다간다나는간다 강산천리로 내가도라간다
> 에헤에야 에헤야어야 얼엄마지여라 내사랑아
> 푸릿푸릿 봄배추는 찬이슬오기만 기다린다
> 에헤에야 에헤야어야 얼엄마지여라 내사랑아
> 남원옥중 춘향이는 리도령오기만 기다린다
> 에헤에야 에헤야어야 얼엄마지여라 내사랑아
> 관공 장비 유현덕은 자룡오기만 기다린다
> 에헤에야 에헤야어야 얼엄마지여라 내사랑아
> 팔만진중 애당화는 승전하기만 기다린다
> 에헤에야 에헤야어야 얼엄마지여라 내사랑아

平壤雜歌 〈頻頻難逢歌(쟈진난봉가)〉,

김춘홍 노래, 鮮洋樂伴奏, 리갈 C315A, 1936년 발매[29]

---

[29] 최동현·임명진 편, 『유성기음반가사집』 5, 민속원, 2003, 593면.

　　1936년 발매된 리갈이라는 대중음반에 실린 잡가 〈자진난봉가〉의 사설은 정연하고 체계적으로 잘 다듬어진 모습을 매우 뚜렷이 보여주고 있다. 각 소절들은 애써 운을 맞추려는 듯 '〜하기만 기다린다'로 끝을 맺고 있어 외견상으로도 잡연스러운 잡가의 모습은 더 이상 아니다. 게다가 이 작품의 사설은 '기다림'이라는 단일한 정서만 반복되고 있다는 점에서 다양한 정서가 얽혀 있는 잡가집 수록 잡가와는 분명히 구분된다고 할 수 있다. 결국 1930년대 중반을 넘어서자 잡가는 잡가로서의 속성을 점차 잃어버리면서 쇠퇴하게 된다고 할 수 있다. 잡가는 '잡연스러운 사설'과 '다양한 정서'를 주요 전략으로 채택하여 대중적 인기를 한몸에 받으면서 그 저변을 급속도로 확대해 나갔지만, 음반이라는 근대적이고 상업적인 신매체와 결합하면서 점차 잡가로서의 속성을 잃어버리고 마침내 1930년대 중반에 이르러서는 '체계적으로 잘 정비된 사설'과 '일원화된 정서'로 탈잡가화 되면서 쇠퇴하게 되었다고 할 수 있다.

　　사설의 체계화와 정서의 일원화는 잡가가 유성기 음반이라는 근대적 매체와 결합하면서 빚어낸 것으로, 이것은 다름 아닌 아도르노가 지적한 대중음악의 표준화·규격화라는 맥락에서 충분히 이해될 수 있다.[30] 아도르노는 좁은 의미에서의 대중음악은 시장에서 상품으로 유통되기 위해 표준화된 음악이며, 이러한 음악은 창조적인 개성으로부터 벗어나 탈개성화된 음악이라고 비판한 바 있다. 이러한 관점에서 볼 때 잡가는 음반이라는 근대적·상업적 매체와 결합하여 한때 대중적 인기의 정상에 서게 되지만, 1930년대 중반 이후 표준화·규격화의 경향으로 말미암아 사설의 잡연성과 정서의 다양성이라는 잡가 본래의 속성을 잃어버리면서 밀려드는 대중가요에 파묻혀 버리게 되었다고 볼 수 있다.

30　아도르노의 '대중음악의 표준화'에 대해서는 이정엽, 「1990년대 대중가요의 문화적 형성에 관한 연구」, 서울대 석사논문, 1999, 19면; 이상호, 「잡가의 대중성을 통해 본 대중문화 교육내용 연구」, 서울대 석사논문, 2002, 25〜27면; 권도희, 앞의 글, 160〜162면 참조.

5. 결론

　지금까지 논의한 결과 유성기 음반이라는 신매체와 결합한 잡가 〈난봉가〉계 작품들은 1930년대 중반 이후 탈잡가화 경향을 띠면서 이것이 직접적인 원인으로 작용하여 점차 쇠퇴하게 되었음을 확인할 수 있었다. 그러나 탈잡가화 경향은 어디까지나 유성기 음반에만 국한된 것이다. 잡가집의 경우 사설이나 정서의 면에서 큰 변화를 감지할 수가 없기 때문이다. 이처럼 잡가집과 유성기 음반에 수록된 각각의 잡가가 다른 양상을 보이는 이유로는 매체별 유통 경로의 차이와 매체에 따른 향유층의 차이, 그리고 매체가 지닌 특성의 차이 등 여러 가지 요인을 고려해야 할 것이다. 매체별 유통 경로의 차이나 매체에 따른 향유층의 차이에 대해서는 원고를 달리 하여 논의하도록 하고, 본고에서는 매체가 지닌 특성의 차이에 대해서 간략하게 논의하는 것으로 결론을 삼도록 하겠다.

　잡가집과 유성기 음반 모두 대중성에 기반을 두고 20세기 전반에 생겨난 매체이지만, 잡가집보다 유성기 음반이 대중성에 훨씬 더 민감하게 반응한 매체라고 할 수 있다. 이것은 달리 말하면 잡가집보다 유성기 음반이 더 상업적이며 그 유행 주기가 훨씬 더 짧다는 의미가 될 것이다. 잡가집의 경우 당시 향유층의 취향이나 기호를 뒤좇아 인기 높은 잡가 작품들을 추수적으로 반영하는 경향이 강한 반면에, 유성기 음반의 경우, 물론 이러한 경향이 없지 않아 있겠지만 그보다는 오히려 앞장서서 유행을 선도하고 새로운 노래를 기획·제작하여 대중성을 적극적으로 확보하려는 경향이 강하다고 할 수 있다. 잡가집과 달리 유성기 음반에서는 사설을 다소 손질하였다는 '補詞'나 피아노 등의 양악 반주나 관현악 반주가 곁들여지는 등 이전에 볼 수 없는 새로운 방식에 대한 시도가 간간이 보인다는 사실이 이러한 경향을 방증하는 예가 될 것이다.

　또한 유흥 공간에서 흥에 들떠 집단적으로 향유하던 잡가의 전통적인

향유방식과 달리 그 당시 의 광고문에서 흔히 볼 수 있듯이 단란한 가정
의 매체가 된 유성기 음반은 각 가정에서 혼자 또는 기껏해야 대여섯 명
이 모여서 다소 차분하게 귀 기울여 감상하는 방식으로 향유되었다. 이
러한 향유 방식의 변화는 필연적으로 사설에 더욱더 집중하게 하여 '사
설의 체계화'와 '정서의 일원화'라는 결과를 낳게 되었을 것이다. 그러므
로 유성기 음반의 〈난봉가〉계 잡가가 보인 변모는 바로 음반이라는 매
체의 특성에서 기인한 바가 크다고 할 수 있다. 이러한 변모가 다른 유성
기 음반의 잡가들에서는 어떻게 나타나고 있으며, 그 동인은 무엇인지
대상작품을 더욱 확대하여 논의를 심화시킬 필요가 있을 것이다. 이것
은 앞으로 감당해야 할 것으로 돌리고자 한다.

『한국문학논총』 46, 한국문학회, 2007

서사민요 '처녀의 저주로 죽는 신랑' 유형에 나타난 양가성 고찰

1. 서론

서사민요 '처녀의 저주로 죽는 신랑' 유형[1]은 부녀자들이 길쌈을 하면서 부른 노래로서 경상도 지역에서 주로 전승되어 온 것으로 확인되고 있다.[2] 이 유형은 작중인물의 이름을 따서 흔히 〈이사원네 맏딸애기〉로 널리 알려져 있는데,[3] 지금까지 대략 40편에 육박하는 각 편이 채록되어 있다.

---

[1] 조동일은 『서사민요연구』(증보판), 계명대 출판부, 1983에서 경북의 서사민요를 14개의 유형으로 분류하면서 '처녀의 저주로 죽는 신랑' 유형을 '이내방에' 유형이라 명명하였다. '이내방에'라는 유형 명칭은 처녀(맏딸애기)가 지나가는 도령을 "이내 방에 자고 가소"라고 유혹하는 대목에 착안하여 붙인 것으로 보인다. 그러나 '이내방에'라는 명칭보다는 서영숙이 「서사민요의 구조적 성격과 의미」, 『한국문학이론과 비평』 2, 한국문학이론과 비평학회, 1998와 「혼사장애형 민요의 서술방식 연구」, 『한국민요학』 8, 한국민요학회, 2000에서 제시한 '처녀의 저주로 죽는 신랑'이 이 유형의 특징을 가장 잘 보여주는 것이라 판단하여 본고에서는 이를 따르기로 한다.

[2] 이정아(「서사민요연구」, 이화여대 석사논문, 1993, 18면)는 전라도 지역에도 다수의 서사민요가 존재한다는 사실을 들어 서사민요가 경상도 지역을 중심으로 분포되어 있다는 견해에 이의를 제기한 바 있다. 그러나 저자가 과문한 탓인지 '처녀의 저주로 죽는 신랑' 유형의 경우에는 경상도 이외의 지역에서 채록된 자료를 확인할 순 없었다.

　이 민요의 각 편은 다른 유형의 서사민요와 비교할 때 몇 가지 점에서 특징적인 면모를 보이고 있어 주목된다. 우선 작품 내적인 측면에서 보면, 서사 전개가 다소 복잡하고 내용이 색다르다는 점을 들 수 있다. 예쁘고 잘났다고 소문이 자자한 맏딸애기와 그녀의 대담한 구애를 거절하고 다른 데로 장가갔다가 저주받아 죽게 되는 도령[4]이 주요 인물로 등장하여 펼치는 내용은 결코 범상치 않아 청중의 호기심을 자아낼 만하다. 맏딸애기의 과감한 구애와 무서운 저주, 저주의 실현으로 인한 신랑의 예기치 않은 죽음, 두 인물의 나비 환생 등의 요소가 적지 않은 각 편을 산출할 정도로 흥미를 불러 일으켰으리라 생각한다. 다음으로 이 유형의 서사민요는 작품 외적인 측면, 즉 장르 교섭의 차원에서 볼 때 다른 민요뿐만 아니라 설화, 서사무가, 고전소설 등과도 유사한 단락을 공유한다는 점에서 독특하다고 할 수 있다. 맏딸애기의 복색을 장황하게 묘사하는 대목은 〈능금 훔친 며느리〉와 같은 다른 민요에서도 어렵지 않게 찾아볼 수 있으며,[5] 맏딸애기가 예쁘다는 소문을 듣고 도령이 찾아가는 대목은 서사무가 〈제석본풀이〉의 서두와 유사하며,[6] 도령의 무덤이 벌어져 맏딸애기가 그 속으로 들어가 나비로 환생하는 대목은 다른 유형의 민요뿐만 아니라 설화, 서사무가 〈치원대 양산복〉, 고전소설 〈양산백전〉 등에서 두루 나타나고 있다.[7]

　이처럼 서사민요 '처녀의 저주로 죽는 신랑' 유형은 작품 내외적으로 매우 특이한 노래라고 할 수 있다. 이 노래에 대한 연구자들의 관심도 크

3　　각 편에 따라서는 '이생원네 맏딸애기', '이선달네 맏딸애기', '최선달네 맏딸애기' 등으로 불리기도 한다. 한편 본고에서는 여자 주인물을 '맏딸애기'로 지칭하도록 한다.

4　　각 편에 따라서는 '선비', '총각', '서울양반' 등으로 불리기도 한다. 본고에서는 '도령'으로 지칭하도록 한다.

5　　강진옥, 「여성 서사민요 화자의 존재양상과 창자집단의 향유의식」, 『한국고전여성문학연구』 4, 한국고전여성문학회, 2002, 18면.

6　　서영숙, 「서사무가 〈도랑선비 청정각시〉와 혼사장애형 민요 비교」, 『고시가연구』 8, 한국고시가문학회, 2001, 142면.

7　　조동일, 앞의 책, 81~82면.

게 두 가지의 경우로 표출되고 있다. 하나는 이 노래가 보여주고 있는 작품 내적 특징들에 주목한 경우이고,[8] 또 하나는 장르 교섭의 측면에서 다른 장르들과의 비교·분석에 중점을 둔 경우이다.[9] 그러나 어느 경우에도 이 유형의 서사민요가 지닌 독특한 면모를 온전히 파악할 만큼의 이해 수준에 도달하였다고 보기는 어려울 듯하다. 서사민요 일반론에 치중하다 보니 개별 유형으로서 이 노래가 지닌 특징이나 가치를 제대로 밝혀내지 못했거나 이 노래에 대한 분석과 해석이 단편적이고 피상적인 수준에 그치고 말았다고 할 수 있다.[10]

사정이 이렇게 된 데에는 앞서 언급하였듯이 이 유형의 서사민요가 고전소설 〈양산백전〉이나 서사무가, 설화 등의 다른 장르의 작품들과 몇몇 단락들이 유사하거나 줄거리가 엇비슷하다고 판단한 것이 크게 작용한 탓이라 할 수 있다. 이러한 판단은 결국 이 노래가 지닌 특성과 가치를 파악하는 데 걸림돌이 되었다고 할 수 있다.

---

8 조동일의 『서사민요연구』는 직접 채록한 경북 지역의 서사민요를 대상으로 하여 장르론, 유형론, 문체론, 전승론 등에 걸쳐 체계적이고 종합적으로 고찰한 것이어서 크게 주목된다. 그밖에 조동일, 『경북민요』, 형설출판사, 1976; 이정아, 앞의 글; 강진옥, 앞의 글; 서영숙, 「서사민요의 연행예술적 서술방식」, 『한국민요학』 7, 한국민요학회, 1999; 서영숙, 앞의 글, 2000; 서영숙, 「'총각-처녀'형 서사민요의 유형구조와 의미」, 『한국문학논총』 34, 한국문학회, 2003 등도 참조할 만하다.

9 이의 대표적인 논문으로는 서영숙, 앞의 글, 2001을 들 수 있을 뿐이다. 심치열, 「〈양산백전〉의 서사적 특성 연구」, 『돈암어문학』 17, 돈암어문학회, 2004; 정규복, 「〈梁山伯傳〉攷」, 『韓中文學의 硏究』, 고려대 출판부, 1987; 김영선, 「〈양산백전〉 연구」, 『청람어문학』 4, 청람어문교육학회, 1991에서는 서사민요를 직접적으로 다루고 있진 않지만 고전소설 〈양산백전〉과 서사무가, 설화, 중국의 〈양축 설화〉 등과 비교하고 있어 '처녀의 저주로 죽는 신랑' 유형을 이해하는 데 도움이 된다.

10 심지어는 이 노래의 복잡한 서사 전개 때문에 작중 인물들을 혼동하고 내용을 제대로 파악하지 못하기도 하여 문제를 더욱 악화시킨 경우도 있다. 이용식의 「경상북도 서사민요의 음악적 연구」, 『한국민요학』 11, 한국민요학회, 2002는 서사민요 '처녀의 저주로 죽는 신랑' 유형에 대한 음악적 분석이라는 점에서 시사하는 바가 크다고 할 것이다. 그러나 "결국 총각은 죽게 되고 처녀는 식구들에게 어제 왔던 손님이 죽었다고 구원을 요청한다. 이 부분에서 다시 이야기가 논리에서 벗어나게 되는데, 처녀의 유혹을 거절한 총각이 처녀의 집에서 죽게 되어 이전의 이야기와는 모순이 된다(같은 글, 140면)"라는 진술에서 보듯이 저주를 내린 처녀(맏딸애기)와 총각이 장가든 처녀를 혼동하고 있다.

본고는 서사민요 '처녀의 저주로 죽는 신랑' 유형이 지닌 독특한 면모와 그 의미를 밝히는 데 목적을 둔다. 이러한 목적을 위해 먼저 이 유형의 서사민요와 줄거리가 유사하다고 하는 다른 장르의 작품들을 비교하여 이 유형의 서사민요가 지닌 특징을 살펴볼 것이다. 그다음에는 이러한 특징이 작품 내에서 어떠한 기능과 의미를 지니고 있는지, 더 나아가 작품에 내재된 창작 의도는 무엇인지를 바흐친의 양가성 이론에 기대어 고찰할 것이다.

2. 자료의 실상과 유형적 특징

서사민요 '처녀의 저주로 죽는 신랑' 유형에 속하는 각 편은 38편이 확인되고 있다. 조동일의 『서사민요연구』 '자료편'에 전체의 과반수인 28편이 채록되어 있으며, 한국정신문화연구원의 『한국구비문학대계』에 5편, 임동권의 『한국민요집』(집문당, 1993)에 2편, 문화방송의 『한국민요대전』(1995)에 2편, 조동일의 『경북민요』에 1편이 채록되어 있다.[11] 이 가운데 조동일의 『서사민요연구』에는 '이내방에' 유형이라 하여 32편의 각 편이 수록되어 있지만, 이 중 G1, G2, G3, G4의 부호를 달고 있는 4편은 내용상 '처녀의 저주로 죽는 신랑' 유형에 포함시키기가 어려워서 제외하였다. 특히 각 편 G1과 G2은 본처와 자식을 둔 남자가 후실장가를 갔다가 저주받아 죽는 것으로 되어 있어 '본처(자식)의 저주로 죽는 신랑' 유

---

11 이정아, 앞의 글, 10~11면, 14~16면에서는 이 유형의 서사민요를 '저주로 죽은 도령'이라고 지칭하고서 모두 30편의 각 편을 간략하게 도표로 제시하였다. 이 중 김소운의 『조선구전민요집』(동경제일서방, 1933) 수록 1편과 『한국구비문학대계』 경북편 수록 1편(작품명 〈의성아가〉)은 찾을 수가 없었다. 이 2편을 더하면 이 유형의 서사민요는 모두 40편에 달한다.

형에 속하는 자료들이라 할 수 있다.[12]

'처녀의 저주로 죽는 신랑' 유형의 서사민요 각 편들은 창자의 구연 능력에 따라 다양한 양상을 보이고 있다. 이 유형의 특징을 고스란히 모두 보여주고 있는 각 편들도 있지만, 기억력의 한계로 중단되어 일부분만 채록된 각 편들도 있고 다른 내용이 덧붙여진 각 편들도 있다. 이들 각 편의 양상을 종합하여 서사단락을 제시하면 다음과 같다.[13]

　　㉠ 도령이 성장해 성인이 된다.
　　㉡ 맏딸애기가 유혹하나 도령이 거부한다.
　　㉢ 맏딸애기가 저주한다.
　　㉣ 도령이 결혼한 날 앓다가 죽는다.
　　㉤ 신부가 도령의 죽음을 가족에게 알린다.
　　㉥ 도령의 치상 준비를 한다.
　　㉦ 상여가 도중에 멈춰 움직이지 않자 맏딸애기가 속적삼을 덮어준다.
　　㉧ 맏딸애기가 시집가는 길에 묻는다.
　　㉨ 도령의 무덤이 갈라지고 그 속으로 맏딸애기가 끌려 들어간다.
　　㉩ 무덤 속에서 나비가 나온다.

각 편에 따라서는 작품의 서두에 도령이 어릴 때 부모를 여의고 삼촌 밑에서 온갖 구박을 받으며 자라는 대목이 덧붙여지기도 하고, 도령이 주경야독하며 글공부를 해서 과거 시험을 보러가다가 맏딸애기와 마주

12　서영숙, 앞의 글, 2000, 135~136면에 따르면 '본처(자식)의 저주로 죽는 신랑' 유형은 본처 또는 자식이 남편 또는 아버지의 후실장가를 말리는 것으로 시작하여 저주를 내렸던 본처의 회한 섞인 독백이나 자식들의 절규로 끝나고 있어 '처녀의 저주로 죽는 신랑'과는 구별된다고 한다. 이정아, 앞의 글, 10~11면의 도표에서 제시한 각 편들 중 임동권의 『한국민요집』 수록 1편 역시 '본처(자식)의 저주로 죽는 신랑' 유형에 속한다고 판단하여 제외하였다.

13　서사단락은 서영숙, 앞의 글, 2000, 134면과 조동일, 앞의 책, 1983, 140면을 참고하되 각 편의 실상에 좀 더 부합하게끔 수정하였다.

치는 식으로 서두가 변형되어 나타나기도 한다. 이 작품을 유사한 줄거리를 지녔다고 하는 고전소설, 서사무가, 설화 등과 대비하여 이 작품의 유형적 특징을 살펴보도록 한다.[14]

"서사민요 〈이사원네 맏딸애기〉는 소설 〈양산백전〉에서 보이는 설화 유형을 뿌리로 하고 있으면서, 간결하면서 절실한 사연으로 이루어지지 못한 사랑의 비극을 노래한다"[15]라는 조동일의 진술은 이 작품들 간의 관계를 파악하는 데 큰 도움이 된다. 이 진술 중의 "소설 〈양산백전〉에서 보이는 설화 유형"은 중국의 〈梁祝 說話〉를 가리키는 것으로 보이므로, 이 진술은 두 가지 사항, 즉 '처녀의 저주로 죽는 신랑' 유형의 서사민요가 중국 〈양축 설화〉의 영향을 받아 이루어졌다는 점과 "이루어지지 못한 사랑의 비극"을 주제로 한 작품이라는 점을 말해주고 있다. 작품들의 영향 관계와 서사민요의 주제에 대해 매우 간명하게 언급한 진술이지만, 좀 더 구체적으로 검토할 점이 있는 것도 사실이다.

먼저 작품들 간의 영향 관계부터 검토하도록 한다. 고전소설 〈양산백전〉이 중국 〈양축 설화〉의 직접적인 영향을 받아 우리 식으로 재구성한 작품이라는 것은 이론의 여지가 없는 듯하다. 이러한 점은 서사무가와 설화에도 똑같이 적용될 수 있다. 즉, 중국의 〈양축 설화〉가 우리나라에 유입되어 전파되는 과정에서 이 설화의 영향을 직접 받아서 고전소설 〈양산백전〉, 서사무가 〈문굿〉, 설화 〈나비가 된 처녀와 총각〉 등이 이루어진 것이라 할 수 있다.[16] 그러므로 고전소설 〈양산백전〉, 서사무가 〈문굿〉, 설화 〈나비가 된 처녀와 총각〉 등은 서로 매우 유사한 줄거리와

---

14 이와 관련하여 조동일, 앞의 책, 1983, 81~83면에서 이 유형의 서사민요와 설화, 서사무가, 고전소설 〈양산백전〉을 비교하여 그 공통점과 차이점에 대해 논하고 있어 참고할 만하다.

15 조동일, 『한국문학통사』(제3판) 3, 지식산업사, 1994, 253면

16 중국의 〈양축 설화〉와 우리의 고전소설, 서사무가, 설화 등의 영향 관계에 대해서는 정규복, 앞의 글; 최두식, 「축영대고사와 양산백전」, 『겨레어문학』 9·10, 겨레어문학회, 1985; 김영선, 앞의 글, 1991 등을 참조할 수 있다.

서사적 특징을 공유하는 작품들이라 할 수 있다.

그러나 '처녀의 저주로 죽는 신랑' 유형의 서사민요는 이 작품들과는 다소 거리를 둔 작품이라고 할 수 있다. 이 민요가 중국의 〈양축 설화〉 또는 〈양축 설화〉의 직접적인 영향권에 들어 있는 고전소설, 서사무가, 설화 등과 관련이 없다고 단정적으로 말할 순 없지만, 그 영향 관계의 정도가 다른 작품들에는 못 미치는 수준이라고 할 수 있다. 이러한 점은 고전소설 〈양산백전〉,[17] 서사무가 〈문굿〉,[18] 설화 〈나비가 된 처녀와 총각〉[19] 등과의 서사단락 비교를 통해서도 뚜렷이 확인할 수 있다. 앞서도 언급했듯이 '처녀의 저주로 죽는 신랑' 유형의 서사민요가 다른 작품들과 관련을 맺고 있는 것은 몇몇 단락들을 공유하는 정도이다.[20]

그런데 여기서 중요하게 고려해야 하는 것은 작품의 서사전개에 중요한 역할을 하고 그 작품의 특징과 전체적인 인상을 결정짓는 중요 단락들이 비교 대상의 작품들에 각각 어떠한 양상으로 나타나고 있는가의

---

[17] 고전소설 〈양산백전〉의 서사단락을 제시하면 다음과 같다(김영선, 「〈양산백전〉의 구조와 의미」, 『청람어문학』3, 청람어문교육학회, 1990, 83~84면).
ㄱ 남녀 주인공의 적강 및 출생, ㄴ 운향사에서 함께, ㄷ 修學 추양대의 男裝 탄로와 두 주인공의 사랑의 언약, ㄹ 沈生의 청혼에 추양대의 부친 허락, ㅁ 상사병에 걸린 양산백의 죽음과 추양대의 혼인, ㅂ 신행길에 추양대가 양산백의 무덤에 뛰어듦, ㅅ 두 주인공의 재생 후 결혼과 공명의 성취, ㅇ 두 주인공의 승천

[18] 서사무가 〈문굿〉의 자료는 장덕순 외, 『구비문학개설』, 일조각, 1977, 133면에 수록되어 있으며, 작품의 서사단락을 제시하면 다음과 같다.
ㄱ 남녀 주인공의 출생, ㄴ 은하사에서 함께 修學, ㄷ 추양대의 남장 탄로, ㄹ 양산백의 청혼과 추양대 부모의 거절, ㅁ 추양대의 허혼 사실을 안 양산백의 죽음, ㅂ 시집가던 추양대가 양산백의 무덤에 뛰어듦, ㅅ 나비 환생

[19] 설화 〈나비가 된 처녀와 총각〉의 자료는 경희대 민속학연구소 편, 『瑞山民俗誌』下, 서산문화원, 1987, 344~345면에 수록되어 있으며, 작품의 서사단락을 제시하면 다음과 같다.
ㄱ 남장을 한 양산북과 수양대가 함께 수학, ㄴ 몹쓸 병에 걸린 수양대의 죽음, ㄷ 양산북의 부모가 양산북에게 죽은 수양대를 위해 상복 입을 것을 권유, ㄹ 소복을 한 양산북이 "이승의 부부가 못 되면 저승의 부부라도 되자"라고 통곡, ㅁ 양산북이 갈라진 무덤 속으로 들어감, ㅂ 노랑나비와 흰나비로 환생

[20] 남자가 먼저 죽는 것, 남자의 무덤 속으로 여자 주인공이 들어가는 것, 그리고 무덤 속에서 나비가 나오는 단락 정도가 공통점이라고 할 수 있다.

문제일 것이다. 고전소설 〈양산백전〉이나 서사무가 〈문굿〉, 설화 〈나비가 된 처녀와 총각〉 등에서 중요 단락 역할을 하는 것은 여자 주인공의 男裝과 남녀 주인공의 혼인을 둘러싼 갈등과 시련일 것이다. 이 작품들에 공통적으로 나타나는 남장 모티브는 남녀 주인공이 만나서 사랑을 시작하는 데에 하나의 계기를 마련해 준다는 점에서 작품의 중요 단락으로 취급될 수 있을 것이다. 또한 남녀 주인공의 자발적 사랑과 결연을 방해하는 여러 외적 시련과 갈등 역시 이 작품들에서 빼놓을 수 없는 중요 단락들이다. 그러나 이러한 중요 단락들이 '처녀의 저주로 죽는 신랑' 유형의 서사민요에서는 나타나지 않거나 혹 나타나더라도 전혀 다른 양상으로 변모되어 나타난다. 남장 모티브는 서사민요에선 찾아볼 수 없으며, 혼인을 둘러싼 갈등과 시련도 서사민요에서는 여자의 일방적인 구애와 남자의 거부에 촉발되어 전개된다는 점에서 이 유형의 서사민요는 고전소설이나 서사무가, 설화 등과 거리를 두고 있다고 할 수 있다.

'처녀의 저주로 죽는 신랑'이라는 유형 명칭에서 보듯이 이 유형의 서사민요에서 가장 중요한 단락은 자신의 구애를 거부한 남자(도령)에 대한 처녀(맏딸애기)의 저주와 저주의 실현으로 인한 남자(도령)의 죽음이다. 이것은 이 유형에 속하는 서사민요에는 어김없이 나타나고 있으며, 심지어는 구연하다가 중단된 각 편에서도 빠지지 않고 나타나고 있다.

> 안방에 드리달려 어매어매 울어매야
> 어제오든 새손님이 숨이달칵 넘어졌다
> 뒷방에 드리달려 올배올배 올올바씨
> 어제오신 새손님이 숨이달칵 넘어졌소
> 아이고답답 내일이야 시책이나 들셔바라
> 이선달네 맏딸애기 입쌀맞아 죽었다네[21]

---

21 〈怨情謠1〉, 임동권 편, 『한국민요집』 I , 집문당, 1993.

딸아딸아 맏딸아가 이선달네 맏딸아가
이선달네 맏딸애기 입쌀맞아 죽었다네
장개갔는 저선부는 해리청에 들거들랑
사모관대 늘어지소 신부방에 들거들랑
앉거들랑 눅부접고 눕구들랑 숨이가소[22]

인용한 각 편들에서 보듯이 도령은 맏딸애기의 저주(입쌀)를 받아 결혼 첫날밤을 채 치르지도 못하고 죽고 만다. 도령을 남편으로 맞이한 신부가 어찌 할 바를 몰라 당황하고 있는 데서 사태의 심각성을 엿볼 수 있다. 특히 두 번째 인용한 것은 실제 구연한 내용의 전부인데, 여기서도 맏딸애기의 저주와 그로 인한 도령의 죽음은 고스란히 나타나고 있다.

이처럼 처녀(맏딸애기)의 저주와 이로 인한 남자(도령)의 죽음은 이 유형의 서사민요에서 가장 핵심적이고 지배적인 단락의 내용이지만, 고전소설이나 서사무가, 설화 등에서는 전혀 나타나지 않는다. 이러한 차이는 서사민요가 상대방 도령의 의사와는 상관없이 맏딸애기의 일방적인 구애로 작품이 전개되는 반면, 고전소설, 서사무가, 설화 등은 남녀 주인공의 자발적인 사랑이 작품 전개의 중핵을 차지하고 있는 데서 비롯된 것이라 할 수 있다.[23]

이러한 점은 서사민요의 결말을 통해서도 확인할 수 있다. 서사민요의 결말은 남녀의 재생과 결연, 그리고 공명을 성취한 후 승천한다는 고전소설 「양산백전」의 결말과는 다소 거리를 두고 있지만, 여자가 상대

---

[22] 〈이선달네 맏딸아가〉, 『한국구비문학대계 7(16)(경상북도 구미시·선산군 편)』, 한국정신문화연구원, 1987.

[23] 남녀 주인공의 명명에서도 이러한 차이는 드러나고 있다. 중국 〈양축 설화〉의 영향을 직접적으로 받은 고전소설, 서사무가, 설화에서는 '양산백'과 '추양대(또는 수양대)'와 같이 〈양축 설화〉와 유사한 이름을 지닌 남녀 주인공이 등장하지만, 서사민요에서는 장르적 특성이기도 하겠지만 구체적인 실명이 거론되지 않고 그저 누구의 맏딸애기와 도령 등의 익명적 인물이 나타날 뿐이다.

편 남자의 무덤에서 나비로 환생하는 것으로 결말짓는 서사무가나 설화
와는 매우 유사하다. 이처럼 서사민요의 결말은 언뜻 보면 서사무가나
설화와 유사한 내용으로 이루어져 있어 구별이 되지 않는 것처럼 보일
수 있다. 그러나 이것 역시 작품 전체의 맥락과 결부지어 살펴본다면,
그 의미가 현저하게 차이가 나고 있음을 알 수 있다.

　서사무가나 설화의 경우 여자가 자발적으로 남자의 무덤에 뛰어 들어
가 죽어서라도 사랑을 성취하려는 적극적이고 헌신적인 면모를 보여주
는데 중점이 놓인 것이라면, 서사민요의 경우는 맏딸애기와 도령의 심
각한 대립이 비현실적이고 환상적인 결말을 통해서라도 해소되어야 함
을 강조하기 위한 것이라 할 수 있다. 즉 서사무가나 설화에서의 결말은
죽음도 전혀 두려워하지 않고 사랑을 성취하려는 여자의 모습을 통해
남녀 간의 비범하고 위대한 사랑을 부각시키기 위해 설정된 것이라 할
수 있다. 이에 반해 서사민요의 결말은 맏딸애기와 도령 간의 대립이 심
각한 양상을 띤 채 화해하지 못하고 결국 도령이 죽음을 맞이하면서 그
러한 대립이 현실에서는 해소될 길이 없자 나비 환생이라는 비현실적이
고 환상적인 장치를 통해서 해소되어야 함을 보여주기 위한 것이라 할
수 있다.[24] 자발적 사랑의 여하에 따라 엇비슷한 결말이라도 작품에서
차지하는 의미는 크게 달라질 수 있음을 서사무가·설화와 서사민요에
서 확인할 수 있다.

---

[24]　이에 대해서는 다음 절에서 자세히 고찰할 것이다.

3. 양가성의 전략과 그 의미

앞서 살펴보았듯이 '처녀의 저주로 죽는 신랑' 유형의 서사민요에서 가장 중요한 대목은 바로 맏딸애기의 저주와 이로 인한 도령의 죽음이다. 이 대목은 작품을 지배하는 핵심적인 특징이자 작품 전체의 분위기를 반전시키는 역할을 할 정도로 작품에서 매우 큰 비중을 차지하고 있다. 그러나 작품 전체의 맥락상으로는 이 대목이 그다지 명쾌하게 설명이 되는 것은 아니다. 도령을 향한 맏딸애기의 일방적인 구애인 데다가 단지 이를 거절했다고 해서 잔인할 정도의 저주를 퍼붓는다는 것은 쉽게 납득하기 어려운 것이다.

> 이사원네 맏딸애기 하는말이
> 한모래기 돌거들랑 가매채나 불어지고
> 한모래기 돌거들랑 베락이나 떨어지소
> 대청에 서거들랑 사모관대 얼어지소
> 첫날밤에 자그들랑 숨이라도 딸깍지소
> <u>신부가 생모함을 쓴 택이거든 금방 장개간 사람이 죽었거든</u>[25]
>
> 잠을한섬 들려가소 그말이사 좋지마는
> 여름에는 신밥묵고 져울에는 언밥묵고
> 악을악을 배운글로 일신들 잊을손가
> <u>굴 쿠다가 다시 그 처자가 언청 못나놓은까네 두번 다시 처자가 권해봐도 본둥</u>
> <u>만둥 하거든. 이래 놓은까네, 그때는 악담을 하는기라.</u>[26] (밑줄은 인용자)

---

[25] 조동일의 『서사민요연구』 수록 자료들 중 G9.
[26] 〈동래부산 원의 아들〉, 『한국구비문학대계 8(12)(경상남도 울산시 · 울주군 편)』, 한국 정신문화연구원, 1986.

인용 작품에서 밑줄 친 부분들은 창자가 말로 설명하는 대목이다. 여기에서 보듯이 이 노래의 창자들 역시 맏딸애기의 저주를 '생모함'이나 '악담'이라고 할 정도로 그녀의 저주는 아주 부자연스럽고 불합리한 것임을 알 수 있다. 이 작품을 구연하는 창자들은 거의 대부분 여자들인데도 도령을 향해 저주를 내리는 맏딸애기의 태도를 매우 못마땅하고 거북스럽게 받아들이고 있다.

이처럼 맏딸애기의 저주를 부정적으로 바라보는 창자들의 태도가 오히려 당연할 정도로 이 작품에는 상식적으로 잘 이해가 되지 않는 부분이 여럿 나타나고 있다.[27] 작품의 결말에서 무덤이 갈라져 맏딸애기가 끌려 들어가고, 무덤 속에서 나비로 환생하는 등의 초현실적 요소의 개입이 그러한 예에 해당할 것이다. 초현실적 요소의 개입은 작품을 낭만적이고 환상적으로 만드는 역할을 하지만, 다른 한편으로는 비정상적이고 역설적인 해결[28]로서 부자연스럽게 느껴지기도 하는 것이다. 이러한 결말을 들어서 "사랑하기 때문에 증오하고 증오에서 다시 사랑으로 귀착되는 인생의 역설을 보여주고, 결국 사랑은 죽음을 넘어서도 달성되고 만다는 사랑의 찬가이다"[29]라고 작품에 대한 해석을 내놓기도 하지만, 무자비하게 증오하고 잔인하게 저주를 퍼붓던 맏딸애기가 뚜렷한 계기나 구체적인 명분도 없이 도령을 다시 사랑한다는 것은 아무래도 석연치 않은 해석이 될 것이다. 게다가 이 작품의 주제가 "죽음을 딛고 달성하는 사랑에 대한 찬가"인지도 의문이다. 맏딸애기의 저주와 이로

---

27   이와 유사하게 '본처(자식)의 저주로 죽는 신랑' 유형의 서사민요에서도 본처(자식)가 남편(아버지)에게 저주를 퍼붓는 대목이 등장하고 있다. 하지만 이것은 후실장가를 가는 남편(아버지)을 대하는 본처(자식)의 입장을 감안한다면 충분히 개연성 있는 반응으로 받아들일 수 있다.

28   조동일은 서사민요가 정상적인 해결과 비정상적이고 역설적인 해결의 두 가지로 작품을 끝맺는다고 지적하고서 그 의미에 대해 논의하였다. 특히 비정상적이고 역설적인 해결에 해당하는 유형으로 '처녀의 저주로 죽는 신랑' 유형을 거론하고 있다. 조동일, 앞의 책, 1983, 92면.

29   조동일, 위의 책, 81면.

인한 도령의 죽음이 사랑의 찬가라는 낭만적 색채가 짙은 주제와 딱 맞아 떨어지는 것은 아니기 때문이다.

이처럼 부자연스럽고 비합리적인 전개를 보이는 이 작품을 어떻게 이해하고 받아들여야 하는가? 이 작품을 면밀히 살펴보면, 대립적이고 심지어는 상충하는 가치나 체계가 나타나 있음을 확인할 수 있다. 대립적이고 상충적인 가치나 체계가 작품을 부자연스럽고 비합리적으로 보이게 하는 데 일조하였다고 할 수 있다. 그런데 중요한 것은 이러한 대립적이고 상충적인 가치나 체계가 종국에는 해소되고 무화(無化)된다는 것이다. 이것은 다름 아닌 '양가성'의 관점에서 이 작품을 독해하여야 함을 말해주는 것이다.

'양가성(ambivalence)'은 본래 정신분석학에서 사용하는 용어로서 '하나의 대상에 대해 서로 상충하는 경향, 태도 혹은 감정들, 특히 사랑과 증오의 공존'을 의미한다.[30] 다시 말해 양가성은 인간 가치의 이중적 양상이나 대립적 체계를 일컫는 말이다. 그러나 현대에 이르러서는 근대적 이성이 세계를 이해하는 이분법적 도식의 틀을 해체하는 것을 의미한다.[31] 양가성은 도식적 이분법이 갖는 단일성, 평면성을 전복하고 가치의 다원화를 꾀하는 것이 목적이다. 바흐친의 용어로 본다면 카니발적 다성성의 획득인 셈이다.[32] 이러한 측면에서 본다면, 양가성의 궁극적인 목적은 단순히 대립적인 체계나 이분법적 도식을 해체하고 무너뜨리는 데 있는 것이 아니라 해체를 통한 가치의 다원화를 재생하는 데 있음을 알 수 있다.[33] 본고에서는 '양가성'을 모순되고 대립적인 양항의 가치나 체계로 정의하고, 이러한 양항의 가치나 체계의 경계가 허물어져 그 대립이 해소되고 무화되어 가치의 다원화를 도모하는 것을 '양가성의

---

30   박상기, 「탈식민주의의 양가성과 혼성성」, 『비평과이론』 6(1), 한국비평이론학회, 2001, 87면.
31   김경복, 「한국 현대시의 양가성과 해체시」, 『국어국문학지』 35, 문창어문학회, 1998, 247면.
32   페터 V. 지마, 서영상·김창주 역, 『소설과 이데올로기』, 문예출판사, 1996, 57면.
33   김욱동, 『대화적 상상력』, 문학과지성사, 1988, 260면.

전략'이라는 의미로 사용할 것이다.

　이러한 양가성이 이 작품에서는 도령과 맏딸애기의 대립을 통해 구현되고 있다. 좀 더 구체적으로 살펴보면, 이 작품에서 양가성은 일차적으로 도령에 대한 맏딸애기의 사랑과 증오의 모순된 감정으로 드러나고 있다.

<blockquote>
李先達네 맏딸애기 어잘낫다 所聞듣고

한분가도 못볼내라 두분가도 못볼내라

삼시번 거듭가니 東쪽門을 열어놓고 西쪽門에 그러앉아

거게가는 저도령아 앞은보니 도령이요 뒤는보니 선비내라

노다가소 노다가소 하로밤만 노다가소

무자이불 피어놓고 자옥비개 머리놓고

비라밖에 빌이돋고 천장에는 달이돋고

사모핑경 달아놓고 핑경소리 듣기좋고 하로밤만 노다가소

뿌리치고 가는양을 입쌀놀린 거동보소

한모랭이 돌거들랑 급살병이 들여주소

두모랭이 돌거들랑 배락이나 맞어주소

장개라고 가거들랑 말다리나 뿔거주소[34]
</blockquote>

　잘났다고 소문난 '이선달네 맏딸애기'가 도령을 보고서 첫눈에 반해버린다. 그다음으로 그녀는 이에 그치지 않고 자신이 마음먹은 것을 감히 행동으로 옮기고 만다. 엄숙한 유교윤리가 만연한 전통사회의 분위기로 봐서는 도저히 용납되지 않을 것 같은 언행을 그녀는 서슴지 않고 행하는 것이다. 그런데, 대담하고 적극적으로 구애를 했다가 거절당하자 그녀는 주저하지 않고 저주를 퍼붓기까지 한다. 다른 여자에게 장가

34　〈怨情謠1〉, 임동권 편, 『한국민요집』 I, 집문당, 1993.

가는 날 급살을 맞고 벼락을 맞아 죽어버리라는 저주는 오금이 저릴 정
도로 섬뜩하고 잔인하기 그지없다. 우연히 마주친 상대방 남성에게 사
랑을 품었다가 일순간 증오로 돌변하는 맏딸애기의 모습은 바로 '양가
성'에 맞닿아 있다.[35]

잘났단다 잘났단다 이사원네 맏딸애기 하잘났다 소문나여

한번가이 못볼레라 두번가도 못볼레라

삼시번 거들가이 밀창문 밀어놓고

걸창문 열어놓고 중침하는 한창일레

한번가니 병든핑계 두번가니 아픈핑계 삼시번 거들가이

은소록에 머리깜고 놋소록에 기름발러

걸창문에 걸앉어여 중침하는 한창일레

머리치장 밨건마는 저고리치장 볼작시면

물명주라 결저구리 영구영청 깃을 달아

자주고름 걸처매고 허리넝청 질러입고

치매치장 복작시면 싸리비단 하단치매

범나우야 주름잡어 영구영청 끈을달아 허리장끈 동여매고

바지치장 볼작시면 (이하 생략)[36]

　위의 인용에서 보듯이 잘났다고 소문난 맏딸애기에 대해 장황하게 묘
사하고 있는 각 편도 있다. 세 번이나 찾아가야 겨우 그 모습을 드러낼
정도로 맏딸애기는 도도하리만치 정숙한 여인으로 묘사되고 있다. 머리
치장, 치마치장, 바지치장 등으로 끝없이 이어지는 그녀의 외양묘사는
바로 행실이 곧은 여인의 모습 그대로이다. 반듯하고 정갈하게 꾸민 외

35　맏딸애기의 인물 속성에 대해서는 졸고, 「이생원네 맏딸애기 : 도도한 여인의 사생 결연」,
　　『우리 고전 캐릭터의 모든 것』 3, 휴머니스트, 2008 참조.

36　조동일, 『서사민요연구』 수록 자료들 중 G14.

양에서 느낄 수 있는 것은 지체 높은 집안에서 엄격한 가정교육을 받아 매사가 방정하고 살림 잘하는 여인의 이미지일 것이다. 이러한 이미지는 곧 '현모양처'의 이미지이자 '천사'의 이미지로 환치하여 설명할 수 있다. 천사 이미지는 수동적이고 이타적이며 가정적인, '관조적 순결성'을 갖춘 이상적인 여성상이다. 그러나 이러한 천사 이미지를 지닌 맏딸애기의 이면에는 그와 상반되고 심지어는 모순으로까지 느껴지는 마녀의 이미지가 숨겨져 있다. 앞서 살펴보았듯이 첫눈에 반해버린 상대를 향해 저돌적으로 달려드는 모습이나 자신의 구애를 거절했다는 이유 때문에 잔인한 저주를 서슴지 않는 모습 등은 전통시대 순종적인 여성상과는 상치되는 것들이다. 이러한 모습은 헌신적이기를 거부하고 자신의 주체성에 따라 행동하는 마녀의 이미지를 연상시킨다. 전통적인 가부장제가 설정한 순종적 역할을 거부하는 여성인 셈이다.[37]

이처럼 맏딸애기의 언행을 통해서 사랑과 증오의 교차, 천사 이미지와 마녀 이미지의 병치를 확인할 수 있다. 그런데, 대립적이고 상충하는 가치나 체계의 병치는 이에 그치지 않고 상대방 남성인 '도령'과 맏딸애기의 대비, 즉 인물 대비를 통해서도 일어나고 있다. 이 작품의 양가성은 맏딸애기라는 한 인물에게만 국한된 것이 아니라 맏딸애기와 도령이라는 두 인물의 대비에도 적용될 수 있다는 것이다. 전근대 사회에서 맏딸애기가 여성으로서 지향하는 가치와 도령이 남성으로서 지향하는 가치는 작품 속에서 상반되고 심지어는 대립된 모습으로 드러나고 있다.

몇몇 각 편에서는 다음처럼 '도령'에 대해 더 상세히 소개하는 경우도 있다.

한살묵어 엄마죽고 두살먹어 애비죽고
호보다섯 글배와여 열다섯에 과게가니

---

37 최미진, 「여성 주체의 자리매김 방식과 양가성」, 『현대문학과 양가성』(김정자 외), 태학사, 1999, 188면.

이선달네 맞딸애기 밀창문을 밀체놓고 걸창문에 걸앉어여

할일없는 꽃당헬랑 두발담숙 담어신고

올라가는 시선부요 내러가는 시선보요

이내집에 와가주고 잠시잠깐 쉬여가소

애탕기탕 배운글로 잠신들야 잊을소냐

저기가는 선부임요 잼이나한숨 둘러가소

애탕기탕 배운글로 잠시들야 잊을소냐 휘딱휘딱 들어가니

이선달네 맞딸애기 마당끝에 나여서여 하는말이

조게가는 조자석은 과게라고 해가주고 장개라고 가거들랑

한모랭이 돌거들랑 청살구살 맞어주소[38]

 도령은 早失父母하고 집안 형편이 어려운 상황에서도 이에 굴하지 않고 글공부에 매진하여 과거시험을 통해 출세하려는 인물로 그려져 있다. 맞딸애기의 구애도 거절할 만큼 그는 다른 데 한눈팔지 않고 우직하게 자신의 목표를 성취하려는 입지전적인 인물이다. 이러한 점에서 그는 전근대 사회에서 이상적인 남성상의 전형을 보여준다고 할 수 있다. 그러나 그는 과거시험에 급제를 하고 장가까지 가게 되었지만 예기치 않게 맞딸애기의 저주대로 죽음을 맞이한다. "글 공부, 과거 등을 내세우는 남자의 세계와 애정 그 자체만 추구하는 여자의 세계가 서로 다른 것이다. 남자는 애정을 인생에서 부수적인 것으로 보지만, 여자는 애정을 절대적인 것으로 보기 때문에 애정의 갈등이 생기고 비극이 생기는 것이다"[39]라는 지적처럼, 맞딸애기의 저주와 도령의 죽음은 여성성과 남성성이 갈등을 빚고 충돌하게 됨을 뜻한다고 할 수 있다. 가부장제가 판을 치는 전근대 사회에서 애정 지향의 맞딸애기와 출세 지향의 도령이 맞부딪친다면, 실제로는 출세 지향의 남성 앞에 고개를 숙일 수밖에

---

38 조동일, 『서사민요연구』 수록 자료들 중 G29.
39 조동일, 앞의 책, 1976, 122면.

없는 것이 여성의 현실인 것이다. 그러나 이 작품에서나마 맏딸애기는 그러한 현실 논리를 엄연히 거부하고 있는데, 이러한 점에서 이 작품은 단순한 사랑의 찬가 그 이상인 것이다.

남성성 / 여성성의 이분법적 도식이 만연하였던 전통시대에 남성성 은 이성, 정신, 일반성, 객관성, 합리성, 능동성, 강인함, 문화 등 우월하 고 중심적인 가치를 지니는 반면, 여성성은 감성, 육체, 직관, 미분화, 수 동성, 나약함, 자연 등 열등하고 종속적인 가치를 지니는 것으로 인식되 었다.[40] 이러한 '남성성 / 여성성'이라는 이분법적 도식을 깨뜨리려는 의 도, 즉 양가성의 전략이 맏딸애기의 저주로 형상화된 것이라 할 수 있다. 맏딸애기의 저주는 남성 중심의 전근대 사회에 대한 저항이자 숨죽여 살 수밖에 없었던 여성들의 욕망이 수면위로 부상한 결과인 것이다. 남 성과 여성의 역할에 대한 전통적인 인식이 맏딸애기의 저주를 통해 산 산조각 나버린 것이다. 그러나 남성성 / 여성성의 전통적인 도식을 무너 뜨리는 데에 이 작품의 궁극적인 의도가 있는 것은 아니다. 앞서도 언급 하였듯이 양가성의 전략은 대립적 가치의 해체에 그치는 것이 아니라 이러한 해체를 통해 가치의 다원화를 꾀하는 데까지 나아가는 것이 궁 극적인 목적인 것이다.

이러한 양가성의 전략은 작품의 후반부에서 더욱 뚜렷하고 자세히 나 타나고 있다. 저주받은 도령이 죽어 무덤에 묻히는 것으로 작품이 끝나 지 않고, 초월적이고 환상적인 요소들을 끌어들여 두 남녀가 함께 무덤 속에서 나비로 환생하는 것은 이채롭기도 하지만 양가성의 관점에서는 특히 주목해야 할 대목이다. 이 대목을 남성성에 대한 여성성의 일방적 인 승리를 과시하려는 것으로 풀이할 것이 아니라 남성성과 여성성의 경계 허물기와 두 극단의 대립 해소를 꾀한다는 양가성의 궁극적 목표 와 관련지어 해석해야 할 것이다. 양가성은 파괴하는 데 목적이 있는 것

---

40   '남성성 / 여성성'에 대한 논의는 최미진, 앞의 글, 177면 참조.

이 아니라 재생시키는 데 목적이 있는 것임을 염두에 둘 필요가 있는 것
이다.

> 이선달네 맞딸애기 시집가는 갈림길에 묻어노니
> 이선달네 맞딸애기 시집을 가다가보니
> 시집을 가다가 거게서니
> 가매채가 널앉고 꿈적도 아니하니
> 거게 니라노니 미대가리 벌어지디
> 새파란나부 나오더니 치매 검어지고가고
> 붉은나부 나오더니 저구리 검어지고
> 푸른나부 나오더니 허리담삭안고 미속으로 드가뿌고
> 이세상에 원한지고 시원진거 후세상에 만내가주
> 원한풀고 시원실고 다시한분 살아보자[41]

　맞딸애기의 저주로 결혼 첫날밤에 도령은 갑작스레 죽게 되고, 신랑
의 돌연사를 접한 신부와 그 가족들은 황망하게 治喪을 하느라 분주하
다. 저주의 실현으로 도령이 죽게 된다는 초현실적인 설정 외에도 이 작
품의 결말에는 환상적이고 초현실적 요소들이 상당수 개입되어 있다.
상여가 도중에 움직이지 않다가 맞딸애기가 속적삼을 던져 주니 다시
움직인다거나 무덤이 갈라지고 그 속으로 맞딸애기가 끌려 들어가고,
결국 무덤 속에서 형형색색의 나비로 환생한다든지 하는 것들은 현실적
이고 사실적인 색채가 짙게 풍기는 전반부와 묘한 대비를 이룬다. 이처
럼 이 작품은 현실적이고 사실적인 전반부와 환상적이고 초현실적인 후
반부가 결합된 특이한 구조로 이루어져 있다. "예컨대 〈밭매는 소리〉에
서, 죽은 남편의 무덤이 갈라지며 부부가 함께 한다든가, 죽었던 남편이

41　조동일, 『서사민요연구』 수록 자료들 중 G29.

살아난다 등의 결말은 전반부의 현실성과 파탄을 이룬다"[42]라는 지적은 이 작품에도 큰 무리 없이 적용될 수 있을 것이다. 전반부의 현실성과 파탄을 이룰 정도로 부자연스러운 연결을 보이고 있는 후반부의 배치는 다름 아닌 작품의 창작 의도와 밀접하게 연관되어 있다.

앞에서 논하였듯이 두 남녀의 자발적인 사랑으로 채워져 있는 서사무가 〈문굿〉이나 설화 〈나비가 된 처녀와 총각〉와 달리 서사민요 '처녀의 저주로 죽는 신랑' 유형은 맏딸애기의 일방적인 구애와 도령의 거부로 인한 남녀 간의 대립이 주를 이루는 작품이다. 즉 이 서사민요는 전통적인 남성성에 대한 저항의 표출이자 도식적인 이분법의 경계를 허물려는 데에 주안점이 놓인 작품이다. 맏딸애기의 저주로 도령이 죽는 것으로 이 작품을 끝내지 않고, 맏딸애기와 도령 사이의 대립을 해소하고 그 경계를 무너뜨리기 위해선 불가피하게 초현실적이고 환상적인 요소를 끌어들일 수밖에 없는 것이다. 저주받은 도령의 죽음은 두 남녀의 대립이 극단으로 치달아 빚어낸 결과물이라 할 수 있지만, 작품의 궁극적인 관심은 이러한 대립을 드러내는 데 있는 것이 아니다. 그것은 대립의 해소와 경계 허물기에 있는 것이다.

이와 관련하여 우선 주목할 것은 위의 인용 대목에서 "이세상에 원한지고 시원진거 후세상에 만내가주 / 원한풀고 시원실고 다시한분 살아보자"라는 구절이다. 이 구절에서 되풀이 되고 있는 '원한'의 구체적인 내용은 맏딸애기와 도령, 두 남녀에게 모두 해당된다고 할 수 있다. 자신의 구애가 거절당함으로써 마음의 큰 상처를 입은 맏딸애기나 단지 구애를 거절했다고 해서 저주받아 죽게 된 도령이나 둘 다 서로에게 원한을 품을 수밖에 없는 것이다.[43]

---

[42] 강진옥, 앞의 글, 28면.

[43] 다음은 도령의 원통한 심정을 보여주는 대목이다. 원통하고 애달픈 도령의 심정을 상여꾼들이 대변해 주고 있다.
"그래 그 행상이 떠나가다가 애덟어서 금천딸네 맏딸네 대문 앞을 가다가 행상이 들어붙었어 / 그행상이 떠나가매 하도하도 애덟어서 / 금천딸에 맏딸네 악담대로 죽었다고."

또 하나 주목할 점은 작품의 후반부에 이르면 맏딸애기는 거의 종적을 감추고 도령이 주요 인물로 등장하며, 또한 맏딸애기는 도령에게 저주를 내린 후 다른 남자에게 시집을 가는 등 도령에게는 전혀 관심을 보이지 않는다는 것이다. 이것은 대립의 해소와 해결이 다름 아닌 도령에게 달려 있음을 말해주는 것이다. 둘 사이의 대립을 조장한 것은 맏딸애기이지만, 이러한 대립 해소의 결정권은 남성에게 있음을 시사하고 있는 것이다. 맏딸애기의 저주는 전근대 사회에서 오로지 남자 하나만을 바라보고 온갖 고통을 감내하는 여성의 심정을 외면한 남성에 대한 공격이자 비판인 것이다. 남성의 입장에서는 원통하고 부조리한 것으로 보일지 모르겠지만, 가부장제라는 엄격한 규범에 속박된 여성에게는 저주야말로 최소한의 의사 표출인 것이다.

이선달네 집모랭이 이실비실 돌어가니
서른여덜 상두꾼이 발이붙어 못가겠소
니속중우 벗어걸게 어리둥둥 잘도간다
이선달네 맏딸아가 이케아퍼 몬가겠다 .
니속적삼 벗어걸게 어리둥둥 잘도간다
이선달네 집모랭이 이실비슬 돌아가여 밀오심이
흰나비 뽈건나비 노랑나비
득천해가 하늘에 저 올라가더랍니더[44]

이처럼 맏딸애기와 도령 사이의 대립은 초현실적이고 환상적인 방법으로 결국 해소된다. 원통한 죽음을 도저히 받아들일 수 없는 도령은 맏딸애기의 집 앞에서 꿈쩍도 하지 않는다. 이에 맏딸애기가 속적삼으로

〈동래부산 원의 아들〉,『한국구비문학대계 8(12)(경상남도 울산시 · 울주군 편)』, 한국정신문화연구원, 1986.
44 〈이선달네 맏딸애기〉,『한국민요대전(경상북도 편)』, 문화방송, 1995.

위로하자 이에 대한 화답으로 이내 상여가 움직이고, 곧 이어서 맏딸애기는 도령의 무덤 속으로 끌려 들어가 두 남녀가 나비로 환생한다는 결말은 두 남녀 간의 대립이 해소되기를 바라는 전승자의 바람을 반영한 것이다. 또한 형형색색의 나비들의 어우러짐을 통해 대립의 해소와 경계 허물기를 통한 가치의 다원화를 상징적으로 보여주고 있는 것이다.[45] 이 세상에서의 원한을 풀고 다음 세상에서 다시 한 번 잘살아보자는 창자의 바람이 곁들여지면서 이 작품은 끝을 맺고 있는데, 이 결말은 이 작품을 단순히 '죽음을 넘어 달성하는 사랑에 대한 찬가'라는 주제 차원에서만 살펴볼 것이 아님을 역설하고 있는 것이다. 그것은 바로 전통시대 여성들의 현실 인식과 대응 방식이 양가성의 전략을 통해 형상화된 작품임을 말해주는 증표라고 할 것이다. 양가성의 전략은 이분법적 도식을 파괴하는 데 목적이 있는 것이 아니라 경계 허물기와 대립의 해체를 통해 가치의 다원화를 꾀하는 데 있다는 것임을 염두에 둘 필요가 있는 것이다.

4. 결론

본고는 서사민요 '처녀의 저주로 죽는 신랑' 유형에 나타난 양가성(ambivalence)의 양상과 그 의미를 파악하는 데 목적을 두었다. 이 민요는 다른 유형의 서사민요와 비교할 때 몇 가지 특징을 지닌다. 우선 이 작품

---

[45] 여성이 진정한 주체로서 자리매김할 수 있는 구체적인 대안으로 페미니즘 이론가들은 '참여적 모델'이라는 용어를 사용할 것을 제안하고 있다. 기존의 '주체'라는 용어가 '지배적 혹은 지배하는'이라는 어감을 띠고 있기 때문이다. 이에 대해서는 최미진, 앞의 글, 195면 참조.

은 서사 전개가 다소 복잡한데다가 초현실적이고 환상적인 요소가 많이 개입되어 있다는 점에서 눈길을 끈다. 또한 이 민요는 고전소설 〈양산백전〉이나 서사무가 〈문굿〉, 설화 등과 줄거리가 유사하다는 장르교섭적 차원에서의 특징도 지니고 있다. 그러나 이러한 점 때문에 이 민요는 그동안 연구자의 주목을 크게 받지 못하기도 하였다.

　본고에서는 이 민요가 사랑과 증오, 천사 이미지와 마녀 이미지, 남성성과 여성성 등의 대립적이고 이분법적인 도식을 깨뜨려 그 경계를 허물려는 양가성의 전략이 내재해 있다고 판단하여 작품의 양가성을 면밀한 작품 분석을 통해 드러내려고 하였다. 양가성의 전략이 단순히 대립적인 가치를 파괴하는 데 목적이 있는 것이 아니라는 데 착안하여 작품을 분석한 결과, 이 민요에는 이분법적 도식의 틀을 해체함으로써 새로운 힘의 원천을 찾으려는 양가성 전략의 궁극적 목적이 고스란히 구현되어 있음을 확인할 수 있었다. 이러한 점에서 볼 때, 이 민요는 단순히 '죽음을 넘어 달성하는 사랑에 대한 찬가'라는 주제 차원에서 접근할 것이 아니라, 전통시대 여성들의 현실 인식과 대응 방식이 양가성의 전략을 통해 형상화된 작품이라는 측면에서 다루어야 할 작품이라는 것을 알 수 있었다.

『우리말글』 43, 우리말글학회, 2008

참고문헌

자료

김점도 편, 『유성기음반총람자료집』, 신나라레코드, 2000.
문화방송, 『한국민요대전(경상북도 편)』, 문화방송, 1995.
임동권 편, 『한국민요집』Ⅰ, 집문당, 1993.
정재호, 『한국속가전집』, 다운샘, 2002.
최동현·임명진 편, 『유성기음반가사집』5, 민속원, 2003.
한국고음반연구회 편, 『유성기음반가사집』3, 민속원, 1992.
한국고음반연구회·민속원 편, 『유성기음반가사집』1, 민속원, 1990.
『한국구비문학대계(경상남도 울산시·울주군 편)』8(12), 한국정신문화연구원, 1986.
『한국구비문학대계(경상북도 구미시·선산군 편)』7(16), 한국정신문화연구원, 1987.
한국정신문화연구원 편, 『한국유성기음반총목록』, 민속원, 1998.

논저

강등학, 「19세기 이후 대중가요의 동향과 외래양식 이입의 문제」, 『인문과학』31, 성균관
        대 인문과학연구소, 2001.
강진옥, 「여성 서사민요 화자의 존재양상과 창자집단의 향유의식」, 『한국고전여성문학연
        구』4, 한국고전여성문학회, 2002.
경희대 민속학연구소 편, 『瑞山民俗誌』下, 서산문화원, 1987.
고미숙, 「20세기 초 잡가의 양식적 특질과 시대적 의미」, 『창작과비평』88, 창작과비평사,
        1995.

고은지, 「20세기 초 시가의 새로운 소통 매체 출현과 그 의미」, 『어문논집』 55, 민족어문학, 2007.

권도희, 「20세기 초 서울음악계의 성격과 대중음악 형성에 관한 연구」, 『서울학연구』 22, 서울시립대 서울학연구소, 2004.

권순회, 「잡가 연구의 현황과 과제」, 『한국가사문학연구』, 태학사, 1996.

김경복, 「한국 현대시의 양가성과 해체시」, 『국어국문학지』 35, 문창어문학회, 1998.

김수경, 『노랫말의 힘, 추억과 상투성의 변주』, 책세상, 2005.

김영선, 「〈양산백전〉의 구조와 의미」, 『청람어문학』 3, 청람어문교육학회, 1990.

______, 「〈양산백전〉 연구」, 『청람어문학』 4, 청람어문교육학회, 1991.

김욱동, 『대화적 상상력』, 문학과지성사, 1988.

김은희, 「긴 난봉가와 자진 난봉가의 비교연구」, 중앙대 석사논문, 2006.

김학성, 「잡가의 생성기반과 사설엮음의 원리」, 『세종학연구』 12 · 13, 세종대왕기념사업회, 1998(김학성, 『한국 고전시가의 정체성』, 성균관대 대동문화연구원, 2002에 재수록).

박경수, 「잡가의 패러디적 성격」, 『국어국문학』 119, 국어국문학회, 1997.

박상기, 「탈식민주의의 양가성과 혼성성」, 『비평과 이론』 6(1), 한국비평이론학회, 2001.

박애경, 「조선 후기 시가 통속화 양상에 대한 연구」, 『연세어문학』 27, 연세대 국어국문학과, 1995.

______, 「19세기 시가사의 전개와 잡가」, 『한국민요학』 4, 한국민요학회, 1996.

______, 「잡가 연구의 현황과 과제」, 『열상고전연구』 17, 열상고전연구회, 2003.

______, 「19세기 말, 20세기 초 잡가의 소통 환경과 존재양상」, 『구비문학연구』 21, 한국구비문학회, 2005.

서영숙, 「서사민요의 구조적 성격과 의미」, 『한국문학이론과 비평』 2, 한국문학이론과 비평학회, 1998.

______, 「서사민요의 연행예술적 서술방식」, 『한국민요학』 7, 한국민요학회, 1999.

______, 「혼사장애형 민요의 서술방식 연구」, 『한국민요학』 8, 한국민요학회, 2000.

______, 「서사무가 〈도랑선비 청정각시〉와 혼사장애형 민요 비교」, 『고시가연구』 8, 한국고시가문학회, 2001.

______, 「'총각-처녀'형 서사민요의 유형구조와 의미」, 『한국문학논총』 34, 한국문학회, 2003.

성무경, 「잡가 〈유산가〉의 형성원리에 대하여」, 『기곡 강신항박사 정년기념 국어국문학논총』, 태학사, 1995.

손인애, 「서도민요 사설난봉가 연구」, 『한국민요학』 16, 한국민요학회, 2005.

심치열, 「〈양산백전〉의 서사적 특성 연구」, 『돈암어문학』 17, 돈암어문학회, 2004.

이규호, 「잡가의 정체」, 『한국문학사의 쟁점』, 집문당, 1986.

이상호, 「잡가의 대중성을 통해 본 대중문화 교육내용 연구」, 서울대 석사논문, 2002.

이용식, 「경상북도 서사민요의 음악적 연구」, 『한국민요학』 11, 한국민요학회, 2002.

이정아, 「서사민요연구」, 이화여대 석사논문, 1993.

이정엽, 「1990년대 대중가요의 문화적 형성에 관한 연구」, 서울대 석사논문, 1999.

장덕순 외, 『구비문학개설』, 일조각, 1977.

장사훈, 『국악개요』, 정문사, 1961.

장유정, 「대중매체의 출현과 전통가요 텍스트의 변화 양상 고찰」, 『고전문학연구』 30, 한국고전문학회, 2006.

______, 『오빠는 풍각쟁이야』, 민음in, 2006.

정규복, 「〈梁山伯傳〉攷」, 『韓中文學의 研究』, 고려대 출판부, 1987.

정재호, 「잡가집의 계열구분과 그 특성」, 『사대논집』 23, 고려대 사범대학, 1999.

______, 「잡가집의 특성과 문학사적 의의」, 『한국시가연구』 8, 한국시가학회, 2000.

조동일, 『경북민요』, 형설출판사, 1976.

______, 『서사민요연구』(증보판), 계명대 출판부, 1983.

______, 『한국문학통사』(제3판) 3, 지식산업사, 1994.

최두식, 「축영대고사와 양산백전」, 『겨레어문학』 9·10, 겨레어문학회, 1985

최미진, 「여성 주체의 자리매김 방식과 양가성」, 『현대문학과 양가성』(김정자 외), 태학사, 1999.

최현재, 「이생원네 맏딸애기: 도도한 여인의 사생 결연」, 『우리 고전 캐릭터의 모든 것』 3, 휴머니스트, 2008.

페터 V. 지마, 서영상·김창주 역, 『소설과 이데올로기』, 문예출판사, 1996.